四川大学
中国现代文学文献学文丛

李怡　刘福春◎主编

民国文学讨论集

第二辑

李怡　李俊杰　叶炘晨◎编

中国社会科学出版社

图书在版编目（CIP）数据

民国文学讨论集．第二辑/李怡等编．—北京：中国社会科学
出版社，2023.8

（四川大学中国现代文学文献学文丛）

ISBN 978 - 7 - 5227 - 2079 - 1

Ⅰ.①民… Ⅱ.①李… Ⅲ.①中国文学—文学研究—民国—
文集 Ⅳ.①I206.6

中国国家版本馆 CIP 数据核字（2023）第 122206 号

出 版 人	赵剑英
责任编辑	郭晓鸿
特约编辑	杜若佳
责任校对	师敏革
责任印制	戴 宽

出　　版	中国社会科学出版社
社　　址	北京鼓楼西大街甲 158 号
邮　　编	100720
网　　址	http://www.csspw.cn
发 行 部	010 - 84083685
门 市 部	010 - 84029450
经　　销	新华书店及其他书店

印　　刷	北京明恒达印务有限公司
装　　订	廊坊市广阳区广增装订厂
版　　次	2023 年 8 月第 1 版
印　　次	2023 年 8 月第 1 次印刷

开　　本	710×1000 1/16
印　　张	28
插　　页	2
字　　数	418 千字
定　　价	148.00 元

总　序

李　怡　刘福春

作为当代中国高校自主设立的第一个博士学位点，四川大学中国现代文献学学科已经经过了一年多的建设，而作为学科学术的发展则由来已久，今天，这一套"中国现代文献学文丛"的问世具有特别的意义。

中国现代文学学科的奠基人王瑶先生曾经说过："在古典文学的研究中，我们有一套大家所熟知的整理和鉴别文献材料的学问，版本、目录、辨伪、辑佚，都是研究者必须掌握或进行的工作；其实这些工作在现代文学的研究中同样存在，不过还没有引起人们应有的重视罢了。"① 早在 1935 年，文学史家刘大杰便在四川大学开设了必修课"现代文学"，今人皆知刘大杰先生乃古典文学史家，殊不知他一开始就以研治古典学术的方式关注着中国现代文学。1950 年，《高等学校文法两学院各系课程草案》将"中国新文学史"规定为大学中文系必修课程，四川大学在当年即建立了现代文学学科，华忱之、林如稷与北京大学的王瑶一起成为新中国现代文学学科的奠基人。与王瑶、单演义等第一代中国现代文学学者相似，华忱之也是从古典文学研究转向现代文学研究的②。华忱之侧重于对曹禺、田汉、鲁迅等作家的研究，他非

---

① 王瑶：《关于中国现代文学研究工作的随想——在中国现代文学研究会学术讨论会上的发言》，《中国现代文学研究丛刊》1980 年第 4 期。

② 康斌：《华忱之的现代文学研究》，《中国现代文学研究丛刊》2015 年第 9 期。

常注意打捞和甄别文献材料，例如《〈关于黑字二十八〉和〈编剧术〉——记曹禺抗战时期的一些创作活动》一文厘清了曹禺在抗战初期的部分文学创作活动，《田汉同志与〈抗战日报〉》捋清了田汉在抗战期间的文学活动及其文学史意义，《高歌吐气作长虹——论郭沫若抗战时期的旧体诗》整理了郭沫若在抗战时期所作的散佚旧体诗文等。林如稷是浅草—沉钟社的发起人之一，他在受聘于四川大学中文系期间集中于鲁迅研究，整理出了相当数量的原始文献。

进入新时期以后，在易明善、尹在勤、王锦厚、伍加伦、陈厚诚、曾绍义、毛迅、黎风等学人的持续耕耘下，四川大学学人先后在郭沫若研究、四川作家研究、中国新诗研究等方面取得了重要进展。中国新文学文献史料工作于新时期开始复苏，而四川大学中国现当代文学学者在 20 世纪 80 年代所取得的最重要成就是编辑文学研究资料①。1979—1990 年间陆续出版的《中国当代文学研究资料》，四川大学负责编辑其中五位作家的研究资料：王兴平、刘思久、陆文璧编《曹禺专集》（上下册），陆文璧、王兴平编《胡可专集》，毛文、黄莉如编《艾芜专集》，易明善、陆文璧、潘显一编《何其芳研究专集》，梅子、易明善编《刘以鬯研究专集》。此外，王锦厚、毛迅、钟德慧、伍加伦等编辑了《中国新文学大系1937—1949》中的《文学理论集》。

在新时期，四川大学学人对郭沫若、何其芳、李劼人等四川作家生平资料的搜集与整理，成绩最为突出。郭沫若是 20 世纪 80 年代四川大学学术研究热点之一。四川大学郭沫若研究室于 1979 年成立，不久后完成对《郭沫若全集·文学编》（该全集是郭沫若作品在新时期的第一次结集出版）中部分篇章②的注释。以郭沫若研究室为依托，川大相继发表了一系列有关郭沫若的考证文章和研究资料，如易明善的《郭沫若〈洪波曲〉的几处史实误记》和《郭沫若四十年代中期在上海活动纪略》、李保均的《郭沫若学生时代年谱（1892—1923）》和

---

① 程骧：《四川大学与中国现代文学》，见毛迅、李怡主编《现代中国文化与文学》（第5辑），四川出版集团、巴蜀书社 2008 年版，第5—22 页。

② 包括第二卷的《蜩螗集》，第十二卷的《我的学生时代》，第十八卷的《盲肠炎》《羽书集》，第十九卷的《沸羹集》，第二十卷的《天地玄黄》。

《郭沫若族谱》等论文，以及李保均的专著《郭沫若青年时代评传》，王锦厚、伍加伦、肖斌如编的《郭沫若佚文集（1906—1949）》等。

郭沫若以外的其他四川作家同样受到了关注。尹在勤的《何其芳评传》是新时期第一本详细介绍何其芳生平经历与诗歌创作的专著。四川大学学人还编辑了两辑《四川作家研究》①，收入多篇研究四川作家的论文，其中多为对四川作家资料的收录，如陈厚诚的《沙汀五十年著作年表（一九三一年四月——九八一年四月）》，伍加伦、王锦厚的《李劼人著译目录》，易明善的《何其芳抗战时期简谱》，其中，还刊登四川大学校友李存光所作的《巴金著译六十年目录》以及《巴金生平及文学活动事略》（李辉、陈思和、李存光）等。

四川大学现代文学学科在 20 世纪 90 年代继续着力于新文学史料工作，其中以新诗史料工作最为引人注目。毛迅的著作《徐志摩论稿》，挖掘和使用了很多第一手材料。王锦厚不仅与陈丽莉合编《饶孟侃诗文集》，还出版专著《闻一多与饶孟侃》，该书第一次系统考察了饶孟侃的人生遭际与创作道路。② 陈厚诚的《死神唇边的微笑——李金发传》是自我国台湾地区杨允达的《李金发评传》问世以后，在大陆公开出版的第一本李金发传记。

除了新诗以外，四川大学学者对小说和散文的资料收集与阐释工作同样用心。黎风的《新时期争鸣小说纵横谈》及时地整理了新时期以来中国小说创作的重要文献。易明善的《刘以鬯传》是"多年阅读作品、搜罗资料、访问传主，然后构思结撰而成的"（黄维樑《〈刘以鬯传〉序》），内含大量的一手材料。曾绍义耗时数年主编的《中国散文百家谭》共 3 册、140 万字，编入近百位散文名家的资料，被誉为"一部理论性、欣赏性、知识性、资料性俱有的大书"（《〈中国散文百家谭〉总序》）。张放的《中国新散文源流》以编年史的结构来论述中华人民共和国成立以前的现代散文发展史，对现代散文史料进行了清

---

① 见《四川大学学报丛刊》第十二辑（1982 年）、第十九辑（1983 年）。
② 值得一提的是，王锦厚在 1989 年出版的专著《五四新文学与外国文学》打捞了许多弥足珍贵的资料，而且其中引用的报刊、书籍有不少为珍藏本。

晰的梳理。

进入 21 世纪以后，在学者们的不懈努力下，四川大学学人继续在新文学史料方面取得重要突破。姜飞专注于国民党文艺研究，搜集了民族主义作家黄震遐的大量文献，爬梳钩沉，贡献良多，《国民党文学思想研究》一书中使用的许多文献为首次面世。陈思广致力于中国现代小说研究，《中国现代长篇小说编年史（1922—1949）》《审美之维：中国现代经典长篇小说接受史论》《中国现代长篇小说的传播与接受研究》《四川抗战小说史（1931—1949）》《现代长篇小说边缘作家研究》等著作清理出大量稀有文献。李怡以新诗为中心，在多种文学体裁的史料整理和研究中颇有建树，他主编了《中国当代文学编年史·第一卷》《中国现代文学编年史·第九卷》《穆旦研究资料》（与易彬合编）、《中国新诗百年大典·第一卷》等研究资料，还在《现代四川文学的巴蜀文化阐释》《七月派作家评传》《日本体验与中国现代文学的发生》等专著中澄清了诸多史实问题。2018 年 5 月，中国社会科学院研究员、著名的新诗文献学者刘福春受聘为四川大学特聘教授，开始着手于四川大学的史料学科的建设工作与史料文献研究生的培养工作。刘福春先生自 1980 年代初以后，一直投身于新诗文献的收集、整理和研究，被誉为"中国新诗收藏第一人"。迄今为止，刘福春编选或撰写了《中国现代文学总书目·诗歌卷》《中国现代新诗集编目》《新诗名家手稿》《冯至全集·第一卷》《冯至全集·第二卷》《红卫兵诗选》（与岩佐昌暲合编）、《中国当代新诗编年史（1966—1976）》《中国新诗书刊总目》《牛汉诗文集》《中国新诗编年史》《文革新诗编年史》等多种资料，有学者认为"刘福春先生对中国新诗文献的掌握与整理大概难有人与之比肩"①。

从 2012 年起，四川大学现代中国文化与文学研究中心联合多个科研机构和出版社，陆续推出《民国文化与文学》和《人民共和国文化与文学》论丛，以及《民国文学史论》《民国历史文化与中国现代文

---

① 李怡、罗梅：《从史料还原、文本解读到诗学建构——民国诗歌研究的三个方法论案例》，《四川大学学报》2016 年第 4 期。

学研究》等大型丛书①，为民国文学史料的整理和阐释做出了重要贡献。自 2016 年起，台湾的花木兰文化出版社开始发行《民国文学珍稀文献集成》（刘福春、李怡主编）大型系列丛书。四川大学与首都师范大学正在合作教育部研究基地重大项目"中国现代散佚诗集的搜集、整理与研究"，计划出版约 100 种《影印中国新诗散佚诗集丛刊》（李怡、刘福春主编），目前已经出版了两辑 80 余种，筹划在未来再出版 5—100 种。除此之外，四川大学正在筹建新文学史料文献典藏中心，计划建造一个以新诗为龙头、涵盖各种文学体裁的新文学（新诗）博物馆，众多校内外知名学者的个人文献收藏都将陈列其中。

四川大学是中国西部地区最早培养硕士生和博士生的学术机构，在中国现当代文学的研究生培养方面，也十分鼓励文献整理与研究方面的选题。目前已有多篇学位论文发掘和研讨新文学的文献问题，从多个方面填补了学术研究的空白。可以说，致力于新文学文献问题的考察已经在四川大学蔚然成风。

由四川大学学者创办和主编的多种学术刊物，也十分崇尚对新文学史料的保存与解读。2005 年，《现代中国文化与文学》创刊，《卷首语》中明确提出把"文化文学的互动关系与稳健扎实的蜀学传统"作为刊物的"双重追求"，期刊为此设立"文学档案"栏目，每期发表新文学史料或史料辨析论文。另外，《四川大学学报》《郭沫若学刊》《大文学评论》《民国文学与文化》《阿来研究》《华文文学评论》等学术刊物，自创刊以来均刊发了大量考辨梳理新文学史料的论文。

概览四川大学中国现当代文学学科半个多世纪的发展史，不难发现有一些学术品质始终如一，其中最引人注目之处就是重视史料考证。推崇新文学史料的搜集、整理和研究，可以说是"川大群落"的普遍学术共识，新时期以来中国新文学研究所取得的文献成果，也有四川大学学者的重要贡献。

设置二级学科中国现代文献学一直是学界的共识与愿望，四川大

---

① 李怡：《构建中国现代文学研究"川大群落"的雏形——民国文化与文学·四川大学特辑引言》，见李怡、毛迅主编《现代中国文化与文学》（第 21 辑），巴蜀书社 2017 年版，第 41 页。

学率先成立二级学科中国现代文献学，学术界多年的愿望得以实现，相信四川大学中国现代文献学将会得到极大发展，带动全国现代文献学乃至中国现代学术的整体发展。

这一套"文献学文丛"反映的是这些年来四川大学学者在搜集、整理新文学相关文献等方面的收获，相信能够对我们的中国现代文学文献工作有所补充，有所贡献。

2020 年 3 月于四川大学江安校区

编选前言

　　"民国文学"从概念提出到引起各方面关注是 1997—2013 年十多年间的现象，也是 21 世纪以后相对沉闷的中国现代文学研究界值得记录的事件。2013 年，我们选编《民国文学讨论集》在中国社会科学出版社出版，汇集了这一次讨论的主要文献。2013 年以降，激烈争论的场景有所缓解，更多的讨论转入对民国文学具体现象的认知中，这也是这一学术理念逐步走向深化的正常表现，但是，各方面的意见、分歧和思想的碰撞依然不断，也继续对我们的文学研究的思维形成有益的启迪，因此，我们决定将第一辑文献集之后的史料汇集起来，保留其中有代表性的观点，以供学术研究参阅。

　　我们的编选原则是，首先搜集整理能够找到的全部相关文献，有论文两百余篇，然后按照"代表性原则"进行适当的筛选。所谓的"代表性原则"指的就是不再简单重复前期话题提出者的观点，或者重复前期已经被反复表述的思想主张，有自己独立的见地，也不重复自己其他文章中的观点。受篇幅的限制，共精选论文二十九篇，存目五十五篇，按照"持续的探索""深入的反思""不懈的开拓""丰富的意蕴"等四大板块作初步的分类。当然，学术思想的分类都不过是权宜之计，因为学术思想总是具有自己的逻辑和丰富的指向，并不会按照我们事后的设定来表达自己，我们的分类只是方便读者阅读的一种方式。

　　从《民国文学讨论集》到《民国文学讨论集》第辑编，有一个基本的原则始终存在，那就是虽然选编者本身就是这场讨论的倡导者和积极的学术实践人，也都有自己的见解，但是我们的任务是为学术史存档，所以绝不会以个人的好恶来决定文章的筛选。那些对民国文学理念的怀疑、批评的真知灼见不仅不会被有意识遮蔽，相反，还将获得特别的关注，纳为学术史存留的重点内容，因为，只有这样，我们的学术讨论才是全面的、平等的和建设性的。

据我们观察，2017 年以后，中国学术界的民国文学讨论渐趋平静，更多的研究转入对这一历史时期的具体文学现象之中，"作为方法的民国"内化为一种学术的思维方式和考察视角。在这个时候，我们续编《民国文学讨论集》作为对一段历史的总结，真是恰逢其时。不过，随着中国大陆学术走向平静，值得一提的是，在海峡对岸，公开发行的学术期刊《民国文学与文化》却问世了，民国历史文化的视角开始进入中国台湾文学的研究，形成了两岸可以进一步对话沟通的新的学术态势，也带来了两岸华文文学研究的令人鼓舞的新局面，两岸命运共同体不仅是期盼，也是正在演进的现实，让我们对此翘首以待！

选编者

2021 年 8 月

目　录

第三编　不懈的开拓

第四编　丰富的意蕴

第五编　附录："民国文学"研究专著

第一编

持续的探索

回答一个问题：为什么要提出"民国文学史"

贾振勇

民国文学史及相关学术观念，比如民国文学、民国文学风范、民国视角、民国机制等，已经提出有些年了。近年来，中国现代文学学科及其他学科的学者们，就这些学术观念及其实践的可能性，展开了广泛而热烈的讨论，并获得了初步的学术成果。任何一个学术观念的产生与提倡，毫无疑问都要由时代精神这只看不见的上帝之手来推动。任何一个学术观念都有自己的内涵、外延以及学术指向，同时也有观念自身所难以避免的疏漏与盲区。所以支持和怀疑乃至反对这些观念，是一种良性的学术互动与争鸣。这不但会使民国文学史及诸观念在查漏补缺中得以拓展、丰富与深化，无疑也会增益于中国现代文学研究。

2012 年 12 月初，在北师大召开的"民国历史文化与文学"学术研讨会上，又有不少学者提出了疑问乃至反对意见。我作了《文学史的限度、挑战与理想：兼论作为学术增长点的"民国文学史"》的学术报告。之后又在第四场讨论的尾声阶段，就与会专家的疑问之声，主动要求发言，简略谈了为什么要提民国文学史。事实上仔细分析，产生质疑乃至反对的原因，除了质疑者秉持自我学术立场、理路与眼光外，正处于思考和探索过程中的民国文学史及诸观念的提出和支持者们，对相关的基本问题并未说明和阐发清楚也是一个重要因素。但是，不管未说明和阐发清楚的原因，是来自内部学术资源的不足还是外部社会环境的禁忌，都有必要向学术界回答："为什么"和"做什么"的问题。

一

提出民国文学史及诸学术观念，是为了解决中国现当代文学研究存在的困局，更是为了秉持和追求"学术乃天下之公器"的人文理想。

自 20 世纪 90 年代以来，中国现当代文学研究在史料考释、诗学体悟、观念扩容、意义阐发、视野拓展乃至研究队伍等诸多层面，取得了毋庸置疑的成就。尤其近些年有关"重写文学史"潮流的再度兴起，更是从观念到实践等各个层面，带来了一番热闹的学术景观。但不容回避的是，在学术景观的热烈表象背后，掩盖不住的是中国现代文学研究者们的深深忧虑：中国现代文学研究遇到了自身发展难以逾越的学术瓶颈，中国现代文学研究的创新能力已经踟蹰不前；中国现代文学学科是否是一个成熟的学科都成了一个问题，而这个问题又是那么真切地刺痛我们的神经；乃至作为二级学科的地位问题，我们都不得不去思考。陈思和教授的《我们的学科还很年轻》[1]一文，是表达这种忧虑的代表性文章。至于文学史编撰的困境问题，我以为钱理群教授的判断简洁而有代表性："原有的文学史建构已经形成了、已经稳定下来了，现在人们对它不满，又找不到一个新的东西来替代它。"[2]当然还有更多的学者撰文表达这种忧虑，只是本文无法将他们的真知灼见一一罗列。从自身知识谱系、价值秩序和意义系统等各个层面，诸多学者对中国现代文学研究存在的问题尤其是创新能力衰减的忧虑，所反馈的恰恰是一个我们不得不面对的学术匮乏的真实状况。事实上，面对中国现代文学研究的困局，不少严肃而认真的学者，已经开始尝试学术突围之路了。这就是民国文学史观念得以提出的学术研究背景。

提出民国文学史及诸观念的学术动机，绝非是简单地提出口号乃

---

① 陈思和：《我们的学科还很年轻》，《文学评论》2008 年第 2 期。
② 钱理群、国家玮：《生命意识烛照下的文学史书写》，《东岳论丛》2008 年第 5 期。

至制造学术泡沫，更非不理智地呼应所谓某种社会思潮。民国文学史及相关诸观念的提出乃至提倡，首先是基于开辟中国现代文学研究和文学史编撰的新局面这样一项严肃而认真的自身延续与发展的学术使命。毫无疑问，民国文学史及诸观念能否立住脚，以及能否带来中国现代文学研究创新能力的增值，最根本的当然是要以它现在的及其以后的学术成果来判定。质疑者要求提供扎实可靠的学术成果来验证这一观念，当然是出于真诚和良好的学术期盼，更是出于对中国现代文学研究的敬业精神。这种质疑值得充分尊敬。但是稍微需要提示的是，当年梁实秋喊出"我们不要看广告，我们要看货色"时，鲁迅的回答，值得今天的我们深深回味。其实问题很简单，扎实可靠的学术成果的取得，当然需要提倡者、支持者们扎实的学术劳作和深厚的学术功力，但是一种学术潮流能否最终开花结果，不完全取决于学者们的学术伦理意愿，更取决于外部环境是否能够提供研究的自由空间。

这就涉及民国文学史得以提出的第二个学术动机：中国现代文学研究尤其是文学史编撰，已经失去了 20 世纪 80 年代在中国知识界、思想界曾经拥有的前沿地位和至今令人怀念的那份荣耀。如今，中国现代文学研究正在渐渐丧失与社会现实进行互动和对话的能力，更不用说向社会发声这样的学术担当气魄了。问题正如中国现代文学研究会会长温儒敏教授所指出的："学问的尊严、使命感和批判精神正日渐抽空。现代文学研究很难说真的已经'回归学术'，可是对社会反应的敏感度弱了，发出的声音少了。"① 笔者曾经也提出："申告'现代中国文学史负担'，目的在于如何确立起真正独立、自足的学术尊严和文学史尊严，从而既能满足学术本身的目的，又能促使文学研究实现对社会和时代的天职。"② 当今现代文学研究的失落和症结，关涉的是中国现代文学研究得以安身立命的学术伦理和价值取向问题。尽管学术首先是自身范畴内的不断建构与延续，但是学术得以存在的最

---

① 温儒敏：《现代文学研究的"边界"及"价值尺度"问题——对中国现代文学研究现状的梳理与思考》，《华中师范大学学报》2011 年第 1 期。

② 贾振勇：《文学史负担与元文学史冲动》，《理论学刊》2011 年第 10 期。

根本理由，乃是社会现实的真切需要。我们应高度肯定那些表面看似乎和社会没有直接关联的学术成果，因为他们在默默建构坚实学术堡垒的同时，也间接实现了其社会价值。问题在于，即使我们认为20世纪80年代中国现代文学研究获得的那份荣耀只是出于特殊历史阶段的特殊需要，但是不可忘记的是：中国现代文学是呼应着我们民族追求独立、自由与解放的伟大步伐而成长起来的；它本身就是中华民族一百多年来艰苦卓绝、浴血奋斗的一面镜子，是坚忍而伟大的中华民族的心灵史；它不但未曾历史化和博物馆化，而且它的精神与风骨一刻也未曾抛弃过我们；它所憧憬的理想，依然是让我们在实现伟大民族复兴之路上怦然心动的精神动力。如果让它躲进小楼成一统，不管冬夏与春秋，不但是无视它真诚参与社会现实的主观战斗精神，而且是对中国现代文学那些创造者们的创造性成就的严重曲解与忽视。

尽管近30年来中国现代文学研究取得了很大成就，但是有一种倾向值得深思：本来是学术基础的实证研究，大有上升为实证主义之嫌。实证方法是治学基本功，扎实可靠的实证研究会带来学术的重大突破，实证的价值与意义也不容置疑。针对以往的空疏学风，力倡实证自有矫正学术弊端的莫大功劳。但问题是，当作为基本功和方法的实证，呈现独尊之趋势，成为绝对强势的学术话语权力，整体的学风就很容易陷入琐碎的考据主义，进而套上实证主义的枷锁，终至落入犬儒主义的泥坑；学术研究追求多元格局的梦想，很可能就此沦为纸上谈兵。民国文学史及诸观念的提倡，当然首先要建立在扎实可靠的实证研究基础上，但它更注重历史、社会、文化和文学的整体互动效应及其在当下的氤氲互生，致力于以创新性成果实现"学术乃天下之公器"的人文追求。因为中国现代文学研究不仅仅是一门学问，还承担着提升审美品格、凝聚社会意志、提振民族精神、增强文化认同等社会职能。中国古代先贤曾经喊出过"为天地立心，为生民立命，为往圣继绝学"，中国现代文学的先贤们也从未失去过"位卑未敢忘忧国"的赤诚情怀。那么，曾经慷慨昂扬地展现于中国现代文学创造历程的那种积极入世精神，难道今天的我们只能冷漠地看着它的精神律动渐渐远行吗？中国现代文学研究只能步乾嘉学派之后尘吗？

二

中国现代文学是在中国古典文学、世界文学和当时文学实践的共存秩序中脱颖而出的。它在与中国古典文学的抗争、对世界文学的借鉴过程中，实现了自我的创生，具有了自身"融汇古今、贯通中西"之后的独创性，实现了自我本质的确证。那是一个中国文艺复兴初步完成的历史阶段，可是它的风采与气度，却越来越淡出我们的视野。

首先需要明确的是，民国文学史及诸观念要涉及那个历史阶段的政治、法律、经济、文化、教育乃至军事等各个层面，但它最终所致力的核心学术目标是那个时代的文学。那个时代已经离我们遥遥而去，留下的仅仅是历史的遗迹。有的提倡者强调：我们应该尽可能回到历史现场，去把握和体悟那个时代的文学。有的学者就翻出历史的另一面：历史已经无法归去，如何到达历史的真实？事实上两种不同观点的区别，只不过在于对把握历史的"度"的不同侧重。文学史与一般的历史所不同的，就是我们的研究对象是依然活在我们心中并参与我们精神世界建构的文学作品，即使所有有关文学作品的外围元素都不可考，我们也能凭借语言文字本身所蕴含的信息和经验，去体悟文学、感知过去、遥想未来。强调从政治、法律、经济、文化、教育等诸层面介入民国文学的历史，只不过是为了更加深入、细致、全面地去体验、认识、理解和阐发那个时代文学的精神气度与风采。

其次需要解释的是，民国文学史及诸观念的一个具体学术目标，是针对当前中国现代文学研究界在文学研究和文学史命名方面的"名实不符"现象。关于我们的学术对象，已经有中国新文学史、中国现代文学史、中国现当代文学史、20世纪中国文学史、现代中国文学史、汉语新文学史等诸多指称。仔细考究这些指称，尽管侧重点迥异，但绕来绕去总绕不过一个"现代性"。且不说这个概念本身就有的巨大含混性和虚拟性，它实际指涉的历史状态的各个阶段，就存在着明显的断裂性和重大的差异性。尽管现代性所指涉的历史状态存在一种连贯性和同一性，但这种连贯性和同一性是从众多的断裂性和差异性中辨析、概括出来的。钱基博心目中的现代性，自然有别于胡适之心目中的现代性；左翼文人知识分子的现代性是对五四新文学创造者们的现代性的反动；以往我们对学术对象的命名背后，对现代性的理解与阐发更是言人人殊。其实，不同时间段的人们对现代性的感知、体验、理解与判断的差异与断裂，正说明了一个基本事实：流动的现代性。所以，当学者们用现代性来归纳、概括和总结这一百多年文学的历史时，不可避免地让整体性压倒了差异性，让普遍性压抑了特殊性，让同一性掩盖了断裂性，让流动性变成了凝固性。文学的历史好像井然有序了，但井然有序下面复杂、微妙、矛盾、多元的原生状态，也往往被整齐划一了。目前学术界诸类以"现代性"为指标的对中国现代文学历史的命名与叙事，极易以理论和概念的名义抹平现代性所指涉的历史事实状态的多样性和独特性。而民国文学史及诸观念所致力的，正是对一个特定历史阶段文学的独特性及独创性的最大程度的观照、还原与追复。

更需要强调的是，民国文学史及诸观念之所以要致力于研究民国时代文学的独特性和独创性，乃是因为这是一个中国现代文学实现自我确证的时代。自从鸦片战争以来，一代又一代仁人志士为谋求中国的自由、民主、繁荣和富强而抛头颅、洒热血，中国的文人知识分子们当仁不让地属于这个群体，只不过他们献身的领域在文化、在文学。犹如政治家们改变了中国的政体、国体，文人知识分子们在改善中国人精神世界的进程中也殚精竭虑、鞠躬尽瘁。尽管中国文化、中国文学的变革已经在晚清酝酿、发酵，但由古典走向现代的标志性成果是在民国期间完成的。民国时代的文学，是在告别中国古典文学、拥抱世界文学的过程中创生，并逐渐获得了独立性，难能可贵的是在很短的历史时段内它就赢得了独创性。需要注意的是，中国现代文学及其精神固然是我们的真命天子，可是中国古典文学的遗韵、世界文学的激励，何尝不回响在我们的心底？何尝不是以共鸣状态绽放在我们的文学天地？所以民国文学史及诸观念所面对和研究的，是一个由中国现代文学、中国古典文学和世界文学共同架构的一个文学共存秩序，而民国文学史及诸观念不过是对这一历史事实状态的追认、确证和重建。民国文学史及诸观念所指涉的文学对象，是在"融汇古今，贯通中西"的进程中获得了自足性和独立性，在碰撞、兼容中初步完成了中国文艺复兴第一阶段的使命，从而确证了自我不同于古今中外其他文学样态的本质属性。自然，重点考究和把握它的独特性与独创性，目的就在于如何延续和发展它的伟大人文使命，重建、恢复和发扬它曾经的光荣与梦想。

五四时代"兼容并包、思想自由"口号的辐射性和覆盖性，绝不仅仅局限于五四新文化运动时期，而是象征了自晚清以来直至民国时代中国文化、中国文学的精神气度。遗憾的是，这种精神气度被历史的战车所碾碎，被历史的尘埃所掩盖，我们似乎只能从历史深处侧耳聆听它的遥遥回响。如今在实现中华民族伟大复兴的征程中，在实现大国崛起之梦的路途上，如何以历史为鉴，寻找那个失落的精神气度，打捞起我们曾经拥有的精神体验，为中华民族的文艺复兴聊尽绵薄之力，是后来者无法推卸的时代天命。西方的文艺复兴历经数百年才最终得以完型，而中国由衰落走向复兴的道路不过才一百多年；西方的文艺复兴中经几度波折，中国的文艺复兴遭遇中断当然不足为奇。因为我们依然处于梁启超所预言的"过渡时代"。尽管中国的文艺复兴尚未完型，迄今也还未产生出足以影响世界的重大原创性"轴心"成果，但是它在民国时代为人们打开了走向开放和创造的历史之门。我们将以此为支点，重温它的悲与欢、泪与笑，让它金声玉振般的精神气度与风采，重新焕发出创造的活力。这正是民国文学史及诸观念得以提出的历史和文化的根脉所在。

三

民国，是当时全体中国人的民国，不是国民党的民国；民国精神，是当时全体中国人民与国民党反动派在博弈中形成的一种可歌可泣的时代精神。民国精神是中国文学在民国时代的风骨与精神坐标。

针对民国文学史及诸观念的实践者重返历史现场、重建民国文学景观的学术研究，有的学者指出：民国也很脏、很乱、很残忍。历史事实的确如此。但是，这里可能存在一个潜在的误读：即民国文学史及诸观念的实践者们，可能是在美化民国。这正是民国文学史及诸观念的实践者们所要郑重加以说明的。

事实上，这种误读背后还有一个潜在的重大误读：将国民党统治民国，等同于中华民国是国民党的民国，即国民党等于民国。

从历史表象看，的确是国民党带领中国人民推翻了清朝专制政权，以民主共和的建国梦想，带领中国人民走向了民国时代。但是，国民党中的反动派并未真正继承孙中山"革命尚未成功，同志仍需努力"的政治遗训，反而背叛对人民的民主承诺和自由契约，将民主共和政体流于形式，其实际治国状态基本上一团糟，最终结果必然是走向衰败，正如著名民国史专家易劳逸所判断的："这个政权是个独裁政权，建立在军事实力之上，并靠军事实力来维持。这个政权的领导人唯恐失掉他们的权力，不愿与他人分享权力和随之而来的额外所得；对于政敌和批评者则采取压制的态度。在一个现代化和民族主义愈益增强的政治形态中，公民必然变得更有政治觉悟，这种大权独揽的做法，一般地说是自我毁灭。"①

与政治上的专制独裁、军事上的拥兵自重、经济上的贪污腐败相配套的，必然是国民党反动派在文化上的腐朽反动。中国新文化、新文学自肇造至播撒宇内，是由社会各阶层最优秀的知识分子振臂一呼而云集响应的，国民党非但不是中流砥柱，反而时常与新文化、新文学相颉颃，更甚而责难、压制和破坏新文化。连"诤友"胡适之，都忍耐不住猛烈抨击"国民党是反动的"："今日的国民党到处念诵'革命尚未成功'，却全不想促进'思想之变化'！所以他们天天摧残思想自由，压迫言论自由，妄想做到思想统一。殊不知统一的思想只是思想的僵化，不是谋思想的变化。用一个人的言论思想来统一思想，只可以供给一些不思想的人的党义考试夹带品，只可以供给一些党八股的教材，绝不能靠此'收革命之成功'"，"现在国民党所以大失人心，

---

① ［美］费正清、费维恺编：《剑桥中华民国史》（下），刘敬坤等译，中国社会科学出版社1994年版，第186页。

一半固然是因为政治上的设施不能满足人民的期望，一半却是因为思想的僵化不能吸引前进的思想界的同情。前进的思想界的同情完全失掉之日，便是国民党油干灯草尽之时"。① 这不但是犀利的批判，更是敏锐的预言。

民国的建立，是以一代革命志士"碧血横飞，浩气四塞"的壮烈牺牲为之奠基的；是以民主共和的梦想，召唤和动员全体中国人民的。但是国民党执掌政权后，以"训政"的名义实行"以党治国"，不但拒绝还政于民，更披着现代民主政体华丽而虚幻的外衣，实行专制独裁之实：权贵横行，暴力肆虐；愚弄民众，鱼肉百姓；无视人民陷于水深火热，漠视民族乱于动荡纷争；而民主则沦为权贵争权夺利的手段、统治者压榨人民的工具。对于国民党反动派的这一本性，罗隆基一针见血："国家失去功用的理由，最大的是国家为某私人或某家庭或某部分人集合的团体所占据。他的功用已变了他的本性。他成了某个人，或某家庭，或某私人团体蹂躏大多数国民人权的工具。"②

与虎谋皮的胡适之和罗隆基，说的是何等透彻！事实上这个反动政权的最高统治者说得更好："老实说：古今中外任何革命党都没有我们今天这样颓唐和腐败，也没有像我们今天这样的没有精神，没有纪律，更没有是非标准，这样的党早就应该被消灭被淘汰了！"③ 抱残守缺、"以党治国"的国民党反动派，很快就走向了人民的对立面。而人民这个中华民国的真正主人终于怒不可遏，在政治、军事、文化、法律等各个领域迅速揭竿而起，星星之火终于燎原！毫无疑问，在反抗国民党反动派专制独裁的行列中，中国共产党走在了时代的最前沿。它动员、集结一切爱好自由、民主、平等的中国人，为推翻国民党反动派的专制统治，以大无畏的革命精神浴血奋斗了二十八年。而专制独裁、贪污腐化、鱼肉人民的国民党反动派，最终败走大陆、龟缩台

---

① 胡适：《新文化运动与国民党》，《胡适文集》5，北京大学出版社1998年版，第587—588页。
② 罗隆基：《论人权》，《胡适文集》5，北京大学出版社1998年版，第546页。
③ [美]易劳逸：《毁灭的种子：战争与革命中的国民党中国（1937—1949）》，王建朗、王贤知、贾维译，江苏人民出版社2009年版，第186页。

湾，为"以党治国"这个开中国历史之先河的恶行付出了惨重代价。这是它咎由自取、罪有应得。

国民党背叛了人民，也就是背叛了民国。而民国的时代精神，是中国人民在政治、经济、军事、文化、法律、教育等各个领域追求民主、自由、繁荣、富强的艰辛历程中建构起来的，尤其是在与北洋军阀、国民党等反动派英勇斗争的过程中激发出来的。或者说，这种时代精神是包括各进步政治团体、文人知识分子、工农大众等在内的全体中国人民，在与北洋军阀、国民党专制政治的博弈中形成的。这种时代精神，我们今天可以称之为民国精神。这种民国精神，属于中国人民，绝不属于国民党反动派。中国共产党正是在这样的民国精神氛围中脱颖而出，赢得了民国时代大多数人的支持与拥护。中国共产党继承孙中山先生的革命遗志，在与国民党反动派的斗争中，终于也创造了新的时代精神，带领中国人民进入了共和国时代。这自然是后话，另当别论。

显而易见，民国文学及诸观念的提出与实践，是建立在对民国精神深刻领悟的基础之上的。民国时代的文学，在展现和发扬民国精神方面，毫无疑问走在了时代前沿。民国精神也毋庸置疑地成了民国时代文学的精神风向标，成了民国时代文学的不朽的内在精神气质和风骨。之所以要阐明民国精神在民国文学现象中的轴心作用，是因为它既是民国文学史及诸观念立论的学术指南，又是民国文学史及诸观念实践的价值坐标。民国文学史及诸观念的提出与实践，最终的目的是为民国时代的文学重建那个被国民党反动派践踏过的、如今久已失落的时代精神和历史氛围，这就是代表和象征民国时代人的价值理想、道德诉求、人文风范以及社会运行内在机制的民国精神！

四

如果说民国精神是民国文学的内在风骨，如果说民国精神是民国文学史及诸观念提出与实践的学术轴心，那么民国文学史观念就是一个文学研究和文学史编撰的顶层设计，是自"二十世纪中国文学"

"重写文学史"以来中国现代文学研究的"二次革命"。然而，路漫漫其修远兮。

之所以最后要强调民国文学史观念，是一个文学研究和文学史编撰的顶层设计，是自"二十世纪中国文学""重写文学史"以来中国现代文学研究的"二次革命"，首先是考虑到这一学术预设的最终开花结果，可能需要数十年乃至上百年的艰辛学术劳作。这一过程，可能相当漫长乃至令人难以忍受，既可能涉及在外部环境缓慢变迁的情况下，我们的学术研究如何在沉闷中获得创新能力的问题；也可能涉及在外部环境骤然突变的状态下，我们的学术研究如何跟上时代精神急速发展的步伐问题。从文学研究和文学史编撰的顶层，铺展到广阔而深厚的底部，不但需要学者们在时间的延展中艰辛劳作，而且取决于难以预测的学术空间的自由度问题。

其次，强调民国文学史是"顶层设计"和"二次革命"，在于从提出这种学术预设到化为具体学术实践，不仅牵涉时间累积和社会发展进程问题；更涉及如何在相应的学术空间中将这种学术预设，分解为可操作的文学研究、文学史编撰的具体观念与思路，落实为具体而细致的学术命题。这种分解和落实，必然是在已有中国现代文学研究的格局、框架和内在机制中进行并寻求突破点。正如有学者强调的，"二十世纪中国文学"和"重写文学史"的学术支点是文学性和审美自治，是向文学本身回归，是向学术本身回归。这种以文学性、审美自治为核心的学术运作的利弊得失暂且不论，但它的确实实在在地为中国现代文学研究开辟了一条生路。那么民国文学史观念以什么作为自身的坚实学术支点，从而开辟一条中国现代文学研究的创新之路呢？

问题正在这里。如果说"二十世纪中国文学""重写文学史"的学术期待，是回归文学本身、回归学术本身，那么民国文学史观念的提倡与实践，恰恰是一条相反的学术路径。这条学术路径当然不是简单的二元对立式的位置互换，而是在前人丰硕研究成果和经验基础上力图创新之路；它已经不是以收敛的方式从文学的外部回归到文学的内部，而是以发散的形式去探求民国文学与文学外部要件之间的复杂互动，在中国文艺复兴的更宏阔格局中审视民国文学的作用、价值与意义，用文学的眼睛去审视历史、现在与未来，用文学的感觉去体验中国与世界，最后点亮自己——返回到适合自身栖居的处所。就目前所能意识到的内容来看，它不仅涉及文学研究和文学史编撰内在机制的嬗变与再生，而且必然涉及我们的历史观、社会观、价值观、政治观和文学观等一系列既成观念的重组与再造，而这些观念的重组与再造，不主要、甚至不可能来自观念自身的变革力量。因此，民国文学史观念所需要的，不仅仅是一个学术支点，而是由多维支点支撑起来的一个综合性学术平台。由于人们对民国文学历史的想象的多样性，这个学术平台也必然是一个开放而多元的共存秩序。

就民国文学史观念所能触摸到的现实学术目标而言，它带来的首先应该是中国现代文学研究及文学史编撰的整体突破。然而仅仅是这一点，就何其难也。不要说文学研究与文学史编撰实现整体突破存在巨大难度，如前辈学者所期待的"建构一部逻辑结构严整的全景观的现代中国文学史文本"，① 就是一些基本而具体的学术命题，已经或者将要困扰我们许久，比如近 30 年曾经一热再热的文学性，学者们上穷碧落下黄泉，仿佛重新发现了关于文学性的那个自律性和独立性的所谓本质特征，苦心经营后蓦然回首，却发现无论是研究还是创作，这个文学性都存在着让我们脱离社会现实的危险，而且在事实上已经让我们的研究和创作患上了某种程度的自闭症。再比如说中国的文艺复兴，这个问题是否能成为我们的问题意识，都还是一个疑问。中国新文化、新文学创始之初，五四前后的那几代人曾经那么雄心勃勃地将这个神圣的期许赋予自身。然而，俟河之清，人寿几何？生也有涯渐渐阻断了人们对这一历史长时段命题的愿景，时间之神也挟裹着层出不穷的现实问题冲淡了它的梦想。可事实是：民国文学正是在自我确证过程中为中国的文艺复兴立下了首义之功，中国的文艺复兴还在以各种有形、变形乃至无形的方式向前推进。所以，从一个后设的历史长时段视野来看，我们目前的学术研究，能否触摸到历史的脉搏、文

---

① 朱德发：《四大文化思潮与现代中国文学关系辨析》，《山东师范大学学报》2011 年第 4 期。

学史的精神律动，都值得人们深入再思考。

民国文学史及诸观念这个学术预设，如何从口号分解和落实到我们具体的研究进程中，如何成为我们文学研究和文学史编撰的常态学术机制、内在学术习惯和共同学术理想，不但需要热心于民国文学史研究的学者们集群体之合力而渐次达成，而且最终要拿出货色来验证。而这个货色的拿出，还不能等待得太长，否则再高的热情也会在无望中慢慢消失。令人欣慰的是，民国文学史及诸观念从提出时的不被关注，到如今越来越多的学者加入研究与探索的行列，越来越多的具体学术成果问世，乃至质疑与反对之声渐起，都说明民国文学史及诸观念已经由可能性、可行性的论证阶段，转向了富有成效的实践和深化阶段。目前民国文学史及诸观念的学术实践之所以能呈现活跃景象，得益于一批中国现代文学研究界知名学者的积极推动，比如张福贵教授、丁帆教授、张中良教授、李怡教授、陈福康教授等等，其中李怡教授尤为值得称赞。在中国现代文学研究界诸多同仁的共同努力下，最近几年来有关民国文学史及诸观念的学术实践，从具体学术个案的探讨与分析，到集体性学术争鸣的策划与组织，呈现出了加速度增长的趋势。

合抱之木，生于毫末；九层之台，起于累土；千里之行，始于足下。信心源于理想，理想的阳光要洒进现实，需要点点滴滴、踏踏实实的实绩。这需要吾将上下而求索的坚韧，更需要板凳一坐十年冷的耐性。

夜正深，路正长。但路已经依稀可辨。

其实地上本没有路，走的人多了，也便成了路。

（作者单位：山东师范大学文学院）
原载《华夏文化论坛》2013 年第 2 期

民国文学：一种新的研究范式在崛起

韩 伟

近年来，随着民国文学研究的不断深入和发展，"民国文学"这一概念被越来越多的学者所熟悉和认可。"从民国历史文化的角度阐述文学现象也正在成为重新定位'现代文学'的重要思路，从某种意义上看，这可以说是近年来中国文学研究的一大动向。"① 但是我们面对"现代文学"研究业已熟悉的概念、范畴、批评方法、批评模式等问题的时候，如何突破这种固有的思路、观念就成为一个非常重要的问题。我们必须建构一种新的以适应于"民国文学"研究的概念、范畴、模式，或者方法，来研究民国文学。而要深入地研究民国文学，就要"寻找理论资源、发现理论困难、创新理论思路和作出理论论证"②。民国文学研究要有理论支持，要有创新的理论思路，并作出科学严谨的理论论证，这样的研究才能真正推动民国文学研究的发展。

一 向上的兼容性：现代文学研究的总结、提炼和升华

文学的研究离不开历史，离不开历史所容涵的社会和文化存在。"中国现代文学，是在民国的历史时空中发生发展的。无论是对现代

---

① 李怡：《"民国热"与民国文学研究》，《民国历史文化与中国现代经典作家学术研讨会论文集》，2013 年，第 1 页。

② 孙正聿：《我国人文社会科学研究的范式转换及其他——关于文科研究的几点体会》，《学术界》2005 年第 2 期。

文学史的梳理，还是对作家作品的解读都应当引入民国史的视角，予以民国文学生态环境、生态结构与生态要素的还原。"① 这种研究观念的确立，是对民国文学历史风貌的还原和逼近，也是对中国现代文学所强调的"现代性"的反观与重构。中国现代文学学科的命名，一方面受政治意识形态的影响，另一方面也受西方学术文学史研究观念的影响，在强调"现代性"的同时往往忽略了其文学生成的历史场域和历史背景，留下了一定的研究空白。正是在这样一种学术背景下，研究现代文学的一些学者们开始回归历史语境，在历史文化语境中发现丰富的"细节"和被意识形态遮蔽了的东西。诚如李怡先生所言："在我看来，这些'非现代'的传统文学样式固然也存在被遮蔽的现实，但是更大的被遮蔽却存在于对整个文学史演变细节的认识和理解之中。""无论是来自前苏联的革命史'现代观'，还是来自今日西方现代性知识话语的'现代观'，都形成了对中国社会具体历史情境的种种忽视。"② 也正因为如此，李怡先生提出了"民国机制"、张中良先生提出了"民国史视角"、韩伟提出了"'民国性'内涵"。这些概念、范畴的提出，或许也有不合理的地方，也不可能涵盖所有的现代文学研究，但它至少给我们提供了一种研究的别样思路，让我们从另外一种视角窥探现代文学。

一个学科要想丰富它、发展它，就要不断地对已有的研究成果、研究理念、研究方法进行总结、归纳和提炼，既发现有价值和意义的地方，又体会到了不足。我们就应该对这些"不足"进行学术反思，及时地调整我们的研究思路和方法。这样我们的学术研究才能不断地有所创新、有所突破，才能深化我们的研究。这就是哲学上所说的"向上的兼容性"。当然，我们进行的所谓"民国文学"研究，在研究不断深入的过程中，也应该适度地反思，这样才能真正促进"民国文学"的研究走向深入。"民国"是中国历史发展的一个特定时期，是"新"与"旧"的分水岭。就"民国历史"而言，也有不同的说法。

① 秦弓：《三论现代文学与民国史视角》，《文艺争鸣》2012年第2期。
② 李怡：《"民国文学"与"民国机制"三个追问》，《理论学刊》2013年第5期。

1949 年，中国大陆就进入了"共和国"时期，而中国台湾仍然沿用"中华民国"这名称。那么，对民国文学进行研究，首要的问题就是哪一段历史时期的文学属于民国文学？关于这个问题，丁帆先生指出："新文学（也即中国现代文学）正确的表述应该是：1912—1949 年为'民国文学'第一阶段（含大陆与台港地区，以及海外华文文学），1949 年以后在台湾的 60 多年又可分为若干阶段；总体来看，1949 年后形成了三种不同的表述：大陆是'共和国文学'的表述（而非什么'当代文学'）；台湾仍是'民国文学'的表述（它延续到何时，也是一个需要讨论的学术问题）；港澳就是'港澳文学'的表述（因为它的政治文化的特殊性，所以它的文学既有中华传统文化的元素，同时又有殖民文化的色彩。因此，我们只能用地区名称来表述），此外，尚有一支海外华文文学，就一并归入'港澳文学'。"① 而民国文学又和它所处时期的历史、政治、经济、文化、法律、体制，以及人们的思想、道德、观念、思维方式等有着密切的联系。所以，我们要考察民国文学，就不得不考虑这些因素。这也就是李怡先生提出的"民国机制"的题中之意。所谓"民国机制就是从清王朝覆灭开始，在新的社会体制下，逐步形成的，推动社会文化与文学发展的诸种社会力量的综合，这里有社会政治的结构性因素，有民国经济方式的保证与限制，也有民国社会的文化环境的围合，甚至还包括与民国社会所形成的独特的精神导向，它们共同作用，彼此配合，决定了中国现代文学的特征，包括它的优长，也牵连着它的局限和问题"②。

中国现代文学的研究在三十多年的时间里，取得了丰硕的成果，这是有目共睹的事情。但现代文学的研究，在强调文学发展的"现代性"的同时，也遮蔽了一些历史文化细节，甚至是些常识性的误判。譬如对 20 世纪 30 年代作家作品的研究，如果我们不能够回到 30 年代的历史文化语境之中，我们的一些价值判断就往往有失偏颇，不能客

---

① 丁帆：《给新文学史重新断代的理由——关于"民国文学"构想及其他的几点补充意见》，《中国现代文学研究丛刊》2011 年第 3 期。

② 李怡：《民国机制：中国现代文学的一种阐释框架》，《广东社会科学》2010 年第 6 期。

观、真实、科学地反映历史存在。另外，如果我们能够参照一些台湾的"三十年代作家"研究，就会让我们获得另外一种学术体验和感受。我们通过台湾"这些作者对三十年代作家的研究动机、写作立场，并分析三十年代作家在台湾特殊的政治气氛、文艺政策下被'误读'的原因、被'误读'的策略，从而体认到，正因为'误解'的伤害与重重障碍，才更显示出'理解'的必要与难能可贵"①。这种他者视角一方面让我们了解了台湾学者对 30 年代作家的研究和评价，另一方面也让我们感受到"民国气氛"，尤其是"政治气氛"，这对于我们研究现代文学有着一定的启示意义。现代文学研究要想发展，就得不断归纳、总结已有的学术成果，在已有的这些学术成果的基础上提炼出富有哲思意味的创新性思路，拓展了研究视野，从而升华了现代文学研究。这种学术研究的"向上的兼容性"，将引领我们不断跃上新台阶。

二 时代的容涵性：现代文学研究的范式转换与民国文学研究的勃发

任何文学研究，都和时代有着千丝万缕的联系，都具有一定的"时代的容涵性"。现代文学的研究想要突破业已形成的研究"瓶颈"问题，就应该转换研究范式，将其置于中国文学发展的历史文化语境之中，在历史细部寻找新的学术生长点。关于文学研究的范式问题，有学者曾指出"文学范式是一定时期一定范围内从事文学创作和研究的文学共同体所一致遵循的一般理论原则、方法论规定、话语模型和应用范例。它不同于文学研究中某个批评家使用的独特方法或风格特色，而是对全部文学现象的总体观照，是一定时期内总的看待问题的方式，规范着整个文学研究活动的整体框架。它以一定的哲学美学思

---

① 张堂锜：《"禁区"与"误区"——台湾的"三十年代作家论"》，《西北师大学报》2014 年第 2 期。

想为其基础，又具有作为一门具体学科所固定的范围、层次和时域"。① 正是基于这样一种考虑，李怡先生提出了"民国机制"这一概念，试图以此打开研究中国现代文学的大门。"民国机制"为我们提供了一种能够切入问题的具体视角，"这其中既包含了对社会制度与社会环境的客观考察，又突出了作家与时代环境的互动关系：既体现了制度、环境对文学的影响，又深入发掘了作家在既定的社会条件下所产生的迥异的创作心理与文学风格，是一种动静结合的研究方式"②。而秦弓先生正是看到了"民国为现代文学提供的发展空间"③，提出了"民国史视角"这一研究范式，并身体力行，写了一系列有关现代文学研究的"民国史视角"的文章，如《从民国史的视角看鲁迅》《现代文学的历史还原与民国史视角》《三论现代文学与民国史视角》等。"中国现代文学，是在民国的历史时空中发生发展的。无论是对现代文学史的梳理，还是对作家作品的解读，都应当引入民国史的视角，予以民国文学生态环境、生态结构与生态要素的还原。"④ 这是一种实事求是研究精神的体现，是对中国现代文学风貌的真实还原。现代文学的民国历史背景，是丰富的、复杂的，我们要看到被政治遮蔽了的一些东西，这样我们的研究才能令人信服。譬如，胡适在《新月》月刊 1929 年第 2 卷第 2 号上发表《人权与约法》，抨击政府对人权的践踏。我们不能只看到国民政府警告胡适并查禁《新月》第 2 卷6、7 号合刊与《人权论集》，我们也应该看到胡适并没有因此锒铛入狱，而是重新回到北大的讲坛。这期间背后的政治文化生态是值得我们体味的。还有鲁迅先生状告北新书局拖欠版税一事，也足以说明当时人们的生活还是有法律保障的。这对于我们理解民国文学，重新走进民国文学的细部，有着一定启示意义。

关于民国文学的研究，学术界也存在着一些不同的声音。有的

---

① 金元浦：《当代文艺学范式的转换与话语重建》，《思想战线》1994 年第 4 期。
② 王泽龙：《王海燕对话：关于"民国文学机制"与现代文学研究》，《江汉学术》2013年第 2 期。
③ 秦弓：《现代文学的历史还原与民国史视角》，《湖南社会科学》2010 年第 1 期。
④ 秦弓：《三论现代文学与民国史视角》，《文艺争鸣》2012 年第 1 期。

学者认为，现代文学已经是根深蒂固、人人皆知的学科了，没有必要进行所谓的民国文学研究。为此，张中良先生认为，"其实这一概念的提出，是实事求是的历史主义精神得以恢复的表征；现代文学在民国社会文化背景下发生发展，其多元化格局、作家生存状态、作品的内涵与文体等都打上了深刻的民国烙印；遮蔽了民国视角，民族主义文学思潮与正面战场文学等重要的文学现象便得不到真实地反映与准确的评价。历史依据确凿存在，概念的合法性毋庸置疑"。而李怡先生更是从寻找"中国独特性"的角度出发，阐释了作为方法的"民国"。"对于中国的现代文学研究而言，更能反映我们立场和问题意识的其实还不是笼统的'中国'，而是作为具体历史表征的'民国'。中国现代文学研究如果要在历史化的努力中推进和深化，就应该从'现代性'、'20世纪'这些宏达的概括中解放出来，返回到如'民国'、'人民共和国'这样更加具体的历史场景。"[1] 民国文学产生的历史大背景是中华民国，是对民国时期人们的生产、生活和情感世界的描绘和书写。民国文学是民国时期政治、经济、文化等的集中展示。我们今天研究民国文学，就不得不回到历史语境之中，只有还原了历史情形，才能比较客观地研究和评价这一时期的文学。因此，研究民国文学就应该重视"民国性"内涵。诚如有学者指出："'民国性'是民国文学研究价值意义彰显的一个重要表征，也是打开民国文学研究的一个重要理论视域，是传统现代文学三十年研究的另一个很好的切入点，也是回到历史场域、重新发现学术生长点的新际遇。""民国性"应该是民国文学研究的应有内涵，只有将这一内涵的研究置于重要地位，才能激活民国文学研究的生命力，才能在现实和理论两个维度上凸显民国文学研究的价值和意义。"这也是从另外一个层面对民国时期的时代内涵予以某种观照。

一个时代有一个时代的文学。文学表达和体现了时代的容涵性，时代的容涵性在文学中积蓄、升华。我们以往借助"新文学""近代

---

① 李怡：《作为方法的"民国"》，《文学评论》2014年第1期。

文学""现代文学""二十世纪中国文学"等文学史叙述概念来研究现代文学,强调了现代文学的"现代性"特质,但"这些概念和叙述方式都有意无意地脱离了特定的国家历史情态,从而成为一种抽象的'历史性质'的论证"①。正是因为看到了以往这种研究的局限性,近年来一些学者提出了"民国机制""民国史视角""民国性"内涵等研究概念和范式,试图通过建构一种新的研究框架来表达符合中国历史情态的文学史实,挖掘出沉潜在民国历史之中的时代内涵。这些可贵的研究激起了一些学者的学术热情,形成了民国文学研究热(如近年来,由中国现代文学研究会、北京师范大学文学院、四川大学现代中国文化与文学研究中心、红河学院、塔里木大学人文学院等举办的学术会议,就民国文学研究问题进行专门研讨)。"民国文学"的命名是对现代文学学科的反思和寻求突破的学术选择,这一视角的确立,丰富了民国文学的历史内容,扩大了中国现代文学的学科边界。但同时,我们的研究往往容易从一个极端走向另一个极端。我们在强调民国文学的历史整体性的同时,往往很容易把中国现代文学最具有本质性内涵的"现代"灵魂遮蔽掉,也往往忽略了中国文学"新"与"旧"的区别与联系,甚至为了突出"民国性"有意地强化民国政治文化和意识形态话语对现代文学的影响和渗透。这样,我们的研究就很难挖掘出真正的文学意义。

三 逻辑的展开性:民国文学研究概念系统的生成

随着民国文学研究的进一步深入,学者们归纳总结出了些重要的概念系统。我们通过这些概念系统,不断地挖掘出被前人所忽略的新价值。"学术界曾经有一种设想:借助'民国文学'这样的'时间性'命名可以容纳各种各样的文学样式,从而为现代中国文学的宏富图景开拓空间。"② 这种"时间性"的命名一方面有助于我们将"现代文

---

① 李怡:《中国现代文学史的叙述范式》,《中国社会科学》2012年第2期。
② 李怡:《中国现代文学史的叙述范式》,《中国社会科学》2012年第2期。

学"置于中国文学整体历史发展框架之中，另一方面警醒我们"不能同意认为文学时代只是一个为描述任何一段时间过程而使用的语言符号的那种极端唯名论观点。极端的唯名论假定，时代的概念是把一个任意的附加物加在了一堆材料上，而这材料实际上只是一个连续的无一定方向的流而已；这样，摆在我们面前的就一方面是具体事件的一片混沌，另一方面是纯粹的主观的标签"①。这就是说，我们研究文学，既要看到大的历史框架下的文学存在，同时也要看到这种文学存在的丰富意义。"中华民国的成立才是中国进入'现代'的开始，只有自民国文化始，中国文化才进入了真正的'现代性'语境当中，民国文学也才有了'现代文学'的自觉意识。"② 关于这一点，丁帆先生专门著文予以厘清（《给新文学史重新断代的理由——关于"民国文学"构想及其他的几点补充意见》《关于建构民国文学史过程中难以回避的几个问题》《"民国文学风范"的再思考》），文章深刻地分析和探讨了"民国文学史"建构过程中一些迫切需要解决的若干实质性的问题。丁文的一系列诘问和洞见："民国文学所确立的'人的文学'之价值观为什么会被颠覆？为什么新文学原本寻觅的非贫穷、非暴力的人性主题逐渐被转换？为什么文学依附于党派政治会成为新文学一直延续的惯性？中国新文学和中国现代文学命名的区别在哪里？"③ 这给我们的研究带来很大的启发。"民国文学"以一种整体性历史文化视野来考察这段历史的政治变革、经济变革、文化变革，以及战争语境中各种思想的碰撞、交流，甚至是交锋，并从文学的内部和外部两个层面进行分析和研究，形成富有学术张力的研究模态。中国现代文学的时段性特征相对比较明显，我们可以粗略地分为"五四"新文学、左翼文学、民族主义文学、自由主义文学、海派、京派、抗战文

---

① ［美］韦勒克、沃伦：《文学理论》，刘象愚等译，生活·读书·新知三联书店 1984 年版，第 302 页。

② 丁帆：《关于建构民国文学史过程中难以回避的几个问题》，《当代作家评论》2012 年第 5 期。

③ 丁帆：《关于建构民国文学史过程中难以回避的几个问题》，《当代作家评论》2012 年第 5 期。

学、解放区文学（延安文艺）、沦陷区文学、国统区文学等，这些时间段的文学有着相对明显的共同性特征，也传达出了中国现代文学的文学走向和历史内涵。但我们研究这些时间段文学的共同性特征及内涵的时候，发现文学存在的鲜活感、动态感被遮蔽了，解蔽和还原文学生态的动态性问题就成为我们研究必不可少的环节。我们通过民国历史文化生态的还原，让文学存在中那些生动的、丰富的、富有生命质感的细节活泛起来。这种研究有利于我们更加准确、客观、科学、合理地评价中国现代文学。这也是李怡先生所说的"作为方法的'民国'"的意义之所在。

随着民国文学研究的进一步深入和深化，已经形成了一系列被学术界所认可的研究范式。这些研究范式的形成植根于民国文学研究现实，在大量的基础研究基础之上，形成一种富有逻辑性的学术展开。这种学术逻辑的展开，生成了民国文学研究的概念系统。李怡先生认为，引入"文学机制"，可能对我们的研究产生三个方面的直接推动作用。"首先，从中国文学研究的中外冲撞模式中跨越出来，形成在中国社会文化自身情形中研讨文学问题的新思路。"[1] "其次，对'文学机制'的论述有助于厘清文学研究的一系列基本概念，如'现代'、'现代化'、'民族'、'进化'、'革命'、'启蒙'、'大众'、'现实主义'、'浪漫主义'、'现代主义'等概念，都将获得更符合中国历史实际的说明。"[2] "最后，对作为民国文学机制具体组成部分的各种结构性因素的剖析，可为近百年来中国文学的研究提供新的课题。"[3] 李先生提出了民国文学研究的"民国机制"之后，写了一系列文章来阐释他的观点。譬如《辛亥革命与中国文学的"民国机制"》《宪政理想与民国文学空间》《为什么关注"民国文学"？——在台湾中国现代文学学会的演讲》《"民国文学"与"民国机制"三个追问》等，这些文章鞭辟入里，试图返回历史现场，在民国丰富复杂的历史语境中寻找

---

[1] 李怡：《中国现代文学史的叙述范式》，《中国社会科学》2012 年第 2 期。
[2] 李怡：《中国现代文学史的叙述范式》，《中国社会科学》2012 年第 2 期。
[3] 李怡：《中国现代文学史的叙述范式》，《中国社会科学》2012 年第 2 期。

现代文学研究突破的可能，赋予"现代"具体的内容，也为以往研究中描述脱离历史实际作了很好的去弊。在历史的逻辑中展开文学的细部，在文学的细部中寻找历史的真实"肌理"。"现代文学的历史还原，不能仅仅局限于新民主主义史的视角，而是应该引进民国史视角，这意味着应该全面解读现代文学中的辛亥革命，应该勇于正视民国为现代文学提供的发展空间，应该还原面对民族危机的民国姿态。只有这样，才能清晰地复原现代文学史的原生态，准确地理解作家、作品与其他文学现象。"① 民国的政治、经济、文化、教育、新闻出版等社会生态给民国文学的发展提供了舞台和空间，也正是在这种文化生态中才滋生出生机勃勃的中国现代文学。张先生提出的"民国史视角"就是试图在这种历史还原中准确地理解作家、作品及其文学现象。他在阐释他的观点的时候，还举例说明，如《从民国史的视角看鲁迅》。张先生的这种研究既有史论高度，又能以史实说话，让人信服。"从民国史的视角看鲁迅，会发现很多值得思考的问题。"② 笔者认为"民国性"是民国历史文化语境的一个基本特性，我们一切的研究都离不开这个特性。我们研究民国文学就应该充分重视"民国性"品格。这种逻辑上的展开得到理论上的进一步提升"民国性"是民国文学研究的一个重要理论视域。

文学的研究要想不断得以升华和拓展，就既要在材料的层面上进行逻辑上的展开，又要在理论上得以逻辑上展开的凝铸。这种既有实证性的分析，又有理论上的引领，才能让我们的民国文学的研究不断跃上新的台阶。

总之，无论是李怡先生提出的"民国机制"，还是张中良先生提出的"民国史视角"，还有韩伟在学习和研究前人的科研成果的基础上提出的"民国性"内涵，都试图通过研究范式的转换来打开中国现代文学研究的大门。这些研究范式、概念的提出，以及理论性阐释、实证性分析，或许还有很多不成熟的地方，也有值得探讨和商榷之处，

---

① 秦弓：《现代文学的历史还原与民国史视角》，《湖南社会科学》2010 年第 1 期。

② 秦弓：《从民国史的视角看鲁迅》，《广东社会科学》2006 年第 4 期。

但这种努力是很可贵的，是值得肯定的。一个学科要想发展，就应该允许有不同的声音。中国现代文学在强调"现代性"的同时，也意味着忽略了，或者说是遮蔽了一些历史文化细节，这就使得我们对现代文学的分析、判断、研究往往失之公允。而如果我们能够引入一种哲学的观照，对现代文学已有的研究成果进行归纳、总结，凝聚其向上的兼容性，发掘其时代的容涵性，分析其逻辑的展开性，从而形成一些重要的研究范式或者概念系统，就可能从更加宽阔的学术层面寻找到中国现代文学研究新的学术生长点。可喜的是，通过近年来众多学者的不懈努力，民国文学的研究已经获得了学界的认可，也形成了一些重要的研究范式，譬如"民国机制""民国史视角""民国性"内涵。可以说，一种新的研究范式在崛起。

（作者单位：西安电子科技大学人文学院）

原载《甘肃社会科学》2014 年第 4 期

"现代"的牢笼与文学史的建构

——关于"民国文学史"的若干思考

赵普光

一 "起点焦虑"、"命名焦虑"及"漏斗型文学史"

在从事中国现当代文学研究过程中，笔者发现两个值得深思的问题。一是中国现当代文学研究界特别热衷于中国现代文学的起点和命名，笔者称之为"起点焦虑"和"命名焦虑"。这种焦虑，在中国古代文学研究和外国文学研究中，是很少见的。如关于起点就聚讼纷纭，有 1919 年、1917 年、1915 年、1898 年、1892 年、1901 年、1912 年等。这么多的界分方法，每一家都有自己的根据，有自己的理由。关于命名的论争，也有很多说法，如现代文学、当代文学、新文学、20世纪中国文学、民国文学/共和国文学等。

第二个现象是"漏斗型的文学史"。我们发现，从中国古代文学史到中国现代文学史，再到当代文学史，随着文学史历程的递嬗，著史者所描述的范围在逐渐缩小，总体呈现出越来越窄的 V 字形。笔者称之为"漏斗型的文学史"。这一现象表现在文体类型上，尤其明显。中国古代文学史在入史对象的选择上基本是持传统的大文学的概念。到了民国初期，当时的新文学研究者视野依然很宽，近于大文学观。1949 年以后（尤其是 80 年代以后）的现代文学史著，眼光日趋狭窄。以致出现了这样的情况："在文学史研究上我们就出现了两种标准：对古代文学史，我们采取的是泛文学的标准，凡属文章，不论文学非文学，我们都收进去；对现代文学，我们采取的是较为狭义的文学的标准，只收文学作品。这样一来，从古代到现代，我们的文学史在逻辑上便衔接不起来。"①

"起点焦虑症""命名焦虑症"的表现与"漏斗型文学史"的形成看似风马牛不相及，但细细想来，它们之间的关系甚大。这两个现象表征的是中国现当代文学学科遭遇的尴尬与危机。正因为如此，突破既定的 1917 年或 1919 年的起点，挣脱"漏斗型文学史"的束缚，就成了长期以来中国现代文学研究的学术创新和增长的原动力。

但是大多数研究者的思路依然是：将新文学研究范围拓展扩容，将起点无限上溯，都还是在一个所谓现代性的阐释框架内，中国现代文学之所以确立就是因为其与中国古代文学不同的"现代性"和新质。然而问题在于：因为强调这种新质，才会将通俗文学、旧体文学等文学现象抛于现代文学研究视野之外。换句话说，也正是因为一直强调中国现代文学的"现代性""新质"，及其与古代文学的断裂，才会导致漏斗型文学史的出现。

可见，在对"新文学"的新质和现代性的确认的前提下，研究者不断修补（如旧体文学、通俗文学是否入史等讨论），尴尬依然越来越多，原本纷乱的文学史写作，无法摆脱自相矛盾的泥潭。中国现代文学的矛盾与尴尬，并没有因为起点不断位移、研究不断扩容而解决。"中国现代文学史"的命名，其实成了中国现代文学研究者们的一个"紧箍咒"，研究者们再努力挖掘新的文学现象和文学史料，拓展文学史范围，但是终还跳不出"如来佛祖的手"。

二 "断裂"的冲动与"现代"的局限

文学史起点与命名，关涉的是文学史观的问题，隐含着著史者和研究者对文学历史的价值评判与观念选择。标准不同，入史的选择就大不相同。中国现代文学以 1917 年或 1919 年为起点的认定，与对某

---

① 罗宗强：《文学史编写问题随想》，《文学遗产》1999 年第 4 期。

一支文学的强化和经典化有着直接关系。比如，1917 年为起点，必然将新文学作品作为唯一的历史存在；1919 年为起点，（左翼）革命文学自然是文学史主角。用新文学史命名，就不可能给旧体文学以合法性地位。用现代文学命名，就意味着对所谓"非现代"文学的排斥。

中国现代文学学科建立之初，为确立自己的合法性，"断裂"成为其首要的策略。现代文学之"现代"、新文学之"新"，都折射出断裂的冲动。中国现代文学史的命名，意味着一种先入为主概念先行的文学史书写。其先行的概念是"现代"，而不是"文学"和"中国"。而"现代"本身是模糊的、混沌的，也是流动的、变动不居的。所以，模糊的现代就给后来的文学史书写者为自己认同的某些文学、思潮、现象书写，排斥其他文学、现象、思潮，提供了可能。

具有天然"合法性"的"现代"，就成为五四之后渐入主流的新文学家们塑造自己历史、确立合法性的护身符。20 世纪 30 年代"新文学大系"的出现，其实就暗含着为"五四"之后崛起的新文学家确立合法地位的努力。"大系"的文学史形塑，影响甚巨，以后的文学史写作几乎都是在这个基础上修改损益的。"大系"的参与者们急于展示新文学的创作实绩，其背后本身就意味着当时除了新文学之外，还有其他的更具主流地位的文学存在。如果说他们的行动本身情有可原，那么后来的著史者如果还完全在这个框架内书写，就过于偏颇了。因为大系建构的本来就不是一个完整的中国文学史。当代的文学史书写者往往轻易地从空洞的"现代"观念出发书写历史，失却了对鲜活真实的历史的敏感，无法对真实的文学历史进行全景描绘。特别是1949 年之后的一段时期，文学史更是窄化到了极端。所以，以往的现代文学史书写，从来不是纯粹的文学史，不是完整的文学史，大都是某一部分文学的历史。这样的文学史写得越多，并不意味着离真实的文学历史、文化历史就越近。

如何突破已有的狭隘文学史书写？一些学者提出了所谓的"大文学史观"①。而大文学史的形成和大文学史观的建立，基础在于"大文

---

① 丁帆：《关于建构百年文学史的几点意见和设想》，《文学评论》2010 年第 1 期。

学观"的建立。建立大文学史观，除了纵向的梳理外，还应该有横向的融通。建立大文学观，就要挣脱"现代"牢笼，突破现有的狭隘的"新文学"观。因为前述危机产生的首要原因在于，这些努力依然是在"现代文学"的命名和前提之下展开，缺乏一种高度整合性和巨大包容性的名称去涵盖清王朝完结之后的整个文学的历史。所以，重新确立中国现代文学的起点，为这段文学历史确立一个整合性和包容性令人满意的命名，成为解决现代文学研究危机和尴尬的首先面对的问题。

三 "1912 说"与"民国文学史"的提出

文学的发展是渐变的，是新中有旧、旧中有新的，不存在完全彻底的割裂。用精确的某一年为起点、用某一篇文章的发表作为起点、某一部小说的出版作为起点、某一本杂志的创刊作为起点、某一次学生运动作为起点，都带有极强烈的主观性，说到底都是一种假设，不存在一个全新的与此前完全无关的文学突然出现。所以，这些划分，有其合理性的一面，同时亦有其明显的局限①。然而，因为有了文学史，有了文学史课程和教材，文学史的建构中，命名的确定、起点的确立就不可回避（除非真的取消了文学史写作，但目前来看，还不可能）。既然如此，那么，怎样使命名和起点的确定更符合实际，更具操作性，能够最大程度上涵盖某段文学史的全貌和整体，恐怕才是著史者首先要考虑的。

就目前的诸种方案看，将纵向（历时的和历史的）和横向（政治语境的、地域的、文化的）打通融合，两方面兼顾最合理、最切合实际的方案，恐怕还是将这段文学史命名为"民国文学史"。"民国文学史"一旦确立，1912 年的民国元年自然就成为起点。

民国文学史，其实是民初很多学者的提法，对此丁帆先生曾有详

---

① 丁帆：《新旧文学的分水岭——寻找被中国现代文学史遗忘和遮蔽了的七年（1912—1919）》，《江苏社会科学》2011 年第 1 期。

细的考证和例举①。如果说民初这些学者对民国文学史概念的运用还不具有学科的自觉意识的话，那么20世纪90年代特别是21世纪以来，有学者开始尝试用"民国文学史"的概念来为通常所说的中国现代文学史重新命名，这一实践则具有清醒的学科自觉与历史自觉②。在当代学者关于民国文学史的论述中，大多还止于对此概念的根据和理由论证的层面。而丁帆先生《给新文学史重新断代的理由——关于"民国文学"构想及其他的几点补充意见》一文，则深入了对民国文学史的构成，民国文学史与共和国文学史、大陆与台湾及港澳和海外华文文学等如何划分和整合等的层面的系统建构③。关于这一构想，笔者想补充指出两点。

第一，民国文学（史）概念的提出，其意义还在于促使著史者和研究者向平常心态回落，少一些"断裂"的冲动④。因为常识还告诉我们，当一味地"标新立异"的时候，暴露的恰恰是另一种不自信。

第二，五四及其后的文学史，不应该只是"新文学"的历史，而应该是文学发展全貌的高度概括和历史整合。打个比方，如果将民初以来的文学史比作一棵大树，很多中国现代文学史，取景的本来就是半棵树，是树的局部，那么无论在枝蔓上如何费尽心思地增删，也还原不了文学史的真实图景，只有先取全景，然后再做宏观和微观的远近调焦，如此才是客观的、大致不失文学史完整轮廓的做法。正如丁帆先生呼吁的："民国文学史是民国一代的文学史……我们必须正视新与旧、雅与俗并存的问题……到了今天，我们应该并且可以打

---

① 丁帆：《新旧文学的分水岭——寻找被中国现代文学史遗忘和遮蔽了的七年（1912—1919）》，《江苏社会科学》2011年第1期。

② 如陈福康、张福贵、丁帆、李怡、张中良等先生分别倡导民国文学史、民国文学、民国史视角、民国机制，以及汤溢泽、廖广莉、杨丹丹、赵步阳、陈学祖、李光荣、王学东等学者也都撰文从不同的角度支持民国文学史的命名。

③ 丁帆：《给新文学史重新断代的理由——关于"民国文学"构想及其他的几点补充意见》，《中国现代文学研究丛刊》2011年第3期。

④ 丁帆先生指出："中国古代文学和中国现代文学的切割分离是当下学术格局和学科格局所造成的……在未来文学史的历史长河中，20世纪以降的许多作家作品、文学现象、文学思潮和文学理论都将遭到无情的磨洗和淘汰，它就顺其自然地汇入了'中国文学史'的序列中了。"〔丁帆、杨辉：《文学史的视界：丁帆教授访谈》，《美文》（上半月）2014年第4期。〕

扫地基，给历史上被遮蔽的、被扭曲的各种面相一个清楚的展示与定位。"①

至此，我们发现，历史兜了一个大圈，又回到了原点。现代文学研究界，为何"穷折腾"？掌握文学史型塑权力的人，都在努力为这段文学历史寻找出不同于以往的新的优越性。于是，我们发现，在拼命追寻新质过程中，不知不觉地陷入了迷障。"命名的焦虑"背后，暗藏的是一种合法性的焦虑、优越性的焦虑（进化论曾经为此起到推波助澜的作用）。原来"折腾"的原因在于"现代"的迷失。

在现代的迷失中，随着文学史事实的不断扩容，研究出现了"研究者几乎把所有的目光凝眸定格在文学史的边缘史料发掘和一些原来不居中心的作家作品翻案工作上"②的偏向。因为长期以来文学史书写和研究的狭隘化，自然导致一部分学者试图去挖掘被遗落的文学现象。结果之一，人们虽然逐渐意识到比如旧体诗词、通俗文学、大量的小报文字等，也是民国以来中国文学的真实存在，但是每当扩容之际，我们又不得不绞尽脑汁地寻找其所谓"旧体"文学的"现代"性质。也就是说，文学史事实的不断被发现，现代文学史的不断重写，这些都是以"现代"之名进行的。最终往往导致"文学"之实与"现代"之名的对冲不断地加剧。另一个结果，是不断增加的量，致使文学史越写越厚。对此，有学者提出文学史写作应该用减法，而不是用加法的倡导③。如果能够确立一个具有巨大包容性的文学史命名，用一个宏阔的视野和高度凝练和恒定的标准来写史，文学史才有望写薄。如果突破和超越所谓"现代"文学史（其实是狭隘的"现代"）、"新文学史"，直面中国文学的事实，用"民国文学"断代命名，就不必要纠缠于入史选择的对象是否具有所谓的"现代"特质，就可以理所当然地将所有文学写作现象统而观之，如此才不是在原来的基础上修修补补。因为"打补丁"的话，只会使得厚度增加。而用一种新的文

---

① 丁帆：《我们应该怎样书写文学史》，《名作欣赏》2013 年第 22 期。
② 丁帆：《关于建构百年文学史的几点意见和设想》，《文学评论》2010 年第 1 期。
③ 丁帆：《关于建构百年文学史的几点意见和设想》，《文学评论》2010 年第 1 期。

学观重造，才可能有新的拣选提炼，使文学史写薄，才能根本上解决名、实对冲的矛盾。

民国文学史，或许不见得是最优的选择，却是目前为止最符合实际的选择。以政体的变更为文学史命名，可以避免争论不休的所谓"新"与"旧"的纠缠、"现代性"与非"现代性"的混沌，从而使那个时期的文学都可以放在统一的平台进行综合考量、提炼和选择，如此，入史的文学才可能具有代表性、全面性，也才可能比较接近文学史的真实。

四　民国文学史与大文学史观的建构

在热议的民国文学研究理路中，有并不完全一致的提法，影响最大的是"民国文学史""民国史视角""民国机制"等概念。同样在民国文学（史）的大方向上，三个概念的立场和维度不尽相同。民国文学史是基于文学史著的书写和文学史的建构，是对以往现代文学史的重新命名，而后两个概念是在传统的中国现代文学史命名的前提下，作为一种研究视角、方法的新思路①。

同样是明确倡导"国民文学史"的概念，丁帆先生与张福贵先生的着眼点似也有异趣。张福贵先生更着眼于民国的"时间性"②，用民国文学史的概念，是为了解决现代文学与当代文学的纠缠，更好地将二者切割。而丁帆先生更强调民国文学与共和国文学的关联，试图从民国文学史的建构中，去发掘共和国文学史应然的某些机制和品格，

---

① 参见李怡、周维东《文学的"民国机制"答问》，《文艺争鸣》2012 年第 3 期；李怡《"民国文学"与"民国机制"三个追问》，《理论学刊》2013 年第 5 期；秦弓（张中良）《现代文学的历史还原与民国史视角》，《湖南社会科学》2010 年第 1 期；秦弓（张中良）《三论现代文学与民国史视角》，《文艺争鸣》2012 年第 1 期等。而张中良先生新近的文章，似从倡导"民国史视角"转向明确支持"民国文学史"概念（参见张中良《民国文学史概念的合法性及其历史依据》，《西北师大学报》2014 年第 2 期）。

② 张福贵先生说："中国现代文学史的命名就应该从意义的概念重新回到时间概念上来。""时间性概念又具有中间性，不包含思想倾向，没有主观性，不限定任何的意义评价，只为研究者提供了一个研究的时空边界。"［张福贵：《从意义概念返回到时间概念——关于中国现代文学的命名问题》，《文学世纪》（香港）2003 年第 4 期。］

从而力图确立一个自 1912 年开启的长远和宏阔的中国新文学史，以区别于中国古代文学。丁帆先生的思考，其着力之处，还不仅仅在于提出"民国文学（史）"的概念，而是通过 1912 年起点的确定，通过"民国文学史"的建构，开启一个贯通的整体的中国新文学史。这一"中国新文学史"，并非对以往的"新文学史"的重复，亦非简单的颠覆，而是试图全新的建构。以往的新文学史，更多的只是"新文学"的历史，只是集中于白话文学和新文学家的历史。而贯通的整体的"中国新文学史"，是"新"的文学史，著史者从此可以站在一个更高的更加宏大的立场和层面，通观中国文学史自 1912 年之后发展变迁并一直流向未来的总趋势。所以，在这个意义上，丁帆先生的民国文学史概念的提出和大文学史观的建立，其意义是将民国元年之后的所有文学进行重新的整合，以期建立一个新的大文学史。如果此设想可以实现的话，为以后正在展开的未来的中国文学史"命名焦虑""起点焦虑""漏斗型文学史"以及名、实矛盾对冲等问题提供一种新的可能。事实上，已经有学者在进行著史实践了，丁帆先生新版的《中国新文学史》（高等教育出版社 2013 年版）即是重要的尝试。①

民国文学史概念自被从学科重建的角度提出之后，引起了论争。支持者有之，反对者亦众。而这聚讼纷纭中，有学者的立场值得注意：既意识到民国文学命名的学理和学科意义，但又依循固有的现代文学研究思维的惯性，矛盾之中显得颇为犹豫不决，议论也更显谨慎一些。比如周维东先生曾就民国文学史的可操作性提出了质疑："在我看来，'民国文学史'预设的很多优势其实并不存在，学界对它的热捧和期待颇有'病不择医'的味道。从理想的角度，'民国文学史'似乎避免了'中国现代文学史'存在的诸多困扰，但如果回到文学史研究实践，很多问题并没有真正避免。譬如中国现代文学史如何面对这一时期的'通俗文学'、'文言文学'和'旧体诗词'的问题，表面上看这

---

① 当然，囿于各方面因素，著者的理念未能完全贯彻，大开大阖的气象未及充分显示。著者对此有说明："因为是教材，它在现行的体制中受到种种的限制，所以，我们也还不能够完全脱离以往的框架。……许多问题的解决是在另一本学术著作中。"（丁帆、杨辉：《文学史的视界：丁帆教授访谈》）所以，笔者更加期待丁帆先生的"另一部学术著作"。

是'要不要入史'，在本质上却是'能不能入史'、'怎样入史'，更直白地讲，是有没有一套评价体系能够同时将'通俗文学'／'严肃文学'、'白话文学'／'文言文学'、'新诗'／'旧诗'囊括其中，打破它们的芥蒂和隔膜。这才是真正的困难所在。类似的努力在中国现代文学研究中曾经有过，早在 20 世纪 90 年代，北京大学严家炎教授就力图将金庸的作品纳入到中国现代文学史中，为此撰文阐述金庸作品的'现代性'。虽然严先生的努力取得了很好的效果，金庸成功地从一位'通俗小说家'跻身到'严肃小说家'的行列中，但他并没有改变文学史'列席'人员的尴尬：金庸小说的'现代精神'，无论怎么讲，都无法与鲁迅、巴金、茅盾的小说的'现代精神'等同起来。"① 周维东先生所提出的问题，代表了很多学者的顾虑。但是从实际上看，周文这段话还是笔者前文所指出的研究思路：依然是用所谓的"现代性"的维度来衡量一个时期的文学事实，具有强烈的排斥性。

这就关涉到一个关键的问题：文学史是什么？在笔者看来，文学史就是某一阶段文学发展的历史。如果著史者不能够用客观中性的立场，对某一阶段的所有文学现象进行全面的掌握，而只是简单地确定一个所谓的新或者旧、现代或者非现代的立场去看待文学史，那他观察的文学历史肯定是不全面的，写出来的文学史必然是残缺的。我以为现在的治中国现代文学者，很多人的立场还是过于偏袒所谓的"新文学"，而对其他的文学类型还是存在着傲慢与偏见。

其实，对于周维东先生所提出的新旧、雅俗等文学具体如何整合的问题，我认同丁帆先生提出的用人性的、历史的、审美的维度作为入史的标准去衡量文学作品。事实上，人性、审美才是文学之为文学的特质。因为，文学无论新旧，只有优劣！站在历史的高度，用更长时段的视野，用超越性的价值体系和文学观念，去俯瞰文学发展的长

---

① 周维东：《中国现代文学研究中的"民国视野"述评》，《文艺争鸣》2012 年第 5 期。但是，周维东先生最近的文章，其有限质疑的立场似有所转变（参见周维东《再谈"民国"的文学史意义》，《学术月刊》2014 年第 3 期）。

河，方可避免前述"现代性"的纠缠、新旧的争论，也避免了因枝节的修补而导致的文学史越写越厚的弊端。而且不过分纠缠于"现代""新旧"，才能使人性的、历史的、审美的维度得以实现。如采用人性的、审美的标准，我们就不会武断地认为，新文学是人性的，旧文学就一定是非人性的，现代文学是审美的，前现代的文学就必然是非审美的。

我们知道，学术研究的突破常常与研究角度的选择、转换与更新有关，研究角度的更新是有意义的，然而更有意义的，不仅在于角度的更新，还在于高度的提升。角度的选择，还只是在一个平面上量的增加，而高度的提升，则是根本的质的转变，意味着层次、境界的提升。有了统摄性的理念和长时段的历史视野，再来俯瞰研究对象，更为关键。在这个意义上，民国文学史概念的提出，可以打开模糊混沌的现代性的限制，超越新旧之争，将著史者的视野空前打开，研究视野由狭到博，如此才能使文学史构建由博返约。

总之，研究对象范围的不断拓展扩容对"现代"牢笼形成了冲击和挣脱的局面，但研究者又不得不以"现代"之名对扩容对象进行重新阐释与收编，这是一直贯穿于中国现当代文学史建构和研究中的悖论。而民国文学（史）概念，特别是丁帆先生从大文学史重构角度倡导的民国文学史，使得超越这种悖论的文学史建构成为可能，使还原真正的文学史成为可能。当然，可能性并不必然意味着现实性，应然性也并不意味着实然性。归根结底，如何在具体著史和研究中接近和还原一个符合历史真实的文学史存在，这才是中国现当代文学研究同人接下来必须要面对和解决的问题。

（作者单位：南京大学　南京师范大学）
原载《福建论坛》（人文社会科学版）2014 年第 9 期

重提"民国文学"的文学史意义

傅元峰

近年来,共和国的学者们萌生"民国文学"意识,并持续对这一命题进行了研究和讨论。这一现象表明,"共和国文学"的内涵和外延开始窄化,为被长期忽略的另一部分华文文学让出了空间。甚至,有很多学者将"民国文学"作为母题式的学术概念,激发了无穷的学术想象力。这对于身处特殊文化格局的大陆学术界、对于那些因妄自尊大而陷于审美精神孱弱的文学史治史者而言,不啻为一场文学史观的革命。

虽然"民国文学"意识为新生事物,"民国文学"却并非空穴来风,只不过长期以来它以"新文学"为最常用的指称。20世纪中叶,中国大陆学界以一种特殊方式继承"民国文学"传统,形成了以"共和国文学"为轴心的学术伦理:本为"民国文学"分支的"共和国文学"走上了一条适应当时政治诉求的文学功利化的道路,学者们参照"革命史"构筑了"中国现代文学史"的体系。1949年后,以王瑶的《中国新文学史稿》受到政治干预为标志,"新文学"的历史理念在大陆发生了断裂,"新文学"的提法逐渐被"现代文学"置换,文学有了"现代"和"当代"的意识形态分野。带有鲜明阶级论特征的文学史观使文学经典化过程形成了与民国"新文学"的审美精神相异的"共和国"模式,20世纪80年代末以来大陆学人对新文学性质和文学断代的诸多学术讨论,其根源正在于学术界对始自50年代的意识形态的渐进式反拨。

一 "共和国"学人的"民国文学"意识

从学术史看来，"新文学"意识是"民国文学"意识的一部分。随着晚清改良运动对教育制度的波及，应文学教育之需，现代意义上的中国"文学史"学在日本直接影响下，发端于清光绪末年。至1904年，林传甲仿笹川良种为京师大学堂撰《中国文学史》，方补国人自撰文学史空白。林传甲将古今文学分别用"中国文学"与"国朝文学"指称①，自那时起，"中国文学"带有"古代文学"的学术约定，一直沿用至今。林传甲所谓"国朝文学"，即指晚清文学。"文学史"学在发轫期对今文学入史的兴趣不大，至1949年的几十年间，虽已有文学史通史一百余部，其中书写民国新文学的寥寥无几，大多为黄修己所言"附骥式"的文学史。②但新旧文学的关联意识却在强化，将中国新文学入史的学术努力从未间断：1922年胡适《五十年来中国之文学》最后一节介绍了"文学革命运动"；1932年，北平人文书店出版周作人的《中国新文学的源流》，"新文学"未成为论述主体，但对其正本清源的努力强化了新文学的历史感；1933年，钱基博的《现代中国文学史》对"新文学"列专章论述，相对1928年胡适《白话文学史》寻求白话文学合法化的努力，其学术理念又有所迈进。直至1935—1936年间上海良友图书印刷公司出版赵家璧主编的《中国新文学大系》，新文学成为治史对象，该书系继承中国文学入史的传统理路，但视角却具有充分的现代意味。治史者领认选家角色，对新文学十年的经典遴选和历史概述准确精要，为后世学人所景仰，至今仍被奉为学术经典。

20世纪50年代初期，因两岸地域分治格局更加明显，"新文学"学术意识和理念在中国大陆走向以1949年为节点的分化和蜕变。当时

---

① 林传甲：《中国文学史·序二》，吉林人民出版社2013年版，第2页。
② 黄修己：《中国新文学史编纂史》，北京大学出版社2007年版，第7页。

围绕王瑶《中国新文学史稿（上）》^① 的干预是一个标志性事件。之后，是一个漫长的一元化文学史观的时期，直到 80 年代末作家被西方文化观念再次唤醒，多元化的文学史观一再触发热闹的学术争鸣。表面看来，似乎因一个技术难题，中国近百年文学的学术称谓在学界一直悬而未定，断代与分期颇成问题。从 20 世纪 80 年代末《上海文论》"重写文学史"的策动，到 90 年代末文学"近代性""现代性"的争鸣，再到近年"民国文学"的学术构想、争鸣和治史实践^②，关于近百年文学史的命名、分期与性质问题，一直是学界关注的焦点。尽管关于中国新文学的命名与历史分期问题的争鸣十分热闹，各种提法皆曾喧嚣一时，但迄今为止，"民国文学"的治史理念体现出更强的学术生命力：它也触发了对"文学存在的中性时空、生长机制、文学传统的追踪与延续"^③ 等问题的讨论，将此前文学史研究一直回避或疏漏的诸多命题重新摆上桌面。

1949 年后中国大陆学人的"新文学"意识被"现当代文学"理念替代，也埋下了"民国文学"意识在学界萌发的诱因。民国学人习于将"民国文学"指认为"新文学"，直至 1949 年，"民国"在大陆意识形态中被假定为"灭亡"之后，"民国文学"却并未被命名为"民国文学"，而是获取了学术视野中的整体感，以"现代文学"的提法长期存在于学术领域。与此同时，"新文学"意识在学术领域被逐渐淡化。直到 20 世纪 90 年代，"现代文学"的外延才被重新勘察，在诸如许志英、丁帆主编的《中国现代文学主潮》等文学史著作中，"现代文学"1949 年的下限得以延长，而在丁帆主编的《中国新文学史》（2013）中，"民国文学"的下限突破了 1949 年的时限，1945 年至今的台湾文学则被作为民国文学的天然组成部分。丁帆等人的学术

---

① 王瑶：《中国新文学史稿（上）》，开明书店 1951 年版。
② 在现行文学史中，葛留青、张占国编著的《中国民国文学史》（人民出版社 1994 年版）是作为"中国全史"的一个组成部分，并没有体现出自觉的"民国文学"意识，直到丁帆等主编《中国新文学史》方凸显出"民国文学"与"共和国文学"的双线结构。该书由高等教育出版社 2013 年出版。
③ 苟强诗：《"民国文学"的多副面孔》，《当代文坛》2012 年第 3 期。

努力是一个典型个案：现代文学突破 1949 年向 20 世纪 70 年代末的延伸，民国文学在时空上突破 1949 年向台湾当下文学的延伸，到达了一个共通的学术交汇点，即广义的"民国文学"视域。

中国大陆文学呈现出较强的国家意识形态色彩，视台湾文学史为地域文学史，再造"红色文学"（集中于 1949—1979 年大约 30 年的时间），在历史时间上向前"去民国化"，向后"共和国化"。而学术界基于文学本位的治史理念，逐渐萌发"民国文学"意识并对"共和国文学"的文学观念进行反思：以 1949 年前文学的再经典化为美学立足点，以港台文学为美学参照，反省共和国文学的美学精神蜕变。共和国文学研究界参照港台文学研究成果对钱锺书、沈从文、张爱玲等作家有入史努力和重新评价，逐渐对港台文学史有所重视。台湾文学研究界在 1988 年以后逐渐强化的大陆文学研究，也为两岸学术互动创造了条件。

"民国文学"作为一个学术概念，基本包含两方面的含义：首先，它在 1949 年以前形成的文学时空和创作实绩，可作为中国大陆和港台文学、海外华文文学共同的母体；其次，1949 年后，"民国文学"则作为新文学"想象的共同体"而存在，是中华文学进行历史寻根并交流融汇的文学家园。饶有意味的是，"民国文学"的理念是大陆学人的学术发明，并非为身处"中华民国"的台湾学者所率先提出。台湾学者张堂锜坦言，大陆学界的讨论对台湾学界形成了倒逼，对于这次对相关议题进行深入讨论的"难得的历史机遇"，"在台湾的现代文学研究者已经不能再视而不见"。[①] 这也表明，"民国文学"既是一个研究领域，也是一个研究契机。"民国"对两岸文学源头和文学比较的提示效能，比"现代文学""新文学""现代性""两岸文学""汉语文学""中华文学"等提法都更具体可行，也更容易被两岸学者接受。

---

① 张堂锜：《从"民国文学的现代性"到"现代文学的民国性"》，《文艺争鸣》2013 年第 4 期。

二　"民国文学"：文学民主和自由精神

当"民国文学"进入自觉的学术视野的时候，共和国文学学者们已经在尝试超越类似夏志清、司马长风在《中国现代小说史》《中国新文学史》等文学史著作中呈现出的文学史观，建设一个更高的学术平台。早期国共两党的文学趣味和他们耗费在文学制度建设上的精力差异较大，这使 1949 年分治之后的两个文学时空形成了较大势差和时差：仅就现代主义文学而言，在 20 世纪 60 年代，台湾现代主义文学成为主流，而在大陆，80 年代文学经历了形式的先锋试验之后，文学的现代主义色彩仍然被历史主义情绪涂抹，现代主义的文学面目依旧模糊难辨。当然，在 20 世纪 80 年代末蒋经国取消党禁、报禁之前，文学生态也有专制文学制度留下的痕迹——也正是台湾 1988 年消除党禁、报禁以后，对"彼岸大陆文学的考察，自西元 1988 年开始便很少缺席（只有西元 1992 年此项资料为 0）"①。客观地说，台湾更多继承了民国文学制度相对的包容性。20 世纪 30 年代初期，国民党政府的书报审查制度相当严厉，但文学的主要矛盾并不是文学制度和自由作家之间的矛盾。这体现出民国文学制度相对宽松的特性。正如李欧梵所言，"左翼联盟最难对付的敌人不是来自右翼——国民党政府从未把力量集中在文学领域，而是来自中间派"，是"新月社周围的英、美派"以及"与陈源以及在 20 年代早期与鲁迅笔战的《现代评论》派过从甚密"的新月社成员，是这些"'绅士'学者和作家"的"个性和个人背景"与左翼作家形成了真正的文学观念的较量。②

李欧梵受夏志清影响，在《剑桥中华民国史》这样的文学专门史中，遵循了夏氏在《中国现代小说史》中提出的文学创作的"道德义

---

① 罗宗涛、张双英：《台湾当代文学研究之探讨》，台北：万卷楼图书有限公司 1999 年版，第 199 页。

② ［美］费正清等编：《剑桥中华民国史（1912—1949）》（下），刘敬坤等译，中国社会科学出版社 1994 年版，第 488 页。

务"的精神主线,将民国三十七年的文学与中国现代史捆绑在一起。①
这样的"革命史"与"思想史"照应文学史的治史策略在中国大陆的
文学史中也是通行做法。但是,治史主体的自由度和讨论空间却大相
径庭:无论身处中国台湾、中国香港还是美国,李欧梵都很自由,他
将"民国文学"的"现代性"的认知角度引向他所熟悉的都市文化领
域,在对民国文学思潮进行了简要的梳理之后,依据"城市"的存无
对民国文学在两个政党斗争格局中的审美裂变作出了自己的判断。李
欧梵的历史叙述从民国范畴的思潮史出发,最后受自己学术趣味的牵
引,以"现代性"为关键词,以"城市"与"乡村"的意识形态分立
为线索,或多或少偏离了生硬的历史时间藩篱,对民国文学的精神走
向进行了颇有节制的揭示。这也能解释为什么有大陆学者能够受"民
国文学"命题启发领会"民国文学"和"都市文学"衔接的意义。②

  "民国文学"意识在大陆学者身上率先滋生的必然性正在于此。
民国时期的黄金文学生态空间庇护了新文学的多样性,使它们共同呈
现出多元的审美格调。大陆学者需要修复共和国意识形态下"民国文
学"的治史误区,还原"民国文学"的应有面目,并通过关联台湾文
学史的方式获取参照系。这对"共和国文学"走出单质审美创伤,恢
复多元性大有裨益。由严家炎《中国现代小说流派史》对上海"新感
觉派"的系统认知开始,学界基于象征主义脉络和都市文化思路不断
增强老上海的文学想象。大陆当代作家对老上海文化的痴迷与描摹,
是由主客体双向的自由追求决定的。民国松散的多元文化空间不带有
稳定的文化和文学管控特征,片面的集权主义虽然会挤兑民国文学的
自由空间,却总会给它留下生存的余地,不会赶尽杀绝。李欧梵虽然
有强烈的历史意识去追踪"道德义务"笼罩下的新文学思潮,写出了
民国通史中的文学专章,但大陆学者才更容易被"民国"乱世文学的
自由品质触动,并对自身的学术处境产生联想——他们的"民国文学

---

  ① [美] 费正清编:《剑桥中华民国史 (1912—1949)》(上),杨品泉等译,中国社会科学
出版社 1994 年版,第 505 页。
  ② 管兴平:《"民国文学":都市文学研究的新视角》,《江苏社会科学》2013 年第 4 期。

意识"也由此生成。李欧梵的学术生涯不存在学术自由的困惑，他的台湾文化血统和长期的旅美经历决定了他"民国情怀"较少，也对文学史写作中的"民国"缺少"有意后注意"。他主笔民国文学史专章，应对阐明以下问题并无兴趣："民国"作为后帝制时代新旧交汇的特殊时空，容纳了改良主义、无政府主义、共产主义和三民主义等多重政治思想，在分裂动荡的割据情状下，在文化的整体性观照下，一个文学的自由多元的乱世生态圈显示出来。这个问题，与他一直感兴趣的新文学的"现代性"有密切关系。

由于缺乏完备的"民国文学"理论建构——这也与文学史学理论建构的匮乏有关——目前的"民国文学史"大多还依附于民国通史，如汤溢泽等著的《民国文学史研究》①一书所列"民国文学史纲"所遵循的线索，主要还是延续"民国史"的发展脉络。但作为一个学术现象，"民国文学"讨论的焦点正逐渐从文学范畴、从历史实体向学术精神和文学本质的向度移动。"民国文学"作为文学存在的客观性及其文学批评意识的主观性在大陆学者视野中兼而有之。虽然他们试图矫正文学史并重提民国文学的话题，却是将学术认知建立在对"民国文学"自由精神发现的基础上："'民国文学史'并非'党国文学史'。虽然它在各个不同时期都受到了来自政治体制文化的强烈的侵扰，但是其文学思潮、文学现象和作家作品的历史构成却是凸显出了其鲜明的人文批判性。"②正因为对学术自由的歆羡和对"民国文学"自由生态环境和多元美学格局的欣赏，大陆学者提出了"民国文学"命题，形成了一个与域外学者交流与对话的良好契机。在阐释自己"民国文学"史观时，尽管倡导者们并不把它作为排他性的文学史概念，但是仍有学者对此提出种种非议，虽有建设性，却将自己与"民国文学"的多元与自由品质相隔离。比如，有人认为"由于民国政权的无力与统治的松散，所谓的民国政治文化其实是多样与混杂的"，

---

① 汤溢泽、廖广莉：《民国文学史研究》，吉林大学出版社 2011 年版，第 46—273 页。

② 丁帆：《给新文学中重新断代的理由——关于"民国文学"构想及其他的几点补充意见》，《中国现代文学研究丛刊》2011 年第 3 期。

并由此得出"民国政治文化"失效的结论①，即显现出特殊文学制度下学术思维受戕害的后遗症。新文学的现代性与民国文化的多元性紧密关联，得益于政治文化的天然疏离。这正是"民国文学"的审美精髓所在。

因此，"民国文学"既是夏志清所言的自觉承担"道德义务"的文学，又是一种我行我素、随波逐流的乱世文学。即使单纯在历史学国体或政体的范畴内，"民国"也是一个"家国不幸诗家兴"的古老话题，民国松散的政治文化促成了新文学的勃兴。"民国"虽颁行过多种宪法，由持不同政见者组成过多个政府，曾两历复辟丑剧，"民国"国号并未真正更改。在中国通史中，"民国"长期以"后帝制"的混沌时空形式存在。"中华民国"国号绵延至今，"民国"国体在实质上的碎裂特征也持续了近 40 年，从 1912 年孙中山就任临时大总统到 1927 年北伐战争胜利的十多年间，"中华民国"的政治文明并未体现出明显强于晚清君主立宪思维的现代性；1927 年后，"民国"总统制在战乱中又悬置 20 多年，直至 1948 年蒋介石遵"宪"经选举就任，又至 1949 年退守台湾至今。中国共产党则在中国大陆建立了中华人民共和国。"民国"的政治情状十分复杂，既有复辟和军阀割据的政治乱象，又包含国共两党不同时期的合作与冲突。"民国"的政治线索因此动荡杂乱：护国、护法运动，北伐战争，"宁汉分流"与"宁汉合流"，国共合作与分裂，抗日战争……在"民国"版图内，"解放区"、国统区、孤岛、沦陷区和殖民地共存，混乱的政治制度导致频繁的文化动荡，汉语文学史上最为复杂的文学生态也由此衍生。

"民国文学意识"的萌发即源于特殊文化境遇中研究者的学术压抑，同时与一个天然文学共同体自我认同有关。在当下语境中，"现代"和"现代性"变得更加不稳定甚至可疑，除此之外，文学年代学的无根状态，文学比较（包括古今和中外文学的比较）的视野往往偏颇，不能呈现新文学更为完整的历史形态。李怡认为，"用中国对世界历史的被动回应也许并不能说明'中国现代'的真正源起，中国的

---

① 罗执廷：《"民国文学"及相关概念的学术论衡》，《兰州学刊》2012 年第 6 期。

'现代'是中国这个国家自己的历史遭遇所显现的。在这个意义上，特定的国家历史情境才是影响和决定'中国文学'之'现代'意义的根本力量。这一国家历史情境所包孕的各种因素便可以借用这个概念——'民国'"。① 李怡所召唤的新文学的"国家历史情境"，正是被共和国文学长期遮蔽和修改的部分。

三 "民国性"：文学想象的共同体

"民国文学"的内涵经历了从国家历史意识向文化意识的转变、从实质的文学母体向形而上的文学审美精神的转变。学界对"民国"作为一个中性的时间单位颇有共识，认为把新文学或者现代文学交给它的"国家历史情境"是顺理成章的，"这本来就不是什么天翻地覆的变化，需要改变的只是我们自身的观念而已"②。正因如此，大陆学者对于"民国文学"意识在对文学研究对象的重新规划、获取新的文学视角等方面的作用的探讨已经逐步深入，但对"民国文学"如何作为一个文学想象的共同体运作于文学史研究、又如何成为新文学的多元审美精神的统一体等问题的研究还有待加强。现在已经有了一些比较有意义的提法，如丁帆的"民国文学风范"着眼于审美精神和现代意识③，李怡的"民国文学机制"着眼于文学史叙述重心由"体制"向"机制"的转变，张堂锜则把"民国性"作为"现代性"的共生部分提出，凡此种种，还有待进一步的理论界说。

尽管"中华民国建立后，有关民族国家的书写便不再是也不应是想象的，而是以民国这个实体作为支撑"④，但由于民国作为国体的流散和分化特性，在文化艺术领域，"民国"在 1949 年以后呈现为一个

---

① 李怡：《"民国文学"与"民国机制"三个追问》，《理论学刊》2013 年第 5 期。
② 张福贵：《从"现代文学"到"民国文学"——再谈中国现代文学的命名问题》，《文艺争鸣》2011 年第 7 期。
③ 丁帆：《"民国文学风范"的再思考》，《文艺争鸣》2011 年第 7 期。
④ 张武军、高阿蕊：《民国历史文化形态与文学民族话语考释——兼论民国文学和现代文学两个概念的相成》，《理论学刊》2013 年第 5 期。

类似于"想象共同体"的概念，它的文化时间属性更强，而政治时间的属性相对较弱。在大陆和台湾这两个继承"民国文学"衣钵的主要区域，它们的文学的精神血脉都是"民国"，却不可避免要遵循丹纳的艺术定律："每个形势产生一种精神状态，接着产生一批与精神状态相适应的艺术品"①，"民国文学"在台湾和大陆逐渐成为一种体现在艺术气质和审美精神中的"民国性"——在此意义上，更像是一场家事变更以后，台湾文学作为"民国文学"的遗孤独撑门户，在台湾浓重的地方性中落地生根，而大陆文学则被逐出了"民国"的家门，在共和国文学的大家族中改头换面，另谋生计。在共和国文学经历了长达30年之久的"红色文学"迷误以后，朝向"民国"的寻根认祖已然对台湾文学界有所感化。这是一种基于"民国文学"的血浓于水的学术亲情。

1949年前的"民国文学"是一个论域明晰的实体，对它的资料整理、史学勘察和历史描述比较容易进行。就审美精神和人性的启示而言，丁帆所提出的"民国文学风范"是前期"民国文学"研究应该把握的学术核心。

对于1949年后的"民国文学"，则复杂得多。简单理解为"民国文学"只在具有"民国"年号的台湾得以延续，可能并不确切。在大陆，作家群的实际构成正是集合了偏重于左翼作家的"民国文学"作家，"共和国"以自己的文化制度培养的作家在经历了"文革"之后就已经开始反叛和质疑这个文学制度。大部分20世纪50年代出生的作家，都在90年代回溯来自"五四"或"五四"之外的文学或思想资源，显示出形形色色的"民国"认同。大陆文学史著作在不断做着体制内文学的减法，依靠对"民国文学"和古代文学的溯源，在域外文学的参照下尝试对损坏了的文学生态环境进行修复和重建。学者和作家们迷醉于对各种通过译介植入的域外文学理论和作品，进行套用和仿作，促成了后"文革"时期的文学新变。这种潮流之下，潜藏着"民国文学"的魂魄。

不仅如此，共和国文学中也同样存在"民国历史情境"，作家们

---

① ［法］丹纳:《艺术哲学》，傅雷译，安徽文艺出版社1998年版，第102—103页。

的"民国"话语惯性和文学气质在很长一段时期都没有消除。即使在胡风、丁玲、老舍、巴金等作家那里，"延安文学"的生态经验和左翼文学的理论准备对于应付"共和国"的文学环境来说，都显得捉襟见肘。由"民国"进入"共和国"的作家们，在精神和文学气质上，拖曳着很长的"民国"的影子——即使它属于民国体制中的激进文化势力，也显得与新生政府的文化政策和文艺思想格格不入。胡风的悲剧命运恰恰始自《时间开始了》这样的颂歌，而仔细看来，《时间开始了》的乐章包含的"颂"的文体特征，是民国"左翼"作家和诗人的文体体验。"民国文学风范"赋予了胡风这首颂歌抒情主体的自由意志，"颂"是个性化的。这首在痔疮的病痛中完成的颂歌具有一位民国左翼作家的赤子情怀，胡风对毛泽东和共和国的歌颂是赤诚的。这首长诗，在个别篇章中依然包含"民国风"的忧患意识，他个性主义的毛泽东颂歌在政治力量杂糅的"民国"也无可厚非。但在共和国，这些成分被党控评论家们翻检出来进行批判。同样，胡风"三十万言书"的言说也并未摆脱"民国话语情境"，这导致了他最终的悲剧结局。"民国"时期被包容的胡风的文艺主张与中国共产党的文艺政策之间的差异，在"共和国"时代被凸显出来，胡风浑然不察地停留在民国话语情境中，并最终成为政治清剿对象。

上述举例可在历史研究中作为"共和国文学"的"民国性"来界定。在台湾，文学也曾遭遇政治高压，但陆来作家与本土作家共同组成的文学生态环境基本保持了"民国文学"母体的多元性状。台湾文学中的"民国性"留存处境也同样经历着异质文化话语的侵蚀，经历着"地方性"的文化感染并发生了变异。"民国性"的历史表述效能并不仅仅局限于大陆和台湾两地，对南来香港的作家徐訏而言，也存在一个"民国性"和"香港性"的调整过程。张爱玲，这个被李欧梵的都市视角理论架空的作家，其"民国性"显然大于"城市性"。被捆绑在上海城市文化上的张爱玲，凸显出的是一个现代化的文学接受机制，但她的文学气质则更多来源于晚清或更早的中国传统文学资源。那是一种有别于"五四"气质的文学传统，这位"民国女子"的个性和气质在此基础上又有了新的文学生成，这才是最关键的。这些民国文学特质在都市文化的解读中，却常常被忽略了。这类成名于"民国"的作家，在香港或西方的文学接受都对作品的"民国性"形成了冲击。离开"民国性"，对他们的作品容易造成误读。"民国性"在1949年后依然存留在华文文学现象和作家作品之中，成为美学系谱的主脉。学术界对它的勘察却因种种原因被延迟了。马华、新华文学的研究也同样存在这样亟待弥补的学术空白。

如前所述，"民国文学"既是一个有待完成的论域，一个富有想象力的历史叙述计划，也是一种学术思维和学术契机。新文学及其学术中分裂、僵死的现代性将被这个文学共同体所弥合和唤醒。1949年后，民国分蘖的两个政体在政治上各有自己遵循的政体和宪章，但是，文化的延续并不会因此而截止。两个文学空间对"民国文学"遗产的继承都在进行。

"民国性"在不同政体及其领域的文学嬗变，是1949年后华文文学的重要历史线索，这使呈现出充分美学异质的"新文学"拥有了一个话语同质。目前，这仍是一个包含无限学术可能性的理论构想。在世界文学史上，这种情形可能并没有先例。有很多作家，需要一个模糊的文化归属（有时是骑墙式的）才能对他们的文学风格和气质进行界说，比如果戈里、昆德拉、库切、纳博科夫等。当今俄罗斯和乌克兰对"果戈里"的争夺是尴尬的，这种争夺在政治角力背后深藏着文学艺术促成的文化认同，甚至是"和解"。果戈里作为俄罗斯作家在前苏联的接受历程，也包含文化同源和政体分立的问题。当然，这并不能用来类比"民国文学"的现实处境，却也有一定程度的相似之处。

在"民国性"考察中，大陆和台湾文学所体现出来的强烈"共性"，非常类似于安德森在考察民族主义的"想象共同体"时所遭遇的"崭新事物"："只有当很大一群人能够将自己想成在过一种和另外一大群人的生活相互平行的生活的时候——他们就算彼此从未谋面，但却当然是沿着一个相同的轨迹前进的……"按照安德森的描述，这种类似于"新约克"（New York）的"新空间"与"旧空间"的共时性特征，在"新时间"和"旧时间"之间也同样存在，他将它论述为一种在历史学中透过断裂看到的"连续性",一种回归到"原始本质(aboriginal essence) 的旅程"①。安德森的理论给"民国文学"课题的启示可能在于:台湾"民国文学"和大陆共和国文学是一种同源、同根、同向的并生关系;在安德森的学说中,民族主义在不断的文化束紧中形成的界限和隔离最终因为"记忆和遗忘"的文化规律被解救,这也同样可以用来描述已经进入两岸学术视野的"民国文学"。

安德森的汉语译者吴叡人在译后记中引述了霍尔德林的诗句,在考察"民国文学"这一学术现象的时候,读来也耐人寻味:"啊,是的,这是你出生的故土,你故乡的土地;你所要寻找的已经很近了,你最终将会找到的。"笔者借用这些诗句来认定"民国文学"的学术价值,并向相关学者的学术探索致敬。不管课题的继续推进有多艰难,可以确认的一个事实是,"民国文学"所触发的,是学术视域的拓展,更是学术观念和文化价值立场的深入自我质询以及对现代文学审美精神的重新思考。随着学者们关于"民国文学"的探讨越来越深入,加之学术自由度的放开,"民国文学"作为一个新生研究领域并成为一门显学的时机已经到来。

（作者单位:南京大学中国新文学研究中心）
原载《中国现代文学研究丛刊》2015 年第 2 期

---

① ［美］安德森:《想象的共同体:民族主义的起源与散布》,吴叡人译,上海人民出版社2005 年版,第 177—183 页。

民国文学边缘作家群体研究的文学史意义

张堂锜

  过去对 1949 年以前的民国文学社团流派研究，多集中于在当时产生重大影响的主流作家群体，例如 20 世纪 20 年代的文学研究会、创造社，20 世纪 30 年代的左联，20 世纪 40 年代的文协，或是在文学史上具高知名度者，如新月社、语丝社、新感觉派、七月诗派、东北作家群、京派、海派等，对这些主流社团流派研究的丰富成果已经成为民国文学史叙述不可或缺的重要组成部分，其在文学史册上占有显著地位实属必然。

  然而，对主流社团流派的过度重视，也不免使得文学史的叙述流于单调而重复。事实上，主流之外，众多边缘作家群体的存在，正是民国文学史精彩面貌形成的原因之一。社团流派大量涌现、异彩纷呈的现象，本身就是文学"现代化"的一部分，在描绘民国文学发展轨迹时，众多规模不大、时间不长、名声不响的社团流派遭到忽视，其实是文学史叙述自身的损失。

一　文学社团流派的繁荣发展是民国文学的一大特色

  根据茅盾在《中国新文学大系·小说一集·导言》的说法，现代文学社团出现的高峰期是第一个十年的后半期（1922—1926），从 1922 年至 1925 年，仅三年多的时间里，先后成立的文学团体及刊物就有不下一百之多。钱理群等编写的《中国现代文学三十年》也提到，"据统计，1921 年到 1923 年，全国出现大小文学社团四十余个，出版文艺刊物五十多种。而到 1925 年，文学社团和相应刊物激增到一百多个"①。到了第二个十年，上海文艺出版社在编辑《中国新文学大系（1927—1937）》的史料·索引集时，也收录了 20 世纪 30 年代的文学和文化社团 240 个。这说明了文学社团、流派、刊物在民国时期得到了空前的繁荣发展，而这和民国文学取得丰富多样的成就有密不可分的关系。正如贾植芳所分析的：

> 从 1917 年到 1949 年的三十多年之间，我们现在称之为现代文学的历史时期，其所以能在我国文学史上开辟出一个历史新纪元，取得自己的历史性成就和影响，应该说是与三十多年来文学社团和文学流派的不断兴起、演化和发展有着直接关联和影响的。正像春秋战国时期，在历史激变的时代形势下，形成百家竞说，孔北老南，九流十家，相继并作那样一种学术黄金时代一样。这两个历史时期，前后辉映，它们顺应历史发展趋势，所向披靡，为中国社会的发展和前进，为民族文化、文学的发展和繁荣，开辟了新的道路，做出了巨大的历史性贡献。②

他用"学术黄金时代"形容民国时期的文学表现，并将之与春秋战国时代的百家争鸣局面相提并论，应该说这样的认知是有其学理依据的。

中国现代文学与古代文学明显区别的标志之一，是大量涌现的文学社团流派。中国古代尽管有竹林七贤、公安三袁、江西诗派等文人群体的聚合，但缺乏现代社团所具备的明确宗旨、规约、组织、会费、机关刊物等"形式要件"，而且数量甚少，对当时文坛所产生的影响也有一定的局限。但民国以后的社团流派不仅数量空前，而且是促使

① 钱理群、温儒敏、吴福辉：《中国现代文学三十年》修订本，北京大学出版社 1998 年版，第 16 页。
② 贾植芳主编：《中国现代文学社团流派》上卷，江苏教育出版社 1989 年版，第 1 页。

新文学运动日益丰富、不断前进的重要推力。在范泉主编的《中国现代文学社团流派辞典》（上海书店 1993 年版）中，就收录了社团流派辞目 1082 条，其中社团就有 1035 条。正如张中良所言："文学爱好者自由结社，文学社团数量之多、分布之广泛、色彩之丰富，前所未有。"① 不管是目标宗旨的为人生、为艺术、为革命，还是政治区域的国统区、沦陷区、解放区，时间阶段的"五四"、30 年代、抗战时期抑或是文学思潮的左翼文学、自由主义文学、现代主义文学、民族主义文学，甚至是雅与俗、新与旧、文言与白话、城市与乡村、写实与浪漫，都有相应的文学社团摇旗呐喊，也有众多的文学流派应运而生，民国文学的生态系统因此显得多样、丰富、精彩，呈现出前所未见的百舸争流、相生相融的精神风貌。

研究中国现代文学社团史的朱寿桐曾指出："新中国成立后，文学社团的活动基本上不再可能，除非是地下状态的。50 年代各地还曾有过沙龙性的文学社团或俱乐部式的文学小圈子，例如江苏高晓声、方之、芦芒等组织的'探求者'，不过几乎在它们刚一露面之际，马上遭逢'反右'等政治运动，全都给打下去了，甚至连中国作家协会这样的'合法'组织一度也终止了活动。"② 假如这样的说法可以成立，那么就更明确地可以说明，在清王朝结束之后、新中国诞生之前的民国时期，至少就文学社团流派的生成、活动与成果来看，确实是中国文学史上的一个"黄金时代"。

对文学社团流派的现象及其发展轨迹进行学术描绘，本身就是现代文学史研究的一部分，也就是说，若想准确地描述和阐释现代文学的性质和形态，掌握多元多维的社团流派现象是必要的。而且，一个有趣的事实是，只要在现代文学史上占有一定地位或产生过一定影响的作家，几乎都和社团流派有密不可分的关系，例如周作人、刘半农、叶圣陶、刘大白、朱自清、刘延陵、冰心、俞平伯、王统照、朱湘、梁宗岱、郑振铎、许地山等人都和文学研究会有关，郭沫若、郁达夫、

---

① 张中良：《民族国家概念与民国文学》，花城出版社 2014 年版，第 58 页。
② 朱寿桐：《中国现代社团文学史》，人民文学出版社 2004 年版，第 16 页。

成仿吾、田汉、张资平等人都和创造社有关，徐志摩、胡适、陈西滢、林徽因、闻一多、梁实秋等人都和新月派有关，鲁迅、林语堂、钱玄同、孙伏园、冯沅君、柔石等人都和语丝社有关，至于 20 世纪 30 年代的中国左翼作家联盟，抗战时期的中华全国文艺界抗敌协会，以及京派、海派等，加入或相关的作家就更多了。他们个别的文学成就壮大了社团，社团也在共同的风格主张下彰显了他们，可以说，一部中国现代文学史就是一部文学社团流派史。这样的表述方式只有在民国时期才能真正成立。

二 没有民国，就没有"五四"，更没有"30 年代"

五四新文学运动发生于民国时期，这是一个不容否认的事实。没有民国时期的政治气候、文化氛围与思想解放，五四新文学运动就不可能以雷霆万钧之势对文学传统进行前所未有的破坏与建设，五四新文化运动也不可能以所向披靡之态对旧道德、旧文化展开猛烈的攻击与突破，是民国提供了五四的历史舞台，反过来，五四的光芒让民国文学有了生机与活力。朱寿桐说："整个中国现代文学历史时期，最适合于文人结社的社会状况和政治气候无疑是五四前后的那些年。"分析其原因，和民国特殊的时空环境有关：

> 那是一个政治统治相当薄弱的时代，用周作人的话说，那是一个"王纲解纽"的时代，用蔡元培的话说，"当时思想言论的自由，几达极点"，用胡适的话说，"帝制推倒以后，顽固的势力已不能集中作威福了"，这样的政治气候才可能容任文人结社和文人会党的自由活动。当然，在北洋军阀统治之下也并非真有什么政治自由，陈独秀就曾遭到逮捕，李大钊还被处死。正如蔡元培所说，"北洋军阀"承教袁世凯"压制自由思想的淫威"还方兴未艾，问题是那些腐朽的军阀统治者往往为内部政争、外部抢夺以及列强逼迫等等搞得焦头烂额，首尾难顾，有时竟分心不出管制思想舆论，从而客观上造成了相对思想自由的空间。在这样

一个政治虽不怎么自由，但思想文化相对来说还比较自由的时代，便容易普遍形成多种多样的文人团体。①

政治上的限制，使作家们转而将心力置于文学，而思想文化上的松绑，使文人结社成为一种风尚而趋于活跃。这种环境的自由与条件的成熟，促成了文学社团纷纷涌现，各种言论主张给思想界和文坛带来解放的契机和青春的气息，从而将五四文学推到历史的舞台，揭开现代文学光辉的序幕。

辛亥革命缔造了亚洲第一个民主共和国，尽管军阀的混战让民国的起步艰难，险阻重重，但随着《临时约法》《训政时期约法》的通过，法治基础逐步稳固，民主共和意识逐渐深入人心，袁世凯称帝与张勋复辟的草草收场，证明了民国的民主体制使帝制和独裁终将遭到人民的反对而归于失败。1914 年、1930 年分别由北京政府、南京政府颁布实施的《出版法》，使文学的发展得到了一定的法律保障。1916 年 7 月 8 日，北京政府明令通知在袁世凯政府时期被查禁的《民国杂志》《少年中国晨报》《民国月刊》《觉民日报》《甲寅》等 21 家报刊解禁，而一些新创办的报刊也趁机出版，到 1916 年底，"全国共有报纸 289 种，比前一年增加了 85%"②。虽然查封报刊、逮捕作家的事件仍然层出不穷，但报刊、文学的发展确实得到了较为宽广的空间。

20 世纪 30 年代许多左翼作家被捕，左翼出版物被查禁，但在《出版法》的保障下，当局也投鼠忌器，不敢做得太过。鲁迅在《且介亭杂文二集》的《后记》记下了 1934 年两则有关出版的新闻，从中可以看出一些端倪。首先是 3 月 14 日的《大美晚报》载，"沪市党部于上月十九日奉中央党部电令，派员挨户至各新书店，查禁书籍至百四十九种之多，牵涉书店二十五家"，"引起上海出版业之恐慌"，于是，"由新书业组织之中国著作人出版人联合会集议，于二月二十

① 朱寿桐：《中国现代社团文学史》，人民文学出版社 2004 年版，第 16、17 页。
② 方汉奇：《中国近代报刊史》，山西教育出版社 1991 年版，第 726 页。

五日推举代表向党部请愿结果，蒙市党部俯允转呈中央，将各书重行审查，从轻发落，同日接中央复电，允予照准"。最后的结果是"竟解禁了三十七种，应加删改，才准发行的是二十二种"①，虽然其他还是被查禁，但显然并非"无法无天"，出版业还是获得了一定的法律保障。为了避免书商的经济损失，同时也可以控制"反动"言论，上海成立了"中央图书杂志审查委员会"，采取事前预审方式进行出版审查，在9月25日的《中华日报》上载："中央图书杂志审查委员会，自在沪成立以来，迄今四阅月，审查各种杂志书籍，共计有五百余种之多……如非对党对政府绝对显明不利之文字，请其删改外，余均一秉大公，无丝毫偏袒，故数月来相安无事，过去出版界，因无审查机关，往往出书以后，受到扣留或查禁之事，自审查会成立后，此种事件已不再发生矣。"这个做法被鲁迅称为"善政"，可惜实施不到一年，因受日方压力而中止②。鲁迅录下这两则新闻，主要还是对当局查禁出版表达讥刺与不满，但也从另一个角度说明了出版法律与机制仍有一定的作用，使当政者不敢为所欲为。

从军阀政府到国民政府，从军政到训政，国民党在全国统一、南京政府建立后试图一党集权专制的倾向是非常明显的，但是，在"民国"的政体框架下，民国法制和言论出版保障没有因此消失，相反的，与国民政府文艺政策针锋相对的"革命文学""左翼文学"趁势而起，甚至造成了20世纪30年代文学的盛极一时。这当然不能完全归因于"民国"机制的发挥，但要说无关却也是昧于事实的。举例来说，1928年，在孙科、胡汉民等人的建议下，国民党实施行政、立法、司法、考试、监察五权分立制，这个原本在宪政时期才要落实的制度却提前在训政时期启动，说明了国民党仍然必须考虑到民主的分权与制衡，也就是不能走向专制独裁，同时必须朝着宪政的方向前进。又如20世纪30年代知识界发生的"独裁和民主"论争，和民国政体、法制的存在也是密切相关，张武军对此有一段精辟的分析：

① 鲁迅：《鲁迅全集》第6卷，人民文学出版社1981年版，第452、459页。
② 鲁迅：《鲁迅全集》第6卷，人民文学出版社1981年版，第462、463页。

在自由主义的丁文江等人看来，中国政府应像德意那样需要独裁专制加强国力，这就说明之前中华民国并非是完全的独裁政体，正说明了民国宪政机制的有效。在胡适等民主派看来，国民政府不够民主有独裁倾向，如果说训政时期的国民政府是一党专制，却允许人们有反对这种独裁专制的自由，这也不正说明了中华民国宪政机制的有效。总之，民主和独裁可以自由讨论，"独立评论"，这本身就是民主宪政的体现。①

不仅如此，张武军还进一步申论了20世纪30年代前后，左右翼文学的兴起其实得益于民国宪政和法制，他的结论是："事实上，正由于革命先贤和广大知识分子所争取到的民国宪政机制的存在，革命文学的倡导也获得较大的自由。正是在广大革命青年的期待下，在民国宪政和法律言论自由的保障下，共产党人提出的无产阶级革命文学反而蓬勃兴起。除了革命文学的口号引发巨大关注之外，左翼作家实际上控制了大量的刊物。"② 一个耐人寻味的现象是，当左翼文学成为主潮之际，反而是站在政府立场的右翼文学受到嘲弄讥讽，例如王平陵、叶楚伧等人于1930年在南京、上海发起的"三民主义文学""民族主义文学"运动，除了受到鲁迅、茅盾等人的批驳，也受到胡适、梁实秋等人辛辣的质疑；当张道藩提出要以三民主义文艺作为"我们所需要的文艺政策"时，再一次受到梁实秋等人的激烈反对。当然，左翼也好，右翼也好，各自对立又同步发展，因此造成了20世纪30年代文学的成熟与丰收，这种成熟与丰收也证明了民国机制对文学的有效性。

在"民国"的政治氛围与法律机制的保护下，我们看到了共产党领导人陈独秀一再被捕，却又一再获释；鲁迅一再被通缉，却并未被

---

① 张武军：《民国语境下的左翼文学》，《郑州大学学报》2012年第5期。
② 张武军：《民国语境下的左翼文学》。张武军指出，由于国民党政府在军事方面的压制，共产党武装革命陷入低谷，这是不争的事实。革命文学的提出正是由于革命之路被堵死，从而转向文学。大革命期间，火热的革命激情已经彻底点燃，青年们向往革命、追随革命成为潮流和风尚。在真正的革命期间，用鲁迅的话来说，"大家忙着革命，没有闲空谈文学了"，由于国共的分裂和国民党日趋保守，革命运动戛然而止。当革命的行动比较艰难时，革命文学就成为革命青年们仅有的慰藉和选择。加上民国宪政和法律言论自由的保障，革命文学因此得以兴起。

真正逮捕下狱。陈独秀被捕后，检察官以"危害民国"及"叛国罪"向法院起诉，而为其辩护的章士钊则强调这是思想和言论出版的自由，不应有罪，尤其是在有宪法保障的"民国"更不能如此。他说："民国者何？民主共和国之谓也，亦别于君主专制国之称……其内容无他，即力争宪法上集会、结社、言论、出版、信仰之自由权利。"[①] 这样的认知应该说已是民国知识分子的共同心声与信念。鲁迅于 1925 年 8 月 14 日被教育总长章士钊非法免除教育部佥事一职，随即于 8 月 22 日递状向平政院控告章士钊，1926 年 1 月 17 日，鲁迅的控告胜诉，教育部依法取消免职令。还有，当北新书局拖欠鲁迅巨额版税，屡催不得，鲁迅也是一状告到法院，最终获得圆满解决，这些都是在民国法制下人身权利及作家著作权受到应有保障的事例。

　　除了政治氛围、法制保障，现代文学的繁荣也和民国以来新式教育的普及兴盛有关。新式教育培育出了民国的新青年，而新青年则成了现代文学最主要的创作者、阅读者与传播者，同时，新教育、新文化、新思想洗礼下的新青年，也成为民国机制最坚定的支持者。民主共和的立国精神，尽管在民国建立以后并未得到充分的贯彻，破坏民主共和的事例不胜枚举，但即使如此，它终究逐渐成为越来越多人认同与支持的"民国价值"，一旦发生与此价值信念冲突的情况，仍会招来多数人的反对与批评。且不说袁世凯称帝的失败，张勋复辟的丑剧收场，即以"五四"时期的北大为例，蔡元培"囊括大典，网罗众家，思想自由，兼容并包"的治校理念，应该说正是清王朝和过去封建传统教育制度下不敢想象，但却是民国体制下受到肯定、视为理所当然的教育诉求。蔡元培曾加入同盟会，担任过中华民国南京临时政府教育总长，他于 1917 年 1 月出任北大校长。当时是黎元洪主政下的北洋政府，由此可以看出北洋政府对于宪法保障下的教育制度还是有一定的尊重与敬畏。后人在评价黎元洪时，认为他从完全没有共和意识的清朝督统成长为民国体制下的参政者，对民国价值和体制表现出了一定的拥护和遵守，这在他对袁世凯、张勋两次复辟都表示反对的

---

① 《章士钊律师为陈独秀的辩护词》，《中报》1933 年 5 月 4 日。

立场上可以看出。

蔡元培主持下的北大，成了自由民主思想的中心，新文化新文学的摇篮，其影响不仅在北大，也在全国，不仅在当时，更在以后。当国家主权受到威胁，他选择和学生站在一起，发挥了教育爱国的巨大影响力，"五四运动"因此成了民国历史上辉煌耀眼的一章。当蔡元培为营救示威学生而提出辞呈，北洋政府无奈也只能表达慰留之意；1924年至1925年间，北京爆发"女师大风潮"，主要是反对校长杨荫榆，然而这场校内的风暴，在杨荫榆要求军警包围学校，勒令学生离校，以及当时的教育总长章士钊在国务会议上提请停办女师大，并派军警强行接收的情况下，此一"非法"行径，不仅引起女师大师生的激烈反弹，也激起全国教育界人士、广大青年学生的愤慨，而展开大规模的"驱羊（杨）运动"。支持学生的鲁迅被章士钊下令免职，但这种倒行逆施的做法显然违背了民国以来逐渐形成的民主与法制精神，经过不断的抗争，终于在1925年冬恢复了女师大。

除了北大、女师大，还有清华、南开、复旦、鲁艺、西南联大等，都在不同阶段扮演了与民国命运共同一体的爱国角色，为民国的发展壮大作出了不可替代的贡献，同时，也为民国文学的繁荣提供了重要的条件与动力。20世纪30年代京派的形成基本上就以大学校园为中心，以在北大任教的朱光潜家定期聚会的活动"读诗会"为例，大部分京派作家都参加了这个自由结合的文学活动，包括北大的梁宗岱、冯至、孙大雨、罗念生、周作人、叶公超、废名、卞之琳、何其芳，清华的朱自清、俞平伯、王力、李健吾、林庚、曹葆华，以及林徽因、周煦良等，这种谈诗论艺、轻松交流的艺术氛围，对民国文学的稳定发展提供了必要的条件。

还有西南联大，这所在抗战时期以其突出的学术与文学成就荣耀了民国教育史册的学府，虽然只存在短短八年多时间，却是1949年以前足以和五四时期北大的地位相提并论的学府，而这和国民政府的战时教育政策息息相关。1938年8月，国民政府颁布《总动员时期督导教育工作办法纲领》，明文规定"战时须作平时看"的办学方针，要各级教员机关务持镇静，"一切仍以维持正常为其主旨"。1938年4

月，国民党临时全国代表大会在武汉召开，会上确立了《中国国民党抗战建国纲领》，明确抗战与建国同时并举的政策，"同时并举"的深意是：抗战只是过程，建立一个自由民主的中国才是终极目标。国家建设的内涵，必然包括了文化建设，"这就为知识分子在抗战中埋首于文化（学术、文学）创造提供了'合法性'"①，于是才使西南联大在抗战八年中培养出了优秀的学生，例如杨振宁、李政道等一批自然科学家，殷海光这样的思想家，以及何炳棣、王浩等社会人文科学家。

至于任教的老师在这一时期完成的学术研究更是成绩斐然，尤以语言学和哲学有突破性的表现。在语言学的开创上，例如罗常培对西南少数民族语言的研究摆脱了学界在这方面因为长期得不到第一手数据而难以突破的困境，王力完成于这个阶段的《中国现代语法》《中国语法理论》，使他确立了语言学家的地位；在哲学的开创上，例如冯友兰以《贞元六书》阐明自己的哲学体系，贺麟以《近代唯心论简释》建立了"新心学"哲学体系，金岳霖以《逻辑》为中国哲学引进数理逻辑的概念。在战争刺激与民族危亡的威胁下，这批学者以学术报国的积极动力，在偏安一隅的西南联大投入全部心力，使各学科屡有超越性的创见。在文学表现上，冯至于1941年完成新诗《十四行集》，建立中国十四行诗的典范；朱自清、闻一多在战争后期写下了大量杂文；沈从文的小说《长河》、陈铨的小说《狂飙》，丰富了40年代的小说风貌；王力、费孝通、潘光旦等人的杂文，对学术普及化、社会现象的批评都留下了精彩的作品。透过这些老师的鼓励支持，学生们组成的文艺社团有十多个，包括南湖诗社、高原文艺社、南荒文艺社、冬青文艺社、文聚社等，培养出如穆旦、袁可嘉、杜运燮、汪曾祺、郑敏等一批学生作家。这让西南联大成为抗战烽火中的一页传奇。五四时期北大"思想自由，兼容并包"的精神，和抗战时期西南联大"不合理的自由，为联大所不取，合理的不自由，同为联大所尊重"② 的

---

① 姚丹：《西南联大历史情境中的文学活动》，广西师范大学出版社2000年版，第26页。
② 陈雪屏：《国立西南联合大学简介》，见董蕣编《学府纪闻：国立西南联合大学》，台北：南京出版公司1981年版，第5页。

精神实为遥相呼应，彼此辉映。这样的精神最终都成了民国价值的一部分。可以说，从北大到联大，从蔡元培到梅贻琦，从教育到文学，从"五四""30年代"到抗战，民国的机制始终发挥着或隐或显的推进、制衡或保障的作用。

三 边缘作家群体研究的文学史意义

民国机制的存在，使五四文学突破性的发生成为可能，使20世纪30年代文学的繁荣成为现代文学的标志，即使是战争的40年代，文学也在艰困中前进，在纷乱中不失成熟。这样的说法不是预测，而是历史事实。闭塞的中国文坛在五四时期才迎来了新鲜的现代气息，大规模的文学翻译活动，打开了中国文坛的视野，在广大的青年中掀起巨大波澜。北洋政府实际上的"王纲解纽"，国民政府统治上的"力有未逮"，给了文学和文人喘息、壮大的机会。各种西方文化、哲学、文学思潮一时涌入，无政府主义、马克思主义、人道主义、资本主义、弗洛伊德心理学说、尼采超人哲学、叔本华悲观论、国家主义、进化论、现实主义、自然主义、浪漫主义、唯美主义、象征主义、存在主义、意象派等，都在短时间内被介绍引进到中国来，思想的大解放，促成了文学的大解放，于是而有民国文学第一个十年的百花齐放。

正如郁达夫所言："五四运动的最大的成功，第一要算'个人'的发见。从前的人，是为君而存在，为道而存在，为父母而存在的，现在的人才晓得为自我而存在了。"① 这种个性的张扬、自我的表现、个人的发现，使民国文学从一开始就有了迥异于以往的特质。然而，从"五四"到抗战，现代文学的发展有由个人到集体、由个性到共性的组织化和集中化的倾向，这是抗战的特殊时空所致，也是现代文学自身艺术规律的发展脉络，幸与不幸很难一

---

① 郁达夫：《中国新文学大系·散文二集·导言》，台北：业强出版社1990年根据1935年赵家璧主编、上海良友图书公司版本重印，第5页。

言定论。但若以社团流派的发展而言，朱寿桐的看法是一针见血的，他说：

> 整个文坛由原来社团林立的局面开始走向左翼文学的大一统。这种在左翼文坛上的大一统局面有利于团结广大革命文学家和进步作家，对国民党的统治进行有力和有效的斗争，但在文学社团的产生、壮大和发展，则不会起实际的鼓励作用。[①]

当文人结社的气候不再，不同流派的生存空间受到挤压，文学朝向大一统的方向发展时，现代文学的审美追求被现实功能给取代，格局自然也就难以恢宏拓开了。

回顾20世纪前半叶的文学史，还是不得不承认，第一个十年的"五四"时期是最有活力充满无限可能性的阶段。茅盾就激动地说道："一个普遍的全国的文学的活动开始到来！"[②] 郑伯奇则更进一步地分析："不仅是'一个普遍的全国的文学的活动开始到来'，而且19世纪到20世纪这百多年来在西欧活动过了的文学倾向也纷至沓来地流入到中国。浪漫主义、现实主义、象征主义、新古典主义，甚至表现派、未来派等尚未成熟的倾向都在这五年间在中国文学史上露过一下面目。"[③] 这么多的主义被引进、学习、模仿，因此而有了五花八门的文学社团、流派，有了各式各样的文学风格、审美主张，从而使第一个十年有了绚烂而丰富的文学风貌。

在这些令人目不暇接的社团流派中，规模不大、人数不多、活动时间不长的小社团、小流派，虽然在时代文学大潮下往往如浮花浪蕊般很快消失，但它们曾有的主张、活动、影响却是不能完全忽视的。茅盾在1935年《中国新文学大系·小说一集·导言》中就注意到边

---

① 朱寿桐：《中国现代社团文学史》，人民文学出版社2004年版，第19页。
② 茅盾：《中国新文学大系·小说一集·导言》，台北：业强出版社1990年根据1935年赵家璧主编、上海良友图书公司版本重印，第5页。
③ 郑伯奇：《中国新文学大系·小说三集·导言》，台北：业强出版社1990年根据1935年赵家璧主编、上海良友图书公司版本重印，第3页。

缘文人群体对文学史发展的重要性，他说：

> 他们的团体和刊物也许产生了以后旋又消灭，然而他们对于新文学发展的意义却是很大的。这几年的杂乱而且也好像有点浪费的团体活动和小型刊物的出版，就好比是尼罗河的大泛滥，跟着来的是大群的有希望的青年作家，他们在那狂猛的文学大活动的洪水中已经练得一副好身手，他们的出现使得新文学史上第一个"十年"的后半期顿然有声有色！①

事实证明，很多后来在文学史上产生过一定影响的作家都是从一些小社团里逐渐成长起来的，例如湖畔诗社的四位年轻诗人汪静之、潘漠华、应修人、冯雪峰，就是在结社之后以四人诗作合集《湖畔》跃上文坛；巴金的第一首长诗《报复》，也是发表在小社团"孤吟社"的社刊《孤吟》上；九叶诗派的主要成员穆旦，是在就读西南联大时期参加学生文学社团南湖诗社、冬青文艺社而崭露头角，冬青文艺社同时培养出了杜运燮、汪曾祺等日后驰名文坛的作家；1922 年，几位不到二十岁的杭州中学生戴望舒、张天翼、杜衡、施蛰存等组成了文学社团"兰社"，出版以发表小说为主的社刊《兰友》，张天翼、施蛰存就是在这个小小的社团里磨炼文笔，蓄势待发。

可以说，这些小社团流派或成为培养新锐作家的摇篮，或成为作家文人志同道合、相互交流的阵地，他们关心现实，但并不冀望会对社会产生多大的影响，因此反而能将主要心力放在纯文学的创作上，而使现代文学在写实功利与浪漫纯美间取得某种平衡，不至于随着时代潮流而太向写实功利倾斜。

这些位居时代边缘，却能在文学审美上有独特表现的作家群体，又可以分成两种形态，一是有正式成立社团来支撑文学活动的，如新南社、湖畔诗社、明天社、晨光文学社等；一是在当时并未成立社团，而是文学史研究者依其文学共性与密切关系而命名的文人群体，也就

---

① 茅盾：《中国新文学大系·小说一集·导言》，上海文艺出版社 1981 年影印版，第 8 页。

是郁达夫所说的："原来文学上的派别，是事过之后，旁人（文学批评家们）替加上去的名目，并不是先有了派，以后大家去参加，当派员，领薪水，做文章，像当职员那么的。"① 这类的文人群体有白马湖作家群、开明派文人、立达文人群、东吴女作家群等。和第一类文人群体相比，第二类更显得边缘而松散，甚至其命名也尚未得到统一的认定，例如白马湖作家群，也被称为"白马湖派""白马湖散文作家群"；开明派文人也被称为"开明派"；立达文人群也被称为"立达派"；东吴女作家群也被称为"东吴系女作家"。这其中，立达文人群、开明派文人、东吴女作家群等名词是笔者所提出②。

至于由柳亚子、陈去病、高旭等人于光绪三十三年（1907）发起于上海、宣统元年（1909）正式成立于苏州的南社，曾经在反清、反袁、北伐等政治活动上产生过积极的影响，在横跨民国建立前后的十几年中，南社成员曾经发展至一千一百人以上，声势不可谓小，柳亚子甚至得意地说："请看今日之域中，竟是南社之天下！"足见南社当然不是边缘作家群体，但南社到民国十二年（1923）因内部分裂而停止活动，就在该年底，由柳亚子等人又发起成立新南社，并发行《新南社社刊》。和旧南社相比，新南社其实欲振乏力，气数已衰，社员最多时仅二百余人，且一半是旧南社的社员，维持一年左右就解散了，和南社相比，新南社只能算是边缘的尾声了。南社的机关刊物《南社丛刻》主要刊登古典诗、文、词，而《新南社社刊》则刊登白话诗文，二者在文学态度上有明显的差异。南社的活动主要在民国时期，但如果站在现代文学的角度，以文言文为主要书写工具的南社，显然会被排除在外，但若以民国文学的角度，则讨论南社就是当然之义了。

长久以来，这些边缘作家群体似乎处于一种"被遗忘的存在"状

---

① 郁达夫：《中国新文学大系·散文二集·导言》，上海文艺出版社1981年影印版，第12页。

② 相关讨论可以参见笔者《从〈立达〉、〈一般〉看"立达文人群"的精神品格与写作风格》（《中国现代文学半年刊》2007年6月）、《开明夙有风——开明派文人的文化理念及其实践》（《中国现代文学季刊》2005年3月）、《寻找施济美——钩沉现代文学史上的"东吴女作家群"》（《2005海峡两岸华文文学学术研讨会论文集》2005年12月），以及《白马湖作家群论稿》（复旦大学出版社2014年版）等。

态，并未引起较多研究者关注。学界多半集中精力于旗帜鲜明、口号响亮、宗旨明确的社团或流派，而规模较小、无严谨组织的旁支分流相对寂寞许多，这不能不说是一种缺憾。事实上，正规社团之外，作家群彼此之间的自然活动网络一样频密，一样值得观察，他们的聚散分合、文学活动、交游往来与主流社团、流派的兴衰起落，可以相互印证、对照。民国文学史的丰富面向，在这些分众、多元的边缘作家群体上可以得到更为细腻、真实的呈现，也只有将这些边缘作家群体纳入研究之中，民国文学史的研究才能深耕广织出一个更为开阔、辉煌的格局。

（作者单位：台湾政治大学中文系）
原载《华夏文化论坛》2015 年第 1 期

民国文学历史化的必要与空间

张中良

在行进过程中，人们从变动不居或迟滞沉重的生活中感受最为明显的是新鲜、疲惫与焦灼等现实感，而当走过一段行程之后，回首过往，才会渐增历史感。周群玉著《白话文学史大纲》1928 年由上海群学社推出时，距离民国诞生只有短短十七年，与南京国民政府取代北洋政府成为南北统一的中央政权时处同年，所以，此书的第四编"中华民国文学"相对于前三编"上古文学""中古文学""近古文学"① 来说，仅仅是"现在进行时"的一个提示，很难说有多少历史感。1994 年，人民出版社出版的葛留青、张占国著《中国民国文学史》也只是把民国作为一个时段的名称。进入 21 世纪以来，关于民国文学的认识，除了以历史时段命名文学史之外，更有了意义层面的探索。民国文学问题愈来愈引起学术界的关注，不止一所高校建立民国文学研究中心②，北京、四川、云南、新疆、南京等地相继举办关于民国文学的专题学术研讨会，中国现代文学研究会举办的年会与理事会议也把民国文学列入讨论范畴。多家学术刊物为民国文学方面的论文提供发表园地，有的还以专栏形式推出成组论文。民国文学研究也得到政策的支持，如李怡主持的"民国社会历史与中国现代文学的研究框架"，2012 年获准为国家社会科学基金重点项目，其成果"民国历史文化与中国现代文学研究丛

---

① 参照王力坚《"民国文学"抑或"现代文学"？——评析当前两岸学界的观点交锋》，《二十一世纪》2015 年 8 月号。

② 北京师范大学、四川师范大学、西南民族大学、金陵科技学院等校成立相关研究机构。

书"10 部，2015 年 6 月起由山东文艺出版社陆续推出。李怡、张中良主编的"民国文学史论"6 卷本被列入"十二五"国家重点图书出版规划项目与国家出版基金项目，由花城出版社于 2014 年 10 月出版。书名冠以民国或民国文学的著作不断涌现，这表明民国文学概念在学术界的认同度正处于上升的趋势。值得一提的是，在海峡两岸学术交流的互动中，台湾学术界也在历史还原的框架内展开了民国文学研究①，政治大学成立了民国历史与现代文学研究中心，举办数次学术研讨活动，出刊《民国文学与文化研究》半年刊。

　　民国文学研究在探索中也不时听到质疑与批评的声音，归纳起来，大致有如下意见，一是认为现代文学研究经过六十余年的耕耘，已是比较成熟的学科，概念与体系基本成型，何必另起炉灶？二是怀疑倡导与从事民国文学研究，似有为民国"评功摆好"的意味，难避"政治不正确"之嫌。三是担心民国文学研究可能导致好不容易从过度的政治依赖中解脱出来的文学史研究重新回到政治框架里去，那样的话，岂不是学术上的倒退？四是担心把文学史研究简化为主题与题材研究，失却文学的审美本质。

　　质疑与批评的出现，正说明民国文学概念的提出的确对板结化的现代文学研究框架形成了挑战；质疑与批评也的确给方兴未艾的民国文学研究以及时的提醒，有助于少走弯路、慎避雷区。对此，自然应该表示感激；同时，也应给予积极的回应，因为只有通过对话才能消除误解，也只有通过对话才能将学术探索向前推进。

一　"民国文学"概念的提出乃实事求是之必然

　　近年来有所谓"民国热"，诸如民国旗袍走俏等，于是有人认为

---

　　① 尹雪曼总编纂：《中华民国文艺史》，台湾：正中书局 1975 年版。此书由国民党出资，数十人合著，带有鲜明的政治色彩，旨在同中国共产党领导下的文学史书写争夺话语权。据张堂锜《从"民国文学的现代性"到"现代文学的民国性"》（《文艺争鸣》2012 年第 9 期），2011 年由台湾政治大学延揽百余位专家学者完成的《中华民国发展史》"文学与艺术"主题（陈芳明、林惺岳等编写），"很明显地已经容纳更为多元的声音，关注更为不同的立场，也提供了更为丰富的材料"。

民国文学研究不过是赶时髦而已，很快就会像服装流行色一样为下一轮时髦所取代。其实，一旦打开思想禁忌，正视 1912 年至 1949 年，就会自然而然地发现民国时期不尽是破衣烂衫，也有古今融汇的旗袍与华洋交织的中山装，这些服装款式各呈其美，价值犹存，那么，它们再度亮相甚至走红也就在情理之中了。"民国文学"概念的提出与服装界的"民国热"有相同的文化背景，但时间较晚，且意义更为深刻。现代文学界提出民国文学概念，并非通常意义上的赶时髦，而是历史意识复苏的表征。学术作为深层次的精神文化，很难像日常生活的流行色那样"忽如一夜春风来，千树万树梨花开"，而是"千呼万唤始出来，犹抱琵琶半遮面"，也正是因为经过步履维艰的探寻，才不会如流云一样飘逝无痕，而是将带来深刻的变革，从文学史观念到文学史框架再到文学史风貌，民国文学史都将呈现出不同于现代文学史的样态。

对于早已认同了现代文学史框架的几代学者来说，接受民国文学观念并非易事。笔者就有过漠然、疑惑，而后才逐渐接受、参与探索。1997 年，学术界同人刚提出学科的名称应该变更为"民国时期文学史"① 时，我并未意识到这一提法的价值。有一次，我负责编订学术会议议程时，就武断地把一位同人主张现代文学史应改称中华民国文学史的发言排除在大会发言之外，而只是安排为小组发言。但是，渐渐地我也意识到文学研究的民国背景问题。2005 年，我当时所在的中国社会科学院文学研究所举办纪念抗日战争胜利 60 周年学术研讨会，由我遴选本专业与会学者。查阅了若干种学术刊物之后，发现研究抗战文学的论文少得可怜，而且选题多有重复。于是，我给自己确定的发言选题是分析为何抗战文学研究如此薄弱。但是，快到提交论文或发言提纲的时间了，我的稿子还写不出来。我猛然醒悟，自己其实是做不好这一选题的，因为步入现代文学研究领域 24 年，从未写过一篇抗战文学方面的论文，那么有什么资格做这样的分析呢？于是，我从查阅抗战时期的原始刊物做起。

---

① 陈福康：《应该"退休"的学科名称》，《文学报》1997 年 11 月 20 日。

战时出版的刊物不少是用粗糙的纸张印刷的，有的页面稻壳嵌在纸上，凹凸不平，色调晦暗昏黄，影响阅读。战时刊物印刷质量差、数量少，半个多世纪过去，留存有限，资料难觅，这大概是抗战文学研究匮乏的原因之一。我从那些刊物上读到了以往文学史著述未曾提及的大量作品，其中不乏感人肺腑之作。现代文学界多年来流行一种说法，认为抗战文学别看量大，但文学价值不高。随着阅读面的扩大与已知作品的重读，我对这种流行的说法产生了怀疑。艾青的新诗《他死在第二次》，写出了战士初到伤兵医院时对战友的思念与对前线的牵挂，也呈现出伤愈之后的思乡之情与和平渴望，以及看到伤残士兵乞讨的怜悯与痛楚，更表现出军人服从命令重返前线的果决、最后牺牲在沙场的悲壮与被战友草草掩埋而未留下姓名的悲凉，诗中既有对战士牺牲精神的讴歌与心灵世界的开掘，也有对战争残酷的控诉与对当局政务弊端的抨击，社会内容与心理蕴涵交汇激荡、张力十足，抒情与叙事水乳交融、起伏有致，这一诗篇不仅是艾青的成功之作，也是抗战文学的代表作。这样内蕴深厚、艺术精美的作品并非绝无仅有，再如酝酿于抗战期间、光复后不久面世的穆旦戏剧体诗《森林之魅》等，只是在忽略正面战场文学的背景下，这样的现代文学经典被埋没了。若从作家个体来看，臧克家抗战时期作品多达十六部，其中有长篇报告文学《津浦北线血战记》，诗集《从军行》《泥淖集》《呜咽的云烟》《向祖国》《国旗飘在鸦雀尖》等，长诗《走向火线》《淮上吟》《感情的野马》《古树的花朵》等。臧克家的抗战作品不仅表现出抗日战场的悲壮与惨烈、光明与暗影，具有不可忽略的历史价值与精神内涵，而且也显示出走向成熟的创作个性与色彩斑斓的艺术创新。这怎么能说"抗战文学，有抗战而少文学"呢？过去之所以忽略抗战文学，主要是因为抗战文学大部分表现了正面战场抗战，而在相当长的历史时期里，主导现代文学研究的历史观是新民主主义革命史观，以单一化、绝对化的眼光看来，正面战场的国民党军队大规模溃退，甚至无耻投降，抗战无功，摩擦有术。这种认识框架遮蔽了正面战场文学，如此一来，整个抗战文学版图岂不大为缩小！而一旦换成民国史视角来看，抗战是全民族的抗战，是中国对日本侵略者的抵抗，国民革命军作为国家的军队，虽有个别部队投降事伪，但整体上支撑着正面防线，国共之间虽有冲突，但合作抗日是主流。既然如此，表现正面战场的文学就应与表现敌后战场的文学一并纳入抗战文学史。视角转换了，视野便开阔起来，这样，就提出了正面战场文学概念，拓展了抗战文学的广度与深度。

2006 年 4 月，我为"鲁迅与中国现代文学学术研讨会"准备题为《鲁迅对 1930 年代文学思潮的评价问题》的论文。最初，我只是想把鲁迅评价 20 世纪 30 年代文学思潮的言论梳理一下，加以分析，不料在追溯鲁迅对"民族主义文艺运动"评价的社会文化背景时发现的问题，却对我既往的认识框架形成了剧烈的撞击。过去，我接受了鲁迅研究与中国现代文学史的通行说法，高度认同鲁迅《"民族主义文学"的任务和运命》与《沉滓的泛起》等杂文的观点，一是彻底否定具有官方背景的"民族主义文艺运动"，判定它是当局的鹰犬；二是判定其露头不久便被打得落花流水。可是，当我暂且搁置批判的武器，回到 20 世纪 30 年代的社会文化背景时，却发现"民族主义文艺运动"虽然含有当局打击异端、统一思想的政治动机，但其发生的根本原因还是在于 30 年代愈益严重的民族危机。所以，"民族主义文艺运动"并非只有几个具有官方色彩的倡导者摇旗呐喊，而是拥有为数众多的响应者："民族主义文艺运动"也并非一触即溃，而是阵容愈见壮大，在"九一八"事变的刺激下，民族主义文艺运动反倒日见高涨，连左翼作家也投身其中，《义勇军进行曲》就是一个典型的表征。卢沟桥事变爆发后掀起的抗日救亡文学大潮与民族主义文艺运动正是一脉相承。

全面抗战时期正面战场文学处女地的开垦与经典作家鲁迅的重新阐释，使我意识到民国史视角对于现代文学研究的必要性与迫切性，于是接连写出《从民国史的视角看鲁迅》、《现代文学的历史还原与民国史视角》与《三论现代文学与民国史视角》等论文。之所以使用"民国史视角"这一概念，一是民国史视角的确让我看到了以前被遮蔽与被误解的文学现象，二是我最初对民国文学这个概念战战兢兢，不大敢径直使用。经过几年的探索加之学术界同人的切磋，我愈加明确若要实事求是地研究与叙述 1912 年至 1949 年的中国大陆文学，民国文学这个概念是无法回避也不应回避的。于是，2014 年起，我接连发表几篇论文论证民国文学概念的合理性。在我看来，民国文学概念一方面具有时间标志性，1912 年至 1949 年的中国大陆文学，无论文化观念是保守还是激进，文体形式是现代还是传统，审美格调是典雅还是通俗，政治倾向是左翼还是右翼抑或其他，都应包含在内；另一方面，民国文学概念也具有内在的意义属性，民国文学在民国的社会文化背景下诞生、成长，无论是文学生产、传播及其影响的机制，还是文学反映的社会、文化内容，抑或文体形式与审美风格，都打上了深刻的民国烙印。民国文学之所以迥异于此前的清末乃至更悠久的传统文学，也不同于此后的新中国文学，正是因为被历史赋予了特征鲜明的民国品格。时间属性与意义属性，二者相互交织，难以剥离，不可偏废。

二 民国文学之政治性需要历史化

当以时间属性来理解民国文学时，通常容易招致所谓"拼盘"的批评，殊不知在一个从传统社会走向现代社会的转型期，开放、守成、冲突、交织、错杂、融汇，恰恰是民国文学的重要特征。较之排斥所谓"旧文学"的"新文学"、标识"现代性"的"现代文学"，强调世纪性的"二十世纪中国文学"，民国文学这一概念既有包容性，又具时代的明晰性。虽然"新文学"、"现代文学"与"二十世纪中国文学"各有其生成与存在的理由，但民国文学显然是有其历史依据、也颇具学术生命力的一个有效选项。

如果说指为"拼盘"的批评尚属柔性的话，那么，对意义属性之民国文学的批评则有些辛辣了。罗执廷博士认为"'民国文学''民国史视角''民国机制'等概念对民国的国体和政体之于文学的影响力的不切实际的夸大"，带有"文学意识形态"或"学术意识形态"的意味，若不加以"厘清和辨证"，"会有扰乱学界耳目，制造新的学术泡沫之虞"。"用'民国文学'取代'现代文学'这等于是消解了20

世纪80年代以来文学界提出'20世纪中国文学''百年中国文学'等概念并在文学研究实践中贯彻'新文学整体观'的努力的意义。这显然是在开历史的倒车，是学术史上的反动和逆流，应该坚决予以批判。"① 网名为"海阔天空在鬼混"的读者在"豆瓣读书"上说《民族国家概念与民国文学》"写得太像'政治不正确'版的文学史体"。韩琛博士把所谓"右翼的'民国机制'"与"左翼的'延安道路'"对立起来②，这一逻辑延伸下去，学术研究对民国机制有所肯定恐怕就有"政治不正确"之嫌了。郜元宝教授论文的题目更是提出了尖锐的问题：《"民国文学"，还是"民国的敌人"的文学?》③。这些质疑的确给人以提醒，但是，也表现出一个共性的问题，这就是有一种把民国文学研究政治化的倾向。

民国文学在民国诞生、成长，民国的政治不可能不给文学留下投影，因而民国文学研究就无法回避也不应回避政治性。谁也无法否认北洋军阀执掌的政府的基础性弊端，同样无法否认南京政府千疮百孔最后一败涂地的历史事实，其制度性缺陷必然给文学造成创伤。但是，问题在于政治性并不是非黑即白那样简单，因为民国政治本身就是多元化而非单一化或二极对立的；政治也并非一成不变，而是在矛盾纠葛中变动不已的。台湾学者王力坚教授认为，对于"民国文学"概念，"无需进行'去政治化'的处理，只需对其政治性进行常态化解读"④。在我看来，"对其政治性进行常态化解读"，就是将政治性予以历史还原、历史分析，也就是将政治性予以历史化，而非政治化。政治一方面带有不由分说的强力色彩，另一方面又往往波诡云谲变幻莫测。历史研究的政治化不仅将复杂的历史简单化，妨碍对历史的全面认识与准确把握，而且在非正常的环境中易将学术争论变成政治审判。

---

①　罗执廷：《"民国文学"及相关概念的学术论衡》，《兰州学刊》2012年第6期。

②　韩琛：《"民国机制"与"延安道路"——中国现代文学史研究的范式冲突》，《文学评论》2013年第6期。

③　郜元宝：《"民国文学"，还是"民国的敌人"的文学?》，《文艺争鸣》2015年第8期。

④　王力坚：《"民国文学"抑或"现代文学"？——评析当前两岸学界的观点交锋》，《二十一世纪》2015年第8期。

前者曾留下难以抹去的疤痕，后者的教训更是鲜血淋漓，想起来令人不寒而栗。所以，无论是为了维系学术的生命力，还是从学者的生存境遇来考虑，都应该坚持历史化原则。

质疑民国文学者曾经担心，研究民国文学，把延安文学置于何地？这种担心背后的认识框架，是把民国等同于政府，而政府等同于"反动"。其实，民国是一个国家，国家并非只有政府，政府也并非铁板一块。中华民国初创时有南京临时政府：三个月后临时大总统孙中山让位于北洋系的袁世凯，于是有北洋军阀持续掌政的政府。在这一时期，与北洋政府对峙的，有广州的军政府、中华民国陆海军大元帅府、中华民国国民政府；1927 年 4 月 18 日，蒋介石在南京建立国民政府，1928 年 6 月 3 日张作霖撤出北京之后，南京政府成为统辖大江南北的中央政府；1931 年 11 月，中国共产党在江西瑞金建立中华苏维埃共和国政府，1937 年 9 月，陕甘宁边区划归国民政府行政院直辖，中华苏维埃共和国政府西北办事处由陕甘宁边区政府取而代之；另外，还有日本侵略者扶植的东北、北京、南京等地伪政府。在南京政府及战时迁都的重庆政府时期，桂、晋、西北等地，也保持着一定的独立性。

在国内，地方政府与中央政府、苏区政府与南京政府、边区政府与重庆政府、百姓与政府，他们之间会有种种矛盾甚至爆发激烈的武装冲突，但在国际关系中，中央政府则代表国家主权与国民利益，如1919 年中国代表团终于拒绝在严重损害中国权益的《凡尔赛和约》上签字；1937 年卢沟桥事变之后，南京政府决定举国抵抗日本的全面侵华；1943 年 12 月 1 日，中、美、英公布《开罗宣言》；1945 年 7 月 26 日，中、美、英正式发布《波茨坦公告》，重庆政府均作为中国的法定代表。这些历史关节点上的政府，分明是民国的代表，其维护国家主权与国民根本利益的立场无疑应该得到历史的肯定。全面抗战时期，延安是国民政府行政院直辖的陕甘宁边区之首府，延安文学分明是民国文学的有机构成部分，怎么能因为共产党与国民党的分歧与摩擦改变其民国文学的历史属性呢？而新文学蓬勃兴起，并很快立稳脚跟，恰在由北洋军阀执掌国家权柄的政府时期，怎么能因政府控制在北洋军阀手里而否认新文学的民国文学属性呢？民国处于传统社会向现代社会的转型期，尽管有过袁世凯称帝与张勋复辟的闹剧，其他独裁者也不无皇权独断之野心及尝试，但是，毕竟是大江东去、势不可当，复辟的闹剧终归草草收场，独裁的行径受到种种限制，封建时代似的应制诗、颂圣文学在民国失去了沃土。南京政府、重庆政府虽然有其文艺政策，也试图造成三民主义文艺的宏大声势，然而，其文艺政策在民国时代氛围中显得那样苍白无力，三民主义文艺颜色鲜艳，但很快凋谢，也未见结出期待的硕果。倒是政府提倡的民族主义文学由于切中了历史的脉搏，得到了多方共鸣，获得了与时代同步的发展。民国文学包含但并不等同于带有御用色彩的政府文学；无论是政府的御用文学，还是激进的反对派文学，抑或居于中间状态的自由主义文学，都只能评价它政治上是与非、观念上对与错、艺术上优与劣，而改变不了其民国文学的性质。

邸元宝教授在前引论文中说："'民国时期的文学'不仅不等于'民国文学'，往往还是'反民国的文学'。鲁迅《华盖集·忽然想到之三》有言，'我觉得有许多民国国民而是民国的敌人'，鲁迅所谓'民国的敌人'是危害民国的蟊贼，但民国时期也有大量如鲁迅那样热心爱国却不幸被指为危害民国的'民国的敌人'。如果将鲁迅的话反过来借用一下，则'民国时期的文学'，是走在鲁迅所谓'文艺与政治的歧途'上而又不甘心完全被政治收编的相对独立的文学。"仔细考察引文中鲁迅这段话的来龙去脉，会发现鲁迅是以杂文的修辞方式表达对国人国家观念与现代意识淡薄的不满乃至愤怒，他希望国人珍惜仁人志士流血牺牲换来的民国，真正承担起主人翁的责任。鲁迅在小说《头发的故事》与不少杂文里都表达过这样的意绪。愚昧的国民并非真正意义上的"民国的敌人"，对国民性弱点、社会弊端乃至国民政府均有犀利批评的鲁迅也并非"民国的敌人"。邸元宝教授深解鲁迅"热心爱国"的衷曲而认为鲁迅被"指为危害民国的'民国的敌人'"实属"不幸"，这一见解完全符合鲁迅的民国体认实情。鲁迅的后半生是在民国的背景下度过的，其职业生涯、经济生活与文化建树都与民国密不可分。1912年2月，鲁迅应中华民国临时政府教育总长蔡元培邀请，赴南京任教育部部员，5月抵北京。1912年8月21日被任命为佥事，8 月 26 日又被委兼任负责文化、艺术等方面工作的社会教育司第一科科长，长达十四年（其间略有变化）；1927 年 12 月起，又受聘任国民政府大学院特约撰述员四年零一个月。他的文学创作、学术研究与翻译绝大部分完成于民国时期。民国，曾经让鲁迅寄予希望，也给他以诸多保障，自然会感念在心，但是，民国当局的失策，社会的黑暗，也让他失望、痛楚与愤慨。在他的心中与眼前，交织着多重民国影像。鲁迅对民国多有批评，其锋芒指向是政府的对外软弱退让、对内统治苛酷，是社会文化弊端，而在其心中却自有一个民国——孙中山等先驱者抛头颅、洒鲜血才换来的新生民国，民主、自由、富强、文明的理想民国。激烈地批评现实民国，正是源自心中的理想民国。在《黄花节的杂感》《战士与苍蝇》等杂文里，对于反清革命志士与民国创建者怀有感激与崇敬之心。1926 年 3 月 12 日发表于北京《国民新报》"孙中山先生逝世周年纪念特刊"的《中山先生逝世后一周年》说："中山先生逝世后无论几周年，本用不着什么纪念的文章。只要这先前未曾有的中华民国存在，就是他的丰碑，就是他的纪念。""凡是自承为民国的国民，谁又不记得创造民国的战士，而且是第一人的？但我们大多数的国民实在特别沉静，真是喜怒哀乐不形于色，而况吐露他们的热力和热情。因此就更应该纪念了；因此也更可见那时革命有怎样的艰难，更足以加增这纪念的意义。""记得去年逝世后不很久，甚至于就有几个论客说些风凉话。是憎恶中华民国呢，是所谓'责备贤者'呢，是卖弄自己的聪明呢，我不得而知。但无论如何，中山先生的一生历史具在，站出世间来就是革命，失败了还是革命；中华民国成立之后，也没有满足过，没有安逸过，仍然继续着进向近于完全的革命的工作。直到临终之际，他说道：革命尚未成功，同志仍须努力！"[1] 1927 年春，鲁迅在《中山大学开学致语》中开篇就说："中山先生一生致力于国民革命的结果，留下来的极大的纪念，是：中华民

---

① 《鲁迅全集》第 7 卷，人民文学出版社 2005 年版（本文所引《鲁迅全集》均为此版本，不再一一说明），第 305—306 页。

国。"① 孙中山对中国贡献巨大，诸如三民主义的理论建树，铁路乃至整个经济建设的蓝图设计，但鲁迅最看重的是民国的建立，因为这不仅结束了延续几千年的封建帝制，标志着中国迈进了一个新的时代，而且使中国以亚洲第一个民主共和国的姿态产生了巨大而深远的国际影响，为提升中国的国际地位起到了至关重要的作用。鲁迅性情外冷内热，为文做事偏于冷静，怀念师友诗文约二十篇，最多的不过范爱农，三首诗一篇散文，而为没有直接交往的孙中山作文却有五篇之多，在给友人的书信中说到孙中山，也是洋溢着欣赏之情②。之所以如此，固然与孙中山的人格感召力有关，但更为重要的是看重孙中山创建民国的伟大事业。鲁迅逝世前二日所作未完稿《因太炎先生而想起的二三事》③，为民国成立已有一世纪的四分之一而感慨，为革命成功、剪掉辫子而欣慰。文中说："我的爱护中华民国，焦唇敝舌，恐其衰微，大半正为了使我们得有剪辫的自由，假使当初为了保存古迹，留辫不剪，我大约是决不会这样爱它的。"④

国民是民国的主体，鲁迅是民国的文化斗士，那么，究竟谁是民国的敌人？袁世凯在辛亥革命中姑且不论其动机如何，由革命的敌人转变为革命的同路人，事实上对民国的立足起到了积极的作用，但后来称帝则走向民国的对立面；张勋复辟，与袁世凯成为一丘之貉；汪精卫，曾经的民国功臣，晚节不保，堕落为卖国求荣的汉奸……逆历史潮流而动、破坏民国基础的袁世凯、张勋、汪精卫之流，才是民国的敌人。顺应、推动历史潮流的文学，自然属于民国文学；即使逆历史潮流而动的文学，也应视为民国文学，只不过是逆流而已。民国文

---

① 《集外集拾遗补编·中山大学开学致语》，《鲁迅全集》第8卷，第194页。
② 鲁迅1935年2月24日致杨霁云："中山革命一世，虽只往来于外国或中国之通商口岸，足不履危地，但究竟是革命一世，至死无大变化，在中国总还算是好人。"《鲁迅全集》第13卷，第393页。
③ 初收1937年3月25日出版的《工作与学习丛刊》之二《原野》，《鲁迅全集》第6卷，第576—579页。
④ 1929年，西湖博览会上要设革命纪念馆，向社会征求遗物。鲁迅在当年2月17日所作《"革命军马前卒"和"落伍者"》中感慨万千地说："这是不可少的盛举，没有先烈，现在还拖着辫子也说不定的，更那能如此自在。"

学研究对象的判定原则，是历史性而非政治性。政治反动，或者政治错误，如袁世凯称帝前后的劝进文、沦陷区为日本侵略者及伪政府涂脂抹粉的汉奸文学之类，尽可以质疑、批评、抨击，但不能以政治之高下代替历史之有无，这样才能不至于因为准确的政治定性或可能的政治误判而遮蔽甚至歪曲历史，也才能全面地认识与准确地把握历史。只有主流与支流，而看不见逆流，不能说是完整的文学史。

三　民国文学历史化的广阔空间

既然民国文学的政治性是其题中应有之义，学术研究就应该直面政治性问题，诸如：政党、政府的文艺政策对文学发展的作用，作家的生存状态与政治的关系，文学折射出来的民国政治，政治对文学风格的影响，等等。然而，民国作为一个国家，在政党、政府之外，还有军队、司法机关、民间社团等社会组织，除了政治之外，还有新闻出版、学校教育、宗教信仰、民族传统、地域文化、文学思潮、百姓生活等等，民国文学是在多种因素交织的社会文化背景下发生、发展起来的，因而其历史化研究的空间无比广阔。

国民革命期间，郭沫若、王任叔、谢冰莹等一批作家投身于北伐战争；"九一八"事变之后，舒群、张新生等参加东北义勇军对日作战，丘东平等参加淞沪抗战；卢沟桥事变之后，更有大批作家到军中任职，甚至走上前线，如臧克家等先后到第五战区司令长官部及三十一军一七三师，沙汀、何其芳等到八路军一二〇师，阿垅等参加淞沪会战，丘东平等参加新四军，穆旦、黄仁宇等参加远征军赴缅作战。作家在前线与将士共生死，这种经历对抗战文学来说具有重要意义，正是由于有了战场体验，才写下了实感浓郁、感情饱满的作品。张新生在辽宁义勇军中出生入死，以立川为笔名发表火线报告文学《血战归来》，后从事抗日情报工作而被捕，从容就义；金剑啸从上海左翼美术阵地回到东北抗日前线，创作抗联题材的长篇叙事诗《兴安岭的风雪》，后不幸被捕，遭受酷刑，宁死不屈；高咏随八路军总部活动，在日军"大扫荡"中英勇牺牲，留下了未完的《漳河牧歌传》；新四军文艺工作者李增援，在战地医院治病期间遭遇日军突袭，为掩护战友撤退，主动迎战，壮烈殉国……作家勇敢投身于北伐战争、抗日战争时代大潮，甚至献出了宝贵的生命，然而，迄今尚无一份完整的民国作家从军表。在通行的现代文学史著述中，张新生、金剑啸、高詠、李增援等抗日烈士连英名都未见提及，更何谈对其创作作出细致的梳理与充分的评价。历史还原尚有许多工作要做，于此可见一斑。

历史还原是要回到历史现场，有一说一，有二说二。民国各个时期都有舆论统制，但是，也有相对自由的舆论空间。1926 年"三一八"惨案之后，鲁迅几篇笔锋犀利的杂文，如《无花的蔷薇之二》的 4—9 节，《"死地"》《可惨与可笑》《记念刘和珍君》等，都发表在当时还尚属北洋政府地盘的北京。1931 年 2 月 7 日，柔石、殷夫、胡也频、冯铿、李伟森遇害，两年后，鲁迅作《为了忘却的记念》，刊于1933 年 4 月 1 日《现代》第 2 卷第 6 期①。某校训育主任兼省党部政治情报员为了镇压全体学生的不满，串通关系指认青年木刻家所刻肖像中的苏联文学家卢那察尔斯基为红军军官，以此为罪名将三个木刻研究会会员打入牢房。鲁迅把三个冤狱者之一的曹白揭露迫害之内幕的信巧妙地化入自己的杂文《写于深夜里》②，刊发出来，达到了抨击当局者的目的。正是这种有限的舆论空间，形成了鲁迅杂文含蓄与犀利交织的风格，也成就了现代杂文。以往学术界常常抨击 20 世纪 30年代舆论空间荆天棘地，并非没有来由，但历史的复杂性在于在这"荆天棘地"之中，左翼文学生根发芽、茁壮成长，不止地处左翼文学中心的上海左翼文学生机勃勃，而且故都北平市民小报与校园刊物也活跃着一批左翼倾向的文学青年。在所谓高压统治下，带有自由主义色彩的《现代》杂志屡屡为左翼文学提供阵地，1933 年 5 月，第 3卷第 1 期刊出郁达夫的《为小林的被害檄日本警视厅》、适夷的《肖和巴比塞》、丁玲的《奔》、张天翼的《洋泾浜奇侠——给大孩子们

---

① 同期《现代》杂志"现代文艺画报"栏目有：柔石留影、柔石手迹、《牺牲》（木刻）、最近之鲁迅。

② 《写于深夜里》刊于 1936 年 5 月《夜莺》第 1 卷第 3 期，英译稿 1936 年 6 月 1 日刊于上海出版的英文刊物《中国呼声》（The Voice of China）第 1 卷第 6 期。

（一）》、艾青《芦笛》、郁达夫《光慈的晚年》等。1933 年 5 月 14 日，丁玲被特务绑架，宋庆龄、蔡元培等社会名流展开营救，1933 年 7 月，《现代》杂志第 3 卷第 3 期刊出《话题中之丁玲女士》，表示声援。同期还有洪深《五奎桥》剧照。1933 年 10 月，第 3 卷第 6 期刊出森堡译苏联华希里可夫斯基的《社会主义的现实主义论》等。不仅中间色彩的《现代》等刊物如此，即便是官方刊物，有时也以各种名目推出左翼作品。最典型的莫过于瞿秋白的《多余的话》，其部分内容最早发表于国民党"中统"主办的《社会新闻》杂志第 12 卷第六、七、八期（1935 年 8 月、9 月出版，选载《历史的误会》《文人》《告别》三节）；1937 年 3 月 5 日至 4 月 5 日上海《逸经》半月刊第 25、26、27 期全文刊载①，无论刊出的动机怎样，事实上传播出一位共产党人天鹅之死般的绝唱。

有学者对"民国机制"是否存在表示质疑，也有学者将"民国机制"等同于"民国制度"，实际上，民国制度本身已有一定的包容性，民国机制又大于民国制度，是社会文化多种力量交织、互动形成的一种功能。这种功能存在于社会文化的方方面面，左翼文学的生存与发展，左翼文学与自由主义文学、民主主义文学、民族主义文学等的微妙关系均体现出这种民国机制。上文提到罗执廷博士曾经那样激烈地批评"民国文学""民国史视角""民国机制"等概念，可是，当他稍后认真考察现代文学的出版问题时，则在一定程度上接受了"民国机制"观点②。

民国机制并非今人的凭空臆造，而是民国历史上的客观存在，无须乎去刻意夸大，只需拂去历史尘埃，还原其本来面目。民国时期，政治、经济、教育、新闻出版等社会文化诸业的发展，不仅给文学提供了一定的保障、舞台与受众，而且在文学的前行路径、发展模式与审美风格等方面都赋予了民国的色彩。民主共和制度奠定了整体性的政治基础，政治管控的多元化带来了文学的多样化，没有铁板一块的

---

① 参照胡明《瞿秋白的文学世界》，中国社会科学出版社 2013 年版，第 380 页。
② 罗执廷：《中国现代文学发展中的民国出版机制》，《文艺争鸣》2012 年第 11 期。

主题、题材要求，没有必须奉为圭臬的创作方法、审美风格。五四时期，表现人性解放、个性解放是多数作家不约而同的选择，与此同时，也有白屋诗人吴芳吉《婉容词》那样的作品，表现觉醒者追求婚姻自由却给旧式婚姻留下的原配带来了难耐的孤凄与悲哀，《婉容词》以幽咽的泣声参与了时代交响曲的复调建构。1927 年至 1937 年，文学史叙述流行"左翼十年"的说法，其实，在这十年间，左翼文学、自由主义文学、民主主义文学与民族主义文学百舸争流，各显身手，并非后来自诩为"主潮"之左翼文学的一统天下。诸种文学，各有千秋，其来龙去脉，起伏跌宕，不同文学思潮之间的关系，既有矛盾冲突，又有交织相融。即使左翼文学阵营内部，有执着表现阶级斗争的叶紫，也有擅长描写西南边地人与自然的艾芜；同一个作家，如丁玲，既有反映现实革命的短篇速写，也有追溯历史长河的长篇小说。抗战时期，抗日救亡固然成为文学主潮，但实际上，抗战时期的文学并非清一色的抗日救亡题材，人性与个性启蒙仍占相当大的比重。1942 年延安整风之后，边区与根据地文学相对整齐划一，而国统区依旧自成格局，哪怕是左翼作家，对延安派人到重庆传达的《讲话》精神也可以保留自己的不同意见。20 世纪 40 年代末，共产党的胜利指日可待，香港左翼文坛对自由主义文学的代表作家发动了凌厉的攻势，但在故都北平，仍有一批自由主义作家固守自身文化立场，希冀在动荡之时能够保留一块精神文化的桃花源。文学的确无法与政治剥离重重叠叠的关联，但文学终归是文学，它不像绝对忠诚的军队一样严格听从统一的号令，也不像政权那样在新的政治力量致命打击之下顷刻间土崩瓦解，自由是文学的天性，民国的体制与复杂的情势又恰恰给民国文学提供了自由飞翔的天空，于是，有了气象万千的民国文学。不只精神旨趣如此，而且艺术形式亦然。新文学自五四时期在文学殿堂挂帅出征、一路凯歌的同时，文言与传统文体并未如数百种现代文学史著作所说那样一蹶不振、一去不返，而是仍然葆有顽强的生命力。专门的文言刊物与文白参半的刊物，不乏读者，通俗小说的读者更是不可数计。报纸社评、官方文告、民间祭祀等，文言仍有用武之地。旧体诗词作者队伍庞大，涵盖社会各界，政界、军界、金融界、企业界、教育界、新闻出版界等，其中包括陈独秀、鲁迅、周作人、郭沫若、田汉、老舍、俞平伯等著名新文学作家。文言是怎样保持自己独立姿态的，又是怎样参与新文学和现代汉语构建的，新旧文学的多种路向、不同阶段，是怎样演进、交织的，等等，都应该予以深入的探究。这样才能确认中华文学传统并未断裂，也才能把这一传统推向新的发展阶段，发扬光大。

正如古希腊哲学家赫拉克利特所言，人不能两次踏进同一条河流，历史也绝不会原封不动地重现。我们应该做的是通过历史还原来建构中国现代文化转型期的传统，汲取经验教训，推动当下文化沿着宽广的道路阔步前行。民国文学研究起步之初，对文学与社会之关系的关注可能会多一些；随着研究的深入，会越来越注意审美的建构。审美选择的多元化，固然基于作家的创造性，但也是源于民国提供了一个可以展现创造性的舞台。关于民国文学审美世界的民国属性，且留待将来进一步探讨。

（作者单位：上海交通大学人文学院）

原载《文艺争鸣》2016 年第 6 期

对近年来中国现当代文学几种命名的反思

张福贵

相对于中国哲学社会科学其他学科而言，中国现当代文学学术思想体系的变化明显滞后。导致这一结果的原因主要不在于学术主体意识本身的欠缺而在于学科属性的特殊。近代以来在功利主义价值观的影响下，文学被社会发展看得过轻，又被意识形态看得太重，于是，人们对于中国现当代文学史的评价，往往就不是一种单纯的学术史和艺术史的评价，而是有关中国政治史和思想史的评价。正因为如此，学界对于现当代文学史观的探讨也就始终处于波峰浪谷和犹豫不决之中。从20世纪80年代开始，人们就一直探求中国现当代文学史观与学术研究的根本突破，"现代文学性质""当代文学可否写史""重写文学史""现代性问题"等讨论，都是这种努力探求的重要话题。而近些年大陆和海外有关"民国文学"、"汉语新文学"和"华语语系文学"等概念的提出，更是直接对中国现当代文学史的重新命名和学科反思。当然，反思本身就可能是学科接近于成熟的一种标志。

近年来在学界产生很大影响的"民国文学"、"汉语新文学"和"华语语系文学"概念的主张，可以看作21世纪中国现当代文学史学理论的"三大命名"。这"三大命名"相对集中的提出及讨论并不是偶然的，也并非单纯是主张者的个体化的行为，而是中国现当代文学自身发展的积累和学术逻辑运行的必然结果。这既表明中国现当代文学研究的学术困境，也预示着研究的根本性突破而成为学科新的学术生长点。也许过若干年后再来讨论这"三大命名"的话，其价值可能会看得更清晰一些。很明显，这三个学科概念虽然有所重叠但却是各有侧重和含义的。或者说，三个概念是从不同的角度来对中国现当代文学进行命名的。"民国文学"是一个时间概念，主要是侧重对1911年到1949年期间的文学史的概括，没有显在的性质判断；"汉语新文学"是在对中国现当代文学的一种语种视角加意义视角的概括，同时也包含了一种时间的界定；"华语语系文学"命名的由来虽然始于中国现当代文学概念的辨析，却超越于这个时段，可以包含整个汉语——华语文学史。这里没有了性质判断，它成为一个跨度更长的语种概念和时间概念。由于"民国文学"与"汉语新文学"概念在时段和内涵上的相似与相异更为明显，而且"华语语系文学"在内容与形式上与"汉语新文学"又比较接近，所以本文着重以前两个概念为主要对象，来探讨中国现当代文学史命名的问题。

第一，无论是"民国文学"也好，还是"汉语新文学"也好，这两个概念的命名在大陆思想环境下有着重要的意义，那就是对某种流行的文学史常识和学术前提反思的启示以及学术逻辑的突破和思维方式的创新。

这是两个概念在学术逻辑和思维方式上的最大相似之处，都表现出对于以往文学史观内涵和外延的反思，构成对于现有现代文学史观的突破。"所谓的学术前提是指已经成为基本定论的理论常识，而对于当代中国学术来说，学术前提往往也是学术之外的诸多限定，包括政治前提和思想前提。我们对于学术前提的有意忽略，是因为有的学术前提在确定的思想环境下是先验的，不能证伪的；而无意忽略则是不必证伪的。半个多世纪以来，受限于传统的思维方式，我们不能获得反思某些理论常识的思想能力。"① 民族创新能力的根本是思想的创新，一个没有思想能力的民族是不会有创新能力的，而对于学术研究来说，思想能力的强弱就表现为对于常识性的概念和基本理论的反思程度。朱寿桐在《论汉语文学与文化·代后记》指出，"人们太习惯

---

① 张福贵、张航：《走出"教科书时代"——现当代文学学术前提的反思与重建》，《中国现代文学研究丛刊》2013年第9期。

于'中国文学'以及'中国现当代文学'之类的伴随着严肃国体意识的学术概念，它们都是那样地明确、简单、顺妥，以至于任何人可以不假思索地接受它们，运用它们。然而正是这种不假思索的接受和运用带来了许多足以引起思索的罅隙"①。能够对作为学术前提的概念常识和基本理论反思，也是需要具备一种适应的思想环境的。反思前提有时候也是创造和改善思想环境的努力。对于中国现当代文学来说，要实现文学史观的转变和突破，必须首先对其相关的文学史概念等基本问题进行反思。

从政治、历史到伦理和学术问题，中国社会和学界都存在着许多习以为常而又不符逻辑和学理的概念。这些概念不是语言学意义上的约定俗成，而是命名的失真和模糊。概念从来就不是简单的名词，而是包含判断过程与结果，关涉到主体对于对象判断的真伪、合离程度的。多年来，有些概念和名词已经成为主流媒体、教科书体系和民间话语的惯用语，很少有人对这些概念进行反思和证伪，因此而成为先验的常识和理论。例如常见诸官方话语和民间话语中的"抗战八年""建国后""祖国六十华诞"等。"抗战八年"抹去了东北军民在"九一八"事变之后与日本侵略者浴血奋战的十四年艰苦卓绝的岁月。东北抗战不仅是中国大陆抗日战争历史上最早的战斗，而且是世界反法西斯战争中最早的战场。而"建国后"一词如果说是指"中华人民共和国成立之后"的简称尚可理解，但是随后"祖国六十华诞"这一悖历史也悖逻辑的概念的使用，则说明这两个概念都是把传统意义的"中国"不知不觉地界定于1949年。

同样，"中国现当代文学"这一学科概念已经进入了国家学科专业目录，具有了法规化的意义，而且已经成为海内外学界的一种学科常识和学术常识。但是，从词义和历史本身来看，"现代"一词永远指向近时段和当下，因此以此来命名20世纪上半叶的文学史，必将是一个"短命"的概念。在人类文化史和文学史的长河里，从时间的角度进行的任何"现代"的命名都是如此。而且，"现代文学"长期以

---

① 朱寿桐：《论汉语文学与文化·代后记》，澳门：银河出版社2015年版，第337页。

来被理解和阐释为一种"现代意义"，使一部比较丰富的文学史最终成为一种经过单一选择后的文学史。这是我当年提出用"民国文学"代替"现代文学"的根本原因。同样，朱寿桐对于"中国现当代文学"学科概念的反思也是极为深刻和合理的："作为中国现代文学与中国当代文学相整合的概念，一个叫作'中国现当代文学'的临时性学术概念和明显拼凑型的学科名称便就此出炉，并在相当长时期内成为汉语新文学领域最具权威性和最富范导力的概念，其影响正越出中国内地而辐射到港澳台乃至于国外的汉语文化圈。'中国现当代文学'作为正式的学术概念，无论是在内部关系还是在外部关系上都失去了概括力度以及延展的张力。"如果了解当初使用这一名称的过程的话，就会更加确信"中国现当代文学"作为一个学科性的名称的确是一个"临时性""明显拼凑型"的词语，"现代"和"当代"两词的意指是相同和相近的，从逻辑和词义上来说将其并列都不是十分严密的。

第二，"汉语新文学"语言谱系背后的文化价值。

"汉语新文学"命名的自身所包含的"汉语"中心词意义，使"民国文学"命名中的政体纠葛明显淡化，从而在现阶段更容易被海内外华人所认同，也可以看成对于此前"民国文学"所产生的概念歧义的一种突围和回避。因为语言是一个族群认同的最大公约数。朱寿桐在"汉语新文学"主张中对于语言形式的重视是前所未有的，"人类的审美经验和审美成果需要多种语言形态甚至需要所有语言形态加以体现，在这种巨大丰富性的积累之中，汉语文学客观上必然是以统一的文学方阵出现并区别于别的语种的文学"。实际上，朱寿桐所倡导的首先是一种语言文学史观。

众所周知，近代以来的文学运动最早是从语言形式的变革开始的。黄遵宪、梁启超、严复等人的"诗界革命""新文体"等主张是最早的尝试。而最早注意到从语言视角对中国现代文学史进行命名问题的，是新文学和新文化运动的先驱者胡适、周作人、钱玄同等人。"国语文学""白话文学"等概念的提出以及文学史文本的写作实践，成为后来者提出相关命题的重要启示。但是，相对于从思想内容和历史时代视角的文学史观而言，语言文学史观还是不多的。"文学研究界不习惯于从语言本体看待新文学的诞生与新文学运动，导致了这样一个严重的历史事实被长期遮蔽：在文学革命的一系列论争之中，'新旧'两派的冲突其实更多地聚焦于废除文言的语言策略而不是开放的和现代性的思想文化观念。"也就是这样一种状况：能够从语言视角对新文学进行研究者更多的是关注语言本身，文学史的命名是从形式着眼，而不是把语言形式变革背后的"新"的文学立场表达出来。

应该说，朱寿桐不是 21 世纪以来最早关注新文学语言问题的学者，但是通过"汉语新文学"的主张使他成为新文学语言研究影响最大的学者。"汉语新文学"与海外学者史书美、王德威的"华语语系文学"的主张看上去大致相同，而其实二者之间貌合神离，存在着本质性的差异。华语语系文学明显是一个语言文学的大系统，包括汉语而大于汉语，因为"华语"意指中华民族大语言系统，以汉语为主体并且包括其他少数民族语言系统。如果身在海外作一种华夏族语言的理解，则又是和内地已经被法规化的"中华民族"语言的内涵不一致的。

"汉语新文学"概念的最大贡献是弥补了"民国文学"的结构缺失，从空间构成上补充了"民国文学"这一时间概念的不足，扩大了中国文学的版图。"汉语新文学"概念所获得的这一重大价值，就是来自对于学界以往已经认同的"中国现代文学"和"世界华文文学"等既定命名反思的结果。"政治区域意义上的国体概念（中国）必然导致的人为区隔和自我设限的某种尴尬"①，而其中最突出的是对于台港澳文学和海外华文文学涵盖的尴尬。长期以来，台港澳和华文文学没有被纳入到中国现当代文学的系统之中，而是作为"特区"一样称之为港澳台文学，最多是作为一个特殊区域的文学来看待。直到目前为止，几乎全部中国现当代文学史教科书都是把港澳台文学另辟一章，成为游离于整体的一个专题。要知道，这种体例教科书中，是绝不会对大陆文学进行京津沪文学或者东北文学、西北文学等类似的区域文学分类的。我甚至有一种感觉：台港澳文学的另类式进入中国现当代

---

① 朱寿桐：《论汉语文学与文化·代后记》，澳门：银河出版社 2015 年版，第 337 页。

文学史写作更主要的目的，是不是服从于国家统战的政治策略？这至少在教科书体例上有些令人怀疑。如果作为朱寿桐提出的"汉语新文学"的概念来建构文学史的话，就可以实现我一直主张的文学史写作的"融入"原则：不以区域为标准，而是以文学价值和影响力为标准，将台港澳文学按照时段分别纳入到大陆文学大系统之中进行考察和取舍。不再单设一章或几章，把值得入史的台港澳文学作家作品分别融入到大陆文学同一时段的大系统之中。如果某些时段不够融入的标准，也完全可以空缺，不必以"特区"的标准去做自成一系的设计。中国文学的汉语系统标准在相当程度上改变了这种"计划单列"的行政设计模式。许多文学史教科书在地域上的"另辟一章"，就有可能带来价值评价上的"网开一面"，即面对大陆文学与海外文学采用了不同的文学史价值观与审美价值观。

第三，"汉语新文学"命名的文学标准。这可能是"民国文学"与"汉语新文学"两个概念中最大的一致性和最明显的差异性之所在。

朱寿桐在"汉语新文学"概念中十分看重"新文学"承上启下的文化史价值。对传统文学而言，"新文学"的"新"成了已有大传统中的新属性，而对于现代文学而言，"新文学"中的"新"又成为接近于现代性的问题。在中国现代文学学术史上，现代性问题是一个在相当长的时间里被强烈关注甚至被过度阐释的概念，而现在又处于被相对忽略的境地。特别是在近年来文化复古主义思潮的强大影响下，现代性问题的探讨有走向反面——反现代性的征兆。所以，在这样一种思想环境下，"汉语新文学"概念中对于"新"的强调是有着明显的当下意义的。

"汉语新文学"概念中的中心词为"新文学"，这与一般性的"汉语文学"或者"华语文学"划清了界限，赋予了现代文学主体性和时代性的内涵，成为一个扩大了视野的限定性的概念，这仍然是一个从语言形式的视角命名文学史内容的主张。实质上，在朱寿桐的"汉语新文学"的概念里就包括"新汉语"（白话文和新体诗）的"新文学"和"旧汉语"（文言文和旧体诗）的"新文学"两个形式系统，在语言形式上扩大了"新文学"的范畴。那些文言文和旧体诗等旧形式表现出来的"新"文学也应该属于中国现当代文学的内容。

关于文学史观的这种开放性的语言标准问题,"民国文学"是与此完全一致的。但是就文学史观的现代性内容问题来说,这可能又是"民国文学"与"汉语新文学"两个口号中存在的最大差异。我一直强调"民国文学"口号是一个时间性的概念,更完整的词义是"民国时期的文学",这是与中国文学以政治朝代命名的历史传统相一致的。而我提出这一口号的最大目的,是淡化"中国现代文学"原有命名中所包含的"现代意义",扩大文学史对象和内容的选择,强化文学史观的客观性、自然性立场。"现代意义"的设定,使本来就不太纯粹的文学史变得更为简单和偏门,用二元对立的党派史观代替了相对完整的民族史观,使"人的文学"理解重新回到"非人的文学"的理解。而在形式上则完全排除了不具"现代意义"的旧体文学,文言小说和散文、旧体诗词、戏曲文学等都始终未能进入到文学史文本之中。时间性的"民国文学"概念具有最大限度的历史与审美的包容性:既包容"现代文学",也包容"反现代"文学;既包容左翼文学,也包容右翼文学;既包容雅文学,也包容俗文学;既包容新文学,也包容旧文学。这是时间性文学史观最大的优势之所在。

相对于这种扩大了的限定性概念,"民国文学"则是一个更无边界的文学史概念,不仅包括"旧汉语"的"新文学",也包括"新汉语"的"旧文学"。由于没有对文学史内容是否具有现代性进行限定,所以可能是一个更为开放的概念,正是由此也带来人们关于"民国文学"包不包括"反民国文学"的质疑。

两种主张的差异性,朱寿桐的"汉语新文学"从语系上是对于中国现当代文学和"民国文学"概念的扩大,而"新文学"的中心词又从历史对象本身进行了限定,也就是一种缩小。"新文学"的意义概念是限定好了的,扩大的是语言形式。由此看来,中心词仍然是"新文学"。与此同时,这也带来一个要继续探讨的问题:那么在"新文学"之前的"汉语文学"史该如何命名?是否应该叫作"汉语旧文学"呢?

第四，"新文学"与"现代文学"概念内涵的历史辨析。

可能在朱寿桐之前，还没有人如此细致系统地辨析"新文学"和"现代文学"概念内涵的差异问题。一般看来，二者之间没有差异，可以并称互换。但是朱寿桐却发现了二者内涵的张力及其之间细微的差异。他认为"新文学概念强调的是与旧文学的相对性，较多地融入了传统因素的考量，所揭示的仍然是文学的内部关系；而现代文学概念关注的是时代因素，无论是从政治内涵还是从摩登含义来考察，都是将文学的外部关系置于特别重要的地位，相比之下，其所具有的历史合理性以及相应的学术含量都不如新文学概念。新文学倡导者无论如何偏激地反对旧文学，都是在价值观念上承载了旧文学传统的巨大压力，因而迫切地追求新的文学传统，铸成新文学，以求得解放与超脱。他们深知旧文学具有丰厚的文学传统，文学革命运动于旧文学所反对的，其实不是所有的文学家及其文学作品，而是其所体现的文学传统"①。朱寿桐细细梳理了"新文学"和"现代文学"命名的由来，更为可贵的是第一次如此清晰地辨析了二者的差异。应该说，"新文学"与"现代文学"的同时同质性已经得到了人们的长期认同，因此而成为一种文学史的常识。就传统文学来说，"现代"要比"新"离传统更远，新与旧是一种相对而言的过程，而现代与传统则是一种相克相生的对立，而且是一种体系性的对立。在中国古代文学谱系中，"新文学"是生生不息的，仅就诗歌的体式来说，五言诗相对于四言诗是新文学，七言诗相对于五言诗亦是新文学，而词相对于律诗又是一种新文学。这种生生不息、不断更迭的发展脉络，共同构成了一种传统机制。朱寿桐所说的"文学革命运动于旧文学所反对的，其实不是所有的文学家及其文学作品，而是其所体现的文学传统"，看到了这种"源"与"流"的差异性。"作为新文学概念的'新'并不是像人们一般性地理解的那样，体现着新的形式和新的内容等等，这种浅表层面的'新'确实可以用诸如'现代'或'当代'等时间概念来替

---

① 朱寿桐：《"汉语新文学"概念建构的理论意义与实践价值》，《学术研究》2009 年第1 期。

代；新文学概念之'新'乃是吁求着新的文学传统的建立，尽管这种新文学传统在不同的新文学家的表述中有差异"。

新文学如何成为新传统乃至进入汉语文学的大传统之中，这是朱寿桐"汉语新文学"概念中一个不太被人关注的方面，也是倡导者没有继续深入阐释的问题。"热衷于'现代文学'乃至'当代文学'概念建设的人们忽略了'新文学'概念的这种新文学传统命意。对于新文学传统的忽略使得新文学概念在时代因素特别是政治因素的强调中变得晦暗不堪。"① "新"本身就会随着时间而成为"旧"，是一个人尽皆知的日常逻辑。这种逻辑的日常化已经成了无人质疑、无人关注的常识。然而在文化和文学发展的逻辑上，这个问题却始终处于人们的质疑和争论当中。从五四时期到 21 世纪，学界和社会大多数人的观点都是认为五四新文化和新文学割裂了传统，这一观点在海外学人中最为盛行。"汉语新文学"的命名强调"新"的标准和视角，是关于文学史的一种意义概念的界定，是一种文学性质的判断。因此，如果把"新"与"旧"之间做一种历史演化的关联，就可以完美地解决历来文学史命名与争议中的一个逻辑性问题，那就是传统本身就是一个发展和转化的自然过程，"新文学"可以成为"旧文学"，成为中国文学的新传统并最终进入大传统之中。这可能使"汉语新文学"命名上升为文学史哲学意义上的概念。五四新文学和新文化的负面影响不是割裂了传统文学和文化，而是采取了一种二元对立的价值观和发展观，没有看到新旧文学之间的过渡和转换，只是以静止的眼光看待五四这样一个特殊阶段的文化冲突和新旧文学之争。当然，处于这样一个转型期的思想文化环境之中，既不可能有一种平静的文化心态，激荡的社会也没有提供整体考察和判断的充分条件。胡适的"八不主义"和陈独秀的"三大主张"，包括周作人的"人的文学"以及鲁迅"礼教吃人"，钱玄同和罗家伦的"废除汉字"的主张和判断，都是这种二元对立价值观和思维方式的集中体现。

---

① 朱寿桐：《"汉语新文学"概念建构的理论意义与实践价值》，《学术研究》2009 年第1 期。

学界对于"汉语新文学"主张可能存在的分歧之一，是在对于"新文学"与"现代文学"概念之间关系理解的差异上。朱寿桐非常明确地认为，"新文学概念强调的是与旧文学的相对性，较多地融入了传统因素的考量，所揭示的仍然是文学的内部关系；而现代文学概念关注的是时代因素，无论是从政治内涵还是从摩登含义来考察，都是将文学的外部关系置于特别重要的地位，相比之下，其所具有的历史合理性以及相应的学术含量都不如新文学概念"。[①] 把新旧之争看作一种文学内部关系的相对，把现代文学与传统文学之辩看作一种文学外部关系的冲突，是有一定的道理的。按照这样一种理解，新文学与旧文学的对立就是一种暂时性的过渡状态的表征，新文学较现代文学离传统文学更近，经过一段时间的发展就可能成为"旧文学"——中国文学大传统的构成部分。这种理解的最大意义在于发现了新文学文化属性演化的内在逻辑。准确地说，是对于传统文学的历史性、流动性本质的一种概括。我曾经说过，五四新文学在五四时期是反传统的，在 20 世纪 30 年代也可以算是反传统的，但是经过了 50 年、100 年，还把新文学看成传统文学的对立物，看作疏离于传统文学之外的文学构成，既是违背历史的，也是违背逻辑的。任何过去了的传统文学都是从不同程度的新文学过渡转化而来的，没有新文学也就没有旧文学。这里涉及两个问题。第一，不能把传统看成一成不变的，传统是一个流动性的概念，几乎没有完全不变的文化。文明的产物往往是从头到尾大相径庭甚至是面目皆非。当我们始终把新旧之争看成一种本质性的对立时，就已经远离了传统的本质属性，也成为一种"反历史"叙述，历史本来就不是这样的。第二，任何新事物都可能成为旧事物，这不是指新事物融入旧事物之中后的变化，而是指新事物本身就会自然演化为旧事物。例如，人年轻时容易激进，年老时就容易保守。然而，中国当下思想文化领域却呈现出人类文化史上最为荒诞的文化返祖状态：年轻人指责老年人过于激进，老年人指责年轻人太保守，这

---

① 朱寿桐：《"汉语新文学"概念建构的理论意义与实践价值》，《学术研究》2009 年第 1 期。

不能用个体的原因来解释，而只能是两代人成长的思想环境不同而已，这与 20 世纪 80 年代的状况恰恰相反。历史本身构成即是复杂的，更何况历史总是在不断变化的。所以，我认为既要从历史阶段的点上看到新旧的冲突，也要从历史发展的线上看到新旧的融合。我甚至认为，反传统也是一种传统，而且反传统往往是贯穿历史的传统元素。历史的发展常常打破线性发展观的成见，历史长河中的每一朵浪花都是不一样的，历史的发展过程中始终存在着矛盾冲突。但是最后历史总是要合逻辑的，即使是在过程中没有吻合，但是在终点也一定要吻合，只不过我们评价者未能等到那一刻而已。前面所说的中国诗歌体式的变化过程就说明了这一点。此外，人类文学史上雅俗文学与文化的区分和转换也是如此。所以，从这一意义上来说，我是极为赞成朱寿桐的观点的，当然这里包含了我自己延伸式的解读。

除了人们所说的"现代派"或者"现代主义"文学概念之外，"现代"不是一个文学的概念，而是一个文化和思想的概念。从 20 世纪 30 年代开始，文学的"主题词由'新'到'现代'的转变，除了特定气候下的国体与时代因素的政治考量外，一定历史时期的社会文化心理因素也相当关键"[1]。"现代"一词是中国 19 世纪以来一个最为热行的关键词，我说过，如果用一句话概括 20 世纪中国社会和思想文化的发展过程的话，可能用"传统与现代的冲突"是比较准确的。简单地说，"现代"这个关键词在绝大多数时间里被绝大多数国民认定为"现代化"。而现代文学的概念从一开始就被理解为一种"现代意义"。正如朱寿桐所言，"'现代文学'概念在此后的文学学科发展中更具优势，而是体现了对那个时代特别流行的'现代'一词的敏感与呼应。那时正是中国在战乱频仍的短暂间隙中向世界现代化潮流大规模开放的辉煌时刻"[2]。

朱寿桐认为，"新文学概念比现代文学概念更具有历史的合理性，更能体现文学发展的内在规律，也更具有文学理论的学术厚度"。然

① 朱寿桐：《"汉语新文学"概念建构的理论意义与实践价值》，《学术研究》2009 年第 1 期。
② 朱寿桐：《"汉语新文学"概念建构的理论意义与实践价值》，《学术研究》2009 年第 1 期。

而，我又不太赞同他这种过于清晰地辨析新文学与现代文学内涵差异性的观点。如果从两个概念的纯粹词义理解的话，可能存在着如其所述的差异，但是如果将其放置在中国五四时期文化转型的历史环境中去考察的话，二者几乎没有差异，即使有也是极其细微的，无论是当事人还是后来的评价者都基本上忽略了这一差异。五四时期的新文学与传统意义上的新文学是不同的，像现代文学一样都具有基本的外来文化属性。新文学革命的先驱者们所主张的新文学已然是一种现代素质的文学了，而"现代文学"不再是一个时间概念而是一种意义的概念了。中国文学缺少哲学底蕴，文学流派缺少理论背景，五四时期的"现代文学"和"新文学"一样，在概念理解和实际文学史写作的操作过程中，并没有明显的差异。这在 20 世纪 50 年代最初的几部文学史著作的称谓中也可以看到，李何林的《中国新文学研究》（1951 年出版）、王瑶的《中国新文学史稿》（1952 年出版）、张毕来的《新文学史纲》第一卷（1956 年出版）、刘绶松的《中国新文学史初稿》（1956 年出版）和丁易的《中国现代文学史略》（1957 年出版）等。1950 年高教部颁布的第一部相关教学大纲也称为《中国新文学教学大纲》。从这样一种现实来看，直至今日，"新文学"的概念一直还在被学界大量使用，甚至一分为二的中国当代文学的学会组织之一就叫作"中国新文学研究会"。所以说，人们在使用"新文学"的概念时，好像并没有表现出对它与"现代文学"概念之间的差异性理解。像我前面所说的那样，"现代文学"是一个短命的概念，如果从时间段来说，"新文学"也是一个有限的概念。因为"新"也具有"新近"之意，终究会成为"旧"的。在中国文化和文学转型的那一刻，"新"与"现代"都是对于过去文学的疏离与批判。像"新文学"一样，"现代文学"也终将成为传统文学的新元素，共同构成中国文学的大传统谱系。

我倒以为，20 世纪 50 年代以后"现代文学"概念的普遍使用是和中国史教科书将中国历史阶段命名为"现代史"有紧密关系的。现代文学史从属于中国现代史，顺流而下，"中国现代文学"的名称于是便成为与"中国古代文学"类似的常识性的学科概念。而且这不单是中国文学的命名方式，"中国现代经济史""中国现代教育史""中国现代思想史"等教科书都表现出同样的称谓。当然，这种关联性的真伪和大小对于文学史命名的意义不大。

最后再说一句：历史就是一个不断选择的过程，过了若干年之后，"民国文学"和"汉语新文学"以及"华语语系文学"等概念究竟价值几何，人们可能看得会更清楚。

（作者单位：吉林大学文学院）

原载《中国现代文学研究丛刊》2016 年第 9 期

民国文学文献："抢救与整理"

——一个民国文献工作者的一些零碎感想

刘福春

历史正在消失

民国文学（主要指 1949 年前的文学，也称现代文学或新文学）已经走过了一百年。近些年，诗歌界又在迎接新诗百年的到来，出书、研讨，一个接着一个，热闹空前。一百年对于文学创作者来讲可能是个节日，可对我们文学史研究者，特别是民国文献工作者来说，恐怕并不值得那么兴奋。一百年对我们意味着什么？第一，我们赖以生存的书报刊这些纸质文本，因为纸张酸性强，脆化、老化加剧，已经基本临近阅读、使用的极限；第二，随着一批批老作家和老文学工作者的故去，那些存活在历史的参与者和见证者头脑中的鲜活的历史永远无法打捞。

2005 年 2 月 8 日《人民日报》海外版消息：国家图书馆民国文献目前中度以上破损已达 90% 以上，民国初年的文献已 100% 破损，有相当数量的文献一触即破，濒于毁灭。国家图书馆副馆长讲："若干年后，我们的后人也许能看到甲骨文、敦煌遗书，却看不到民国的书刊。"［施芳：《67 万件民国文献亟待保护》，《人民日报》（海外版）2005 年 2 月 8 日］

近些年各地不断举行作家 100 周年诞辰的纪念会，事实上，20 世纪 30 年代及以前从事文学工作的前辈均已超过了 100 岁，基本都已离我们而去。鲁迅生于 1881 年，今年应举行 135 周年诞辰的纪念会；胡适生于 1891 年，今年该纪念他 125 周年诞辰。那些长寿老人，冰心生于 1900 年，卒于 1999 年，离世已经 17 年；臧克家 1905 年生，2004 年逝世，已经告别 12 年；最长寿的章克标，1900 年生，108 岁过世，也已经走了 8 年。到现在，20 世纪 40 年代的作家还有一些健在，但也不是很多。有影响力的"九叶"诗人中健在的只有一叶，郑敏先生也已 96 岁。

我 1980 年 2 月到中国社会科学院文学研究所工作，真真切切地体验了这 36 年所发生的巨大变化。在 80 年代，我们到图书馆查阅的是原书、原报、原刊，而现在只能看整理出来的缩微化或数字化文本；那时你有问题需请教，即使找不到当事人，也可以找到旁观者。90 年代初我编选《新诗名家手稿》时，汪静之、冰心、臧克家、冯至、卞之琳、艾青等老诗人都健在，否则很多手稿将会失收。最没有想到的，短短的三十多年，我当时编撰《中国现代新诗总书目》所记录的有关新诗著作的资料，现在有一些已经成了"孤证"，因为有的书 30 年前在图书馆查阅到了，后来再去查找却下落不明；有些书刊图书馆不藏，是在作者手里见到的，随着作者的故去再见到也是很困难的。

有一事感受很深，以前专门写过文章，这次还要提起。二十几年前，我在图书馆里找到一本署名李邨哲的新诗集《黑人》。"李邨哲"是舒群用过的名字，而"黑人"也是他用过的一个笔名，于是我推测这是舒群的诗集。但从所见到的舒群研究资料来看，似乎从没有提到过他有诗集出版，于是我做了详细的笔记，准备当面向舒群请教。可是当我敲开舒群的家门时，舒群刚刚去世，问其亲属，都不很清楚。后来我写了《〈黑人〉——舒群的一本轶诗集》一文，考证出这确是舒群所作，但仍有一些问题说不清楚。如果稍早一点去见舒群可能问题就都能解决，只晚一点这些问题也许就成了永远的谜。

历史正在消失，或者已经消失。

保护与使用

历史正在消失，文献的抢救迫在眉睫。

早在 20 世纪 80 年代现代文学研究界就提出"抢救"问题，针对的主要是健在的老作家、老文学工作者，而对损坏越来越严重的民国文献进行原生性保护与抢救的重视则是进入 21 世纪之后。

2005 年 2 月 8 日《人民日报》海外版发表《67 万件民国文献亟待保护》，同年 7 月 14 日《重庆商报》刊文《重庆图书馆民国文献损毁过半》，2007 年 11 月 22 日《新华日报》告急《南图馆藏民国文献急需抢救》，2011 年 5 月 19 日《光明日报》呼吁《快！抢救保护民国时期文献》。终于，"2011 年，国家图书馆联合全国各省公共图书馆策划了民国时期文献保护计划项目，得到中央有关部委的高度重视和大力支持，并得到财政部 2012 和 2013 年度经费支持"（《民国时期文献保护工作座谈会举行》，见《图书馆理论与实践》2013 年第 6 期）。

对于亟待保护的民国文献这无疑是个好消息，但也使民国文献的使用者遇到了更大的困难。2011 年 9 月 1 日《北京日报》刊文《民国文献：使用与保护的博弈》，文章讲：

> 南京图书馆也藏有大量民国时期的文献资料。5 年前，那里只对那些有副本、目前保存条件还不错的文献提供阅览。然而，符合这样条件的文献微乎其微。而且，民国图书一般只对特定的研究机构和学者有限开放，且需要分管主任严格审批。如今，此类限制倒是取消了，"图书馆也免费开放了，可他们依然没有放下'高高在上'的姿态，为什么不能多投入一些人力物力改善书籍状况，而且也不是所有资料都进行了数字化。"网友"清风不识字"在"图书馆之家"论坛的发言引来众多跟帖，不少网友认为，公共服务型图书馆之路还很漫长。

保护与使用的矛盾本来一直就存在，现今显得更为突出。

更让人纠结的是，"抢救"和"整理"这一相关联的话题，却又显得十分矛盾，对于弱不禁风的民国文献来说，"整理"也是一次"损坏"。

好在图书馆在重视民国文献"原生性保护"的同时，还进行了

"再生性保护"，主要是民国文献的缩微化或数字化。规模最大的应该是大学数字图书馆国际合作计划（China Academic Digital Associative Library，CADAL），项目 2002 年开始建设，项目一期建设 100 万册（件）数字资源，2009 年 8 月项目二期正式立项，历经三年，新增数字资源 150 万册（件）（潘晶：《大学数字图书馆国际合作计划的回顾与展望》，《大学图书馆学报》2013 年第 4 期）。

这些缩微化或数字化的民国文献，无疑为我们民国文学文献的整理提供了极大的方便，当然还存在着多种不足。问题是，缩微化或数字化是否能完全代替纸质文本，怕的是这仿佛一座旋转的门，一面打开又一定是另一面的关闭，其结果可能是通向阅读原始文献的门以后很难再打开。

文献的热与冷

对于民国文学文献的收集和整理，现代文学研究界开始得还是比较早，并在 20 世纪 80 年代形成了热潮。

现在看来，80 年代果真是民国文学文献收集整理的最辉煌时期，一大批现代文学研究者参与了这一工作，取得了相当丰硕的成果。其中规模较大的是，1979 年由中国社会科学院文学研究所现代文学研究室发起并组织众多高等院校和科研机构参加编辑的《中国现代文学史资料汇编》，分为《中国现代文学运动、论争、社团资料丛书》《中国现代作家作品研究资料丛书》《中国现代文学书刊资料丛书》甲乙丙三种。1978 年还创刊了《新文学史料》，专门刊登文学史料。

然而，80 年代后期和进入 90 年代后这一热情渐渐下降。

首先遇到的是出版困难。以《中国现代文学史资料汇编》为例，这套资料汇编原计划有二百多种，实际出版不到 100 种，印数也不断下滑，《柯仲平研究资料》（陕西人民出版社 1988 年出版）才印 500 册，有些资料已经编辑完成交给了出版社，但至今未能出书，其下落令人担忧。

最大的问题还在于参与者的减员，应该讲，对大多数原本重心就在"研究"的参与者来说，从未将所参与的史料整理工作当作主业，范伯群《冰心研究资料·编后记》就说，"这本《冰心研究资料》可算是我们写作《冰心评传》的副产品"（《冰心研究资料》，北京出版社1984年版）。随着现代文学研究界对"观念"的不断强化，"不务正业"者越来越少。

进入21世纪，随着"学术规范"的强调，对民国文献史料的重视度大大提高，似乎文献史料导致了"学术的转向"并使之回到了中心。但粗略地考查可以看出，重视文献、利用文献者多，而具体做基础文献整理者少之又少。几年前，文学研究所与知识产权出版社合作出版《中国文学史料全编·现代卷》，我是组织者之一，特别想组织编辑出版一些新资料，结果只出了一种李怡、易彬编的《穆旦研究资料》，其他都是《中国现代文学史资料汇编》的重印。

当然这与我们组织不力有关系，但实际的情况是，在现今以论文为中心，不断量化的科研管理制度下，如果让一位研究者拿出几年或更长的时间来做基础文献的整理，可能性是很小的，即使有人想做，现行的学术制度似乎也不允许。

尴尬的学术地位

经常会有人问我，是什么原因让我从事文献整理并坚持到如今。我想来想去，只能回答是兴趣。也许这回答不够全面，但事实上并无大错，除了兴趣的满足，从事这一工作在学术方面还能得到什么呢？

在现行的学术体制下面，民国基础文献史料成果学术地位不高或没有学术地位。在一般的观念中，民国文献工作还多作为拾遗补阙、剪刀加糨糊之类的简单劳动来对待。史料工作只是一般性的资料工作，没有进入学术研究范畴；成果一直属于一般性资料，不是研究成果，有些地方甚至连工作量都不算。更加奇怪的，好像是此类工作越多离"研究"就越远，因此常常有人善意地劝我写文章，似乎只有写成文章我所做的工作才能提升到学术研究范畴。

民国文献的重要性是没有人怀疑的，但文献整理工作的学术地位很低，根本无法与古典文献学科的地位相比。一般看来，民国文献工作只是服务于研究工作，本身还不构成研究，文献工作是简单而费力、有用而不讨好的不用脑的脑力劳动。因此，在古代文学研究领域，书目、年表之类都属于"著"，如孙楷第《日本东京所见小说书目》、傅惜华《元代杂剧全目》、吴文治《中国文学史大事年表》等，而在现代文学研究领域，书目、年表之类则多为"编"，连"编著"都不敢署。

民国文献整理不能只靠兴趣来支撑，更要靠制度的保障。所以我一直呼吁，像古典文献学科那样，建立现当代文献学科。学科独立了，有了制度的保障，才能使民国文献整理工作有合法的身份和健康的发展。民国文献或现代文献是中国现代文学研究的一个重要分支学科，应该具有独立的学科地位。

随着社会分工越来越细，文献史料工作已经能够成为一门相对独立的学科，而且确有自己的研究范围、自己的治学方法和独立的学术价值。作为文献，无疑是为史的研究和作家作品研究服务的，而对于文献工作却未尽然。如果将文献工作与研究工作（理论的、思辨的、抽象的、概括的）视为两种不同的学术工作，文献工作无疑是一切研究工作的开始，可研究工作未必一定就是文献工作的目的。文献工作有自己要达到的高度与深度。如果说研究工作是总结，是创新；文献工作则是发掘，是求真。研究工作与文献工作的关系应该是互动的，没有文献工作，研究工作就很难进行和深入；没有研究工作的带动，文献工作也失去了最终意义。或者将文献工作称之为基础研究可能更合适一些。

从某种意义讲，文献工作标志着一个研究学科的成熟。这话听起来也许不够严谨，我这里想强调的是一个成熟的学科对文献的要求。比如古代文学研究应该是一个成熟学科，它的研究要求基本上不能有文献上的错误，也就是所说的"硬伤"；而在现代文学特别是当代文学研究中，一篇论文、一本研究著作有几条或者十几条文献史料错误是常见的，也并不因此妨碍其成为有影响的著作。

在很多领域已经难于达到"真实"的高度的时候，而"真实"对文献工作来说只是一个底线，在现今信誉普遍缺失的年代，文献工作从事的是可信的工作。

　　文献工作也是一种学术品格的表现。收集文献要锲而不舍，整理史料又要耐心细致。从事这项工作要耐得住寂寞，经得住诱惑，坐得住冷板凳，而且一坐就要几年、十几年或更多，这在现今浮躁的学术环境中是一种学术品格的修炼。这工作是成书难、出版难，而出版了学术评价又不高，在这种情况下，仍然还有辛勤的开垦者，没有一份热爱之心是坚持不住的。但愿民国文献的整理工作能够吸引更多的专业人士来做，通过不懈的努力，取得更多更好的成绩。

（作者单位：中国社会科学院文学研究所）

原载《长江学术》2016 年第 4 期

存　目

张福贵、张航：《走出"教科书时代"——现当代文学学术前提的反思与重建》，载《中国现代文学研究丛刊》2013年第9期。

黄健：《"民国文学"还是"现代文学"？——关于民国文学发展的思考》，载《华夏文化论坛》2013年第2期。

黄健、任传印：《民国文论建设的文学史意义》，载《江汉论坛》2014年第1期。

丁帆：《民国文学在海外》，载《文学研究》2015年第2期。

韩伟：《从现代文学研究到民国文学研究：观念转变与范式变革》，载《陕西师范大学学报》（哲学社会科学版）2016年第3期。

陈子善：《民国时期文学文献的整理与研究》，载《上海高校图书情报工作研究》2017年第1期。

张武军：《中国现代文学的"正名"》，载《西南民族大学学报》（人文社会科学版）2019年第1期。

王瑜：《中国现代文学史研究的民国视角》，载《广西师范大学学报》（哲学社会科学版）2019年第1期。

第二编
深入的反思

文学史的时间意义

——兼论"民国文学史"概念的若干问题

刘　勇　张　弛

任何历史的意义都是由时间来确定的，时间不仅是历史价值的评判者，而且它本身也参与其中，是历史进程中特定内容的有机组成部分。文学史也不例外，文学史发展常常呈现出种种形态，可谓现象万千，而它流变的种种态势，也常常是暗流涌动，但无论怎样形态各异、发展流变，文学史都是以时间为流程的，因此，时间是把握文学史的一个基本维度。所以人们在关注和研究文学史的时候，总会关注文学史的起始点、时段划分等时间问题，尤其在一些社会发生重大变迁的时期，这种文学史本身的流变与社会历史相重合，时间变更背后的意义就更加凸显出来；而当文学史与社会历史变迁的各种观念、意义交织在一起，也容易变得更加复杂，这种复杂常常以时间的方式呈现出来。这个问题，在中国近、现、当代的文学和历史当中，从来就是一个敏感问题，近年来，又重新成为学术界的热门话题。

在文学史时间与意义的不断纠葛之中，学界对于以往用新民主主义革命的政治革命话语或是用现代性这样的西方理论话语，来阐释文学史的意义并界定文学史时间的思路与方法，开始提出各种反思和质疑，这其中就包括打通近、现、当代，对文学史进行纵向贯通的努力，以及将通俗文学、旧体诗词、海外华文文学纳入文学进行横向拓展的尝试。在这一背景之下，"民国文学史"这一学术概念和视角的提出，则是希望借助"时间换意义"的设想来解决长期以来文学史建构与研究中存在的问题，是希望通过"更客观"的历史来还原文学史，特别是代替意义"不确定"而且已"过时"的"现代"文学史的概念。这一方面固然丰富了这个学术概念的内涵与外延，但同时也使得这一文学史的建构设想面临新的实践困境与难题。

"时间"在这里只是一个话题，而隐含在这一话题背后的则是对文学史实质意义不同的理解。当"民国视角"作为之前五四新文学史、现代文学史、20世纪中国文学史等诸多文学史概念的一种补充出现的时候，早已呈现出其特定的价值和意义，这是不言自明的。可当这个学术概念从一种研究视角的意义提出，到直接被当作文学史时间的界定标准，并强调文学史与时代社会发展一致性的时候，其局限性也就随着产生。文学史的时间相对于外部历史政治社会的时间而言，是自有其韵味的，且往往具有超越性和潜隐性。关于"民国文学史"概念的讨论，恰好有助于重新审视文学史的时间意义这一问题，重新辨析和把握其相对于其他政治、社会历史时间的独特性。

一 "时间"与"意义"的纠葛："民国文学史"提出的背景

时间上的分段、延伸、截止，无不关系到文学史的节点和关键。无论是有关现代文学史起点的向前延伸，还是近、现、当代文学史打通的"20世纪中国文学史"概念，以及最近愈益受到关注的"民国文学史"的说法，其实都与文学史的"时间"问题有关，也与文学史自我包含或者被赋予的各种价值意义有关。

长期以来，在中国现当代文学史的建构与研究中，时间绝不仅仅是一种自然的概念，总是蕴含着丰富而独特的内容，和其承载的意义结合在一起。中国现代文学30年的历程，从五四新文学的发生，到二三十年代左翼文学的兴盛，再到抗战文学的发展，几乎每一个阶段的划分都包含着非常复杂的内涵，几乎都出现了不同的认识和不同的解读，新文学的起点是1917年还是1919年？为什么从文学革命到革命文学的转折点被放在1928年？抗战全面爆发的1937年、新中国成立的1949年与文学本身的发展进程关系几何？这些问题长期以来在学界争议不断，其背后所包含的内容是丰富的，同时承载着不同的文学观念。这也使得这一阶段文学史的时间分期问题，往往与外界赋予到本阶段文学身上的各种价值意义有着密切的关系。

而关于"民国文学史"的讨论，也有着各种不同的声音和维度，苟强诗在《"民国文学"的多副面孔》一文中将关于这一概念的表述概括为三个方面：

> 有的面孔幻化成一个中性时空，尽量避免事先价值的判断与意义设定；有的面孔意在探寻一种文学的生长机制，挖掘"民国"之于"现代文学"的独特意义；有的面孔是在宏阔的视野下，先描摹出"民国文学传统"的脸谱，然后以此为据，作"区域化"的跟踪与梳理，以期构造一脉相传的大文学史观。①

这一方面反映近年对于"民国文学史"概念阐释的多维性和丰富性，同时也揭示出关于这一概念的研究者和提倡者，在关于这一概念本身的阐释和表述上依然存在差异甚至是内在矛盾：究竟是从中性客观的"时间"划分入手？还是重新寻找一种"意义"作为文学史的坐标和尺度？这一文学史写作的关键性问题并未得到很好的解决。但是至少有一点是清楚的，"民国文学史"概念的提出，就表现出学界对于长期以来文学史建构当中，文学史自身时间、意义确立作为外部政治历史时间附庸现象的一种思考和反拨。

中国近、现代以来的文学发展流变，与中国近、现代的历史构成了一种几乎同步、同调的状态。因此，在中国现代文学史的建构和写作过程中，受到的来自外部意识形态和社会历史进程的冲击和影响也较大。如果稍稍梳理一下中国现代文学史建构的历史进程，就会发现从早期新民主主义革命理论背景下的新文学史写作，到后来"重写文学史"思潮中出现的"20世纪中国文学"概念，以及现在提出的"民国文学史"说法，这诸多对于文学史时间的概念、提法和反复讨

---

① 苟强诗：《"民国文学"的多副面孔》，《当代文坛》2012年第3期。

论的背后，是对于文学史本身意义的追寻、探究与思考。

意识形态对于文学史写作的影响所形成的惯性始终存在。这固然表现在对经典作家和作品的筛选和评价上，但是当张爱玲、沈从文、钱锺书等一批曾经被遮蔽的作家在文学史上被重新提及，并得到重视和公正评价之后，意识形态对于文学史的影响，更为明显地在对于现代文学史的时间划分上表现出来：中国现代文学史的时间段与起点终点的划分，是根据旧民主主义革命、新民主主义革命、社会主义阶段来区分为近、现、当代文学史的。1951 年出版的王瑶的《新文学史稿》就是这样的代表，在这本文学史的叙述当中，中国新文学、现代文学被叙述成中国新民主主义革命史的一部分，与时代、革命的发展有着紧密的联系："从'五四'文学革命开始，作为中国新民主主义革命的一条重要战线，现代文学就是随着时代的前进和革命的深入而得到发展的。"①

显然，当运用这样一种历史分期方法来对文学史的发展进行区分、叙述的时候，势必会遇到一些问题，因此就有了 20 世纪 80 年代以来，以讨论文学史时间划分问题为中心的"重写文学史"思潮。1985 年，黄子平、陈平原、钱理群三人首先提出了"20 世纪中国文学"概念，随后 1988 年陈思和与王晓明在《上海文论》第 4 期上主持"重写文学史"专栏，把"重写文学史"作为一个口号提出来。此后，围绕这一话题的论争就一直存在，学界也一直在寻找意识形态之外，有关重写文学史的理论资源，其中最主要的便是来自西方的民族国家和现代性理论。胡希东在《"现代性"乌托邦与现代文学史建构》一文中就指出："以'现代性'视角建构的现代文学史不同于 1950 年代以来建构的'中国现代文学史'，他明显是对中国现代文学指称新民主主义性质的文学的政治形态文学史观的解构。"②

近现代民族国家的建立和全球一体化的进程，使得民族国家理念与主导全球化进程的西方"现代性"理论成为 20 世纪 80 年代以来

---

① 王瑶：《中国新文学史稿》，上海文艺出版社 1982 年版，第 5 页。
② 胡希东：《"现代性"乌托邦与现代文学史建构》，《人文杂志》2011 年第 3 期。

"重写文学史"的重要支撑，以及文学史时间划分的根据。戴燕在《文学史的权力》一书中称："中国文学史的编写，与近代中国努力在新的世界格局里，探索新的自我定位，正好同步。"她借助美国学者本尼迪克特·安德森关于民主—国家的理论，认为文学史是借助科学的手段，以回溯的方式对于民族精神的一种塑造，也为民族国家的想象提供了丰富证据和精彩的内容。与戴燕一样，严家炎在他的《二十世纪中国文学史》的引论中，一开始便从世界文学的角度出发，提到了歌德在 1827 年《谈话录》中预言的"世界文学正在形成"，由各民族和地方的文学形成的一种崭新的世界文学——中国文学便是各种告别古代文学阶段，逐步汇融到世界文学潮流中各民族文学的一种。"现代性"作为这种世界文学评判的标准，再次被突出强调，严家炎认为：

> 从西方文艺复兴、启蒙运动到十九世纪达尔文、马克思、弗洛伊德诸人的重要发现，无不包容和体现在"现代性"之中。所有这些，都从思想与审美方面为 20 世纪中国文学留下了显著而深刻的印记。①

　　而这种现代性，不但构成了 20 世纪中国文学这个阶段的重要脉络，同时也是它区分于中国古代文学的根本标志。因此，严家炎先生将中国现代文学或者 20 世纪中国的时间起点，向前推进到了 19 世纪 80 年代末 90 年代初。其理由就在于用世界文学和现代性的批判标准和眼光来看，这一阶段黄遵宪在《日本国志》当中提出的"言文合一"思想，比五四新文化运动中胡适等人的主张早了 30 年。此外，以陈季同的《黄衫客传奇》、韩邦庆的《海上花列传》两部小说为代表，分别作为那个阶段的浪漫主义和现实主义创作，已经显示出了中国文学在现代意义上的成就。

　　但是，以"20 世纪"命名的这一文学史概念，其本身呈现的自然

---

① 严家炎：《二十世纪中国文学史》上册，高等教育出版社 2010 年版，第 3 页。

时间与其所欲传达的文学史价值和意义也容易产生矛盾：20 世纪本身是纯客观的自然时间，但是实质上对于中国文学"现代性"发生问题的价值阐释和追溯，这一文学史的时间起点划分，早已经超出了 20 世纪的范畴，被提前到了 20 世纪 90 年代甚至是 80 年代。如果仅仅是取其自然时间的范畴，那么这种"20 世纪"时间概念是否能有效地对文学史的发展流变进行区分，1900 年之前的几年与 1900 年之后的几年，2000 年之前的几年与 2000 年之后的几年，是否就有着本质的区别差异？是否真的呈现出了完全不同的思想内容？显然不是。

同时，如果按照"二十世纪中国文学"所欲表现的西方"现代性"的价值范畴，这一由西方的理论资源作为支撑所逐步建立起来的文学史谱系，从一开始也受到了质疑。正如贺桂梅在论及"二十世纪中国文学"这一概念时所指出的："在'二十世纪中国文学'论中，'二十世纪'被赋予了统一的现代性内涵。同时，'二十世纪中国文学'论将'中国'这一现代民族国家主体放置在了醒目位置，'中国'就成为自我决定的历史主体，其能否进入'世界'完全取决于它的自我意愿，以及它自我改造的程度。"[①] 当古典诗词、文言小说、戏曲京剧这些不能被世界文学当中"现代性"所涵盖的古典文学形式，不能简单地被命名成民族国家文学写作的中国少数民族创作，也在"20 世纪中国文学史"的统一框架中出现时，它们表现出的恰恰更多是"中国"作为历史主体对于进行自我改造、进入西方中心的"世界"的一种拒斥，这不仅是在以西方理论资源为中心和支撑的文学史建构当中，存在的难以克服的矛盾，同时也是文学史关于时间与意义的重新划分和界定的过程中，需要跨越的理论难题。

在这一背景之下，寻找中国文学史自身时间划分根据和意义理论资源的焦虑和渴求就显得尤为迫切，或者更确切地说，是迫切希望摆脱以上意识形态、政治历史意义概念对于文学史时间划分和写作的影响。"民国文学史"的概念在一开始提出的时候，很大程度上就是希

---

① 贺桂梅：《"二十世纪中国文学"论与现代文学学科体制》，《现代中文学刊》2010 年第 3 期。

望能够寻求一种纯粹、自然、客观的时间，而不是来自外部的一些价值意义，作为文学史分界的标准和依据。有学者在其提倡"民国文学史"概念的学术论文里，就认为由儒家文化中所产生出的一种功利主义和先验论的价值观，"直接导致了学术领域中高度一体化的'教科书体系'的形成：对一切历史现象与理论问题都先入为主的做一种单一的定性分析——政治判断和道德判断，突出强调价值取向的政治立场和思想意识"①。从这一点来看，民国文学史对于其间学界一直混淆的有关文学史"意义"和"时间"概念，进行区分对待和重新思考，是有价值的，也是有积极意义的。

二　"时间"何以换"意义"："民国文学史"的理论设想

正是因为在以往的文学史建构中，过分强调政治话语的阐释框架，以及西方有关"现代性""新文学"等意义标准与文学史时间划分的关系，使得现代文学史、20世纪中国文学史从内涵到外延存在着诸多不确定性和局限，学界也一直在不断讨论和争论关于旧体诗词、通俗文学与新文学之间关系和如何写入文学史的问题，特别是在20世纪这样一个固定的时间框架内，却容纳进了西方"现代性"、中国传统文学形式等不同的文学史意义和实质内容。如果说以往简单的政治时期表述，还使得文学史只能固定为某种意识形态表达和时间呈现的话，这种多元的话语和内容，虽然使得整个文学史的丰富性、多面性得以呈现，但是"20世纪中国文学"这一时间概念本身的固定，和其内容意义价值的多重之间的矛盾，一直未得到很好的解决。

价值意义的多元，最后很难让文学史呈现出其最本质的意义，甚至带来意义的消解；内容的无所不包、纷繁复杂，最终使得文学史客观时间的限定作用减弱，让单个具体时间作为所有文学样式、内容划分标准的说服力失效。这是在文学史建构摆脱单一的政治话语，回归

---

①　张福贵：《从"现代文学"到"民国文学"——再谈中国现代文学的命名问题》，《文艺争鸣》2011年第7期。

到文学本身的纷繁复杂时，所必然需要面对的问题和局面。特别是在现代中国，古今中外文学交汇、衍变、发展时所呈现出的丰富内容和意义多元，让文学史的建构似乎很难找到一个定于一尊的意义标准，作为限定文学史时间段划分、起始点判断的权威依据。

因此，在"民国文学史"这一文学史概念最开始被提出的时候，不再寻求由文学史本身的某种意义、价值的表达作为客观时间划分的依据，而是希望由自然、客观的时间划分来涵盖文学史的所有意义和内容。例如，有学者专门针对之前现代文学史建构过程中，不是作为历史性时间存在，而是作为一种性质、意义、价值观，或是需要容纳多种性质、意义、价值的问题，提出了有关"民国文学史"建构中，"以时间换意义"的思路和构想：

> 时间概念是一个中性的概念，它没有价值取向，没有先入为主的主观性，不限定任何的意义评价，只是为研究者提供了一个研究的时空边界。而这种以时间命名的中性特质，并不妨碍文学史研究和评价的倾向性。在某一时间的框架下，一切主题意识都可以阐发，并且可以最大限度地保护价值判断的个性化和独特性。①

也就是说，以时间的自然属性作为"民国文学史"这一概念的时间界定，为文学史写作获取了一种更为广阔的容量和空间，在这一个自然属性的历史时空当中，从《新青年》为代表的新文学群体，到鸳鸯蝴蝶派这样的通俗文学群体；从以白话、欧化文体为主要特征的新诗、散文，到同时存在的旧体诗词、古文创作；从本土作家写作，到海外华文文学，在民国时期这一客观时段内存在的任何文学形态和文学现象，都可以成为文学史的叙述内容，从而最大限度地保存每一文学个体的个性化和独特性。这一设想也得到了不少学者的呼应，有学者就认为："把民国文学中的民国看成一个时间框架，意味着这一时

---

① 张福贵：《从"现代文学"到"民国文学"——再谈中国现代文学的命名问题》，《文艺争鸣》2011年第7期。

间框架内的文学都会受到公平的关注，这跟现代文学的概念有所不同。现代文学，是现代性的文学。……不符合这一观念的就被认为是反动的……这对文学史研究来说，是会带来重大影响的。"①

这一以时间的自然属性划分，来换取文学史框架内各种文学个体价值与意义的包容的设想，沿用了古代文学当中"先秦文学""汉代文学""唐代文学""宋代文学"，以政治时代或者政权变更作为文学史分界点的做法。这固然避免了以往文学史叙述中对于古诗词、通俗小说等旧文学形式的排斥，也省去了定于一尊的文学思想和话语主导之下文学史叙述偏狭或者不完整的风险，然而和"20世纪中国文学史"的建构实践中所遇到的问题一样，这样的多元似乎难以带来共生，多重价值、话语最后容易带来价值的虚无和语境的混乱，单纯的物理时间也无法换来意义的窘境。当"民国文学史"返回到中国古代传统的循环史观和王朝更迭的叙述语境中，试图对于现代社会中的文学发生、发展变化进行归纳和总结，这一问题就势必会出现在研究者的面前。一个完全客观的自然时间限定，是否就可以有效解决文学史的意义问题，有一些学者在肯定"民国文学史"理论设想的同时，也提出了自己的疑问：

> 任何研究的真正推进，并不完全依仗研究范围的扩大、研究材料的增加，而更有赖研究观念和方法的更新。因此，当有论者把"民国文学"指认（或还原）为一个时间概念，并从中国古代朝代序列（从秦至清）着眼将"民国"看做后者更具"合理性"的延伸，实则未能彰显这一概念的内在效力。②

因此，也有学者开始在"民国文学史"的框架之下，不愿意放弃之前中国现代文学史、20世纪中国文学史建构当中对于意义的寻求，

---

① 陈国恩：《民国文学与现代文学》，《郑州大学学报》（哲学社会科学版）2012年第5期。
② 张桃洲：《意义与限度——作为文学史视角的"民国文学"》，《文艺争鸣》2012年第9期。

并希望有所保留，亦即希望能够在一个完全客观的时间概念之外，彰显这一概念的内在效力。于是在"民国文学史"被阐释和完善的实践过程中，又不断有新的意义价值被挖掘出来。例如，有学者在论文《新旧文学的分水岭——寻找被中国现代文学史遗忘和遮蔽的七年》当中，提出中国现代文学最合适的起点应该放在 1912 年的民国元年，可以说是最早对于民国文学史进行详细研究和阐释的学者之一。随后他又对自己的观点进行了一些补充，通过对 20 世纪中国文学史当中"晚清""民国""五四"等几个关键的节点进行分析，作者依然坚持寻求一种意义和标尺，那便是"新"与"旧"的区分，以及中国社会何时进入"现代性"语境这个问题。只是在这里论文的作者坚持用政体和国体的变更来划界，提出"二十世纪文学不宜再进行学科性的切割……在总体文学史的框架下，我们必须强调它的整体性，因为，新文学一旦和旧文学进行了本质的切割以后，它就形成了自身的传统"①。但是在新文学亦即中国现代文学这一整体下，则分为"民国文学"和"共和国文学"两大板块。

与从政治文化层面、国体政体变更的角度出发，寻求"民国文学史"叙述语境的立足点和意义一样，也有的学者试图从民国时期中国社会文化实际生态的角度出发，研究这一外部文化生态环境下的民国机制，以及这种社会机制所形成的独特精神导向，对于这一时期文学潜能与文学生长状况的影响。这里的民国机制，主要是指：

> 从清王朝覆灭开始，在新的社会体制下，逐步形成的，推动社会文化与文学发展的诸种社会力量的综合，这里有社会政治的结构性因素，有民国经济方式的保证与限制，也有民国社会的文化环境的围合，甚至还包括与民国社会所形成的独特的精神导向，它们共同作用，彼此配合，决定了中国现代文学的特征，包括它

---

① 丁帆：《给新文学史重新断代的理由——关于"民国文学"构想及其他的几点补充意见》，《中国现代文学研究丛刊》2011 年第 3 期。

的优长，也牵连着它的局限和问题。①

在这里，寻求对文学生产空间和背景的民国机制研究，包括研究民国时期的报刊审查制度、出版制度等方面，并作为"民国文学史"的理论支撑与意义依据，这相比于从政治文化层面进行文学史断代，作了再一次的深入和拓展。从这个层面来看，"民国文学史"这一概念在被提出的开始，虽然有用时间单纯的自然属性对纷繁复杂的文学史进行断代的初衷，但是实际上在操作的层面，这一名称和概念本身的研究与实践过程中，依然会招致意义的不断衍生和寻求，这是文学史自身特性所决定的——文学史毕竟不是一个框架或是躯壳，而是具有丰富流动的思想内容蕴含的。

三 文学史"时间意义"的独特性与超越性

"民国文学史"概念在一开始就期望用客观的自然时间限定，能够解决文学本身意义的多元共生问题，同时也在不断寻找自己的内在效力和支点，以期打破之前政治话语或是西方理论在文学史建构中主导一切、定于一尊的局面。这样的理论设想与尝试，无疑是具有积极意义的，有助于从全新的视角来审视这一时期文学史的整体架构。但是需要指出的是，当"民国文学史"概念在时间界定问题上，对之前附着在文学史身上的意识形态和价值意义进行摆脱时，其自身亦逐渐陷入一种矛盾和焦虑之中，从而导致了诸如对民国时期政治文化变革和社会机制等其他价值的诉求，这种价值诉求在给这一时段的文学带来新意义的同时，实质上也开始产生新的限定尺度和衡量标准。

而这一以政治文化、国体变革为基础的断代方法，是要延续之前在中国古代文学史建构中，诸如"汉代文学""唐代文学""宋代文学"这样的朝代叙事，这种以政治变革、朝代更替作为历史断代依据

① 李怡：《民国机制：中国现代文学的一种阐释框架》，《广东社会科学》2010 年第 6 期。

的时间划分方法，似乎更具有合理性和合法性。可如果我们把眼光从文学史移开，看近现代以来中国史学的发展，就会发现这里面的窘境，这种以朝代区分、断代为史的方法在历史研究领域也有分歧和质疑，特别是在近现代中国的历史上，对于这种史学观念的批评尤甚。梁启超在《中国历史研究方法》中，曾指出"断代为史，始于班固"，并提出了对于班固《汉书》断代为史方法的批判，他认为：

> 《史记》以社会全体为史的中枢，故不失为国民的历史；《汉书》以下则以帝室为史的中枢，自是而史乃变为帝王家谱矣。夫史之为状，如流水然，抽刀断之，不可得断。今之治史者，强分为古代、中世、近世，犹苦不能得正当标准；而况可以一朝代之兴亡为之划分耶？史名而冠以朝代，是明告人以我之此书为某朝代之主人而作也。①

梁启超此处对于中国历史研究的断代史方法和二十四史进行了激烈的批判，并且直接将二十四史视作帝王将相的家史加以排斥，在他看来，这种朝代历史断代，恰恰不是纯粹客观的历史时间分期，而是一种古代各个王朝、帝王将相的权力在历史建构、叙述当中的表达。梁启超的观点固然有其个人和时代色彩在其中，但是也反映出作为社会全体的大历史研究，近现代以来中国学界对于这种断代模式的认知，已开始倾向于从王朝变革、政权变幻的叙述方法中脱离出来。如果仅仅是从政治文化的角度研究这一朝代、政权更替之间的历史，沿用此断代史方法，尚且说得通，倘若是社会发展变迁中各个因子的历史，诸如文学艺术的发展，完全应用客观、中心的时间，或者是政权变更、朝代兴亡的时间，作为划分的标准，而不诉诸其本身的特征与意义，忽视文学艺术内在的脉络联系，岂不是又如梁启超所言抽刀断水，实质上是不可得断？

文学史的时间划分有时与时代社会的段落相衔接，有时又不相衔

---

① （清）梁启超：《中国历史研究法》，中华书局 2009 年版，第 19 页。

接。文学史的时间划分主要不依据时代社会的发展阶段，而是依据文学自身的发展阶段。唐、宋、元、明、清文学只是一个大概的说法，唐代的文学难道一定是从唐朝建立的那一年说起，直到唐代灭亡的那一年为止吗？显然是不一定的。宋代文学以词闻名，但是只能说词在宋朝达到了一个高峰，实质上从花间词到李煜，再到元好问、纳兰性德，词的发展流变始终未曾停止。多一年少一年，早一年晚一年，对历史中性的时间、政权朝代的本身衡量，也就是对所谓社会历史的发展来说是不可或缺的，但对文学史来说，可能就会是另一番情景。

　　文学史相对于社会政治历史，具有其自身的独特性和超越性。在这一问题上，"五四"一代学人实质上已经进行了探索，胡适虽然提倡一代有一代之文学，但是那更多的是他自己对于文学进化观点的阐释和辩护。他对于文学史问题的思考，当然没有仅仅停留在朝代更迭的时间刻度上，作为"五四"一代的代表，胡适一直在寻求一种意义作为文学史的支撑。胡适找到的当然是他所提倡的白话文，他写作的《白话文学史》（上卷）就是在这一理论依据下，对于他所谓"活的文学"的历史进行了建构，他的这本文学史著中是以朝代作为章节划分的，但是从他的叙述中，我们可以清楚看到，文学本身发展规律和意义，超越客观中性时间而存在的例子比比皆是：

　　　　我在《国语文学史》初稿里断定唐朝一代的诗史，由初唐到晚唐，乃是一段逐渐白话化的历史。敦煌的新史料给我添了无数佐证，同时又使我知道白话化的趋势比我六年前所悬想的还更早几百年！我在六年前不敢把寒山放在初唐，却不料在隋唐之际已有了白话士人王梵志了！我在六年前刚看见南宋的《京本通俗小说》，还很诧异，却不料唐朝已有不少的通俗小说了！①

　　很显然，胡适没有拘泥于朝代变迁的时间界限，而是在寻找中国文学自身的发展规律，并且他坚持认为这是文学发展中不可忽视的标

---

① 欧阳哲生：《胡适文集》第 8 卷，北京大学出版社 1998 年版，第 145—146 页。

尺和意义。胡适指出五四新文化、新文学运动为一个最为重要的分界口,是在于用白话文作为一切文学的媒介,"1917年以后青年作家们,也就群起试作了。白话文很容易就被一般群众和青年作家们所接受。从1918年起,《新青年》杂志也全部以白话文编写。当然其中还偶尔有几篇简洁的古文,但是大体上所有的文章都是以白话为主了"。①

胡适一直坚持不把作为学生政治游行和外交请愿事件的"五四运动"与五四新文化、新文学运动混为一谈,虽然这里面的政治运动毫无疑问对于传播五四思想、扩大五四新文化、新文学的影响力起到了积极的推动作用,之后民国政府的教育部门在中小学中废除文言文老教材,也促进了白话文学的普及和成功。但是应该看到这之间的因果关系,也就是胡适一直坚持的:先有了国语的文学,自然就有了文学的国语。民国的政治运动、体制作用,在这里起到的还只是助推作用,新文学发生发展的关键,在胡适看来归根结底还是白话文学,也就是他所谓"活的文学"的自身发展。胡适之后甚至认为:

> 由于多种原因——尤其是政治方面的原因——使白话文在四十年来就始终没有能成为完全的教育工具和文学工具。……中国的执政者,对促使白话文为教育和文学工具的这项运动的停滞和阻挠,是无可推卸其责任的。②

白话文的提倡是新文学区别于旧文学、现代文学区别于古代文学的第一要义,也是五四文学革命的基础。胡适特别强调现代西方各国的文学发展史上,文学改良运动相容的基础因素便是标准国语的选择。胡适列举了英国文学的例子,说明是先有"国语(白话)文学",再有"标准国语":"1611年才刊行的詹姆斯王朝的英译'圣经',和伊丽莎白女王时代以及莎士比亚时代所产生的戏曲,才是真正促成英语

---

① 唐德刚:《胡适口述自传》,华东师范大学出版社1993年版,第164—165页。
② 唐德刚:《胡适口述自传》,华东师范大学出版社1993年版,第166—167页。

标准化的原动力。"① 同样，五四新文学这种白话载体的逐步扩散和普及，也是依赖中国白话文学自身的发展，用胡适的话说便是那些畅销白话文学作品，早已经把白话文的形式标准化了，它们已经为国语定下了标准，当了国语老师。作为五四新文学运动实际参与者和主要推动者，胡适坚持认为是文学自身的发展衍变特别是民间白话语言资源的应用，使得中国文学开始呈现出全新的面貌，而且胡适与他同时代的新文化、新文学运动的提倡者，将这种发展趋势和西方文学的理念结合，在文学的语言形式之外，又赋予了新文学更多的内容与蕴含。

　　学界"民国文学史"的提倡者非常注重并强调从民国成立的 1912 年到五四新文化、新文学运动到达高潮的 1919 年，是一直被现代文学的命名所忽略的七年，强调这一时期在言论出版自由、开报禁等方面对于五四新文学发轫的作用，同时将这一阶段的"白话文运动"、通俗文学发展和"文明戏"的发生发展看作新旧文学区分的重要因素，这样的研究视角对于重新审视这一时期的文学自然是有重要意义的。但是从前文所提到的胡适关于白话文学、活的文学观念的提倡来看，在民国政权成立的很长一段时间内，政治基础以及相关制度文化，包括在这一时期大量出现的古体旧诗词、通俗小说创作，并没有成为后来五四新文学发展因子的推动力量，相反却恰恰长时间作为这一文学发展的反面和阻力而存在。这一问题不仅仅胡适这样的历史参与者有清楚的观点，不少研究也已经清晰地论述了这一时期文学与五四新文学虽然同处于民国的时间段之内，但是却存在较大的区别和偏差，刘纳在其专著《嬗变——辛亥革命时期至五四时期的中国文学》当中，用专章论述了这一时期古典诗、词、骈文的回光返照现象，而正是"五四摧毁了 1912—1919 年间作家中的杰出者获得充分文学史地位的可能性"。②

　　用这种朝代变迁、朝代更替的时间作为文学史的凭据，虽然在避

---

　　① 唐德刚：《胡适口述自传》，华东师范大学出版社 1993 年版，第 162 页。
　　② 刘纳：《嬗变——辛亥革命时期至五四时期的中国文学》，中国社会科学出版社 1998 年版，第 229 页。

免全部套用西方理论话语等方面，会起到好的启示作用，并提供新的研究视角，可如果从中国文学、学术与世界学术研究接轨的角度来看，又可能遇到新的问题。曾经受到鲁迅等人推崇的欧洲文学史家勃兰兑斯，在其具有广泛影响力的文学史著作《十九世纪文学主流》当中，分"流亡文学""德国的浪漫派""法国的反动""英国的自然主义""法国的浪漫派""青年德意志"六部分叙述 19 世纪初叶整个欧洲文学浪漫主义、现实主义的发展状况，但他笔下的文学史时间遵循的是他自己预设的价值意义，对于法国、英国、德国等几个国家的文学叙述时间，从 19 世纪初到 20 年代、30 年代，或者是具体的 1848 年，根据各国文学发展的情况来设定文学史叙述的时间。虽然他的文学史叙述也与历史政治、时代变迁、社会思潮有着紧密的联系，但同时也鲜明地体现了文学史自身的独特性和超越性。勃兰兑斯写这本文学史的目的，是要借助新时代的人物和作品，对丹麦苟延残喘的文化、艺术和政治社会生活展开批判。勃兰兑斯在书中认为："文学史，就其深刻的意义来说，是一种心理学，研究人的历史，是灵魂的历史。"①

因此，这样的文学史的时间划分、内涵外延等问题，是需要文学本身的意义价值加以甄别和区分的，外部世界的变化不一定能引起历史中人心灵、灵魂的转变，在人内心、文学作品中出现的足以改变历史走向的波澜和思想，总是早于或是晚于历史政治事件而发生。这与中国现代文学史中时间起点、新旧文学的问题何其相似！有学者针对"民国文学史"的概念所提出的质疑，恰好是对这种将不同质的社会政治发展与文学发展结合起来的时间划分方法：

> 在今天我们的任何学术研究都已与世界接轨，都在已接受过欧美先进学术思想和方法的洗礼之后，还固守古代学术传统，不能跳出王朝政治观的束缚，实在令人失望。正如雷纳·韦勒克所指出的，文学史不是社会政治史，也不是编年史，因此不应该以

---

① ［丹］勃兰兑斯：《十九世纪文学主流：流亡文学》，张道真译，人民文学出版社 1980 年版，第 9 页。

社会政治或自然编年时间作为分期的依据，"文学分期应该纯粹按照文学的标准来制定"，"一个时期就是一个由文学的规范、标准和惯例的体系所支配的时间的横断面。"①

从中性的自然时间来看，新旧文学有许多时间段是重合的，但是从五四新文学提倡诸多理念、内容、精神甚至是形式来看，新旧文学在意义上有着天壤之别。如果仔细研究这段历史，新文学、新文化运动自身精神理念的萌芽，早于辛亥革命，具有潜隐性和超前性；而新文学、新文化的真正成熟和建构又晚于民国成立，但其影响和流脉早已超出民国本身时间段所能涵盖的时期范围，具有滞后性和超越性。这说明文学史的发展，在时间上与社会政治历史的发展往往是不同步的，在意义和内容上，很有可能是不同质的。

文学史说到底是文学自身发展的历史，虽然外部政治、经济、社会环境对于文学发生、发展会有诸多程度的影响，但是文学作为这种历史建构的主体，应该是文学史建构的主要依据。因此应该由文学自身或者说是文学史本身的意义，来决定文学史的时间边界，而非是从外部的政治、经济、社会出发限定一个时间框架，来限定文学史的叙述空间与维度。中国现代文学从发生开始，就表现出与以往中国古代各阶段文学乃至西方现代文学不同的特质，虽然也有不同的表现内容与呈现形式，但从文学史的主线上和发展逻辑上来讲，有其一以贯之的精神内核和价值追求。尽管中国现代文学的某个阶段和某种价值意义诉求，会与政治话语、西方理论、社会机制等外部历史因素发生重合，甚至带来某种新的研究视角，但是视角并不能成为文学史本身叙述的主线和根本依据，这是文学史自身的内容蕴含和特点所决定的。

（作者单位：北京师范大学文学院）

原载《陕西师范大学学报》（哲学社会科学版）2013 年第 3 期

---

① 罗执廷：《"民国文学"及相关概念的学术论衡》，《兰州学刊》2012 年第 6 期。

回答关于民国文学的若干质疑

张中良

如果说民国文学史的概念于 1994 年见诸 "中国全史" 里的《中国民国文学史》时，还只是参照历代文学史的分法，标志着一个时段，而没有涉及多少民国赋予文学的意义的话，① 那么，2006 年秦弓提出 "从民国史视角看现代文学"，2009 年李怡阐述现代文学的 "民国机制"，2011 年，吉林大学出版社推出汤溢泽、廖广莉合著的《民国文学史研究》，则渐次进入民国文学史的意义层面。② 民国文学史的概念构成了对既有文学史观念及文学史叙述框架的挑战，因而引起了学术界的关注，响应者渐次增多，质疑之声也时有所闻。文学也罢，学术也罢，怕就怕一潭死水，而有质疑、有争论，才有活力，才有利于发展。20 世纪中国文学的历史进程中，"五四" 时期的新旧文学、30 年代的左翼文学阵营与 "第三种人" 之间的论争，在过分强调斗争哲学的时期，曾被叙述为单一的、泾渭分明的是非立场和刀光剑影的搏杀关系。其实，对立的观点各有千秋，在高调批评对手的同时，彼

---

① 陈福康：《应该 "退休" 的学科名称》（初发 1997 年 11 月 20 日《文学报》，后收《民国文坛探隐》，上海书店 1999 年版）、张福贵：《从意义概念返回到时间概念——关于中国现代文学的命名问题》（香港：《文学世纪》2003 年第 4 期）等也从时段角度提出民国文学问题。

② 关于民国文学史的讨论，李怡《中国现代文学史的叙述范式》（《中国社会科学》2012 年第 1 期）、周维东《中国现代文学研究中的 "民国视野" 述评》（《文艺争鸣》2012 年第 5 期）、张桃洲《意义与限度——为文学史视野的 "民国文学"》（《文艺争鸣》2012 年第 9 期）、汤溢泽《鲜嫩的命题庸俗的学界——对十年来民国文学史话题的几点反思》（天涯论坛 2013 年 1 月 23 日）等，已有所梳理，恕不重复。

此却默默地汲取对方的优长；两个营垒的作家也有多重的交织，有些观点不同的作家并不因论争而影响友情，有的论争文章在发表之前先请对方过目。今天，我们应该从历史的经验教训中汲取养分，理性地对待质疑与批评，平心静气地讨论问题，深刻反省自身立论的罅隙，努力使材料更为扎实、丰富，观点更具说服力。

最近，读到几篇对民国文学及相关概念有所质疑的论文与评论，其中不乏中肯的批评与深邃的见解，受益匪浅，在这里不作整体的评价，只择取几个需要讨论的问题试作回应。

《"民国机制"与"延安道路"——中国现代文学史研究的范式冲突》（以下简称《冲突》）认为，"民国机制"是一种"发明"，"民国机制"还"试图发明一个存在于民国时期的'文化公共空间'"。"这个多元一体、开放包容的意识形态国家机器，不过是研究者对于'民国机制'的再生产，其承载了当代自由主义知识者关于一个建立在宪政民主理念之上的'公共空间'的诸多想象，而非是处于乱世中的民国时代的真实反映。"[1] 而在我的理解中，发明与发现有所不同，作为学术话语的"民国机制"，与其说是"发明"，毋宁说是"发现"，是对以前未能察觉或刻意遮蔽的实存现象的揭示，是对历史状态与其机理功能的提炼与概括。以"发明"来指称"民国机制"，这种语汇选择的背后，潜含着对民国机制的客观性与一定的可取性不愿认同的心态。在多年养成的习惯认知中，民国等同于民国政府，因其糟糕透顶才被新中国取而代之，既然如此，有何机制值得正面阐扬？而实际上，民国是辛亥革命的胜利成果，是历史悠久的中国在特定阶段的国家实体，是一个充满矛盾的历史时期，民国有过美丽的憧憬与辉煌的建树，也有晦暗的现实与最终导致其终结大陆治权的致命弊端，无论是正面还是负面，在其政治、经济、军事、外交、教育、文化（包括文学、艺术）诸方面，都客观存在着"民国机制"。如果没有"民国机制"的存在，袁世凯的皇帝梦怎么只做了八十三天就被反袁的枪声惊醒，

---

[1] 韩琛：《"民国机制"与"延安道路"——中国现代文学史研究的范式冲突》，《文学评论》2013 年第 6 期。

直至一命呜呼？张勋复辟的闹剧怎么可能灰溜溜地收场？曹锟贿选怎么会受到天下耻笑？鲁迅作为教育部科长级的佥事怎么可能打赢状告教育总长章士钊的官司，官复原职？张恨水包含抨击官场腐败内容的《春明外史》与《八十一梦》怎么可能在报纸上连载之后又得以出版？① ……"民国机制"需要的是发现、承认、提炼与阐释，而非"发明"，更无须否认。历史实存的"民国机制"始现于民国建立之初，而"延安道路"——即使考虑到论者是以"延安道路"来替代"革命中国"或者"共和国机制"（且勿论这种替代是否合适）——则要晚出数年，那么，应该如何理解论者所说的"'民国机制'在其发生发展的历史过程中，其实一直面临着来自'延安道路'的挑战并被取而代之"呢？《冲突》一文对"民国机制"乃至民国文学研究的诸多问题似乎存在着多重隔膜。

《对"民国文学"研究视角的反思》（以下简称《反思》）则认为，"民国文学视角是一个文学史的'政治视角'而非文学视角的命名"，担心"'民国文学'研究过分强调民国时期的政治文化、意识形态对文学的影响，很难发掘出真正意义上的文学"。② 另外的场合，也有学者提醒说民国文学研究不要因为关注民国的政治经济背景而忽略了文学本身。的确，既然是文学史研究，应该把重心放在文学上面。此前，确曾有过分强调政治文化而影响文学价值判断的历史教训，譬如20世纪50年代至70年代现代文学研究中占主流地位的新民主主义视角即是政治视角，在这一视角之下，具有新文学首创之功的胡适被戴上了改良主义的帽子，学衡派等文化守成主义的价值被彻底否定，连新文学阵营积极参与的整理国故也被视为开历史倒车；在新诗文体建设上别树一帜的新月派、民族危机愈益加重背景下应运而生的民族主义文艺运动等，因其与左翼有过纠葛而被划为支流甚至"逆流"；沈从文洋溢着生机与灵气的湘西世界、钱锺书富于智慧的《围城》、

---

① 一种说法是因当局派人威胁性地"劝止"，"八十一梦"只做了十四个，但张恨水并未因此受到实质性的惩处，《八十一梦》也能够正常出版；另外，或可理解为"八十一梦"取"九九八十一"之数，本来也未必要写足八十一个。

② 赵学勇：《对"民国文学"研究视角的反思》，《中国社会科学报》2013年11月1日。

张爱玲幽曲深邃的《金锁记》等，要么一带而过，要么一字不提；即便是曾经给予高度评价的左翼作家，在波谲云诡的政治风波中一旦失势，也立即从主流位置跌入冷宫。

对现代文学具有相当解释力的"现代性"视角以及延长了时段、而在总体上仍未超越启蒙现代性的"20世纪中国文学"视角，虽然比新民主主义视角要开阔得多，但是，毕竟也不是文学视角，而是文化视角。这些视角将符合所谓"现代性"标准的文学纳入视野，而将不符合"现代性"标准的文学现象，诸如旧体诗词、文言小说、文言散文，包括对仗工整的联语、情真意切的书信、慷慨陈词的通电、富于感情色彩的报刊评论、政府褒奖烈士辞、墓志铭等，还有内涵与文体均新旧参半的作品，如白屋诗人吴芳吉哀怜被留洋学生抛弃在家乡的女子凄苦命运的《婉容词》等，均排除在外。

事实上，民国文学视角并非单一的政治视角，而是本色的文学史视角。文学史属于历史与文学的交叉学科，既要考察文学赖以产生的社会文化背景，又要研究以作家作品为重心的文学现象，梳理文学发展的历史脉络。因为以往只注意到当局的文化统制对文学的压抑与戕害，而回避了作家基本生活空间的法律保障与文学作品的版权保障；多关注文坛的风云变幻，而忽略了文学的经济基础，所以，在民国文学研究兴起之初，较多地关注政治经济背景的作用。

民国文学之所以让质疑者指认为"政治视角"，恐怕也与多年来人们将民国视为民国政府的代名词有关。正因为将民国理解为民国政府，才有把民国文学当作官方文学的误解，才有学者发问：你们研究民国文学，那么怎样看待延安文学？前引观点所出论文的标题就把"民国机制"与"延安道路"对峙起来，文中称"右翼的'民国机制'与左翼的'延安道路'"。其实，民国机制用"右翼"来界定大有问题，民国之初所定的民主共和的建国方略是中华民族的共同选择，是后来国共两党以及其他民主党派几度合作的基础，如果是"右翼"，那么，抗战时期及其前后延安对民国机制之核心的"民主"高度认同又如何解释呢？左翼文学确曾受到政府的压迫，但左翼文学仍能存在并发展，这一方面固然源于左翼的顽强执着与策略调整，另一方面，也不能不承认民国体制还有一定的宽容度，没有无底线地赶尽杀绝。抗战时期，延安文学如同中国共产党领导的武装力量与敌后根据地一样迅速壮大，正是民国政治格局下才能出现的现象。

民国文学视角由历史与文学两个维度交织而成。历史维度追求真与善，通过社会文化背景、文学思潮、社团、流派、经典作品的产生与传播等典型现象及其关系的还原，呈现出民国文学的整体风貌、发展脉络及其复杂动因，揭示其价值追求。文学维度则要考察作家的创作机理与艺术个性、作品的文体结构与审美风格。历史维度，有助于呈现出多元文学的丰富性、整体性。民国文学包含多种文学形态，诸如新文学与旧文学、雅文学与俗文学、作家文学与民间写作、文本文学与口传文学、创作文学与翻译文学、汉族文学与少数民族文学、都市文学与乡村文学、中心区域文学与边地文学、世俗文学与宗教文学等，洋洋大观，多元并存，且相互交织、交汇互动。承认多元一体的丰富性，并不意味着否定新文学的主体价值。新文学以超越古代、近代白话的现代语体与新的文学样式表现现代精神观照下的现实与历史、社会与自然，成为民国时期的主体文学，这是民国文学史历史维度的题中应有之义，绝不会因为叫"民国文学史"就导致对新文学之主体价值的否认，正如不会因为叫"现代文学史"或"20世纪中国文学史"就湮没了新文学的主体价值一样。民国本身就是现代的产物与标志，民国文学以现代文体表现现代精神，可谓浑然一体、自在天成。这样看来，说民国文学为政治视角（这一命名或者视角的建构，缺乏整体性的"中国新文学"的眼光，只是把自"五四"以来的中国文学割裂成不同的政治区域、文化语境中的文学，既抽去了中国现代文学的"现代"灵魂，又模糊了中国新文学"新"与"旧"的本质界限和区别）实在是对民国文学视角的误解。民国文学与新文学、现代文学、20世纪中国文学等概念，是从不同角度观察与提炼的结果，它们之间不是非此即彼、你死我活的排斥关系，而是你中有我、我中有你的交织关系，相异互补、相依并存的共生关系。

民国的民主共和目标，特定历史背景下形成的区域分割，从传统向现代过渡的历史演进，使得民国文学始终没有形成铁板一块的局面，这是基本史实，承认这一点并进而作实事求是的分析，才是历史唯物主义态度，反之，用"新文学"或"现代性"的观念对文学施以本质主义的处理，"整体性"固然是凸显出来，但丰富性与复杂性却多有遮蔽，如此"整体性"也就带上了明显的片面性。

文学史上的不同时代诚然有其相通之处，但每个时代又自有其特色，较之古代、近代与 1949 年 10 月以后，民国文学的自由性与开放性更为突出，这一特点或可名之曰，民国风度文学写作者——传统所谓文人、近代通称作家，结社、办刊相当自由，只要政治上没有对政府构成明显的威胁，即可公开或半公开地活动，被查禁的左翼文学刊物与作品，改头换面仍有面世的可能。即使在国民党当局加强控制之后，批评政府的文学作品仍有一定的生存空间。中间色彩的《现代》杂志上，能够刊出鲁迅怀念"左联"五烈士的《为了忘却的记念》与周扬对苏联社会主义现实主义的译介文章，在丁玲被国民党特务秘密绑架之后，更刊出丁玲失踪专辑表示关注与抗议。不仅各种社团、流派尽可千帆竞发、百舸争流，而且同一社团、流派内也是姚黄魏紫、各有千秋，即便像"左联"这样政治性与统一性颇为突出的社团，其成员的创作也并非千篇一律。从小说来看，鲁迅的《故事新编》在历史与传说的新编中错杂着现代细节，貌似滑稽可笑的描写中潜含着深邃的理性思考；茅盾的长篇小说《子夜》以细腻的笔触书写动荡的时代，吴越文笔描绘出现代的史诗；周文的川康书写不仅映出了大雪山的奇诡风光，而且叙写出边地征伐的残酷凄楚；蒋光慈笔下既有讴歌土地革命的《田野的风》，也有通过俄国贵族女子沦落风尘折射风云变幻中个人命运的身不由己与女性生命感受的《丽莎的哀怨》……

源远流长的中国文学史，在不断的开放中汲取异质养分，获得了新的资源，大者如东汉以来佛教文化的涌入，给中国文学带来了彼岸的观念、丰富的譬喻、曲折的叙事结构与俗白的语体，晚清以来异域文学的翻译，带来了西方文化的新观念、新的小说叙事方法与话剧形式。然而，民国时期开放的范围之广、力度之大、影响之深，均超越前代。个性价值得到前所未有的尊重，传统道德受到严峻的挑战，文学观念由古代的杂文学观变为主要认可小说、诗歌、散文、戏剧四大体裁的纯文学观，小说由古代作者羞于署本名的"小道"上升为书写世风人心的钟鼎重器，白话诗成为时代流行色，舶来品话剧逐渐站稳了舞台，散文中新增了报告文学等文体，白话语体在文学中升帐挂帅。开放引进，气象万千，心理小说、"私小说"、寓言体小说、幽默小说，心理刻画别出心裁，自然描写令人耳目一新；散文诗、十四行诗、自由诗、新格律诗、幽默诗、长篇叙事诗等闪耀着奇光异彩；独幕剧、活报剧十分活跃，多幕剧臻于成熟；小品、杂文大放异彩。翻译文学在总量上约占创作文学的二分之一，国别、民族、语种、文体等，没有任何限制，显示出中国文学海纳百川的宽广胸襟，翻译文学也成为民国文学的有机组成部分。

如此自由、开放，与其说表现了现代性，毋宁说显示出民国风度。在据称已经相当"现代"的晚清，无此风景。继"现代"之后的"当代"近三十年间，价值观与创作多有倒退或扭曲。由于时势的缘故，民国的经典有的无法再版，如老舍的《猫城记》、沈从文的一些作品；有的作政治性伦理性的修订，如《骆驼祥子》；资深作家已经开了头的杰作写不下去，如茅盾的《霜叶红似二月花》、老舍的《正红旗下》；几个年轻学子组织个哲学文学读书会，就落得个银铛入狱的结局；一部历史剧或一篇历史小说竟至"上纲上线"到莫须有的弥天大罪，轻则作者遭难，重则株连数千人，还有多少创作的自由、开放可言！因此，民国风度将与弘放汉风、魏晋风骨、盛唐气象、宋朝的理风雅趣一样载入中国文学史册。

一个时代的文学之所以区别于其他时代的文学，固然因为整体风貌不同，但其中具有标志性的是经典作品。感谢《反思》的提醒，民国文学视角的研究，在发掘更多的这一历史时段的作品、作家时，的确应该防止"使那些'末节'及'散沙'挤入文学史，使得现代文学史叙事更加臃肿，丧失文学史建构的价值和意义"。但是，《反思》认为，民国文学视角"是对现代文学经典意识的背离，对现代文学经典作家及现代经典作品的遮蔽、祛魅、淡化"。这里显然存在着误解，前面谈到民国文学视角与新文学、现代文学等视角不是非此即彼的关系，民国文学视角既不会罔顾历史、全面否认人们公认的文学经典，也不会让毫无含金量的"散沙""挤入文学史"。经典的确立是一个不断建构的过程，其间有时光的自然淘汰，也有云翳剥去之后的簇新发现，还有公认经典的重新认识。譬如鲁迅的杂文，曾经奉为经典的《"友邦惊诧"论》《学生和玉佛》《中国文坛上的鬼魅》等，在当时自然有其批评政府的理由，但今天如果放在民国历史背景下来考察，恐怕就会发出疑问，因为政治立场与国家立场存在着尖锐的冲突，作家在团体与国家之间如何选择成为一个不容回避的问题。

茅盾的《子夜》诚然具有经典价值，但其创作于 1927 年 11 月至12 月的另一部小说《动摇》，也当跻身经典行列。作品取名《动摇》，作者的主观意图，是要写出"大革命时期一大部分人对革命的心理状态，他们动摇于左右之间，也动摇于成功或者失败之间"①。读者的确可以在作品里找到多种"动摇"，譬如：方罗兰爱情观念的波动，方太太新人意志的退婴，方氏夫妻关系的罅隙，传统伦理观念的撼动，革命者的迷惘，既定社会秩序的破坏，等等。然而，作品的主旨与最为成功之处，与其说是写出了"动摇"，毋宁说是如实而深刻地表现了那个特定时代的动荡。

《动摇》以胡国光的出场来开篇，而且在后来情节的发展中这个人物始终处于主动的地位，这一设定其实改变了作者最初主要是想表现小资产阶级革命者意志动摇的创作意图。胡国光本是县城里的劣绅，但每当革命来临时，他都要装出一副激进的样子，捞取好处。自从辛亥革命那年他仗着一块镀银的什么党的襟章，开始充当绅士，十几年来，无论政局如何变化，他的绅士地位都没有动摇过。大革命到来，他装成一副极左的面孔，终于投机得逞，当选为县党部执行委员兼常务。他赞同、煽动农民的过激行为，攻击稳健派"软弱无能，牺牲民众利益"，蛊惑民众拿革命手段打倒稳健派，唯恐天下不乱，乘机浑水摸鱼，择肥而食，既保护了自己的既得利益，又攫取了垂涎已久的种种猎物。最后，当省党部终于发现了他的本来面目，下令查办他时，他却泥鳅一般溜走。胡国光这一人物不仅活画出大革命中一类实际存

---

① 茅盾：《我走过的道路》（中），人民文学出版社 1984 年版，第 9 页。

在的投机分子，而且也让古往今来所有投机派——打着冠冕堂皇的旗号，追求个人利益的最大获取——现出了原形。

这类投机派的活动确实对大革命的失败起到了推波助澜的作用，但《动摇》所表现的历史复杂性显然不止于此。在作品里，可以看到投机派的口蜜腹剑、狡诈阴险，也可以看到反动派的疯狂反扑、残忍报复。土豪劣绅唆使流氓捣乱，杀死童子团员，袭击妇女协会，轮奸剪发女子并残害致死；叛军反水，腰斩革命，屠杀革命党人及群众，种种惨剧，令人触目惊心。作品还写出了在革命阵营内部，也存在着导致革命夭折的病因。胡国光之所以能够得逞，就有赖于这种病因的呼应。其一，当时革命党人中间存在着一种较为普遍的激进盲动情绪，恨不得早晨一觉醒来便能看见人类大同，因而主张无条件支持群众所有要求与行动的革命党人大有人在，为后来胡国光等人的投机埋下了伏笔。其二，群众盲目的复仇情绪与无限的欲望像一座一触即发的活火山。因而，胡国光的偏激主张每每能够得到多数的赞同。另一方面，小说也写到，在以"革命"为名的可怕的暴力行为面前，方罗兰的心里异常纷乱，三具血淋淋的裸体女尸提醒他复仇，流氓们的喊杀声又给他以恐怖，"同时有一个低微的然而坚强的声音也在他心头发响"：

　　——正月来的账，要打总的算一算呢！你们剥夺了别人的生存，掀动了人间的仇恨，现在正是自食其报呀！你们逼得人家走投无路，不得不下死劲来反抗你们，你忘记了困兽犹斗么？你们把土豪劣绅四个字造成了无数新的敌人，你们赶走了旧式的土豪，却代以新式的插革命旗的地痞；你们要自由，结果仍得了专制。所谓更严厉的镇压，即使成功，亦不过你自己造成了你所不能驾驭的另一方面的专制。告诉你罢，要宽大，要中和！惟有宽大中和，才能消弭那可怕的仇杀。现在枪毙了五六个人，中什么用呢？这反是引到更厉害的仇杀的桥梁呢！①

———————————

① 茅盾：《动摇》，《小说月报》1928 年第 19 卷第 3 号。

　　方罗兰的这一段心理话语，向来被我们的批评家与文学史家当作革命意志动摇的表征，其实问题并不如此简单。诚然，方罗兰性格上有软弱与犹疑迟缓的一面，但他并不是一个没有主见、没有定性的人。他对盲目的仇杀与新式专制的担心更可以说是包含着真理性的探询。人的占有欲和复仇欲等原始欲望被无节制地调动起来以后，其破坏力不可估量，如果任其宣泄泛滥，势必在打破旧的不平等之际，酿成新的人间悲剧。方罗兰并非放弃革命与暴力，而是对盲目的暴力表示忧虑，对专制的更迭表示怀疑。而这恰恰表现了知识分子的独立思考精神。十月革命期间，俄国曾经发生了许多以"革命"的名义做出的残酷暴行与丑恶勾当，暴行和丑行明明是人类的原始本性不加节制的结果，与领导者的引导失误有关，但却被某些革命舆论工具称作"资产阶级的挑拨离间"，或者被人当作"社会革命"的必然。高尔基对此深表忧虑，他说那些打着"社会革命"的旗号做出的违背正义、公道的行径，实际上是在葬送革命的前途。他还说："最令我震惊，最使我害怕的，是革命本身并没有带来人的精神复活的征兆，没有使人们变得更加诚实，更加正直，没有提高人们的自我评价和对他们劳动的道德评价。"① 高尔基的这一观念在 1917 年 5 月至 1918 年 7 月于他所编辑的《新生活报》发表之后，长期被当作"不合时宜的思想"，不得收入《高尔基文集》，直到七十年后才重见天日。方罗兰的思索长期以来不被认同，实在是不足为怪。但经历了大半个世纪的风风雨雨，其价值理当得到重新认识。实际上，对方罗兰的犹疑、思索，作者的叙事态度不尽是否定，在切合人物性格逻辑的描写中，也渗透着作者一定程度上的认同。作品中方太太说到自己并未绝望时，有一句自我辩解的话："跟着世界跑的或者反不如旁观者看得明白；他也许可以少走冤枉路。"茅盾从牯岭回到上海以后，并未急于寻找党的组织，而是选择了一种停下来思索的姿态。方太太的话未始不是他内心的一种声音，方罗兰的内心话语虽然并不就是作者的观点，但大概也表露出一点他停下来思索的结果。从 1924 年国共合作，到 1928 年北伐战

---

　　① ［苏］高尔基:《不合时宜的思想》，朱希渝译，江苏人民出版社 1998 年版。

争结束，史称国民革命，这是民国历史的重要环节，而《动摇》正是反映这一历史环节的经典之作，在民国文学视角下重读《动摇》，不仅有助于确认茅盾的经典作家地位，而且有益于全面把握民国历史，从中汲取深刻的历史教训。

孙毓棠长达 760 余行的叙事诗《宝马》，以往重视不够，如果将其还原到全面抗战爆发前的民族危机背景下考察，就会体悟到其中蕴含的意义与力度。公元前 104、前 102 年，汉武帝两次发兵进攻大宛国，终于获胜，震慑了整个西域，开辟了中外交流新篇章，便利了整个东西方经济、文化的交流。大宛国之战后，汉朝"发使十余辈抵宛西诸外国，求奇物，因风览以伐宛之威德"。在敦煌置酒泉都尉，派"田卒"数百人驻扎轮台，"屯田"供给汉王朝使节，并"领护"臣服于汉的西域外臣国。在此基础上，汉宣帝神爵二年（公元前 60 年）在乌垒城（今新疆轮台东野云沟附近）设立西域都护府，辖玉门关、阳关以西天山南北，西包乌孙、大宛、葱岭范围内西域诸国——初为三十六国，后增至五十国。经历了复杂的历史变迁之后，清乾隆年间，新疆正式纳入中国的版图。由于清朝官员的腐败及民族政策的失误，19 世纪新疆各地起义频仍，沙俄与英国趁机插足新疆，企图将新疆划入自己的势力范围。经左宗棠等率清军奋战，终于收复了新疆，于1884 年开始实行与内地一样的省制。清朝更替为民国之后，国家的版图完整地继承下来。但是，1921 年 7 月蒙古国宣布独立，对边疆稳定形成巨大的冲击。1928 年到 1933 年，围绕着新疆最高权力的交替，新疆也进入了一个社会动乱和政治动乱持续不断的历史时期。新疆的政治独立性与财政独立性激增，中央政府在新疆的政治影响力明显下降。政界与知识界对新疆问题都十分关注，知识界提出了两种不同的意见：一是"派遣大员论"，以宣抚为基础；再一种是"派遣军队论"，主张以武力镇压为基础。孙毓棠一向关注中外关系，学士论文即为《中俄北京条约及其背景》，此时，他作为专攻两汉史的历史学者，对新疆问题绝不会漠然无知。另一方面，日本帝国主义步步进逼，全面侵华战争一触即发。在这种情势下，他回到中国古代文献里去，用心体会历史情境与民族精神，在内忧外患的重重危机刺激下，仅用十几天工夫就写成了这首大气磅礴的长诗。孙毓棠在《我怎样写〈宝马〉》里祖露了自己的创作动机，他说，伐宛"这件事在中国民族的历史中当然具有相当重要的地位，它是张骞的凿空及汉政府推行对匈奴强硬政策的必然的结果，这次征伐胜利以后，汉的声威才远播于西域，奠定了新疆内附的基础。在今日萎靡的中国，一般人都需要静心回想一下我们古代祖先宏勋伟业的时候，我想以此为写诗的题材，应该不是完全无意义的"；"已往的中国对我是一个美丽的憧憬，愈接近古人言行的记录，愈使我认识我们祖先创业的艰难，功绩的伟大，气魄的雄浑，精神的焕发。俯览山川的隽秀，仰瞻几千年文华的绚烂，才自知生为中国人应该是一件多么光荣值得自豪的事。四千年来不知出现过多少英雄豪杰，产生过多少惊心动魄的故事。回想到这些，仿佛觉得中国人不应该弄到今天这样萎靡飘摇，失掉了自信。这或许是因为除了很少数以外，国人大半忘掉了自己的祖先，才弄到今日中国的精神界成了一片荒土。当然，到今日的中国处处得改善，人人得忍苦向前进；但这整个的民族欲求精神上的慰安与自信，只有回顾一下几千年的已往，才能迈步向伟大的未来。这话说出来似乎很幼稚，但这是我个人一点幼稚的信念，因此我才写《宝马》这首诗"。[①]

正是在 20 世纪 30 年代的特定背景下，基于如此动机，对祖先宏勋伟业的自豪感贯穿了《宝马》全篇。也许与历史学者深邃的洞察力和超越性的思考有关，《宝马》宏大的结构与精致的细节所蕴含的内容极其复杂。这里没有偏激的情绪宣泄，没有单一的歌颂和贬抑，多条线索相互交织，多种色调浑融一体，雄浑苍凉的画卷展示出历史的原生态，但分明已经经过了理性的烛照。战争是残酷的，和平是美好的，战争在破坏安宁之后赢得了更大的安宁。冲锋陷阵是可敬的，但血肉之躯的毁灭又是何等的凄惨。胜利是光荣的，但光荣的代价又是多么的沉重。盟约时，"两军哑着疲惫的喉咙欢呼出万岁"；凯旋回到玉门关时，当初浩浩荡荡出关的十六万八千四百多壮士及十三万匹牛马、无数的驴骡与橐驼，只剩下"瘦马七千，和一万来名凹着颊拖着

---

① 孙毓棠：《我是怎样写〈宝马〉》，天津《大公报》"文艺"副刊 1937 年 5 月 16 日。

腿的像幽魂的老骑士"。将军捧牒封侯，校尉除官加爵，宝马也敕封为"天马"，而"残伤的兵卒人人也都拜奉了皇恩：四匹帛，二两黄金，还有轻飘飘的一页还乡的彩关传"。① 更有十几万父兄长眠玉门关外。结尾的两个传说更加强化了征宛之战的矛盾性，一个肯定了征宛的功绩，另一个传说则说天马具有神奇功能。这与其说是传说，毋宁说是黎民百姓对和平安宁的由衷期待。如此复杂的社会意蕴，显然不能简单地评断《宝马》是歌颂汉武帝的或是讽刺"穷兵黩武"和反战的。它是一部真实表现历史原生态的史诗，一部深邃洞察历史复杂性的史诗，一部寄托着诗人忧国之心与民族性格理想的史诗。而这一独特品格，离开题材的历史背景与诗人创作的民国时代则无法准确把握。

通过对现实题材的《动摇》与历史题材的《宝马》之分析，可以看出民国文学视角非但不会遮蔽、冲淡真正的文学经典，反而会发掘出曾经被遮蔽的经典，深化对公认的经典的认识。进而言之，民国文学视角非但不会压抑文学性，反而能够促进文学性的解放与发扬，这样也才有助于保持中国现代文学学科的"鲜活性、丰富性与动态性"（《反思》）。

（作者单位：上海交通大学文学院）

原载《学术月刊》2014 年第 3 期

---

① 孙毓棠：《宝马》，天津《大公报》"文艺"副刊 1937 年 4 月 11 日。

民国文学：阐释优先，史著缓行

李 怡

中国学界提出"民国文学"的概念已经超过十五年了，① 在新一波文学史写作的潮流中，人们对民国文学研究也出现了一种期待，这就是希望尽快见到一部《民国文学史》。似乎只有完整的文学通史才足以证明"民国文学"研究的合理性，或者说在当前林林总总的文学史写作意见里，证明自己作为新的学术范式的存在。在我看来，受各种主客观条件的限制，目前最需要开展的工作还不是撰写一部体大虑深的文学史著，而是努力从不同的角度深入勘探、考察，对这一段历史提出新的解释。

一

众所周知，中国文化具有漫长的"治史"传统。在一个宗教裁决权并未获得普遍认可的国度，人们倾向于相信，通过历史框架的确立可以达到某种裁决与审判的高度，所谓"名刊史册，自古攸难，事列春秋，哲人所重"②。中国最早的史官除了司职记事，还负责主持祭祀、占卜吉凶、沟通神灵。史不仅可以"资治通鉴"，甚至还具有某种道德的高度，所谓"孔子成《春秋》，乱臣贼子惧"③，史家如司马

---

① 中国大陆最早的"民国文学"设想出现在1997年（陈福康），最早的理论倡导出现在21世纪初期（张福贵）。
② 刘知几撰，浦起龙释：《史通通释·人物》，上海古籍出版社1978年版，第240页。
③ 《孟子·滕文公章句下》，见杨伯峻《孟子译注》上册，中华书局1960年版，第155页。

迁等也是以"究天人之际，通古今之变"自我期许。

文学史原本是现代的产物，它显然不同于古代的史官治史，这种来自西方的学术方式更属于学院派知识分子的个体行为。但是，历史的因袭依然存在，尤其是在一些时代交替的时节，无论是政治家还是知识分子本身，都自觉不自觉地认定"著史"可以树立某种新的标准，完成对过往事物的"清算"。于是，如下一些史著的意义是可以被我们津津乐道的：

奠定中国现代文学学科基础的是王瑶的《中国新文学史稿》；

集中代表了拨乱反正过渡时期文学史观的是唐强、严家炎主编的《中国现代文学史》；

体现了新时期的现代文学视野、集中展示研究新成果的是钱理群、陈平原、温儒敏等人的《中国现代文学三十年》；

生动体现"重写文学史"意义的是陈思和的《中国当代文学史》；

展示 20 世纪 90 年代以降学术研究的"历史化"倾向的是洪子诚的《中国当代文学史》；

揭示"文学周边"丰富景观的是吴福辉独撰的插图本《中国现代文学史》；

钱理群主编的最新三卷本《中国现代文学编年史》展示了以"广告为中心"的文学生产、流通、接受及其他社会文化环节，让文学叙述的图景再一次丰富而生动。

今天，随着"民国文学"研究的呼声渐起，在一系列命名和概念的讨论之后，应该展示更多的文学史研究实绩，只有充分的实绩才能说明"民国社会历史框架"的确具有特殊的文学视野价值。那么如何集中展示这些实绩呢？目前容易想到的似乎就是编写一部扎实厚重的《民国文学史》。

但是，在我看来，文学史编写的工作固然重要却又不可操之过急。因为，今天所倡导的"民国文学"，并不仅仅是一个名称的改变（以"民国"替代"现代"），更重要的是研究视角和方法的调整。这些重要的改变至少包括三个方面。

其一，正视民国历史的特殊性，而不是简单流于"半封建半殖民地"等简略判断。据史学界的知识考古，"半封建"一词曾经出现在马克思、恩格斯笔下，列宁第一次分别以"半封建""半殖民地"指称中国，以后共产国际以此描述中国现实，"半殖民地"一说先后为中国国民党人与中国共产党人所接受，又经过苏联内部的理论争鸣及共产国际的理论演绎，"半封建半殖民地"的并称出现在1926年以后，[①] 再经过20世纪30年代初的"中国社会性质问题论战"，逐步成为中国共产党领导的马克思主义史学的基本概念。到延安时期，毛泽东最为完整清晰地论述了这一学说，从此形成了对中国知识分子历史认知的主导性影响，直到今天仍有其独到深刻的一面。但是，民国历史有其具体而微的特点，对"封建"一词的定义在史学界一直就争议不已，民国时代的经济已经明显走上了资本主义的发展道路，忽略这一现实就无法解释中国近现代工商业文化对于文学市场的重要作用；辛亥革命之后的中国尽管军阀混战，也难掩其专制独裁的性质，但是却也不是"帝国主义买办与走狗"这样的情感宣泄就能"一言以蔽之"的。对于民国史，国外史学界同样多有研究，有自己的性质认定，这也需要我们加以研读和借鉴。之所以强调这一点，乃是因为在此之前的《中国现代文学史》，几乎都是以主流史学界的社会性质概括作为文学发展的前提：从旧民主主义革命到新民主主义革命就是中国现代文学发生发展的基础，文学的伟大和深刻就在于如何更加深刻地反映这一历史过程。80年代以后，为了急于从这些政治判断中脱身，文学史又试图在"回到文学自身"的诉求中另辟蹊径，所谓"审美的文学史"成了口号，但是关于中国现代文学在民国时代的诸多历史基础的辨析却被搁置了起来，今天，如果不能正视民国历史的特殊性，就不能在文学的历史前提方面有真正的突破。

---

① 一般认为，1926年上半年，蔡和森在莫斯科中共旅俄支部会上作《中国共产党的发展（提纲）》，已经提到"半殖民地和半封建的中国"和"半封建半殖民地的国家"[《联共（布）、共产国际与中国国民革命运动（1926—1927）》下册，北京图书馆出版社1998年版，第408页]。另据李洪岩考证，最早的"半殖民地半封建"字样，则是1926年9月23日莫斯科中山大学国际评论社编译出版的中文周刊《国际评论》创刊号上的发刊词，见《半殖民地半封建理论的来龙去脉》（《中国社会科学院近代史研究所青年学术论坛2003年卷》，社会科学文献出版社2005年版）。

其二，发掘民国社会的若干细节，揭示中国现代文学生存发展的具体语境。无论是政治、经济、社会文化等方面，民国社会的种种特征都直接影响了现代中国文学的生产、传播和接受，决定着文学的根本生存环境。关于这方面的研究，最近几年已经在文化研究的推动下颇有收获，不过，鉴于文化研究在来源上的异质性，实际上这些考察也还较多地袭用外来的文化理论，没有更充分地回到民国自己的历史环境。例如性别研究、后殖民批判、大众文化理论等等的运用，迄今仍有生吞活剥之嫌。要真正揭示这些历史细节，还需要完成大量扎实的工作，例如民国经济在各阶段的发展与运营情况，各阶层的经济收入及其演变，社会分化与社会矛盾的基本情形，经济与政治权利的区域差异问题，法制的发展及对私人权利（包括著作、言论权利）的保护与限制，军阀政治对舆论及思想的控制方式，国民党政权对舆论及思想的控制方式，国民政府时期的"党政关系"及其内在的间隙，国民党内部各派系的矛盾及其对思想控制的影响，民国各时期书报检查制度的制定与实施情况，民国时期出版人、新闻人、著作人各自对抗言论控制的方式及效果，主流伦理的演变及民间道德文化的基本特点，文学出版机构的经营情况与文学传播情况，民国时期作家结社及其他社会交往的细节，等等，所有这些庞杂的内容，仓促之间也很难为"文学史"所容纳，但在一个相当长的时间里都将成为文学研究的具体话题。

其三，解剖民国精神的独特性、民国文本的独特性，凸显而不是模糊这一段文学历史的形态。文学史究竟是什么史？这个问题讨论过很多年，至今也可能存在不同的意见，在我看来，尽管今天一再强调历史研究与文化研究的重要性，但是所有这些讨论最终还都应该落实到对于文学作品的解释中来，否则文学学科的独立性就不复存在了。最近几年，民国文学研究的倡导与质疑并存，但更多都还停留在口号的辨析和概念的争论当中，就文学研究本身而论，这样并不是对学术发展的真正的推进。如果民国文学研究的提倡不能以大量的具体文学作品的阐释为基础，或者说民国文学的理念不能落实为一系列新的文学阐释的出现，那么这一文学史框架的价值就是相当可疑的；如果我们尚不能对若干文学作品的独特性提出新的认识，那么又何以能够撰写一部全新的《民国文学史》呢？

以上几个方面的工作都是一部新的文学史写作必需的前提。我们的文学史新著，从大的历史框架的设立与理解到局部事件的认定和把握，乃至作为历史事件呈现的文本的阐释都应该与此前熟悉的一套方式——革命史话语、现代性话语——有所不同，如果只是抓住名称大做文章，几乎可以肯定的是，其结果必然很快陷入业已成熟的那一套知识和语言中去，所谓"民国文学史"也就名不副实了。早在1994年，人民出版社就出版过《中国民国文学史》，这个奇特的书名——不是"中华民国文学史"而是"中国民国文学史"——显然反映出了当时的某种政治禁忌。平心而论，在十年前，能够涉及"民国"二字，已属不易，对于其中所承受的禁忌，我们深表理解，但是也的确因为这一禁忌的存在，所谓"民国"的诸多历史细节都未能成为文学史观察和分析的对象，所以最终的成果还是普遍性的"现代化"历史框架，"中国民国文学史"的主体还是不折不扣的"现代文学三十年"，对历史性质、文学意义的描述都依然如故，对作家的认定、作品的解释一如既往，只不过增加了从民国建立到"五四"新文化运动发生的几年。这样的文学史著，自然还不是我们理想中的"民国文学史"。

二

当然，能够标举"民国"概念的文学史论已经出现过，这就是台湾学者尹雪曼主编的《中华民国文艺史》及周锦主编的《中国现代文学研究丛刊》系列丛书，也包括近年来两岸学者的最新努力。

尹雪曼（1918—2008），本名尹光荣，河南汲县（今卫辉市）人，抗战时期西北联合大学毕业，美国密苏里大学新闻学院文学硕士。曾主编重庆《新蜀夜报》副刊，在上海、天津、西安等地担任报社记者，1949年去台湾。曾任中国台湾"中国"作家艺术家联盟会长，《中华文艺》月刊社社长，在成功大学、中国文化大学等校任教。自1934年起，创作发表了小说、散文及文学评论多种，是很有代表性的迁台作家。周锦（1928—1992），江苏东台人，1949年赴台，曾经就读于台湾师范大学、淡江大学等，后创办燕智出版社，担任台北中国现代文学研究中心主任。两人最大的贡献是撰写、主编或参与编撰了一系列中国现代文学研究论著，在新文学记忆几近中断的台湾，第一次系统地总结了"五四"以来的中国文学发展历史，尹雪曼撰写有《现代文学与新存在主义》《五四时代的小说作家和作品》《鼎盛时期的新小说》《抗战时期的现代小说》《中国新文学史论》《现代文学的桃花源》，总纂《中华民国文艺史》，1975年由（台北）正中书局出版。其中，《中华民国文艺史》大约是第一部以"民国"命名的大规模的系统化的文学史著作，民国历史第一次成为文学史"正视"的对象；周锦著有《中国新文学史》《朱自清作品评述》《朱自清研究》《〈围城〉研究》《论〈呼兰河传〉》《中国新文学大事记》《中国现代小说编目》《中国现代文学作家本名笔名索引》《中国现代文学作品书名大辞典》《中国现代文学乡土语汇大辞典》等，此外还主编了《中国现代文学研究丛刊》三辑共30本，于1980年由成文出版社印行出版。《中国现代文学研究丛刊》的史论也具有比较鲜明的"民国意识"。丛刊的《编印缘起》这样表达了他的"民国意识"：

> 中国新文学运动，是随着中华民国的诞生而来。尽管后来有各种文艺思潮的激荡以及少数作家思想的变迁，但中国现代文学却都是在国民政府的呵护下成长苗壮的……①

这样的表述，固然洋溢着大陆文学史少有的"民国意识"，不过，认真品读，却又明显充满了对国民党政权形态的皈依和维护，这种主动向党派意识倾斜，视"民国"为"党国"的立场并不是我们所追求的学术客观，也不利于真正"民国"的发现，因为，众所周知的事实是，疲于内政外交的"国民政府"似乎在"呵护"民国文学方面并无杰出的筑造之功，严苛的书报检查制度与思想舆论控制也绝不是现代

---

① 周锦：《中国新文学简史》，台北：成文出版社1980年版，第1页。

文学"茁壮成长"的理由。民国文学的真实境遇难以在这样的意识形态偏好中得以呈现。

　　同样基于这样的偏好，民国文学的优劣也难以在文学史的书写中获得准确的评判，例如尹雪曼《中华民国文艺史·导论》作出了这样概括："中华民国的文艺发展，虽然波澜壮阔，变幻无常；但始终有民族主义和人文主义作主流；因而，才有今日辉煌的成就。""至于所谓'三十年代'文艺，则不过是中华民国文艺发展史中的一个小小的浪花。当时间的巨轮向前迈进，千百年后，再看这股小小的浪花，只觉得它是一滴泡沫而已。其不值得重视，是很显然的。"①

　　民国时期的现代文学是不是以"民族主义"为主流，这个问题本身就值得讨论，至少肯定不会以国民政府支持下的"民族主义文艺运动"为主导，这是显而易见的；至于所谓的"三十年代文艺"当指20世纪30年代的左翼文学，事实上，无论就左翼文学所彰显的反叛精神还是就当时的社会影响而言，这一类文学选择都不可能是"一个小小的浪花""一滴泡沫而已"，漠视和掩盖左翼文学的存在，也就很难讲述完整的民国文学了。

　　由此看来，20世纪下半叶的冷战不仅影响了中国大陆的学术视野，同样扭曲了海峡对岸的学术认知。受制于此的文学史家，虽然不忘"民国"，但他们自觉不自觉要维护的"中华民国"依然是以国民党统治为唯一合法性的"党国"，民国社会历史的真正的丰富与复杂并不是"党国"意识关心的对象。以民国历史的丰富性为基础构建现代中国的文学叙述，始终是一个难题，对大陆如此，对台湾也是如此。

　　当然，考虑到台湾历史与文学的种种情形，《民国文学史》的写作可能还会再添一个难度：如何描述海峡对岸当今的文学状况，是排除于我们的"民国文学史"之外还是继续延伸囊括，② 排除与现实不

① 尹雪曼总纂：《中华民国文艺史》，台北：正中书局1975年版，第1页。
② 丁帆先生试图继续延伸民国文学的概念，他区分了政治意义的"民国"和作为文化遗产的"民国"，试图以此作为破解难题的基础，不过这一延伸也不得不面对与台湾作家及台湾学者对话、沟通的问题（见《关于建构民国文学史过程中难以回避的几个问题》，《当代作家评论》2012年第5期）。

符，从"民国"叙述转向"台湾"叙述，恐怕也正是"独派"的愿望，相反，努力将"台湾"叙述纳入"民国"叙述才能体现中华统一的"政治正确"；不过，纳入却也同样问题重重，"民国"与"人民共和国"并行，不仅有悖于"一个中国"的基本政治理念，就是在当下的台湾也纠缠不清。我们知道，在今日，继续奉"民国"之名的台湾目前正大张旗鼓地推进"台湾文学"甚至"台语文学"，所谓"民国文学"至少也不再是他们天然认同的一个概念，学术考察如何才能反映出研究对象本身的思想追求，这个问题也必须面对。也就是说，在今日台湾，"民国"之说反倒暧昧而混沌。

2011 年，中国台湾学者陈芳明、林惺岳等著《中华民国发展史·文学与艺术》出版，较之于冷战时期的文学史，这一著作终于跳出了"党国"意识的束缚，体现出了开阔的学术视野。① 但是由于历史的阻隔，关于民国文学的丰富细节未能在这一史著中获得挖掘，我们看到的章节是：百年来文学批评的开展与转折，百年女性文学，百年现代诗发展与自我身份的探求，故事万花筒——百年小说图志，美学与时代的交锋——"中华民国"散文史的视野，百年翻译文学史，从启蒙救亡开始："中华民国"现代戏剧百年发展史，等等。从根本上说，《中华民国发展史·文学与艺术》由多位学者合作，各自综述一个独立的文学艺术领域，在整体上更像是一部各种文学艺术现象的概观汇集，而不是完整连续的历史叙述。

也是在 2011 年，大陆学者汤溢泽、廖广莉出版了《民国文学史研究》（1912—1949），② 汤先生是中国大陆较早呼吁"民国文学史"研究的学者，在这一部近 40 万字的著作中，他较好地体现了先前的文学史设想：回归政治形态命名的历史记事，上溯民国建立的文学发端意义，恢复民国时期文学发展的多元生态。可以说这都触及了"民国文学史"的若干关键性环节。不过，《民国文学史研究》由"史观建设"

---

① 陈芳明、林惺岳等：《中华民国发展史·文学与艺术》，台北：台湾政治大学、联经出版公司 2011 年版。

② 汤溢泽、廖广莉：《民国文学史研究》（1912—1949），吉林大学出版社 2011 年版。

与"编史尝试"两大部分组成,前者讨论了民国文学史写作的必要性,后者草拟了"民国文学史纲",严格说来,"史纲"更像是民国时期文学的"大事记",似乎是汤先生进一步研究的材料准备,尚不能全面体现他的"民国文学史"面貌。

海峡两岸的学者都开始汇集到"民国文学"的概念下追述历史,这令人鼓舞,但目前的成果也再次说明,书写一部完整的《民国文学史》,无论是史观还是史料,都还有相当的欠缺,时机尚未成熟。

三

民国文学史,在没有解决自己的史观与史料的时候,实在不必匆忙上阵。在我看来,民国文学研究在今天的主要任务还是对民国社会历史中影响文学的因素展开详尽的梳理和分析,对现代文学演变中的一些关键环节与民国社会的各方面的关系加以解剖,如民国建立与新文学出现的关系、民国社群的出现与现代文学流派的形成、民国政党文化影响下的思想控制与文学控制、民国战争状态下的区域分割与文学资源再分配等,至于文学自身力量也不能解决的文学史写作难题当然更可以暂时搁置(如当代台湾文学进入民国文学史的问题)。只要我们并不急于完成一部完整系统的民国文学史,就完全可以将更多的精力放在民国文学一个一个的具体问题之上,可供我们研究的范围也完全可以集中于民国建立至新中国建立这一段,我想,海峡两岸的学者都可以认定这就是"民国历史"的"典型"时期,这同样可以为我们的双边交流打下共同的基础。在民国文学史诞生之前,我们应该着力于历史更多更丰富的细节,对细节的了悟有助于我们历史智慧的增长,而历史智慧则可以帮助我们最终解决这样或那样的历史书写的难题。

那么,在一部成熟的《民国文学史》诞生之前,还有哪些课题需要我们清理和辨析呢?

我觉得在下列几个方面,还有必要进一步研讨。

一是"民国文学"研究究竟能够做什么。随着近几年来学界的倡导，对于"民国文学"研究的优势大约已经获得了基本的认识，但是也有学者提出了自己的疑虑：研讨民国文学，对于那些反抗民国政府的文学该如何叙述？例如左翼文学、延安文学；或者说，民国文学是不是就是国统区追求民主、自由这类"普世价值"的文学，"民国机制"是不是与"延安道路"分道扬镳？在我看来，"民国文学"就是一种近现代中国进入"民国时期"以后所有文学现象的总称，既包括国统区的文学，也包括解放区的文学，因为"民国"不等于"党国"，也代表了某种共同的"新中国"的梦想，左翼文化、解放区反抗的是一党专制的"党国"，而不是民主自由均富的"新中国"，尤其在抗战时期，当解放区转型为民国的特区之后，更是恰到好处地利用了民国的宪政理想为自己开辟生存空间，为自己赢得道义与精神上的优势。可说只有在作为"新中国"的"民国"场域中，左翼文学与延安文学才展现了自己空前的力量，"延安道路"才得以实现。同理，"民国文学"也不是歌颂民国的文学，相反，反思、批判才是民国时期知识分子的主流价值取向，所以，可以发现，"民国批判"往往是民国文学中引人瞩目的主题，左翼文学精神恰恰是民国时代一道夺目的风景，尽管它的文学成就需要实事求是的估计。在这个意义上，民国文学史的研究肯定是中国近现代史学的组成部分，而不是大众时尚潮流（如"民国热"）的结果。

民国文学研究更深入的理论问题还在于，这样一种新的文学史研究范式的出现究竟有什么深刻的学术意义？对整个文学史研究的进行有何启发？我认为，相对于过去强调"现代性"时间意义的"中国现代文学史"而言，"民国文学史"更侧重提醒我们一种"空间"的独特性，也就是说，从过去的关注世界性共同历史进程的"时间的文学史"转向挖掘不同地域与空间独特含义的"空间的文学史"，以空间中人的独特体验补充时间流变中的人类共同追求，这就赋予了所谓"民族性"问题、"本土性"问题与"中国性"问题更切实的内涵，由此出发，也许可以诞生中国文学研究的新的范式。

二是"民国文学"研究当以大量的具体文学现象的剖析为基础。

这一方面是继续考察各类民国文化现象对于文学发展的重要影响，包括经济、政治、法律、教育、宗教之于文学发展的动力与阻力，也包括各区域文化现象对于文学生长的有形无形的影响，包括民国时期一些重要的历史事件对于文学的特殊作用，例如国民革命。过去我们梳理中国现代的"革命文学"，一般都从 1927 年大革命失败之后的无产阶级文学倡导开始，其实"革命"是晚清以来一直就影响思想与现实的重要理念，中国现代文学的"革命意识"受到了多重社会事件的推动，从晚清种族革命到国民革命再到无产阶级革命等等都在各自增添新的内容，仔细追溯起来，"革命文学"一说早在国民革命之中就产生了，国民革命也裹挟了一大批中国现代作家，为他们唤醒了深刻的"革命"意识，不清理这一民国的重要现象，就无法辨析文学发展的内在脉络。大量现代文学现象（特别是文学作品）的再发现、再阐释是民国新视野得以确立的根据。如果我们无法借助新的视野发现文学文本的新价值，或者新的文学细节，就无法证明"民国视野"的确是过去的"现代文学视野"所不能够代替的。所幸的是，最近几年，一些年轻的学者已经在"民国机制"的视野下，发掘了中国现代文学的新的内涵。这里仅以《文学评论》杂志为例：颜同林从"法外权势的失落与村落秩序的重建"这一角度提出对赵树理小说的崭新认识，[①]周维东结合延安文化，剖析了解放区文学"穷人乐"主题的意味，[②]李哲发现了茅盾小说中沉淀的民国经济体验，邬冬梅结合 20 世纪 30 年代的民国经济危机重新解读了左翼文学，[③]罗维斯发现了民国士绅文化对茅盾小说的影响，[④]张武军透过"民国结社机制"挖掘了从南社到新青年同人的作家群体聚散规律，赋予社团流派研究全新的方向。[⑤]在重新研讨新文学发生过程的时候，李哲发现了北京大学教育

---

① 颜同林：《法外权势的失落与村落秩序的重建——以赵树理 40 年代小说为例》，《文学评论》2012 年第 6 期。

② 周维东：《解放区的天是明朗的天——延安时期的移民运动与"穷人乐"叙事》，《文学评论》2013 年第 4 期。

③ 邬冬梅：《民国经济危机与 30 年代经济题材小说》，《文学评论》2012 年第 3 期。

④ 罗维斯：《"绅"的嬗变——〈动摇〉的一种解读》，《文学评论》2014 年第 2 期。

⑤ 张武军：《民国结社机制与文学的演进》，《文学评论》2014 年第 1 期。

"分科"的特殊意义,① 王永祥则解剖了民国初年的国家文化所形成的语境与氛围。② 这样的研究都在很大程度上突破了过去的"现代文学"研究视域,通过自觉引入民国历史视角而推动了文学史研究的发展。当然,类似的文本再解释、历史再发现工作还远远不够,我们期待更多的研究者加入。

三是对于从历史文化的角度阐释现代文学的这一思路本身也要不断反思和调整。在相当多的情况下,民国文学研究与现代文学研究都拥有相似的研究对象、相近的研究方法,不过,相对而言,"民国"一词突出的是国家历史的具体情态,"现代"一词连接的则是世界历史的共同进程。所以,所谓的民国文学研究理所当然会更加突出民国历史文化的视角,更自觉地从历史文化的角度来分析解剖文学的现象,倡导文学与历史的对话。鉴于民国历史至今仍然存在诸多的晦暗不明之处,对于历史的澄清和发现往往就意味着主体精神的某种解放,所以澄清外在历史真相总是能够让我们比较方便地进入到人的内在精神世界之中,而作为精神现象组成部分的文学也就得到了全新的认识。最近几年,中国现代文学研究中较有收获的一部分就是善于从民国史研究中汲取养分,诗史互证,为学术另辟蹊径,文学研究主动与历史研究对话,历史研究的启发能够激活文学研究的灵感,"民国文学"的概念赋予"现代文学"研究以新机。虽然如此,我们也应该不断反思和调整,因为,随着历史研究、文化研究在文学考察中的广泛运用,新的问题也已经出现,那就是,我们的文学阐述因此不时滑入了纯粹的历史学、社会学之中,"忘情"的历史考察有时竟令我们在远离文学的他乡流连忘返,遗忘了文学学科的根本其实还是文学作品的解释。舍弃了这一根本,模糊了学科的界限,我们其实就面临着巨大的自我挑战:面向文学的听众谈历史是容易的,就像面对历史的听众谈文学一样,但是,如果真的面对历史的听众谈历史,那么无疑就是学科的

① 李哲:《分科视域中的北京大学与"新文化运动"》,《文学评论》2013年第3期。
② 王永祥:《〈新青年〉前期国家文化的建构与新文学的发生》,《文学评论》2013年第5期。

冒险！对此，每一位文学学科出身的学人都应该反复提醒自己：我准备好了吗？

在这个意义上，我们应该始终牢记，从历史文化的角度研究文学，最终也需要回到"大文学本身"，民国文学研究是对民国时期的文学现象的研究，而不是以文学为材料的民国研究。将来我们要完成的也不是信马由缰的《民国史》而是不折不扣的《民国文学史》。

没有对这些研究前提、研究方法的反思，就不会有扎实的研究，当然最终的文学史是什么样子，也就难以预期了。阐释优先，史著缓行，民国文学史的写作，当稳步推进。

（作者单位：四川大学文学与新闻学院）

原载《学术月刊》2014 年第 3 期

关于"民国机制"命名和定义研讨的反思

——兼与李怡等学者商榷

徐诗颖

21 世纪以后,"民国"声音的出现给正深陷如何为"文学史"格局进行新的开拓和建构等问题而焦虑的学术界注入了新的研究活力。其中,李怡提出的"民国机制"是此类研究中最晚发出的一种声音,却引起了学术界的广泛关注。它是一个立体的概念,建立在"民国文学"研究的基础之上,继承了"民国史视角"的"'历史还原'还需刻不容缓"① 的观察问题角度,突破了"民国文学史"单纯用"时间概念代替意义概念"② 的历史叙述框架。

据李怡对"民国机制"的定义和相关学者的理解,笔者初步对"民国机制"所反映出来的属性概括如下:机制性、结构性、主体性、民国性、还原性。每种属性都可以反映出"民国机制"的独特意义,但不是各自为政,而是共同作用于"民国机制"。这些属性让我们从具体的国家历史情态中重点挖掘历史文化的诸多细节,更真实地展现国家、社会、经济、政治、文化和生态等多种元素,以及研究这些元素在如何相互结合和包容中形成影响我们语言交流和精神互动的"格局",仔细分析它是如何决定和影响了我们的生存需求、愿望和兴趣。

---

① 周维东:《中国现代文学研究中的"民国视野"述评》,《文艺争鸣》2012 年第 5 期。

② 张福贵:《从"现代文学"到"民国文学":再谈中国现代文学的命名问题》,《文艺争鸣》2011 年第 13 期。

然而，任何洞见必定要在遮蔽其他现象的基础上才能有所显现，"民国机制"也不例外。当一种理论或观念变得"日常化"的时候，它的"洞见"最终会变成文学史的"盲视"。① 此种叙述范式在命名和定义上还有一些值得思考和商榷的地方。

第一个引起省思的问题是"民国机制"的命名。这里强调一下，"民国机制"实际指的是民国文学机制。② 从许多文章的称呼上面可以看到，"民国机制"一名已经形成共识。然而，问题就来了，"民国机制"跟"民国文学机制"是性质完全不同的概念。一开始，李怡用的是"民国文学机制"一名，这从《中国现代文学史的叙述范式》《从历史命名的辨正到文化机制的发掘——我们怎样讨论中国现代文学的"民国"意义》两篇论文里可以得到证明，可是后来很多论文都把"文学"二字省略了。这是否能说明作者在有意拔高概念本身所阐释的范围呢？然而，仅从概念阐释作用的对象和支撑其背后的力量来看，两者是不能处于等同地位的。先以"民国机制"作分析。笔者把它拆成"民国"和"机制"两部分来理解。实际上，"民国机制"只可以充当技术性的时间指称，偏向的是社会学和政治学范畴的术语，探讨的是民国时期诸种"结构性"力量综合之于民国发展作用的考察。而"民国文学机制"才是李怡真正要研究的叙述范式，探讨的是民国时期诸种"结构性"力量综合之于文学发展作用的考察。李怡对此定义的研读更加着重于"文学机制"四个字。他所定义的"机制"是一种综合性的文学表现形态，突出强调了社会文化与文学发展的诸种社会力量的综合，共同作用，彼此配合，决定了中国现代文学的特征。此时，概念一目了然。李怡要研究的就是民国时期下的文学机制，起于"清王朝覆灭"，改变或者结束于1949年的政权更迭。③ 更进一步来说，这些研究表面上看属于社会体制的考察，其实质应是"体制考察与人的精神剖析"的相互结合。④ 机

① 旷新年：《"重写文学史"的终结与中国现代文学研究转型》，《南方文坛》2003 年第 1 期。
② 李怡：《从历史命名的辨正到文化机制的发掘：我们怎样讨论中国现代文学的"民国"意义》，《文艺争鸣》2011 年第 13 期。
③ 李怡、周维东：《文学的"民国机制"答问》，《文艺争鸣》2012 年第 3 期。
④ 李怡、周维东：《文学的"民国机制"答问》，《文艺争鸣》2012 年第 3 期。

制指涉的内涵是极其丰富的，它聚焦更多的不仅是如何解读历史，还需要有对文化和文学的内在"结构性"元素的还原和总结。

第二个需要省思的问题是"民国机制"的定义。这个定义的内涵是充满矛盾的。在定义里，李怡突出强调诸种综合性的社会力量共同作用于中国现代文学。虽然他突破性地提出了"文学机制"的叙述范式，但事实上，它作用的对象还是中国现代文学，实质未能跳出"现代"意义的内涵，只不过多了一层要摸索中国自己的"现代经验"与"现代思想"而已。李怡说："'民国性'就是中国现代文学自身的'现代性'的真正的落实和呈现。"① 他认同民国时期的文学有值得挖掘的"民国性"。李怡在《文学的"民国机制"答问》一文里提出暂且未能将多种文体，特别是旧体诗词、通俗文学等纳入"民国机制"平台进行讨论。对此，笔者提出另外一个疑问："自由主义作家、海派作家等是否能与新文学作家、左翼作家等接受同等待遇呢？"众所周知，"现代"内涵到目前为止还没有一个让人信服的解析，特别从西方传入中国后，起止时间、作用范围和实质意义等都受到不少学者的质疑。回首中国现代文学的研究，一度中国现代文学成为中国现代革命史的翻版。② 这种强烈的意识形态色彩使中国的"现代"缺失了启蒙、平等、理性、自由等西方"现代"所包含的因素，仅仅单一以政治判断作为价值尺度和评判标准。李怡对此还是很清楚的："我们提出'民国机制'最终还是为了解决现代中国文学发生发展的若干具体问题……'民国机制'才更能发挥'方法论'的作用。"③ 那么，从以上的分析可初步得出结论，由于民国机制背后的价值立场还是暗含很强的"现代"意味，所以它并没有在文学史观上有实质性的突破，只是在方法论上有所改进而已。

第三个值得省思的问题是划分"民国机制"研究边界的依据。在第一点引起省思的问题上，如果以"民国文学机制"命名作为讨论的

① 李怡：《"民国文学"与"民国机制"三个追问》，《理论学刊》2013 年第 5 期。
② 王学东：《"民国文学"的理论维度及其文学史编写》，《中国现代文学研究丛刊》2011 年第 4 期。
③ 李怡、周维东：《文学的"民国机制"答问》，《文艺争鸣》2012 年第 3 期。

前提，李怡着重强调的便是"文学机制"四个字。既然他已经把形成"民国文学机制"的时间和作用于机制的各种力量所酝酿的时间定在1912 年民国成立以后，那么可以看出他是选择以国体和政体作为划分"民国机制"边界的依据。有些学者质疑这种划分依据的合理性，笔者也想提出类似的疑惑。李怡对"机制"的另外一个解释为："清王朝覆灭以后，新的社会形态（民国）中逐步形成的影响和推动文学新发展的种种的力量，或者说，因为各种力量（政治体制、经济模式、文化结构、精神心理氛围等）的因缘际会最终构成了对文学发展肯定，同时在另外的层面上也造就了某种有形无形的局限。"[1] 毫无疑问，机制的形成是逐步的，而不是一瞬间就能完成的。然而，奇怪的是，在谈到为什么叫"民国机制"的时候，李怡的答案是："形成这些生长因素的力量酝酿于民国时期，后来又随着1949 年的政权更迭而告改变或者结束。"[2] 这里用了"酝酿"一词，问题便出现了："影响和推动文学新发展的种种力量"真的是在"新的社会形态（民国）"中酝酿并逐步形成的吗？晚清、辛亥革命时期西方（特别是欧美日）对中国的影响就没有吗？民国成立之后，它们对深陷在水深火热的中国，或者是整个中国文学界真的有翻天覆地的影响吗？从文学自身发展的规律来看，要想逐步形成具有"民国性"的现代文学需要酝酿，也即需要时间。事实上，李怡并没有否认文学的发展是复杂的："现代文学研究的就是在现代中国的语境下人们的心理情感变化。人们的心理情感是一种主观现象，因人而异，其丰富性导致了文学的复杂性。"[3] 李怡还提到："它的存在推动了精神的发展和蜕变，最终撑破前一个文化传统的'壳'而出。"[4] 前后表述的不一致让人疑惑不解，一个学者为什么对这些理由的表述会如此不同呢？如果这些问题不能梳理清晰，

---

[1] 李怡：《从历史命名的辨正到文化机制的发掘：我们怎样讨论中国现代文学的"民国"意义》，《文艺争鸣》2011 年第 13 期。

[2] 李怡、周维东：《文学的"民国机制"答问》，《文艺争鸣》2012 年第 3 期。

[3] 李怡、李直飞：《是"本土化"问题还是"主体性"问题？——兼谈"民国机制"与中国现代文学研究》，《南京师范大学报》（社会科学版）2013 年第 1 期。

[4] 李怡：《中国现代文学史的叙述范式》，《中国社会科学》2012 年第 2 期。

那么这种"一刀切"的"二元对立"思维是否还能在定义里面成立呢？这实在是一个令人感到无奈和遗憾的事情。可以看出，要想彻底根除在学者头脑里面的"二元对立"思维其实是很不容易的。这个问题和近几年不少学者提出的中国现代文学史边界应"向前移"的观点有异曲同工之处。对于"向前移"的问题，思路也是一样的。以1919年为界限，主观上否定了晚清和民国成立对现代文学的影响，武断地认为它是"五四"文学革命的起点以及它的领导思想是无产阶级性质。当然，讨论的前提是不能有意降解"五四"。温儒敏在《现代文学研究的"边界"及"价值尺度"问题：对中国现代文学研究现状的梳理与思考》一文里对此也作过相关叙述。如果"前移"是有利于文学史观的调整而不是彻底颠覆，那么这种研究是可行的。鸦片战争以后，世界文化与文学大潮从不同渠道传入中国，对传统文化形成威胁，对中国的文化和文学产生重大影响，不少学者被迫或者主动向西方学习。量变才能引起质变，民国的各种结构性力量其实从晚清就开始逐步酝酿，不可能是民国以后才来一个跟以前完全决绝的新开始。进一步说，民国时期的各种有利条件给机制力量的迅速转型和壮大提供了持久的保障，但是它们的起源不应该定在1912年清王朝覆灭。

文学史不是编年史，不是社会政治史。它记录着文学发展的历史，同样有自身形成的标准和独特超越的地方，不一定完全跟政治的发展亦步亦趋。在中国乃至在世界，都没有不受政治约束的文学，但当前在分析问题的时候要尽可能考虑周全和客观，不能把所有因素的形成都归结于政治的变动和影响。文学创作是复杂的，它要依靠复杂而实际的国家历史情态，并非与建立新政权的时间亦步亦趋。概念里面特别强调"民国"的作用，有故意夸大国体和政体对文学影响的潜在倾向了。这便重走了旧有文学史叙述的套路，即说到民国往往是政府与国家混为一谈。① 笔者对作为特定社会文化结构产物的"机制"在民国形成的观点毫无异议，但有关机制的"酝酿"问题，实在值得作进一步的思考。

---

① 秦弓：《现代文学的历史还原与民国史视角》，《湖南社会科学》2010年第1期。

　　第四个需要省思的问题是"民国机制"的时空影响。在这个问题上，"民国机制"在当时的影响是否如李怡等学者所估计的那样明显呢，它是否真的能成为主导性和全局性因素呢？从定义出发，李怡极其强调结构性力量包括社会政治的结构性因素，民国经济方式的保证与限制，也有民国社会的文化环境的围合，甚至还包括在民国社会形成的独特的精神导向。实际上，能影响现代文学的主导文化与民国政权的关系并不是特别密切，反而与世界文学发生发展的背景联系在一起。民国在中国存在的实质性影响到底有多大呢？经济基础决定上层建筑，小农经济实际上还是处于根本地位，何以能说明民国私有制经济在全国已经扎下根来呢？实际上，民国只是作为一个政权符号存在着。它还是一个四分五裂的松散体，何以能在经济、文化上对大陆乃至港澳台等地区产生实质性影响呢？文学真的能受到民国经济的保证与限制吗？政治和文化氛围能决定文学的发展特征吗？不否认民国政府为国家的发展作出了不少贡献，但民国政府根本没办法统筹全国各地区的发展。从 1912 年至 1949 年，内乱和外侵一直困扰着中国，在民国时期逐步形成的各种结构性力量基本都处于畸形状态，要想决定中国现代文学的特征，谈何容易？在这样的情况下，本身在畸形状态下成长起来的民国文学机制又有什么实力充当"老大"呢？研究者对其内部力量作过相关讨论，他们认为："这种机制是否全面地影响了新文学作家，作家的主体心理结构是否又固化到文本之中，文学文本与民国机制是否就一定有某种联系，这是值得思考的一系列问题。"[①]客观来说，民国文学机制不能"滋生"只能"影响"其他机制，与其他机制共同构成民国时期中国文学全景图。同时，它与其他文学机制，特别是延安文学机制做到的只能是对话和相互影响，并不能产生决定作用，最根本的是二者经济基础并不相同，而且后面支撑它们的结构性力量也不一样。因此，笔者还是赞同"民国机制"作为新的方法论和视角探讨结构性力量的相互作用及解决具体的文学问题，这样才能

---

　　① 王泽龙、王海燕：《对话：关于"民国文学机制"与现代文学研究》，《江汉学术》2013年第 2 期。

凸显民国性。

从对以上四点疑惑的省思当中，笔者隐约体会到李怡研究的概念应是民国文学机制，并且意识到了"民国"与"中国现代"的同构关系，支撑民国文学机制背后的理论基础是带有中国特色的"现代性"语境，"酝酿"研究对象的时期应在晚清（具体时间仍需探索），它作用的时空范围是 1912 年清王朝覆灭后文学机制所能影响和对话范围下的中国现代文学。因此，如果说这个概念具有极大的包容性，那也只是包容在民国文学机制作用下的中国现代文学，"现代"的本质仍是我们需要继续研究的话题。由于李怡并没有对文学史观和价值评判标准作出一个完整的解析，所以民国机制"能包容错综复杂的文学现象"这个命题仍受质疑。另外，不确立好这两个本体，即使李怡等学者在方法论上贡献了许多重大性的成果，也还是不能消除笔者提到的所有疑惑，并不能对概念后面的本质意义作出更进一步的阐释。因此，所谓突破性的实质意义也只能打上问号了。长期下去，如何让"民国机制"安身立命也必会成为我们所担忧的问题。

反思"民国机制"作为新的叙述范式所反映出来的种种现象，目的就是希望能找出其仍需继续改进的地方。近年来，民国文学研究正面临着新的机遇，"民国机制"的形成有利于"民国文学"研究往纵深发展以及揭示中国现代文学发生发展的本土规律。如果我们能在命名和定义上做得更为严谨一些，那么它将会产生更大的学术价值。事实上，"民国机制"并没有消亡，在台湾仍然发挥着重大的作用。在理解与尊重的基础上，两岸学者在这方面必将实现重大的开拓与合作。

（作者单位：广西师范大学文学院）

原载《宜宾学院学报》2014 年第 5 期

"视角"的限制与"边界"延展的困境

——对于"民国文学"构想及其研究视角的思考

赵学勇

近年来，在中国现代文学学科领域，对于"民国文学"命名及其建构相应研究视角的呼声颇高，出现了一批这方面的研究论文，各类有关现代文学的研讨会都把这一问题列入重要议题，有期刊对此问题设专栏进行讨论，这些现象构成了本学科的热点话题，甚至成了本学科研究的一种新趋向。

一 主要观点综述

纵观近几年的研究，研究者所着力构建的是"民国文学"的命名及其研究视角，如"民国文学史"（"民国文学风范"）、"文学的民国机制"、"中华民国文学"、"文学的民国史视角"等，尽管略有不同，但整体的视野和研究思路基本一致，为目前的民国文学划定了一种隐性的研究重点并规范其未来研究走势。"民国文学"的研究态势虽已经初具规模，但任何事物都有两面性，适度的反思会促使"民国文学"的研究走向深入。

可以看到，"民国文学"的命名，始于中国现当代文学时段切分当中的"拾漏"。如研究者指出，"恰恰被遗忘的是'1912说'这个不该被忘却的历史节点。无论是从推翻封建王朝和孙中山倡导的民国核心人文理念与价值内涵看，还是从'白话文运动'、通俗文学和

'文明戏'的发生与发展看，中国现代文学史的开端都应该始于 1911 年辛亥革命之后的民国元年 1912 年"。① "1912 说"将现代文学起始时间朝前延至民国元年，这必然导致"中国现代文学史不是三十年，而是三十七年"。要颠覆已有的现代文学史，使这"被遗忘和遮蔽的七年"② 浮出水面，成为研究重点。论者在具体阐述现代文学起始的"1912 说"时，突出现代文学研究的 1912—1919 年间的文学形态以及这一传统对现代文学整体格局的影响，并进一步指出所谓"1912 年到 1949 年间的中国现代文学史，即'民国文学史'，是一个以五四新文学传统为核心内容和主潮的文学流脉……"③ 显然，以 1912 年作为几乎所有论断的立论点，是否站得住脚还存在很大的疑问，而所谓的"七年说"，也只是一个观念性的东西。不仅如此，研究者所谓的 1949 年之后的民国文学在中国台湾，"它只是一种隐性的呈现而已"，④ 同样不能以典范性的作家作品来说明问题。新文学被表述为"1912—1949 年为'民国文学'第一阶段（含大陆与台港地区，以及海外华文文学），1949 年以后在中国台湾的 60 多年又可分为若干阶段；总体来看，1949 年后形成了三种不同的表述：大陆是'共和国文学'的表述（而非什么'当代文学'）；中国台湾仍是'民国文学'的表述（它延续到何时，也是一个需要讨论的学术问题）；港澳就是'港澳文学'的表述（因为它的政治文化的特殊性，所以它的文学既有中华传统文化的元素，同时又有殖民文化的色彩。因此，我们只能用地区名称来表述），此外，尚有一支海外华文文学，就一并归入'港澳文学'"。⑤ 这里，根据政治文化统治的不同区域，"文学服务屈从于政治"的特点划分，看似勾画了明晰的文学片区，但在百年来中国文学演变的表

---

① 丁帆：《新旧文学的分水岭——寻找被中国现代文学史遗忘和遮蔽的七年（1912—1919）》，《江苏社会科学》2011 年第 2 期。

② 丁帆：《新旧文学的分水岭——寻找被中国现代文学史遗忘和遮蔽的七年（1912—1919）》，《江苏社会科学》2011 年第 2 期。

③ 丁帆：《"民国文学风范"的再思考》，《文艺争鸣》2011 年第 7 期。

④ 丁帆：《"民国文学风范"的再思考》，《文艺争鸣》2011 年第 7 期。

⑤ 丁帆：《给新文学史重新断代的理由——关于"民国文学"构想及其他的几点补充意见》，《中国现代文学研究丛刊》2011 年第 3 期。

述中，只承认一个"质变"，就是"民国文学"对古代文学的颠覆与叛逆，而不承认（有意遮蔽）"左翼文学"（包括此前的"普罗文学"和此后的"延安文学"）对其所谓"民国文学"的颠覆与叛逆。显然，这种做法有单向夸大"民国文学"布局，忽视整个新文学复杂系统及其富有不断延续、演变性特征的致命伤。

研究者又指出，在现代中国的历史发展过程中，有晚清王朝、中华民国与新中国这三种政权形态，而酝酿于民国时期的"现代中国文学主体的生长机制"被称为"民国机制"。"准确地说，民国机制就是从清王朝覆灭开始，在新的社会体制下，逐步形成的，推动社会文化与文学发展的诸种社会力量的综合，这里有社会政治的结构性因素，有民国经济方式的保证与限制，也有民国社会的文化环境的围合，甚至还包括与民国社会所形成的独特的精神导向，它们共同作用，彼此配合，决定了中国现代文学的特征，包括它的优长，也牵连着它的局限和问题。"① 但仅仅从学科命名的角度认识"民国文学史"这一概念，"或者说他更像是一个宏阔的学科命名"，"而不是'进入'问题的角度"，因为"民国机制"这一框架"显然能够把我们带入更为具体更为宽阔的历史场景，而不必陷入纠缠不清的概念圈套之中"。② "民国机制"中的文学研究，其思路"大体上可以区分为两大类：一是对'民国'各种社会文化制度、生存方式之于文学的'结构性力量'的考察、分析，二是对现代作家之于种种社会格局的精神互动现象的挖掘"。③ 且就其影响看，"民国机制"这一研究方法中能寻找到"促进现代中国社会与文化健康稳定发展的坚实的力量"。④ 另外"民国机制并不属于那些专制独裁者，而是根植于近代以来成长起来的现

① 李怡：《从历史命名的辨证到文化机制的发掘——我们怎样讨论中国现代文学的"民国"意义》，《文艺争鸣》2011 年第 7 期。关于"民国机制"，在以下论文中也有相应论述：李怡：《文学的"民国机制"问答》，《文艺争鸣》2012 年第 3 期；李怡：《民国机制：中国现代文学的一种阐释框架》，《广东社会科学》2010 年第 6 期。
② 李怡：《文学的"民国机制"问答》，《文艺争鸣》2012 年第 3 期。
③ 李怡：《文学的"民国机制"问答》，《文艺争鸣》2012 年第 3 期。
④ 李怡：《"五四"与现代文学"民国机制"的形成》，《郑州大学学报》2009 年第 4 期。

代知识分子群体。"① 在此，论者虽然突出了知识分子的主体地位，但无论如何都应该看到，知识分子是有多重身份的，除了是作家，他也可能是政治身份中的国民党或共产党，还可能对他们从经济地位、职别等身份上进行区分，因此这种观点造成了这样一种悖论：作家的一切文学活动都是"自发"的，而剔除了作家社会身份的多重制约。如果仅仅从有限的文化资源（西方文化资源、中国传统文化资源）及其文化机制，来研究知识分子的文学表达，无视政治文化对 20 世纪中国文学的影响，无视 20 世纪是一个迅速变革（包括政体变革、战争语境、乌托邦实践）的世纪这样一个历史事实，而且也无视 20 世纪是一个各种观念、思想、主张相交锋和交织的世纪，将知识分子置于一种假定的真空状态，又如何实现与 20 世纪中国文学历史和现实的对接？

还有学者认为，"把'中国现代文学'称之为'中华民国文学'是一个关于学术前提和文学史观的变化，它便于我们对 20 世纪中国文学的本质及其阶段性、差异性的准确理解和把握。如果我们把现代文学重新定位于'中华民国文学'的话，那么，当代文学顺理成章地也就成为'中华人民共和国文学'。这样既可以将历史的分期与文学史的分期大致同步，更可以体现两个历史阶段的文学的两种截然不同的面貌"。与"'现代文学'这一意义概念相比，'中华民国文学'作为一种时间概念具有多元的属性，而相对减少了文学史命名中的意识形态色彩和先入为主的价值观"。② 这种观点强调"以历史时间作为断代"命名文学史，应该说"是一种最持久的命名方式，具有历史的惯性"。③ 因为"时间性概念其实并不是一种单纯的记数上的断代，而是以大的政治时代或者政权更迭为标志的。在这种历史逻辑的基础上，'现代'不可能永远'现代'下去，而'当代'更不可能永远'当代'下去。因此，'现代文学'的称谓必然被取消而最终被定名为

---

① 李怡：《"五四"与现代文学"民国机制"的形成》，《郑州大学学报》2009 年第 4 期。
② 张福贵：《从"现代文学"到"民国文学"——再谈中国现代文学的命名问题》，《文艺争鸣》2011 年第 7 期。
③ 张福贵：《从"现代文学"到"民国文学"——再谈中国现代文学的命名问题》，《文艺争鸣》2011 年第 7 期。

'民国文学'，这是一种不言自明的事实"。① 也正因为如此，"民国文学'的命名合乎中国文学的本质属性，具有文学的时代特征"。而且，"'民国文学'概念把现代文学的起点确定在了'1911'这个时间点上。这很无疑是因为'辛亥革命'的发生，同时也是对于一个文学时代形成过程的追溯"。② 所以，"大致应在1911—1949年（而不仅仅限于'现代文学'所研究的1917—1949年）"。③ 而且，1911年以后的"中国文学的历史分期最好采用'中华民国'和'中华人民共和国'的历史时间以做划定"，才"可免除（现当代文学）时间上限与下限的困扰"④。显然，"中华民国文学"的说法是能够让人接受的，比如古代文学史是从单纯的时代更替来区分的，先秦两汉文学、魏晋南北朝文学、隋唐文学、宋元及明清文学等等，以此而论，所谓1911年至1949年文学为中华民国文学就能够顺理成章设立了。何况用"中华民国文学"取代"中国现代文学"的说法，既没有明显的意识形态指向，也没有要将"民国文学"延伸至今的说法，这一命名也是能站得住脚的。然而，其将1949年之后的文学称为"中华人民共和国文学"，不仅有将这个时段的港澳台华语文学排除在外的嫌疑，而且更遭人诟病的是，这种机械的文学史"断代"划分完全抛却了新文学的现代"时空"意识，缺乏文学史命名的历史真实性。

出于"还原现代文学的真实面貌、历史脉络与丰富内涵"的目的，有的学者引入"民国史视角"，因为"民国不单是一个充满坎坷的历史时期，更是一种具有'民国机制'的国家形态。事实上，民国的政治、法律制度，民国的经济、教育、新闻出版等，给文学发展提供了动力与舞台，正是在民国的社会文化生态环境中，才生长出生机勃勃的现代文学，作家的生存方式与作品的内蕴外型无不折射出民国

---

① 张福贵：《从"现代文学"到"民国文学"——再谈中国现代文学的命名问题》，《文艺争鸣》2011年第7期。

② 张福贵：《从"现代文学"到"民国文学"——再谈中国现代文学的命名问题》，《文艺争鸣》2011年第7期。

③ 赵步阳、曹千里等：《"现代文学"，还是"民国文学"?》，《金陵科技学院学报》2008年第1期。

④ 魏朝勇：《民国时期文学的政治想像》，华夏出版社2005年版，第12页。

的要素"。① 另外，"进入改革开放的新时期以来，实事求是的历史主义精神得到恢复，正面战场的历史逐渐浮出水面。但同文学、影视、出版、历史学界相比，文学史界较为滞后，因而有必要进一步解放思想，引入民国史的视角，还原抗战文学的原生态，并借此认识民国应对危机时的姿态"。② 这些论述都是从实用主义的立场阐明了"民国史视角"的必要性与重要性，当然"民国文学"的引入有可能重新挖掘出这一时期的通俗文学、旧体诗词等很多"'被遮蔽'的对象以及更多因素"，而且"任何研究的真正推进，并不完全倚仗研究范围的扩大、研究材料的增加，而更有赖研究观念和方法的更新"。③ 但"民国史视角"将五四文学、其后的普罗文学、自由主义文学、民族主义文学统统纳入其中，显得包罗万象且事无巨细，问题是，这样的文学史的构想看起来好像很全面、很客观，但具体操作起来又将如何？有没有一种推动 20 世纪中国文学历史发展的线索呢？这正是悖论之处。

二 研究背景分析

上述主要观点表现出的研究态势，从某种程度上来说，反映了中国现代文学学科深化的一种拓展趋向，它将更加丰富本学科的历史内容，使得学科结构和内涵更趋复杂性，或者说使得现代文学的历史内容更加富有历史质感，更加多元性，它无疑应该是 20 世纪 80 年代以来"重写文学史"思潮的一种持续与延伸，如果这一文学史构体得以实现或者说覆盖现当代文学学科的话，那么，此前的现当代文学史的整体模态都将会受到很大的挑战，甚至被颠覆。

首先，让我们来探讨一下"民国文学史"命名或者说这一研究视角确立的思路（研究）背景。显然，这一研究思路及其研究视角的建立与当代中国文化发展的更趋多元化有密切的联系，它表现在本学科

---

① 秦弓：《三论现代文学与民国史视角》，《文艺争鸣》2012 年第 1 期。
② 秦弓：《现代文学的历史还原与民国史视角》，《湖南社会科学》2010 年第 1 期。
③ 张桃洲：《意义与限度——作为文学史视角的"民国文学"》，《文艺争鸣》2012 年第 9 期。

领域，是学科多元化研究趋势的具体表现（当然也受到西方后现代主义文化思潮"去中心化"历史观的影响）。同时，这一研究态势也明显地反映着中国现当代文学学科本身对固有的文学格局的不满及对历史的不断清理、扩容、重建的努力。

其次，它是中国文化建设进入 21 世纪以后，进一步反思历史，在整合各种精神文化资源以输入当代文化建设的新浪潮中，重新评价中国近现代历史、重新反顾中华民族近现代史的文化意图在本学科的具体反应和呈现。近些年来在其他学科如历史学科等，对于中国抗战历史真相的再揭示再评价等现象，明显扩展和启发了本学科的这一研究视角的建构。另外本学科自身对于晚清以来文学研究的持续深化等，也扩及了"民国文学史"命名及其构想的思路。而对于中华民国历史的再认识（近年来"民国文化"很热，大家都在"说民国"，反映民国时期的各种影视剧呈泛滥趋势；而中国大陆与中国台湾关系的不断缓和也有助长本学科扩大视野，再次引发反思之势），使研究者有一种"复归民国"的感觉。同时，当代知识分子对主流意识形态及政治高压在几十年后的再次反思，也表明知识分子试图找回社会价值和社会尊严的深层意向在文学研究中的反映。

再次，"民国文学"的提出再一次表现出了本学科整体性的学科焦虑，从另一个侧面反映出本学科的不成熟以及可持续发展的可能空间。中国现当代文学学科在新时期以来的三十多年的发展中，可以说一直处于随着时代变化以及文化语境变动的不断变化当中，它在不断地为寻求学科自身的生存和发展谋求出路，也在不断地、千方百计地为自身寻找所谓的新的"生长点"而费尽心思。这种学科的整体性焦虑实际上来自学科本身所认为的自身研究对象的已经相对"固化"（即所谓所有的问题已经研究得差不多了，就那么一段时间的文学，就那么几个作家，还有什么可发掘的？这对于一个拥有数千人的学科来讲，研究对象实在是太拥挤了）。当然，理论资源的匮乏，也是很重要的一个方面。中国现当代文学的整体性学科焦虑表现在自新时期以来的几代学人身上，这一点再明显不过，从 80 年代的学科自身启蒙到随之而来的"重写文学史"，从无限膨胀的文化阐释到对"审美阐释"、对所谓主流意识形态话语阐释的颠覆和扬弃，从 90 年代"历史观"的大讨论到世纪之交"新国学"概念的提出及其研究策略和意向，都无不表明我们的学科始终处于自身变革甚或说自身恐慌和深深的焦虑之中。

最后，也反映了对于文学史命名困境的思考。虽然有学者提出"现代中国文学""20 世纪中国文学""百年中国文学""中国新文学"等名称，众多文学史著作还是习惯使用"现代文学"或"当代文学"的概念来描述两个时段的文学。学者们近年来对于现代文学时段的质疑以及当代文学时间的无限延续的关注，使得如何更好地去概括百年来的中国文学史、准确地描述、命名不同时段的文学成为热点，"民国文学"的出现正是对文学史命名困境及其突围的一种折射。作为一种"方法"和"视角"的"民国文学"建构，从某种程度上说，也可能会对现当代文学研究造成深远的影响。

三 视角的限制

然而，"民国文学"的命名或者这一研究视角的建立，它的研究背景、它对于学科自身的挑战、它力图寻求突围的路径，以及它所体现出来的本学科难以摆脱的焦虑等，不管它的研究意向如何，都给我们带来了无法回避的反思与质疑。

其一，该命名及这一研究视角的建立，尽管扩大了中国现当代文学的学科"边界"，丰富了它的历史内容，但这一命名乃或视角完全是一个文学史的"政治视角"的命名（抑或"政治文化视角"而非文学视角的命名）。我们知道"民国"的建立首先标志的是一个新的"政治国家"的国体的形成，这一新的"政治国家"当然也必须有一套自己新的"政治意识形态"话语，而这种新的"政治意识形态话语"对于"国家形象"的构建及其文化建设无疑起着决定性的作用。民国这一历史时段称谓，不仅指 1911—1949 年间的中国，它的历史还持续在 1949 年后的中国台湾，直至现在，以后延续到何时还是一个未知数。因此，"民国文学"这一命名及其研究视角，给人们造成的

"错觉性"首先在于它要研究的是政治文化语境中的"中华民国文学"而不是"中华人民共和国文学",是中国国民党执政期的另外一套政治化意识形态话语中的文学形态而非"新文学的话语系统"。它只能强行注入甚或更加强化民国政治文化、民国政治意识形态对于现当代文学学科的渗透乃至最终的覆盖,它所强化研究的只能是国民党统治大陆时期的文化路线、文化策略、文化规范等,也很难再发掘出真正意义上的文学。

而从另外一种角度看,它的最大质疑点在于这一命名或视角是另一种二元对立式的文学史视角(或者说价值观念、文学观念)。所谓另一种二元对立,是指它所对抗的是在过去很长一段时间内中国现当代文学这一学科所遵从的"无产阶级领导的人民大众的反帝反封建的文化"①的性质规范及价值坐标,它所要对抗的是过去的这样一种一元化文学史叙事模式,因为它的研究视角、价值观念,它的话语系统已经发生了质变,所以不管"民国文学"视角的研究意向如何,其将要造成的另一种二元对立的研究格局是再明显不过的。从上述主要观点来看,的确给人造成了这样的错觉。因此,上述几种命名的角度或者侧重点虽然不同——或者将现代文学史的起始上限提前六七年,或者只是认为"中华民国文学"纯粹是一种实践上的界限,不包括任何文化乃至意识形态指向,但都无法掩盖其深层的置换新文学概念,当然也包括重新阐释、构设新文学内涵的意向。

其二,这一命名或者视角的建构,从整体上讲,不仅排斥了1949年后的中国大陆文学,而且它更缺乏的是一个"中国新文学"的整体性的眼光,或者只是把自"五四"以来的中国文学割裂成不同的政治区域文化语境中的文学,或者只是局限在民国时期的大陆文学。显然,它从整体上抽掉了新文学的"新质"内涵,它极大地模糊或者说从根本上抽掉了中国新文学"新"与"旧"的本质区别与界限。众所周知,中国新文学发生在"五四"前夕,是因为在这一时段内产生了最能够代表新文学得以命名的标志性成果(包括理论的、创作的),诸

---

① 毛泽东:《新民主主义论》,《毛泽东选集》第二卷,人民出版社1966年版,第659页。

如胡适的《文学改良刍议》，陈独秀的《文学革命论》，周作人的《人的文学》《平民文学》，鲁迅的《狂人日记》，郭沫若的《女神》，等等，这些成果的价值和意义就在于它将新文学与旧文学从本质上区别了开来，足以称得上是代表中国文学"由旧向新"的根本性转折的标志性成果。而"民国文学"的界限虽然分明，但它缺乏的是中国文学在从传统向现代巨变中的最为本质性的内容（以"民国"命名的文学，它的新面目还是相当模糊的，特别是在文学的语言变革上，在文学的文体变革上都是陈旧的），它恰恰缺失的是没有能够显示新文学特征的标志性的理论与创作成果，因此，所谓"回到历史现场""再现历史情境""回归历史"的方法等，都是因为在这一历史现场中有着新文学不同于"别的历史现场"的强劲爆发力，以及所体现的异常鲜明的文学"新质"特征，而正是在这一关节点上，"民国文学"是难以承担起一个划时代的文学命名的。

这一命名或者视角的研究不仅从整体上抽掉了"新文学"的"新"，更重要的还在于它从整体上淡化甚或抹去了中国现代文学的所谓"现代性"特质，抽去了现代文学的"现代"灵魂。众所周知，中国现代文学的新质从根本上讲就在于它的"现代"质素和特征，这是它和古代文学根本不同的地方（从现有"民国文学说"研究者的论文来看，他们一直没有谈现代文学与古代文学的实质性区别在哪里），这不仅表现出它是生长在一个特定的现代历史阶段的文学，更在于它所体现的是一种文学的"新质"。它所表现的是这个历史时段中的现代知识分子通过文学所体现的现代人的价值观念、文化精神以及现代人的思想情绪、审美方式、行为方式和理想，这种"新质"的文学所表现的是现代社会人的生存方式、生活状态以及他们的心理、情绪和追求。因此，"民国文学"命名及其研究视角的建立不仅无助于对现代文学现代性内涵发掘的持续深化，而且只能削弱或者抹去新文学丰富的"现代性"特征。

其三，对现代文学秩序的颠覆，对现代文学经典意识的背离，对现代文学经典作家及现代经典作品的遮蔽、祛魅、淡化。上述主要观点中，尽管也变相地提到了现代文学大家如鲁迅、郭沫若、茅盾、巴金、老舍、曹禺等，但整体看来，因为是"民国视角"，总是对新文学中的代表作家和作品一笔带过。关于新文学的命名，从 1917 年胡适、陈独秀分别发表的《文学改良刍议》《文学革命论》分别用"今日之文学""国民文学""写实文学""社会文学"来表达"新文学"，到钱玄同（1917 年 2 月 25 日致陈独秀信）认为苏曼殊"思想高洁，所为小说，描写人生真处，足为新文学之始基乎"，而"梁任公实为创造新文学之一人"，① 就有了"新文学"的名称，再到刘半农《我之文学改良观》（《新青年》第三卷第 3 号）"在同'旧文学'、'老文学'对立的意义上提出了'新文学'的概念，并且强调'吾辈意想中之白话新文学，恐尚非施曹所能梦见'，因为其宗旨是'作自己的诗文，不作古人的诗文'。这样，就使得'新文学'成为表示文学革命建设目标的新兴文学的正式名称"。② 这一名称是在大量文学实践的基础上提炼出来的，体现出了"五四"一代人从理论到实践的不断努力和深化。李大钊在《什么是新文学》中谈到"我们所要求的新文学，是为社会写实的文学"，③ 鲁迅亦抱着"'为人生'，而且要改良这人生"④ 的目的进行创作，随后在现代文学史上出现了一批执着于"为人生"的作家和作品。除了新文学的命名，"五四"一代人依旧在文学史观上提出了影响后代的观点。如胡适的实证主义："我的思想受两个人的影响最大：一个是赫胥黎，一个是杜威先生。赫胥黎教我怎样怀疑，教我不信任一切没有充分证据的东西……"⑤ 再如胡适"一时代有一时代之文学"⑥ 的文学观，及周作人所谓"人道主义为本，对于人生诸问题，加以记录研究的文字"为内涵的"人的文学"⑦。这些观点对后代学者进行文学史叙事，以及文学史观的建构都产生了深

---

① 《新青年》第 3 卷第 1 号，1917 年 3 月 1 日。
② 秦弓：《新文学的发生》，《西南民族大学学报》2008 年第 1 期。
③ 守常（李大钊）：《什么是新文学》，《星期日》（社会问题号）1919 年 12 月 8 日。
④ 鲁迅：《南腔北调集·我怎么做起小说来》，《鲁迅全集》第 4 卷，人民文学出版社 2005 年版，第 526 页。
⑤ 胡适：《介绍我自己的思想》，《胡适文集》第 2 卷，北京大学出版社 1998 年版，第 211 页。
⑥ 胡适：《历史的文学观念论》，《胡适文集》第 2 卷，北京大学出版社 1998 年版，第 27 页。
⑦ 周作人：《人的文学》，《新青年》1918 年第 5 期。

远的影响，这种文学精神及文学史观在整个现代文学史及当代文学史的延续和传承上，都不是"民国文学"这一具有明确时间起始的概念能够涵盖的。我们知道，任何一种文学史的建构和文学史叙事，都是文学史家、文学接受者经过对作家作品长时期的研究、筛选、沉淀而形成的比较公认又能被社会普遍接受的作家和优秀作品，它不仅构成了文学的实践历史，也构成了文学的文本历史。中国现代文学史叙事的不断深化，是经历了包括中国现代最早一批作家和学者在内的，直至当下数代人的建构历程而得以形成的文学历史形态，它是经得起历史实践检验的文学存在。

"民国文学"及其视角的研究，尽管从某种意义上能够发掘更多的这一历史时段的作品和作家以及文学现象，但却只能将那些琐碎的、凌乱的、庞杂的文学末枝以及那种难以入流的所谓文学散沙挤入现代意义上的文学历史，它所还原的是一种无意义的文学历史形态，这不仅有损于中国现代文学的整体面貌，而且使得现代文学史叙事更加臃肿甚至不断丧失文学史真相，从总体上失去它的文学史经典建构的价值和意义，导致中国现当代文学叙事的"非典型化"。这种观点又似乎受"日常生活化叙事"的影响，试图将文学史日常化和庸常化，如果这种想法真正被史学家采纳，什么都要进入文学史，而缺乏一种可参照的价值系统的话，又怎么叙事历史？真不敢想象，我们的文学史将会呈现怎样一幅热闹又无序的图景。事实上，任何一种文学史叙事都有一个基本的价值标准，否则文学史将是一大堆难以理解的材料堆积。

其四，民国文学史及其视角的研究，剥离或者最大限度地遮蔽了中国现当代文学史及其命名的鲜活性、丰富性与动态性特征。20世纪中国是一个大动荡、大变革的时代（包括政治变革、文化变革、战争语境、经济变革以及各种思想交锋、碰撞、交流等），中国现当代文学或者中国新文学的命名及其构成，也是伴随着这样一个时代的不断变化而变化的，它是一个不断成熟、不断完善的过程。同时，中国现当代文学或者中国新文学又是一个不断创新、始终包容，有着阔大视域并容纳中华各民族文学，在广阔的现当代时空中随着时代的前行而

行进的、富有张力的、充满着动态质感的文学。在中国现当代文学的
整体模态及其历史的进程中，它的时段性特征又非常鲜明，如"五
四"新文学（它又冠之以"五四"启蒙文学）、走向成熟期的20世纪
30年代中国文学（当然你可以将成熟期的文学更加细化，又被分别划
分为"左翼"文学、民族主义文学、自由主义文学、海派、京派等）、
民族革命战争期的文学（抗战文学）、解放区文学（延安文学）、国统
区文学、沦陷区文学、新中国成立后的十七年文学、"文革"文学、
新时期文学、21世纪文学等，这种时段性的命名或者称谓从某种意义
上讲尽管有着难以抹去的十分醒目的"时间性"特点（当然也难以抹
去每一时段的政治文化以及意识形态特征），但似乎又很难用其他的
方式或者概念加以概括，更何况中国现当代文学行进中的这种非常醒
目的"时间性"或"时段性"特征，又的确能够揭示或反映出中国现
当代文学的每一历史时段的文学走向及其历史内涵，能够比较准确地
把握每一时段的文学特点，把捉文学历史演变的内在律动。而"民国
文学史"及其视角的研究不仅看不出丝毫的新文学在历史行进中的时
间感、鲜活感和动态感，更难以让人想象的是，中国现当代文学中的
上述时段内的种种文学特征的概括又将置换成何种命名、何种描述？
按照"民国视角"的阐释，就只能是将"左翼文学"、自由主义文学、
民族主义文学等划为同一构体，而缺少"内质"的区分。

其五，民国文学这一研究视角的设立，不但弱化甚至抹去了中国
现代文学强烈的"现代性"素质及特征，而且还在很大程度上（或者
说从根基上）动摇和消泯了新文学最富动感的、与中国现代文化不断
变革紧密关联并能够揭示其最富变革内涵的，以及最能够概括文学的
现代特征的与时代共进的一些"关键词"，如五四文学中的"人的文
学""民众启蒙"，20世纪30年代文学中的"革命文学""大众化"
"民族化""民族形式"等，40年代文学中的"人民性""工农兵方
向""为中国老百姓所喜闻乐见的中国作风和中国气派"以及"传统
与现代""民族化与世界化"等，这些始终贯穿百年中国文学的重大
文学命题所凝练出来的"关键词"。如果我们改换成"民国"视角的
话，那么这些最能够映射现代文学内涵的以及最能够展示现代文学动

态质感的文学"关键词"就会完全失去了它们的价值和意义，它们的内涵就会随之被解构甚至被扬弃。

民国期间，尽管由国民党执政中国，但中国共产党的力量却在不断扩展和壮大，中国共产党从建立到领导民众夺取政权，在此期间，仅国共两党之间就文化领导权的争夺就从来没有停止过，国共两党各不相同的文化路线、政策、策略及实施方式均有着本质性的区别，反映在文学理论与创作中，再明显不过地体现在自普洛（左翼）到后来的延安文艺的实践中。因此，如果说"民国机制"说能够成立的话，那该如何解释与之相对的"延安机制"？如何准确描述自"左翼"到延安时期文学的"大众化""民族化"等问题？如何看取和评价"延安文学机制"对当代文学的影响与规范？更何况延安时期既有理论，又有创作，也有成型的文学生产体制，而它后来产生的巨大的影响力，更是"民国机制"无法涵盖和无法解释的。

这些都再一次说明，"民国视角"的文学话语系统是和新文学的话语系统截然不同的，而在这样一种话语系统中所阐释的文学也将会是另外一种面目。

上述仅仅是对于"民国文学"命名及其研究视角质询的"刍议"，相信随着这一视角研究的扩展和深化，其所显露的问题会越来越多，越来越复杂。当然，质疑的目的完全在于从更加宽阔的学术层面上力图为本学科研究的新的"生长点"寻找突破口，而不至于使我们的学科在另一种"过度"阐释的层面或者"边界"的延展中陷入盲目的尴尬。

（作者单位：陕西师范大学文学院）

原载《厦门大学学报》（哲学社会科学版）2013年第6期

在争鸣中推进和深化民国文学研究

——回应赵学勇教授《对"民国文学"研究视角的反思》

贾振勇

民国文学史及诸观念提出以来，在中国现代文学研究界引发了不少质疑之声。但质疑之声多限于学术会议和私下范围，真正行之于文者并不多，尤其是有理、有力的质疑文章更是罕见。最近赵学勇教授发表《对"民国文学"研究视角的反思》① 一文，并刊登在全国哲学社会科学规划办公室网页的"学坛新论"栏目。尽管文章篇幅不长，但以笔者视野所及范围来看，赵老师的文章很可能是迄今为止较为系统、全面且富有深度的对民国文学史及诸观念进行质疑的文章。作为质疑文章，赵老师的观点毫无疑问会推进和丰富我们对这一话题乃至中国文学研究的深度思考。

首先申明的是，讨论的前提、核心和指向是民国文学。学界对民国文学研究有不同提法和指称，比如李怡教授的民国机制、丁帆教授的民国文学风范、张中良教授的民国视角、笔者的民国文学史研究范式等。如果明确了讨论的目标是那个已成为历史和文学事实的民国时代的文学现象，那么就不必讲究提法是否一致或规整，直接进入到问题实质的探讨，从而避免概念和指称的纠缠。本文即在这个基础上，逐一就其主要观点请教于赵老师。

---

① 赵学勇：《对"民国文学"研究视角的反思》，《中国社会科学报》2013 年 11 月 1 日。本文涉及赵老师观点的引文，均出自该文，不再一一标示。

其一，民国文学史是一个多元、开放的研究范式，而非单纯的政治视角或文学视角。

赵老师认为：伴随民国这一新的"政治国家"的形成，必须有一套新的政治意识形态话语，"而这种新的'政治意识形态'话语对于'国家形象'的构建及其文化建设起着决定性的作用"。中国现代文学的生成与发展，毫无疑问受到了意识形态话语的深度影响和制约。但是民国时代政治意识形态话语是多元而复杂的，国民党政权并未建立起强大而有效的意识形态话语体系，不要说无法全力配合和提升对"国家形象"的构建，对文学的影响更是实绩了了。而且从反面和外围激发了其他意识形态话语与之争锋，比如马克思主义意识形态话语就经常处于强势位置，直接刺激、影响甚至左右了当时文学发展的走向和态势。从民国这一新的"政治国家"并未建构起得到全体国民认同的大一统式的意识形态话语体系来看，民国时代意识形态话语体系的复杂和多元就是不言而喻的，其中有不少意识形态话语不但是对抗国民党意识形态话语的，而且激发了中国文学在那个特殊时代的生命力和创新冲动。所以从意识形态话语千帆竞争的角度来看，也可以印证笔者的一个观点：民国不是国民党的民国，而属于全体中国人民。仅仅从这个角度来说，目前的中国现代文学研究就存在很大的拓展空间，因为截至目前我们对政治意识形态话语和中国现代文学关系的研究基本上还处于浅尝辄止的阶段，很多问题还无法直接言说。而民国文学史作为一种研究范式，正是强调要跳出意识形态价值判断的羁绊，从学理和历史事实基础上重新进行勘探和阐释，进而深入到中国现代文学生成与发展的内部构成要件与外部影响因素的复杂勾连与互动中。赵老师认为："'民国文学'研究过分强调民国时期的政治文化、意识形态对文学的影响，很难发掘出真正意义上的文学。"笔者以为，政治视角仅仅是民国文学史研究范式要考察的一个层面，更主要的目标在于考察文学的外部元素和内部元素如何氤氲互生，进而形成我们今天所看到的那段历史的和文学的事实样态。赵老师没有说明何谓"真正意义上的文学"，但我所理解的文学绝非局限于纯粹美学意义上的文学。民国文学，既是民国时代人们审美意识的一个集中展现，也必然是民国时代人们精神状态与思想追求的一面镜子，如果不从包括政治文化和意识形态在内的各种内外要素考察和观照那一时期的文学，我们也很难把握"真正意义上的文学"。

其二，民国文学史研究范式的一个学术目标，意在打破现代性观念的话语牢笼，打破"中国新文学"概念一统江山的学术格局，致力于中国文学一体化进程的建构。

赵老师认为："民国文学"研究"这一命名或者视角建构，缺乏整体性的'中国新文学'的眼光，只是把自'五四'以来的中国文学割裂成不同的政治区域、文化语境中的文学，既抽去了中国现代文学的'现代'灵魂，又模糊了中国新文学'新'与'旧'的本质界限和区别"。赵老师所说的两个关键词"新文学"和"现代"，恰恰是提倡民国文学史所着力要克服和解决的中国现代文学研究的关键命题。关于对现代、新旧等观念的理解和超越，笔者已有文章进行了较为详细的论述，本文不再赘言，有兴趣者可以查看①。在此所要强调的是，民国文学是在古今中外各种文学样态互动的一个共存秩序中脱颖而出，实现了自我本质的确立，进而获得了独立性和创造性。显然"现代"和"新"是它有别于中国古典文学的一个突出特征，这点和赵老师应该是一致的。这个"现代"的和"新"的特征，也毫无疑义地使中国文学发展进程在民国时代有了标志性理论与创作成果。但是，中国现代文学是在与中国古典文学、世界文学的碰撞和对话中产生的，它的意义和持久生命力绝不仅仅局限于自身，或者说只有在古今中外文学的共存秩序中才能显示出其存在的价值和意义。提倡民国文学史不是否定中国文学在现代时段的创造性，不是否定其在文学史上"划时代"的意义，而是在高度评价这种创造性及其划时代意义的基础上，将之纳入中国文学一体化进程和中国文艺复兴视野中去考察，力图打破人为观念尤其是现代性叙事对中国现代文学研究乃至中国文学研究

---

① 贾振勇：《追复历史与自然原生态的"民国机制"》，《文艺争鸣》2012 年第 3 期；《回答一个问题：为什么要提出民国文学史》，《华夏文化论坛》第 10 辑（即将出版）；《民国文学史：新的研究范式在崛起》，《文艺争鸣》2013 年第 5 期。

的束缚。学人们大多都深切地感受到，目前的中国现代文学研究实际上已经处于滞涨阶段，学人们在创新之路上也疲于奔命。理论与观念，尤其是已经基本定型的有关"现代"的话语体系，已成为中国现代文学研究创新和提升的重要瓶颈之一。如果囿于所谓"现代"的和"新"的观念而画地为牢，那么中国文学在民国时代的包容性、复杂性和独特性不但难以彰显，就是其创造性也因缺乏古今中外文学共存秩序的依托与比较而苍白无力。正是在这个意义上，民国文学史研究范式就不但是张福贵教授曾经所着意强调的一个时间概念，更是一个充满张力和内涵的意义概念，是抵达上述学术目标的一个学术实验区。

其三，重新理解和阐释中国现代文学经典作家作品，是民国文学史研究范式所致力的一项长期而基础性的工作。

赵老师认为："民国文学"视角"是对现代文学经典意识的背离，对现代文学经典作家及现代经典作品的遮蔽、祛魅、淡化。"这里牵扯到一个何谓经典的命题。经典的确如赵老师所说，都是"史家、接受者经过对作家作品长时期研究、筛选、沉淀而形成的公认的又能被社会广泛接受的优秀作家和作品"，而且存在着历史的连贯性。但是，经典的标准并不是一成不变的，经典的形成更是一个复杂而漫长的历史自然选择过程。这点我相信和赵老师的认识也应该一致。赵老师所担心的是，"民国文学"的研究，在能够发掘民国时代作家作品的同时，"更有可能使那些'末节'及'散沙'挤入文学史，使得现代文学史叙事更加臃肿，丧失文学史建构的价值和意义"。赵老师的担忧并非多余，在后续研究中也的确可能出现这种情况。问题的关键在于，赵老师所说的"中国现代文学史叙事的不断深化，是经历了包括中国现代最早一批作家和学者在内的、直至当下数代人的建构历程而得以形成的文学历史形态"，是否已经尽善尽美？且不说政治、知识和话语权力对这一"文学历史形态"的干涉和扭曲，也不说一代人应当有一代人之文学史叙事，这个已经基本稳定的、以往几代人文学史叙事中的"文学历史形态"，实际上只是已经杳然逝去的那个文学史本真状态的镜像，是几代学人"建构"出来的。这个"建构"出来的中国现代文学史叙事，即使不讨论其优劣得失，仅仅是无法超越的时代规定性，就决定了它的历史局限性。论及这些，不是否定前人的成就，目的在于如何站在前人肩上推进与深化我们的研究。记得大约 20 年前，钱理群教授和笔者论及中国文学经典化命题，钱老师坦言以往所谓很多经典很可能行之不远。钱老师的具体言论已经记不清楚，但他对现代文学经典的不确定的态度，笔者依然记忆犹新。民国文学史研究范式所致力的重新理解和阐释中国现代文学经典，不是钩沉辑佚，将"末节"和"散沙"改装为经典，而是在一个较长时段和较广视野中去发现新的价值与意义。2013 年 10 月下旬在新疆塔里木大学召开的"民国历史文化与中国现代经典作家学术研讨会"，已经显露出这种走势。所以，问题的实质不在于是否固守以往文学史叙事所确定的经典，而在于在新的语境和历史空间中，响应时代精神的召唤，去重觅和再现经典的风采。最近，中小学语文教材驱逐鲁迅作品，就是对我们研究的一个警示。能入选中小学语文教材的鲁迅作品，大都是几代学人辛苦研究而确认的经典，可是竟然不被当代社会主流评价体系所认同，反而以种种借口弃之如履，这难道不需要我们对以往文学史叙事所确立的经典及其解读进行深刻反思吗？问题当然不在于鲁迅的作品，因为它已经客观存在，而在于我们的知识谱系、价值秩序和意义系统已经无法将这些经典以当代可接受的方式去理解与阐释了。

其四，民国文学史研究范式是在中国文学一体化进程和中国文艺复兴的视野中，分析、理解和阐释民国文学的鲜活性、丰富性与动态性，而中国现当代文学史及其命名的局限和弊端已经不容回避。

关于中国现当代文学史及其命名的弊端，笔者在以往三篇文章中也有较为详细的论述，在此亦不赘言。笔者完全赞同赵老师所说的"中国现当代文学或中国新文学是一个不断创新、始终包容、有着宽广的视域并容纳中华各民族文学，在广阔的现当代时空中随着时代的前行而行进的，且富有张力的、充满着动态质感的文学"这一整体评判。问题在于如何更为准确地发现和揭示其"时段性"特征，如何更为准确地揭示和阐发这一时段的文学走向及其历史内涵，如何更加深刻地勾勒和展现文学历史演变的内在律动。中国新文学、中国现当代文学在命名之初，的确生动体现出鲜活性、丰富性和动态性。可是随着时光流逝，不要说现代历史上每个时段人们对现代的感受、体认、理解与阐发不尽相同，就是在同一时段也未必一致。中国新文学的时段性特征是在与古典文学和世界文学的比较中获得价值与意义的，是在反叛与创新中获得自足和自证的。当历史发展到今天，反叛和对立的语境不复存在时，那种鲜活性、丰富性和动态性就需要重新审视与定位。应当将之置放在古今中外文学的共存秩序中去重新考察，不但要考虑这种鲜活性、丰富性和动态性的源与流，而且要在其前世今生的表象中发掘与古典文学、世界文学的同质性。只有在同质性基础上进行回环往复的辨析与提炼，那种鲜活性、丰富性和动态性才能呈现出更持久的价值与意义，中国现代文学的创造性特征才能在更宽、更广的平台上重新焕发生命力。赵老师认为，从"民国文学史"这一视角出发的研究，"只能将'左翼文学'、自由主义文学、民族主义文学等划为同一构体，而缺少'内质'的区分"。这是一种有价值的提醒。民国文学史研究范式在方法论层面所采取的，李怡教授已有明确的表述："新的文学史叙述范式需要致力于完整地揭示近现代以来中国文学生存发展的基本环境，这种揭示要尽可能'原生态'地呈现国家、社会、文化和政治等各种因素，以及这些因素如何相互结合、相互作用，并形成影响我们精神生产与语言运行的'格局'，剖析它是如何决定和影响了我们的基本需求、情趣和愿望。"① 所以民国文学史研究范式的目的，不是将中国现代文学史诸现象同质化，而是尽最大可能勾勒与描述诸现象的"原生态"，并在"原生态"基础上归纳、概括和总结其"内质"，而这些"内质"当然既有同质性也有异质性，从而也就有了相互区分的"度"。

其五，"延安机制"恰恰是由民国机制的某种弹性和张力空间所造就，已逝文学史各种内外要件的复杂关联需要深入辨析。

赵老师谈道："国共两党的文化路线、政策、策略及实施方案均有着本质的区别。"在赞同这个判断基础上，笔者以为也要注意两党的文化路线、政策、策略及实施方案的同质性和相似性。注意同质性

---

① 李怡：《中国现代文学史的叙述范式》，《中国社会科学》2012 年第 2 期。

和相似性，当然不是抹杀区别。笔者以为，同质性和相似性更多体现在方法和手段层面，而"本质的区别"则主要体现在文化路线、政策、策略及实施方案背后的最终支撑物上。国民党政权妄图专制、独裁，但绝不敢公然违背、撕毁民国这一新的"政治国家"在建立前后向全体国民所做的民主、共和、自由的承诺，而是千方百计使这个专制独裁政权披上华丽的体制外衣。这些华丽的体制外衣，就使民国时代的生存空间充满了弹性和张力，也使得民国机制具有了某种包容性和模糊性。笔者以为，"延安机制"之所以能产生、壮大并发展为以后的中国当代文学，如果没有民国机制的某种包容性和模糊性是不可能的。试想：在一个高度整合、严密规整、无缝可漏的体制中，又如何能产生一个异己且严重对立的政治、经济、军事和文化机制呢？应该说，民国机制和"延安机制"的确存在很大的本质差异性，同时又存在着某种共性特征。正是因为这种本质差异性，后者利用了前者的某种弹性和张力，获得了独立自主的存在形式和发展空间，并在以后成为文坛的绝对宰制力量；也正是因为某种共性特征的驱动，前者在差异性的制约中最终只能处在未完成状态。从民族、国家视域来看，延安机制是民国机制中一个异己的构成部分。尽管它是以后共和国机制的前驱，但是如果没有民国机制的弹性和张力，它就难以形成整体的建制。至于以后它发展为真正大一统的共和国机制，则另当别论。可以这么说，民国机制在进行自我建构的同时，也培养了自己的掘墓人。正如赵老师所说："随着民国视角研究的扩展与深化，其所显露的问题会越来越多，越来越复杂。面对越来越多、越来越复杂的问题，我们需要静下心来去仔细勘探历史深处影响和左右中国文学发展的各种内外要素，仔细辨析各种内外要素之间合纵连横、相生相克的复杂而深刻关联。"

　　赵老师对民国文学研究的反思，值得我们重视和尊敬。尤其是"我们的学科在另一种'过度'阐释或'边界'的盲目延展中陷入尴尬"的提醒，可谓充满了学术忧患意识。任何一种研究范式的提出和形成，必然要经历一个不断试错的过程。民国文学史及诸观念的提出和实践，不但需要学养、勇气和胆识，也需要毅力、耐性和执着，更需要一种能够直面不足和缺失的襟怀。赵老师观点的对错并不重要，重要的是能够让我们重新审视民国文学史研究范式的利弊得失。从这个角度说，应该感谢赵老师，因为他这篇文章篇幅虽短但分量很重，让我们减少了盲目、增加了清醒。我想，民国文学史研究范式的提出，和赵老师的学术追求在大方向和大目标上应该是一致的，分歧和质疑的目的是为了推陈出新，是为了中国现代文学研究的突破和创新。条条大路通罗马，如果能抵达中国现代文学研究的整体突破和创新境界，至于叫民国文学研究还是中国现当代文学研究或者其他称谓，就不是多么重要的事了。如果学术争鸣的终极指向是中国现当代文学研究的创新，那么和赵老师就是为了一个共同的目标在奋斗。所以谨以赵老师的话结束本文："从某个角度看，民国视角的文学史构想反映了中国现当代文学学科的一种拓展趋向，使得学科结构和内涵更趋复杂化，是1990年代以来'重写文学史'的一种持续和延伸。如果这一文学史构想得以实现的话，那么，此前的现当代文学史的整体模式都将会受到很大的挑战。"

（作者单位：山东师范大学文学院）
原载《东岳论丛》2015年第2期

"民国文学"还是"'民国的敌人'的文学"?

郜元宝

2014 年 10 月，南方出版传媒、花城出版社推出《民国文学史论》丛书一套六卷，主编之一张中良先生在题为《还原民国文学史》的"总序一"中说："2006 年，秦弓提出'从民国史视角看现代文学'，意在把现代文学还原到民国史的历史语境中去重新审视。2009 年，李怡阐述现代文学的'民国机制'，将问题的讨论向前推进了一步。"同为主编的李怡教授在题为《民国文学史，如何立论?》的"总序二"中则说："中国大陆最早的'民国文学'设想出现在 1997 年（陈福康），最早的理论倡导出现在 21 世纪初（张福贵）。"2014 年 9 月 19日至 21 日，吉林大学文学院与《当代作家评论》杂志社合办"中国文学的'现代'与'当代'高峰学术论坛"，中国台湾中央大学中文系教授王力坚先生在提交的论文《回望"民国文学"》中说："'民国文学'并非新概念，早在上世纪 20 年代，周群玉《白话文学史大纲》（群学社 1928 年版）已将中国文学发展分为'上古文学'、'中古文学'、'近古文学'及'中华民国文学'四编；到 90 年代，葛留清、张占国亦有专著《中华民国文学史》（人民出版社 1994 年版）①，陈

---

① 李怡序中则说，人民出版社 1994 年版书名应为《中国民国文学史》，"这个奇特的书名"，"显然反映了当时的某种政治禁忌，因为这一禁忌，所谓'民国'的诸多历史细节都未能成为文学史观察和分析的对象"。

福康则在《应该"退休"的学科名称》一文倡导'民国文学'①；然而，真正在学界引发连锁反应的是，2003年，张福贵在香港《文学世纪》发表论文《从意义概念返回到时间概念——关于中国现代文学史的命名问题》，明确提出：'现代文学最后必将被定名为民国文学。'"②

大陆地区提出和讨论"民国文学"的来龙去脉，看来还须仔细梳理，但这并非此处关心的问题。现代文学学科这场由命名引发的讨论其实不妨先引入"当代文学"研究的一些思路。比如，当潘旭澜先生1993年在江苏文艺出版社推出他主编的《新中国文学词典》，将习惯所谓"当代文学"称为"新中国文学"时，就已经考虑到从国家体制角度命名某个阶段的文学史了。"当代文学"既可称为"新中国文学"，"现代文学"顺理成章也可称为"民国文学"，只是潘先生没这样表述罢了。20世纪90年代中期开始，"当代文学"研究和批评界开始了"文学制度研究"、"文学生产方式研究"或"文化研究视野的文学研究"，也可能刺激现代文学研究者更多从体制、制度角度反思过去以作家作品研究为主的模式。一旦着眼于体制和制度，"民国文学"概念也就呼之欲出。

上述努力，都以各自方式实践着20世纪80年代初王瑶先生在《关于现代文学研究工作的随想》一文中提出的"必须解放思想，扩大研究领域"③的主张。王瑶先生当时提出这个主张，部分地也受到当时的"当代文学"创作和研究总体氛围的推动。

提出"民国文学"概念，除了当代文学制度研究的灵感刺激，也受惠于近来活跃的民国史研究。这是来自文学研究外部更大的影响。但我不熟悉这方面情况，中良先生"总序一"提到张宪文等著《中华民国史》第一卷（南京大学出版社2005年版）和李新总编《中国民国史》（12卷16册，中华书局2011年版），我都未曾寓目，只好略过

---

① 王力坚教授文内注释说，陈福康该文发表于1999年上海书店出版的陈福康所著《民国文坛初探》。

② "中国文学的'现代'与'当代'高峰学术论坛论文汇编"，第2页。

③ 王瑶：《中国现代文学史论集》第1版，北京大学出版社1998年版，第296页。

不谈。

　　"民国文学"概念的提出还有第三个刺激。近年来，整个现当代文学或 20 世纪中国文学学科发生了醒目的变化，过去很热闹的"现代文学"和"新时期文学"两个高原日渐沉落，一个学术洼地（"十七年文学"和"文革文学"）迅速崛起，而原本破碎漂流的一块土地即"海外（世界）华文文学"也不断要求获得整合与定位，所谓"向中心"与"去中心"、Sinophone（史书美）"根"与"势"的争论（王德威）热火朝天，俨然已成新的"显学"。与此同时"网络文学"也来势凶猛，而"新时期文学"、"后新时期文学"（"90 年代文学"与"新世纪文学"）和"现代文学"一样，则颇受冷落。立足于大陆地区汉语写作研究的当代文学批评界于是乎急欲提前作古，强调当代文学的经典化和历史化叙述，比如程光炜教授及其学术团队多年如一日"回到八十年代"的学术考古。现代文学受此影响，也不甘寂寞，赶忙收拾金银细软，继 90 年代"文化怀旧"之后，开始踏上文学史领域"民国范""民国风度"的寻梦之旅，试图以此继续保持相对于"当代文学"和"海外（世界）华文文学"、"网络文学"的那种传统上挺然翘然的学科优势。

　　主张 1911 年至 1949 年的文学以"民国文学"之名入史，不为无因。文学史要么以历史发展阶段叙述，如上古、中古、近代、现代，要么以朝代命名，如先秦、两汉、魏晋南北朝、隋唐宋元明清。这是修史惯例，故"民国文学"概念无疑可以成立，且可与"现代文学"并行不悖：后者也并非不合修史惯例。

　　但"正名"固然重要，"正名"之后还必须解决名实关系。谁也不会满足于仅仅更换文学史某一阶段的名称，或满足于研究某一阶段文学史得以展开的制度、机制、文学政策、文学生产方式和文化政治的生态环境，而回避"意义主导"的文学史研究基本诉求，否则"民国文学"只是"时间主导"的一次单纯名称变换，作为文学史模式本质上还是跛脚的。

　　民国时期的文学成就高，诚如中良先生在《回答关于民国文学的若干质疑》一文中所说，"如此自由、开放，与其说表现了现代性，毋宁说显示了'民国风度'"，"民国风度将与弘放汉风、魏晋风骨、盛唐气象、宋朝的理风雅趣一样载入中国文学史册"。①

但文学上的"民国风度"从何而来？主张以"民国文学"取代"现代文学"的学者们认为"民国机制"和"民国文学机制"催生了文学上的"民国风度"，但"若干质疑"也由此而起。我主要研究"当代文学"，知道"民国文学"的讨论较晚，本来不赞一词，但稍微接触有关论著，不免心生疑窦：这奇妙的"民国机制"和"民国文学机制"究为何物？它和民国时期文学的关系究竟怎样？

稍微展开民国时期政治的时空版图，文学上"空前绝后"的"自由、开放"的"民国风度"之由来实在可疑，它既非1911—1928年北洋政府时期"民国机制"所赐，亦非1928—1949年国民党主政时期"民国文学生态环境"所赐，亦非租界特殊地缘政治所赐（其他租界就无上海租界的文学繁荣），更非"国破山河在"的沦陷区环境所赐，甚至也不单是20世纪30年代初上海中共中央和江西苏区以及后来"左联"、陕甘宁边区、不断壮大的敌后根据地文化环境所赐。文学上的"民国风度"应该说是晚清以来追求进步的各路知识分子在1911—1949年各种政治权力互相制衡的特殊政治环境下为文学争取的相对自由开放的生存空间所致，是在周作人所谓"王纲解纽"之后与洪子诚先生所谓新的政治意识形态"一体化"尚未完全建立之前的30年短暂间隙（也可谓"乱世"）文学统制相对宽松状态下产生的。直言之，是无心插柳的结果，非有心栽花的成就。既如此，也就谈不上什么"机制"，"机制"总是自觉建构的产物，比如目前知识界普遍扼腕叹息的现代中国基本缺失的"制度文明"和"制度建设"。既然"缺失"，何来"机制"？

实际存在的"民国时期的文学"不等于想象中具有自身一体化"机制"的"民国文学"。正如20世纪20年代末革命文学论争中鲁迅提出的"革命时代的文学"不等于革命文学提倡者们急忙要建立的理

① 张中良：《民族国家概念与民国文学》第1版，南方出版传媒、花城出版社2014年版，第200页。

想的"革命文学"。这是必须分清的两码事。① "民国时期的文学"注重国家体制对文学史阶段的定位，类似传统的朝代文学命名方式，它应该包含特定政治历史时期所有文学形态。承认这点，则"民国时期的文学"就不是"民国机制"或"民国文学机制"哺育的宁馨儿，不是各种鲁迅所谓"权势者"有心栽花的结果。相反，"民国时期的文学"是各种"权势者"忙于争斗而暂时无暇顾及文学的意外结果。

"民国时期的文学"不仅不等于"民国文学"，往往还是"反民国的文学"。鲁迅《华盖集·忽然想到之三》有言，"我觉得有许多民国国民而是民国的敌人"，鲁迅所谓"民国的敌人"是危害民国的蟊贼，但民国时期也有大量如鲁迅那样热心爱国却不幸被指为危害民国的"民国的敌人"。如果将鲁迅的话反过来借用一下，则"民国时期的文学"大半乃""民国的敌人"的文学"，是走在鲁迅所谓"文艺与政治的歧途"上而又不甘心完全被政治收编的相对独立的文学。与中国文学史上其他许多文学现象相比，只有这样的文学，才有了不少亮色，才称得上"民国风度"。

比如，因为辛亥革命之后，"招牌虽换，货色照旧"，鲁迅受到刺

---

① 笔者修改本文时，正好拜读到范钦林先生《"民国文学机制"，还是"民国文学环境"?》（载李怡、毛迅主编《现代中国文化与文学》第十五期，南方出版传媒、花城出版社 2015 年版），范先生指出："有没有统一的或者整体的'民国文学'，而不是民国时期文学？并且与民国文学机制相对应的这样一种'民国文学'？其实我们所能看到的是民国时期的多系统的分离的民国的文学。如果想找到一种在'民国机制'影响下的统一的'民国文学'是困难的，因为民国所形成的机制并不导致统一的'民国文学'的出现。如果想找到一种在'民国文学机制'影响下的'民国文学'，几乎不可能，因为确认有一种统一的'民国文学机制'的存在，这本身就很困难，因为在民国时期并没有什么统一的文学机制的存在。民国时期所形成的文学机制也是分离的，不单有纵向的断裂，而且还有横向的分离，但是我们可以反过来说这种断裂的和分离的文学机制就是民国文学机制或曰民国所实际存在的某种机制，但不是'民国文学'的机制。"我闻见不广，不知道持有范钦林先生这样说法的学者是否很多。范先生与我不谋而合，但他的文章恰恰刊登在主张有"民国文学机制"的李怡先生主编的刊物上，说明关于这个问题，目前学术界争议还很大，同时李怡等呼吁研究民国文学的学者们也有相当的学术包容性。我相信依赖这种包容性的学术争议是会有积极成果的。近读张中良先生《回答关于民国文学的若干质疑》，才知道赵学勇《对"民国文学"研究视角的反思》（《中国社会科学报》2013 年 11 月 1 日）和韩琛《"民国机制"与"延安道路"——中国现代文学史研究的范式冲突》（《文学评论》2013 年第 6 期）两文，已经"质疑"在先了。令人欣慰的是，中良先生的"回答"也显示了相当的学术包容性。唯有如此，我这个外行才愿意也胆敢继续"质疑"，并希望引起进一步的讨论。

激，更坚定信念，认为还是要"国民改革自己的坏根性"；因为北洋军阀政府既自顾不暇，又不懂文学，更不懂正在兴起的新文学，不知不觉放松管制，这才能在"辇毂之下"滋长起"五四"新文化和"老京派"，波及上海和全国，成就第一个十年文学的异彩。比如，孙中山、蒋介石宣传民族主义和坚持文化保守立场，国民党政府在大陆主政期间一直将新思潮和新文学视为民族罪人和"民国的敌人"，因此就连最忠诚的"诤友"胡适也接连写出《新文化运动与国民党》和《知难，行也不易——孙中山先生的"行易知难说"述评》那样激烈批评国民党和孙中山的文章。以胡适为灵魂的"新月派"和"现代评论派"同人直到国民党政府溃退台湾之后，政治上与蒋氏父子有分有合，文化与文学旨趣则始终相去甚远。蒋政府在大陆时期只能靠叶楚伧、程沧波、张道藩、潘公展、傅彦长、王平陵这些新文化运动外围人物施行"文化统制"，不仅统制不了，反而激起众怒。而在实际操作上，胡风、赵家璧、邵洵美、施蛰存等只需答应给分管文艺的小官僚出书或孝敬点烟酒，他们所编辑的书刊就能"蒙混过关"。除了三民主义、民族主义、党化教育，有哪种属于国民党政府自觉建构的"民国机制"与进步文学有关？又比如，当时的在野党受日共和苏俄文艺政策影响而干涉文学，先后发动了 1928 年革命文学论争、1930年初左联硬性规定创作方法和作家政治生活、批判第三种人、"两个口号论争"等多次文学运动，几乎构成新文学史"主线"，但这些有组织、有领导、有事先结论的论争事后证明都违背了文学发展规律。

无论国民党政府还是当时在野的中国共产党以及其他小党在 20 世纪 40 年代中期以前都不曾给文学以"民国机制"或"文学生态"，相反倒时刻想"统制"、收编、领导和支配文学，只是大家忙于政治军事斗争，在客观上对文学比较放任而已。一旦形势有变，比如国民党1928 年执政，1948 年在香港的左翼文人预感胜利在望，就大肆整顿了。溃败到台湾的蒋氏父子痛定思痛，终于完成全面文化戒严，也算是成功补上了大陆时期没有上好的一门主修课。

所以"正名"固然好，但"循名责实"更重要，否则就会变成一个空名，徒然惑乱耳目。

真要讲"民国机制",不在文学,而在学院学术。蔡元培执掌教育部,屡屡受挫,但后来胡适、傅斯年、罗家伦、蒋梦麟等还是成功掌握了大学和学术研究机构。谈不上"民国文学",只有"民国时期的文学",但或许确有"民国学术"(当然还有与之并存的"民国时期的学术")。这就是为什么 1949 年以后,大陆现代文学史界对类似今天谈论的"民国文学机制"只用"围剿和反围剿"一词轻松打发,而矜夸革命文学从胜利走向胜利,同时却举国动员,批判胡适派反动学术思想,因为以胡适为号召为象征的高等院校"民国学术"确实根深蒂固,有体制,有信念,有人脉,有谱系,非用大力不能根除也。

"民国机制"在学术,不在文学。一部分民国学者确实为自己创设了现代化学术体制,并安居于这个体制之中。他们的学术相对于非体制和体制外的其他"民国时期的学术",或可称为"民国学术"。至于民国时期的文学家,虽有社团、党派、宗派、籍贯、留学地之别,但大多属于流浪型文人,尤其代表那个时期文学高度的作家们都未曾托庇"民国",替自己创设类似学者们享有的相对稳定的现代国家的文学体制,他们只是心里念叨着"我们活在这样的地方,我们活在这样的时代",坚韧地创作着他们的文学。说他们的文学是"民国文学",只是给他们的"文学"加上一个易于识别的前缀即"民国时期"而已。硬要说"民国时期的文学"即"民国文学",硬要美化"民国文学"的"民国机制"和"文学机制",就会抹杀民国时期的文学家们实际遭受的不同程度的限制、压迫,和他们为了文学而经历的我们所熟悉的流浪、愁苦、挣扎、奋斗、创造,甚至事与愿违,将他们想象成和今天的"作家"毫无二致,从而为今天的"作家"没有"风度"而在"机制"上加以开脱,最后大家叹口气了事:你看,没有好的"机制"啊,哪能有好的文学?许多现代文学专家对当代文学提不起劲,恐怕主要也是因为有这个心理情结。

文学的好坏与环境有关,但并不完全取决于环境。对文学来说,环境孰优孰劣,实在不易贸然回答,因为另外还有决定文学好坏的作家主体和民族精神素质的因素。历史研究分门别类,可以在某些门类重点研究"制度""机制"。文学史研究是历史研究的一部分,自然不能例外。但文学史研究也有一点小小的特殊性，就是必须研究在无论好坏的"制度""机制"之下作家主体及其作品所显示的民族精神。诚笃、勤勉、成就卓著的现代文学研究者们如果忽略作家主体和民族精神的因素，一味"研究"不同文学时代"制度""机制"对文学的作用，好像文学的高低完全取决于环境的优劣，这种文学史观念是否也有必要加以反思呢？

（作者单位：复旦大学中文系）

原载《文艺争鸣》2015 年第 8 期

"民国文学"到底研究什么？

——澄清关于"民国文学"研究的三个误解

周维东

　　"民国文学"并不是一个新说法，自 20 世纪 20 年代始，就有文学史家使用这个概念。① 但"民国文学"又是一个新说法，因为自"中国现代文学"成为正式学科名称后，已经很长时间没人使用别的名称——使用也不会产生波澜。因此，当前学界出现"民国文学"讨论其本身就是值得关注的事情：为什么一个并不新鲜的说法，忽然在学界引发关注？对这个问题的探究，比单纯讨论"民国文学"这一概念本身是否合理更有意义。"民国文学"概念的重新提出和热议，与当下文学史研究的种种问题相关联，可以说正是这些问题赋予了"民国文学"丰富的内涵。因此，只有从现代文学研究中的当下问题出发，才能准确理解"民国文学"现象。可惜的是，"民国文学"倡导者针对当前文学史问题的理论建构并未全部引起学界注意，很多学者对"民国文学"的关注仍是从概念出发，以致"民国文学"的研究内容和思想逻辑于他们并不是十分清晰。职是之故，本文拟以最简单的方式说明"民国文学"到底研究什么，以便消除不必要的误解，将相关讨论纳入学术的轨道。

---

　　① 20 世纪 20 年代，周群玉《白话文学史大纲》（上海群学社 1928 年版）将中国文学发展分为"上古文学"、"中古文学"、"近古文学"及"中华民国文学"，这是学界最早提出的"民国文学"概念。

要说明"民国文学"研究的内容，概括起来有三组关系亟须清理：一，"民国文学"与当前其他民国文化现象的关系，如大众文化中"民国热"、历史研究中的"民国史"等。清理这个问题，可以明了"民国文学"的研究目的；二，"民国文学"与"现代性"的关系。"民国文学"的提出，首先受到冲击的概念便是"现代（现代性）"，这也是"民国文学"最受争议的地方，厘清两者的关系，可以说明"民国文学"的当下意义；三，"民国文学"与"重写文学史"的关系。有很多学者习惯将关于文学史问题的讨论统统概括到"重写文学史"当中，这对于"民国文学"研究来说会造成误解。理清这两者的关系，就可以理解"民国文学"的史学逻辑。

一　当前文化中的三个"民国"

"民国文学"概念再提出以来，总体研究是按照其自身的问题谱系在进行，相关讨论主要停留在学术圈内。不过，在"民国文学"受到关注的时候，大众文化中也出现了"民国热"①，形成学术研究与大众文化交相呼应的假象；而在"民国文学"提出之前，学术圈内"民国史"研究已初具规模，也让人感觉似乎"民国文学"是"民国史"研究的一个分支。不可否认，"民国文学"与此二者之间绝非全无瓜葛，但总体来说三者之间彼此独立，不应该混为一谈。我们将当前文化界出现的"民国文化"现象加以区分，了解它们不同的立意宗旨，很多问题会自然得到解决。就当前"民国文化"现象之"民国"的内涵而言，实际上包含了三个不同的"民国"。

第一个"民国"，是"想象的民国"，即大众文化中存在的"民国"。将大众文化中的"民国"称为"想象的民国"，是因为这个"民国"无须史实准确，只需撷取民国文化中的一些碎片就可以创造出某

---

① 在"民国文学"受到学界关注之时，大众文化中的"民国热"也逐渐形成，如陈丹青提出的"民国范"就是最有影响的声音之一。此外，各种用"民国"冠名的大众读物也不计其数，在文化消费市场占据重要份额。

种"民国景观"。想象民国的基础不是怀念历史上的民国,而是满足当下的某种文化需求,它的本质是一种文化创造。譬如陈丹青提出的"民国范",就是一种非常诗性的说法,他认为民国人物体现出一种独特的精神气质。然而,民国人物是否形成了整体独特的精神气质无从考证,其所举例子皆为历史上的著名人物,用他们代表一个时代的整体精神气质难言妥帖。况且,假使民国人物整体形成了某种气质,这种气质与民国的关系也须推敲:它是民国历史境遇赋予士人的一种气质,还是中国传统士人气质在现代的最后呈现?不过,在大众文化生产中,一个说法是否准确并不重要,关键是能否满足大众的文化需求。"民国范"之所以引起广泛关注,在于其呼应了当代中国人的"无根"焦虑,因为当下社会知识、信息更新频繁,却难有一种能内化到人的生命当中。当代人的信息渠道丰富了,精神气质却虚弱了。也因此,民国人物残留的士人传统,混合刚刚萌发的现代气质,具有格外的吸引力。由此可以说,"民国范"所反映的是当代文化的一种症候。事实上,大众文化中的"民国想象"是一种很普遍的文化现象,它是文化创造的一种形式:在中国古代,有士人想象"江南"的传统;① 近代中国,想象"西方"是一直存在的现象;革命年代里,想象"革命"是很多知识分子投身革命的原因。这些文化想象创造了璀璨文化,更对中国社会发展产生影响。所以"想象的民国"也有其自身的文化逻辑,不能因为它是大众文化现象,就忽略其价值和意义。

第二个"民国",是"政治实体的民国",主要出现在"民国史"研究当中。"民国史"的出现,针对了传统意义上的"中国近、现代史"——其本质是"党史"研究。作为一种历史视角,"党史"无可厚非,但由于其过于强调历史发展的"必然性",致使历史上的"民国"缺少完整形象。固然,中国共产党在近、现代史上功勋卓著,但"民国"作为 1912—1949 年间中国的合法称谓,也是不争事实,研究"民国"的历史,在有为前朝修史传统的中国,不仅有据可依也有其

---

① 可参见杨念群《何处是"江南"?——清朝正统观的确立与士林精神世界的变异》,生活·读书·新知三联书店 2010 年版。

不可或缺的价值。有别于"党史"研究，"民国史"研究的中心对象是中国大陆曾经存在的"中华民国"，该历史时空的政治、经济、军事、外交、文化等方方面面都是研究的重要内容。①

第三个"民国"，是"民国文学"研究所关注的"民国"，它可以概括为"文化共同体的民国"。有人认为，"民国文学"就是研究"国民党文学""三民主义文学"，这是极大的误解。②"民国文学"当然包括所谓的"国民党文学""三民主义文学"，因为它们也是民国时期文学的重要组成部分，而且过去的相关研究比较少。但它们绝非"民国文学"研究的全部内容，"民国文学"所针对的是多年来经由"中国现代文学史"书写而建构起的历史秩序，如"新文学/旧文学""现代/传统""严肃/通俗"等知识序列，以及其下形成的审美定势和历史偏好。因此，"民国文学"研究的目标不是为某种文学"翻案"，而是"重估一切价值"，在民国框架下重新审视各种文化、文学间的联系与争执，重建历史理性。

民国文化的迷人之处在于其"混乱"和"嘈杂"，在并不漫长的历史时空中，不同声音汇聚在一起形成众声喧哗的效果。然而喧哗并不浮躁，现代中国的所有创见都能在这种喧哗中找到依据；关于中国未来的种种探究也可以在其中受到启示。民国文化生态是中国近代文化"大爆炸"的一个标本，它如何形成、有怎样的内在规律以及创造了怎样的文化价值是"民国文学"着重研究的内容。过去的中国现代文学研究过于强调历史的变革性，人为地在历史中建构一系列对立和冲突，民国文化生态的价值反而没有被充分挖掘，其不足反映在当代文化之中便是知识界在面对历史基本问题时的割裂和对立，如当代文

① 近年大陆出版的两套《中华民国史》（一为中国社会科学院近代史研究所民国史研究室主编，十二卷，中华书局 2011 年出版；一为张宪文主编，四卷，南京大学出版社 2012 年出版），都体现了这种特点，尽管侧重点有所不同，但都是以历史上大陆存在的"中华民国"为主体，反映其政治、经济、军事、外交及文化等多方面的面貌。

② 如韩琛的论文《"民国机制"与"延安道路"——中国现代文学史研究的范式冲突》（《文学评论》2013 年第 6 期）就将"民国机制"与"延安道路"视为具有内在冲突的两种研究范式，不免将"民国文学"研究的内容偏狭化。实际上，"延安道路"也是在"民国文学"的范畴内存在，将之从民国语境中抽象出来，并不能充分认识其内在特征。

化中的"左/右"之争，根本是由于历史认知的肤浅和偏狭。如果学界在认知近代历史时，避免"进步/落后""新/旧"等类似观念预设，"左"与"右"完全可以在历史中得到和解。

理清当前文化中的"三个民国"就可以避免不必要的误解。譬如，认为当前大众文化中的"民国热"是为曾经的国民党政权招魂，实际就混淆了"想象的民国"与"政治实体的民国"，大众文化完全按照大众的情绪流动，"民国热"仅仅反映了当下的某种怀旧情绪，与国民党、蒋政府并无多大关联。而认为"民国文学"就是研究"国民党文学"，实际是忽略了民国作为"文化共同体"的意义，以"共和国文学"的经验取代了民国的史实。至于认为"民国文学"研究的目的是美化民国，这就将学术研究与大众文化混为一谈，如此认识缺乏学术研究的基本常识。凡此种种，不必罗列，形成的原因有时是大众文化混淆视听，明明是穿凿附会却作出一副有根据的样子以冒充学术研究；有时则是学术研究者自身受到大众文化的影响而制造噱头。但究其本源，三个"民国"泾渭分明，不难辨别。

二　回到历史的方法："民国文学"与"现代性"问题

"民国文学"这一说法给人最直观的感觉，似乎是在有意针对中国现代文学中的"现代"。在中国现代文学研究界，"现代"不简单是个时间概念，更关乎价值取向，尽管"现代性"在近年来受到过激烈批判，但随着诸如"未完成的现代性"[1]"重申启蒙"[2]"'现代性'辨正"[3] 等说法的陆续出现，"现代"一词所蕴含的价值意义得以重申。因此，探讨"民国文学"很容易引起的担忧，便是"现代"是否可以轻易被抛弃——这其中已隐含有批评的意味。从承传现代精神的角度，

---

[1] ［德］哈贝马斯：《现代性——未完成的工程》，汪民安主编：《现代性基本读本》，河南大学出版社2005年版。
[2] ［美］斯蒂芬·布隆纳：《重申启蒙：论一种积极参与的政治》，殷杲译，江苏人民出版社2006年版。
[3] 王富仁：《"现代性"辨正》，《北京师范大学学报》（社会科学版）2013年第5期。

这种担忧无疑十分重要，但此看法是基于两个假设之上：一、"民国文学"抛弃了"现代"立场；二、"现代"价值一定要体现在学科命名上。这两个假设是否属实则需要考察。

从字面意思来看，"民国文学"相对于"现代文学"似乎是有意回避了"现代"。但如果考察中国现代文学研究史就会发现，不是"民国文学"有意回避"现代"，而是"现代"作为一种历史框架自己走向了"破产"；"民国文学"不是有意剥夺"现代文学"的命名权，而是其替代物。

与西方的"Modern"或"Modernity"相比，"现代"一词在中国与政治有更复杂的联系。1949 年后，新生政权"很自然也就提出了为前一时期新民主主义革命修史的任务，研究'五四'以来的新文学发展历程，也就被看作这修史任务的一部分"①。这一时期所编纂的"新文学史"被要求"运用新观点，新方法"②，以便与新民主主义革命史相匹配。在此背景下出现的《中国新文学史稿》被后来学者认为是"中国现代文学史"学科的奠基之作，不过书作为教材被广泛使用不久便随着政治风云变幻而受到批判，之后出现了蔡仪、丁易、张毕来、刘绶松等人编写的新文学史，其中丁易编写的文学史命名为《中国现代文学史略》。在丁著之前中国出现过两部含有"现代"字样的文学史，分别是钱基博的《现代中国文学史》和任访秋的《中国现代文学史》，但这两部文学史中的"现代"主要为一种宽泛的时间概念，如钱著分上、下两编，上编为古文学，下编为新文学，并无明显立场倾向；而任著的内容也非全部为新文学。与此不同，丁著文学史用"现代文学"替代"新文学"实际是为"现代"赋予了新的内涵，尤其是结合当时特定的历史背景，"现代"的政治意味十分浓厚。在丁著之

---

① 温儒敏：《王瑶的〈中国新文学史稿〉与现代文学学科的建立》，《文学评论》2003 年第 1 期。

② 如王瑶编纂《中国新文学史稿》（初版分上、下两卷，上卷 1951 年由开明书店出版，下卷 1953 年由新文艺出版社出版），就是响应教育部 1950 年通过的《高等学校文法两学院各系课程草案》规定：《中国新文学》为全国语文系的主要课程之一。在编纂过程中，王瑶也被要求"运用新观点，新方法，讲述自'五四'时代到现在的中国新文学的发展史，着重在各阶段的文艺思想斗争和其发展状况，以及散文、诗歌、戏剧、小说等著名作家和作品的评述"。（作者自序）

后，1961 年国家开始筹编新的新文学史，几经周折后才于 1979 年、1980 年陆续出版，这便是唐弢主编的三卷本《中国现代文学史》。唐编文学史在立项之初使用何名现无史料可究，但仅就其出版后的定名而言，也可认为从"新文学史"改为"现代文学史"是国家认可的结果，其后用"现代文学"来指称历史上的"新文学"便成为学界惯例。相较于"新文学"，"现代文学"这一称谓更加中性，且与西方学术话语接轨，但当"现代文学"仅仅指称"新文学"一脉，则历史的丰富性被简化，与此同时，政治的意味开始进入历史叙事当中。简言之，"现代"是中国政治修辞的一个部分。

中国学界追溯"现代性"讨论的渊源时，常常提及汪晖在 20 世纪 80 年代向其老师唐弢的提问："我们说现代文学是现代的，那么怎样解释'现代'或者文学的'现代性'？"对此，唐弢的回答是："这是很复杂的问题，很难一言蔽之。"① 汪晖的提问，在"现代性"问题被火热讨论时，被理解为理论敏感，但如果考虑到彼时的中国语境，可能更应该理解为政治警觉。80 年代，启蒙思潮为中国现代文学研究注入新的活力，随着"重写文学史"运动的出现，文学史整体视野、文学评价的标准都潜移默化发生了改变。所谓"重写文学史"，其实就是重新建构中国现代文学的现代性。在"重写文学史"浪潮中，陈平原、黄子平、钱理群提出了"二十世纪中国文学"的构想，其中一个核心概念是"文学现代化"："就是由上世纪末本世纪初开始的至今仍在继续的一个文学进程，一个由古代中国文学向现代中国文学转变、过渡并最终完成的进程，一个中国文学走向并汇入'世界文学'总体格局的进程，一个在东西方文化的大碰撞、大交流中从文学方面（与政治、道德等诸多方面一道）形成现代民族意识（包括审美意识）的进程，一个通过语言的艺术来折射并表现古老的中华民族及其灵魂在新旧嬗替的大时代中获得新生并崛起的进程。"② 与新民主主义史观指导下的中国现代文学史相比，这种文学史构想认同"世界文学"的总

---

① 汪晖：《我们如何成为"现代的"？》，《中国现代文学研究丛刊》1996 年第 1 期。

② 黄子平、陈平原、钱理群：《论"二十世纪中国文学"》，《文学评论》1985 年第 5 期。

体格局，强调传统文学与现代文学的联系性，仅此两点就与"革命史观"相悖逆：社会主义制度下的中国文学怎么能够认同并"汇入"由资本主义阵营主导的"世界文学"？中华民族及其灵魂在新旧交替的大时代怎么能是"嬗替"而非"决裂"？有此背景，青年学子汪晖对"现代"产生疑问当然敏感，但并不突兀，因为作为政治修辞的"现代"已经出现了歧义。

不过，汪晖在80年代对"现代"的追问，并没有引起学界的讨论，即使其师唐弢也没有将这个"复杂问题"深入下去。这大概与当时的历史氛围有关，从极"左"思潮的禁锢中解放出来的知识分子，对"主体性"的享受和兴趣远大于对"现代"歧义的追问和怀疑，在他们看来，极"左"思潮及其文学思想是"错误"的，而"启蒙"则是纠错的手段和未来的方向。今天，回顾80年代的中国现代文学研究，新视野、新方法层出不穷，但鲜有成果对"现代文学"特指"新文学"的格局提出质疑，在此背景下，学者们对"中国现代文学"的重新解读，只是为"现代"赋予新的内涵。由此也为90年代出现的"现代性"讨论的混乱埋下了伏笔。当"现代文学"特指"新文学"的格局没有发生改变，无论将"现代"视为"革命"——或是"启蒙"，都无法改变其被人为建构的事实，换言之，如果失去政治外力的推动，两种"现代"内涵都缺乏合法性（legitimacy）基础。

合法性是马克斯·韦伯社会学体系中的重要概念，他认为合法性要求的效力可能会建立在三种基础之上：理性基础、传统基础和超凡魅力的基础。① 结合"现代"在中国文学研究中的接受史，其权威地位的获得依赖于"超凡魅力"的基础，因为是中国当代政治话语体系中的一部分，"现代"具有了超越其他术语的权威性。但"改革开放"打破了中国政治话语体系的连续性，虽然"现代"的地位并没有发生改变，其内涵却出现了巨大变动，这无疑大大损坏了"超凡魅力"的基础。"现代性"这一术语在一些人看来是个舶来品，是西方学术话语的又一次"东

---

① ［德］马克斯·韦伯：《经济与社会》第一卷，阎克文译，上海人民出版社2010年版，第322页。

移"，然而这只是表面现象。早在 20 世纪 90 年代被译介到中国之前，有关"现代性"的讨论就已经在西方广泛展开，它在此时显然是被有意"拿来"，而非简单逐新；何况，中国学界之前已有以汪晖为代表的对"现代"的追问。因此"现代性"讨论的根本，是知识界对"现代"内涵的公开讨论，其本质是"现代"被剥夺了"政治寓言"的功能。当然剥夺它的不是知识分子的理论自觉，而是当局的有意之举。这种举措表面是因为"保守主义"思潮的兴起，但其内核则是"摸着石头过河"进入实践环节后的必然现象，意味着中国 20 世纪 80 年代之前的有着确定发展模式的道路告一段落。在"摸着石头过河"的过程中，有着政治寓言作用的"现代"曾经所起到的凝聚人心的功能逐渐丧失，而传统文化的感召力和抚慰效果则更有意义。"现代"失去政治功能之后，"现代性"大讨论本可以形成知识分子对"现代"的重新认同，但由于缺少理论自觉和积累，这次关于"现代性"的大讨论并没有达成共识。

20 世纪 90 年代"现代性"讨论所反映出的问题是："现代"作为知识界曾经的旗帜，乃至作为相关学科的核心概念，都并不是知识分子形成共识的结果；换言之，当知识界在"现代"的框架下讨论问题，不是因为关于"现代"的知识体系的成熟、完善，而是欲借助政治威权的作用。也因此，在"现代性"讨论中，知识分子的心态和立场极其复杂，讨论也失去理性的基础：有人抱着自我检讨的心态对其进行政治反思；[1] 有人对 20 世纪中国文学的现代性表示深深怀疑；[2] 有的则直接以西方理论对现代史进行重新建构[3]……凡此种种，都说

---

[1] 典型者如张颐武《"现代性"的终结——一个无法回避的课题》，《战略与管理》1994年第 3 期；张法、张颐武、王一川《从"现代性"到"中华性"——新知识型的探寻》，《文艺争鸣》1994 年第 2 期。在这些论文中，"现代性"受到激烈抨击，这种做法所反映出的正是一种政治反思的心态。

[2] 典型者如杨春时、宋剑华《现代史还是近代史——关于 20 世纪中国文学性质的对话》，《南方文坛》1997 年第 1 期。该文对中国文学的现代特质进行了质疑，反映出知识界存在的对于中国现代文学的学科命名缺乏理性认知的状态。

[3] 典型者如［美］王德威《被压抑的现代性——晚清小说新论》，宋伟杰译，北京大学出版社 2005 年版。该著对晚清小说的讨论主要依据西方文学中的现代性经验。在同一时期，大量中国学者也开始借助西方现代性理论，对中国文学进行"重读""新论"，反映出中国学界对"现代"问题并没有深入思考，更别说形成共识。

明"现代"在中国的"无根"状态，要重新获得整合学科和整合知识分子的功能，"现代"需要一个被重新认同的过程。

对"现代"重新认同的唯一办法是走进历史，重建历史理性。今天，对"现代"依然抱有深厚感情的人，多数是 20 世纪 80 年代启蒙思潮的倡导者或者拥趸，他们希望借助"现代"的旗帜继续践行启蒙的历程。应该说，启蒙对于今天的中国依然具有重要意义，但在 20 世纪 80 年代语境中生长出的启蒙思潮并不具有完整的启蒙精神，特别是在对待历史的态度上，具有明显非理性的特质。譬如，持 20 世纪 80 年代启蒙思想的学者多数拒绝旧体诗词、非新文学作品进入现代文学史，目的是体现"现代文学"的"现代性"。这种做法并不具有历史理性的精神，它强化了某种建立在文学史霸权之上的立场，而不是抱持一种开放的心态，自然难以获得知识分子的普遍认同。代表着 20 世纪 80 年代知识分子立场的启蒙思潮，其实也不过是诸多话语中的一种，力图让它得到全部知识分子的认同，同样需要一个重新认同的过程。

历史理性的获得，首先需要全面地了解历史。过去，在作为"政治寓言"的"现代"框架之下，中国现代文学研究中的诸如"国民党文学"、抗日战争期间的"正面战场文学"、日本侵华期间的"汉奸文学"等，因为政治原因没有为学界所充分了解；[①] 而诸如旧体诗词、文言文学、少数民族文学等则因为"现代"观念的狭隘，也没有为学界所充分研究。由此造成中国现代文学总体视野并不开阔，很难完成令人信服的"现代"认同。对于这种现象，学界出现一种说法，认为文学史必然有所取舍，但这并不妨碍学者对一些文学现象的研究。问题是那些未被充分了解的文学现象的意义主要不是其本身，而是其与所谓"主流"文学史之间的张力结构，它们能使我们对文学发展史有整体的认知。以旧体诗词为例，存在于现代时期的旧体诗词数量众多，如果将之纳入现代视野当中，我们就可以审视其与新文学的关系，体会其不可或缺的时代价值和意义；而通过对旧体诗词的重新认识，学界对"现代"的认识也会更加开阔、深入。总之，以开放的心态去全

---

① 参见秦弓《现代文学的历史还原与民国史视角》，《湖南社会科学》2010 年第 1 期。

面了解历史，历史理性就可能建立起来。

事实上，以"民国文学"替代"现代文学"，不是要抛弃"现代"，而是为了消除"现代"分裂后形成的各种偏见和争执，重建历史理性。当然，学界要接受这种观点，还要经历一次观念的转换。关于"现代性"问题的讨论，从西方来到东方已经发生了本质的转变：在西方，"现代性"研究从来就是历史研究，无论其探讨的问题多么理论化，但基本依据必然是历史；而在中国，"现代性"成为一种观念，相关讨论常常变成观念之争，这其实是中国学术在这一领域尚未发展成熟的表现。"现代性"讨论的根本应该是对"'现代'是什么"的追问，其本质是历史反思，而不是理念推广，世界上并没有亘古不变的现代性标准。至此也回答了第二个假设问题，作为一种历史追问，"现代"处在不断寻找的过程，它是一种反思机制，完全不必体现在名称上。

三 文学史研究的"升维"："民国文学"与"重写文学史"

理清"民国文学"与"现代性"的关系，实际也间接地说明了"民国文学"与"重写文学史"的关系。作为一个历史概念，"重写文学史"最初是在20世纪80年代由一批上海学者针对极"左"思潮下文学史研究所存在的问题，为重建文学史研究新秩序而提出的一个口号，取用陈思和、王晓明在《上海文化》上开辟的一个栏目名称。陈、王提出"重写文学史"，目的是"改变这门学科（指中国现当代文学）原有的性质，使之从从属于整个革命传统教育的状态下摆脱出来，成为一门独立的、审美的文学史学科"。[①] 同一时期，如前所述，身处北京的陈平原、黄子平、钱理群等学者也提出了"二十世纪中国文学"的概念，要求摒弃以往文学史所坚持的"新民主主义革命论"和"反帝反封建论"，从"二十世纪"的宏大视野出发，体现"文学现代化"的进程。准确地说，尽管解决文学史问题的办法并不一致，

---

① 参见陈思和《笔走龙蛇》，山东友谊出版社1997年版，第109页。

但两地学者都针对文学史过于政治化的问题，提出了重新建构文学史的主张和要求，因此学术史将这一时期关于文学史的同类主张统称为"重写文学史"——这是广义的"重写文学史"，其本质是一种思潮。20世纪80年代之后，学界关于文学史问题的讨论并没有停歇，提出重新建构文学史秩序的要求和主张、根据自己的理论主张编纂新的文学史的现象也依然存在，对此学界常用"重写文学史"来概括，不过此时"重写文学史"仅指关于文学史问题的讨论。而谈到"民国文学"，常常有人用"重写文学史"加以概括，但二者之间有着根本区别。用"重写文学史"来泛指一切文学史讨论的现象并不恰切，"重写文学史"作为一种诉求具有泛化的基础，但它所包含的特定的历史观也使其外延具有自身限度。就文学史观而言，"民国文学"与"重写文学史"之间存在本质冲突。

"民国文学"与"重写文学史"的根本差别，可从"重写"二字说开去。"重写文学史"的目标是文学史的"重写"，因此无论是建立一个"独立的、审美的文学史学科"，还是体现"文学现代化"的理念，其最终目标都是建构一个具有本质特征的文学史叙事，"重写"的意义是对历史本质的不同认识。"重写文学史"的历史意义无可厚非，然而从今天的史学立场出发，这种企图将历史本质化的做法应当说是缺乏历史理性的表现：历史很难抽象出某种本质，建构某种本质化的历史叙事，不过是植入了一些先入为主的观念。举例来说，20世纪80年代在"重写文学史"诉求下建构的"纯文学"观念，就有着多重的策略考虑。钱理群在回顾当时"纯文学"观的形成时说："我们是针对文革带来的极端的意识形态，政治对于文学构成的一种困境，当时是为了摆脱这种困境才提出的"，但是"在八十年代也存在着文学与政治的关系。我们遮蔽了它，遮蔽是带有策略性的，因为我们处的位置不便点破"①。这说明无论是强调"纯文学"还是"现代化"，当时的"重写文学史"的思想基础并非完全来自历史的沉思，更多还是出于现实的考虑。通过"重写文学史"，文学史研究变得更加宽容，

---

① 钱理群：《重新认识纯文学》，http//www. literature. org. cn/Article. Aspx？ID＝66835。

但如同马克思的名言"批判的武器不能代替对武器的批判",其"一元论"的文学史观在历史研究朝纵深发展时尤其显得不合时宜。

由于缺乏历史理性作为基础,先入为主的文学史观念,在 20 世纪 90 年代伴随西方"后现代"理论的传播,变得无所适从。面对"多元"史观下生产的西方理论,研究者无从在历史经验中化解文学现象的内在冲突,从而造成文学史叙事的相互抵触,形成研究的死结和僵局。近年来,文学史关于鲁迅、郭沫若、茅盾等作家的争议,很多都不是建立在学术研究的基础上,甚至争论双方连对话的可能性都无从建立,纯粹变成立场的对抗。除此之外,将"现代"作为一种方向,文学史内部也形成种种"知识等级",甚至造成在一个文学史框架中不同类型文学相互不能兼容的境况。譬如,经过严家炎等学者的努力,金庸被写进了文学史,但如何解释金庸却成了问题,严家炎利用"现代性"理论来解释金庸,但当这些词汇同时用在鲁迅、张爱玲、沈从文等作家的评论中,其概念本身就产生了分裂。类似的现象,在当下的文学史研究中已多为研究者所感知,此不赘述。

"民国文学"研究的目标则非但不是文学史的"重写",甚至主要还不是让一些过去被遮蔽的文学现象重见天日,其终极目标如前文所讲是重建历史理性。因此,"民国文学"再提出的最重要的意义,不是为建构一个更加完善的文学史,而是提供一种认知历史的视野和方法,也因此"民国文学"研究要求摆脱既有理论框架的窠臼,以更多元的方式进入历史以加深对历史的认知。譬如,在"民国文学"的视野中,"新文学"是否一定比"旧文学"现代,就不是仅靠语言或文体能够说明的问题,而需要具体的历史分析。其实,在过去的研究中已经出现了多元的声音,如王德威提出的"被压抑的现代性"、江弱水提出的"古典诗的现代性"① 等,就对既有文学史格局提出了挑战;如果再往前追溯,甲寅派、学衡派、周作人等流派和学者,同样对"新文学"的"新"提出过不同看法。如何看待这些不同声音,学界并没有给出令人信服的说法和解释,这些遗留的问题正是"民国文

---

① 江弱水:《古典诗的现代性》,生活·读书·新知三联书店 2010 年版。

学"研究的对象。

中国现代文学史研究在当下所面临的主要问题,是多元"现代"标准与一元文学史叙述之间的矛盾,要解决这些问题,仅仅抛弃不同的"现代"价值预设还不能实现,这就不能不说到"民国文学"的方法论意义。"民国文学"的命名方式决定了它是一种"空间"式的文学史认知视野,① 更关注在一个具体的文化空间内各种文化现象之间的联系,而不将事物的前后联系作为首要考察对象。譬如在"一元化"的文学史视野中,虽然也重视同一时期不同文学现象之间的联系,但为了文学史叙事的需要,普遍会将文学现象设定为"主流"和"支流",尽管经过文学史"重写","主流"和"支流"的地位会发生调换,但这种文学史书写格局及相应的文学研究方法论并没有发生改变。"民国文学"研究不将文学现象的前后联系作为首要考察对象,相应也就打破了"一元化"文学史叙述,比如考察同一时期"新/旧""严肃/通俗""左翼/右翼"等相对文学现象之间的联系,就会打破既有文学史框架的秩序,这些曾被看作截然对立的文化现象,在历史中并非完全剑拔弩张——至少比想象中的对立更多元。如此则一个开放性的文学史研究框架也就建立起来,它会将研究者引入历史的深处,捕捉历史的细节,进而深化对于中国现代文学"现代性"的认知。相对于80年代的"重写文学史","民国文学"研究的文学史观是从"一元"走向"多元",从侧重"时间"维度转向侧重"空间"维度,进而实现重建历史理性的目标。就此而言,"民国文学"可说是文学史研究的"升维"之举。

结　语

从"中国现代文学"到"民国文学",文学史命名方式的改变,

① 关于"民国文学"与文学史研究的"空间"转向关系的讨论可参阅周维东《"民国"的文学史意义》,《社会科学辑刊》2013年第1期;《再谈"民国"的文学史意义——以延安时期文学研究为例》,《学术月刊》2014年第3期。

标志着学界对"现代"的认知向纵深推进。中国现代文学史既有秩序的形成，是一代代学者不断建构的结果，其主要目标是突出"新文学"在现代时期的价值和意义，进而对当代文学的走向产生影响。从最初的"中国新文学史"到"中国现代文学史"，"现代文学"的外延被压缩，因此有关其性质的讨论陷入了僵局。"民国文学"的意义，是恢复"中国现代文学"研究应有的广阔性，在更宏大的视野中重新审视"新""旧"文学的价值，如此也必然带来文学史观及文学研究方法论的变革。

"民国文学"研究所追求的多元历史认知方式，可以将关于中国现代文学"现代性"的讨论导入史学的正轨。目前学界关于"现代性"的讨论，常常陷入"中/西"二元对立思维当中，要么过于强调"世界文学"的标准，要么过于强调"中国道路"的特殊性，从而将问题引入相对主义的泥淖。"民国文学"强调文学史的"空间"维度，目的是重建历史理性以使关于"现代性"问题的争论和分歧得到和解。"民国文学"的意义可以在具体的文学史研究中得到呈现，但其在文学史观和文学研究方法论上的革新意义也值得梳理，这样有利于澄清当下学界对它产生的种种误解。

（作者单位：四川大学文学与新闻学院）

原载《四川大学学报》（哲学社会科学版）2016 年第 4 期

存 目

李怡：《重写文学史视域下的民国文学研究》，载《河北学刊》2013 年第 5 期。

李怡：《"民国热"与民国文学研究》，载《华夏文化论坛》2013 年第 2 期。

田文兵：《"民国文学"热的冷思考——论"民国文学"的理论限度与研究困境》，载《人文杂志》2014 年第 1 期。

侯敏：《关于中国现代文学起点问题的再思考》，载《辽宁师范大学学报》（社会科学版）2014 年第 2 期。

周海波：《"民国文学"研究提出的几个问题》，载《社会科学辑刊》2014 年第 3 期。

张振国：《"民国文学"概念的提出及民国旧体文学研究现状》，载《江苏大学学报》（社会科学版）2014 年第 4 期。

汤溢泽：《对目前民国文学史话题的评析》，载《湖南社会科学》2014 年第 4 期。

田文兵、赵学勇：《"民国文学"视角的有效性及其反思》，载《现代中国文化与文学》2014 年第 1 期。

范钦林：《"民国文学机制"还是"民国文学环境"》，载《现代中国文化与文学》2014 年第 2 期。

林秀琴：《"民国文学"的历史叙述：开放与封闭》，载《文学研究》2015 年第 2 期。

龚虹：《"民国"与"现代"的交锋——中国现代文学名称危机谈》，载《阴山学刊》2016 年第 3 期。

徐汉晖：《意义的生成与限度："民国文学"概念的生存空间》，载《湖北大学学报》（哲学社会科学版）2016 年第 4 期。

宁新芳：《从年鉴学派看"民国文学"》，载《保定学院学报》2017 年第 2 期。

唐敏：《反思的反思：关于"民国文学"论争》，载《信阳师范学院学报》（哲学社会科学版）2017 年第 4 期。

谭若丽：《"民国文学"概念提出的时代背景与属性特质》，载《甘肃广播电视大学学报》2018 年第 1 期。

王炳中：《"民国文学"的概念属性、学术张力及激活介质》，载《山东社会科学》2018 年第 3 期。

吕彦霖：《民国文学"热"的"冷"辨析——关于"民国文学"命名问题的反思》，载《中国图书评论》2018 年第 5 期。

韩双霞：《关于"民国文学热"的思考》，载《海南热带海洋学院学报》2019 年第 1 期。

第 三 编

不懈的开拓

再谈"民国"的文学史意义
——以延安时期文学研究为例

周维东

"民国视野"的出现,最容易受到质疑的地方,是"民国"与延安时期文学的关系问题。作为 20 世纪中国文学中两条重要的"传统"之一,延安时期文学似乎游离于民国之外,不仅"外部空间"与"民国机制"有一定距离,文学形式也与"民国文学"具有异质性。也正是如此,延安时期文学研究在某种程度上成为判定"民国视野"有效性的"试金石":如果"民国视野"能够成为延安时期文学研究不可或缺的新视野,则说明其具有推动学科发展的范式意义;反之,只能说明这种视野具有一定的偏狭性,它只适宜在一定领域内使用,并不能对整个中国现代文学研究产生推动作用。这也是本文写作的重要目的:以延安时期文学研究为例,探讨"民国视野"的文学史意义;同时,也借这个问题纠正"民国视野"在传播中出现的种种误解和误读。

一 "解放区文学"中的文学史问题

对于"延安时期"(1935—1948)的文学,学界习惯将其称之为"解放区文学"。暂且不论这种命名的方式是否科学,这个命名的由来,已经决定了学界对这一时期文学认识的眼光和视野,在某种程度上,关于这一时期文学研究的问题和困境,都可以从这种命名方式中找到答案。

"解放区文学"的由来，可以追溯到周扬在 1949 年 7 月召开的中华全国文学艺术工作者代表大会（史称"第一次文代会"）上的报告，在这一次会议上，周扬、茅盾和傅钟分别作为解放区、国统区和部队文艺工作者的代表在大会作主题报告，周扬在报告《新的人民的文艺》中，使用了"解放区文艺"的概念。"解放区文艺"概念的存在，为后来学者在研究中使用"解放区文学"奠定了基础。在第一次"文代会"上，"解放区""国统区"都是特定时期的概念："解放区"出现在解放战争当中；"国统区"称谓出现较早，但最早也仅在全面抗战爆发后开始使用。在解放战争尚未结束的 1949 年，第一次"文代会"根据大会代表的来历，使用"解放区文艺"和"国统区文艺"等概念无可厚非，但直接将之转化为学术研究的概念，特别是用来指称一段时期的文学史，其实欠缺了必要的严谨性。"解放区文艺"的问题，在于"解放区"存在的时间较短，虽然周扬在使用这个概念时，为了溯源将其起始时间提前至 1942 年，但还是无法指称 1936—1942 年之间的文学——而今天的学者已经将之划归到"解放区文学"的外延中。"国统区文艺"的问题更加明显，单纯从字面上来说，中国现代文学史都可以说是"国统区文艺"——因为其大多数时间和大部分地区都是"国统"——而如果这样，这个命名就失去了意义。

不过，学者们后来沿用"解放区文艺""国统区文艺"等概念，用它来指称一段时期的文学史，也并非简单操用，事实上，在这一次会议上，两个概念已被赋予新的内涵，这些新的内涵要求学界在研究相应的文学史时必须使用这两个概念。第一次"文代会"的初衷，是为即将诞生的新中国做文学艺术上的准备工作，新中国文艺未来的走向，都具体包含在报告者对于"解放区文艺"和"国统区文艺"的评价态度上。因此，经过"文代会"过后，"解放区文艺"和"国统区文艺"就不再是简单的文学指称，更是指导新中国文艺走向的一个坐标。就"解放区文艺"而言，它对于新中国文艺的坐标意义，在于代表了"新的人民的文艺"的发展方向，即新中国文学的"正统"，这个地位也决定了学界对其研究的方法和视角。

"解放区文艺"代表了"新的人民的文艺"的发展方向，这里的

"解放区文艺"的具体所指值得探讨。从宏观上来说，"解放区文艺"这种地位的获得，主要是相对于"国统区文艺"的正统性，但即便如此，能够指导新中国文艺走向的"解放区文艺"也并非解放区文艺的全部，这在周扬的报告和新中国文艺的诸多动向中鲜明地表现了这一点。在周扬的报告《新的人民的文艺》中，他从"新的主题，新的人物，新的语言、形式""工农兵群众的文艺活动""旧剧的改造"三个方面阐述"解放区文艺"的特征和成功经验，[①] 而这三个方面包含的文艺作品、文学思潮、文学活动的数量和种类显然是对解放区文艺实际的简化。与周扬报告的内容相匹配，为了给新中国文艺提供更加直接的指导，周扬主编的"人民文艺丛书"也是以解放区文学作品为主，但更是对解放区实际创作的极大简化。文学史研究本身具有去伪存真、去粗取精的功能，但周扬对解放区文艺"简化"却有其自身特点：首先，其简化的标准是从建构国家意识形态的需要出发，而不是从文学艺术的角度出发；其次，其简化的目的是为了指导未来的文学创作，而不是直接说明这一时期文学的自身特征。这两种倾向，也沿留到 1949 年以后的"解放区文学"研究中。

从反思的角度，学界对第一种倾向的反思和批判已经完成，即摆脱纯粹从建构国家意识形态的角度来研究"解放区文学"的视角和方法；与之相适应，新的研究范式也初步建立起来——20 世纪 80 年代出现的"重写文学史"思潮，完成的便是这项工作。但学界对第二种倾向的反思却鲜有出现，这种倾向可以简称为"溯源式文学史研究"，即为了说明后一段文学史的某种特征，对前一段文学史进行溯源式的研究。周扬对"解放区文艺"的分析和评价，是从指导新中国文艺实践的角度溯源；当下学者为说明当代文学的某种走向，从而展开对"解放区文艺"的研究，也是一种"溯源式文学史研究"。

"一切历史都是当代史"，在历史研究中投注当代视野本无可厚非，但如果完全为了溯源来认识一段文学史，也可能出现盲人摸象式

---

① 周扬：《新的人民的文艺》，《中华全国文学艺术作者代表大会纪念文集》，新华书店 1950 年版，第 69—98 页。

的结局。"溯源式文学史研究"容易出现的问题有两个方面：一是习惯将历史本质化；二是预设的痕迹比较明显。从历史研究的角度，这两个问题具有矛盾性：力图将历史本质化，首先应该从历史的事实出发，而不是站在某种立场上预设历史；换句话说，从预设的角度了解历史，可以体现历史的一个侧面，但绝对不能认为是历史的"本质化"。但是，"溯源式文学史研究"常常出现的结果是二者同时出现，因为历史在这种研究当中成了一种工具，为了证明或批驳某种文化观念，必须将历史本质化才更有说服力。试想，当周扬将"解放区文艺"视为"新的人民的文艺"的方向，如果学界并不认为它代表了解放区文艺的"本质"，那么就是对这种看法有力的驳斥。实际上，学界后来对周扬观点的驳斥就是通过这种方式实现的，在"重写文学史"运动中，通过对解放区文艺作品的"再解读""再阐发"，学界完成了对解放区文艺的认识改变。都是相同的材料，却得出迥然不同的结果，这不由得让我们反思"溯源式文学史研究"的弊端：究竟我们对所谓"历史本质"认识的改变，是对历史认识的加深，或不过是当下文化环境的转变？

从历史研究的角度看，"溯源式文学史研究"的根本缺陷是造成了研究对象的不确定。举个例子来说：学界对"中国现代文学"的认识，在新民主主义史观和"重写文学史"建立的启蒙史观下，其具体所指并不相同：前者强调了"左翼传统"下的文学实践，忽略了游离这种传统之外的文学；后者则强调了所谓具有"文学性"的作品，对于"左翼传统"表现出有意的规避和忽略。也就是说，两者虽然统一在"中国现代文学"之下，但实际各自谈论的事物并不相同。延安时期文学的研究也是如此。在周扬强调解放区文艺代表"新的人民的文艺"的方向时，它的具体所指主要是指 1942 年之后的文艺；而在启蒙史观兴起后，一部分学者开始"反思"或"重新认识"这一时期文艺，主要依托的史实是 1942 年之前的文艺——两种认识主要依据的史实并不相同，只是它们统一在所谓"延安文艺"或"解放区文艺"的名号下。正因为此，中国现代文学研究中两种有巨大影响力的史观之间，并没有产生实质的交集，它们之间的分歧最终变成纯粹话语权力的争斗。

因为研究对象的不确定，"溯源式文学史研究"对于历史丰富性的把握不可能深入，为了文学史"叙事"的合法性和权威性，这种研究方法不仅要"择取"历史，对于已经"择取"的历史，还必须进行有意简化。举个简单的例子，在新民主主义史观指导下的文学史叙事，从"五四"新文学、20世纪30年代革命文学、20世纪40年代延安文学到新中国文学，被视为一脉相承的传统，而熟悉这段历史的人都知道，这种叙事下每一个阶段的文学丰富性都被极大简化了。同样的道理，启蒙史观下的文学史叙事，将"五四"新文学、三四十年代的自由主义文学和新时期文学连缀在一起，认为它们是一脉相承，对每一个具体阶段依然是极大的简化。正是由于"溯源式文学史研究"对"叙事"的渴求大于历史研究本身，造成了"中国现代文学史"远落后于"中国近、现代史"对历史的把握，很多文学史研究成果，常常无视历史的常识。实际上，中国近现代史研究也存在着"溯源式"研究的影响——这本身就是中国近现代史的一部分，但历史研究因为方法的多样性，而且因为其研究对象更为具体，对历史丰富性的把握自然大于了文学史研究。

今天看来，"重写文学史"的根本局限，就在于没有在方法论上与新民主主义史观下的文学史研究拉开距离。从历史研究的角度，"重写文学史"的意义，是通过文学观（价值观）的转变发现并激活了一大批被遮蔽的文学史实。就延安时期文学来说，通过"重写文学史"，我们发现了"红色经典"之外的一大批作品；发现了所谓"丁玲现象""何其芳现象"等知识分子精神中复杂的成分；发现了延安"杂文运动"等这一时期文艺中存在的冲突和矛盾。不过值得注意的是，"重写文学史"对这些现象的发现，是对历史的"补充"而不是对历史的"丰富"。这是因为，那些被"遮蔽"的文学现象本身就不该被遮蔽，"重写文学史"发现了它们并赋予其存在的合理意义，是对历史的"补充"；但是，"重写文学史"发现了这一类值得关注的文学现象，并不能给原有文学史叙事中的文学现象以新的内涵和意义，而是在文学史中注入了新的偏见，所以它并不能说是"加深"或"丰富"对历史的理解。

这种局限，随着"新左翼"的兴起得到了充分的暴露。"新左翼"思潮兴起的背后有着深刻的社会原因，此处不再赘述，可以肯定的是，它是因为中国当下社会问题而产生出的文化情绪和需求。这种文化情绪和需求为了获得合法表达的依据和方式，与历史上的左翼文化思潮联系在一起，重新为"左翼"赋予新的内涵和意义，并将之与"重写文学史"时形成的"启蒙史观"对立起来。中国现代文学研究中的"二元对立"思维，正是在这样的背景下形成的，其背后的根本原因便是思想界在观念上日新月异，但在历史研究的方法论上没有更新。在"二元对立"的背后，值得警惕的是，当我们轻易将某种当下文化欲求投射到历史，历史真如我们想象的那般面目吗？如果不是，其造成的文化误读，很可能让我们陷入历史的循环不能自拔。

二　为什么是"民国"？

应该说，与"重写文学史"后形成的启蒙史观相比，"现代性"理论框架从其出现就带有明显的超越性。抛开"现代性"繁冗的理论背景，仅从这个词语的构词方式，就大致明白其问题意识的由来。"现代性"就是追问"现代"的性质；将其运用到"中国现代文学"研究中，就是追问"中国现代文学"最根本的特点是什么，这也比较符合中国现代文学研究中，"现代性"问题出现的原委。[①] 正是"现代性"框架的这种特点，就对历史研究的推动而言，它在两个方面超越了启蒙史观和新民主主义史观：第一，在时间上，"现代性"研究不是"溯源式"的倒叙结构，而是顺时考察一段历史的整体特征；第二，在观念上，"现代性"研究没有刻意对抗某种文学史观念，也没

[①] 汪晖在《我们如何成为"现代的"？》（《中国现代文学研究丛刊》1996 年第 1 期）曾经提到自己思考"现代性"问题的由来："1985 年，我初到北京念书，向唐弢先生请教的第一个问题是：我们说现代文学是现代的，那么怎样解释'现代'或者文学的'现代性'？唐先生说，这是个很复杂的问题，很难一言以蔽之。因为'现代'概念似乎不是一个时间概念，或者不仅是一个时间概念。"可以看出，作为早期思考中国现代文学"现代性"的学者，汪晖对"现代性"思考的起点是：中国现代文学的"现代"特征是什么？

有强制推行某种价值观念，而是力图从历史中发现某种具有本质性的规律。应该说，"现代性"框架的这两个特点，使它更适合于历史研究：只有不带任何预设观念走进历史，才能充分发掘历史的幽微，也才可能不断加深对历史的认识。中国学界较早对"现代性"问题进行深入研究的汪晖，他对"中国现代性"的认识，从问题意识到最终论述，都延续了这一思路。然而，从汪晖后来被认为是中国"新左派"代表人物的事实看，他的超越并没有化解"左翼"与"启蒙"的鸿沟。在汪晖之后，"现代性"话语丛生，就中国现代文学研究领域来说，能够超越汪晖的"现代性"研究成果并不多。"现代性"话语在一阵喧嚣之后，并没有对中国现代文学史研究有太大推动意义。①

"现代性"讨论的夭折，具体原因很多，最根本的有两个方面：在现实层面，"中国现代性"未完成的事实为学界探讨"现代性"问题造成巨大障碍，在这种现实境况下，知识分子任何对中国现代性的判断和认知，都带有对未来中国道路作出选择的意味和假设，也无不带有对于当下政治的表态和评判——它注定是一种必然夭折的理论话语；在学理层面，"现代性"所要解决的问题与其方法论之间存在严重分歧。"现代性"在中国兴起的原因，是要在"左翼"和"启蒙"之外，找到统摄整个中国现代文化与文学的理论框架。然而，"现代性"虽然在名义上超越了"左翼"或"启蒙"，但在方法论上却与这两种史观如出一辙，它们都力图用一套宏大叙事（meta narration）来说明中国现代的一切问题。"宏大叙事"的特点是唯一性和排他性，是一元文化的外在表现，在当代纷繁复杂的现实下，任何一元叙事都不可能满足人们对于"现代"的想象。正是如此，"现代性"除了让很多学者对于当下的处境感到无所适从之外，很快又陷入"左翼"和"启蒙"的二元对立当中。

"民国视野"的出现，最重要的意义就是要在方法论上打破"宏大叙事"的思维习惯。它用固定的时间和特定的空间，将历史的丰富

---

① 李怡：《现代性：批判的批判——中国现代文学研究的核心问题》（人民文学出版社 2006年版），作者对"现代性"话语在中国兴起与衰落的原因有深入的分析。

性和复杂性释放出来，借用后现代理论的话语方式，使文学史研究回到"小叙事"或"地方叙事"。但"民国视野"与所谓文学史的"客观化"又不相同。所谓"客观化"文学史，就是摆脱一切宏大叙事造成的阴影，使一个时期每一种文学景观都被发现并被研究。"客观化"文学史观念看似打破了"宏大叙事"，但由于不能深化对一个时期文学现象之间关系的认识，实际并没有走出"宏大叙事"的阴影。譬如在"客观化"的文学史研究中，"左翼文学"会被研究，"右翼文学"也会被研究；"新文学"被研究，"旧文学"也可以被研究；"严肃文学"被研究，"通俗文学"也被研究。看似都没有被"遮蔽"，但研究者在独立审视这一文学现象时，却常常以忽略对立面的存在为前提：研究"左翼文学"并不会考虑"右翼文学"存在的价值和意义；研究"新文学"也不会考虑"旧文学"的现代意义和价值；研究"严肃文学"依然忽略"通俗文学"的广泛存在……这样的"客观化"只不过是将宏大叙事"分解化"而已，在所谓"客观化"文学史观念下，中国现代文学研究中出现的问题并没有得到解决，譬如所谓"延安道路"和"启蒙思潮"的矛盾；"严肃文学"与"通俗文学"的分离；"新文学"和"旧文学"的阻隔……只不过它们的存在方式由一方压倒另一方变成二者分庭抗礼。其实如果再深究下去，在这些词语的内部，我们依然可以看到"不客观"的文化霸权和宏大叙事痕迹。

与文学史的"客观化"诉求相比，"民国视野"更强调了"空间性"和"具体性"，这个看似可有可无的要素，却是文学史研究走出宏大叙事、进入"小叙事"的关键。"客观化"文学史之所以难以走出宏大叙事的阴影，是因为失去具体时空的依托，一种文学现象与另一种文学现象之间的联系只能依靠宏大叙事的"残余"来完成。譬如单纯考察"新"与"旧"、"中"与"西"、"革命"与"启蒙"的关系，它们之间更深层次的关联不可能被发现。但在具体空间当中，事物之间的联系变得十分可感，譬如"新""旧"文学，它们可能同时出现在一个人、一本刊物、一篇文章当中，在这种具体的语境下，"新""旧"文学的关系就可能不能一概而论（甚至"新""旧"文学的说法都站不住脚），只能针对具体的对象作出具体的判断。再譬如

"革命"与"启蒙"两者在具体语境下更难以辨别，不仅很多作家身上同时保持着"革命"和"启蒙"的欲求，一个文学思潮的内部也往往出现多种声音——二者的关系与今天的"新左派"和"自由主义"的矛盾不可同日而语。如果继续沿着这种思路进行，今天所谓"新左派"和"自由主义"的关系，也不过是当下中国语境中的具体现象，并不具有超越时空的借鉴性。具体问题中，发现事物具体的联系，在我看来就是"小叙事"，它与"宏大叙事"的差别，就在于具体性。

那么为什么必须是"民国"呢？为什么不直接到更加具体的文学现场呢？我觉得这是民国视野最微妙的地方，也是它与"现代性"视野之间必须完成的对话。在很多学者看来，"民国"视野重要的意义，在于它取代了悬置已久的"现代"，这种说法既没有充分说明"民国"的文学史意义，更曲解了"民国"视野与"现代性"视野的关系。虽然"现代性"话语的夭折使中国现代文学的"现代"变得没有归宿，但必须承认，"民国文学"与之前的清代乃至整个中国古代文学，都发生了根本性的变化，这是研究"民国文学"不可回避的任务：说明这种改变的重要特征是什么，它与"现代性"讨论的最终指向并不冲突。所以，虽然"民国文学"在表面上取代了"现代文学"的命名方式，但在具体研究中并没有（也不可能）消解"现代性"包含的历史意义和当下价值，只是它们对"现代性"探寻的方式发生了改变。在我看来，"民国"就是"中国现代"的缩写，在"中国现代"的框架中探寻现代性，这种宏大叙事容易将"现代性"绝对化、抽象化。而在"民国"中探求"现代性"，只要我们理清了民国文学的诸多史实，实际也就理清了"中国现代"的基本内涵，它并不玄虚。也就是在这个意义上，"民国"变得不可或缺，打破了这个共同体也就意味着放弃对于"现代"的探寻。

三　民国视野与延安文学

就延安时期文学的研究来说，"民国视野"有没有启示意义呢？这个具体的问题，实际包含了"民国视野"中存在的一般问题。在民国文学地理的版图中，存在着很多"飞地"，譬如：历史上遗留下来的"租界"；抗日战争时期的"沦陷区"；共产党领导下的割据政权；等等。它们虽在"民国"之内，但并没有受到民国政治、经济、法律等制度的影响，所产生的文学也有其自身的特征，将其视为"民国文学"似乎言过其实。这种看法本身带有对"民国视野"的误解，以为"民国文学"就是国民党统治下的文学，"民国视野"就是换一种立场的国家叙事。这种误解的根源其实是对"民国"缺少了解，"民国"与当下"共和国"的差别，就在于其并没有对全国实现实质性的统治，其自然特点就是"破碎"——"破碎"本身就是"民国文学"的根本特征。但民国不是分裂的，在"破碎的民国"里，每一个民国的"碎片"在文化上都没有脱离民国，它们以不同的方式相互发生着作用，呈现出文学史的丰富性。

延安时期的文学对于民国文学来说，不是它的"飞地"，而是其特殊的衍生物。从学理上来讲，只有在民国视野中，延安时期文艺从发生到后来发展变化的整个轨迹，才可能得到完整的呈现。学界对延安文艺（或称"解放区文艺"）研究的时间并不短，但其作为一个独立文学史分期的学理依据却并不充分，时至今日，这一阶段文学史的清晰边界仍然是悬而未决的问题。问题的根源还在于"溯源式文学史研究"方法，将延安时期文学视为新中国文学（或"中国当代文学"）的前史，其发生在民国时期的根本特征就被忽略了，作为一个文学史分期，其整体特征也难以得到准确的概括。

作为中国共产党直接领导下的文艺，发生在"民国"还是在"共和国"，其间的差别十分值得注意。这种差别不能简单用"语境"来概括，因为延安时期文学虽然发生在民国，但由于政权割据，其文艺与民国文艺制度并没有发生太多联系。它们的差别，主要是中国共产党现实处境的变化，这直接影响文学决策者对文学的认识和领导，最终影响文学的走向。具体来说，延安时期文学发生在中国共产党革命过程当中，共产党为取得革命最终胜利与各种力量的博弈贯穿于这一时期的整个历史——也包括文学。这种特征要求我们在认识这段文学时，不能被表面的假象迷惑，必须充分把握其背后的策略性因素。也就是说，虽然今天看来延安时期文学的整体特征十分稳定，但这一切完全是因为革命成功后将其作为经验沉淀了下来，在革命前途未卜的境况下，一切都具有临时性和实用性。"新中国"成立后，虽然因为"冷战"格局和"社会主义革命"的任务，文艺发展的背后依然存在着一定的策略性因素，但由于在国内没有直接的军事对抗和政治竞争，其策略性更具有长远性——文艺发展更具有建设的意味。两个时期的不同特征，体现了两者之间在延续性背后的本质差别。

从内在特点来说，延安时期文学与"苏区文学"更具有同类性，它们都属于民国政权下中国共产党治域内的文学。但二者也有差别。就"苏区文学"来说，国共对立且中国共产党明显处于劣势是这一时期文学的总体背景，这使得文学在苏区不可能得到充分发展，它为服务战争而出现，并最终成为军事斗争的一个组成部分。就延安时期文学的总体背景来说，红军到达陕北后，原本的国共对抗格局变成国、共、日三方博弈；三方除了直接的军事对抗外，还增加了舆论博弈的新内容。在这样的背景下，延安时期文学以崭新的姿态出现并发展：因为承担了舆论战的功能，延安时期文艺就不完全是军事斗争的一部分，成了一条独立的"战线"，地位与苏区时期不可同日而语；而由于是一条战线，其传播的范围就不能局限在"边区"（后称"解放区"）一隅，必然要辐射到整个民国乃至民国之外。这是延安时期文艺与苏区文艺的根本差别。所以说，虽然延安文艺与民国文艺制度没有发生直接联系，但如果认为它是在封闭的环境下进行，与民国语境没有任何关联，那无疑是对这一时期文学极大的误解。

有很多史实可以证明这一点。红军到达陕北后，文艺工作的一个重要的举措是成立"中国文艺协会"。关于这一协会成立的初衷，《红色中华》刊登的《"中国文艺协会"的发起》作了详细的说明：

> 极大的创造培养无产者作家，创作工农大众的文艺，成为革命发展运动中一支战斗力量，是目前的重大任务，特别在现时全国进行抗日统一战线的民族革命战争中，把全国各种政治派别、各种创作倾向的文艺团体、文艺工作者团结起来，以无产阶级的

文学思想来推动领导，扩大巩固在抗日统一战线中的力量，更使（是）党和苏维埃新政策下的迫切要求。①

在这段论述中，如果说"培养无产者作家，创作工农大众的文艺"延续和保持了苏区文艺的特色，那么团结"各种创作倾向的文艺团体、文艺工作者"和"扩大巩固在抗日统一战线中的力量"，显然是全新的内容和目标——而它被认为是最"迫切"的要求。这种要求的存在，决定了"中国文艺协会"开展工作的视野必然不局限在当时的"苏区"以内，立场也不局限在无产阶级的文学思想之上，而是力图超越政治派别和各种创作倾向，向全国施加影响力。

红军到达陕北后，进行的一项大型创作活动是关于"长征记"的集体创作。毛泽东和杨尚昆为这次征文活动专门发出征稿的电报和信，前后历经半年多时间，最后编辑成五十余万言的《红军长征记》。如果我们追溯这次集体创作的原委，就可以发现此时文学活动与过去的立场转变。"长征记"创作的缘起，不是针对苏区内部的政治教育，而是"在全国和外国举行扩大红军影响的宣传，募捐抗日经费"②，可见此时其眼光已经扩展到"国内外"而非局限在"苏区"。在《红军长征记》的编辑丁玲看来，该创作活动的成功还有一个意义便是"要使帝国主义的代言人失惊，同时也是给了他一个刻骨的嘲讽"。之所以这样说，主要是针对《字林西报》曾经对长征的评论："红军经过了半个中国的远征，这是一部伟大史诗，然而只有这部书被写出后，它才有价值"③，我们姑且不论丁玲的理解是否准确，至少从认识文艺的角度出发，其关注的视角是超越边区的。

延安时期，因为革命形势的变化，中国共产党中止了苏区时期采取的"关门主义"政策，吸引了一大批外来知识分子和青年学生进入

---

① 《"中国文艺协会"的发起》，《红色中华》1936年11月30日。
② 转引自艾克恩《延安文艺运动纪盛》（1937.1—1948.3），文化艺术出版社1987年版，第14页。
③ 转引自艾克恩《延安文艺运动纪盛》（1937.1—1948.3），文化艺术出版社1987年版，第15页。

革命阵营当中，并充当了文学创作的主力军。外来创作群体，不仅带来了延安之外的文学经验，其创作时的"潜在读者"也没有局限在边区之内。整个延安时期的文学，从来没有停止过与边区之外的文学联系，不仅如《新华日报》《七月》《希望》《文艺阵地》等报刊长期发表延安文艺作品，作家中途在边区和国统区之间来去游走的现象也不在少数。正因为延安时期的文艺不封闭，文艺创作也呈现出一定程度的丰富性，一些文艺思潮甚至脱离了边区的社会现实，譬如延安文艺座谈会召开之前出现的"大戏热"，就过于强调艺术的提高而不顾接受群体的实际水平。这从一个侧面可以反映延安时期文艺的丰富性。

延安文艺座谈会后，边区强化了文艺的"本土化"。文艺"为工农兵服务"的目的就是将边区作家的视野规训到边区之内，并由此衍生出作家立场、主题选择、语言方式及具体技巧等问题，似乎又回到苏区文学的老路上。但这只是问题的一个方面，在确定文艺"为工农兵服务"的发展方向后，延安文学与外界的交往并没有停止，只是由原来的个体交流变成整体交流：毛泽东《在延安文艺座谈会上的讲话》发表后，通过报刊、单册、宣讲等多种手段，在边区内外被有组织地推广和传播；《讲话》后产生的新型文艺作品，如《兄妹开荒》《白毛女》等作品，也被有意识地介绍到国统区。准确地说，文艺"为工农兵服务"的方向，只是毛泽东"文艺战线"思想的最终落实，作为"战线"，它必然要与"敌人"接触并施加影响，而这一切必须是在有组织的条件下进行。

延安时期文学与边区之外社会的丰富联系，要求我们对很多具体现象的认识，必须注意到"域外语境"的影响。譬如"新民主主义"文化理论的形成，如果将目光仅仅局限在边区之内，很容易将其简单认为是边区文化"建设"纲领。这种认识不能说错，但这种建设并不完全出于某种文化理想，而有着国、共意识形态博弈的背景和痕迹。延安历史上关于"新民主主义"的报告和论文，很多都提到"三民主义"的问题，这已经暗示了问题的由来。国共合作后，"三民主义"和"共产主义"的"主义"之争就一直没有停止，国民党企图用三民主义来瓦解共产主义，而共产党则希望通过对三民主义的重新解释，保证共产主义在中国的合法性。正是在这种背景下，"新民主主义"应运而生。在关于文化纲领的问题上，"新民主主义"强调的科学、大众、民族三个主张，内核主要针对了国民党的"民族主义"文化主张。只有在这个立场上，我们才能准确把握"新民主主义"提出的最初内涵，也才能了解其之后发生的意义流变。类似的例子还有很多，譬如鲁迅被延安接受的过程；毛泽东《在延安文艺座谈会上的讲话》中包含的思维习惯；"民族形式"讨论出现的缘由等，都只有充分把握边区内外的文化互动，才能对这些现象有清晰的把握。忽视了延安时期文学的这种特征，就很容易将很多问题简单化。

延安时期文学与民国的复杂关系，也要求我们在认识其整体特征时必须保持警醒：首先，对于延安时期的文学来说，并没有出现所谓"延安道路"。"延安道路"说法的直接来源，是美国学者马克·赛尔登（Mark Selden）在 20 世纪 60 年代创作的著作《革命中的中国：延安道路》（*China in Revolution：The Yenan Way Revisited*），从这本书中作者的自述及题目的时态，大致可以看出所谓"延安道路"产生的原委：它是中西"冷战"思维下的产物。中国革命之所以能成为一条道路，是因为它与西方资本主义制度相比是一种异质化的存在，而它与前苏联等社会主义国家夺取政权的方式又有所不同。同时，在资本主义—社会主义二元对立的环境下，西方社会对资本主义制度的不满，也是他们想象"延安道路"的重要动力。① 其次，它是一种对已经完成的事物的概括方式。从"the Yenan way revisited"的表述方式可以看出，作者对"延安道路"并没有本质化的预设，只是因为它是中国革命的一个客观存在的过程。正因为此，在历史当中的"延安道路"，如同今天的"中国特色的社会主义道路"一样，并没有清晰的理论预设，它们都只是在具体革命和建设实践中作出的具体选择而已。所以，今天的学者用所谓"延安道路"来理解延安时期的历史和文学，并将其作为某种理论立场的支撑，在很多情况下都是没有回到历史，或者

---

① ［美］马克·赛尔登：《革命中的中国：延安道路》，魏晓明、冯崇义译，社会科学文献出版社 2002 年版。

说是没有深入了解历史造成的。

这也引发了应该警醒的第二个问题，在延安时期文学中寻找当下文化需求的理论资源和现实经验，需要提高历史的辨别能力。对延安时期文艺理论资源和现实经验感兴趣的学者大致有两类：第一类是党政宣传机关内的学者；另一类是所谓持"新左翼"立场的民间知识分子。前者强调"延安经验"，意在强化党对文艺的领导，对这种观念本文不予评论，但需要警醒的是，当下文化发展（或加强"文化软实力"）的语境与延安时期发生了很大改变，汲取"延安经验"更应该学习其灵活机动的特点，而不是照搬其文艺领导的现实做法。对于后一种知识分子，他们对"延安经验"的强调，是为了强调"公平正义""底层表达"等文化理念。不能否认"新左翼"在当下中国存在的意义和价值，但如果将延安时期文学的诸多特征，直接与"公平""正义""底层写作"联系起来，在很多时候只是一厢情愿。无产阶级革命的确包含了对"公平"的追求、对"底层"的关怀，延安时期的"土改"运动，文艺"为工农兵服务"的方向，都体现了这些特征。但不能忽略的是，在这些具体做法背后，都带有非常强烈的策略性和实用性，其形成的效果与隔岸的想象并不能直接画等号，这也是为什么"极左"思潮会产生极大破坏性的根源。

结语：作为"空间"的民国

"民国视野"出现并产生影响之后，关于这种视野的误解也随之而生，譬如将其视为一种"政治视角"①，认为其是"启蒙"史观的延续②等。这些误解有些来自外界对"民国视野"的质疑，也有些源自"民国"话语建构者之间的相互出入，它反映了"民国视野"在学界出现的特点，包括两个方面的问题：第一，"民国视野"是中国现代

---

① 赵学勇：《对"民国文学"研究视角的反思》，《中国社会科学报》2013 年 11 月 1 日。
② 韩琛：《"民国机制"与"延安道路"——中国现代文学史研究的范式冲突》，《文学评论》2013 年第 6 期。

文学史研究发展过程中自身探索的结果，不是来自某种理论。"民国视野"出现的过程，关于这种视野的声音逐渐从微弱走向明晰，但从来都不强烈，这和"重写文学史"出现时的状态有很大的不同。这种不同正反映了"民国视野"的探索性，它一开始就不是用一种观念去取代另一种观念，而是基于现有文学史研究框架中的问题，在寻求突破中艰难前行，其间出现理论不统一的现象，也反映了这种特征；第二，"民国视野"包含着丰富的可能性，但也存在着内在的复杂性。从"民国视野"出现的过程看，不同研究者通过这个概念实际表达的内容并不完全相同，甚至在不同建构者的理论中，还存在着相互矛盾的地方，但它们对于当下文学研究都具有不同程度的启发意义。这反映了"民国视野"的包容性和复杂性，在这种视野的背后存在着无限的可能性，但要在理论上对其进行清晰说明，则尚待时日。这种现象并不玄虚，从"五四"新文化运动到"人的文学"口号的提出，也存在着一定的时间差，这也反映了"民国视野"的探索性。也因为此，我觉得学界对于"民国视野"应该适当保持一种包容的态度，这不是说不能对其展开讨论，而是不要轻易对其作某种判断，因为关于"民国视野"的理论并没有走向成熟——建构方没有走向成熟，质疑方对其作某种判断往往也难以严谨。

文学史在过去的研究中，过于强调了"时间性"——"宏大叙事"就是个典型的例子，它以时间为轴，将历史连缀成一条线性叙事，历史的丰富性就被简化了。后现代理论出现后，一切关于文学史的"宏大叙事"都走向破产，但"宏大叙事"的方法论却延续了下来，这导致了中国现代文学研究呈现出"分裂"的状态：研究者以领域为依托，各自停留在各自的"宏大叙事"中，同一时期文艺之间的联系不能说被忽略，但至少研究得非常不充分：认为延安时期文艺与民国没有关联，就是一个典型的例子。而作为"空间"的民国，像一个巨大的框，它以切断时间的方式中止了一切"宏大叙事"思维，呈现出历史的丰富性。

将这个问题再深入一下，作为"空间"的民国，实际改变了认识文学史的方式。它不再以"时间"为主要考察单位，而侧重了文学史的"空间"叙事，考察在同一时间段上，不同文学区域、对象之间的丰富联系。这一转变，可以帮助我们走出"宏大叙事"的阴影，为中国现代文学研究带来丰富的可能性。

（作者单位：四川大学文学与新闻学院）
原载《学术月刊》2014 年第 3 期

民国机制与延安文学

张武军

近些年来，民国文学相关研究成为学界热点话题，随着越来越多的学者对此命题的关注，质疑和批评之声也随之增多。其中，成果最为显著的"民国机制"研究遭遇到了延安文学研究领域里一些学者的质疑。如何处理文学的民国机制和延安文学的关系，如何运用文学的民国机制来解释、定位、研究延安文学，成为对民国机制研究最有冲击力的发问和质疑。

延安文学研究领域中取得了不少成果的赵学勇先生提出："民国期间，尽管由国民党执政，但国共两党间文化话语权的争夺从来就没有停止过，国共两党的文化路线、政策、策略及实施方式均有着本质区别，反映在文学理论与创作中，再明显不过地体现在自'左翼'文学到后来的延安文艺的实践中。因此，如果说'民国机制'说能够成立的话，那么如何深化研究与之相对的'延安机制'，以及由'延安机制'所产生的中国当代文学？"① 《文学评论》最近刊登了韩琛的论文《"民国机制"与"延安道路"——中国现代文学史研究的范式冲突》，作者也着重探讨了"民国机制"与"延安道路"之间的"纠结、对立与冲突"，并且做出了这样的发问："如果'民国机制'真的是一个具有更大理论涵盖性的新范式，那么它必须面对并解决的一个问题是：为何'民国机制'为其内生的'延安道路'所取代？甚至'民国

---

① 赵学勇：《对"民国文学"研究视角的反思》，《中国社会科学报》2013 年 11 月 1 日。

机制'在当下中国的出现本身，就直接面临着来自新左派学者之重估'延安道路'的文学史论述的挑战。"① 其实，作为"民国机制"概念的发明者李怡也注意到了这一问题，在《文学的"民国机制"答问》一文中周维东最后提出了这样的问题："我们研究民国时期的文学，是否也应该考虑当时历史状况的复杂性，比如是不是民国时代的所有文学都从属于'民国机制'？比如解放区文学、沦陷区文学？除了'民国机制'，当时还存在另外的文学机制没有？"面对这样的提问，李怡首先承认"这样的提问就将我们的问题引向深入了"！然后他阐述道："在'民国'的大框架中，也在特定条件下发展起了一些新的'机制'，但是民国没有瓦解，这些'机制'的作用也还是局部的。""延安文学能够在大的国家文化体系中存在，也与民国政治的特殊架构有关，在这个意义上，也可以说是民国机制在特殊的局部滋生了新的延安机制，并最终为发展后的延安机制所取代。"②

由此可见，不论是"民国机制"这一概念的发明者还是对民国文学相关概念的质疑者，都已经意识到延安文学是我们进一步在更深更广层面上继续谈论民国机制时所无法绕开的命题，也是亟须解决的一个命题。

要深入地讨论或解决民国机制和延安文学的相关问题，我们首先得确定在什么样的层面来谈论这个问题。从赵学勇和韩琛两位先生的文章中，我们很容易发现一个共同的逻辑起点，他们都倾向于从"重写文学史"思潮的范畴中来解读民国文学，并由此落实到对具体的民国机制这一概念的反思或质疑。例如赵学勇先生开篇就指出："从某个角度看，民国视角的文学史构想反映了中国现当代文学学科的一种拓展趋向，使得学科结构和内涵更趋复杂化，是 1990 年代以来'重写文学史'的一种持续与延伸，如果这一文学史构想得以实现的话，那么，此前的现当代文学史的整体模态都将会受到很大的挑战。"③ 韩琛

---

① 韩琛：《"民国机制"与"延安道路"——中国现代文学史研究的范式冲突》，《文学评论》2013 年第 6 期。

② 李怡、周维东：《文学的"民国机制"答问》，《文艺争鸣》2012 年第 3 期。

③ 赵学勇：《对"民国文学"研究视角的反思》，《中国社会科学报》2013 年 11 月 1 日。

在其文章的内容提要中就明确提出："'民国机制'的发明是启蒙范式的'重写文学史'思潮的延续，重估'延安道路'的文学史叙述则是革命范式的当代实践。"①

事实上，虽然最近有关民国文学的研究成为热点话题，但是不同研究者的提法和指向却有很大差别。不少研究者的确是在重写文学史的呼吁中抛出了民国文学史的概念，如陈福康、张福贵、丁帆等人都特别强调"民国文学史"这一概念的阐述和运用。诚然，新的文学史框架的搭建将为我们的文学研究提供一个更为广阔的平台，有着不可估量的价值，但很显然，对文学史名称和学科的辨析、讨论，以及如何去书写一部民国文学史，这不是我们文学研究的全部命题，也不是首要命题。我们首先面对的是一个个具体的文学问题、文学现象，而提出和使用民国文学相关概念，是要把"民国"作为进入那个时期文学的切入点、认知视角。提出民国文学相关概念并非为了营造一种话语态势，而是重新解读和重新分析作家作品的需要。其实，仔细考察20世纪80年代兴起的重写文学史思潮，我们不难发现，这都是基于"文革"后研究界对诸多作家作品的重评，对具体文学现象和问题的重新认识。同理，我们今天应该把"民国"作为一种切入视角或认知方法，由此来展开对具体文学现象和作家作品新的理解，来解决一些我们过去难以应对的文学命题，最终也许民国文学史的书写和建构会水到渠成；也许永远无法完成一个让人们满意的民国文学史编撰，但是只要我们用诸如民国机制、民国史视角解决了或部分解决了过去研究中的一些难题，丰富或细化了我们对一些文学现象、作家作品的阐释，这其实比讨论能否编撰一部民国文学史或者围绕着相关概念不断辨析更有意义，更有价值。所以，笔者倾向于张中良的民国史视角、李怡的民国机制，并在这样的层面来看待"民国"和"文学"的关联，倾向于把民国机制作为方式方法，在民国的历史文化语境中，来谈论延安文学的生成与发展，来丰富我们对它的理解。在笔者看来，

① 韩琛：《"民国机制"与"延安道路"——中国现代文学史研究的范式冲突》，《文学评论》2013年第6期。

延安文学是中华民国时期一个特定时段、特定场域的文学现象，一个我们谈论民国文学时的具体问题，而不把它上升到一种道路模式，如"延安道路"。

首先，回到民国历史文化语境，从民国的视角切入，是我们认知延安文学的前提。

既然延安文学是中华民国一个特定时段、特定区域的文学，我们首先就得在民国历史文化语境中去认知和分析它。诚然，彻底重返过去的历史现场已绝无可能，我们事实上只是选取民国作为一个研究的视角，来分析和考察延安文学的发生、发展和演变。从1949年新中国成立直至今日，大陆研究延安文学的著述已经非常之丰富，但是这些研究大都基于一个共同的角度，即站在革命胜利者的一方，站在新中国的立场上。"文革"之前，延安文学研究一直受到政治的干涉和干预，在横向的时间段上，把延安文学置于国统区、沦陷区文学之上，以革命的延安文学统摄和整合其他地区文学为终结；在纵向的时间段上，把五四文学到革命文学到延安文学描述成为一种不断的进步和发展，一种历史演变的必然。"文革"之后，在拨乱反正和重评思潮中，对延安文学的研究也在以"反思"为主导的方向上展开，即把"十七年时期"和"文革"时期的文学创作的凋零、文化政策的失误、文学发展的停滞归结到源头的延安文学上。这就形成了研究界两种相互矛盾的态势，越是有研究者不断强调延安文学对新中国文学直至当下的重要影响，另一些研究者则就越是把我们后来的文学失误归结到延安文学那里。赵学勇发表的一系列论文如《延安文艺研究：历史重评与当代性建构》《延安文艺与现代中国文学》《延安文艺与20世纪中国文学论纲》，就是集中探讨了延安文艺对后来文学的影响以及和当下文艺建构的问题。"延安文艺的形成是百年中国文化史、文学史上最重大的文化事件之一，它是马克思主义文艺理论中国化的重大成果，也是中国新文学历史逻辑发展的合理结果。延安文艺不仅在当时产生了广泛的政治文化影响，对建国后的文艺进程也产生了毋庸置疑的决定性影响，其模式及指导思想，在建国后近30年间，规范和制约着中国当代文学的基本走向和实践品格，也不乏对新时期以来中国文学诸种思潮产生了广泛影响。"①"延安文艺作为'中国经验'的集大成和马克思主义文艺理论中国化的重大成果，既是中国新文学历史逻辑发展的合理结果，又全面规范了当代文学的建构与走向。在新的时代语境下探讨延安文艺与中国新文学的历史演进，对于真正认识'中国历史'，总结'中国经验'有着相当重要的意义。"②另有一些研究者，也是从后来文学发展演变的层面上提出了对延安文学的反思，例如袁盛勇认为后期延安文学的核心概念是"党的文学"，"当毛泽东在新的共和国成立之际，决意要凭借自己的意识形态话语权威把党的文学转换为国家的文学，那么，更大的危机也就如期而至了，这就是：不仅党派文学会使文学日渐丧失其自我确证的审美本性，而且会把国家的文学或民族的文学降格为一种高度意识形态化了的党派文学"③。在反思的声音中，我们很容易看到对延安及其后文学诸如此类的评价："高度意识形态化""主体性丧失""个体自由丧失""缺乏艺术性"等。

由此可见，当我们从新中国的角度来观照延安文学时，我们不得不面临如此针锋相对的认知和评判。其实已经有不少学者提出了还原历史语境来看待延安文学，"对延安文学研究的最有效途径，毋宁回到历史的语境中，揭示延安文人如何承担既定的意识形态而对刚刚开始（或过去）的历史事件做'经典化'的工作。也就是说，我们回到历史的深处，揭开文学文本的生产机制和意义结构，并寻找和把握延安文人在创作过程中呈现出的不可化约的复杂心态"④。但是仅仅回到延安内部的历史语境中来认知延安文学仍然是不够的，仅仅从延安的内部来考察分析延安文学仍然无法廓清很多问题。所以，我们应该从民国的视角出发，在民国的历史语境中来考察延安文学问题，我们不

① 赵学勇、田文兵：《延安文艺与20世纪中国文学论纲》，《陕西师范大学学报》2013年第1期。
② 赵学勇：《延安文艺与现代中国文学》，《解放军艺术学院学报》2012年第4期。
③ 袁盛勇：《重新理解延安文学》，《通向现代文学的本来》，中国文史出版社2007年版，第75页。
④ 黄科安：《延安文学研究》，文化艺术出版社2009年版，第9页。

是讨论其应否发生、是否必然的问题，而是细致探究延安文学发生发展演变的内外要素。我们从民国历史文化语境来考察延安文学，不是消解延安文学的意义和价值，而是在一个更广阔的历史层面来重新认知和分析延安文学。

其次，结合民国的政治文化机制，我们才可以更好地解释延安文学的发生和发展。

从外在政治形势层面来看，延安文学的形成与延安这一特定政治区域的形成与不断扩展相关，可是延安这个特殊的政治区域和其内的文化活动怎么样形成和发展起来的呢？从共产党人的立场来说，长征是北上抗日，是一次伟大的胜利。可是，"二万五千里长征"并最终走向延安的道路真是由共产党人预先设计好的行程么？很显然，当我们摆脱了单一的中国共产党人的视角，从民国的历史语境出发，就会发现延安这一特殊政治区域形成和走向都是极其复杂的。直到长征的最后一刻，途中无数次变更目的地的中共中央都没有确定最终走向何处。在和张国焘的南下路线决裂后，北上的中共中央其目标显然是期待在蒙苏边境建立根据地，保全自己。然而向甘肃、内蒙古西进的道路是那样的艰难，在几乎陷入绝境时，中共中央领导人从甘肃的报纸上发现了陕北红军和根据地的存在，这才决定转战陕北。即便到了陕北，红军继续长征西进的念头也并未彻底打消。

这并非是要否定红军和共产党人在长征中的努力和创造性的贡献，也并非是以选择延安的偶然性来解构延安道路的历史必然性表述。我只是想提醒大家注意到这样一个事实——中华民国名义上的统一与实际上的地方军阀势力的割据，不论是在围剿红军的战役中还是后来的抗日战事中，蒋介石不断地强化中央集权和地方派系势力对此的抵制，是我们分析和阐述共产党人政治活动、文化活动最为重要的国家历史情态。中共中央和红军长征路线的选取很大程度上基于微妙的中央军和地方势力之间的关系，同样的，正是在东北军、西北军、晋军、中央军多方势力的相互牵制下，共产党人后来在延安才得到了很大的发展空间。更重要的是，这些地方军阀势力在某种程度上为延安文化兴起提供了基础，例如张学良东北军驻扎陕西时东北和华北大量流亡师生聚集西安，后来不少人如《松花江上》的作者张寒晖等转向延安；1936年10月为了对抗国民党中央，阎锡山邀请一些共产党人士，成立山西牺牲救国同盟会，训练新军，"牺盟会"中就有后来大名鼎鼎的被认为是延安文艺方向的赵树理以及韦君宜等作家；全面抗战爆发后，原本就一直致力地方教育的阎锡山成立民族革命大学，在全国范围内广邀社会文化精英，训练青年学子，而民族革命大学中不少师生如萧军、徐懋庸、艾青等人后来都前往延安。

当然，我们并不是要美化地方军阀或者要去证明国民党中央政府在思想文化上的开放与开明，可以说民国的政治现实，甚至事实上碎裂的民国为共产党人的政治和文化主张提供了存在和发展的空间。在整个抗战时期，我们既看到了国民党政府部门主导吸纳左翼人士参与的第三厅展开了轰轰烈烈的文化活动，国民政府扶持和支助的"文协"的成就斐然，我们也看到了在国民党中央加强思想控制时，桂林、云南、香港等地方势力或其他势力掌控的区域为共产党人和左翼文化文学发展提供的保障，这些地区的文学文化与延安文学和文化的发展构成了相互依存、相互配合、相互支撑的关系。

国统区内共产党人在宪法保障下言论、出版、结社等政治文化活动，也和延安文化活动构成了相互配合、相互促进的关系。例如《新华日报》属于共产党在国统区公开发行的报纸，过去我们总是描述国民党政府如何压制《新华日报》，可是我们换个角度来看，《新华日报》的公开出版，不停地表达自己抗议的权利并不断获胜不正是基于一种民国机制的有效性么？抗战时期国民党政府确曾设立中央图书杂志审查委员会、新闻检查局等机构，用以加强新闻出版统制和舆论控制。根据相关档案资料揭示，国民党新闻检查人员的确对《新华日报》很注意，但是他们总害怕影响国共两党关系而很少有实际惩处措施，实际上，整个图书出版审查在全面抗战时期都没有真正贯彻下去。黄炎培的《延安归来》更是引发了由《新华日报》《宪政月刊》《民宪》《民主世界》等杂志发起的"拒检运动"，国民党在舆论压力下取消了战时新闻检查制度。正是这样的机制保障使得"延安"在国统区不断地扩大影响，没有《新华日报》等报刊传媒对延安的积极宣传报道以及延安相关著述的公开发表出版，延安估计很难赢得那么多人的认同和向往。

再次，民国经济在内的其他机制要素也是我们考察延安文学发生和文学观念变化的重要原因。

"西安事变"以后，尤其是全面抗战爆发后，成千上万的青年知识分子奔向延安，除了年轻人爱国主义和理想主义的情怀外，支配广大青年选择延安的还有经济和工作上的考量。全面抗战爆发后，正常的学校教育受到了前所未有的震荡，学生们的前途和工作是非常现实而且非常紧要的问题。国共两党以及各方势力都在争取学生，陕北在其辖内先后成立的一系列大学如抗日军政大学、陕北公学等招收学生。陕北吸引青年学子有这样一些优势：读书几乎免费，相比较而言读书成本较低；入校考核门槛极低，后来几乎不作文化程度要求，甚至最为主要的政治谈话考核也降低了标准，"一般国民党、三青团员的青年也可以报名"①；采取速成的办班策略，很快就能毕业且安排工作。当然，全面抗战时期公开活动在各个地区的八路军办事处，他们利用国民党管辖区域的报纸杂志为陕北做公开宣传，这都为延安吸引学生创造了有利条件。这种低门槛的吸纳制度其实也埋下了后来延安"审干"的伏笔。不单是一些没有工作的青年人基于经济的考量选择延安，很多作家在抗战中的选择也大都和工作和经济因素相关。周扬、艾思奇、胡乔木等人就是组织安排调动工作，郭沫若等人选择重庆也基于第三厅的工作，胡风选择重庆开始也是由于工作上的考虑。艾青接受周恩来安排去延安，其中最主要的原因就是周恩来说艾青在延安可以不用担心生计问题，"安心写作"②。其实胡风的妻子梅志在皖南事变后也希望和胡风一起去往延安："M赞成去延安，她说，到了那

---

① 有关陕北公学筹备成立和招生的相关消息见《新中华报》1937年9月9日、9月14日的报道，有关招收标准的放宽参见刘恕的《关于八路军驻湘通讯处为抗大、陕北公学招生工作的回忆》，中国人民解放军历史资料丛书编审委员会编《八路军新四军驻各地办事机构（4）》，解放军出版社1999年版，第537页。

② 艾青：《在汽笛的长鸣声中——〈艾青诗选〉自序》，《艾青选集》第三卷，四川文艺出版社1986年版，第311页。

儿，孩子可以进托儿所，她能参加工作，我也不必为一家人的柴米油盐发愁了。"① 的确，在战时文人经济状况都普遍不佳的情形下，延安的供给制对大家还是有很大吸引力。但相对而言，业已成名的一些"大作家"或者"大知识分子"在很多地方可以获得收入，所以他们选择前往延安的概率要小些。

从延安方面来说，吸纳知识分子也得有经济作为支撑。有意思的是，在 1941 年之前，延安的经济收入主要依靠国民党政府的拨款，例如，1937 年 77.2%、1938 年 51.9%、1939 年 85.79%、1940 年 70.50%的岁入来自国民党政府的外援，而这四年平均财政收入的 82.42% 来自国民党政府拨款。② 这些政府拨款保证了早期延安供给制的顺利运行，也为吸引知识分子和作家提供了最为重要的物质条件。"1939 年、1940 年奔赴延安的左翼革命文艺达到高峰，1941 年开始减少"③，这恰好和国民党政府的拨款统计相吻合。在 1941 年前，延安知识分子的笔下常常有较为优越的生活待遇和经济补贴的描述，作家们也较为自由自在，拿着不低的津贴想干什么就干什么，想写什么就写什么。而 1941 年起经济逐渐紧张，1942 年、1943 年经济危机最为严重，延安开始简政，并开展生产运动、下乡运动。部队和机关都投入到生产运动中，而作家们的逍遥自在的文化俱乐部活动方式就显得比较尴尬。在生产和下乡运动中，怎么样把作家们组织起来，像党政机关人员、部队士兵、学校学生那样接受安排，投入实际的生产劳作或者为生产劳动服务，其实是延安领导人关注的焦点。从这个层面我们来理解延安文艺座谈会和"讲话"，可能会有很多新的启示和发现。在文艺座谈会召开的同时，《解放日报》改版，铺天盖地地对劳动生产英雄吴满有进行宣传和报道，并在文艺座谈会结束后开始出现"吴满有方向"的说法。延安文艺座谈会最后一天朱德作了长篇发言，其中就谈

---

① 胡风：《胡风回忆录》，人民文学出版社 1993 年版，第 220 页。

② 统计数据来自边区财政厅各年度的《财政工作报告》，《财政工作报告》及汇总数据来自陕甘宁边区财政经济史编写组、陕西省档案馆编《陕甘宁边区财政经济史料摘编》第六编"财政"，陕西人民出版社 1981 年版，第 13 页。

③ 蔡丽：《传统、政治与文学》，中国社会科学出版社 2013 年版，第 30 页。

到了作家写作和生产自救的问题，他指出记者莫艾有关吴满有"这篇报道的社会价值不下于20万担救国公粮（1941年陕甘宁边区征收公粮的总数）"①。

文艺座谈会结束后，敏锐的诗人艾青真正领会了座谈会和毛泽东、朱德讲话的精神，很快创作出长诗《吴满有》，这首长诗在《解放日报》全文刊登，并有评论文章称其为文艺的新方向。在艾青创作《吴满有》之前，已经有领导提出了吴满有式的文化下乡，这就是后来成为中国版画大师的古元，因《向吴满有看齐》受到陆定一的大加赞赏。陆定一写了《文化下乡——读古元的一幅木刻年画有感》，向根据地文人提出了"方向性"的要求。②"吴满有方向"既是延安政治经济的方向，也成为文艺工作者努力的方向，即投身生产运动中或参加实际劳动或宣传描写生产劳动正面的人或事，这个方向才是讲话之后文艺的真正方向，而并非后来的"赵树理方向"。艾青后来回忆说，"《吴满有》这首诗发表后影响较大，《解放日报》整版篇幅刊登，宣传部门还用电报形式发到各个解放区。朱子奇前几天来说：毛主席很喜欢这首长诗。诗人纪鹏与韩笑来我这儿时说他们是读了《吴满有》之后参加革命的"。③用电报形式向外传播和推广一部作品在文学史是绝无仅有的，除非是把其视为政策方向性的文件。延安之外的文艺工作者也印证了这种说法，1944年7月山东根据地的文艺工作者谈道："解放日报评论艾青所作的长诗《吴满有》，指出那诗本身是朝着文艺的新方向发展的东西；根据这一评价，新华书店介绍这篇诗的时候，对文艺的新方向这一概念又作了一番解释，那就是'为谁写'、'写什么'、'怎么写'的问题。"④沿着吴满有方向和主题开掘的不少作家和文人受到大家的瞩目和推崇，成为后来的重要作家或艺术家。继续报

---

① 莫艾：《吴满有在大生产运动中》，田方、午人、方蒙编：《延安记者》，陕西人民教育出版社1993年版，第476页。

② 陆定一：《文化下乡——读古元的一幅木刻年画有感》，《解放日报》1943年2月10日。

③ 周红兴：《艾青研究访问记》，文化艺术出版社1991年版，第330页。

④ 其雨：《从〈吴满有〉说到大众的诗歌》，刘增杰等编：《抗日战争时期延安及各抗日民主根据地文学运动资料（下）》，山西人民出版社1983年版，第135页。

道吴满有的莫艾成为后来新闻界的重要人物，上文提到的古元因吴满有主题的版画创作而成为延安木刻版画的代表人物，柯蓝因散文诗《吴满有的故事》等一系列作品而成名，于光远导演了秧歌剧《吴满有》，贺敬之作词、马可谱曲的歌曲《吴满有挑战》，闻捷创作了《吴满有在乡备荒大会上》，解放区第一部有故事的电影片就是《劳动英雄吴满有》，后来大名鼎鼎的凌子风拍摄并担任主角。此外，因策划组织《解放日报》大规模宣传吴满有事迹并撰写了《开展吴满有运动》的李锐，获得了毛泽东的认可和赏识。如果翻阅文艺座谈会后延安报刊上的作品发现，《兄妹开荒》《大生产》《移民》之类的经济生产主题以及与之相适应的语言和形式，成为主导潮流，获得党政领导的高度赞赏。可以说，"吴满有方向"才是延安文艺座谈会后作家们努力和实践的方向。富有意味的是，吴满有在后来的国共内战中被国民党俘虏，国民党对延安塑造的具有方向意义的吴满有很是重视，迫使其发表了投诚反共的电台讲话和报纸宣言，也有说是国民党伪造的讲话和宣言，但自此之后吴满有方向再也无人提起。

很显然"吴满有方向"和我们普遍公认的文艺座谈会和《讲话》确立的工农兵方向有不小冲突。过去，我们常常从阶级视角出发，工农兵主体方针、无产阶级的文艺就必然有改造小资产阶级知识分子的要求，可是"吴满有"从阶级成分来说，是一个有雇工的富农甚至可以说是致富起来的小地主。很显然，从当时的经济机制出发，我们就会发现延安文艺座谈会讲话确立的并不是无产阶级的"工农兵"方向。事实上，在文艺座谈会之前，在经济紧张的时刻，不少知识分子却常常是为贫苦百姓、用人、小鬼们代言，讽刺和攻击那些享受特权、冷落和漠视普通百姓的干部。从思想上，从实际行为上，延安广大的干部显然比知识分子、作家们更脱离群众，在国民党政府停发拨款之后，干部的特权待遇就显得格外突出。而干部对知识分子的"暴露"和"批判"更为不满，认为知识分子拿着津贴、不干实事却大放厥词。延安文艺座谈会主要解决的是经济危机下文艺界和干部之间越来越明显的对立和冲突，另一个就是我们上述所论述的把知识分子武装起来从事生产的问题，而并非是延安知识分子脱离群众的小资产阶级的阶级性问题。文艺座谈会一共召开三次，1942 年 5 月 2 日毛泽东开场作"引言"提出问题供大家讨论，5 月 23 日（萧军日记中记载是 5 月 22 日）毛泽东作总结发言，而《讲话》正式发表则是 1943 年 10 月 19 日。开会三次前后 20 多天，毛泽东《讲话》正式发表则距离座谈会有近乎一年半的时间，这么长时间后正式发表的《讲话》和延安文艺座谈现场讨论内容有何变迁值得我们细细探究。从《讲话》正式发表的"引言"部分，我们仍然能看出毛泽东的重心之所在的一些端倪，"文艺作品在根据地的接受对象，是工农兵及其党政军干部。根据地也有学生，但这些学生和旧式学生也不相同，他们不是过去的干部，就是未来的干部"。"即拿干部说，你们不要以为这部分人数目少，这比大后方出一本书的读者多得多，大后方一本书一版平常只有两千册，三版也才有六千册，但是根据地的干部，单是延安能看书的就有一万多。而且这些干部许多都是久经锻炼的革命家，他们是从全国各地来的，他们也要到各地去工作，所以对这些人做教育工作，是有重大意义的。我们的文艺工作者，应该向他们好好做工作。"① 在"引言"部分的"对象"问题中，绝大部分内容都在谈干部，谈到工农兵的地方连带着干部或把干部放在工农兵前面，引言主要引出的是对待干部的问题，而在正式的"结论"发表时，"干部"几乎消失，剩下了纯粹的"工农兵"。这究竟是因 20 来天座谈会讨论而改变的主旨倾向还是一年半以后发表时因政治、经济、时事变化才改变的，是非常有意思的命题。

最后，运用民国机制的视角和方法，我们可以对延安文学的"民族主义"有更细致丰富的认知，才能发现其真正的价值和意义。

最近这些年来，学界对延安文学的评判主要从"民族主义"的文学理念展开，有研究者把民族主义视为"延安文学观念形成的最初动力和逻辑起点"②，更有不少人运用民族——现代性理论来发现延安文

① 毛泽东：《在延安文艺座谈会上的讲话》，新华书店 1949 年版。
② 袁盛勇：《民族主义：前期延安文学观念形成的最初动力和逻辑起点》，《兰州大学学报》2005 年第 1 期。

学的现代性特征，更有不少学者把本土化的延安文艺视为反西方中心主义的"反现代的现代性"。唐小兵认为："延安文艺的复杂性正在于它是一场反现代的现代先锋派文化运动。"① 还有学者认为，"毛文体或毛话语从根本上该是一种现代性话语——一种和西方现代话语有着密切联系，却被深刻地中国化了的中国现代性话语"。②

从文学理念上来看，民族主义的确为延安文学的发展提供了必要的动力支持，可是我们需要进一步追问的是，延安文学中的民族主义何以形成？难道国民党和其他政治势力就没有顺应民族主义的要求么？如果延安的民族主义是民族现代性的体现，国民党所具有的鲜明的民族主义特征就不是现代性的体现么？反西方现代的现代性是更有价值的现代性，可是在美国观察员和西方记者的眼里，延安似乎更接近西方的民主理念而不是对抗着西方的民主观念，延安常常对外宣传和展示的是"三三制"的民主政策。显然，用西方传来的民族—现代性解读延安文艺，这和历史的事实有着多么大的出入和隔膜啊！要弄清延安文艺的民族主义理念的来龙去脉、发展变迁，我们与其用一个先验的西方时髦理论来作所谓的"再解读"，不如回到民国的历史情境中去再现它的丰富与复杂。

延安民族主义话语的形成和变迁，与民国这个大语境及国共关系密切相关。我们细数左翼文人从 1935 年到全面抗战结束的民族主义表述，国防文学、民族革命战争的大众文学、三民主义文化和文学、三民主义的现实主义文学、革命的三民主义文化、真三民主义文化、民主主义的现实文学、新民主主义文化和文学，这一系列概念的提出和背后所代表的文学理念，我们当然可以用民族主义来概括，但并不是说民族主义主导了这些概念和文学理念的形成，相反，它们是在政治、经济、文化、宣传、动员等外在机制作用下，经由作家、理论家内在的思考、探究中逐步呈现的各种理念。其实这恰

---

① 唐小兵：《我们怎样想象历史（代导言）》，《再解读：大众文艺与意识形态》（增订版），北京大学出版社 2007 年版，第 6 页。

② 李陀：《丁玲不简单——毛体制下知识分子在话语生产中的复杂角色》，《昨天的故事：关于重写文学史》，生活·读书·新知三联书店 2011 年版，第 153 页。

恰最能体现民国机制阐述有效性的地方，运用民国机制显然让我们对这些文学理念形成和变迁的过程理解得更加细致、更加丰富，而不是简单化。

共产国际统一战线政策的出炉，"八一宣言"的发表，王明马上领会"国防政府"的倡议而重提"国防文学"，"左联"的解散、以党团组织名义推行"国防文学"口号的做法引发了坚守个人主体性的鲁迅的不满；带着共产国际和陕北统一战线政策来上海做统战工作的冯雪峰，为了安抚鲁迅，为了消除鲁迅和党之间的隔阂而动议提出了"民族革命战争的大众文学"。在国共并未真正合作之前，陕北领导人包括张闻天、周恩来、毛泽东对冯雪峰的文艺口号是极其满意的，例如张闻天和周恩来在 1936 年 7 月捎信给冯雪峰："你对周君（指周扬，笔者注）所用的方法是对的。你的老师与沈兄好吗？念甚。你老师送的东西虽是因为交通关系尚未收到，但我们大家都很熟悉。他们为抗日救国的努力，我们都很钦佩。希望你转致我们的敬意。对于你的老师的任何怀疑，我们都是不相信的。请他不要为一些浅薄的议论，而发气。"[①] 1937 年 1 月冯雪峰回到延安向党中央汇报工作，同毛泽东等领导同志都作过长谈。"在许多次的深夜长谈中，毛泽东同志一再关切地询问鲁迅逝世前后的情况，表示了对鲁迅的怀念之情。毛泽东同志和中央其他领导同志对冯雪峰的工作给予肯定。"[②] 1937 年 5 月后，在上海办事处主任潘汉年安排下，倡导"国防文学"的中坚人物如胡乔木、周扬、艾思奇、周立波、徐懋庸等相继来到延安，延安的态度有了明显转变，宣传部部长吴亮平作了官方的结论，他说："对于'国防文学'和'民族革命战争的大众文学'这二个口号的论争，我们同毛主席与洛甫、博古等也作过一番讨论，

---

①　程中原：《体现党同鲁迅亲密关系的重要文献——读 1936 年 7 月 6 日张闻天、周恩来给冯雪峰的信》，《鲁迅研究月刊》1992 年第 7 期。文中所引内容，均见本文所刊载的原信手稿部分。

②　冯夏熊：《冯雪峰——一位坚忍不拔的作家》，见包子衍、袁绍发编《回忆雪峰》，中国文史出版社 1986 年版，第 13 页。另外陈早春等的《冯雪峰评传》也是同样的表述，似乎是参考了冯夏熊的文章，见陈早春、万家骥《冯雪峰评传》第 1 版，重庆出版社 1993 年版，第 226 页。

认为在目前,'国防文学'这个口号是更适合的。'民族革命战争的大众文学'这个口号,作为一种前进的文艺集团的标帜是可以的,但用它来作为组织全国文艺界的联合战线的口号,在性质上是太狭窄了。"①

1937年7月全面抗战爆发,经过了漫长的政治和军事博弈的国共两党,在三民主义的框架内开始了又一次的合作。7月15日,中国共产党发表了《中共中央为公布国共合作宣言》,向全国同胞公布了共产党人奋斗之总目标,而三条总目标基本上和孙中山及国民党阐述的三民主义没有出入,而四条宣言的首条就是"孙中山先生的三民主义为中国今日之必需,本党愿为其彻底的实现而奋斗"②。尽管围绕着三民主义国共两党之间有着不断的争论,如真假三民主义、革命的或保守的三民主义、新旧三民主义等提法的辩论和争执,但三民主义的框架体系双方都没有脱离,并依据各自对三民主义的阐释来总结和建构自己的文学文化理念。与此同时,在抗日民主根据地各个边区,大家也都在三民主义的框架下提出各自的文化、文学理念,当延安地区已经开始提出"新的民主共和国"的说法并逐渐讨论提出"新民主主义"的概念时,同属共产党人控制的其他区域如晋察冀边区却火热地讨论着"三民主义的现实主义"文学概念,即便毛泽东的《新民主主义论》发表后,在其他地区有的作家并未完全转向新民主主义文学,如《抗敌周报》在1940年5月30日的文章中仍然援引彭真的提法,"边区是三民主义的现实主义文学最好的园地"③,也有的人希望完美对接新民主主义文学和三民主义的现实主义这两个概念,如在《纪念高尔基与我们文化运动的方向——〈抗敌报〉社论》一文中就谈到,晋察冀边区提出了"三民主义的现实主义创作方法"这一口号,"并且,边区的进步作家一致依这一口号而创作。这个三民主义的现实主

---

① 朱正明:《陕北文艺运动的建立》,《西北特区特写》,每日译报社1938年版,第58页。
② 《中共中央为公布国共合作宣言》,中共延安市委统战部编:《延安时期统一战线史料选编》,华夏出版社2010年版,第117—118页。
③ 《三年来边区的文化教育事业(节录)》,刘增杰等编:《抗日战争时期延安及各抗日民主根据地文学运动资料(中)》,山西人民出版社1983年版,第54页。

义，在毛泽东同志《新民主主义论》发表以后的今天来讲，显然也就是新三民主义的现实主义，就是新民主主义的现实主义"①。而投身晋察冀边区文艺活动并未聆听"讲话"也未参加文艺界"整风"的赵树理、孙犁，却在后来意外地成为"讲话"之后延安文艺的方向，事实上，孙犁后来所念念不忘的仍是邓拓等人所表述的极富热情和自由的三民主义的现实主义文学理念。很显然，延安文学中的民族主义表述是极其丰富的，这恰恰是三民主义为其提供了极具弹性的表述空间，当然我们并非以三民主义来消解延安文艺民族主义表述的独特性，相反，在三民主义的语境中我们才可以洞悉延安民族主义真正吻合现代价值理念的地方。全面抗战初期毛泽东谈到三民主义时就说道，"我们老早就是信仰三民主义的"，"现在的任务是必须为真正实现革命的三民主义而奋斗，这就是说以对外抗战求得中国独立解放的民族主义，对内民主自由，求得建立普选国会制，民主共和国的民权主义，与改善人民生活，求得解除大多数人民痛苦的民生主义，这样的三民主义与我们的现时政纲，并无不合，我们正在向国民党要求这些东西"②。全面抗战期间，共产党人和延安始终积极争取民主自由、宪政共和，督促国民党落实三民主义的宪政理念，可以说，三民主义让共产党人和延安成为最有活力的一个群体，并由此吸引了知识分子和其他党派政治势力的赞同和拥护。

　　总之，文学的民国机制和延安文学并非彼此相互抵牾，相互对立。从民国视角出发，回到民国历史文化语境中，是我们认知延安文学的前提，运用民国的政治、经济文化等机制要素，我们才可更好地阐释延安文学的发生、发展和观念的变迁。过去我们站在延安——新中国的立场上遮蔽了民国历史文化的诸多丰富复杂的因素，运用民国机制来进入文学的研究并不会遮蔽延安或消解延安，相反，正是借助民国的政治、经济、教育、学习、法律、动员、结社、传播等等诸多机制

---

① 张学新、刘宗武编：《晋察冀文学史料》，天津社会科学院出版社1989年版，第143页。

② 毛泽东：《中日问题与西安事变——与史沫特莱的谈话》，《毛泽东文集》第一卷，人民出版社1993年版，第491—492页。

要素，我们打开了延安文学研究的一片新天地，发现一些前所未有的新命题、新启示。

（作者单位：西南大学文学院　重庆抗战大后方研究中心）

原载《社会科学辑刊》2014 年第 3 期

民国文学观念与西南联大研究新视角

李光荣

近几年来，一种新的文学研究观念——民国文学在学术界悄然兴起。民国文学观要求把中国相应时间段的文学放在民国社会文化中去研究。而这段时间正好包涵了中国现代文学史，所以民国文学观念在现代文学研究界首先提出并运用。说"首先"，是对文学界而言的。其实在其他学界，如历史、经济、政治、教育、法律等学科，早已使用了"民国"概念。民国文学或中华民国文学概念的取用，使我国1912—1949年的文学得到了历史的依托。说穿了，民国文学观念的提出和运用，是一种"回到历史"的思想观念的实际体现。取用了民国文学概念，"中国现代文学史"便不再是可以任意伸缩的弹性历史了。在《中国文学史》中，无论古代的文学因素如何变化，都是断代史，可是，"近代"以下就没有列入《中国文学史》著作了，意即"中国文学"止于民国以前。这是不合理的。民国是我国历史上无法抹去的一个时期，必然而且已经是我国历史纪年的一个阶段，是绕不过去的。同样，新中国文学史也是不能永久使用"中国当代文学史"指称的。取用了中华民国文学史，就贯通了中国文学史的河流，不再把"现代文学""当代文学"排除在"中国文学史"之外；同时20世纪的文言作品、少数民族文学、华文文学等进入这段中国文学史也就获得了"合法性"。因此，民国文学观念大有勃兴之势。

西南联大是民国的一所大学，其历史及文学打上了清晰而深刻的民国烙印。研究西南联大及其文学，必须具备民国观念，从民国视角进入，在民国社会的政治、教育、文化、经济、战争、交通、商业等环境中进行"定位"考察，才能研究得准确到位，说清问题。也只有这样，所研究的才是"西南联大"而不是其他的大学。这种思维方法的基点是民国意识，由民国意识出发的观察为民国视角，观察所见的区域即民国视域。在民国意识以及民国文学观念的建构过程中，本人参与了概念的提出、阐释并较早地进行具体研究。我选择了自己最为熟悉的西南联大及其文学，把西南联大作为一个个案进行考察，企图把西南联大做成民国文学研究的范例。本文是对我近几年来民国文学研究工作的思考和实践的总结，现发表出来，以求得到同好的批评指正。

一

1937 年 11 月 1 日，西南联大在长沙开学，初称国立长沙临时大学。这是中华民国政府全面抗战壮举中的一项功在千秋的伟业。虽然，在全面抗战初兴时民国政府对抗战的长久性缺少认识，教育部把开办临时大学的意义局限在"为使抗敌期中战区内优良师资不致无处效力，各校学生不致失学，并为非常时期训练各种专门人才以应国家需要"①，显得短见。但是，随着全国主要城市北京、天津、上海、南京相继沦陷，抗战速决论破产，政府接着调整了思路，确立了"战时如平时"的办学方针，制定了为"抗战建国"培养人才的长远目标。当战火威胁长沙之时，国民政府再一次同意长沙临时大学西迁。临大鉴于云南的区位优势和对外交通联络的便利，决定迁往昆明并得到国家教育部的批准。这一次迁徙，是在举国西南大转移的境况中进行的，局势的紧迫、交通的拥挤、事务的繁多可想而知，因而此举充分显示了政府对于办教育的重视。

到了昆明，云南省政府和昆明市给予热情接待。省主席龙云曾先

---

① 《教育部设立临时大学计划纲要草案》，北京大学等编：《国立西南联合大学史料》第 1 卷，云南教育出版社 1998 年版，第 53 页。

后批文解决西南联大的校舍问题，并主动把自家的住宅让出一部分给教授居住。无奈此时涌入昆明的机构与人口太多，无法解决全部校舍问题，西南联大只好把文学院和法商学院设在蒙自。在蒙自，县政府出面帮助，士绅腾出自家房屋解决校舍问题，虽有商人提高膳食标准之事，但有识之士是竭诚欢迎的。李县长曾派40多名保安守卫位于城外的学校，夜间护送女生回宿舍，政府及地方名士多次请教授吃饭并与他们交往，结下了友谊。在昆明，政府协助学校购买土地修建新校舍，使西南联大"安营扎寨"，安心育人。当物价飞涨，居之不易的时候，政府还为学校提供公米。老百姓则以象征性的价钱出租房屋给师生，形成了"昆明城有多大，西南联大就有多大"的特殊景观，学校附近居民有的以开茶馆的方式提供学生的自习场所，当日本飞机轰炸昆明，老师又移居到附近小镇的居民或农民家中，与他们共一屋檐下，朝夕相处，感情深厚，有的甚至把这份感情延续到了下一代。

最值得注意的是，西南联大从诞生之日起就不在民国政府的眼皮底下。常言道：山高皇帝远。远离政治中心使西南联大获得了许多自由。无论政府办学的初衷如何，在战况日益凶险，丢城失地逐渐增多的局势下，西南联大师生自觉承担起了文化的使命，以传承中华文化、推进科技进步为己任，老师孜孜于研究以创造，学生砣砣于学业而成才，形成了爱国、民主、自由、科学、刻苦、创新的精神和学风。他们心里有一个崇高的理念：国家和民族。而实现国家中兴、民族强大的途径是继承和创造文化，因此，他们把教学看得很神圣，把培养抗战建国的人才作为工作的核心。在物价暴涨、生活困顿的时候，有老师去校外兼课，或者兼开商店、包工程、做肥皂、刻图章，甚至出卖知识与名声去写碑文，但没有谁辞职经商去发"国难财"的，因为他们的兼职只是为了生存，而生存的目的是传承文化薪火，造就建设国家的人才。正是出于这样的一种国家观念和文化使命以及山高皇帝远的条件，西南联大能够对种种与学术创造和人才养成关系不大的东西，无论来自哪个方面，哪怕是上级的指令都可能进行抵制。陈立夫任教育部长后，对大学的管理日严。1938年秋，教育部颁布《大学各学院共同必修科目表》之后，又陆续颁布各系必修课程表，部订教材以及学生成绩考核办法等，企图将大学教育整齐划一。西南联大教授认为不妥，遂召开教务会议，通过呈文，请学校向教育部反映不予执行。教育部见文后，默许西南联大对其指令变通处理。

在"民国视域"中，还值得注意的是云南的"半独立"状态。民国政府的一大问题是政治不统一，政令得不到有效的贯彻执行。虽然各省政权都承认民国政府为中央政府，愿意听命于中央，但许多省都是军阀独占，割据一方，与中央政府貌合神离。云南省便属这种情况。省主席龙云具有进取精神，对云南的发展建设尽心竭力，要努力创建一个"新云南"，但他对中央政府保持着警惕，严密防范中央政权的渗透，独自控制着云南大权，甚至发行地方货币，保持经济的独立，即使到了抗战时期局势异常紧张的时候，也不让中央军驻扎在昆明城内，他在云南实行既归属民国中央，又独立行使政策法令的统治。蒋介石对龙云的做法心知肚明，虽不满甚至怨恨，但只好听任。正是云南地方政府与中央政府之间的差异与矛盾空隙，给西南联大的办学留下了生存发展的空间。龙云又是一个开明进步的官员，他尊重文化人，不压制民主自由，后来还秘密加入了中国民主同盟。学生游行，他派警察维持秩序；"皖南事变"后，学生党员身处危境，他通风报信；"倒孔运动"后，中央政府派人来抓捕学生，他予以抵制。龙云和他领导的云南省政府不但为西南联大办学提供了力所能及的条件，还是西南联大民主自由运动的同情者，也是西南联大政治与人权的保护者。蒋介石对龙云由不满到仇视，全面抗战胜利，终于软禁了他。龙云下台，昆明发生了"一二·一"惨案。虽然全市学生坚持斗争取得了"一二·一"运动的胜利，但付出的代价除鲜血和生命外，还有学业，甚至包括西南联大的仓促结束。所以，在总结西南联大的成功经验时，有学生说了这样的话："如果联大不是设在云南，而是设在大后方的其他地方……西南联大也就绝不可能有那样大的成就和贡献。"①

---

① 李曦沐：《西南联大——中国教育史上的一座丰碑》，西南联大北京校友会编：《我心中的西南联大》，清华大学出版社 2008 年版，第 23 页。

二

　　作为一所战争时期流亡迁徙，匆促办学，条件极差的大学，西南联大的成就真有那么大吗？

　　衡量教育水平的最终标准是学校培养的学生。而学生的质量是在十几年、几十年后才充分显现出来的。因此，对于一所学校办学水平最客观的评定不仅在当时，更在数十年之后，所谓百年树人。考评一所学校，当时所能见到的是"大师""高楼"及设备条件，即今所说的软件和硬件，所能感受到的是教师学问的深浅，讲课水平的优劣等。而其软硬件的好坏、教学的深浅优劣对于造就人才的效果，是将来学生在实际工作中体现出来的。之所以说西南联大教育成果显著，是数十年后，西南联大培养的学生在文化岗位和科技领域取得了众多举世瞩目的成绩，为科学文化和人类的进步作出了卓越的贡献；而他们在取得成绩的时候，总会提起自己的母校，感谢西南联大给予自己的良好教育，杨振宁、李政道、邹承鲁、朱光亚、黄昆、王希季、王汉斌、彭珮云、任继愈、林抡元、汪曾祺、杜运燮、沈克琦等，无不这样。

　　由于各种原因，西南联大湮没了很长时间，以至在新中国成立后二三十年的时间里人们不知道有西南联大，直至20世纪80年代，国家政治气氛宽松，西南联大才浮出水面。那时，北京、昆明、天津、上海、广东等地相继成立了西南联大校友会。校友会开展多种活动，编辑《校友会简讯》，北京校友会还成立了"校史组"广泛开展校史资料征集工作。西南联大随着这些活动渐渐为人所知。而1980年，以西南联大学生为主体的"北京老同学合唱团"成立后，在人民大会堂的一场场演出，随着电视节目播出和报纸杂志刊载，"西南联大"走遍了全国，传向了世界。这期间，一本本重要的书籍相继出版，1986年《笳吹弦诵在春城》《国立西南联合大学校史资料》，1988年《笳吹弦诵情弥切》《西南联合大学建校五十周年纪念专辑》，1994年《西南联大在蒙自》，1995年《西南联大教育史》，1997年《西南联大现代诗钞》，1998年《内迁院校在云南》、《难忘联大岁月》、《国立西南联合大学史料》和《西南联大与中国现代知识分子》，《中国教育史上的一次创举》，2000 年《西南联大历史情境中的文学活动》，等等，这些著作，既是西南联大研究的重要成果，又为新的西南联大研究提供了史料、线索、思想，推动了西南联大研究向纵深发展。尤其是 1996 年《国立西南联合大学校史》出版，为广大读者了解西南联大提供了较为完整、翔实、准确的读物，虽然书中还有一些瑕疵，但对于人们认识西南联大的办学成就与历史面貌给予了最基本也是较权威的阐释，是西南联大研究中最重要的学术成果。应该特别一提的是台湾南京出版有限公司 1982 年出版的《国立西南联合大学》和美国学者易社强 1988 年出版的英文版 *Lianda：A Chinese University in War and Revolution* 二书。前一本为丛书《学府纪闻》之一种，收录台湾的西南联大师生当年对西南联大的书写文章和后来对西南联大的回忆。当时海峡两岸的关系尚未解冻，作者不可能回国考察，数十年前的情况在记忆中必然有变形或差错，但在总体上反映了西南联大面貌，有许多是弥足珍贵的史料，且从另一个角度看西南联大，揭示出一些新东西，尤其可贵的是，它作为西南联大研究的先声，对内地的西南联大研究产生了影响。后一本书则是作者在 20 年的研究中，走访了在美国、英国、中国香港、中国台湾、中国大陆等国家和地区的上百位校友，到长沙、昆明、蒙自、叙永做实地考察，查阅了美国、台湾、大陆的诸多图书、报刊和档案而后写成的。虽然书中的某些观点与大陆的意识有相当的出入甚至抵触，但全书是作者的独立见解，是另一种思想意识指导下对西南联大的认识，属于另一种声音。无论大陆、台湾或美国的著作，都充分肯定了西南联大的精神和业绩。以上成果表明，20 世纪 80—90 年代，西南联大研究得以展开，其特点是稳步推进、深入发展，虽然波澜不惊，但硕果累累，成绩卓著，为以后的研究打下了良好的基础。

　　进入 21 世纪以后，回忆式的文章已不再是研究的主体，西南联大师生也不再是研究的主力，连他们所编的几本史料书中的多数文章都不再是新写的回忆，多为历年文章的编选同时收入了部分后学研究者写的文章，如《西南联大精神永垂云南》和《我心中的西南联大》。这时涌现了许多新的研究者，出版了一些新书。由于年纪较轻的研究者缺乏西南联大的生活经历，又没有查阅可靠的史料并进行实地考察，有的书中不免存在牵强附会之处。但有的作者舍得花工夫，收集了较为翔实的资料，学问功底深厚，笔调轻松，较有可读性，如《西南联大·昆明记忆》。这时期除新学者的涌现外，另一特色是对故旧史料的发掘并获得了研究的突破，其代表是《西南联大文学作品选》和《季节燃起的花朵——西南联大文学社团研究》二书。近几年，为迎合市场需要，出现了一些轶事连缀、捕风捉影、趣闻引申的著作，虽然无伤大雅，但亦无关宏旨，既无新材料，又无新观点，对研究无意义，这是应当警惕的。

总之，西南联大研究从20世纪80年代以来，由西南联大师生率先，对西南联大进行了全方位的研究，他们以"亲历者"的身份和眼光，描述了西南联大的基本事实，提供了许多鲜为人知的材料，并且对西南联大的精神、传统、教学、学术和生活等进行概括和总结，得出了许多具有科学性的结论，为西南联大研究奠定了坚实的基础。其中最值得大书一笔的是《国立西南联合大学校史》一书，它是研究西南联大的案头读本，此书修订后于2006年再版，在西南联大研究史上地位崇高。接着而起的是后来者的研究。后来者以新的知识和眼光去看西南联大，得出了许多与西南联大亲历者不同的认识。他们不仅以新的理论去阐释西南联大，还注意史料的发掘，实地的考察和独特的感受，尤其是拥有独立的史料准备，因此，所写的东西不同于前人而有所突破和创新。其中观点新颖、内容丰富、材料扎实，影响较大的著作是《西南联大与中国现代知识分子》、《西南联大历史情境中的文学活动》、《战争与革命中的西南联大》①和《季节燃起的花朵——西南联大文学社团研究》等。可以断定，沿着史料的路子走下去，必定会产生更多有价值的成果。也在这时，历史又一次露出了笑容，新的研究观念尝试成功了。

---

① ［美］易社强的 *Lianda：A Chinese University in War and Revolution* 中译本，2011年在台湾和大陆相继出版。

三

对于西南联大的研究，最为充分的内容是中国共产党人的作用和"一二·一"运动，散见于报刊和图书的论文不谈，单是专书就有《中共西南联大地下组织和群众革命活动简史》《一二·一运动史料选编》《一二·一运动论文集》《一二·一运动与西南联大》《一二·一运动史》《一二·一诗选》等数本。这些书由不同的人从不同的角度对中国共产党人和"一二·一"运动进行了各个不同方面的论述，较为清楚地描写了事件的全过程及其作用、意义、价值、地位等。这是20世纪后20年西南联大研究的一个热点，也是成果最为丰富的方面，其价值在于推动了人们对于西南联大与政治斗争关系的认识，使西南联大受到中国共产党的重视，进而推广了西南联大研究。西南联大研究以"一二·一"运动为起点和突破口并形成热点，有其客观的原因，在西南联大研究史上独具意义。但是，"一二·一"并不是西南联大的全部。当我决定专注于西南联大研究的时候，有人就提出"西南联大是否是一所政治大学"的问题，有一位老先生曾问我："西南联大是谁办的大学？"2004年，我分别访问任继愈和许渊冲先生，他俩不约而同地说"要注意研究中间力量"。这些声音都在提醒我们该怎样研究西南联大。

如何突破与创新？其实，在政治话语之外，有的研究者在默默地做着自己的工作，易社强在中外空间对西南联大校友的采访，姚丹"回到历史现场"感受西南联大，都是在对西南联大寻求新的阐释的努力。结果，他们实现了研究的初衷，取得了西南联大研究史上举足轻重的成果。我发现西南联大的史料在逐渐消失：历史当事人在陆续离世，旧时的报纸杂志在日益炭化或蛀蚀，于2000年发出了"抢救史料"的呼吁，并得到一些研究者的拥护，于是向某个研究组织提出了工作计划，不意那组织领导人的本意并不在西南联大研究本身，遂不理睬我的计划，大家只能坐视史料的消失而空发叹息。之后，我只好以个人的力量进行西南联大史籍的阅读收集，故址的考察，师生的访问与联系。我深受鼓舞的是，所到之处都得到了热情的支持，因而获得了许多弥足珍贵的史料，专著《季节燃起的花朵——西南联大文学社团研究》就是在此基础上完成的。在此无意介绍我的研究，只想说明我所走的史料路线对于西南联大研究是扎实而适用的，能够造成西南联大成果的新因素。至于我提倡的史料方法，并不是什么新方法，只是中国学术研究的传统而已，无非是把良好的学术传统运用在西南联大研究中。不过，做史料太艰难，太缓慢，太费劲，太花钱，所以，没有带动起更多的人形成一种研究浪潮，但愿意走这条路的个体研究者是有的，他们正在努力。

在史料工作的基础上，经过多年的思考与探索，一种新的研究观念——民国视角渐渐浮上我的心头。

民国视角的获得源自实践。在研究中，我发现，在民国三十八年的历史范畴中，许多东西不从民国的观念与角度去解释，便会沦为悖谬。例如上面论到的进步与革命问题。西南联大的共产党人组织群众革命，其目的是反对国民党及其掌控的国家政权。但是，西南联大是民国政府办的学校，学生极少反对学校，其关系是如何协调的？国民党和云南省政权有矛盾，其情形如何？西南联大如何利用其矛盾扩大办学的？只有弄清这些"民国现象"，才能解释西南联大的"生存"问题。抗战爱国是西南联大的核心思想之一，1994年国民政府发动十万青年从军运动，一些共产党人却加以反对，这是为什么？西南联大在龙云掌握云南军政大权时期发展迅速，而在卢汉掌权时期则很快结束，原因为何？包括西南联大为什么能够成为自由的天地，民主的堡垒，等等，都要从民国的角度才能获得有效的解释。所以，不得不提出"民国意识"问题。

从民国视角或曰在民国视域中研究西南联大，并不是要研究者站在民国甚至当时国民党的立场上看待西南联大，而是要了解民国的国情，包括民国的制度、社会和政策等，依据民国的实情观察、认识和解释西南联大，简单地说，即把西南联大放在民国的社会历史环境中去研究，放在民国的框架中去阐释。

西南联大研究的民国意识的形成与中国现代文学研究观念的更新

有关。20世纪80年代，在"解放思想"的旗帜下，文学研究界思想活跃，青年学者崛起，提出了一系列文学史观，如："百年文学史""近、现、当代文学汇通""二十世纪中国文学""重写文学史"等。这些观念在后来的20年里都不同程度地得到了实现。在实践中又都发现了各自的问题。21世纪以来，研究界酝酿着新的突破，以便更有效地概括这一段文学。我觉得，中国现代文学起止时间游移不定，争论不休，缘于名称：中国现代文学的名称"无根"。怎样才能使这段时期的文学"生根"呢？借鉴中国古代文学史分期方法，采用断代史的传统，把中国现代文学史对应为中华民国文学史。我坚信将来的历史（文学史）一定会沿袭中国传统的断代史，而不是"近""现""当"这样无确定时间含义的临时称谓。于是，我提出了"中华民国文学史"概念。正是在这种思考的背景下，我开始了西南联大文学社团研究书稿的写作。但那时，我还不能明确提出"民国"概念，只是觉得不从民国的政治和社会入手，便说不清西南联大的历史，不结合民国的教育制度、云南的社会状况和抗日战争的进程，便说不清西南联大的办学情况。基本问题都说不清，怎么研究西南联大及其文学？随着"民国文学"概念思索的成熟，西南联大研究的民国意识也就成熟了。有了民国意识，才能产生"民国视角"。

西南联大研究的民国视角是从民国的角度来考察西南联大，即从民国的社会、政治、教育、文化、军事、经济、交通、信息、工矿、农业以及生活方式等状况来研究西南联大的形成、变化、发展、坚持、结束的历史过程，以及在此过程中取得的辉煌成就和重要贡献，其中也包括西南联大的局限和问题。因此，民国视角是一种注重历史和文化的多方面、多层次的综合的思想观念和研究方法。使用这种观念和方法进行的研究，即是"民国视域"中的研究。

四

西南联大是一所大学，但它绝不是孤立于围墙内的学校——以时代背景来说，它存在于抗日战争和第三次国内革命战争前期，因日军全面进攻我国东部地区，民国政府实行战略撤退，因此有了国立长沙临时大学暨西南联大。全面抗战胜利后立即北返有困难，西南联大才继续留在昆明；因留在昆明，才有"一二·一"运动，直至最后的匆促结束。

以隶属关系来说，它是国民政府创办的学校，他的直管部门是民国政府教育部，它的经费由教育部划拨（非全部），它得执行教育部的指令，它的办学规模由教育部控制，它的大政要报告教育部批准或备案。

以社会关系而论，西南联大的成功举办与湖南省政府、云南省政府及蒙自县政府、叙永县政府的支持分不开，与长沙、昆明、蒙自、叙永等地各界人士的热情、宽容和接纳分不开。西南联大还与民国社会各阶层以及世界各国文化人士保持着各种联系。

以教育思想而论，西南联大固然延续了北大、清华、南开的传统，比如，强调基础教育和文理渗透，主张通才教育，肯定大师的影响意义，注重导师的作用和课外活动，坚持与世界教育接轨等，但民国教育部战时如平时和抗战建国并重的教育思想对西南联大办学也是产生了重大作用的。

以文化关联而论，西南联大的重要职责是传承中国文化的薪火，而当时中国文化的主干是传统文化，但组成西南联大的北大、清华、南开是在"五四"新文化烈火中涅槃过的，因此西南联大的新文化力量较为强大；而学校的教授绝大多数出国留过学，他们带来了世界最先进的文化和科学技术，这就在西南联大形成了中国传统文化、现代文化和外国文化三种文化互相碰撞与融合的局面，其结果推进了西南联大的发展。此外云南地方文化也为西南联大提供了文化资源。

以上关系构成了西南联大生存与办学的合力，西南联大正是在这种合力的作用下存在、发展并最终完成使命的。研究西南联大必须注意以上关系及其所形成的合力的作用，方能做到准确与深刻。而以上关系及合力是在民国的特定历史情境中出现的，所以研究西南联大要注意"民国情境"，具备民国意识，开启民国视角，使用民国方法。

西南联大的文学创作同样是在民国框架内进行的。民国的政治制度、文化体制、社团组织、经济形态、出版印刷、书报发行、战争形势、社会状况、人口密度、文化程度、娱闲方式等都对文学的创作、传播以及艺术质量产生着影响。西南联大作家居于昆明，不同于重庆与其他城市的大学或作家的创作，他们虽然拥有更多的自由，但又缺乏作品发表的报刊和出版的机构，又兼学生作家的经济条件限制，因此壁报办得热火朝天。在昆明，西南联大师生散居于民间，成为民众之中的普通一员，因而获得了真正的人民性，刘北汜、林元、汪曾祺、辛代等人的作品便是极具民众意识的。这不同于作家深入生活、体验生活所进行的创作。那么多作家（几乎是全部）融入社会生活，作为底层人民的一员，恐怕只有全面抗战时期的西南联大能够做到。云南地方文化和少数民族文艺对西南联大文学创作的影响亦不可忽视。民间生活使作家们广泛接触并吸收了民间文化，朱自清、闻一多、沈从文、冯至、汪曾祺、刘北汜、郑敏等作家的作品中就渗透着云南民间文化色彩。由于对彝族歌舞的欣赏，西南联大破天荒地组织了一次少数民族民间原生态歌舞的演出。演出催生出闻一多的歌舞剧本《〈九歌〉古歌舞剧悬解》。西南联大文学由于继承了古今文化，连通了中外文化，吸收了民间文化，因此多有创新和独特性。

在西南联大文学中，现代主义文学是一个亮点，它直接沟通于欧美现代派文学，对中国现代文学的发展作出了开创性的贡献；现实主义则表现出深化的特性，它们对于现实生活的描写获得了更大的广度和深度，由于在表现中吸收了其他方法的一些长处，西南联大的现实主义风格显得不那么传统和纯粹，但更灵活和自由，也更深刻；浪漫主义则是西南联大的另一特色，郁达夫停止创作之后，浪漫主义鲜有力作，而在西南联大则得到了新的发展，早期的穆旦、赵瑞蕻，后期的闻山、秦泥即创作了优秀的浪漫主义诗歌。由于"九叶派"的关系，学界对西南联大的现代主义文学给予了较大的关注，成绩可喜，但对其他流派文学的研究则跟不上，让人感到西南联大文学就是现代主义文学，就是表现现代人的生存困境和心灵痛苦的文学，这是一个极大的错觉。

抗战是民国当时最大的政治，也是西南联大命运的决定条件，同时是西南联大文学的核心内容。战争对西南联大文学创作而言，不是一般论者所说的文学背景，而是内容的主要部分。西南联大的早期，沈从文和林蒲对于湘西社会面貌的描写就是对抗战因素的寻找，而林蒲、刘兆吉、辛代、祖文、向长清等则直接描写了战斗；中、后期，青年教师和学生有的去"飞虎队"当翻译，有的参加远征军出国抗日，他们创作了更多的作品直接描写了抗日战争，老师则沉入了人生价值、生死观的思考，作品表现为哲理性，冯至、沈从文是其代表；后期还表现为反内战的斗争，王松声对于国军镇压人民群众的揭露，郭良夫、何达等对于"一二·一"运动的反映皆属此类。我们要注意的是，同是描写战争，西南联大的作家不同于其他地方，独具自己的个性和云南生活的色彩，我把这种特点称为"云南味"。

如此等等，共同构成了西南联大文学的基本内容，决定了西南联大文学的基本面貌，形成了西南联大文学的基本特征。如果割断了古代文化、外国文化和"五四"新文化的关联，孤立地言说西南联大，所论未必是"西南联大文学"；如果忽视了昆明和云南社会文化的特点，品不出"云南味"，所论便不是"西南联大文学"；如果离开了民国的政治、文化和社会，离开了抗日战争和战后历史，所论便成了无源之水，无本之木，也不是"西南联大文学"。

（作者单位：西南民族大学文学与新闻传播学院）

原载《现代中国文化与文学》2014 年第 1 期

民国文学视野中的现代文体学

周海波

　　"民国文学"作为 20 世纪中国文学研究的全新学术视野，经过了概念确认、意义探寻和方法梳理过程之后，已经开始从文学史概念走向学术问题的研究，从意义开始趋向整合，从研究方法转向文学本体。实际上，当学术讨论超越概念的争执而关注对象的本体时，才有可能更清楚地认识到研究对象深刻的内涵及其学术价值。尽管"民国文学"较之中国现代文学或者其他文学史概念，改变的不仅是概念，而更主要的是文学史观念的问题，或者"民国文学"作为新的学术视野改变的不仅是研究领域，而更可能是对什么是"文学"，什么是"现代文学"以及什么是"中国现代文学"的问题的重新认识与思考。比如，在研究"民国文学"的过程中，自然而然会将问题引向现代文学的文体学，重新研究现代文体学的基础上，确立"民国文学"或者"现代文学"的文学史范畴。文体学学家认为："中国文学与西方文学的重要差异，在某种程度上就是不同文体体系的差异。"[①] 任何一种文学首先是文体学的问题。民国文学中的文体学不仅是文学体式的问题，而且主要是文学的核心问题，呈现着文学的体与性的问题。只有充分讨论并弄清楚民国文学的文体学，才有可能认识民国文学，从而民国文学才有可能获得真正的文学史认同。

　　在现代文体学中，"文体"是一个含义丰富且有歧义的概念，它

---

　　① 吴承学：《中国古代文体学研究》，人民出版社 2011 年版，第 2、3 页。

可以指称为文学风格，也可以是指文学体裁，或者是指作品的结构方式。如果从文体与文学作品的关系来看，文体应当包含外在的形状和内在的结构两大系统，如果从文学的表现样式来说，它又是对文学类型的区分。当我们回到民国文学的研究视野中，探究现代文体的谱系与类型，进而讨论如何建立民国文学就成为一个不可回避的学术话题。

一　文体与文学：民国文学研究的体与性

近年来，在讨论民国文学的有关理论问题时，人们已经意识到，"民国文学"的理论超越了过去长期以来被提到空前高度的"现代性"问题，真正回归到文学本体上来，能够在"民国"的历史框架中重新审视"什么是文学"的问题。但是，必须正视的问题是，无论是"中国现代文学"还是"民国文学"，都不可能绕开"现代"而简单地谈"文学"，或者绕开"文学"而空谈"现代"。进入 20 世纪之后的中国，"现代"就是一个与中国社会和文学密切相关的问题。民国生在现代，现代烛照着民国。讨论民国文学的文体，既不能脱离文学的范畴，也不能离开现代的视角，民国文体首先是一种现代中国的文学文体，其次是民国文学中的文体。李怡就说过，由于民国文学恰逢巨大的历史变迁，因而，"它的确具有自己值得挖掘和辨析的历史性质——虽然汉代文学不一定有如此强烈的汉代性、唐代文学不一定有鲜明的唐代性，但我们却可以说民国时期的文学有值得挖掘的'民国性'。'民国性'就是中国现代文学自身的'现代性'的真正的落实和呈现"[①]。李怡在这里所提出的"民国性"与"现代性"，同样是认识现代文体学不可回避的问题，即"民国文体"与"现代文学"的关系问题。

以民国文学的视野研究文体学，重要的一点，就是要通过文体学研究回到"中国文学"。研究民国文体学，需要在民国文体的体与性方面探究文体的生成与意义。文体学家认为，"中国文体学的'体'，

---

① 李怡：《"民国文学"与"民国机制"三个追问》，《理论学刊》2013 年第 5 期。

是一个典型的中国本土文学概念，它是指文学艺术赖以存在的生命形式"，因此，"体"就具有"具体形式与抽象本体之意"，"既有体裁或文体类别之意，又有体性、体貌之义；既可指具体章法结构与表现形式，又可指文章或文学之本体"①。从体出发，研究民国文学的体式，进而建立民国文学的文体谱系；从体性出发，探究民国文学的语言风格与表现方式，讨论民国文学的审美风格与美学精神。因此，讨论民国文体学就不能不关注以下两个问题。

第一，民国文学研究提出的文体谱系的认同问题。民国文学重新考量的是"民国时期"的文学，它是指承续了与中国历史上各个不同时代的文学相关联的一个独特的文学时期，因此，民国文学中的"现代"是指与中国文学中的"古代"在时间上的相对立与联系。在"中国现代文学"的范畴内考察现代文体时，"现代"与"古代"处在二元对立的状态下，因而形成了"新文学"与"旧文学"的对立文学形态，而在文体学上对不同时期的文学文体或者同一时期的不同文体，进行了严格的新与旧的区分。从这个意义上说，所谓的新文学与旧文学，就是指文体上的新与旧。当我们站在"现代文学"的立场上看文学时，新文学就是中国文学发展的必然结果，新文学必然会带来新文体，新文体就是新文学，因此，新文体就是评判文学重要的甚至是唯一的标准。

但如果以民国文学作为重新考量文体学的视野，文学可能并不能以新与旧作为标准，而应以真与美作为文学与文体评价的主要标准。从这个意义上说，民国文学这一概念消解了新与旧的二元对立的文学史模式，将文学真正引向文学本身。对此，当年的学衡派已经针对"五四"以来新文学所存在的问题，批评了新旧二元对立的文学观念，从文学的范畴出发对文学进行了艺术上的阐释。吴宓认为，"何者为新？何者为旧？此至难判定也"，"所谓新者，多系旧者改头换面，重出再见，常人以为新，识者不以为新也"②。曹慕管则更直接地指出：

---

① 吴承学：《中国古代文体学研究》，人民出版社 2011 年版，第 2、3 页。
② 吴宓：《论新文化运动》，《学衡》1922 年第 4 期。

"文学无新旧，惟其真耳。"① 吴宓和曹慕管都是立足于文学自身，是从中外文学的性质上阐述文学的变革问题。在他们看来，文学是传情达意的，是情感与艺术的产物，所以，文学只要合乎真，合乎情感，合乎审美的就是好的文学。因此，古代伟大的作品并不会因为时间的流逝而失去其艺术魅力。正是这样，无论是现代文学还是民国文学，其立足点都在于文学，在于民国时期的具有现代特征的文学。因此，"新的文学史最根本的核心便是'文学'，也就是说，我们可以有意识地省略掉众多的社会历史讲述，将理解、阐述、引导读者阅读中国现代文学原典作为最重要的目标"。② 如何让文学史的研究与书写进入文学内部，尽管人们可能会给予多种不同的回答，但是，文体学将是最直接和最贴近的，也是改变新文学与旧文学思维模式的有效方法。

从文学史的发展来看，现代文学的视野限定了新文学与新文体，肯定了不同于古典文学的新的艺术表达方式、审美风格、文学气象。而民国文学的学术视野则不仅包含了新文学与新文体，而且也容纳了已经被新文学宣布为"死去了"的古典形态的文学，承认文学应是具有更广泛更多样化的文学世界。

第二，民国文学应当是什么样的文学。当传统的审美价值观念让位于新的审美价值观念后，文体类型及其谱系、文体语言及其风格，都因此会发生某些变异。但是，当文学史重回文学的范畴，不再执着于新、旧问题，也不再纠缠于现代性的有无问题时，那么，应当从文体学的角度，对什么是民国时期的文学进行重新的价值确认，重新研究民国文学的文体谱系的构成与结构。

"五四"以来，人们在"新文学"观念的制约下，已经习惯了新文体的种种逻辑准则，即如文体分类也是按照西方的分类规则，以小说、诗歌、戏剧、散文这种现代文学可以接受的原则，对民国以来的文学进行分类。这种分类原则较之古代文体学的分类明晰、简洁，但

---

① 曹慕管：《论文学无新旧之异》，《学衡》1924 年第 32 期。
② 李怡：《文学史是什么史?》，《陕西师范大学学报》（哲学社会科学版）2010 年第 39 卷第 5 期。

是，这种新的文体价值谱系，却在改变古代文体谱系的同时，也造成了新的文体学上的混乱。如将"小说"对应于西方文体中的"novel"，将诗歌等同于古典诗词或者西方文学中的诗，将散文小品对应于西方文体中的"essay"，这些文体概念的运用，有的是直接借用了外国文学中的相关概念，有的是从古代借用过来，将不同内涵、不同文类的概念混为一谈，从而模糊了文体的边界，混淆了不同的文体概念。出现这种理论与创作上的现象，一方面说明现代文体学在创建过程中，已经注意到现代文体的独特性及其对古代文体和西方文体的承继性，考虑到文体概念使用的方便，一方面也说明现代文学在文体学上的芜杂与混乱。当新文学兴起之时，不仅一些非文学性的文体被纳入到文学的范畴，而且在概念运用上也存在着诸多问题。如"诗歌"这个在现代文学被广泛应用的概念，完全不同于古代的诗词或者西方的诗。它是在一种新的文化语境和传媒基础上形成，并融合了民歌、民谣以及古典诗词、外国诗等艺术手段，创造而成的一种新的文体。这种诗歌无论在艺术精神还是文体类型，无论是诗体构造还是语言运用，都已经逸出传统的文学观念，虽然诗歌从某些方面继承了中国古典诗词的艺术手段，或者吸收西方诗的某些艺术手段，但就整体而言，诗歌已经是不同于古典诗词，也不同西方诗的另一种文体。就艺术精神说，西洋的诗体现为贵族精神，中国古典诗词则是文人精神，而现代新诗则主要表现为平民精神。而就艺术形式言，无论是古典诗词还是西洋的诗，都讲究诗的格律，以严整的格律创造美的形式，在一定的格律中表达感情，或者说以格律的形式节制情感。而现代诗歌在艺术形式上则相对自由，不讲究格律，没有一定规则，甚至出现散文化的诗歌。

但是，民国文学文体不仅仅是这类新文学的文体。民国文学作为文学史的概念之所以能够成立，不仅它是一个历史时期具有文学史分期的合理性，而且这一概念最大限度地涵盖了这一历史时期的所有文类的文学，构建了一个完整的、体系性的文学谱系。在这个谱系中，民国文体包括三个相辅相成的系统：新文体、传统的古典文体和通俗性的流行文体。三种文体有区别又有交叉，有分离又有融合。在新文学的谱系中，包含小说、诗歌、散文、戏剧等文体，也包括新兴的报告文学、杂文等文体。这些文体经过近百年的发展流变，已经得到读者、批评家和文学史家的认可，甚至已然成为民国以来文学史的主流，而且这种文体学反过来影响到中国古代文学研究，成为一些中国古代文学史著作的分类方法和撰述体例。但另一方面，中国古代传统的文体，仍然是民国文学中的重要组成部分，如古典形态的诗词、文章、记等文体，被相当多的文人所运用，即使是新文学作家也常常创作传统诗词。虽然随着新文学发展成为主流文学，传统的古典文体谱系逐渐边缘化，但它仍然存在，并且成为民国文学最具有艺术精神的一派。不仅如此，传统的古典文学也影响到了新文学作家的文学观和创作，新月派和京派作为新文学的重要流派，在延续"五四"新文学传统的同时，对于传统文学和审美精神的保守，以及对纯美的追求，使得其创作保留了相当明显的传统文体的特点，使现代文学在文学的审美追求方面有所收获。而在流行文学的文体中，则以小说为主，兼及散文小品一类，他们对电影艺术的涉足，使其文体更加时尚。

二 古典文体的流芳余韵

在民国文学史上，传统古典形态的文学仍然具有比较广阔的生存空间，为众多文人所喜欢，甚至在一些文人那里，仍然坚持古典文体的合理性与合法性存在，保守着传统的价值观念和审美观念，从文体学上迷恋古典文学，古典文体的流芳余韵为民国文学史的书写增添了浓墨重彩的一笔。

古典文人对古典文学文体的保守几乎从提倡新文学的同时就开始了。

1902 年，梁启超提倡"小说界革命""诗界革命"，改变了中国文体学的基本格局，为中国文学造就社会性、现代性的文体学奠定了基础。但随后不久，王国维就在他的一系列著述中，对梁启超的观点进行了修正。1906 年，他在《红楼梦评论》中就有别于梁启超的文学社会功利说，提出文学是苦闷的象征，并以"古雅"说建立起新的文体学。尽管王国维的这些著述主要在民国成立之前完成，但这些理论观点已经具备了民国文学文体学的基本特征，成为民国文体学的前奏。

王国维的文体理论是在继承中国古代文体理论和西方文体理论的基础上形成的，他站在东西方文化的制高点上，重新梳理文学的定义，带给中国文坛既现代又传统的文学样态和观念。悲剧说是王国维文体理论的基础，境界说则是其主要内涵，体现的是艺术精神，而古雅说则是其主要理论呈现，是对纯美文体的追求。王国维并没有对"古雅"明确的定义，他说："欲知古雅之性质，不可不知美之普遍之性质。美之性质，一言以蔽之曰：可爱玩而不可利用者是已。虽物之美者，有时亦足供吾人之利用，但人之视为美时，决不计及其可利用之点。其性质如是，故其价值亦存于美之自身，而不存乎其外。"① 王国维把"可爱玩而不可利用"看作文学之美的普遍性质，而且作为对"古雅"的阐释，这就从根本上否定了梁启超的社会功利性文学观。王国维是从纯美学的角度批评文学的，从文学的本体寻找文学的美。所以，他认为"文学者，游戏的事业也"②。既然文学是游戏的事业，文学的美就不在文学之外，而在文学之内，文学的美不是外加的，而是自身存在的。那么，这种古雅的艺术又怎样表现了现代文体的艺术精神呢？王国维对此用艺术的"第一形式""第二形式"进行了描绘，"以自然但经过'第一形式'，而艺术则必就自然中固有之某形式，或所自创造之新形势，而以'第二形式'表出之"。③ 在王国维看来，文学没有"内容"与"形式"之分，所有的文学都是一种形式，所有的文学则需要合乎"古雅"的审美规范。文学是一种艺术创造，不能等同于自然，有了好的材质，并不等于就是好的文学作品，好的题材只是优秀文学作品的基础，所以，王国维认为诗歌情景以及戏曲小说之主人翁及其境遇，这些都是文学的材质，是"第一形式"。"第一形

---

① 王国维：《古雅之在美学上之位置》，《王国维集》第 1 册，中国社会科学出版社 2008 年版，第 184、185 页。
② 王国维：《文学小言》，《王国维集》第 1 册，中国社会科学出版社 2008 年版，第 22 页。
③ 王国维：《古雅之在美学上之位置》，《王国维集》第 1 册，中国社会科学出版社 2008 年版，第 184、185 页。

式"经过"第二形式之美雅"，各种材质才有可能获得"独立之价值"，才有可能获得审美的品格。

"五四"新文化运动之后，学衡派诸公打起了保守传统的旗帜。毫无疑问，学衡派的出场带有鲜明的目的性，他们对新文化尤其是以白话代替文言，将一切过去的传统文化都视为旧的而予以否定的做法提出尖锐批评。学衡派以文化保守主义者的姿态出场，在阐述文化精神与文学观念的同时，对新文化提倡者提出了批评。应当说，学衡派与新文化提倡者有一个共同的目的，建设现代文化，复兴民族文化。但他们又与新文化倡导者采取了不同的态度与办法，形成了与新文化倡导者在诸多方面的分歧：文学的新与旧问题、功利主义文学观与无功利主义的审美追求的问题、自由散漫的白话新诗与中国传统诗词的美学关系问题。这些问题直接关系到中国文学的发展方向，关系到现代文体学的根本属性问题。从学衡派关注、讨论的一些主要问题来看，他们在批评新文化倡导者的同时，主要在建构一种新的文体学，这种文体学既秉承传统文学的体性，而又保持着文学应有的审美倾向，既是现代的又是古典的，既能体现现代文化的精神内涵，而又保守传统文体的艺术特点。吴芳吉在《三论吾人眼中之新旧文学观》中说："文无一定之法，而有一定之美，过与不及，皆无当也。"所谓文学创造的正法，就是要有"文心"，"文心之作用，如轮有轴，轮行则轴与俱远，然轴之所在，终不易也"。在他看来，"盖文心者，集古今作家经验之正法，以筑成悠远之坦途，还供学者之行经者也。故作品虽多，文心则一，时代虽迁，文心不改。欲定作品之生灭，惟在文心之得丧，不以时代论也"。① 这里的意思很明确，斗转星移，时代虽然到了民国，但文学的"文心"是不会变的，也可以说，文学的文体无论随时代发生了怎样的变化，文学的审美品格是不能变的。吴宓则说得更清楚："作诗之法，须以新材料入旧格律"，"作文之法，无论己所作之文为何类何题何事何意，均须熟读古文而摹仿之"。所以，即使是作白话文学，"亦当以古文为师资，况从事于文学创造者耶"。而对于小

---

① 吴芳吉：《三论吾人眼中之新旧文学观》，《学衡》1924 年第 31 期。

说、戏剧、翻译等文体，他则提出了较多的批评，认为"西洋近今天盛行短篇小说及独幕剧，此亦文学衰象之一"①。胡先骕那篇著名的《评〈尝试集〉》，不仅是一篇文采飞扬、有理有据的批评文章，而且也是出色的文体理论的学术文本。在这篇文章中，胡先骕借批评胡适的《尝试集》全面系统地讨论了诗的性质、作诗方法等诗学问题。文章首先阐述了声调格律音韵与诗的关系，指出："诗之有声调格律音韵，古今中外，莫不皆然。诗之所以异于文者，亦以声调格律音韵故。"从文体类型上说，吴宓、胡先骕等学衡派代表人物使用了"诗"这一不同于新文学的"新诗"或"诗歌"的概念，从文体的角度说，诗更加符合文学的文体学要求，具有纯诗的美学特征。正如胡先骕所说："诗之功用，在能表现美感与情韵，初不作文言白话之别，白话之能表现美感与情韵，固可用之作诗。苟文言亦有此功能，则亦万无屏弃之理。"② 胡先骕虽然只是论述了诗的功能和美学特征，但足以表达其美学理想，从一个方面阐述了民国文体的基本特征与属性。

在这个背景下出现的新月派及其新格律诗，就具有特别的文体学意义。新格律诗既不同于古典格律诗，更不同于白话新诗，新格律诗坚持了诗的贵族立场和精神，坚持了纯诗的格律。新月诗派讲究以格律节制感情，讲究诗的古雅之美。在梁实秋、闻一多、徐志摩那里，通过新格律诗的理论与实践纠正白话新诗存在的某些问题，为民国文体提供一种新的型范。从文学史论争的角度来看，梁实秋对"五四"以来新文学的批评，比学衡派更加激烈，更富有理论性。如果说学衡派的评论不可避免地带着一些情绪化的色彩，而梁实秋的批评则更具理性特征，闻一多、徐志摩等人的理论建树也更具有针对性和实践性。随后，当新月诗派逐渐解体之后，京派作家承担起了寻求文学的纯美的职责。但由于京派作家除朱光潜这样的理论家和沈从文这样的职业作家外，大多数作家虽然有较高的艺术造诣，但是，当他们把文学作为业余爱好时，就缺少了学衡派和新月诗派那种文学的执着，对他们

---

① 吴宓：《论今日文学创造之正法》，《学衡》1923 年第 15 期。
② 胡先骕：《评〈尝试集〉》，《学衡》1922 年第 1 期。

来说，任何一种文体都可以把玩得相当娴熟、得心应手，而不限于某种古典的或新文学的文体。

三　新文体与新文学

在晚清文学中，"新文体"特指梁启超提倡并实践的散文新体或者称之为报章文体、时务文体，这种具有鲜明的社会性、功利性特点的文体学直接影响到"五四"新文学，或者说"五四"新文学文体学是在梁启超已经建立起来的文体理论基础上形成的。民国文学视野中的新文体首先是思想的文体。胡适发起"文学革命"，提倡白话文学，其目的当然在通过语言的变革解放人们的阅读，从而达到解放人的思想的目的。也可以说，提倡新的文体，建立新的文体，是为新文化、新思想寻找一种合适的表达方式，以文体解放达到思想解放。陈独秀在《文学革命论》中就特别强调了贵族文学、古典文学和山林文学的共同缺点，就是在文体上"与吾阿谀夸张虚伪迂阔之国民性，互为因果"，因此，所谓"文学革命"，就是要"革新盘踞于运用此政治者精神界之文学，使吾人不张目以观世界社会文学之趋势及时代之精神"①。陈独秀是从社会思想革命的角度提倡文学革命的，将白话文作为社会革命的手段。周作人则说的更直接，"古文的雕章琢句"造成了一种贵族文学，"但白话也未尝不可雕琢，造成一种部分的修饰的享乐的游戏的文学，那便是虽用白话，也仍然是贵族的文学"，所以，他提出所谓平民文学，"应以普通的文体，写普遍的思想与事实"，"应以真挚的文体，记真挚的思想与事实"②。对此，胡适说的也很清楚："若想有一种新内容和新精神，不能不先打破那些束缚精神的枷锁镣铐。"打破了这些枷锁镣铐，诗体获得了解放，"所以丰富的材料，精密的观察，高深的理想，复杂的感情，方才能跑到诗里去"③。

---

① 陈独秀：《文学革命论》，《新青年》1917 年第 2 卷第 6 号。
② 仲密：《平民文学》，《每周评论》1919 年第 5 号。
③ 胡适：《谈新诗》，《胡适文集》第 2 卷，北京大学出版社 1998 年版，第 134 页。

陈独秀、李大钊、周作人、胡适等人都特别强调了文体与思想的关系，指出新文学重视的不仅仅是新的文体，而是新文体所表现的新思想。对此，叶维廉早就指出过"五四"新文学的这种社会性目的："白话的兴起，表面上看来是说文言已经变得僵死无力（从我们现在的历史场合看来这当然是偏激的说法），事实上，它的兴起是负有任务的，那便是要将旧思想的缺点和新思想的需要'转达'给更多的人，到底'文言'是极少数知识分子所拥有的语言，而将它的好处调整发挥到群众可以欣赏、接受是需要很多时间的，起码在当时的历史条件下，大家不能等。"① 叶维廉所言极是。

民国文学视野中的新文体也是一种美的文体。新文学的倡导者在提倡文学革命时，并非是要破坏汉语语言的美感，也并非将文体导入粗俗的境地。当思想需要一种新的合适的文体时，文体变革的要求也成为时代的需求。"五四"时期，大多数作家信奉进化论的文学史观，以为当新的时代到来时，必有一种新的文体形式才能真正表达。新的思想需要寻找包括白话文、新的文体类型等新的文体。同时也为新青年、新社会、新中国提供一个思想文本，而且这个文本应当是美的文本。胡适在《建设的文学革命论》中，提出了文学革命的宗旨："国语的文学，文学的国语"，用国语创作，创作出国语的文学，其目的是落脚在创造出"文学的国语"，通过创造出国语的文学，进一步创造出文学的国语，让国人都能拥有一套美的语言，用文学的语言而不是粗俗的语言或官话进行交流。同时，胡适反对古文，是针对文言这种语言工具而言，针对当代人提倡创作师法古文者。所以，胡适可以提倡新文学的同时，又在提倡"整理国故"，以古典语言丰富白话语言。

学衡派曾批评新文学提倡的新文体缺少必要的美学特征，"即小说亦不惯诵读，读之亦不甚能解，而厌倦思睡。故编著小说杂志者，为迎合此大多数人之心理，而广销路其见，遂专作为短篇小说。盖短篇小说可于十分钟十五分钟内读毕一篇，而其中人物极少，情事极简

---

① 叶维廉：《中国诗学》，生活·读书·新知三联书店 1992 年版，第 216—217 页。

单，易于领会，且稿费印工较少，故杂志之定价亦可较廉，而凭广告以博巨资也。此短篇小说之所以盛也"。① 吴宓的批评是有道理的，小说能够成为现代文学重要的最受读者关注的文体，与现代传播方式、商业运作等存在直接的关系。但是，研究文体的美学特征，不能不考虑文学与读者的关系，小说能够受读者的欢迎，与小说文体所呈现出来的新的美学特质是分不开的。1917 年，刘半农就在《诗与小说精神上之革新》一文中阐述过小说文体的美学特征，认为"'文情'二字，又今日谈小说者视为构成小说之原质者"，"小说家最大的本领有二。第一是根据真理立言，自造一理想世界"，"第二是各就所见的世界，为绘一惟妙惟肖之小影"②。也就是说，小说作为现代文体，不同于古代正宗文学，也不同于古代小说文体，它是适应现代社会与现代人的思想情感需要的表达现代社会和现代人生活的文体。因而，小说的美当然不如读诗、读文章那样可以诵读，而是以读小说的方式欣赏现代小说。同样，诗歌、散文、杂文等文体也有不同的读法，有不同的美质。君实也在《小说之概念》中阐述了小说独特的美学功能："盖本为一种艺术。欧美文学家，往往殚精竭虑，倾毕生之尽力于其中，于以表示国性、阐扬文化。读者亦由是以窥见其精神思想，尊重其价值。不特不能视为游戏之作，而亦不敢仅以儆世劝俗目之。其文学之日趋高尚，时辟新境，良非无故。"③ 可见小说具有作为小说文体的美学特征。即如鲁迅的短篇小说，在充分融合了外国小说和中国古代小说以及其他文体形式的基础上，创造了属于中国现代的小说叙事，这是一种既不同于外国小说叙事，也不同于古代小说叙事的艺术，是真正属于民国的现代小说艺术。鲁迅的小说不以故事情节为主，而是以人物、场面和具有象征意义的描写为主，构成了一个象征的具有多重意义的文本，读者在阅读参与的过程中最后完成作品的创造，为现代小说贡献了多种叙事美学。

---

① 吴宓：《论今日文学创造之正法》，《学衡》1923 年第 15 期。

② 刘半农：《诗与小说精神上之革新》，《新青年》1917 年第 3 卷第 5 号。

③ 君实：《小说之概念》，严家炎编：《二十世纪中国小说理论资料（第二卷）1917—1927》，北京大学出版社 1997 年版，第 65 页。

　　民国文学视野中的新文体也是在不断地实验与革新的文体。与传统的古典文体已经相当成熟稳定相比，新的文体是在不断地讨论、研究，不断地创造过程中。胡适将自己的第一部诗集命名为《尝试集》，本身就说明他对白话新诗这种新的文体并无大的把握，是在不断的实践中逐步发展与完善的。虽然小说、散文等文体不如诗歌这样令人关注，但从理论讨论到创作实践，经过了艰难的时期，从早期的问题小说到鲁迅小说的出现，从短篇到中长篇的出现，在散文方面，从报刊的通讯、随感，到美文、随笔的成熟，都让人们看到了新文体逐渐被读者、文学界接受的漫长过程。

　　就民国文学的文体学来说，我们应当以宽容的心态面对各种不同的文体，面对文学文体在"民国"这一特定历史时期的独特性。也许，我们对民国文体学的重新梳理，反思传统的古典文体与现代新文体之间的关系，总结不同文体的发展与存在所出现的问题，将是我们重新回到民国文学的根本。

（作者单位：青岛大学文学院）

原载《东岳论丛》2015 年第 4 期

民国经济形态与中国现代文学的生成

康 鑫

近现代的中国知识分子与传统的"士"阶层有着完全不同的职业发展路径，他们摆脱了中国千百年来文人士子依附于政治集团的传统窠臼，开辟了一条"卖文为生""以稿取酬"的文人职业化道路。这种史无前例的变革对中国近现代文学的发展产生了深远影响。而这种变革的最终实现是与晚清民初以来中国社会政治、经济、文化等一系列复杂因素相互作用的结果。近代以来，作家在获得经济独立的同时直接影响了作家职业身份的确立、独立人格和精神解放，由此改变了文学创作的基本形态，使民国文学呈现出独特的格局和全新的面貌，也在一定程度上影响了未来文学发展的历史走向。栾梅健认为："随着近代商品经济发展而出现的职业作家，他们带给 20 世纪中国文坛的固然有金钱的消遣的一方面，也固然有人格独立与精神自由的一方面，但是最为内在的，则是他们为确定文学的本体意义提供了特定的社会阶层成员与理论依据，从而为实现文学观念的新变创造了有利的条件。"①

一 经济意识与职业作家的出现

清末科举制度被废除，曾经怀揣着"学而优则仕"的文人被迫走

---

① 栾梅健：《稿费制度的确立与职业作家的出现——20 世纪中国文学发生论之一》，《中国现代文学研究丛刊 30 年精编·文学史研究·史料研究卷》，复旦大学出版社 2009 年版，第 280 页。

上职业转型的道路。山西举人刘大鹏如此感慨道:"嗟乎! 士为四民之首, 坐失其业, 谋生无术, 生当此时, 将如之何?"① "何以为生"成为摆在知识分子面前最为迫切的问题。依靠自身的才能获得经济独立是每个不能进入仕途的知识分子需要思考的首要问题, 这些知识分子不再把读书做官看作人生的唯一出路, 开始参与到城市的职业流动行列中。作为知识分子, 其经济意识的起点是对经济活动中重要的媒介"金钱"的思考。"如何赚钱养活自己", 可以说是当时这批知识分子最为朴素的经济意识。晚清民国时期经济意识与产业政策对新兴文化人的文化实践活动产生了重要影响。靠"卖文为生"、赚取稿酬成为一批文人安身立命的根本, 由此催生了一批新兴文化人的出现, 开启了从传统文人向现代文化人的转变之路。这批文化人主要通过三种途径完成了自我的职业身份转型:第一种, 进入现代出版业, 成为报纸、杂志、图书的作者、编辑、译者, 通过赚取稿酬维持生存, 如鲁迅、张恨水、陆费逵等人;第二种, 进入现代校园, 成为大学的教师, 从事教学工作领取薪水, 如蔡元培、胡适等人;第三种, 进入以现代大众娱乐业为主的剧场、电影银幕, 成为演员、导演、编剧, 如田汉等人。很多情况下, 这批知识分子身兼数职, 拥有多重职业身份。

在上述三个行业中, 对中国现代文坛影响深远的是在现代稿酬制度建立之后出现了最早的一批职业作家。"科举制度取消了, 作家面临的形势, 不是进不进入市场, 而是非进入不可和怎样进入的问题。……这些人过去与市场无缘, 现在, 不得已投身市场, 这样, 就使进入市场的作家的量和质, 都有了极大的发展和提高。因此, 科举制度的废除, 又成了市场文学乃至整个中国文学发展的加速器。"② 罗贝尔·埃斯卡尔皮在《文学社会学》中写道:"要理解作家的职业本质, 必须想到:一个作家, 即使是最清高的诗人, 他每天也要吃饭和睡觉。"③ 职业作

① (清)刘大鹏:《退想斋日记》, 山西人民出版社1990年版, 第149页。
② 鲁湘元:《稿酬是怎样搅动文坛的——市场经济与中国近现代文学》, 红旗出版社1998年版, 第139页。
③ [法]罗贝尔·埃斯卡尔皮:《文学社会学》, 符锦勇译, 上海译文出版社1988年版, 第544页。

家是指不依靠政府薪俸，专门靠写作为生获得报酬的一类文化人。
"卖文为生"成为可能，他们不仅需要适应随社会、时代变化的经济
意识在头脑中扎根，而且需要外在市场秩序和制度的形成、建立。正
如鲁湘元所说的那样："世界的和中国的职业作家，只有在文学进入
市场经济，在稿酬制度——稿费、版税、版权等等——建立以后才有
可能。"①

在中国最早走上职业作家道路的是晚清出现的一批小说家。晚清
科举制度被废除后，许多知识分子开始转向文学创作，而小说是当时
许多文人首先选择的文学体裁。林纾说道："幸自少至老，不曾为官，
自谓无益于民国，而亦未尝有害。屏居穷巷，日以卖文为生，然不喜
论政，故着意小说。"② 阿英在论及晚清小说的繁荣时说："第一，当
然是由于印刷事业的发达，没有此前那样刻书的困难；由于新闻事业
的发达，在运用上需要多量生产。第二，是当时知识阶层受了西方文
化影响，从社会意义上，认识了小说的重要性。第三，就是清室屡挫
于外敌，政治上又极腐败，大家知道不足与有为，遂作小说，以事抨
击，并提倡维新与革命。"③ 除上述原因之外，很多文人之所以开始投
入到小说创作中，一个更为重要的原因是现代稿酬制度的建立，为
"卖文为生"提供了可能。从某种意义上说，现代稿酬制度的建立影
响了小说文体从"边缘"走向"中心"。小说家也成为最早的一批职
业作家中的主体，如吴趼人、林纾。

在我国古代，作文受谢，自晋宋以来有之，至唐开始盛行。但这
只是带有酬谢性质的"润笔"，多以比较贵重的物品代之，没有固定
的、统一的标准。到了近代，这种情况彻底发生了改变。出版、发行
作品有利可图，那么作为出版商必然要考虑属于作者的那份劳动的价
值。现代稿酬制度的出现具有鲜明的奖励性质，中国最早的稿酬启事
常常出现在近现代大型文学期刊上。根据栾梅健在《稿费制度的确立

---

① 鲁湘元：《稿酬是怎样搅动文坛的——市场经济与中国近现代文学》，红旗出版社 1998
年版，第 127 页。

② 薛绥之、张俊才：《林纾研究资料》，福建人民出版社 1983 年版，第 121 页。

③ 阿英：《晚清小说史》，作家出版社 1955 年版，第 1 页。

与职业作家的出现》一文中的考证，近世最早的稿酬标准是徐念慈在
1907 年创办《小说林》时刊登的募集启事。之后《小说月报》也在
醒目位置刊登了征稿启事及稿酬的支付标准。1910 年 7 月，《小说月
报》创刊号卷首刊登通告："中选者当分四等酬谢：甲等每千字酬银
五元，乙等每千字酬银四元，丙等每千字酬银三元，丁等每千字酬银
二元。"① 中华书局创办的《中华小说界》月刊，1913 年 6 月 21 日在
《申报》刊登广告："征集小说，备刊行小说界，编译均可。"稿酬标
准分四个等级：甲等，千字 5 圆；乙等，千字 2 圆 5 角；丙等，千字 1
圆 5 角；丁等，千字 1 圆。1915 年 9 月《青年杂志》创刊，一年后更
名为《新青年》。稿酬标准为：或撰或译，每千字 2 圆至 5 圆。② 后来
《新青年》成为同人刊物，才取消了稿酬。到"五四"时期，"以版纳
税""以字计酬"已经成为普遍现象。陈明远认为："大约在 1922 年
左右，五四新文学运动的文化人开始注重稿费、版税收入。"③ 写稿取
酬、按劳所得已经成为作家普遍接受的观念。现代稿酬制度的建立为
文化人"卖文为生"提供了基本的制度保障，使"卖文为生"成为可
能，保证了职业作家持续进行创作的物质基础。

被迫进入市场也在不断强化着作家的经济意识。一批作家依靠把
握、迎合市场的阅读趣味，从事纯粹的商业写作，直接造成了民初文
坛以鸳鸯蝴蝶派及后期的礼拜六小说为主的通俗小说、通俗文学期刊
盛极一时的景象。范烟桥在论及民国初年文学繁盛的原因时说道：
"除了晚清时代的前辈作者仍在创作外，更平添了不少后继者，也可
以说是新生力量。而旧时文人，即使过去不搞这一行，但科举废止了，
他们的文学造诣可以在小说上得到发挥，特别是稿费制度的建立，刺
激了他们的写作欲望。"④ 根据郑逸梅《民国旧派文艺期刊丛话》和范
伯群等编著的《鸳鸯蝴蝶派文艺期刊目录简编》统计，在 1911 年到

---

① 《小说月报》（第一年，第一期），商务印书馆印行，宣统二年七月。
② 陈明远：《文化人的经济生活》，文汇出版社 2005 年版，第 52 页。
③ 陈明远：《文化人的经济生活》，文汇出版社 2005 年版，第 149 页。
④ 范烟桥：《民国旧派小说史略》，魏绍昌编：《鸳鸯蝴蝶派研究资料》，上海文艺出版社
1984 年版，第 262 页。

1928 年的 17 年内，中国文坛的通俗文艺期刊已多达 100 种。[①] 通俗文学市场的繁荣带来了相对激烈的市场竞争。出版商除了依靠自身已有的销售网络之外，还采取多种商业营销手段对自己的文化商品进行宣传推广。例如，鸳鸯蝴蝶派代表性刊物《紫罗兰》《半月》注重杂志包装和营销策略，将自我定位为精美的文化商品。许多通俗文学刊物聘请名家担任期刊、杂志主编，以提高出版社文化品牌的影响力和知名度。陈蝶仙主编的《万象》月刊、《万象十日刊》，周瘦鹃主编的《礼拜六》杂志，严独鹤主编的《快活林》副刊都是当时文坛销路最好、影响力最大的几家通俗文学刊物。

晚清民初最早出现的一批职业作家依靠现代稿酬制度拥有了自身基本的物质生活基础和持续进行文学创作的经济保障。为了更好地适应市场需求，这批职业作家不断地调整着自己的创作方向和文学样式。由此可见，经济意识—政策制度—发展模式，这一相互影响、相互联结的三维关系提供了一种应对经济失序和自我规制的市场秩序。中国近现代的知识分子也是在这样一个三维场域中逐步适应着自由市场秩序给自身生存带来的冲击，并在应对这一冲击的过程中完成了自我职业身份的转型。

二　作家的经济行为与现代文学空间的拓展

社会大变革影响了文人的经济意识，而强烈的经济意识又会作用于他们的经济实践、经济行为，直接体现在他们常态的生活中。经济行为是指经济主体参与经济法律关系的过程中，为达到一定经济目的，实现其权利和义务所进行的经济活动。它包括经济管理行为、提供劳务行为和完成工作行为等。作为以"求利"为目的的经济行为，要想获利、获多利、获长利，必须以利他为手段，通过不断地提高生产效率，努力提供可以满足他人需要的产品，从而使自己的私人劳动能顺利地转化为社会劳动，实现自己的价值创造和谋利最大化。对于现代

---

① 刘铁群：《礼拜六》，民初市民文学期刊的代表作，《广西师范大学学报》2006 年第 4 期。

作家而言，在他们的经济行为中占据最主要部分的不外乎自己的著述活动，以书稿赢得读者市场，谋求经济利益，换取稿酬。因此，采取怎样的写作方式，运用怎样的文学样式，不仅直接与经济利益相联结，而且直接影响着现代文学空间的拓展和发展方向。正如罗贝尔·埃斯卡尔皮所说："为糊口而写出的文学作品并不一概都是最糟糕的。需要钱使塞万提斯写出了小说，从而使《堂吉诃德》得以问世；需要钱使沃尔特·司各特从诗人变为小说家。"[1] 郭沫若曾自述自己作品的销路与创作力的关系："说来也很奇怪，我自己就好像是一座作诗的工厂，诗一有了销路，诗的生产便愈加旺盛起来，在一九一九年与一九二零年之交的几个月间，我几乎每天都在诗的陶醉里。"[2] 在这里郭沫若直白地将自己的诗歌创作称作诗歌生产，其中以诗歌赚钱的目的相当明显，正如李洁非所说的那样："与我们历来诗意的想象多少不同，郭沫若井喷的创作、奋力的笔耕，并不只受到'五四'时期狂飙突进气息的催动，也是囊中羞涩的表征。"[3] 为了适应读者市场、赚取稿酬，民国时期的作家们实践了多种创作方式，无疑丰富和改变着中国现代文坛的格局和空间。

作家同时兼任书刊编辑是当时许多知识分子为赚取生活费采取的职业方式。丁玲在记述胡也频担任《中央日报》副刊《红与黑》编辑时说道："胡也频不属于'现代评论派'，但因沈从文的关系，便答应到《中央日报》去当副刊编辑，编了两三个月的《红与黑》副刊。每月大致可以拿七八十元的编辑费和稿费。以我们一向的生活水平，这简直是难以想象的。"[4] 另外，为了使自己出版的书有销路，出版商会采取伪造历史书的方式吸引读者。郑逸梅曾这样讲述自己的一段创作经历："为了解决经济拮据，他想出来一个好办法，和世界书局的经理沈知方商议，伪造一部《石达开日记》，准短时期交卷，先借稿费

---

① [法] 罗贝尔·埃斯卡尔皮：《文学社会学》，符锦勇译，上海译文出版社 1988 年版，第 54 页。

② 郭沫若：《郭沫若全集》（文学编·第 12 卷），人民文学出版社 1992 年版。

③ 李洁非：《郭沫若：碰壁与转变》，《传记文学》2011 年第 5 期。

④ 丁玲、胡也频：《胡也频选集》，福建人民出版社 1981 年版，第 25 页。

二百元。沈知方凭着他的生意眼，认为这本书一定有销路，于是慨然先付稿费。指严获得该款后，每天晚上动笔……世界书局却登着广告，说是怎样觅得原稿，信口开河地乱吹一阵，居然一编行世，购者纷纷，曾再版数次。"面对每天大量出刊的报纸杂志，依靠稿酬赚取生活费的作家成了应付现代传媒的"文字机器"。张恨水曾说："我的生活负担很重，老实说，写稿子完全为的是图利……所以没什么利可图的话，就鼓不起我写作的兴趣。"张恨水回忆自己"忙的苦恼"："在民国十九年至二十年间，这是我写作最忙的一个时期。……当时，我给《世界日报》写完《金粉世家》，给晚报写《斯人记》，给世界书局写《满江红》和《别有天地》，给沈阳《新民报》写《黄金时代》，整理《金粉世家》旧稿，分给沈阳东三省《民报》转载。而朋友们的约稿，还是接踵不断，又把《黄金时代》改名为《似水流年》，让《施行杂志》转载。我的慈母非常的心疼我，她老人家说我成了文字机器，应当减少工作。殊不知这已得罪了许多人，约不着我写的稿的'南方小报'，骂得我一佛出世，二佛涅槃。"[①] 受制于报纸篇幅，连载小说与单行本小说在故事结构、情节安排上有着完全不同的创作要求。连载小说不仅要求作家着眼于整个故事大局，而且为了吸引读者"眼球"，要求作家必须保证每次推出的故事单元要有趣味。民国时期，通俗文学的种类繁多无疑得益于作家们的自我创造，同时，民国通俗文学的发展繁荣，同样与它和商业的密切结合息息相关。通俗文学市场的兴盛，是民国文学创作繁荣的显性结果，也是促进其大力发展的强劲动因，读者市场的需求也为民国通俗文学流派的并立创造了条件。从民初的礼拜六派、鸳鸯蝴蝶派的言情、黑幕、狭邪小说，到全面抗战时期风靡沦陷区的新市民小说无不体现着作家针对读者市场在写作策略上的商业化运作。

在民国文学史中，徐訏、无名氏等作家的作品被称为"新市民小说"。全面抗战前后的 20 世纪 40 年代，他们或以谍战为题材借以外国通俗小说叙述模式，或以浓郁的异域风情书写跨国爱情故事，无不在

---

① 张恨水：《写作生涯回忆》，安徽文艺出版社 1991 年版，第 53 页。

20 世纪 40 年代的大后方掀起了通俗小说的追捧热潮。徐訏所倡导的"大众化是文学的本质要求"、无名氏提出的"以新的媚俗手法夺取读者"都显示出他们强烈而鲜明的读者意识和市场意识。司马长风在《中国新文学史》中写道:"战时战后的小说创作,有两位作家的作品最畅销,那就是徐訏和无名氏了。而这两位作家,都具有孤高的个性,绝不肯敷衍流行的意见,因此,饱受文学批评家的冷遇与歧视,成为新文学史上昏暗郁结的部分。这两位作家的初期作品,都擅写爱情故事,因此被浅见的批评家,诬为新鸳鸯蝴蝶派。事实上,大谬不然。"①李欧梵在谈及徐訏与无名氏时说:"我想他们绝对不会承认自己与'五四'的新文学传统绝缘,他们作品中浓重的洋味和'异国情调'更与早期的通俗作家大相径庭……如果说,张爱玲依然心慕'鸳鸯蝴蝶派',徐訏和无名氏的言情小说则与之大异其趣,而成了新文学的通俗版,但的确在当年都很畅销,出尽风头。"②从雅俗文学的角度来看,徐訏、无名氏运用通俗的小说模式赢得了广大读者青睐。严家炎先生对两者这样评价道:"他们常常借用爱国题材甚至革命题材来写曲折离奇的东西。作品以抒情性和哲理性的某种结合见长。"③"抒情性""哲理性"这些通俗小说的新质素使他们又不同于章回体通俗小说家。从创作实践看,20 世纪 40 年代的文学大众化运动并没有取得预想的效果,而徐訏以其雅俗共赏的小说赢得了当时各个阶层的读者群,其小说一度雄踞畅销书榜首,取得了文学大众化的成功。

上述通俗小说家在时代与读者市场的驱动下改变了自己的创作风格和文学样式,为现代文学史上雅俗文学互动的历史事实留下了可供不断回顾、研究的丰富细节。早在 20 世纪 80 年代,在教材《中国现代文学三十年》中论者就关注到了经济因素影响之下的雅俗互动的文学态势,关注到了新文学并非掌握全部读者和文学市场的事实。文学偏重消遣、娱乐历来是通俗文学世俗性的特征,也是判定文学通俗品

---

① 司马长风:《中国新文学史》(下卷),香港:昭明出版社有限公司 1978 年版,第 100 页。
② 李欧梵:《中国现代通俗文学史》(插图本),序二,范伯群主编:《中国现代通俗文学史》(插图本),北京大学出版社 2000 年版,第 10 页。
③ 严家炎:《中国现代小说流派史》,人民文学出版社 1989 年版,第 10 页。

格的一个主要标准。精英知识分子在维护严肃文学的神圣性、批判通俗文学的时候，是从审美和道德两个方面质疑其存在合理性的。他们认为通俗文学在审美形态上是贫乏、粗糙的，在道德标准上是媚俗化、低俗化的。在这两个方面中，尤其值得注意的是通俗文学"娱乐"因子的作用。在以往的文学发展史中，严肃文学对通俗文学的反复批判、陈说的一个主要方面就是围绕"娱乐"展开的，这使文学的"娱乐"因子所具备的多面性遭到过于简单化的理解和片面否定。翻检民国文学的历史，一个有趣的现象呈现在我们面前。一方面，严肃文学作家激烈批判通俗文学的娱乐性；另一方面，一些通俗文学作家以"娱乐"为介质，提升了通俗文学的品质，沟通了雅俗两类文学，例如徐訏与无名氏的创作。在"化雅从俗"的道路上，徐訏与无名氏的文学价值值得我们重新思考。其中，"娱乐"在雅俗文学互动发展的生态圈中扮演着怎样的角色，也需要我们重新审视。重新审视"娱乐"这一质素在文学中的作用，成了研究雅俗文学互动不可忽略的一个问题。由于官方意识形态的倡导，20世纪40年代的文艺"大众化"运动使文学的民间性和娱乐大众的功能具备了进入主流文学视野，获得重新探讨的可能。娱乐性所具备的流行性、世俗力量的感染力为主流文学所关注。他们试图在这一点上创作出教化民众的新文艺，但实际效果却并不理想。与此同时，徐訏、无名氏以"娱乐"性践行文学"大众化"，取得了文学品质和市场的双赢。从"大众化"的角度出发，对比同时期国统区的徐訏、无名氏，解放区的赵树理，沦陷区的张爱玲的创作实践应该是一个有趣且有意义的课题。此外，对文学"娱乐"性的坚守与超越仅仅是分析这一问题的一个方面，需要进一步挖掘的是"娱乐性"为雅俗文学的发展带来了怎样的发展动力。"娱乐性"作为沟通雅俗文学品格的介质，在促进雅俗文学的互动中，催生出许多文学新质素。徐訏的异域格调、奇异诡谲的间谍小说，无名氏的新言情小说中不同于以往的文学质素以及他们在雅俗之间取得的成功，正是这些文学新质素的具体呈现。他们的文学创作轨迹揭示出雅俗文学互动、沟通的一些经验性和规律性的因素，为研究民国文学的雅俗流变、发展提供了一个参照视角。

上述论及的现代作家基于著述活动的经济行为促进了现代文学空间的拓展和文学样式的繁荣。作家的经济行为、经济意识潜在地影响了现代文学作品的流派纷呈、版本繁多的历史样貌。通过考察经济行为与现代文学之关系，文学史研究中的诸多问题也呈现出更为丰富的历史细节。例如，现代文学雅俗互动的关系、三四十年代新市民小说的出现与读者群的变化之关系、经济因素与作家创作风格转变之关系、政治文化与作家创作之关系、作品改写与经济因素之关系等问题都是值得进一步思考的。

三 现代小说的经济叙事与文本建构

民国时期的作家们对独立人格、自由精神的追求不仅直接地体现在他们对自我身份的定位上，而且在他们所建构的文学文本中也有鲜明的体现，这造就了现代文学特有的精神品格和风貌。从经济叙事与现代文学精神这一视角切入民国文学的文本建构是对现代文学进行深入解读的一个有效维度。经济对文学的影响一方面体现在经济形态对作家经济意识、经济行为的影响和制约，另一方面更为隐性地体现在经济伦理、经济逻辑在文学文本建构中所形成的特殊的叙事方式和结构方式。在现代文学中，经济因素已经不仅作为故事的背景出现，而且众多经济因素已融入故事，嵌入情节，成为故事本身的一部分。也就是说，经济作为作品中的一个重要叙事元素，承担着重要的叙事功能，推动情节不断发展。现代作家在文学中运用经济叙事技巧，从而达到其特定的艺术传达的目的，通过对作品中经济叙事的分析，挖掘作者的深层动机，可以实现对现代文学经典作品的多层面解读。从经济叙事的视角深入小说文本，我们会发现关于20世纪20年代的乡土文学，20世纪30年代的社会剖析派小说、左翼小说被以往研究所忽略的问题。

鲁迅独特的经济观在其小说叙事中有着鲜明的投射。经济因素不仅成为鲁迅小说的背景，同时进入故事叙述，成为其小说文本的重要构成部分。"就篇幅而言，鲁迅的33篇白话小说中，约有20多篇是比

较明显写到经济问题的，其中又有八九篇当中占的篇幅比较大。"① 在
小说《故乡》中，鲁镇人眼中祥林嫂的死因是"穷死的"，而穷死的
深层原因则是遭受精神打击之后的劳动力丧失；《阿Q正传》中专章
写到阿Q的经济危机；《孤独者》全篇述写着魏连殳窘迫生活之下绝
望、扭曲的精神和灵魂；《在酒楼上》全篇弥漫着知识分子寻求物质
经济与追求精神自由之间的矛盾冲突；《端午节》贯穿全篇的故事中
心就是"欠薪—索薪"的过程；《离婚》中使爱姑最终退缩的除了七
大人的威严外，还有那最后捧在手中的赔付失败婚姻的银钱；《伤逝》
则叙写着鲁迅对首要是生活，爱情才有所附丽的理解，这也正是鲁迅
在《娜拉走后怎样》中阐明的经济观的更为形象的呈现。有论者将鲁
迅小说中的经济叙事归纳为商品交换意识、劳动力商品意识、知识商
品意识、试用期意识等。② 鲁迅小说中的经济叙述与他的经济意识中
的伦理观念是息息相通的，经济钳制与精神自由之间的关系也是其
经济叙事始终关注的中心。在他的小说中，"不仅展示了金钱的实用
功能、物化作用，而且也以之精彩论证了经济基础决定上层建筑的
道理"③，因此进而将这种小说叙事定义为"经济现实主义"④。经济
在鲁迅的小说中承载着故事构架、人物塑造、风格规范等诸多叙事
功能。

　　承接着鲁迅对乡土的关注，20世纪20年代出现了一批受他影响
的青年作家，他们的创作以农村生活为题材，以农民疾苦为主要内
容，形成所谓的乡土文学。在这些乡土文学作家中，受鲁迅影响较
大的台静农在小说创作中也充满了经济叙事。台静农的《吴老爹》
《天二哥》《红灯》《拜堂》等乡土小说常常将"市上"这样一个典
型的贸易交换场所作为故事叙述的背景。乡间的各色人等在这个经
济环境中粉墨登场，作家在充满乡土风味的对话、行为中完成了对

---

　　① 寿永明、邹贤尧：《经济叙事与鲁迅小说的文本建构》，《文学评论》2010年第4期。
　　② 古大勇：《略论鲁迅小说中商品经济意识的萌芽》，《黔东南民族师专学报》2001年第
1期。
　　③ 朱崇科：《论鲁迅小说中的经济话语》，《中山大学学报》2009年第5期。
　　④ 朱崇科：《论鲁迅小说中的经济话语》，《中山大学学报》2009年第5期。

国民性冷峻的审视和批判。台静农创作后期逐步转向革命主题，但其小说的叙事中心仍然涉及经济。《为彼祈祷》《被饥饿燃烧的人们》《蚯蚓们》等小说将故事中心聚焦于底层人民的经济问题。底层农民的经济状况，此时已经成为台静农小说叙事的中心，并由此突出了阶级对立的主题，完成了前期乡土小说向后期革命小说创作历程的转变。鲁迅、台静农作品中展现的经济叙事背后均有一以贯之的对国民性的思考，这也是 20 世纪 20 年代乡土文学流派中最为本质的特征。同时，经济叙事之下对国民性的批判也成为现代文学精神维度中的重要一脉。

当我们重新关注 20 世纪 30 年代社会剖析派作家的小说时，突破之前的阶级论视角而以 1930 年的经济大萧条角度切入，会是一种有效的解读方式。茅盾、沙汀、艾芜、叶紫、吴组缃等在 20 世纪 30 年代的创作都从经济关系入手描写社会关系的恶化，从生存层面再现人性的变异程度。同时，我们还可以发现，此一时期文学的经济关怀，不仅与左翼作家们的文学自觉密切相关，而且与新文学—新文化中心由文化北京南移至摩登上海，作家的生存压力变大有关，也与文学从关注思想革命转移到关注经济革命的现实有关。李怡认为："例如一般认为 20 世纪 30 年代左翼作家的现实揭弊都来源于他们生活的困窘，其实认真的民国生活史考察可以告诉我们，但凡在上海等地略有名气的作家（包括左翼作家）都逐步走上了较为稳定的生活，他们之所以坚持抗争在很大程度上还是来自理想与信念。再如目前的文学史认为茅盾的《子夜》揭示了民族资产阶级在现代中国没有前途，但问题是民国的制度设计并非如此，其实民营经济是有自己的生存空间的，尤其 1927—1937 年这段时期被称作民国经济的黄金时代，这怎么理解？显然，在这个时候，茅盾作为左翼作家的批判性占据了主导地位，而引导他如此写作的也不是什么'按照生活本来面目加以反映'的 19 世纪欧洲的'现实主义'原则，而是新近引入的马克思主义的阶级观念。民国体制与作家实际追求的两厢对照，我们看到的恰恰是民国文学的独特景象：这里不是什么遵循现实主义原则的问题，而是作家努力寻找精神资源，完成对社会的反抗和拒斥的问题，在这里，文学创作本身的'思潮属性'是次要的，建构更大的精神反抗的要求是第一位的。"① 20 世纪 30 年代的都市经济题材小说表现了资本主义经济侵略的主题，农村经济题材小说则表现了农村经济破产导致的阶级矛盾的深化，两类小说都将主题指向了革命。

除了 20 世纪 20 年代乡土文学、20 世纪 30 年代左翼文学外，一些作家也在作品中持续关注着民国民生的经济问题，其中具有代表性的作家有老舍等。老舍自童年时期就有着对贫穷的真切感知，到步入社会靠写作为生也时时感受着来自经济拮据的生活压力。真切的人生体验使老舍在多部小说中表现了平民阶层的经济状况和经济问题。有论者认为，老舍小说中的"经济话语涵盖了人物的商品经济意识、经济来源、收入状况、消费观等方方面面，生动地展示了清末到民国不同时期的民间经济生活的样貌，体现了老舍的独特的经济观，以及他对于经济与个体自由关系的辩证思考"。② 创作于 1962 年的《正红旗下》通过对赊欠制度的细致描写展现了晚清旗人真实的生存境况。在《骆驼祥子》中，农村经济的破产是导致祥子从农村来到城市寻求生存出路的主要原因。在城市中，贯穿祥子整个生活的是那辆赚取基本生活保障的黄包车。拥有自己的车，独立地、靠出卖劳力赚取生活费用成为祥子最大的人生希望。可以说，在《骆驼祥子》中，经济因素作为叙事的直接推动力推动了小说情节的发展。经济叙事为小说提供了潜在的叙事背景，同时它也是影响主人公祥子个人命运变化和思想变化的潜在因素。祥子在城市中的"三起三落"无不与经济有着直接的关系。小说以浓郁"京味"著称的老舍，更是在《离婚》《正红旗下》《骆驼祥子》中描写了老北京人靠租赁房产过活的普遍现象。以资本主义经济发达的英国伦敦为故事背景的《二马》则表现了中国两代人——老马与小马之间不同的经济伦理观念。存有官本位思想、天生看不起买卖人的老马，在异质文化中与自己的儿子小马的重商主义思

---

① 李怡等：《民国文学机制与新的政治经济学视野》，《民国政治经济形态与文学》，花城出版社 2014 年版，第 3 页。
② 卢军：《清末至民国民间经济生活的生动写照——论老舍小说的经济叙事》，《东岳论丛》2014 年第 7 期。

想产生了激烈的矛盾冲突。有学者认为，西方经济哲学属于生物型生存型经济哲学，体现出实用主义，强调个体行为，重个性。中国经济哲学属于人类伦理型经济哲学，体现出理想主义，强调群体行为，重共性。① 温都太太母女俩的对话是上述经济哲学的直接体现："伦理是随着经济状况变动的。咱们的祖先也是一家老少住在一块，大家花大家的钱，和中国人一样；现代经济制度变了，人人挣自己的钱，吃自己的饭，咱们的道德观念也就随着改变了：人人拿独立为荣，谁的钱是谁的，不能有一点含糊的地方！"于是在小说中，"老派市民"老马不仅被置于与儿子的矛盾冲突中，而且以其为代表的中国文化在经济哲学层面与西方文化天然的不可融合性也鲜明地凸显出来。另外，创造社的作家们则将贫弱的中国留学生反复地作为他们小说的主人公。在异国他乡，经济上的窘迫使他们时时陷入精神的焦灼之中。郭沫若在日本留学期间的生活时常过得捉襟见肘，他在《孤鸿——致成仿吾的一封信》中写尽自己的贫困潦倒，"万事都是钱。钱就是命"。② 他在《月蚀》《鼠灾》《歧路》《函谷关》《行路难》《阳春别》《后悔》《红瓜》《十字架》等早期小说创作中反复描写着主人公现实生存的困境。以经济贫困为主题的小说实际上是郭沫若将现实生活中自我的经济体验纳入小说叙事中。对于郭沫若后期创作风格和思想的转变，有论者也从经济角度进行了解读："郭沫若坦言翻译《社会组织与社会革命》也是想解决经济问题。对郭沫若思想改变这么重要的书籍，他仍将此书'刚好译完便拿去当了五角钱来'。我们不得不说，郭沫若后期的转变，关键的因素也许不是此书带给他的革命性的影响，恰恰是困窘的经济遭遇未能通过卖文为生得到解决，加速了他转向政治革命的道路。"③

由此可见，经济渗透在许多作家的文学创作中，对文本的情节发

① 陈勇勤：《中西方经济思想的比较与启示》，《西北师范大学学报》2005 年第 9 期。
② 郭沫若：《孤鸿——致成仿吾的一封信》，《郭沫若全集》（文学编第 16 卷），人民文学出版社 1989 年版，第 9 页。
③ 李金凤：《郭沫若的经济生活与他的文学创作——以早期创作（1918—1926）为例》，《海南师范大学学报》2012 年第 6 期。

展、人物形象塑造、历史背景渲染、作品风格形成起到了重要作用。从经济叙事与文本建构视角重新审视现代作家的文学选择对于理解作家的思想和作品至关重要。经济叙事对现代文学的文本建构和特定思想主题的凸显起到了重要作用。同时，从经济叙事的视角对现代文学作品进行重新解读无疑能揭示出更为丰富的文本细节。在民国作家的诸多文本中呈现了晚清到民国时期广阔的民间经济生活样貌和丰富的历史资料，体现着现代作家特有的经济意识和经济伦理观。他们对经济之于个人独立、精神自由的思考，体现着现代作家不断地、努力地跨越"梦"与"钱"的距离，寻求文化理想、精神理想的独特品格。

（作者单位：河北师范大学文学院）
原载《中国语言文学研究》2016 年第 2 期

"民国视野"与台湾文学

——以战后初期"民国文学"与"台湾文学"的交锋为例

张俐璇

一　解题与难题："民国文学"在中国大陆与台湾

近十数年来，中国大陆学界兴起"民国文学"研究热①，强调民国时期的文学环境是"诸种社会力量的综合"②，主要考察 1949 年以前"中华民国"文学机制和"中华人民共和国"文学机制的差异。在相当程度上，"民国文学"概念的提出，实是为解决中国学界的研究疆界问题：以"民国文学"和"共和国文学"，对既有的"中国现代文学"和"中国当代文学"设定，分别重新命名③。"民国视野"作为新"方法论"的提出，让向来独尊左翼的"延安魂"得以重新正视"大后方文学"，重新看待那兼容国统区与解放区的"中国抗战文学"④；换句话说，"民国文学"研究，是在多年"政治正确"的左翼文艺思潮论述之后，重新将右翼文艺思潮纳入讨论，因为"右翼文艺

---

① 李怡、罗维斯、李俊杰编：《民国文学讨论集》，中国社会科学出版社 2014 年版。

② 毛迅、李怡主编：《编者按》，《现代中国文化与文学·第 9 辑》，巴蜀书社 2011 年版，第 5 页。

③ 张福贵：《中国现代文学的命名与文学史观的哲学反思》，《国文天地》2012 年第 28 卷第 5 期。

④ 李怡：《"民国文学史"框架与"大后方文学"》，《重庆师范大学学报》2009 年第 1 期。

思潮的轮廓模糊未清，也必将使得左翼文艺思潮的面目恍惚不明"①。右翼文艺思潮不再被否定，重新被纳入论述行列，交互参照如何在不同政治制度、文学环境中，相生相成。这是"民国文学"在中国的解题与收获。

不过，"民国文学"在台湾，显然是一道"难题"。在"台湾文学"已然体制化多年之后，与从新中国新生的"民国文学"应该是怎样的关系？又，"民国文学"视野可以如何丰富既有的台湾文学研究？如果依照"民国文学"在中国学界的既有定义，时间范畴为1912—1949年间，那么在1945年后才进入民国时期的台湾，又该怎样谈论"民国文学"呢？台湾文学研究之所以将这四年特别以"战后初期"名之，是因为1945—1949年是一段无论在政治环境与文化氛围上都相当特殊的时期。《重庆之民，自由之国》一文②，曾指出1949年后的台湾对于"民国文学机制的承继与演绎"状况：相对于"延安精神"是"共产中国"的重要组成；"重庆经验"是"自由中国"文体体制的建立基础。也就是1949年后，"台湾民国化"的过程。但这是1949年后，台湾文学与民国文学最初的交锋，其间的冲突火花抑或混沌暧昧，应该还是要回到战后初期来看，借此尝试为难题找到解题的可能。

台湾文学的战后初期，在1945—1949年这四年，因为大陆来台知识分子与"昭和遗民"相交往还之故，陈映真认为彼时"两岸共处在同一个思想和文化的平台"③，是一不分省籍内外的合作关系；但在这样一片和谐的表面下，陈建忠觉察"当时台湾左翼与中国左翼表面合作下，的确存在着微妙的路线差异"，"违和感"实为战后初期关键的"感觉结构"④。而观察形塑期间"违和感"的"感觉结构"，具有

① 姜飞：《文艺与政治的合纵连横——关于抗战时期"文艺政策"的论战及其他》，《现代中国文化与文学·第9辑》，巴蜀书社2011年版，第18页。
② 张俐璇：《重庆之民，自由之国："后1949"台湾小说中"民国文学机制"的承继与演绎》，《中国现代文学》2014年第26期。
③ 陈映真：《代序——横地刚先生"新兴木刻艺术在台湾：1945—1950"读后》，《南天之虹：把二二八事件刻在版画上的人》，台北：人间出版社2002年版，第1页。
④ 陈建忠：《行动主义、左翼美学与台湾性：战后初期杨逵的文学论述》，《被诅咒的文学：战后初期（1945—1949）台湾文学论集》，台北：五南出版社2007年版，第134—135页。

"实时性"的期刊报章实为重要的文学场域。职是之故，本文以《台湾文化》《新生报》为主要观察对象，析论个中"'民国'左翼"与"台湾左翼"之殊异。

二 "横的移植"——民国机制下的左翼文学

众所周知，"横的移植"一词，最早来自20世纪50年代现代诗社的六大信条之一"我们认为新诗乃横的移植，而非纵的继承"①。现代派否定纵的继承中国古典文学思维，"横的移植"自然指向的是取经西方诗艺。其后，走过"西风东渐"大行其道的20世纪60年代现代主义风潮，以迄20世纪70年代的乡土文学论战，在土与洋的角力里，"横"的一面，始终指向以美国为核心的"西方"。不过，这始终是在中国民族主义史观下的思考脉络。如果以台湾为主体，打开"民国视野"，可以追溯"横的移植"的时间就提前至1945年了，而其内容也势必将重新定义。换句话说，本文认为，1945年后来到台湾的"民国文学"，是"横的移植"最早的开始，以下就以战后初期最为勃兴也最为写作者津津乐道的写/现实主义思潮为例。

（一）五四与鲁迅："三民主义现实主义"与"新现实主义"

战后初期登台的"民国文学"，以中国20世纪30年代的作家作品、上海苏俄新闻处、生活书店等编印的书籍，最受到瞩目②。其中，民国时期"三民主义现实主义"思潮的汇入，可以许寿裳为代表。1946年，当时任职于国府考试院考选委员会的许寿裳（1883—1948），应台湾省行政长官公署长官陈仪（1883—1950）之邀③，来台出任台湾省编译馆馆长。陈仪委托事项主要有三：心理改造、语言文字的改造，以及三民主义的宣传④。陈仪政府一开始就提出"建设三民主

---

① 纪弦：《现代派信条释义》，《现代诗》1956年第13期。
② 欧如意整理：《为台湾文学找寻坐标——宋泽莱访叶石涛一夕谈》，《小说笔记》，台北：前卫出版社1983年版，第187页。
③ 许寿裳与鲁迅、陈仪，同是浙江官费留学的同乡，最初在日本弘文学院普通科修习日语。
④ 陈仪致许寿裳私函，1946年5月13日。黄英哲：《导读：许寿裳与台湾（1946—1948）》，《许寿裳台湾时代文集》，台北：台大出版中心2010年版，第9页。

模范省"的口号，试图将台湾打造成其他各省效法的对象，最终目标是建设一个现代化的强大的祖国①。所以，如果用一句话来总括许寿裳的来台待办事项，那么就是对于台湾文化的重建。语言文字方面，1947 年台湾省编译馆随即编印《怎样学习国语和国文》，有鉴于台湾的"日本式汉文"现象，书中还特别并列中国文法和日本文法的表现差异。而台胞的心理改造方面，台湾省行政长官公署祭出"新五四运动"作为文化重建政策。"五四运动"在这里所代表的意义，不只是民主与科学的运动，更重要的是"发扬民族主义"②；换言之，对民国知识分子而言，"五四文化"是"中国化"台湾的工具③，尤其是经过半个世纪日本殖民统治的台湾，所亟须的中国民族主义共同体意识。而在三民主义的宣传方面，则是许寿裳自身也充满期待的：

> 本党施行三民主义也有二十年的时间，试问今天三民主义做到怎样的程度？也许大家都感到很惭愧！尤其是民生主义，现在"民不聊生"，我们是三民主义的信徒，要着重民生主义的实现。台湾农业发达，教育普及，工作也有基础，民生主义容易实现。④

许寿裳认为台湾省拥有"真正实行三民主义的基础"，尤其是在大陆推行见绌的民生主义，因为"日人时代企业是公营的，土地是公有的，所以对于民生主义'节制资本'和'平均地权'两个原则，实施起来格外方便，没有封建势力的障碍"⑤。从许寿裳的"洞见"，也得以"预见"20 世纪 50 年代台湾"土地改革"之所以顺遂的理由。

---

① 钟肇政：《台湾文学十讲之三——一个台湾作家的成长（下）》，《钟肇政全集 30 演讲集》，桃县文化局 2002 年版，第 52、53 页。
② 许寿裳：《台湾需要一个新的五四运动》，《许寿裳台湾时代文集》，台北：台大出版中心 2010 年版，第 238 页。
③ 陈建忠：《行动主义、左翼美学与台湾性：战后初期杨逵的文学论述》，《被诅咒的文学：战后初期（1945—1949）台湾文学论集》，台北：五南出版社 2007 年版，第 138 页。
④ 许寿裳：《台湾文化的过去与未来的展望——九月五日对本团全体学员精神讲话》，《许寿裳台湾时代文集》，台北：台大出版中心 2010 年版，第 202 页。
⑤ 许寿裳：《新台湾与三民主义的教育》，《许寿裳台湾时代文集》，台北：台大出版中心 2010 年版，第 211 页。

在台湾省编译馆的公职之外，许寿裳同时加入亦高呼"三民主义文化万岁"①的"台湾文化协进会"，协进会成员统合了日治时期台湾左派和右派，以及来台的中国大陆作家②，可以说确实"不分"③左右、省籍。在台湾文化协进会，许寿裳在协进会的月刊《台湾文化》第一卷第二号推出"鲁迅逝世十周年特辑"，并且由杨云萍协助编辑出版《鲁迅的思想与生活》（1947），进行他钟爱的鲁迅研究及思想传播。而这其实也是他当初应允陈仪来台赴任的动机之一：台湾是个比较安定的地方，可以实现他完成《鲁迅传》的写作夙愿④。

在许寿裳所理解的鲁迅思想，"其本质是人道主义，其方法是战斗的现实主义"⑤，以及"为劳苦大众请命的精神"⑥。身为国民党政务官，许寿裳所诠释的鲁迅思想，截然不同于共产党所建构的鲁迅形象。因为反对国民党的官僚化，1927 年国民党清党、国共分裂后，鲁迅就站到国民党的对立面⑦。1940 年毛泽东《新民主主义论》⑧一文对鲁迅的公开称赞，定调鲁迅的红色形象；其后，植基在毛泽东《大量吸收知识分子》的观点上，周恩来"亲自参加各界纪念高尔基、鲁迅的逝世大会"⑨等动作频频，也因此，虽然鲁迅晚年与左联不无龃龉，

---

① 《台湾文化协进会成立大会宣言》，《台湾文化》1946 年第 1 卷第 1 期。

② 包括游弥坚、许乃昌、陈绍馨、林献堂、林茂生、杨云萍、苏新、李万居等，以及许寿裳、台静农、袁珂、雷石榆、黄荣灿、黎烈文等来台中国大陆作家。叶石涛：《一九四五台湾文学"忌"要》，《叶石涛全集 16·评论卷 4》，台南：台湾文学馆 2008 年版，第 355 页。

③ "不分"为台湾左统论者的关键词汇，曾出现于丘延亮述及《台湾文化》的演讲，亦见于陈映真的回忆散文。

④ 许寿裳原先意图为之作传的还有蔡元培。黄英哲：《导读：许寿裳与台湾（1946—1948）》，《许寿裳台湾时代文集》，台北：台大出版中心 2010 年版，第 10 页。

⑤ 许寿裳：《鲁迅的人格和思想》，《许寿裳台湾时代文集》，台北：台大出版中心 2010 年版，第 48 页。

⑥ 许寿裳：《鲁迅的人格和思想》，《许寿裳台湾时代文集》，台北：台大出版中心 2010 年版，第 49 页。

⑦ ［日］竹内好：《鲁迅入门》，《从"绝望"开始》，靳丛林编译，生活·读书·新知三联书店 2013 年版，第 39 页。

⑧ 毛泽东认为新民主主义革命虽然基本上还是资产阶级民主主义性质，但却是社会主义革命的必要准备。新民主主义革命的政治领导是共产党，指导思想是马列主义，依靠的阶级力量是工农联盟。

⑨ 北京社会主义学院编：《第三编 抗日战争时期的统一战线（1937 年 7 月—1945 年 8 月）》，《中国共产党统一战线史（新民主主义革命时期）》，中国文史出版社 1994 年版，第 360 页。

但身后迅速成为共产革命的象征符码。战后初期的台湾文化场域在短短的一年内，从"三民主义热"到"鲁迅热"，也"与中共在内战中逐步取得优势有密切关系"①。不过，许寿裳在台湾所"转译"的鲁迅，"跳脱了国共内战的二元对立模式"②。许寿裳以"战斗的现实主义"和"为劳苦大众请命"诠释鲁迅思想，这些显然是社会主义意识形态的语汇，但许寿裳并未对此再多着墨，代之仍以普世价值"人道主义"作为前提，既非关国民党，也非关共产党。换言之，于公于私，许寿裳带给台湾的，是"三民主义现实主义"的国共意识形态组合。

对于鲁迅的批判性"现实主义"进一步发挥的，当属黄荣灿（1916—1952）。1946年，黄荣灿先后在《台湾文化》上发表《新兴木刻艺术在中国》《悼鲁迅先生——他是中国的第一位新思想家》，就抗战八年间的木刻运动、鲁迅经验等，如何面向现实并自我改造，现身说法。1947年发表《中国新现实主义的美术》强调改造现实的"新现实主义"：

> 在这满目创伤的中国，历史不允许艺术黑暗年代的野兽派、立体派、未来派在中国存在。历史却要新的现实主义在中国茂盛，因为应该非服务现实的理想，去改造现实生活的一切，提高到一个健壮的全体不可。③

对于来自民国进步文人的倡议，台湾美术界由于没有共通的语言，因此没有进一步的深入讨论。关于"新现实主义"的倡议于焉成为"被搁置的争论"，后来由《新生报》"桥"副刊承继。④

---

① 简明海：《第二章　战后五四意识的断裂与接榫》，《五四意识在台湾》，博士学位论文，台北：政治大学历史学系，2009年，第94页。
② 杨杰铭：《第七章　战后初期中国左翼知识分子的鲁迅思想传播》，《鲁迅思想在台传播与辩证（1923—1949）：一个精神史的侧面》，硕士学位论文，台中：中兴大学台湾文学研究所，2009年，第157页。
③ 黄荣灿：《中国新现实主义的美术》，《台湾文化》1947年第2卷第3期。
④ ［日］横地刚：《回归与交流Ⅰ》，《南天之虹：把二二八事件刻在版画上的人》，陆平舟译，台北：人间出版社2002年版，第112页。

（二）国统区与解放区："现实主义"争论在台延长赛

和台湾新文学在日治时期的发展类似的是，在中国新文学开展的初期，现实主义就占有主流地位，"根本上是由时代决定的"，也就是"政治因素"以及"社会心理因素"等"非文学因素"是现实主义发展的契机①。"现实主义"这个名称，实际上是不见于"五四"时期中国文坛的，当时通行的叫法是写实主义②。到了 1924 年，鲁迅翻译厨川白村《苦闷的象征》，采用和制汉语的"现实主义"译法；不过在后续的其他译作中，鲁迅仍是"写实主义"与"现实主义"间杂使用③。1932 年，瞿秋白（1899—1935）依据苏联共产主义（Communism）科学院刊物《文学遗产》上的论文，在《现代》杂志上编译评介文章《马克思、恩格斯和文学上的现实主义》，特别加注"现实主义：Realism"，并且进一步将马恩的现实主义区分为资产阶级的与无产阶级的两种④。瞿秋白当时是"左翼作家联盟"的实际负责人，也是将马列主义现实主义译介到中国的最得力者⑤；为了和"写实主义"作区隔，瞿秋白在任何场合都把 realism 译为"现实主义"，强调个中的阶级对立等社会关系⑥。此后，"具有指导现实发展意味的'现实主义'一词"开始"涵摄并取代五四时期袭用和制汉语翻译的'写实主义'概念"⑦。

---

① 温儒敏：《第四章　总体勾勒：特色与得失》，《新文学现实主义的流变》，北京大学出版社 2007 年版，第 212 页。

② 张大明等：《第二编　人的文学的勃兴》，《中国现代文学思潮史》上册，北京十月文艺出版社 1995 年版，第 147 页。

③ 关于鲁迅译作，详见吴宇棠《第三章　蔡元培、陈师曾、鲁迅与徐悲鸿：1920 年代到抗战期间的美术"写实"观》，《台湾美术中的"写实"（1910—1954）：语境形成与历史》，博士学位论文，台北：天主教辅仁大学比较文学研究所，2009 年，第 142—143 页。

④ 王福湘：《第五章　社会主义现实主义的输入》，《悲壮的历程：中国革命现实主义文学思潮史》，广东人民出版社 2002 年版，第 130—131 页。

⑤ 李牧：《关于"新现实主义"的问题：试论"现实主义"在我国发展的概况》，《中央月刊》1983 年第 15 卷第 3 期。

⑥ 艾晓明：《第四章　20 世纪 20—30 年代中国马克思主义文学批评：概观与比较》，《中国左翼文学思潮探源》，北京大学出版社 2007 年版，第 159 页。

⑦ 吴宇棠：《第五章　战后初期台湾美术与"新现实主义"》，《台湾美术中的"写实"（1910—1954）：语境形成与历史》，博士学位论文，台北：天主教辅仁大学比较文学研究所，2009 年，第 246 页。

　　和台湾历史发展不同的是，在革命史观的影响下，中国新文学以来的文学史书写以左翼文学为主流。不过何谓"左翼"，个中标准其实是含混多变的，因为"中国共产党革命的阶段不同，联合和斗争的对象也有所区别，左中右也就有了很大的变数"①。回到 20 世纪 40 年代的民国时期，以国统区和解放区为例，两地分别发展出两种现实主义理论体系：一是以胡风（1902—1985）为代表的以"人"为主体、以"人性"为核心；二是以毛泽东、周扬（1908—1989）为代表的以"人民"为主体、从"人民性"或"阶级性"出发的现实主义文艺体系②。而这并非胡风与周扬第一次在文学路线上的分歧，20 世纪 30 年代中期，左派文坛"国防文学论争"中的两大派别，就分别是胡风、鲁迅为代表的"民族革命战争的大众文学"派，以及周扬为代表的"国防文学"派。其间可以看见左翼文学路线在辩论中的不断调整与变化，已经不同于 20 世纪 30 年代初期鲁迅或瞿秋白对"民族主义文学"的攻击，甚至将国民党的"中国本位文化建设"纳入视野，呼吁在"民族革命战争中创造革命性的民族文学"③，以此和国民党争夺领导权。

　　1945 年后，抗击日本帝国主义侵略的民族革命战争终结，解放区进入"由新民主主义文学向社会主义文学转变"④ 的阶段，依照毛泽东的看法，五四以后的新民主主义文化，基本上还是资产阶级民主主义性质的，因此要朝向无产阶级的社会主义努力⑤。在此脉络下，社会主义现实主义强调的是"人民性"问题，相对的，胡风所继承的"为人生"

----

①　李怡等：《第一编第三章　民国宪政和法制下的左翼文学与右翼文学》，《民国政治经济形态与文学》，花城出版社 2014 年版，第 43 页。

②　陈顺馨：《第四章　1938—1952：战争的现实和人民群众文化与社会主义现实主义本土化和系统化的关系》，《社会主义现实主义理论在中国的接受与转换》，安徽教育出版社 2000 年版，第 188—189 页。

③　阪口直树更进一步析论，"国防文学"派并非以周扬的想法一以贯之；徐懋庸等论客在辩论期间扮演相当角色。[日] 阪口直树：《第六章　徐懋庸在"国防文学论争"初期之定位》，《十五年战争期的中国文学》，宋宜静译，台北：稻乡出版社 2001 年版，第 145、166 页。

④　艾晓明：《第七章　中外两种社会主义现实主义理论辨析：以胡风和卢卡契为代表》，《中国左翼文学思潮探源》，北京大学出版社 2007 年版，第 332 页。

⑤　因为社会主义以无产阶级的工农兵为主角，因此不难理解，何以 1949 年后的新中国，立刻出现"可以不可以写小资产阶级"的讨论（上海《文汇报》8 月号）。张德祥：《第一章　工农兵方向与"简单化"贯彻》，《现实主义当代流变史》，社会科学文献出版社 1997 年版，第 1 页。

的五四现实主义，是为"旧的现实主义"。周扬在 1946 年编著的《马克思主义与文艺》一书，对于"现实主义"的定义有相当的影响：

> 批评"人的自觉"与"人的文学"等口号在认识上是唯心的（即忽略这些精神的社会物质基础）和孤立的（即从群众的实际斗争脱离开）。因此，"人的自觉""人的文学"等旧口号也将全部被"人民的自觉""人民的文学"等新口号所代替。①

在周扬的定义下，除了鲁迅以外，五四的现实主义传统已然过时，新的社会主义现实主义强调的"人民性"更符合时代需求。继承五四现实主义"为人生"传统的胡风，因为倡议主观战斗精神和作家的能动性，在没有"与时俱进"的情况下，于 1946—1948 年间，被批判为主观主义唯心论者和个人主义者②。

1948 年，《台湾新生报》"桥"副刊上有一场"新现实主义文学论争"③。论争最初由阿瑞《台湾文学需要一个"狂飙运动"》开始，扬风以《"文章下乡"谈展开台湾的新文学运动》一文，表明"狂飙运动"寻求的是个性解放，是开个人主义之倒车；代之应为"文章下乡"，走入群众。相反地，雷石榆在《台湾新文学创作方法问题》中肯定"狂飙运动"倡议，并提出"新写实主义"作为创作方法。雷石榆对"新写实主义"的定义是"自然主义的客观认识面与浪漫主义的个性，感情的积极面之综合和提高"④。雷石榆这段拗口的论述，白话

---

① 陈顺馨：《第四章 1938—1952：战争的现实和人民群众文化与社会主义现实主义本土化和系统化的关系》，《社会主义现实主义理论在中国的接受与转换》，安徽教育出版社 2000 年版，第 220 页。

② 主要还是在于胡风没有进入毛泽东《在延安文艺座谈会上的讲话》（1942）系统，受到邵荃麟、何其芳等左翼理论批评家的批判。陈顺馨：《第四章 1938—1952：战争的现实和人民群众文化与社会主义现实主义本土化和系统化的关系》，《社会主义现实主义理论在中国的接受与转换》，安徽教育出版社 2000 年版，第 195、216 页。

③ 论争过程中，"新现实主义"与"新写实主义"交替出现；依据本文的定义，因为涉及左翼的社会关系概念，故此处作"新现实主义"。

④ 雷石榆：《台湾新文学创作方法问题》，陈映真、曾健民编：《1947—1949 台湾文学问题论议集》，台北：人间出版社 1999 年版，第 124 页。

来说，就是胡风"主观精神和客观真理的结合"①，但结果相似的，雷石榆和胡风都被视为是另一种形式的"主观主义"；扬风认为"不必向五四看齐"、新写实主义不该是雷石榆所说的浪漫主义个性，代之应是群众性、阶级性②。可以发现，扬风从使用的语汇抑或论述的观点，皆与解放区的周扬十分相似；可以说，雷石榆和扬风在战后初期台湾的这场争辩，实际上正是国统区与解放区、胡风与周扬在如是"现实主义"分歧的延长。换言之，在"民国机制"中孕育的、没有解决的问题，来到台湾另辟战地。

三　"纵的继承"——台湾文学的左翼/异书写

（一）省籍与阶级

战后初期，无论是台湾文化界人士来自日本殖民时代的现实意识，抑或是官方的三民主义之民生主义，到进步左翼来台知识分子的现实主义，对于"现实主义"的强调，显然成为最大公约数。但是很快，"不分"的合作建设关系下，已然出现阶级与族群的分化声音。

1946年，简国贤原作的独幕悲剧《壁》，由宋非我的圣烽演剧研究会在台北中山堂发表演出。《壁》说的是富人与穷人"一壁之隔"的两样生活，得天独厚的人生活在极乐世界，被践踏的人犹如在地狱。戏剧《壁》在当时甚获好评，吴浊流认为系因"众多客观条件所获致的"③，一如当时贪官污吏与失业民众的众生相。邱妈寅在观戏后，借由剧中台词"毁了那一堵墙壁"，指出正是"现时台湾革新封建桎梏"的方向④。但是黄震乾则直指问题核心不在阶级，而是省籍关系。换

---

① 陈顺馨：《第四章　1938—1952：战争的现实和人民群众文化与社会主义现实主义本土化和系统化的关系》，《社会主义现实主义理论在中国的接受与转换》，安徽教育出版社2000年版，第194页。

② 扬风：《五四文艺写作——不必向"五四"看齐》《新写实主义的真义》，《桥》1948年第124期。

③ 不过吴浊流认为《壁》最后让穷人自杀死亡的结局，是一种逃避现实、绝望的人生观。吴浊流：《某一种逃避现实——关于圣烽演剧的发表会》，叶石涛译，《文学界》1984年第9集。

④ 邱妈寅：《壁》，叶石涛译，《文学界》1984年第9集。

言之，当时台湾社会问题不在贫富悬殊的"壁"，代之是"本省人与外省人之间的'心壁'"，并且"在每一部门都落后的本国，除去古文化和国学之外，带什么来都不能满足省民的希望"①。"省民"从殖民社会结构，期待进入民主社会体制，但是随着"光复"接收而来的是"一种羼杂着北方军阀统制形态的封建式措施的强压"②。一出《壁》的剧评，带出了"阶级与省籍"两种现实问题的解读；而在小说方面，书写表现上，亦如是。

1945 年，杨逵的日文小说集《鹅妈妈出嫁》以及吴浊流的日文长篇小说《胡太明》（即《亚细亚的孤儿》）出版；战后初期的这些台湾日文小说"充分表现了日据时代新文学运动的传统精神，以写实的技巧，反映了台湾民众生活的真实，同时剖析了社会和时代的光明层面和黑暗层面"③。日文写作方面，大抵是对于过去的殖民时代的勾勒与呈现，彰显的是受殖者台湾与殖民者日本之间的权力关系；而在中文小说部分，则可看见"新时代"的主题：省籍内外。以省籍内外知识分子合作的《台湾文化》为例，张冬芳《阿猜女》和吕赫若《冬夜》都先后触及如是的族群议题。

《阿猜女》的主要轴线是关于猜女的故事，猜女来自经济无虞的小地主家庭，高女毕业后返乡担任国民学校教员。猜女原有一恋人是留日的高校生，但因为战争被强征为"学徒兵"，车祸死于兵营。小说借由同事清子的视角，旁观叙述猜女后来"闪婚"外省军官。诗人张冬芳处理小说，力有未逮。小说的前半看似以清子为主要叙事观点，但到了后半，则是借由清子与猜女的对话，由猜女道出自身心境与际遇：

> 猜女拿起手帕来，拭一拭眼泪而慢慢地说起来。

---

① 黄震乾：《关于"壁"》，叶石涛译，《文学界》1984 年第 9 集。
② 叶石涛：《流泪撒种的，必欢呼收割——光复初期的台湾日文文学》，《文学界》1984 年第 9 集。
③ 叶石涛：《流泪撒种的，必欢呼收割——光复初期的台湾日文文学》，《文学界》1984 年第 9 集。

　　"光复当初，我们大家如何兴奋着，如何欢喜的，每天都教学生们唱国歌，而大家又争先恐后地来学习国语，大家又用那么热烈的口吻异口同音地说，我们的国军怎么不快来，赶快把这些日本兵遣送回去，这些榨取我们五十年的血肉的侵略者，那里还使他们在此逍遥自在的。"①

　　不一致的叙事观点并不影响小说意欲表达的主题：台湾如何对国军充满期待到幻灭的过程。猜女告诉同事清子，之所以闪婚，是因为失身于驻防小镇的伍上尉在先，虽然婚姻初期也有甜蜜，"我也想不到隔绝了五十年的同胞，感情还能这样的融洽了"②。但很快地，丈夫的外省妻子带着孩子找来台湾了；原来伍上尉在抗战前早已结婚，被欺骗的猜女只好黯然返乡。

　　类似的情节亦发生在吕赫若的最后一篇小说《冬夜》，不同的是，吕赫若的关怀兼及了族群与阶级双重弱势的女性，在书写策略上，对于叙事观点也有一定的掌握能力。住在淡水河边的杨彩凤，因为"生活费高，一斤米超过二十元，自己在酒馆里赚的钱来维持一家五口人的生活是不够的"，所以22岁的彩凤，模样却"因受尽了生活煎熬而显得憔悴"③。经济问题之外，18岁时候的第一任丈夫林木火因为"志愿兵"派遣菲律宾，一去无音讯，因此后来在酒馆结识了第二任丈夫郭钦明：

　　　　听了同事说他是个xx公司的大财子，浙江人，年纪差不多二十六七岁。他来馆的时候，都穿着一套很漂亮的西装，带着一个笑脸，很爱娇地讲着一口似乎来台以后才学习的本地话，使女招待们围绕着他笑嬉嬉地呈出一场热闹。④

---

① 张冬芳：《阿猜女》，《台湾文化》1947年第2卷第1期。
② 张冬芳：《阿猜女》，《台湾文化》1947年第2卷第1期。
③ 吕赫若：《冬夜》，《台湾文化》1947年第2卷第2期。
④ 吕赫若：《冬夜》，《台湾文化》1947年第2卷第2期。

郭钦明出现的姿态光鲜，貌似和善；和杨彩凤的婚姻关系，就犹如中国大陆与中国台湾的隐喻——对于曾受日本帝国主义统治的台湾，自许为解救者的身份：

> 你这么可怜！你的丈夫是被日本帝国主义杀死的，而你也是受过了日本帝国主义的残摧。可是你放心，我并不是日本帝国主义，不会害你，相反地我更加爱着你，要救了被日本帝国主义残摧的人，这是我的任务。我爱着被日本帝国蹂躏过的台胞，救了台胞，我是为台湾服务的。①

但私下的郭钦明，却是个骗财骗色又身染梅毒的暴力分子，后来沦为娼妓的彩凤"想到了至今所有关系的一切，想到了光复以来的这些离了不久的过去，都像数年来的陈迹"。如此这般"光复以来"的遭遇，以及故事最后不明的街头枪战，小说的最后，是彩凤在冬夜里，无尽头地狂奔。吕赫若"是个彻底的冷静的观察者"，"在小说里从来没有流露出脱离现实的浪漫情绪的浮动或者某种自传意味"②，稍早发表的小说《月光光：光复以前》，陈述皇民化运动下，台湾人在日本"国语家庭"政策下的分化与歧异③。但很快地，在《冬夜》，吕赫若发现战后的歧异来自省籍的矛盾，小说刊出的该月底，"二二八"事件爆发，彩凤的狂奔，或许是吕赫若奔向革命的预示④。

"二二八"事件之后，《台湾文化》短暂停刊四个月，稍后的小说创作出现麦芳娴的《磁》。相较于《阿猜女》与《冬夜》以两任爱人寓写省籍关系，《磁》则以磁铁的左右两极比喻一对姐妹，象征着青年知识分子在左、右意识形态的心理拉锯战。小说的主人公冷弟先后

---

① 吕赫若：《冬夜》，《台湾文化》1947 年第 2 卷第 2 期。
② 叶石涛：《清秋——伪装的皇民化讴歌》，《小说笔记》，台北：前卫出版社 1983 年版，第 86 页。
③ 吕赫若：《月光光：光复以前》，《新新》1946 年第 7 号。
④ 陈万益：《萧条异代不同时——从〈清秋〉到〈冬夜〉》，陈映真等：《吕赫若作品研究——台湾第一才子》，台北：联合文学 1997 年版，第 19 页。

爱恋淑德、淑华姊妹，两姊妹个性迥异，譬如在双亲过世后：

> 淑华寄养在外祖父家；淑德却不愿意成为寄人篱下的食者，孤伶的在各方奔波。
>
> 她们像磁针上的两个尖端，永远朝着不相同的方向，任何力量不能把这"磁"力汇合在一起。①

尤淑德病逝后，冷弟依照淑德遗书心愿，担负起照顾淑华的责任；不过淑华"爱虚浮，繁华"，反倒和冷弟的二哥一拍即合。二哥虽然已婚，但是"他永远不能满足，他把女人当作产物；正像他所有的金钱一样，他讽刺了每一个没有结婚的年青人"。这个年青人恰如冷弟自身。小说以第一人称自陈"我为一种苦痛所恼恨，夜卖者的失眠，二哥的享乐，还有……许多琐什的事旋动在脑际，使我的眼睛睁得更大"②。十分彷徨无措失眠的冷弟，展读淑德日记：

> 我更没有遗忘：
> 那一个严冬的深夜，被解雇的工人烧毁棉纱工厂的事。
> 纺织工业是中国民族工业的代表，应当培育它才是，但在大老板的操纵下，它是变成了剥削工人的器具。
> 饥饿的力量，终于使群众怒吼了！③

一番挣扎之后的"我"，决定返乡做点什么，于是将淑华托付给二哥，"也许我不再到这美丽的宝岛"。"宝岛"终归是"他乡"，未竟的左翼志业，必须返回中国/民国，方有可能。

麦芳娴《磁》中，冷弟的徘徊犹疑，以及尤淑德的理想左翼形象，依稀令人看见后来陈映真《我的弟弟康雄》和《山路》中的蔡千

---

① 麦芳娴：《磁（中）》，《台湾文化》1948年第3卷第1期。
② 麦芳娴：《磁（下）》，《台湾文化》1948年第3卷第2期。
③ 麦芳娴：《磁（下）》，《台湾文化》1948年第3卷第2期。

惠的身影：台湾现实没有省籍族群的问题，只有在民族主义、资本主义以及社会主义的纛下的拉锯。不过和陈映真小说不同的是，如果带入民国历史文化语境，从戏剧《壁》到小说《磁》，战后初期文本彰显的，与其说是外省作家与本省作家，因为省籍差异而有关怀上的殊异，不如说是"民国机制与台湾机制"的碰撞，会是更准确的定位。换句话说，我认为，"民国文学"的概念，让"台湾文学"的研究，可以更加清晰，例如一直以来难解的省籍问题，实是两种机制碰撞的结果。

麦芳娴的《磁》脱稿于 1947 年 2 月，其间历经"二二八"事件，于 1948 年 2 月连载完毕；1948 年 5 月的《台湾文化》是"悼念许寿裳先生专号"；诸如 1946 年 12 月"美术座谈会""音乐座谈会"等关于"台湾现实/时"的讨论，此后再不复见，《台湾文化》的编辑亦趋往地方志、史料考察的方向前去，成为日后"中华民国""《山海经》式的"理解台湾的前哨。

（二）理论与实务

1945 年钟理和还在北平之际，在报纸上屡屡见到"国人对沦陷区光复后的文化与教育的关心与担忧"，当时他便在日记中写下"国人对台湾的山海经式的认识与关心"[1]。在日记中，钟理和并未对这句话再多作阐述。一般我们将《山海经》定位在"中国最早的人文地理志"[2]，显影其中的是神话传说、灵禽异兽、奇山异水、珍稀草木。这种对于台湾"山海经式的认识"大抵成为一则预言。以 1948 年前后的"台湾文学问题论议"或曰"第二次乡土文学论争"[3] 来说，便是一场"非关台湾"的"文学理论问题"争议，"台湾"看似在场，实则是缺席的存在。因为虽然在"桥"副刊上的讨论，强调"了解、生

---

① 钟理和：《民国三十四年（1945）记于北平》，钟怡彦主编：《新版钟理和全集6·钟理和日记》，春晖出版社 2009 年版，第 18 页。

② 李丰楙：《第一章 前言》，《山海经——神话的故乡》，台北：时报文化 2012 年版，第 3 页。

③ 主要指称《台湾新生报》"桥"副刊（1947 年 8 月至 1949 年 3 月，共 223 期）上的一系列文章，亦零星见于《中华日报》"海风"副刊。论争以欧阳明的文章《台湾新文学的建设》为开端；结束在 1949 年杨逵因《和平宣言》的入狱、骆驼英（罗铁鹰）的东渡以及白色恐怖的到来。

根、合作"①，但参与发话的，除杨逵、叶石涛等作家外，主要是战后初期抵台的文艺工作者，台湾文学处于一个"被发现"的状态并接受建设方向的"指导"②。以钱歌川对于台湾文学运动的看法来说，他认为"现在台湾的文艺作家，应该把写作的范围缩小到自己的乡土，把发表的范围扩大到全国去。他应该把这种新鲜的内容，拿去给祖国的文坛放一异彩……"③。作为中国左翼知识分子，钱歌川建议台湾作家书写本省故事，并提倡乡土艺术与地方色彩，资以"介绍台湾给国人"。钱歌川的论述，看似尊重台湾乡土，然如是"充实祖国文坛"的观点，实则相当类似于岛田谨二与西川满，意图书写"外地台湾"借以充实日本文坛的脉络④。换句话说，所谓的来台中国进步左翼作家，他们对于台湾问题的关切，"虽具有基于左派的阶级意识而主张的民主自由思想寓焉，但也是另一种（左的）中国民族主义的文化论述"⑤。以叶石涛《复雠》来说，故事主要讲述汉人移民在荷兰虐政下的遭遇，受辱的农民后来起身反抗荷兰收税官，小说相当批判性地批注了1652年之所以会有郭怀一抗荷事件的发生缘由。1948年刊载《复雠》的《中华日报》"海风"副刊，特别强调小说中的农夫"是一个充满民族意识的热血的爱国的青年"，因此"我们珍重这篇乡土文学特色的作品"⑥。台湾历史遭遇的特殊性，立即被以"乡土特色"纳编入民族主义。

　　"台湾文学"一词，在与日本文学对立的同时，"建设台湾新文

---

①　萧荻：《了解、生根、合作——彰化文艺会报告之一》，《新生报》"桥"副刊，1948年6月2日。

②　诸如欧阳明《台湾新文学的建设》、胡绍钟《建设新台湾文学之路》等文。陈映真、曾健民编：《1947—1949台湾文学问题论议集》，台北：人间出版社1999年版。

③　钱歌川：《如何促进台湾的文学运动》，陈映真、曾健民编：《1947—1949台湾文学问题论议集》，台北：人间出版社1999年版，第261页。

④　张俐璇：《决战时期的文体与国体——日本思想史的嫁接》，《建构与流变："写实主义"与台湾小说生产》，台北：秀威信息科技2016年版，第139—161页。

⑤　陈建忠：《行动主义、左翼美学与台湾性：战后初期杨逵的文学论述》，《被诅咒的文学：战后初期（1945—1949）台湾文学论集》，台北：五南出版社2007年版，第137页。

⑥　"海风"编者按。叶石涛：《复雠》，彭瑞金编：《河畔的悲剧：叶石涛小说选集》，春晖出版社2013年版，第8—9页。

学"论题，隐含着与中国文学分离的"语病"。因此，时任台大文学院院长的钱歌川，其《如何促进台湾的文学运动》一文，引发诸多回应，杨逵《"台湾文学"问答》是为其一。杨逵认为"台湾文学"一词确有其必要，"是因为台湾有其特殊性的缘故"，因此：

> 对台湾的文学运动以至广泛的文化运动想贡献一点的人，他必须深刻地了解台湾的历史，台湾人的生活、习惯、感情，而与台湾民众站在一起，这就是需要"台湾文学"这个名字的理由，<u>去年十一月号的"文艺春秋"曾有边疆文学特辑。其中一篇以台湾为背景的"沉醉"是"台湾文学"的一篇好样本。</u>①

《沉醉》是欧坦生在1947年底发表于上海《文艺春秋》的短篇小说，叙述下女阿锦如何受骗于外省公务员，自我"沉醉"于美丽谎言的生活。因为和吕赫若《冬夜》的故事相仿，皆聚焦在台湾女性的战后际遇②，加上小说语言间杂着日本语及台湾话，因此曾有欧坦生是台湾作家蓝明谷的推论③。而在证实欧坦生为外省作家丁树南以后，上述加注下划线的杨逵论述，成为左翼中国民族主义论者援引的心头好：既是"台湾文学与祖国大陆文学同构化"的证明，亦可说是具有"超越二二八阴影，促进民族理解与团结"的作用④。

不过，如果比较前述麦芳娴的《磁》，同为外省作家的书写，但

---

① 下划线为笔者所加。杨逵：《"台湾文学"问答》，陈映真、曾健民编：《1947—1949台湾文学问题论议集》，台北：人间出版社1999年版，第164页。

② 不同的是，吕赫若《冬夜》中的彩凤，具有相当的"典型性"，借由被骗女子写出贫困不安的社会结构；而欧坦生《沉醉》中的阿锦，篇幅偏重在女子的痴情心理描绘，几乎成为"痴心女子负心汉"的故事。吕正惠：《发现欧坦生——战后初期台湾文学的一个侧面》，欧坦生：《鹅仔：欧坦生作品集》，台北：人间出版社2000年版，第227—288页。

③ 蓝明谷（1919—1951），本名蓝益远。1919年生于冈山，台南师范学校毕业。1942年赴北京就读东亚经济学院，开始从事创作，结识钟理和。1946年返台，1947年任职基隆中学国文教师，1949年因"基隆中学光明报案"流亡。曾健民：《拨开历史的迷雾——记探寻作家欧坦生的经过和感想》，欧坦生：《鹅仔：欧坦生作品集》，台北：人间出版社2000年版，第256页。

④ 朱双一：《欧坦生、〈文艺春秋〉和光复后台湾文学的若干问题》、陈映真《序》，欧坦生：《鹅仔：欧坦生作品集》，台北：人间出版社2000年版，第245、9页。

小说内容是非关台湾现实的个人心理打转，也就不难理解何以杨逵认为欧坦生的《沉醉》是为"台湾文学"的好样本。针对《沉醉》和翌年的《鹅仔》，这两篇欧坦生最具"台湾味"的小说，左翼中国民族主义论者一再指出"'阶级矛盾'是当时社会的最主要矛盾，'省籍矛盾'是次要的、派生的"①。仿佛只要集结在共通的左翼大纛下，民族团结的想象就得以实现。这种阶级与省籍共存的矛盾，是台湾共产党所留意的，战后初期曾经与叶石涛有书籍交流往来的老台共辛阿才，是台南支部书记，在解释中国共产党的理论之余，不忘提醒"台湾历史的特殊遭遇，与中共理论间的某些差距"②。

战后初期确实是现实主义的时代，但促成左翼时代氛围的力量，其实相当复杂。以欧坦生发表《沉醉》与《鹅仔》的《文艺春秋》杂志来说：

> 创办于上海、延续时间长、拥有广泛读者的《文艺春秋》，可说是"国统区文学"的一个缩影。虽然《文艺春秋》的老板是资本家，主编范泉当时也并非共产党员，但刊物的倾向却是"左倾"的，而"左倾"在当时，即是"进步"的代名词。③

同样是"进步左翼"，但彼时台湾文学场域中实则存有三种文化集团的检释角力，可分别以杨逵、扬风、雷石榆为代表。以杨逵为代表的日治台湾现实主义，在 1948 年前后的文学场域，是最为无力与无声的。关于这一点，近期也有论者运用新兴的数字人文研究方法，进行大数据分析，证实台湾文学机制在战后初期文学场域的相对弱势④。

---

① 朱双一：《欧坦生、〈文艺春秋〉和光复后台湾文学的若干问题》，欧坦生：《鹅仔：欧坦生作品集》，台北：人间出版社 2000 年版，第 248 页。

② 叶石涛：《细说 50 年代的白色恐怖》，《一个台湾老朽作家的 50 年代》，台北：前卫出版社 1991 年版，第 98 页。

③ 朱双一：《欧坦生、〈文艺春秋〉和光复后台湾文学的若干问题》，欧坦生：《鹅仔：欧坦生作品集》，台北：人间出版社 2000 年版，第 239 页。

④ 路丹妮、陈正贤：《台湾战后初期文学场域重建：数字人文方法的运用与实例分析》，《台湾文学学报》2015 年第 27 期。要说明的是，针对第 174 页的图表（一）"战后初期行动者群聚分布"，我与作者有不同的解读，作者认为远离权力核心场域的，相对地代表拥有文学自主性；我则认为那代表的是相对弱势，才与权力核心有着最遥远的距离。

也因此出现"台湾文艺界对于新（写）现实主义路线辩论不感兴趣"①与"先后被国民党、台独派遮断"② 的误解。出于语言与词汇的隔阂障碍，以及后来"桥"副刊上的新现实主义文学论争"几乎是 1940 年代解放区与国统区的社会主义现实主义文艺，彼此之间关于理论与路线矛盾的在台翻版"③，是国共之间的论战延伸，非关台湾现实情境，也因此除了杨逵的响应外④，甚少台湾知识分子参与。譬如骆驼英虽然将文章名为《论"台湾文学"诸论争》，但在讨论的实质内容上，一直是理论性质的，并且非关台湾，或是站在大陆立场指导台湾的，也因此更确切地来说，这场论争，是中国文化人的"现实主义论争"。"民国文学机制"下的观点与争论，终究与"台湾文学机制"既是殊途，也不同归。

四 结语：连横与合纵的不可得

日治时期，为了抵抗日本法西斯，马克思主义是武装自身与解放运动的思想原动力；战后初期社会凋敝的现实环境，提供了"左"倾思想的温床；其后，"民国"登台，输入了中国共产党的理论性著作，以及经由上海苏俄新闻处，苏联电影与文学的中文译本传到台湾，"我们才获知十月革命以后的布尔什维克如何改造了落后而封建的帝

---

① 吴宇棠：《第五章 战后初期台湾美术与"新现实主义"》，《台湾美术中的"写实"(1910—1954)：语境形成与历史》，博士学位论文，台北：天主教辅仁大学比较文学研究所，2009 年，第 442 页。
② 石家驹：《一场被遮断的文学论争：关于台湾新文学诸问题的论争（1947—1949)》，陈映真、曾健民编：《1947—1949 台湾文学问题论议集》，台北：人间出版社 1999 年版，第 24 页。
③ 吴宇棠：《第五章 战后初期台湾美术与"新现实主义"》，《台湾美术中的"写实"(1910—1954)：语境形成与历史》，博士学位论文，台北：天主教辅仁大学比较文学研究所，2009 年，第 329 页。
④ 在"新写实主义"论争之际，不同于中国左翼作家的论述，杨逵"几乎没有纯粹理论上的辩难"并且"已然另辟战场"，在《力行报》"新文艺"周刊征求书写日常生活的"实在的故事"、提出"用脚写"的写作观点。陈建忠：《行动主义、左翼美学与台湾性：战后初期杨逵的文学论述》，《被侮咒的文学：战后初期（1945—1949）台湾文学论集》，台北：五南出版社 2007 年版，第 126、129 页。

俄社会"①。因此，如果说日治时期影响台湾文艺思潮最巨者是"日本思想史的嫁接"，那么战后初期最大的特色在于"民国左翼文化的汇入"，以及省籍内外文人的携手合作，形成"现实主义"的重构。

1945—1949 年间现实主义在台湾的状况：一是以许寿裳为代表中介、登台、同时杂糅孙中山与鲁迅思想的"三民主义现实主义"；二是省籍内外文人在族群与阶级观点上小说书写的分化；三是"二二八"事件后，《新生报》"桥"副刊上出现的"新现实主义"论争，实则是中国国统区和解放区在文艺政策角力上的延长，雷石榆和扬风作为主要论战的双方，分别承接胡风和周扬的"现实主义"诠释：前者是五四以来以"人"为主体、以"人性"为核心的写实观；后者则以"人民"为主体、从"人民性"或"阶级性"出发。对后者来说，前者执"普遍人性"之名，行"资产阶级"观念之实。也因此，战后初期的"新现实主义"之所以为"新"，在于更倾向社会主义、益发强调阶级意识。于是，对于战后初期"台湾文学"与"民国文学"交锋后的"现实主义"发展，可以理解为三种意识形态的角力：台湾日治现实主义（杨逵、吕赫若），以及伴随"民国文学机制"一并"横的移植"而来的中国五四现实主义（许寿裳、雷石榆），与苏联社会主义现实主义（扬风）。战后初期在"桥"副刊的新现实主义论争，即是后两者将"民国问题"渡台的延长战役。"台湾"现实主义被掩盖在左翼的纛下，只见（现实主义）理论而不见（台湾）实务。换句话说，试图以"现实主义"行"连横"策略的"民国文学"实际上并没有真正与"台湾文学"有切中核心的交流；而战后初期的"台湾文学"正疲于两种"国语"频道的切换，以及为他者澄清介绍自己是谁，也难以连接日治时期做到"纵的继承"。职是之故，战后初期台湾文学与民国文学交锋的结果，实是合纵连横的皆不可得。

"民国文学"真正以磅礴气势登台，成为"台湾文学"的一部分，

① 叶石涛：《青年时代》，《一个台湾老朽作家的 50 年代》，台北：前卫出版社 1991 年版，第 55 页。

还是要等到 1949 年"中华民国"到台湾，因为政策的主导，台湾"民国化"，文艺生产由左翼的"现实主义"转到"写实主义"。除开小说书写，"省展"的呈现，当属最显著的例子。始于 1946 年的"省展"全名是"台湾省全省美术展览会"，系移植于日治时期的台湾教育会主办的"台展"以及台湾总督府主办的"府展"。在战后初期的省展阶段，王白渊依照自己对三民主义的理解，提出"民主主义的美术路线"，获得许多画家的呼应，例如李石樵也有"民众的美术"的倡议①，其后几届的"省展"，陆续出现李石樵的《市场口》《建设》②、杨三郎的《老乞丐》、李梅树的《黄昏》、陈澄波的《制材工厂》、蒲添生的《鲁迅坐像》、郑世璠的《车厢》等画作。谢里法认为，此一现象是自日治时期"台展"中的乡土描绘中，跨出了一大步，画家的笔"直接捕捉到生活现实的里层"；然而在 1949 年之后，"一只无形的手"伸进"省展"，展出的只有"美好温馨题材的画面"③。文学与美术的生产，俱从左翼的现实主义，朝"健康写实"转向，左翼的"现实主义"自此被遮断，另一种"台湾"、另一种"（三民主义）写实主义"诞生。换句话说，1949 年后"登台"的"民国"，很显然地，与 1949 年前的民国文学机制大异其趣，极力将台湾"民国化"的，是另一个去左翼色彩的"民国"机制。

职是之故，"民国文学"作为崭新的诠释框架，究竟可以为"台湾文学"带来什么？以战后初期台湾文学研究为例，至少表现在三方面：一是"民国视野"可以作为重新看待"桥"副刊论争的方法，这

---

① 和王白渊观点相仿的，李石樵曾在《新新》月报社主持的座谈会上表示："只有画家本人可以了解、但他人无法了解的美术，乃是脱离民众。这种美术不配称为民主主义文化。若今后的政治属于民众时，美术和文化亦应属于民众。"《谈台湾文化的前途》，《新新》1946 年第 7 号。原文为日文，翻译引自萧琼瑞《第六章 战后初期的文化盛况与挫折》，刘益昌、高业荣、傅朝卿、萧琼瑞《台湾美术史纲》，台北：艺术家出版社 2009 年版，第 304 页。

② 李石樵的《市场口》《建设》分别完成于光复的 1945 年以及"二二八"事件的 1947 年，"现实"意义别具；两张画作虽然超出谢里法《日据时代台湾美术运动史》的讨论时间范畴，但亦列于李石樵的介绍之中（第 124、125 页），是为有图无文的吊诡存在，这一点或可对应于 1976 年《艺术家》杂志创刊开始连载的写作时间点。关于两画作的分析，可见萧琼瑞的分析，前揭书，第 296—297 页。

③ 谢里法：《把台湾美术放在 49 年坐标上》，《文讯》2009 年第 286 期。

场被视为台湾文学史上第二次乡土文学论战，实际上亦是民国机制的问题来到台湾另辟战地的延长赛；二是关于"省籍"的问题，如果带入民国历史文化语境，那么就不只是"本省/外省"的"人"的问题，而是背后更大的"台湾/民国"的"机制"碰撞的结果；三是深化与区隔，深化战后初期以及 20 世纪 50 年代文学研究的讨论，并为过去笼统的"中国"论述，有了"民国"与"共和国"的区隔。

（作者单位：台湾大学台湾文学研究所）

原载《励耘学刊》（文学卷）2016 年第 2 期

存　目

韩伟：《"民国性"：民国文学研究的应有内涵》，载《西北师大学报》（社会科学版）2014 年第 2 期。

张中良：《民国文学史概念的合法性及其历史依据》，载《西北师大学报》（社会科学版）2014 年第 2 期。

禹权恒：《"民国文学"的话语蕴涵与阐释空间》，载《理论导刊》2014 年第 3 期。

黄群英：《民国文学精神与文化品格形成探析》，载《内蒙古社会科学》（汉文版）2014 年第 2 期。

苟强诗：《书报审查制度与民国文学研究》，载《成都大学学报》（社会科学版）2014 年第 2 期。

刘泉、刘增人：《民国文学期刊论纲》，载《南京师范大学文学院学报》2014 年第 4 期。

苟强诗：《民国文学研究的法律之维》，载《成都大学学报》（社会科学版）2015 年第 1 期。

贾振勇：《关于"民国文学"与学术伦理意愿的思考》，载《扬州大学学报》（人文社会科学版）2015 年第 3 期。

胡昌平：《虚构：通向正义之路——从〈原野〉看民国法律形态》，载《现代中国文化与文学》2014 年第 2 期。

康鑫、刘晓红：《民国文学史视野下通俗小说家"著史现象"考论——以张恨水的 1930 年为中心》，载《成都大学学报》（社会科学版）2016 年第 1 期。

李直飞：《"民国文学机制"与现代文学期刊研究视野拓展——以〈小说月报〉研究为例》，载《江汉学术》2016 年第 2 期。

付兰梅：《"民国文学"场域中的中国现代小说史编写》，载《华夏文化论坛》2016 年第 2 期。

李宗刚、金星：《民国文学教育研究的历史、现状与反思》，载《北京联合大学学报》（人文社会科学版）2017 年第 1 期。

周维东：《"民国文学"如何面对 1949 年的挑战》，载《宜宾学院学报》2017 年第 5 期。

黄健：《民国文论与民国文学三大思潮》，载《宁波大学学报》（人文科学版）2017 年第 4 期。

李怡：《从"民国文学机制"到"大文学"观——在山东师范大学的演讲》，载《当代文坛》2018年第3期。

关峰：《日常生活还原与重构："民国文学"想象刍议》，载《成都大学学报》（社会科学版）2018年第6期。

第四编

丰富的意蕴

从历史的夹缝中寻找学术良知

——丁帆教授访谈

丁　帆　施　龙

关于民国文学和共和国文学

施龙（以下简称施）：丁老师，您主持编撰的《中国新文学史》出版了。作为编撰者之一，我知道这部文学史凝聚了您最近几年在文学史研究方面的思考。虽然因为一些限制，您的相关思考还无法在这部文学史中得到更为深入、系统的展现，但民国文学、共和国文学的整体架构还是基本得到体现。在此，您能再就这两个概念及它们在百年新文学史研究中的意义作出一些阐释吗？

丁帆（以下简称丁）：按照我的观点，到今年，新文学恰好一百年多一点，有个零头。我们对这段文学发展史的研究，历经了好几个重要阶段，最近几年，我个人有一些思考。其实，首先要追问的问题是，什么是新文学？我以为，新文学指的就是民国成立以来以白话为主干但绝不排斥其他语言形式（如文言、方言）和表现方法（如说唱）的具有现代美学意味的汉语创作。新文学史就是这一时段、这一内容的文学发展历程。《中国新文学史》出版以后，陆续有一些批评，赞成的、商榷的意见都有，这很正常，但这毕竟是一部教材，有它的适用性，所以我们在编撰过程中也根据需要对相关观点做出了不少修订，虽有削足适履之感，但总体效果差强人意吧。

我最近在文学史方面的思考，也是构成这部新文学史的基本框架，主要就是民国文学和共和国文学。我曾经写有系列文章，此处不赘，简要说来，新文学的准确表述是：1912—1949 年为"民国文学"的第一阶段（包含大陆与台港地区及海外华文文学）；1949 年后的新文学则因为多方面的因素形成了三种不同的表述：大陆是"共和国文学"的表述（而非什么"当代文学"）；台湾仍是"民国文学"的表述；港澳就是"港澳文学"的表述（因为它的政治文化的特殊性，所以它的文学既有中华传统文化的元素，同时又有殖民文化的色彩。因此，我们只能用地区名称来表述），此外，尚有海外华文文学，由于其中西杂糅的特色，所以可以一并归入"港澳文学"。

这里可以就 1949 年后台湾地区文学的特殊性稍稍阐释一下。如果说从 1912 年到 1949 年间的"民国文学"是一个以五四"人的文学"传统为核心内容和主潮的文学流脉的话，1949 年以后的台湾文学仍然处于这一流脉之中，但和 1949 年之前的显性表现不同，这是一个在不断抗争中发展的状态，它是一种隐性的呈现。一些对民国文学观念持保留态度的研究者，往往从政治正确的立场有所质疑。其实，1949 年以后部分新文学作者将"五四"新文学的传统带到台湾，国民党统治当局也将其对付左翼文学的一套文学制度搬到了台湾，新文学中的民国元素——"自由、平等、博爱"的"人的文学"的理念及其反面——禁锢的、党性的、工具的文学因素都有显现，这不正是"民国文学"的内容和本质吗？所以，我这里需要进一步明确申明的是：作为一种文学的研究，将 1949 年以后的台湾文学指认为"民国文学"（或其流脉）是和政治上承认"中华民国"毫不相干的事情。我只是指出台湾文学在 1949 年以后有着一条政府背离"民国文学"精神，而知识分子精英和民间文学力量在努力抗争的"暗线"存在，恰恰是这条"暗线"与大陆文学发展呈大体一致的走向状态。缘此，我才采取与大陆和台湾学者不一样的视角来看问题，或许从中能够窥探到一些人们习焉不察的文学症结问题所在。我曾经提出过相关问题，这里不妨重申一下，以引起更多的关注和思考：为什么新文学原本寻觅的非贫穷、非暴力的人性主题逐渐被转换？为什么文学依附于党派政治会成为新文学一直延续的惯性？民国文学所确立的"人的文学"之价值观为什么会被颠覆？"人的文学"是如何发展到"人民的文学"的？民国文学元素与共和国文学元素异同性如何梳理？这些都有待深入细腻的考察。

　　当然，采用民国文学、共和国文学的表述方式，更关键的还和对文学本身的认识相关。我这里简单提两点。第一，我们提到新文学，习惯性地把它限定在白话文学，如此一来，我们怎么对待那些表现出现代意识而且具有审美创新意味的其他语言形式的创作？像聂绀弩，以往的文学史对他在桂林时期的杂文都有所评述，最起码是提上一笔，但平心而论，这些杂文气浮于心，笔触枝蔓，文学价值并不高，完全不能和他后来的旧诗相提并论。聂绀弩的旧诗是历经人间炼狱从而对人性、对人的存在具有深刻体悟的结晶，它如果不"新"，那么还有多少作品可以称之为"新"？第二，自1935年《中国新文学大系》将创作分为小说、诗歌、散文、戏剧这四大类型以后，我们以后关于文学的体认似乎也就局限于这四种体裁。比如散文，周作人在"五四"时期界定为美文，那么怎么对待美文之外的具有文艺趣味的散文作品呢？一个十分有趣的现象是，周作人此后很多的散文写作并不是所谓美文，而是接近传统的文章，所谓"名士清谈"。再比如鲁迅"老吏断狱"式的杂文，大陆和海外都有相当多的人认为它不是文学，只有很少一些人明确肯定它的文学性。于是我们看到，许多文学史就采取了骑墙的态度，就是不明确表示对杂文这一文体是否文学的态度，而将之置于鲁迅名下作一种概述。其实，鲁迅这些师法魏晋文章的"释愤抒情"之作究竟是不是文学创作，我们用他自己界定的两个标准，即"表现的深切"与"格式的特别"来衡量就可以，如果两方面的回答都是肯定的，那它就是文学，至于它在风格上接近新文学的某一体裁还是属于传统的文章，又有什么关系呢？所以我们可以明白，文章载道程式化，因此不是文学，美文如果程式化，同样不是文学。一句话，在文学的天平上，不应该厚此薄彼。从这个角度来看，传统文章范畴内的诸多文体，比如序言、书信、墓志铭等，只要展现出新的风采，就也是文学。而文学研究界这种差不多一面倒的情形，正说明新文学在其发展过程中建立起来的话语体系有反思的必要。采纳民国文学、共和国文学作为新文学史的基本框架，在相当程度上可以有效地冲破当年所建立的文学言说的话语体系，也就在事实上转变我们的文学观念。

当然，这些设想并不是要把历史上的边角料统统捡到篮里。我一贯反对那样做。这里只是强调关于新文学的基本观念有修正的必要。

施：我们谈及某一断代的文学史，总须对其审美上的共性作出概括、判断。比如，钱锺书谈唐代文学，认为"唐诗多以丰情神韵擅长"，就是在承认唐诗内部丰富性的前提下，对其总体审美特征进行了有效提炼。那么，在您看来，民国文学、共和国文学的审美风格分别是什么？它们在发展过程中，分别形成了哪些有价值的审美范畴？或者降低一点看，有哪些审美对象值得关注（这两点似乎也可以就乡土小说这一专门领域来谈）？

丁：关于这个问题，我首先要强调，我们探讨审美现代性的同时，一定不能忽略硬币的另一面，那就是社会现代性。自从卡林内斯库提出两种现代性理论并指出二者之间的内在紧张性以来，用"美学现代性"反思"资产阶级文明的现代性"的弊病即"资本主义的文化矛盾"成为影响很大的一种研究思路。有相当一部分学人受这一方法的启发，探究中国社会发展过程中因为现代化的"偏至"而出现的若干弊端，应该说是有成效的，但是不能反过来，用这些弊病去证明和它同时出现的相关文艺现象的现代性。最荒唐的例子就是一些人关于样板戏的观点。其实，审美现代性与社会现代性是一种对立共生的关系，它们之间有对立，但首先是作为一个整体对立于传统。对于中国和任何其他后发的非现代国家来说，呈现在他们眼中的西方现代性，是一个"完成"时态的现代性，它作为一个整体"对立于传统"的那一面已经成为历史的过去，进入不了他们的视野，因此才会有许多人看不到审美现代性和社会现代性面对"传统"时曾经有过的协作，误以为它们只有对立这一种绝对的关系。我认为，在灰暗传统、幽暗意识仍然十分强大的中国大陆，审美现代性与社会现代性将如同它们历史上的协作一样，在相当长的时期内主要表现为一种合作关系。也就是说，它们统一于现代性之内而对立于所谓传统。所以，谈新文学的审美特质，必须老调重弹，突出其自由、民主、平等、博爱等现代思想内核。

其次，民国文学和共和国文学虽然分属于两种不同性质的政体，但这两种政体追求的却是同一个目标，即中国的现代化，因此，民国文学、共和国文学在基本精神、气质等方面必然是相通的。这就是说，二者在一定的创作历程中所自然形成的审美范畴差不多是一致的。此外，民国文学 1949 年后在台湾地区得以延续，虽然政治上在相当一段时期内处于隔绝状态，但因为处于同一时空之内，事实上是和共和国文学处于一种对立交融的状态，因此，二者的美学共性自然比较明显。

那么，作为整体的汉语新文学具有什么样的审美风情呢？从最基本的层面讲，优美、壮美、悲剧性、戏剧性、荒诞、丑等西方审美范畴在新文学中有不同程度的表现，而中国固有的若干传统审美范畴，如道、中和、空灵、神韵、气韵、气象、境界等也有所表现。比如，我以为“五四”时期的文学虽然在具体技巧上简单稚拙，但气象严正宏大，所以才要主张“重回五四起跑线”；而对于莫言的《红蝗》，我也是第一个从审美的角度肯定他的审丑。这些古今中外既有的审美范畴在新文学中有延续、继承，也有发展和变化，当然都应该成为我们考察的对象，但如果我们仅仅停留于此，显然就轻视了新文学的审美创造性。我个人以为，新文学的审美世界尚有待发掘，这里先提一个审美对象加以讨论，完整、系统的论述留待他日专文探讨。

我这里想谈的是乡愁，文化乡愁。中国近现代以来处于整体的转型之中，有一些学者借用雅斯贝尔斯的说法，认为“五四”时期是春秋战国之外的中国又一个“轴心时代”，这是很有见地的。当知识人脱离了旧有的文化母体，而又无法无间地融入现代体制之中，很自然地会产生一种文化乡愁。它不是对传统文化的一种简单的依恋，而是追寻生命之根的一种寄托，扩大一点讲，是体现了从传统过渡到现代这一流程之中的国人百年以来对生命存在的探究欲望、行为。民国时期中国大陆田园牧歌风的乡土小说、20 世纪 80 年代的寻根文学，中国台湾 20 世纪 50 年代的怀乡文学，此后的留学生文学、海外华人（华裔）的离散写作，这样一些文学现象在百年当中依次出现，并不是偶然的，它们都围绕文化中国展开，表现出社会转型期的中国人特有的焦虑。因为中国的文化遗产过于庞大沉重，所以古今中外面临如许情境都会产生的文化情怀在中国来得尤其特别，而这样一种独特的中国经验正因为有文学的介入，使得我们每个人都意识到了自己的生命状态和文化责任。

和乡愁相表里的，是孤独的存在状况和精神状态。余英时曾论及近现代以来知识人的边缘化趋势，我们看到，除去战争（抗日战争、国共内战）、"文革"等非常状态，民国时期知识人漂泊零落的生活和当下所谓"蚁族"的"只争朝夕"的生存情形，都表明边缘化成为知识人百年以来的一种生活常态。在生存成为最重要的生活中心的状况下，谈论情感、精神其实是一件非常奢侈的事。不过，这种生存状况倒也催生了可以成为审美对象的精神现象，那就是个体的孤独感。这种孤独感由两方面的因素造就，一是这里提到的社会身份的边缘化，二就是上面提到的"不中不西，非古非今"的精神特质。我记得你的学位论文曾经提到：当我们说一个人处于"孤独"状态的时候，不是指他和别人在行动上不能采取合作（如果仅是不能协作行动，那是"孤立"），而是指他在心灵体验上与别人的经验因为种种原因处于隔绝状态。正因如此，孤独体验往往导致两种貌似相反的选择：一是向外逃逸，"融入野地"（今天恐怕就是游戏、购物、性等欲望之海）；另一则是向内逃匿，躲入私人的一方小天地。其实，这两种选择何尝相反，都不过是对自身存在状态的一种恐惧和逃避。记录这样一种特别的中国经验和这一处境中的人的精神动态，是新文学的责任，准确地讲，更是一种机遇。

迄今为止，新文学不过才一百年的历史，其整体成就不能夸大。从审美角度看，除了几个作家为数不多的经典之作，大部分的品格差不多就是王国维所谓"古雅"，至于"眩惑"之作，更是所在多多。就民国文学而论，它发生发展的基本条件是中国的工商文明持续发展而带来的人性的深度解放和多元呈现，正因为与全球范围内现代文明跳动的脉搏相应，所以表现在外的风貌是恢宏大气。前一段时间有人谈"民国范儿"，我想"范儿"就是这个意思。至于共和国文学，从1949 年到 1978 年这三十年，由于自然人性遭到压制，所以是走到了以"人的文学"为主流的民国文学的反面。这种局面在 20 世纪 80 年代有所改观，可以说是回复到"人的文学"的故道上了，但持续时间不长，继之而来的则是变相的市场经济所带来的工业文化泡沫。这最后一点，我们在《中国新文学史》中尝试作出辨析，这里就不多谈了。

施：民国文学精神在台湾地区及离散写作中得到延续、拓展，共和国文学理念也处于不断的变化之中，特别是 20 世纪 90 年代、21 世纪以来，面貌有了很大不同。您能就它们各自的发展前景作出一些预测吗？

丁：1949 年无论对于台湾还是大陆，都是一个标志性年份，它意味着两岸一个新时代的开始，无论是"共和国文学"，还是"台湾文学"（抑或仍然是被国民党政权称之为"民国文学"），都面临并试图实施清理包括文学在内的意识形态问题。两岸政党在 20 世纪 50 年代以后都不约而同地开始了政治纯化运动，文学自然也包含在其中。毫无疑问，新文学传统此时在两岸都逐渐被扭曲和边缘化，甚至被讨伐而消遁。对"五四"新文学传统的反叛，成为党派统治文学艺术的自觉行为，尤其是国民党政权，更是视"五四"新文学为"洪水猛兽"。自 1949 年至 20 世纪 70 年代末很长的一段时间里，两岸的文学格局都不约而同地进入了一个"为政治服务"的"党治文学"的阶段。虽然两岸的意识形态是水火不相容的，但是其思维方式却是惊人的相似。尽管政治意识形态相异，其国家与民族的认同性却是任何党派与政治力量都不可改变的事实，因为"书同文"的文学根性就决定了一个民族文学相同的基本走向。不同的是，从 1949 年至"文革"结束，三十年的大陆文学在政治的深潭里走向了"左"的极端；而台湾 20 世纪 50 年代的文学却是在政治的泥淖中滑向了"右"（其实也是形"右"实"左"）的极端。

就两岸约三十年的文学状况来说，我以为起码可以得出一个结论，那就是文学在政治与社会的功能层面应当归属于国家和民族的层面，而非归属于一个国家内的某一个党派或团体。最简单的事实是，从逻辑关系上来说，民族与国家应该是至高无上的种概念，而党派与社团则是从属于国族之下的属概念。我们上面说过，作为小断代的文学史，

"民国文学"在1949年以前的历史是容易被人所接受的，因为，它在政治意识形态的认同，在国家、民族、党派和文化层面上都是绝无问题的。相对而言，1949年以后的"台湾文学"表述就很艰难了。因为国民党政府溃败而迁移进入该地区，不仅政治发生了巨大的变化，文学也发生了巨大的质和量的变化，以党派和政府来控制文化和文学的思维和政策也就成为试图驾驭文学和思潮走向的必然。虽然，在很长一段时间里，国民党政府还是以"民国文学"自居，但是它在国家层面上的合法性实际已不复存在。然而，从文学自身的诉求来说，作为对"民国文学风范"和精神层面的传承和反传承，还是一直有着连续性的。

本时期台湾地区与大陆明显不同的是，武侠文学、言情文学等通俗文学样式得到了迅速发展。通俗文学虽然在内容上还没有完全摆脱封建主义的羁绊，但是其现代性的合理存在是不容忽视的。台湾地区的相关作家不仅承续和繁荣了民初武侠与言情小说，而且也从内容与形式上深化了这个领域的创作，从而使得"民国文学风范"有效地得以延续。而乡土文学脉络更是清晰可陈，一度成为台湾地域文学的主潮。所以，1949年后国家意义上显形的"民国文学"已经呈逐渐消亡的状态，和大陆断代后的"共和国文学"对举的应该是"台湾地区文学"；但是，作为文学本体的"民国文学"仍然是以一种潜在隐形的发展脉络前行的，它在与政治文化统治的抗争中得以延续和发展，也就在一定的时段中，在相当程度上继承了新文学的传统。

此后，大陆在20世纪80年代迎来了一个文化、文学的复苏期，台湾也在"解严"前后逐渐活跃。这里也要申明一下，我并不赞同许多学者将20世纪80年代的大陆文学称为文学创作的"黄金时代"，因为将之置于新文学的发展流脉中观察，它不过是民国文学相关因素的再度闪现而已，虽然因为时代的原因，它吸收了许多新颖的意识和手法。20世纪90年代以来，大陆的现代物质文明发展加速推进，于是两岸先后进入到一个全新的时期，那就是随着经济的高速发展，两岸的都市文化意识和大众消费潮流开始兴起，并影响到文学。当然，就大陆来说，情况比较复杂，我在一些论文中提过，现在的中国大陆是一个前现代、现代、后现代三种文化形态同时存在的状况。在这样一个背景下谈两岸文学发展趋势，我认为还是以趋同为主。这不算预测，只是一种展望：不管以后还会出现什么样的社会思潮，文学都应该会继承民国文学奠定的基本精神，以个性化的方式表现出具有特殊文化背景或历史渊源的中国人在渐趋一体化的世界中的生存体验，创作出真正的大写的"人的文学"，使得中国文学如鲁迅所谓"外之既不后于世界之思潮，内之仍弗失固有之血脉"。这一过程需要多久？可能是没有答案的。

我们所能做的，是基于文学本身和中国经验，重新描绘一幅文学版图，尽量描摹出它的历史地理风貌。所以，《中国新文学史》在考量每一部作品经典品质的时候，都看其是否关注了深切独特的人性状貌，是否有语言形式、趣味、风格的独到之处，是否从富有意味的角度以个性化的方式表达了一种历史、现实和未来相交织的中国经验。这几点标准，也许可以为当下的文学创作提供一种有益的观照。

关于乡土文学

施：我记得当年在您给研究生开设的乡土小说史课堂上，您曾经提出一个讨论题目，那就是乡土文学会不会消亡。许多同学，可能也包括我自己，都纷纷表示否定的意见，最起码，有疑虑。您是持肯定立场的。现在，您的观点有变化吗？

丁：没有，我是一直认为乡土文学不会消亡的。但自 20 世纪 90 年代以来，的确陆续有许多人表达过这样一种疑虑，那就是随着中国城市化不断加速的进程，乡土文学必将成为一种消失的文体，有点皮之不存毛将焉附的意思。很多学者都认为，城乡二元对立的社会结构形态已经开始转变，农村、农业、农民与前相比，发生了巨大的变迁，作为其镜像的乡土文学前景在哪里？简单来说，中国自 20 世纪 90 年代以来形成的农村人口向城市倒流的大移民运动，推进了中国的城市化和大都市化进程，农民像候鸟一样的生存状态，已然成为中国乡土文学的新的生长点，这也是中国乡土文学外延和内涵扩展的一个新的命题，看不到这一点，也就是造成人们产生乡土文学消亡错觉的根本原因。

　　此外需要强调的是，我并不否认中国社会结构从 20 世纪 90 年代以来就在逐渐摆脱农耕文明的经济基础，向着工业文明和后工业文明的经济基础转型，但是，我坚持认为，由于在中国这块特殊的经济与文化的地理版图上，仍然存在着三种文明形态的文化结构，即：前现代式的农耕文明社会文化结构仍然存活在中国广袤的中西部的不发达地区，虽然刀耕火种式的农耕文明生产方式不复存在，但是日出而作日入而息的农耕文明的生活方式仍旧在延续着；现代工业文明的阳光已经普照在中国沿海地区和中原大地，以及部分中西部的腹地，它是促使中国社会文化结构发生根本转型的动能；后工业文明的萌芽也已经在中国沿海的大都市与发达的中等城市漫漶。如果说后工业文明在技术层面上的发展是悄然而隐在地进行，不易被人察觉的话，那么，后现代文明的消费文化特征已经是十分鲜明了——它不仅仅是在上述地区蔓延，而且还通过主流意识形态的默许经媒体文化的传播，大有漫漶全国之势，更重要的是它已经涉及整个中国文化的深层结构之中。在这样一种交错复杂的社会文明形态当中来俯视中国乡土文学的变化与转型，可以得出的结论是：中国传统农耕文明形态统摄下的乡土文学创作依然存在，虽然它已经成为乡土中国农耕文明社会的"一曲无尽的挽歌"，但是它仍然成为许多保有农耕文明社会浪漫主义文学传统的旧派文人追捧的描写对象；从农耕文明向工业文明转型过程中的乡土中国中的中国乡土文学成为当下文学创作的一个主流形态，虽然作家们的价值观呈现出的是多元的格局，但是，其现代性的渗透却是一个不可阻挡的大趋势；后工业文明所带来的后现代的乡土文学的创作萌芽虽然还只是大多数停留在形式和技巧借鉴的工具性层面，但是，其表现出的一些前卫性的创作理念是不可小觑的，像乡土文化生态文学的勃起即可窥见一斑。所以，我们为中国乡土文学的前景担忧，只是一种杞人忧天，它非但没有消亡，而且是以一种犬牙交错的、更加复杂的形态呈现出来，它就更需要我们用更深刻的眼光去剖析它们。

　　施：说到文学发展趋势，我想您在乡土小说方面的判断可能有更多实证研究。您最近在乡土小说转型研究方面有很多深入思考，刚刚也出版了《中国乡土小说的世纪转型研究》，您能谈谈乡土文学在世纪之交转型前后的差异吗？

　　丁：这首先要从最近二十年的社会变迁谈起。从 20 世纪 90 年代中期开始，随着中国经济资本市场在全球范围内取得了巨大的份额，消费文化开始满溢中国社会生活的各个层面之时，乡土文学就开始了结构性的变化，它表现为以下三个方面：首先是随着中国经济改革开放的不断深入，城市化加速，农耕土地益发减少，大量的祖祖辈辈依托土地生存的农民成为城市的游走者和异乡者，这从一个侧面反映出了中国农耕文明社会形态结构开始瓦解，乡土文学的阵地空间发生了质的偏移。也就是说，乡土文学在很大程度上是包含着大量的"移民文学"内容的，这是中国现代文学史上从未遇到过的文学潮流，它足以使中国乡土小说的内涵发生裂变，也同时给这一创作领域带来无限的生机；其次是消费文化开始大行其道，受西方和台港消费文化的影响，武侠、言情和暴力题材创作出现了井喷式的流行，传统的乡土题材连带着它的农耕文明价值理念和创作方法都遭受到了前所未有的冲击与压迫；最后就是乡土文学作家创作在面对乡土社会生活发生了巨变和主流意识形态指挥棒仍在舞动时，所呈现出的传统乡土经验的失灵而导致的价值游移与失语，成为乡土小说创作内在的巨大悖论。所以我把 21 世纪乡土小说的时间上限推到 20 世纪的 90 年代中期左右。

　　毋庸置疑，随着农耕文明和游牧文明的逐渐衰减，也随着中国城市的不断扩张，农民赖以生存的土地大量流失，农民像候鸟一样飞翔在城市与乡村之间，他们不再是面朝黄土背朝天、"日出而作，日落而息"的农耕者，他们成为"城市里的异乡人""大地上的游走者"，就像鬼子在《瓦城上空的麦田》里所描写的那个既被乡村注销了户口，又被城市送进了骨灰盒的老农民一样，他们赖以生存的"麦田"只能存在于虚无缥缈的城市天空之中。几亿农民已经成为"乡村里的都市人""都市里的乡村人"，而这种双重身份又决定了他们在任何地方都是边缘人，都是被排斥的客体。由于这一没有身份认同的庞大"游牧群体"的存在，改变了中国乡土社会的结构，同时也改变了中国城市社会的结构和生产关系。因此，在中国大陆这块存在了几千年的以农耕文明为主、以游牧文明为辅的地理版图上，稳态的乡土社会结构变成了一个飘忽不定、游弋在乡村与城市之间的"中间物"。所以,表现这些新的"农民"群体的生存现实应该成为当前乡土文学不可或缺的有机组成部分。

转型后的乡土文学一个最突出的特征就是乡土小说的叙事领域超越了既有的题材阈限,以"农民进城"及其作为"他者"的"所进之城"为叙事对象的小说都可归入21世纪乡土小说的范畴中,后一点其实也很自然,因为民国文学中的乡土文学就是以城市叙事为副题、副线的,虽然那时的城市不可与当今等量齐观。就像美国的许多乡土文学是建立在移民文学之上一样,中国目前的乡土文学很大一块被这些向城市进军的"乡土移民"的现实生存状况所占据,我们没有理由不去关注和研究反映这一庞大"候鸟群"生活的文学存在。当然,二者之间的差别也是很明显的:如果说美国文学史中的乡土性的"西部文学"是从发达地区向落后的荒漠地区"顺流而下"的梯度性的"移民文学"的话,那么,当今中国在进入"现代性"和"全球化"的文化语境时,却是从乡村向城市"逆流而上"的反梯度性的"移民文学"。也就是说,美国乡土文学中的文化语境是城市文明冲击乡村文明,而当今中国乡土文学的文化语境却是乡村文明冲击城市文明。在农耕文明与工业文明、后工业文明的文化冲突中,中国乡土小说的内涵在扩大,反映走出土地、进入城市的农民生活,已经成为作家不可忽视的创作资源。

更重要的是,21世纪乡土叙事疆域的拓展,逐渐展露出新的"乡土经验"。20世纪90年代以来,尤其是进入21世纪后,离乡背井进入城市的农民愈来愈多,随着职业向工业技术产业的转换,它们不仅面临着身份的确认,更需要灵魂的安妥。对"城市异乡者"这一庞大群体的现实生活描写和灵魂历程的寻觅,已经成为近几年来许多乡土作家关注的焦点。"城市异乡者"的生存和精神状态,因为表现出了不同于既往历史的陌生的体认与感受,正得到愈益广阔而深刻的描摹。他们进入城市,在摆脱物质贫困时,不得不吸附在城市文明这一庞大的工业机器上,而城市文明的这种优势又迫使他们屈从于它的精神统摄,将一切带着丑与恶的伦理强加给人们,从而逐渐消弭掉农耕文明长期积淀下来的传统伦理美德。于是，许多作家就陷入了两难的境地：一方面是城市文明进步的巨大诱惑；另一方面又是农耕文明美德的深刻眷恋。在这里，作家们的思考不再是那些空灵的技巧问题，不再是那些工具层面的形式问题，因为生存的现实和悲剧的命运已经上升为创作的第一需要了。

施：我注意到，如果说您在《中国乡土小说史》（2007）及之前的乡土小说研究主要是审美研究，那么最近几年，包括《中国乡土小说的世纪转型研究》在内，关注点似乎转移到了人物的遭遇方面，类似于社会学的研究，比如影响很大的"城市异乡者"。我认为这不是研究方法的简单转变，而来源于您对"人"的当代境遇的观察和思考。您能谈谈自己在文学研究方面为什么会出现这样的变化吗？

丁：我一贯认为，文学是人学，审美研究也应以之为前提。我在此前的乡土文学研究中归纳出"三画四彩"，风景画和风情画、风俗画水乳交融，自然色彩、神性色彩也与流寓色彩、悲情色彩互为表里，一直注重审美风情与人的存在状况的结合。而最近二十年来中国社会结构发生了重大改变，动力之一、也是对象之一的农民生存状况、精神状态也有重要变动，乡土文学理所当然地应当予以关注和表现。

问题在于，21世纪中国农民从乡村向城市的"移民运动"，是中国社会现代转型加剧的必然结果，所呈现的是农民和乡村被迫（或主动）逐步"城市化"的"历史进步"图景，但在乡村文明与城市文明的历史冲突中，作为乡村文明承载者和社会弱势群体的农民，在还未来得及完成自身文化人格的现代性改造之前，就承受了历史之"恶"加诸他们的全部苦难，"现代性"社会迁徙背后的深广的精神痛苦，也就有着沉郁的乡土文化色彩。面临这样一个社会现实，社会学家只从经济动态来分析新生代农村流动人口对城市文化的冲击，只站在社会发展的角度来机械地分析其社会后果，而忽略了文明冲突下的精神后果。相比之下，我们的文学评论家们又过多地关注了小说形式层面的描写，而忽略了作为在几种文明冲击下的人的复杂心理状态，同时流放了对几种文明形态相互撞击后果的价值评判，以及它们在历史和人类进步中的作用的哲学批判。

我对这种研究状况是不满意的。我以为，我们处于现在这种特定状况之中，一方面应该以知识分子的担当精神直面现实，另一方面，也要加强修养、开阔眼界、丰富心灵，以个性化的方式深入探究我们这个时期特殊的中国经验，如此才能不辜负这个时代。中国"农民进城"的"移民文学"，毫无疑问是具有"现代性"的流寓色彩、悲情色彩的乡土文学，不论是社会学的研究，还是文学反映，都不能偏离"人"，不能缺乏人性和人道主义价值坐标。"城市异乡者"从生存角度看，处于流寓之中；从精神状态看，有一种悲情色彩。这二者在文学中的大致分野，一个近于"真"，一个近于"善"，但无论是"真"还是"善"，都可以而且应该成为审美对象。我想，我们的作家，尤其是乡土文学作家，应加强文史哲知识的储备，多读一些古今中外的学术原典，以此点燃思想的火花，方能触发更有深度的创作灵感。

关于随笔写作

施：我一直有个疑惑，那就是您很少涉及学术史，为什么这样呢？我自己猜想，可能您更愿意亲近感性经验，特别注重鲜活的文学现场感。那么，您是怎样维系学术热情的呢？或者说，您怎样处理学术与现实之间的关系？

丁：我个人当然不排斥学术史了，作为一名学者，事实上多多少少都会和学术史发生联系，但的确如你所说，我在这方面着力不多。首先，可能正像你说的那样，我是偏爱生活的感性的。起码，自己作为芸芸众生中的一员，感受到活着的平凡与真实，每每有不能自已的喜悦或者哀痛，形之于笔墨，学术也好，随笔也好，我想里面都有一个"真实"的"我"在。当然，这里应该强调，"真实"不是我个人的见闻实录，"我"也未必就完全等同于我本人。我不惮于表达自己的价值倾向和情感倾向，但那决不是我个人世俗的喜怒哀乐。我在学术论文或者散文、随笔中所表现的，是各种历史的和现实的条件所造就的"我"，正如阿伦特《人的境况》一书所谓的"处境的存在者"。阿伦特指出"任何接触到或进入人类生活稳定关系中的东西，都立刻带有了一种作为人类存在境况的性质"，我个人所体认的学术和现实正是这样一种性质的存在。

我从20世纪70年代末开始学术生涯，迄今约四十年，目睹学术界与现实社会中的若干变迁。不可否认，这期间中国在总体上是渐趋开放因而逐步融入世界现代文明发展大潮之中的，但同样不容回避的是，它因为各种原因同样存在许多弊端，这些弊端从此也构成了我们存在的具体条件、境况，而有些是当初可以避免的。在这一历史行程中读书治学，我个人的思想和情绪是应和着时代的脉搏跳动的，一方面，我不敢将自己的若干想法当作时代共有的观念，那样也太自大了，但在另一方面，我更不敢将之只简单看作我一个人所独有的感觉，那样也就太妄自菲薄，太有负于一名人文知识分子的道义责任了。我以为，虽然学术有其特殊性，但学术其实就是活生生的"现实一种"，不能把学术从生活中划出去，正如古语所云学术乃天下之公器。所以我尊重其他人对于学术的较为职业化的认知，同时保持那种纯粹的知识上的兴趣，但就我个人来说，则不想仅仅把学术看作一种职业，当成某一个圈子里知识生产的封闭体系，而宁愿维系学术与现实之间的亲和感，维持学术的开放性。

怎么维持学术热情？我个人的经验是，保持对生活的热情，注重涵养对新鲜感性经验的敏感，同时不忘自身作为社会一员的责任，特别是知识分子的道义责任。

施：我们许多人都觉得，不论是在现实中还是在学术上，您都保持着一种饱满的激情。就我个人的阅读感受而言，您的随笔写作也一直保有鲜活的现场感，特别是学者作为知识分子的临场感、介入姿态，您能在这里谈谈自己近期的随笔写作吗？

丁：我的随笔写作是和学术研究互为表里的。前面说过，不管是学术还是随笔，都是我个人与现实之间互动的一种方式。身处当下中国，每一个人都应该对中国的前途负责，责任有大小之分，承担责任的方式也各有不同。就学者来说，仅仅扮演知识的生产者、传递者恐怕是不够的，更重要的还应具有人文知识分子的道德勇气和人生智慧。我自己写过多篇相关文章，也在许多不同的场合谈过类似问题：人文知识分子到底应该承担什么责任以及如何承担这份责任。

我认为，营造一个使人可以诗意栖居的人文环境是我们无可推卸的责任。面对物欲滔天、精神溃退的当下现实，我们多少显得无奈，因为这是权力与市场双重作用导致的后果，这里面有人为因素，也有客观因素，对前者，我们有时还可以抗争，而对后者的"无物之阵"，我们到底何去何从？扪心自问，我自己也找不到答案。但有一点可以看到，面对突破现代社会伦理底线的言行，我们究竟有几次作为社会良心有效发声？知识分子缺失这样一种道德勇气，将来还会出现张志新、遇罗克、林昭那样的惨烈。我曾在《白银时代文学》一文中提到：我们缺乏大智大勇的作家，缺"智"，就是因为我们的作家群体少有真正知识分子型的勇者；缺"勇"，则是我们的作家群体中即便有少数的知识分子精英，他们不是被阉割了，就是隐藏在所谓"明哲保身""独善其身"的传统学说盾牌下苟且偷生、郁郁终生。其实对于学者来说何尝不是如此？现在社会中有一种知识人污名化风气，个中原因很复杂，但各种类型的知识人为权势收编、为利益收买而甘心"为王前驱"也是不争的事实。然而，在中国作家群体和知识分子群体当中，我们罕见忏悔者，即便明明是错了，且也在不承担任何历史责任的情况下，也绝不见忏悔者的身影出现——隐瞒丑行，缺乏自我反省、自我批判的精神乃是我们这个民族作家和知识分子的精神顽疾！所以知识人道德操守的败坏事实上先于道德勇气的匮乏出现。我这里绝不是夸大个人品行问题的社会影响，而是强调，丧失了知识分子操守的人怎么可能产生知识分子的道义感、责任感呢？"为天地立心，为生民立命，为往圣继绝学，为万世开太平"，不能只是说说而已，而是要去做，首先从自我做起。

所以我近年在许多随笔当中呼吁一切从"人"出发，认为人、人性和人道主义的价值观应当深入每一个知识分子的心灵世界。正如我读雨果的《九三年》，从年少时的懵懂，到历经世事，耳闻目睹有血有泪的教训，逐步认识到"在绝对正确的革命之上有一个绝对正确的人道主义"的简单而深刻。最近有人又用所谓的乌托邦理论颂扬《狼图腾》的狼性精神，所以我这里再次公开表明态度：我们就是要反对阶级斗争和暴力革命！同样作为从"文革"走过来的一代人，我与《狼图腾》作者姜戎不同之处就是他的思想完全被革命的暴力锁定了，而有些更年轻的学者则完全屏蔽了 20 世纪中国革命的"痛史"，将其幻化为另一种嗜血的乌托邦精神，这样的理论更是舍弃了具体的文化背景用西方后现代的空心理论来为狼性的阶级斗争张目！有革命的自由就没有非革命的自由，更没有公民的自由与羔羊的自由！这就是我读阿伦特《论革命》后疾书《谁以革命的名义绑架了法律、制度与民主、自由》那篇文章的初衷。

我这里要重新提一下"以俄为师"的问题。以前我们说的"以俄为师"，是在阶级斗争、社会激进革命等方面对俄国革命及其社会建制的模仿，而现在我所主张的是以"俄罗斯的良心"闻名于世的俄国知识分子为师。面对强权和高压，这群人始终坚守着知识分子的良知和道德底线，这是俄罗斯民族精神中最值得骄傲的地方，也是最值得我们中国知识人师法的地方。就文学来看，从新文学运动的源头开始，我们就不缺少俄罗斯文学营养的滋养，当然，也同时不缺乏其极左文学思潮的戕害，但我们对俄罗斯文学的关注在很长时期内有一个盲区，那就是"白银时代文学"。我认为，今天我们恰恰最应该关注的就是这一时期的文学，因为俄罗斯"白银时代文学"为我们提供的不仅仅是那些异彩纷呈、数量巨大的文学文本，更重要的是它为我们展示了一个国家与民族文学精神强大的感召力和自觉的生命力。

以赛亚·伯林 1990 年在俄罗斯大量的作家、艺术家身上所发现的老一代知识阶层的道德品质、正直思想、敏锐的想象力和极强的个人魅力的传承，而永远"保持着人性、内在的良知和是非感"，这就是伯林在他们所有人身上所找到的"俄罗斯的文学传统"，它不仅适用于俄国（当然也包括苏联时期）作家，同样也适用于任何时空中的作家。它应该是超阶级、超国家、超民族的作家价值标准。

我希望我的这些呼吁不会落空。能够真正影响、改变一些人，吾愿足矣！

施：前面您谈了近期的一些活动，最后您可否谈谈今后的打算？特别是学术研究方面有没有什么比较大的动作？

丁：随着精力的衰退，今后可能把笔力集中在学术随笔和散文的写作方面，这样可以更清晰地表达自己的学术观点和审美趣味。今年是法国大革命 220 周年，我不仅重读了托克维尔的《旧制度与大革命》和《论美国的民主》，而且还参照《法国文化史》重读了雨果的《九三年》，给我心灵的震撼很大！40 年前读它的时候因为不知背景，只能看看热闹，后来作为名著重读也是囫囵吞枣，不明就里。今日再读，却不仅看出中国读者对大革命的误读，同时，也看到了许多人对这位伟大作家为什么要写这一部作品的误解，因为我们的教科书在阐释这部作品的时候，往往指出作者的局限性——对革命中暴力的抨击！雨果一生中最后的这部巨制正是站在世纪的制高点上来反思伏尔泰和卢梭们没有见证的这场大革命的缺陷，他要证明的恰恰就是"人性高于革命，高于一切制度"的启蒙精神！我看的是译林版 1998 年的精装本，中文作序者是我尊敬的老翻译家，但是，在那个年代对《九三年》的阅读尚未有新的思想开拓，的确是有所遗憾的。我正在写一篇重读《九三年》的文章，意图就在让大家看到 1793 年法国大革命不为人所知、所理解的另一面。托克维尔告诉了我们，雨果更用故事情节与生动的画面告诉了我们：历史的真相往往在喧嚣的表象背后折射出它的光芒。

还有就是许多文债要还，最急的是那一篇论贾平凹作品的论文，切口乃为编辑朋友出的规定动作：从中国乡土文学发展的轨迹视角来重读《废都》。一个作家在自己的写作历史上留下了十几部长篇小说，究竟哪一个是最能够在文学史上留下痕迹的杰作，可能就是我想回答的问题，也是回应许许多多的评论家在每一个作家一出新作品就会赞颂其是当代的扛鼎之作的评论风尚。

再就是有暇时练练书法，兴之所至，也可能写一点书法评论，总之做一些自己有兴趣的事情。总脱离不了"读书写字"的活儿，直到终了。

（作者单位：丁帆，南京大学文学院，施龙，扬州大学文学院）

原载《福建论坛》（人文社会科学版）2014 年第 9 期

从宏观视野到微观问题

——"民国历史文化与中国现代经典作家" 学术研讨会述评

高博涵

中国现代文学史叙述范式问题是学界近年来关注的热点问题。从"新文学""近代/现代/当代文学"到"二十世纪中国文学",我们的文学研究逐步摆脱"政治革命历史研究框架",向"社会文化史研究框架"转变,有意识地突破政治对文学研究的干扰,还原文学研究本来的独立与自足,但这一转向依然深陷"文学/政治"的二元对立模式,且在此框架下兴盛而起的"现代性"话语也因脱离本土、缠绕于西方理论而遭到质疑。[①] 与学科自身建设的困境相对,国人当下的生存体验也发生了很大变化,我们开始从革命语境中走出,回归原质性的生活,寻求以此为基点的物质精神发展,带着这样的需求回看历史,"我们对历史的关注,不再仅仅局限于这种文化的政治意义和民族属性的辨析,而是关注一种合理健康的、能和世界交流的普适性的文化如何生产的问题"。[②] "民国视野"[③] 的提出,正是这一研究转型的表

---

① 参看李怡《中国现代文学史的叙述范式》,《中国社会科学》2012 年第 2 期,及其他相关文章。

② 王永祥:《"民国视野"的问题与方法意识——"民国社会历史与中国现代文学"学术研讨会综述》,《文艺争鸣》2013 年第 1 期。

③ 有关"民国视野"的详细梳理与分析,可参看周维东《中国现代文学研究中的"民国视野"述评》,《文艺争鸣》2012 年第 5 期。

征，"民国视野"，包括了张福贵、丁帆、汤溢泽、赵步阳、杨丹丹等人提出的"民国文学史"、张中良提出的"民国史视角"、李怡提出的"民国机制"等多种研究思路，① 这些提法虽存在着内部诸多的差异，但在将文学研究回归"民国"历史语境的过程中，仍需在合力的状态下发起对话，以期在学科建设中、在学界建立起新的研究范式。

正是在这样的呼吁与前提下，以西川论坛学人为首的一批学者着手将这一研究落于实处。2011 年 12 月，该论坛学人于云南蒙自红河学院发起了第一届年会，专题研讨"民国经济与现代中国文学"②；2012 年 12 月，第二届年会又顺利于北京师范大学召开，就"民国视野"的有效性、民国政治法律之下的现代文学、出版审查制度与现代文学生产等问题展开了讨论。③ 前两次会议均就某一主题尝试回归历史语境，挖掘文学的真实生成过程，而第三次年会则更多深入到具体的作家作品及与之相关的文学事件，以个案的方式将"民国视野"的研究落到实处，从微观处细致体察，得出具体的研究结果。这一次年会便是本文着重述评的"民国历史文化与中国现代经典作家"学术研讨会。此次会议由新疆阿拉尔的塔里木大学主办、北京师范大学民国历史文化与文学研究中心、四川大学现代中国文化与文学研究中心、中华文学史料学学会、西川论坛组委会协办，于 2013 年 10 月 23—24 日在塔里木大学召开。此次会议参会学者六十余人，诸多"声音"汇聚一处，产生了许多碰撞与交流。

---

① 详见张福贵《从意义概念返回时间概念——关于中国现代文学史的命名问题》[《文学世纪》（香港）2003 年第 4 期]、丁帆《新旧文学的分水岭——寻找被中国现代文学史遗忘和遮蔽了的七年（1912—1919）》（《江苏社会科学》2011 年第 1 期）、张中良（秦弓）《现代文学的历史还原与民国史视角》（《湖南社会科学》2010 年第 1 期）、张中良（秦弓）《三论现代文学与民国史视角》（《文艺争鸣》2012 年第 1 期）、李怡《"五四"与现代文学"民国机制"的形成》[《郑州大学学报》（哲学社会科学版）2009 年第 4 期]、李怡《民国机制：中国现代文学的一种阐释框架》（《广东社会科学》2010 年第 6 期）、李怡《中国现代文学史的叙述范式》（《中国社会科学》2012 年第 2 期）等一系列相关文章。

② 会议综述详见王永祥《民国文学机制研究中的经济视角——西川论坛第一届年会综述》，《社会科学研究》2012 年第 3 期。

③ 会议综述详见王永祥《"民国视野"的问题与方法意识——"民国社会历史与中国现代文学"学术研讨会综述》，《文艺争鸣》2013 年第 1 期。

一　"民国视野"有效性的再讨论

与上一次会议议题密切相连，本次会议中，仍有学者从方法论、价值观等角度再次对"民国视野"的有效性及操作性进行深入的探讨，形成了对上次会议的补充与扩展。李怡（北京师范大学、四川大学）将民国文学研究与当下流行的"民国热"现象进行了对比分析，认为"民国热"属于大众文化潮流，而"民国文学研究"则是中国学术多年探索发展的结果，应加以严格区分，但另一方面，学术研究也应由此探索社会情怀，为中国当代文化贡献自己的智慧和力量。贾振勇（山东师范大学）继续沿着"民国视野"的宏观视角思考，认为改造自我的历史观是当下首要的任务，我们无须过多纠缠于"民国文学"具体时间点的分界，而是要建立起真正意义上的价值观。"民国视野"首先要基于整体的中华民族复兴视野，并将"民国文学"看作中国文艺复兴的初始阶段。在他看来，我们现下发起的"民国视野"的研究只能是一个初始摸索阶段，如要走向成熟，尚需大量的时间积累。贾振勇的观点不仅意欲将这一研究逐步推进，同时也提醒我们警惕小圈子中的自我陶醉，时刻客观求实地面对整个研究过程。周海波（青岛大学）再次阐释了民国文学与现代文学的不同，认为在卸去了社会革命眼光的衡量后，处于转换期的作家新旧两面的特征值得进一步挖掘，而一些多年来被边缘化的处于夹缝中的传统特征较鲜明的作家与作品及其背后隐藏的特殊心态，也值得再次审视，这样的观点使得长期被忽略遮蔽的历史褶皱有了再解读的可能性。魏建（山东师范大学）虽然从整体上论述"民国视野"，其关注的重心却是"民国机制的微观研究"，他以《创造》这一刊物名称被讹传、刊物性质被混淆这一具体研究事件为例，指出返回民国历史现场尤需注意诸多历史细节的勘正，在重视史料的同时，更应具备辨析能力，避免失误，历史真相需通过微观研究来做一点实事，把"民国机制"的设想落到实处。魏建的观点即将此次研讨会的主题从以往的宏观视角带入了具体的微观研究，在接下来的诸多发言中，学者们正是以具体的作家作品、文学事件、刊物社团等作为研讨对象，实践着本次会议论题所倡导的研究方向。

二 民国历史文化与鲁迅

在本次会议中，具体到作家作品研究，鲁迅无疑是重点关注对象，有十位以上的学者关注到了民国历史文化与鲁迅的关系，并从多侧面对此进行了研究。张中良（上海交通大学）考察了鲁迅的民国意识，认为鲁迅对民国的态度，除了我们惯常熟知的批判态度，同时也有很强烈的认同态度，这种认同可通过鲁迅对民国建立的拥护、鲁迅任职于民国政府、鲁迅依赖于民国法律等一系列史实体现而出，这说明鲁迅与民国的关系是多样而复杂的，需要我们重新还原、重新解读。栾梅健（复旦大学）考察了鲁迅的文学观问题，认为从鲁迅对古典小说的评判标准来看，鲁迅并非始终坚持文学的功利性，且对启蒙一直存在着很大的怀疑，我们以往只是突出了鲁迅一时一面的观点，现如今应将鲁迅还原回民国，还原回他整体的真实的文学观与心态。姜异新（北京鲁迅博物馆）通过鲁迅与辛亥革命关系的梳理，认为鲁迅不会为激进的民族情绪左右，而是选择走在文化启蒙的道路上，选择以改造民族劣根性的方式艰难地活下去，不断追求思想革命与思想革命的反省。靖辉（东莞理工学院）以鲁迅为例，论述了民国历史文化与现代文学的经典性问题，认为民国空间对作者的影响、古典文学的滋养、反叛伦理道德、文学语言特殊性等问题，应提起研究者的注意。胡昌平（塔里木大学）从民国体验的角度出发，对鲁迅的文学批评进行了解读，认为面对血淋淋的人生体验，鲁迅的文学观是复杂独特的，其文学批评兼具战斗性与艺术性。肖涛（塔里木大学）梳理了鲁迅从清末到民初的生活轨迹与思想脉络，认为这一段时期为鲁迅日后的创作带来理性思索的依据，同时也与其日后批判性、否定性、矛盾性的思想特征的形成有着密切联系，其内心深处的孤独感也在这一时期种下诸多因由。

除了在整体思想上考察鲁迅，也有一些学者选择以具体的文本或事例来解读"民国视野"下的鲁迅。杨慧（厦门大学）对鲁迅笔下的"白俄叙事"进行了考论，认为作为独特的"他者"，白俄构成了有关西方、现代、历史与革命的多重镜像，而鲁迅则敏锐地发现了白俄对于自身及国人独特的"唤醒"与"质疑"功能，成为鲁迅为建设"拿来"的现代中国所作出的独特贡献之一。颜同林（贵州师范大学）回归了鲁迅的从教体验，并以此为基点挖掘鲁迅现代小说有关教育书写的内容与含义，认为鲁迅的小说作品包蕴着灰色而失败的教育理念，其中带有作者个人不妥协的洞见与偏见，鲁迅一手执教育，一手执文艺，其小说创作成为民国教育及其机制本身的艺术呈现。黎保荣（肇庆学院）考察了鲁迅反抗文学商业化的经济体验，打开了鲁迅作为社会存在的政治、经济、文化、生命体验中的"经济"维度与"文学—经济"的跨界视野，并梳理了鲁迅反抗文学商业化的思想构成、应对策略、心理诱因与文学史意义，展现了鲁迅反抗文学商业化的思想悖论与难以摆脱的寂寞悲凉。卢军（聊城大学）从文学叙事与历史真实的甄别出发，考察了鲁迅笔下的庸医何廉臣的真实身份与医德医术，将鲁迅父亲病因、症状、死亡原因、何廉臣的治疗方案等相结合进行综合考证，可以看出：鲁迅将父亲之死归咎于何廉臣是有失公允的，其原因有二，丧父之痛、个人私怨，以及视中医为封建残余故而进行排斥与抨击，即鲁迅是站在反封建反传统文化的启蒙立场来批判中医的，矛头指向并非何廉臣个人。罗执廷（暨南大学）考察了选集运作与鲁迅形象的塑造，并从鲁迅选集出版概况、鲁迅"文学家"身份及内涵的认定、杂文选本与鲁迅"思想家""革命家"形象的塑造等方面进行了论述。同样类型的讨论还可见袁少冲（运城学院）从当下的伦理道德背景重看《肥皂》；孙伟（四川大学）对汉画像与鲁迅文学创作关系的论述；妥佳宁（内蒙古科技大学）关于1949—1979年三十年间报刊及宣传册对鲁迅形象及其话语资源的借用机制的梳理与阐释；等等。

三　民国历史文化与其他作家作品

本次会议讨论最多的即是民国历史文化与具体的作家作品，除去较为集中的有关鲁迅的讨论之外，有二十余位学者对郭沫若、茅盾、巴金等一系列的作家及具体作品进行了论述，一些学者还将触角伸及往常较少关注的作家。张玫（四川大学）就对学界以往较少关注的王平陵进行了关注与分析，并认为，将王平陵归于"民族主义文艺运动"的发起者和倡导者，并不准确，这一文艺运动视民族为种族、无视社会矛盾和民生疾苦，而王平陵文艺思想的内涵和外延要宽广得多，属于以"发扬民族精神、开发民治思想、促进民生建设"为目的的"三民主义文艺"。在钱晓宇（华北科技学院）看来，在文学史中被遮蔽的但实际具备经典性的作家与其作品可被称为"影子经典"，白薇就是这样一位作家，在对其创作环境的考察中可发现，白薇之所以出现较为出格的写作内容，除去个人的原因之外，也与民国的生态环境有着密不可分的关系，对照白薇的文本，可折射出民国生态的大量细节，值得学界重新关注。李俊杰（北京师范大学）挖掘了长期被遮蔽的徐訏诗歌，并将关注点投放于战争题材的诗歌中，认为这类诗歌既丰富又多元，深沉悲伤、充满反思，具有内容形式的特别感，同时又介于现实与非现实之间，值得进一步被关注。刘永丽（四川师范大学）考察了早期左翼作家的革命书写问题，认为政治革命的实质并不被早期左翼作家看中，当时的作家更多是被激情生活的渴望驱使，仅将革命作为罗曼蒂克的想象。李光荣（西南民族大学）考察了西南联大求学期间的汪曾祺，通过他参与文学社团、修习文学课程、沉迷图书馆、拜师求教、茶馆里养气品世等事件的梳理与挖掘，可知汪曾祺的文学品性即是在此一时期得到了较好的培养与开蒙。王学东（西华大学）将冰心的作品置放于"民国文学"的视野进行考察，指出冰心的作品体现出民国时期"海洋文明"的发展特质，其诗歌不仅呈现出海洋意象系统，同时更呈现出海洋性的新的思维方式，显示出了诗歌中童心、爱、哲理等范畴的真正指向和独特意义所在，其所包蕴的完全之爱打开了民国文学通往"爱"的思想甬道，而"理性—宗教"的审美旨趣，也为民国诗歌的发展开启了一条"反抒情"的重要发展路径。周维东（四川大学）从社会史角度出发，通过对孙犁小说中"荷花淀"的原型"白洋淀"生产收入、战时影响、家庭婚姻、革命与乡土关系等问题的考察，以及土地改革与作者的矛盾等一系列问题的分析，认为孙犁创作的"荷花淀"系列小说很难说是对现代乡土文学经验的继承，甚至也很难说是某种审美理想左右的产物，而是在抗日革命根据地"乡土重构"的背景下，孙犁个人体验与时代需求共融的结果。高博涵（四川大学）通过社会情态影响、诗人主观创作心态的考察，论证了卞之琳早期诗歌多层次散射与杂糅的诗歌主题，并认为诗人是以较平和的创作心态呈现着现实世界多元的色调，展现着难以厘定的诸多发展可能性。杨华丽（绵阳师范学院）将冯沅君抗战时期的文学书写纳入作者的漂泊体验中去考察，认为战时的漂泊体验使得冯沅君弥合了新/旧、文学创作/学术研究之间的间隙，文学女作家与古典文学研究者的双重身份在此时实现了互融互渗。同类型的论文还可见张睿睿（成都大学）对民国上海的英文期刊环境与林语堂的创作转型的考察、彭超（西南民族大学）对民国视野下少数民族作家身份价值定位的分析等。

具体到某一部作品，罗维斯（北京师范大学）认为"阶级性"和"现代性"这样的"舶来品"并不能准确解读《动摇》中茅盾刻画的民国时期人物形象，如重新回归作品人物的身世背景，会发觉他们均指向了在传统社会中延续千年，却在1949年后逐渐消失的阶层——"士绅"，只有通过这一本土理念，返回民国时期具体的社会历史情境，才能真正得到文本的体认。赵静（北京师范大学）从民国公馆外围城市社会风貌、公馆内部家族结构、公馆历史考证等不同侧面入手，对巴金《家》中的公馆及作品的思想艺术形态作了考察，重新挖掘了巴金引借高公馆来揭示中国家族命运的真实用意，探究作品解构乡村与城市、府门与公馆、个人与群的多重关系，以及《家》中以公馆、花园、公园所代表的城市家居景观背后的"人的觉醒"的含义，动态地解密家族走向和现代人的归宿。倪海燕（肇庆学院）从《三个叛逆的女性》切入，分析了郭沫若这三个剧中对女性的书写，以及他的"女权"体认，并由此生发开来，考察了民国时期一些男性作家对女性问题的关注以及对其创作产生的影响。陈思广（四川大学）则具体考察了《子夜》删节版，通过细致而艰难的寻觅和查证，更正了先前论者对《子夜》版本的错误印象，更提出新的问题留待学界进一步查证。胡安定（西南大学）考察了张恨水《八十一梦》的戏仿特征，并对该作品的读者群进行了分析，认为因文化趣味、文学记忆、阅读阐释方式相近而造就了一个民国旧派小说的阅读共同体，这一阅读共同体对当时的文学生产机制产生了重要影响。

四 民国历史文化与文学事件、刊物、社团

本次会议第四个重要讨论内容即是对文学事件、刊物、社团等问题的探讨。张堂锜（台湾政治大学）向与会学者介绍了解严之前因两岸敌对状态而被禁止阅读的 20 世纪 30 年代作家作品在台湾被讨论的情况，通过文化政策下的"禁区"、政治迷雾下的"误区"、道德迷思下的"误区"等多方面的探讨，使我们看到政治干涉下文学研究所走过的艰难历程，而唯有回归学术自身，不断拂去历史尘埃，各种有形无形的禁区、误区才有真正消失的可能。张武军（西南大学）以南社与《新青年》为例，着重探讨了民国文人结社机制和文学的演进关系，认为南社虽因自由结社理念而兴起，但用"集权制"的方式来解决南社的发展困境无疑会背道而驰，而进一步通过对《新青年》聚合离散、人员选择的考察，可发现自由结合、自由裂变的社团发展过程，体现出了自由的社团机制与自由的表达，而这正是涵属于五四的价值理念。谢明香（成都信息工程学院）同样以《新青年》为讨论对象，从话语权构建、话语权争夺、话语权控制及控制策略等几方面考察了《新青年》媒介话语权的控制与形成，使我们在媒介层面重新体认《新青年》的运作机制。王荣（陕西师范大学）将关注点对焦于 20 世纪 40 年代国统区出版、发行的延安文艺期刊，并以《新大众杂志》中的读者来信回复为例，指出我们应走出意识形态、还原历史，以学术性的态度对当时的期刊发展等文艺情况作出真实的判断，对延安战时地位影响力及一系列相关问题给予合理的呈现与分析。陶永莉（四川大学）关注到了 20 世纪初期留美学生与校园体验的关系问题，认为留美学生在美国大学学习时，对科学方法尤为关注，且普遍重视归纳

法而忽视演绎法，这种价值取向说明了他们将科学方法与对传统思想的批判联系起来，这就与美国大学教授的科学方法区别开来，具有中国特色。王西强（陕西师范大学）关注到了 20 世纪 30 年代上海"真美善作家群"的形成及其文化姿态，并从租界对文学影响、"真美善作家群"的聚集、内部交往、文化姿态，以及曾朴父子与法租界关系、交际空间等问题为着眼点，进行了深入的分析，使我们进一步触摸到了当时形成这一作家群的社会历史境况。

　　以上分四个部分对民国历史文化与中国现代经典作家研讨会的讨论内容进行了介绍与梳理。此次会议既包括了宏观的"民国视野"方向的探讨，也包括了微观细致的作家作品及文学事件、刊物、社团等具象性的考察，既有主题的深入，也有文本的观照，并努力以多种方式尝试将文学研究回归原始历史语境，获得新的打量眼光与衡量标准。此次会议同时着重强调了"民国视野"研究的"名"与"实"问题，所谓"民国视野"，并非前缀"民国"二字即能代表回归历史情境，而是需要我们努力寻找和还原民国自身的发展演变逻辑，这种演变逻辑不仅是时间的，更是空间的。与此同时，如何在进入历史之后返回文学，如何在发掘大量历史细节的同时，仍能保持文学研究的本体性并使还原的历史为文学研究所用，这些问题都是需要进一步关注、尝试并落实的。最后，在不断推进"民国视野"研究的同时，也必须强调"民国视野"绝非唯一的研究范式，提出这一范式的目的并非试图推翻已有的其他研究模式，而是欲图与其他研究形成对话与补充，以崭新的视角为文学研究注入新的活力。以上所有这些尝试与探索，仍期待着进一步的发展，并努力建立属于自己的合理有效的空间，这还需关注这一研究范式的学人不断挖掘、建设与更深层次的反思。

（作者单位：四川大学文学与新闻学院）

原载《鲁迅研究月刊》2013 年第 11 期

民国视野：走出"现代性"研究范式的方法

——兼论《民国文学史论》丛书

熊 权

"民国视野"是对中国现代文学研究界一系列有关"民国"的研究总称（下文简称"民国"）①，它在当前学界"反思现代性"的整体格局之中独具特色自成一家，同时又与其他研究路向发生对话。"民国"自有其运用限度，但不可否认的是，从理论倡导到研究实绩已经显示出了它的启示与意义。目前，又有《民国文学史论》丛书这一规模性成果问世。该丛书共计6卷，由张中良、李怡主编，由花城出版社出版，充分并集中地体现了"民国"这一命名的方法论意义。② 该丛书各卷单独成书，齐集张中良、张福贵、陈福康、李怡、周维东、姜飞等中国现代文学研究的老中青学者。著者自觉地、有意地把"民国"作为一种核心研究方法，就史料收集整理、文学经济形态、党派文化与文学等具体问题展开论述，堪称新见迭出、精彩纷呈。笔者不才，借此谈谈对这一类研究的理解及个人想法。

一 "现代性"研究范式的意义与危机

从研究者首倡"民国"至今，已经超过15年了。③ 有践行者将它

---

① 按研究者总结，中国现代文学研究界出现了以"民国"来重新结构、研究中国现代文学史的设想和实践，主要包括"民国文学史""民国史视角""民国机制"三种声音，统称为"民国视野"。参见周维康《中国现代文学研究中的"民国视野"述评》，《文艺争鸣》2012年第5期。
② 李怡、张中良主编：《民国文学史论》（共6卷），花城出版社2014年版。
③ 目前公认，是学者陈福康最早提出"民国文学"的设想，时间在1997年。

放置在"重写文学史"的历史脉络中加以考察，强调"它的出现本身就充满了学术对话的意味……与中国现代文学史研究固有的方式形成某种延续和驳诘"①。笔者非常认可这种学术史之梳理，宏观意义上的"民国"的确是一种方法论。只是，本文采取的视角不同，主要从"现代性"这一曾经在现代文学研究领域长久居于主导地位的学术范式说起，由此了解"民国"研究所隐含的"问题意识"。

库恩（Thomas Samuel Kuhn）在《科学革命的结构》中提出"范式"与"危机"两个概念，用以描述自然科学是在因循传统与突破传统的交替之中得以成长、发展的。② 这里尝试从范式的意义与危机两个方面，分析中国现代文学学科的"现代性"研究。按库恩的说法，科学家总以同时代的最高成就作为楷模，由此展开自己的研究。所以，任何具体的科学成果必然无法脱离传统或者说"范式"的影响。然而，当成果积累到一定程度，新的科学事实不断出现，终究会冲击"范式"，令它解释某些问题时失灵，于是出现"技术上的崩溃"——这就是危机之生成。"现代性"范式也历经了类似的意义与危机过程。值得注意的是，意义值得大书特书，危机也绝非坏事，它预示着新的可能。

"现代性"范式自新时期以来逐步建构成形，其意义毋庸置疑，它大大冲击、质疑了政治意识形态所支配的现代文学研究。老一辈学人谈论伴随自己成长的现代文学学科时，总免不了感叹这是一个建立在新中国政权之下、以论证"新民主主义革命"之合理性为目的的学科，无非感叹很长一段时间内，政治限制了研究者的视野、造成短见。而"现代性"研究明确将现代文学视为一种承载"人的现代化""思想现代化"的语言形式③，把学科研究从"革命史"框架中解放出来，难怪人们如释重负，宣称"中国现代文学研究将从意识形态的武器转变为科学的、常规化的文学研究"④。

---

① 李怡：《重写文学史视域下的民国文学研究》，《河北学刊》2013 年第 5 期。
② ［美］托马斯·库恩：《科学革命的结构》，金吾伦、胡新和译，北京大学出版社 2003 年版。
③ 钱理群、温儒敏、吴福辉：《中国现代文学三十年·前言》，北京大学出版社 1998 年版。
④ 旷新年：《现代文学研究中的现代性问题》，《中国现代文学研究丛刊》1996 年第 1 期。

当"现代性"光芒照进政治意识形态笼罩的学界，在 20 世纪 80—90 年代中，学界最富活力的学术命题当属"20 世纪中国文学史""重写文学史"。倡导"20 世纪"者乒乒乓乓敲掉近代、现代、当代之间的隔离屏障，表面只是提出一个整体时间概念，实际旨在消解根据意识形态划分的历史观。"重写"者钟情富有审美意味的文本，看似运笔轻灵实际忧愤深广，旨在批判作为政治传声筒的文学。综观这一时段的研究，不妨形象地描绘：学人们高举"现代性"旗帜，手持从西方引入的人道主义、自由民主等诸般兵器，合力讨伐给学科研究也给国人心灵和生活造成巨大创伤的政治意识形态。

"现代性"研究发挥示范作用，激发了海量成果。但事情总是一分为二，它一边开启无穷法门一边也产生了新问题，给后人留下思考的空间。"现代性"攻打意识形态研究非常有效，但"拿来"之时顾不上反思、质疑的急迫态度导致了危机种子悄悄潜藏。一旦外部环境不再是涤除"文革"阴影的 20 世纪 80 年代，而是市场经济飞速发展的 20 世纪 90 年代，这个种子借势迅速萌发。

20 世纪 90 年代之后，中国社会的经济主题逐渐压倒政治主题。此时此地，政治依然存在，但在形态上发生了巨大变化。它除了是主流意识形态，在日益繁盛的市场经济、大众文化潮流中更化身为无孔不入的权力形态，与资本、新科学技术联合起来对文学、思想以至于整个社会施加影响。如果说在攻打意识形态专制的阶段，"现代性"通过人道主义、自由民主的眼光批判极端政治，为文学研究另辟了一个推崇个性、推崇美感的空间。但随着社会经济的飞速发展，"现代性"却无力解释这一语境中出现的新问题，尤其是资本全球化、文化霸权、后殖民等。因为经济剥削、文化侵略向来属于西方现代化过程中的"原罪"，它与生俱来、无法克服。从这个层面来看，"现代性"甚至就是政治与权力本身。

当"现代性"范式技术失灵的时候，我们才能更清晰地看到相关研究存在误区。最突出的，莫过于推崇"纯文学"、忽视历史研究的问题。追忆夏志清《中国现代小说史》引发的震惊，就比较生动地呈现了这一问题。初读"夏史"，不少人感叹作者慧眼识珠推出了张爱玲、沈从文等"纯文学"作家，却忘了追问一句，斥骂创造社文人是"牛鬼蛇神"，讽刺赵树理是给中国共产党唱赞歌的"小丑"，难道就不是政治？确切地说，不是"忘了"而是"顾不上"，夏志清貌似"纯文学"的标准纠结着关于西方现代性的想象，与国内潜在的政治创伤心理一拍即合。实际上，只要多一些历史研究的意识、详细考察"夏史"诞生的情境，我们就能突破自身境遇，发现作者推举"纯文学"不过是借以否定大陆意识形态的另一种政治，谈不上什么先进的、理想的"现代性"之体现。

"现代性"范式的危机昭示着，研究中国现代文学一味推崇西方现代性是不够的，我们终将遇到自己的问题。回看学科奠基人之一王瑶先生质疑"20世纪中国文学史"构想，的确是一针见血："你们讲20世纪为什么不讲殖民帝国的瓦解，第三世界的兴起，不讲（或少讲，或只从消极方面讲）马克思主义，共产主义运动，俄国与俄国文学的影响？"① 王瑶先生犀利地看到了"20世纪"框架的突出悖论，虽然以"现代性"作为主导思路，却忽略了同是属于"现代"的反殖民、马克思主义运动等内容。王瑶先生的批评同样适用于"重写文学史"。当王晓明先生愤懑地剖析政治戕害了启蒙的文学，感慨现实功利阻断了鲁迅、茅盾等跻身一流文学大师之路的时候；② 当陈思和先生用心良苦地从"民间"寻找活力，发掘"地下""潜在"等写作形态来支撑文学史图景的时候，③ 无论有意或无意，二者都在推举一种远离中国意识形态现实的"纯文学"概念。

然而，一个时代的主体问题总会随时间发生改变，学术范式终将面临调整与突破。正如王富仁先生当年提出"回到鲁迅本身"，很大程度上就是号召返回"纯粹"的文学本身，这在20世纪80年代是势在必行、应运而生。然而时移世易，倘若还不细致考察和反思一百多年以来中国的政治，尤其是包括政治在内的历史文化内容，又如何能

---

① 钱理群：《矛盾与困惑中的写作》，《文艺理论与批评》1999年第3期。

② 王晓明：《潜流与漩涡——论二十世纪中国小说家的创作心理障碍》，中国社会科学出版社1991年版。

③ 陈思和：《中国当代文学史教程》，复旦大学出版社2008年版。

够解释清楚非欧美、非发达国家的我们是如何走进"现代"、成为"现代"的呢？西方现代化过程中的人道主义、自由民主等内容诚然理想，但毕竟不是内生于中国社会，可以"拿来"，不可以也不可能完全复制。

任何范式都不可能完美，"现代性"理当如此。它的意义是曾在一个时代之中发挥楷模作用，并且引导学界取得了空前的具体成果。当它在新形势下出现技术失效问题之时，在此基础上加以调整进而突破，则成为学科研究者共同思考的关键问题。

二 历史意识与中国经验："民国视野"的两个面向

接下来，通过评述《民国文学史论》丛书，本文想厘清"民国"研究也是应对"危机"而生，试图以自己的方法走出"现代性"范式的局限。

作为一套丛书，《民国文学史论》的作者们讨论"民国"各有视角及重点。从自我阅读体会出发，笔者以为"丛书"主要在历史意识、中国经验两个面向上构成了与"现代性"范式的对话。先说历史意识。"民国"作为一种命名，最早源自研究者发掘、整理史料的亲身体会。"丛书"所收的《民国文学史料考论》，就由研究史料见长的陈福康先生撰写。该书依据文学史料、文学史迹、作家行踪与交游、文学评论与掌故杂考四个方面，对民国文学的历史作出了细致入微的描画。李怡先生等撰写的《民国政治经济形态与文学》一书融入"文学生产"视角，展开对民国政治、法律、经济各方面与文学之关系的考察，也体现了强烈的历史现场感。姜飞先生的《国民党文学思想研究》关注一向不受重视的领域，呈现了国民党文学思想的始源、观念和方法，有填补史料空白的意义。周维东先生的《中国共产党的文化战略与延安时期的文学生产》一书，阐释位于民国"统一战线"政策之下的延安文学圈。该书对延安时期移民运动、土地改革、乡村建设等历史的考察，为解读文本提供了富有启示的材料。

前文曾提到，"现代性"范式存在特别推崇"纯文学"概念，从而忽略历史研究的问题。当然，如果一定要说"完全忽略"毕竟有些武断，不能因为主体潮流而漠视那些坚持在史料园地辛勤爬梳、整理的学人。确切地说，是当时的学界对历史的爬梳整理还远远不够。由于尚未建立"日常历史""文化历史"的观念，当时大部分研究者即便重视历史也往往只看到与主流意识形态相连的"大历史"。这导致当年一类言论很是流行，即那些最有价值的作品不需要借助历史（政治历史）的展开也具有永久的文学性。张爱玲如是，沈从文如是。考虑到那个时代普遍的、挥之不去的政治创伤，这种言论归根结底还是受到文学/政治二元思维掣制。

"丛书"作者姜飞解释自己研究时说的一段话，我认为颇有启发意义：

> 回顾国民党的文学思想，也就是回顾共产党的文学思想，国共各自的文学思想互相区隔而又互相映照，互为倒影而又交相发明，透过其各自的历史和在历史中互相缠绕的关系，我们也许会察觉，它们不是对峙、批判、斗争，而是同源、同构、同趋。①

这段话具体针对党派文学，其实是在反思僵化的二元思维。从执着的二元区分来看，国民党是反动，国民党文学思想当然反动。那么，研究反动的国民党文学思想意义何在呢？姜飞先生从自己的研究提出了意义。他强调，国共文学实际上互相影响、同源同趋，这就有效消解了二元论。以这样的眼光反思文学/政治的二元结构，我们也可以反驳那种倡导"纯文学"的偏至：不了解张爱玲、沈从文所处的历史，如何知道张爱玲专写男女其实反对政治革命的宏大题材，沈从文建构桃源其实有意拒斥动乱不安的人世？即使专从"纯文学"而言，也是传统与现代的转折断裂造成了张爱玲的家族梦魇，乡土与世界的交叉脱胎出沈从文心中的边城。"纯粹"原本来自"复杂"。

---

① 姜飞：《国民党文学思想研究·引论》，《民国文学史史论》（第5卷），花城出版社2014年版。

可以看出，"民国"研究所强调的是这样一种历史意识：突破僵化二元思维、突破"大历史"观念，对具体而微的历史情形进行精细把握和剖析。相对"现代性"研究耿耿于怀的政治历史，"民国"研究的历史指向更为广阔的经济、法律、教育等社会文化内容。正如研究者所阐发：

> 在现代中国，不是抽象的地主、资本家和工人、农民展开历史的搏斗，而是割据的军阀、新旧交杂的士绅和各种具体的社会角色上演着各种不同的故事，不是资本主义社会必然灭亡、社会主义社会必然胜利的趋势推动了文学，而是民国不同时期具体的政治法律制度、经济状况和教育环境不断放大或缩小着文学的空间。①

强调中国经验，是"民国"研究对话"现代性"范式的第二个层面。"丛书"所收张中良先生的《民族国家概念与民国文学》，尤其体现了面对西方的本国本土意识。民族国家概念（nation—state）源于安德森（Benedict Anderson）《想象的共同体——民族主义的起源与散播》一书②，以海外学者刘禾借以阐释萧红作品为始作俑者③，在国内引发了声势浩大的移植风潮。针对泛滥的民族国家概念，张中良先生探讨民国文学的民族主义脉络。他实证中国有自己的"民族""国家"，反驳了那种过分崇拜资本主义印刷业的观点。张福贵先生的《民国文学：概念解读与个案分析》一书，与张中良先生的思路有相似之处。该书说明之所以提出"民国文学"概念，主要为了反思学科研究中的"革命史逻辑"与"教科书模式"。在作者看来，"教科书模式"很大程度上就是"现代"的产物，所以强调"民国文学""共和国文学"

---

① 李怡：《重写文学史视域下的民国文学研究》，《河北学刊》2013 年第 5 期。
② ［美］本尼迪克特·安德森：《想象的共同体——民族主义的起源和散布》，吴叡人译，上海人民出版社 2005 年版。
③ 刘禾：《文本、批评与民族国家——〈生死场〉的启示》，初刊于《今天》1992 年第 1 期，先后收入唐小兵编《再解读：大众文艺与意识形态》，香港：牛津大学出版社 1993 年初版；王晓明等编《二十世纪中国文学史论》，上海东方出版中心 1997 年版。

的命名，因为它们比"现代文学""当代文学"更契合本土现实。

　　两位张先生立足本土的意识值得重视，如果放置在"现代性"范式技术失灵的学术大背景之下，就更加意味深长了。在学界进入"反思现代性"研究的阶段以来，公认当初把"现代性"单一地等同欧美发达国家的现代性是严重缺陷。"八十年代我们自称要'走向世界'，而我们的世界图景却是这样的狭窄，我们的世界想象又是如此地单一。"① 钱理群先生作此忏悔之语，无非检讨"20世纪文学史"的构想膜拜西方现代性、忽视本土民族解放运动的缺失。在这个方面，我们并不耻于承认日本学者的敏锐。早于我们几十年，他们就郑重阐明"现代性"是多形态的，强调后发达国家有着自己的现代化历史。所以，在今天的反思路途中，国内学人特别重视向外、向内的双重眼光。一方面是尽可能多地了解西方现代性的复杂，如欧美人描述的现代性多副面孔②、资本主义文化矛盾等③；另一方面就是重视本身处境，在学习他者的过程中发现自己、认识自己，追求真正的"在中国发现历史"。

　　随着"反思现代性"格局的逐渐成形，"民国"研究如此强调中国历史的空间，足以成为其中的重要声音之一。在这种学术范式调整、突破的大背景之下，张中良先生针对民族国家理论的反思言论尤其得以彰显：

　　　　域外理论自有其特定的背景与适用空间，我们不能把……中国的学术当做西方话语的演习课堂……对于西方民族国家理论以及其他理论，我们应当立足于中国的历史与现实，有所取舍，有所借鉴……以话语的多元性取代西方话语的一元性，以对话的平等性克服话语的霸权性。④

　　① 钱理群：《我的精神自传》，漓江出版社2011年版，第187页。
　　② ［美］马泰·卡林内斯库：《现代性的五副面孔》，顾爱彬、李瑞华译，商务印书馆2002年版。
　　③ ［美］丹尼尔·贝尔：《资本主义文化矛盾》，赵一凡等译，生活·读书·新知三联书店1989年版。
　　④ 张中良：《民族国家概念与民国文学》，《民国文学史论》（第2卷），花城出版社2014年版，第24页。

三 当下研究格局中的"民国视野"

尽管有的"民国"研究者认为"民国文学史"可以取代"现代文学史"①，或者宣称"现代文学"是个应该退休的学科名称②，但笔者还是赞同这一研究领域内相对保守的观点："阐释优先，史著缓行。"③在笔者看来，这不只是一个等待、积累的问题，也事关当下研究格局的整体问题。纵观现代文学学科的发展历程，新中国成立之初是意识形态一统天下，后来经历文学/政治的二元对峙，现在进入了一个"反思现代性"的多元对话时代。在学术研究领域，差异互补胜过"彼可取而代也"。

"民国"研究者并非自说自话，他们一边把自己纳入学术史脉络，一边与当下研究展开对话。李怡先生在梳理学术思路的时候曾提到"新左"，一篇发表在主流刊物上的文章更是姿态鲜明地把"民国机制"与"延安道路"并列为两种冲突的研究范式，④ 笔者借此发挥说点个人想法。"新左"也好，"延安道路"也好，如果限定在文学研究范围内，大意指向探讨中国 20 世纪革命文学而崛起的学界一支。为避免引起文学之外的其他联想，不妨以之主要采用的研究方法"再解读"称之。自 1993 年《再解读：大众文艺与意识形态》初版，"再解读"研究理路在学界发生了不小的影响，"丛书"作者张中良先生所反思的民族国家概念即发源其中。不必讳言这类研究存在短板，但动辄将不同研究树为"冲突"双方的做法实在有待商榷，尤其应该警惕的是望"名"生义。例如研究者作出如下判断："为何'民国机制'为其内生的'延安道路'所取代？甚至'民国机制'在当

---

① 参见张福贵《第二章 意义与时间："民国文学的两个概念"》，《民国文学：概念解读与个案分析》，《民国文学史论》（第 3 卷），花城出版社 2014 年版。
② 参见陈福康《"现代文学"，应该退休的学科名称》，《民国文学史料考论》，《民国文学史论》第 4 卷。
③ 参见李怡《阐释优先，史著缓行》，《学术月刊》2014 年第 3 期。
④ 韩琛：《"民国机制"与"延安道路"——中国现代文学史研究的范式冲突》，《文学评论》2013 年第 6 期。

下中国出现的本身，就直接面临着来自新左派之学者重估'延安道路'的文学史论述的挑战。"言下之意，完全是把"民国机制"等同于国民党的党政机制，所以把学术研究的"民国""延安"按照时间先后对应党派更迭。必须强调的是，"民国"研究重视的是"民国"命名所能提供的空间——一个有容乃大的历史文化空间。如果一定要突出其中的党派，那也是一个给国共两党还有当时其他党派提供了共享资源的空间。应该说，"民国"研究不仅不拒斥对革命的研究而且把左翼文学、延安文学当作重要的研究对象。事实胜于雄辩，《民国文学史论》丛书收录的《中国共产党的文化战略与延安时期的文学生产》是研究延安文学的专著，另外的《民国政治经济形态与文学》一书也设有专论左翼文学的篇章。所以，何来"'民国机制'为其内生的'延安道路'所取代"云云？只能说立论者是望名生义、浮想联翩了。

"民国机制"起码还是"民国"研究者的冠名，所谓"延安道路"就有点师出无名了。笔者有限，至少目前所知"再解读"诸人从未自称"延安道路"。"再解读"在全球化语境下研究革命文学、文化，并非为了突出以"延安"命名的党派政治，而是强调"中国"、阐扬本国本土情怀，这与"民国"研究倒说得上殊途同归。然而，落脚点在"中国"，其理论资源却基本来自"非中国"，倒是值得追问。总之，"民国机制"不是国民党的党政机制，被唤作"新左"的文学研究者也并非吹捧"文革"的狂热之徒。二者共存于学界反思现代性的整体格局中，以自己的方法发出声音。

最后，还是借"民国"研究者的话来结束这段阅读《民国文学史论》的"历险"。早在2009年，李怡先生就从对"五四文化圈"的研究中提出"民国机制"的说法，他认为"民国机制"源于一种健康的文化生态，那就是新文化的倡导者、质疑者、反对者以及其他讨论者彼此沟通交流的砥砺碰撞，而非紧张可怕、你死我活的交锋。他评价"五四文化圈"：

　　　　看似分歧、矛盾的不同思想倾向的存在恰恰证明了现代中国文化自五四开始的一种新的富有活力的存在，矛盾着的各个方面的有机的具有张力性的组合，其实保证了现代文化发展的内在弹性和回旋空间。①

从矛盾分歧看到张力与活力，这种眼光、思路是对二元结构的又一次积极消解。应该说，"内在弹性""回旋空间"不仅适用于评价五四或者运用于具体的"民国"研究。它们对"民国"研究整体的发展、走向来说，也非常有意义。我想，功力和才华以及眼界和气量，必将有助于"民国"研究在当下学术格局中越发壮大。

（作者单位：北京师范大学文学院　河北大学文学院）
原载《首都师范大学学报》（社会科学版）2016 年第 1 期

---

① 李怡：《谁的五四——论五四文化圈》，《中国现代文学丛刊》2009 年第 3 期。

《民国文学十五讲》三人谈：文学史如何可能、触摸历史的方式、"民国"的文学与"文学"的民国

王婉如　丁晓妮　王　琦

编者按：2015 年的民国文论研究中，《民国文学十五讲》的出版广受瞩目。孙郁教授是鲁迅研究专家，也是"民国热"的重要推手，但关于"民国文学"议题却是不折不扣的"闯入者"——或者说是后发而先至的参与者。与既有的"民国机制""民国史还原"等视角相比，《民国文学十五讲》提供了哪些文学史新视野，有哪些研究的新亮点，可以从"民国文学"学术史的角度进行品读和解析。

文学史如何可能
王婉如

初拿到孙郁《民国文学十五讲》，看到这个标题的命名，直觉反应是"一个标准的大众文学起手式"，这个"起手式"包含着"好读、易读"以及文学知识普及，但细瞧目录，旋即发现，这是一本借"十五讲"为标题的知识分子心灵史著作。要了解心灵史就不仅仅是"好读、易读"可以概括出来的，还包括背后的成因及历史环境因素。同时，"民国文学"的用法开创了文学的新格局，使得长久以来使用的学科名称"现代文学"有了新的可能。形成了民国中有现代的"大民国叙述"，也让两岸的学者拉近了彼此的距离。最重要的是叙述方法

打破了传统文学史的脉络，使文学史的著述方式有了多种可能。以下据此种种做叙述展开。

一　知识分子心灵图景的展现

文学史除了历史层面，同时也包含了知识分子心灵图景的展现，若从这条知识分子的心灵史道路上进行梳理，第一个横在前头的即是1961年出版的夏志清的《中国现代小说史》，夏志清的个人知识涵养和所受的学术训练成就了不同以往的文学史著作，但这种著作方法被普实克狠批了一通。普实克在评夏志清《中国现代小说史》的文中提到："一部文学史要有价值，就必须是一种辨别的尝试，而不是一个为满足外在政治或宗教标准而进行的带偏见的概述。"[①] 普实克认为夏志清选择内容是根据政治而不是艺术，但夏志清坚称他选材的标准是"以文学价值的考虑为基础"，并不像普实克所说的对特定作家产生歪曲。这些内容都可以在普实克《中国现代文学史的根本问题——评夏志清的〈中国现代小说史〉》及夏志清《答普实克教授——论对中国现代文学的"科学"研究》中看到，两人的论争最后稍流于意气之争，以至于双方都没能在论争中达到自己所能展现的最好水平。但这场论争恰好碰撞出火花，从文学史的角度而言，论争恰好收获了不同的治学态度以及不同的写作方式。

这种写作方式在夏志清出版《中国现代小说史》的前后年代都少见于中国大陆的知识分子中，王瑶的《中国新文学史稿》中，其写作姿态、文学结构以及内容结构除了奠基现代文学一脉，更带出了学术体制化的撰书方式，后面的学者也就承继下来。因此，从钱理群、温儒敏、吴福辉所著的《中国现代文学三十年》，到后来的种种文学史著作，一打开就是现在为人所熟知的"现代文学第一个十年"。这种

---

① ［捷］普实克：《中国现代文学史的根本问题——评夏志清的〈中国现代小说史〉》，收录在普实克著，李燕乔等译著《普实克中国现代文学论文集》（湖南文艺出版社1987年版），第212页；同样的内容也同时收录在夏志清《中国现代小说史》（*A History of Modern Chinese Fiction*，香港中文大学出版社2015年版），第496页。

标准范式便于读者吸收内容，但是整段历史难道就只有一种可能？此种叙述方式在经过不断地前行与检验后，终于暴露出了本质上的问题，即，历史有没有另外一种"打开"的方式？这种方式能不能不再是一翻开就是"第一个十年"？这个声音被孙郁听见了。他创造的"民国文学十五讲"给了读者一些陌生化的距离，但这距离恰又刚好。孙郁以一种文学的态度切入历史，在整个大民国时期从容游走。历史不再是生硬的十年，而是一篇篇动人的文字，产生了真正的文学力量，让静态阅读有了意义。

二　文学史的另一种"打开"方式

文学史的另一种除去学术专制化的打开方式，在近年来开始萌芽。这同时也是现代文学正在追求的一个新方向。在钱理群主编的《中国现代文学编年史——以文学广告为中心（1915—1927）》的第一卷卷头语中，不难看出钱理群的追求。他说虽然编此本文学史仍以年代进行介绍，但却尝试以文学广告作为中心，并表示这种方式是一个"混沌的开始"，希望读者能将这段文学史看作一辆"时代的列车"，人们从不同的门口进入，就会有许多的"开始"、许多的"故事"①。将钱理群的这种观念移植到孙郁的《民国文学十五讲》上并无违和感，原因在于孙郁的表述方式是已经提升到历史和文学叙述层面的融合，透过章节的安排可以看见其在处理文学运动、文学事件及民国时代的文人时带有自我意识的选择。如同钱理群所追求的"个体史"，书里的展现正是不同个体带着不同的资源、经验、体验、追求、想象，在启蒙主义的时代召唤下，纷纷登上时代的车进行亮相。

在章节安排上，孙郁也符合了这样的呈现方式。在《沈从文的希腊小庙》《萧红与黑土地上的亡灵们》《鲁迅的暗功夫》中，他加入了自己的评断，写出了沈从文、萧红与鲁迅的温情层面，并点出了作家

---

① 钱理群：《中国现代文学编年史——以文学广告为中心（1915—1927）》，北京大学出版社 2013 年版，《序言》第 1 页。

作品中潜藏的"味道"，如评沈从文的文章没有旧文人的酸腐之气，未被久远的汉文明的遗存所污染，明快里有着聪颖，同时也没有受到新文化主流意识的牵引，甘愿以非主流、非宏大叙事的语态面对生活①。透过这样的表述方式，看过《边城》的读者一下就可以进入沈从文的内心世界。经过这样的"点化"再去读沈从文的作品，看的就不只是翠翠、老船夫与顺顺的两个儿子，而是能看见其静穆和韵味。又如点评萧红，说她擅长捕捉生活片段的灵光闪烁，有情绪的涌浪在叙述上召唤僵死的村庄和小镇的亡灵。透过孙郁的体验性感受，我们能触摸到他在追求文学史的一种可能，一种触摸历史却不急于分类的方式，像是午后的阳光，温暖不失优雅。当然，要做到这一点，就要比其他著"文学史"的学者具有更大的勇气，向现代文学这一学科宣布告别，将大叙述的历史背景再往前拉一拉，成为一个更完整的"大民国"时期。在大陆的这一段"民国"时期始于辛亥革命的成功，终于民国在大陆的消亡，完整地界定出民国的时间。

三 谁在著史？著谁的史？

在完整划分并界定出时间后，孙郁的描述方式是透过选择不同的面向，呈现出民国的人、事、物。谈到这儿，就要回归到一个本质上的问题：文学史是谁在著史？又是在著谁的史？或许这个话题有些沉重，仿佛愉快欢欣的时刻终究有曲终人散的问题，但孙郁尝试使用"浮世绘"的叙述方式来展现民国文学的特殊之处，包含以学人笔记以及当时东西方的大家来解决这个问题，文学史在他手中所呈现的是更为丰富的面向和可能性，除了回归本质，也要回到年代中去作探讨。1988 年"重写文学史"的口号甫一提出，很多作者都倾向作出忏悔式的体悟，包含老一辈的严绍璗先生。但真正提出一部新文学史，并且与《中国新文学史稿》以及《中国现代文学三十年》相抗衡的中、青年一辈学者并不多，这不是知识积累与学术涵养的差异，而是后一辈

---

① 孙郁：《沈从文的希腊小庙》，《民国文学十五讲》，山西人民出版社 2015 年版，第 197 页。

的学者因为始终感觉不能摆脱现代文学作为一个学科加诸身上的压力，故每每提笔却又罢手，以至于在编纂《20世纪中国小说史》时最终只有陈平原完成第一卷。孔庆东对这个"不能下笔"的现象的说法是："那个叫文学史的东西破碎了"，所以没有办法找到共识，"以前的文学史，有再多的缺点，那也是一个完整的文学史，有着对中国文化的自信"①，而今天的文学史之所以凌乱，在于不能找到一个统一的视角。但笔者以为，"故破之正所以立之"，文学史反倒在大陆产生了新的可能。更准确地说，个人文学史、知识分子的心灵史都找到了舞台，同时，这一次的表述方式增加了许多。

在台湾，个人文学史或知识分子心灵史在目前百花齐放的出版业中，并不算一个热门或是得到特别关注的出版类别，但一类书总是会有一定程度的支持者，这一类支持者或小资或文青，或伏案头或在咖啡厅流连，但吸引他们的都是著书者"偷渡"在里面的自我故事。傅月庵的《一心惟尔》就颇有这样的气味存在，他的选材方式恰与孙郁相同。如讲夏元瑜时标题用的是"我不过是太白粉而已"，讲幽默无远弗届的夏元瑜说自己"谈不上文艺，更扯不上作家，菜中原料全是他人的，我不过是太白粉而已。这就叫'盖'，把若干不同的原料加上点太白粉'盖'在一块儿"②，读来仿佛所讲述的人就在眼前。又如在说雷骧时，以"亲爱的人"作为标题来描述几乎没什么脾气的雷骧对人很温和，保持着对世事人情的看法，态度却又十分随顺。这种看似随意的笔法信手拈来都是材料，就如同孙郁《民国文学十五讲》一般给人带来惊喜。同时，这也表示出在文学史的这条道路上，作者已经开始尝试从不同的角度来写作，开始为自己的精神和情感需求而写，其后才是这部作品对市场和大众所造成的影响。因为唯有如此，才能在面对不懂自己作品内涵的人说三道四或是做出肤浅的行为时，保持清醒并且坚定。只有这样的认知形成，才能够真正不断探索写作的可能，将作者的表达和信念更准确地传出。

---

① 孔庆东：《重写文学史的幻灭》，摘录于其新浪博客2012年12月10日。
② 傅月庵：《一心惟尔》，台北印刻出版社2015年版，第28—29页。

四 "民国"之中含着"现代"

当然，"民国文学"就是这样的一个诉求传达，它想让现代文学显得没有束缚所以可以走得更远，但同时它又有着现代文学的精华，也就是说，在大叙述之下形同于民国之中含着现代，却比现代来得清晰，也更为青年一代所接受。现代文学这个学科，如陈福康所说，是在 20 世纪 50 年代初创立的，当时这个学科是"科学"的，并没有所谓不通的问题。问题是，现在虽然国家的教学系统、社科研究系统以及社团系统都承认这个学科，但却无法否认这个学科越来越跟社会产生了隔膜。笔者之前在读研究生的时候遇到过许多非文学专业的同学在询问笔者所学专业时，往往要解释上一圈才能似懂非懂地明白现代并非现在，而现在叫作当代。不止现代文学，当代文学这一学科也同样遭逢此困境，当代文学整个学科对称谓问题也没办法做出妥善的处理，以至于 1949 年到现在通通都属于当代。但我们却管我们现在这个文明社会，叫作"现代化社会"而不是"当代化社会"。陈福康虽早在 1999 年就提出现代文学是该退休的学科名称，不过他所盼的"再不用几年，会'必也正名乎'"的新学科名称却是迟了好几年才露出曙光。

但这并不表示应该马上使用"民国文学"一词代替"现代文学"，如同周维东所述：重识"现代"，需要的是正视历史，它在现代中国的具体化便是正视"民国"。文学研究中的"民国"，不仅是个政治共同体，更是个文化共同体，它不是简单地重新认识在国民党、共产党指导下的近代文学实践，而是考察不同文学派别如何在"民国"共同发展；它的存在不是消解"现代"，而是正视"现代"曾经在中国的若干可能性[①]。只有在民国里头才能更好地、更完整地认识现代，也

---

① 周维东：《在"民国"重识现代》，李怡、张堂锜主编：《民国文学与文化研究》2015 年第 1 期。

就是李怡所提出的"阐释优先，史著缓行"①。民国文学这个概念也受到一些学者质疑，认为何以使用"民国"这么一个对国民党有着重大意义的词语来对现代文学提出新定位？笔者认为姜飞的一段文字颇能说明这个问题并了解意义所在："回顾国民党内的文学思想，也就是回顾共产党的文学思想，国共各自的文学思想互相区隔又互相映照，互为倒影而又交互发明，透过其各自的历史和在历史中互相缠绕的关系，我们也许会察觉，它们不是对峙、批判、斗争，而是同源、同构、同趋。"② 孙郁的取材恰好吻合了这个面向，文中不仅有草根、有无产阶级的声音，也有知识分子和精英群体，然则这并不冲突，通过这些作家、作品的聚合，整个历史的概念就被勾勒出来，不再是简单粗暴的划分。

五　文学史的思与辨

近年来，台湾方面部分学者尝试回归乡土论述，希望在描述文学史时能将台湾从中国大陆文学的分支转换到台湾文学是一个独立个体上。原因是认为大陆学者并不能够很好地解读台湾的历史事件对台湾文学所造成的重大意义，而是将台湾纳入大陆的语境下去解读。为了"拨乱反正"，陈芳明的《台湾新文学史》不但承继了叶石涛的理论体系，更过度地筛选题材，意图将其所论述的台湾文学史与大陆切割开来。其中的论述因而有一定程度的偏颇，原因就在于不能公正地看待要处理的材料，原来台湾学界所期待的是能够一扫叶石涛笼罩的文学史，陈芳明却愣是将自己的格局做小了，还是活在叶石涛底下。陈芳明的史观，即他的见识与诠释，被他的意识形态所左右，所以他剔除掉了很多不该被排除在外的作家，缺失了很多也属于台湾"风景"的内容。这问题就在于，他的文学史是他个人所想要呈现的方式，叙述风格还是与叶石涛同一个体系，而不是近年来风格迥异但

---

① 李怡：《阐释优先，史著缓行》，《学术月刊》2014年第3期。
② 姜飞：《国民党文学思想研究·引论》，《民国文学史论》第5卷，花城出版社2015年版。

各有特色的文学史著作方式，或者是姜飞所提倡的"同源、同构、同趋"的追求。

谈了这么多，再回到孙郁的著作本身。我相信这是一本指标性意义的书，它不仅象征着其在"民国文学"上的研究努力，更重要的是，它提供了一个新的角度和一种诠释方式，让"文学史"这类著作有了不同的可能，这种"可能"能够逐渐成为两岸学者的方向，因为不论大陆还是台湾，离开民国时期的历史记忆，都无法完整了解时至今日现代社会中文化与文学的深层部分。如《民国文学与文化研究》的发刊词所述："既然有中国人自己的民国，那么就有'作为方法'的民国。民国岁月，一个东亚大陆的古老民族走进现代，如此不同的历史，如此不同的命运，如此不同人生与文学形态，当然就应该有符合民国的观察、描述方式。"[1] 这样，许寿裳、柏杨、唐德刚等台湾作家才不会被踢出文学史，大陆的文学史也不会产生一写到港澳台地区就干瘪，只能勉成一章的窘境，而是写出繁华盛景，然后达到当初《岩波文库》发刊文《致读者》[2] 所追求的境界："真理自身愿意被千万人所追求，艺术自身希望被千万人所爱戴。过去，为了使民众愚昧，学术曾被封锁在最狭窄的殿堂里。如今，把知识和美从特权阶级的垄断下夺回来，是不断进取的民众的迫切要求。岩波文库便是适应这个要求，在民众的鼓励下产生的。这就是要把有生命力的不朽图书从少数人的书斋和研究室中解放出来，让他们全部站到街头与民众为伍。"[3] 这段话中的"岩波文库"若代换成文学史的追求也可以体现文学的价值，不仅在知识阶层也在普罗大众中传递出自己的信念与追求。我相信孙郁的《民国文学十五讲》就是一本朝着这样方向而努力

---

① 李怡、张堂锜主编：《民国文学与文化研究·发刊词》，《民国文学与文化研究》2015 年第 1 期。

② 岩波茂雄：《寄语读书子》（岩波文库发刊词，原文作于昭和二年七月，也就是 1927 年 7 月），收录在山田盛太郎《日本资本主义分析》（东京岩波书店 1977 年版），第 330 页。《日本资本主义分析》一书日语版作《日本資本主義分析——日本資本主義にあける再生産過程把握》，为岩波文库白 14—8—1 号。

③ 傅月庵：《知识的岩波，逆飞的理想》，收录在《一心惟尔》（台北印刻出版社 2015 年版），第 245 页。

的书。

（作者单位：四川大学文学与新闻学院）

触摸历史的方式

丁晓妮

"民国文学"是近年来现代文学研究领域的热点。强调返回"民国"的叙述框架，发掘文学背后的民国机制，是现代文学研究在理念和方法上的重大开拓。孙郁教授的《民国文学十五讲》（以下简称《十五讲》），就是产生于这样一个学术脉络中。在"民国文学"这一框架下，讨论对象、文字风格和文学观念都较以往的研究有新的突破和发现。

读《十五讲》，跟随着作者从容舒徐的叙述，直接触摸到历史真实幽微的瞬间，并深切地感到，文学从来就不仅仅是印在纸页上的文字，而是鲜活的，有气息、有生命的。正是这种非常难得的阅读体验牵动我写下这些文字。

一　"评点"的书写

《十五讲》不是一部通常意义上的学术研究著作，无论是章节安排还是行文走笔，都显得比较随性自然，是一种高度精练、富于美感的"评点"式书写。其文风，在简要刻削之处类似鲁迅，在平淡老到之处又像周作人，可能是由于作者多年致力于鲁迅研究所致。如"旧式婚姻之恶，如缕缕阴风，吹得周天寒彻"[1] 这样的文辞就明显有鲁迅的气息。

文字另一个特点是文白兼行。在评点旧派小说和旧体诗词时，多

---

[1]　孙郁：《民国文学十五讲》，山西人民出版社2015年版，第55页。

使用文白夹杂的语言，评黄兴"作品外露，不隐曲晦涩，朗朗之色外溢，颇多佳趣"①，评陈去病"言之有物而韵致悠长"，评高旭"浩然之气回环不已"② 等，都是非常精彩的。"格局""骨骼""肌理"等概念，从古典诗学用语中来评柳亚子"骨骼和肌理方面均有亮点"③，可以看出作者的古文根底。因此，他说出白话文运动"断然划出界限，彼此隔膜，相互讥笑，原也是可笑的"④ 也就很自然了。

评点文字和评点对象在风格上的高度契合，是本书的一大看点。前文列举的对古体诗词的评点是一例。评价戴望舒的文字是非常精彩的一段，和评点对象之间的互相映照，令人赞叹，如"说它是民国诗歌的明珠也是对的。这里有一种孤寂的美，在陌生间对于存在的不可把握的恍惚及一种惆怅的渴念，就那么水墨画般出来，又仿佛一曲小提琴的拨弄，散出凄婉的旋律"⑤。评价艾青："诗人的绘画感和思想的幽深感，于此精妙地敞开，犹如受难者忽然面临神启，得到沐浴的爽然。那在冷寂里得以微火的快慰，迅速传递到我们内心，于是一个伟大的预言诞生了。"⑥ "艾青的诗是苦难中拥抱打底的歌咏，穆旦的词语却是向着人的内宇宙突奔的精灵。"⑦ 诗意描摹的文字不仅是评论，也是一种创造。

叙述的从容老到，使得本书整体呈现出才子的而非学者的气质，因之联想到金圣叹评点《水浒传》和脂砚斋评点《红楼梦》。字里行间作者的情怀流露，那古典的传统和意绪是绵延其中的。作者喜欢说"有意思"，有意思是什么意思？为什么有意思？他并不去解释。正所谓"玄之又玄，众妙之门"，一解释就少了很多味道。像中国画的"留白"，不着墨色之处可以是水、雪、云、天……到底是什么，全凭想象，给读者留下了参与和再创造的空间。

---

① 孙郁：《民国文学十五讲》，山西人民出版社 2015 年版，第 70 页。
② 孙郁：《民国文学十五讲》，山西人民出版社 2015 年版，第 72 页。
③ 孙郁：《民国文学十五讲》，山西人民出版社 2015 年版，第 71 页。
④ 孙郁：《民国文学十五讲》，山西人民出版社 2015 年版，第 39 页。
⑤ 孙郁：《民国文学十五讲》，山西人民出版社 2015 年版，第 138 页。
⑥ 孙郁：《民国文学十五讲》，山西人民出版社 2015 年版，第 147 页。
⑦ 孙郁：《民国文学十五讲》，山西人民出版社 2015 年版，第 144 页。

既然是一种自在的"评点"，就不必追求面面俱到，而是偏重于对象的总体性把握，抓住的是气质和灵魂。他评点二周的文风："文章的风格，乃智慧与素心使然，还有和上苍与大地的交流，后人在笼子里做思考状，其实是远离本源的。"[①] 这一段文字，也正是作者本人对文章的追求。

近年来，人文学科倾向于向社会科学借鉴方法理论，重客观叙述和实证调查的研究方法，强调研究表述的精确明晰已经成一趋势。但社会科学的方法理论有其应用的局限。社会科学的调查分析，其研究假设是研究样本中的每个个案的相似性和权重相等，这一前提就不适用于人文学科。毕竟人文学科的很多核心议题和终极拷问，灵魂、精神、美、价值等，都是无法用实验调查数据的方法来呈现的。因此，人文学科的研究，精确客观的剖析固然有用，但像《十五讲》这样，使用描摹、具象的方法来呈现对象，则是对真理的另一种接近和阐发。

二　"大文学"的视野

在谈论古体诗词一段，作者赞颂俞平伯"对古人有诸多理解的同情"[②]，也恰好是作者本人的学术态度。因为"同情"隐含了视对象为弱小的倾向，所以我更倾向于使用"理解的尊重"这一说法。理解的尊重，是学术研究应一以贯之的态度和立场，摒弃成见，不落窠臼，关注研究对象的历史情境，并不拔高研究对象，同时也避免脱离了情境的抽象批判和贬低。这一点其实并不容易做到，有时研究者在研究前已有立场和预设，无法客观审视，"六经注我"，选择性地使用文献来论证自己，扭曲历史的本来面目，这在学界并不鲜见，因此也尤见本文的可贵。

正因为这种理解的尊重，一些不被重视的对象中有了价值的新发现。如以鸳鸯蝴蝶派为代表的旧派小说中"新"的元素，对个性的尊

---

① 孙郁：《民国文学十五讲》，山西人民出版社 2015 年版，第 34 页。

② 孙郁：《民国文学十五讲》，山西人民出版社 2015 年版，第 81 页。

重，同意胡适对《海上花》的评论——"个性的区别，可算是一大成功"①；认为"徐枕亚的作品，脱离了旧小说的窠臼，一是含了新思想，独立的观念有了"②，"是民国初年文坛的一种精神的自觉"，"较之'五四'新文人，并非都是消沉的"③。这些都是从作品中产生的可靠切实的判断，并提出"把他们的审美与精神矮化，是后来新文学家的策略"④ 这一具有挑战性的见解。

在理解的尊重这一立场之下，偏见遁去，视野也就广了。所以孙郁把古体诗词写入《十五讲》，单列一章。民国古体诗词的研究近年受到重视，国家社科基金立项中也出现了相关课题。但是，古体诗词要不要写入现代文学史，是学界争论已久的。核心的关节点在于"现代"二字，只有符合"现代性"和"现代形式"的文学作品才可以写入"现代"文学史，这束缚了文学史的史观，也就限制了文学史写作的选择。

而置于"民国"和"大文学"的背景下，文学并不是只有"现代性"这唯一的价值立场，而是发生在这个历史时空中的所有的文学样式都共同参与，相互映照和交织，都可以写，也应该写。视野打开，发现旧诗词的新境界、新格局以及作者们的责任感和情怀，体现了作者对历史人物的理解的尊重。许多白话文作家同时写作白话文章和古体诗词，对此，孙郁的理解是"新文人与新式学者讨论旧的诗文，乃创造新文学的一种资源积累"⑤。至于如何积累，如何互动，这些还值得大家深入探讨。

如果说讨论古体诗词尚合乎当下的研究趋势，那么把梨园风景写入"民国文学"，却是孙郁的大胆突破。他从中发现了"民间影响最大者，乃戏剧、戏曲"，"总体上精神的含量加深"，"与新文学里的人

① 孙郁：《民国文学十五讲》，山西人民出版社2015年版，第51页。
② 孙郁：《民国文学十五讲》，山西人民出版社2015年版，第54页。
③ 孙郁：《民国文学十五讲》，山西人民出版社2015年版，第56页。
④ 孙郁：《民国文学十五讲》，山西人民出版社2015年版，第56页。
⑤ 孙郁：《民国文学十五讲》，山西人民出版社2015年版，第82页。

文精神相遇了"，"对女性的表达是有现代人的眼光的"①，等等。这都是梨园戏曲可以写入民国文学的理由。这是文学的内部原因。还有外部的原因，即民国时京剧的创新使其达到又一艺术高峰，梅兰芳的戏剧表演进入西方理论家视野，成为"世界三大戏剧表演体系"之一。与之相比，民国的其他文学形式达到如此世界影响力的并不多，无论从文化交流还是理论贡献的角度，梨园戏曲似乎都应该被大文学视野的"民国文学"所关注。

更有趣的是，"五四"新文学追随的是西方的"民主""科学"，而梨园戏曲却是逆这一趋势的，即以中国传统的"东方艺术的美质"打动和影响世界，这会不会促进对"传统/现代"与"东方/西方"关系的重新解读？以往这一现象被主流的新文学研究遮蔽了。相信作者的发现，还会引起更多研究者的追随，并产生出重要的研究成果。

三　文学的观念

什么样的文学是重要的？什么样的文学应该写入文学史？这是文学研究的基本问题，也是最重要的问题之一。启蒙民众的、贴近现实的、服务抗战的、响应政治号召的……每个时代给出的回答千差万别，体现出时代变迁和文学观念的更迭。

《十五讲》一书，作家作品的选择和评价是表层叙述，隐现其中并一以贯之的是作者的文学观，即重要的文学作品应体现对个人和个性的发现，体现创造性和开拓性，体现精神厚度。纳入本书的作家作品，无一不体现着这样的特征。

中国文学承袭着数千年古典传统的重负，因"五四"新文化运动的突围而开创出新局面。因此，开拓性是民国文学的主要基调，是作者衡量作品重要与否的主要标准之一，关注文人们对传统套路的突破，新的精神、变化的格局形成叙述的主轴。旧诗词中的亮点，个人主义的

① 孙郁：《民国文学十五讲》，山西人民出版社2015年版，第225页。

隐现，对新文学和新文人产生的影响，对于新文学的"资源积累"①，也在这一脉络上。所有列入专章书写的作家，无不是在"开拓性"方面值得大书特书的。鲁迅的辩证的思想，撇开正史的思路，"看似写古人的旧事，其实有今人的寄托在"，"真理与谬误的界限被重新改写"②。沈从文具"感知的差异性和表达的另类性"，"写作的欲求不是改良人生"，"白话文学的另一种样式也因之而成长起来"③。强调萧红与左翼作家的区别，"她的草根性溢出了时代流行的观念，在远离革命的地方拥有了革命性"，"有了概念所没有的散发的情思"④。张爱玲则是"意外的存在"，具有"和'五四'启蒙主流的不同"，"写出神秘家族的魔影"和"老中国的不可救药"⑤。这些评判的核心是"开拓性"，看重的是文学为人类精神视野所打开的新疆域。

作者关注文章学，即文章的理路、写法、用语，但他认为这些都是表层形式，决定这一表层形式的是内在精神和生命状态。"白话文的健朗的时期，恰是思想无所限制的自由时期，表达的样式其实是思想的样式"⑥，"周氏兄弟特别的地方，是在思维方式上与人有别。而这些都非文章学内部的位移，而是生命哲学的转变"⑦，"鲁迅的文章'逆谣俗、逆风土'是生命的躯体燃烧所致"⑧。"文为心声"，形式和思想是高度一致的。一部优秀的文学作品，往往同时展示出语言的精彩和精神的丰富。

"精神含量"的多少，是作者的一个重要衡量标准。老舍之所以值得阅读，就在于他的作品中具有多重的精神内蕴，"双脚站在社会最底层的地方""深味苦难"，又有"自己的生命体验"，同时获得"基督教的爱意"和"上帝的灵光"，既有浓浓的"悲观意识"，又有

---

① 孙郁：《民国文学十五讲》，山西人民出版社2015年版，第82页。
② 孙郁：《民国文学十五讲》，山西人民出版社2015年版，第99—101页。
③ 孙郁：《民国文学十五讲》，山西人民出版社2015年版，第183页。
④ 孙郁：《民国文学十五讲》，山西人民出版社2015年版，第264—267页。
⑤ 孙郁：《民国文学十五讲》，山西人民出版社2015年版，第279—281页。
⑥ 孙郁：《民国文学十五讲》，山西人民出版社2015年版，第34页。
⑦ 孙郁：《民国文学十五讲》，山西人民出版社2015年版，第34页。
⑧ 孙郁：《民国文学十五讲》，山西人民出版社2015年版，第37页。

"精神的锐气"和"精神顿时高远起来"的亮色①，这种丰富的多层次的精神含量显示了作家的超凡创造力和精神厚度，带给读者多重的阅读体验。文学的魅力，就在于展示出人的智慧和心理力量能够延展到多大多宽多深的可能性，给我们凡俗人等以超越当下的极致体验，因此这也是文学之于人类最重要的价值之一。

美国著名汉学家、莫言作品的英文译者葛浩文曾经说："中国小说在西方并不特别受欢迎，至少在美国是这样。日本的，印度的，乃至越南的，要稍好一些。之所以如此，可能是与中国小说人物缺少深度有关。……叙述是以故事和行动来推动的，对人物心灵的探索，少之又少。"② 如果我们觉得这一批评是中肯的，那么对于"深度"和"心灵探索"的追求，就应该不仅是作家的坚持，也应是文学批评者和研究者的坚持，更应是每一个人深味人生和世界的方式。

这也正是《十五讲》面对历史和作品的方式，作为鲁迅研究专家，孙郁的文学观念中有鲁迅的深刻影响，承袭了鲁迅对精神、灵魂及国民性的关注。他拒绝使用抽象的理论术语，也绝不做客观冷静的叙述者，而是直接以心灵碰击心灵。作者并不把自己隐藏起来，而是处处都有"我"的存在。"我"和"我们"的出现，撕裂了静态的"史"的叙述，构成作者和评点对象之间的穿越时空的交流。

结语：当下的关怀

一切历史都是当代史。而文学的意义也在于和当下的深度链接。作为文学研究的学者，不能不面对当下对文学的质疑，对诗的质疑，甚至国内外都有"文学已死"的呼声，传统的文学作品受众缩小，影响力式微，在铺天盖地的图像传播和影视媒体的冲击下，还有多少人读小说，还有多少人读诗？我们都感觉到了危机。"大文学"的观念似乎对这种危机感构成了突围。杨义先生近年来批评现代文学研究从

① 孙郁：《民国文学十五讲》，山西人民出版社 2015 年版，第 153—158 页。
② http：//history，sina. com. cn/cul/z］/2014—04—23/105389105. shtml.

单一的"现代性"视野出发，遗落了大量丰富的文学现象（包括通俗文学、旧体文学、少数民族文学等），继而提出扩大文学视野的"大文学"主张①。这与本书的写作宽度不谋而合，旧体诗词、梨园戏曲都可以纳入研究视野。这既是对现代文学研究的开拓，提醒研究者，突破以往的"进化""现代性""国家—革命"等单一视角的回溯式的论证，同时也隐含了对当下的观照。

"大文学"的视野绝不会因为疆域扩张而模糊了"文学"的本质。李怡教授指出，"大文学"的观照，突破了现代中国的"文学"边界，更为博大和宽广，但再博大、再宽广的文字，也依然遵循了"文学"的基本规则——个体性、情感性与主体性。民国文学的意义，也始终在于帮助读者去了解那个并不遥远的世界：在那里，严肃的思想者、智慧者和悲悯者以"抉心自食"的方式抵达现实和灵魂的边界。他们所达到的深远之处，也许可以启示 21 世纪的我们如何去面对当下，面向未来。真实面对历史人物的生存处境，重视其努力的突围和创造，并处处不脱离当下的精神观照，这就是《民国文学十五讲》触摸历史的方式。

（作者单位：四川大学文学与新闻学院）

"民国"的文学与"文学"的民国

王　琦

孙郁先生的《民国文学十五讲》一书是以"民国"为视野，展开对作家作品及文学现象的总体观照。其"民国"之定位，把此一时期的文学从抽象的线性历史规律中解放了出来，从而使其呈现出与现代文学迥异的文学样貌。在这种文学样貌中，旧诗词与新诗共生，学人

---

① 杨义：《以大文学观重开中国现代文学史写作的新局》，《湖北大学学报》（哲学社会科学版）2013 年第 3 期。

笔记与梨园戏文对照，鸳鸯蝴蝶派故事与左翼小说参差，营造出了丰富多元的文学共生性。

一

在民国相对平等与包容的社会文化风气中，任何一种文学样态都不可能取得压倒性的优势，只能在平等基础上相互补充、言说乃至相互冲突，反倒成就了"民国文学"的"乱"与"美"。

作者在一定程度上拓宽了原有的文学版图，如"旧派小说""旧诗词""梨园笔意"等章节的设置；钩沉出一些被历史遗忘的人物，如谢无量。作者采用"散点透视"的笔法，"乱"中取"美"。如漱六山房的《九尾龟》，作者认为其将世道人心与人物形象刻画得栩栩如生，才子气与脂粉气自然流泻，一笑一嗔，亦教亦警。再如韩邦庆的《海上花列传》，作者称"整部作品，没有惊天动地之处，而风景画则随时可见"①——这种"风景画"并非向内维度的"风景"发现，更是在"袅袅"吴语之中营造了生动有趣的"社会民俗风情图"。及至《玉梨魂》《孽缘镜》中的情感悲剧，虽已"专写人情，限于所爱"，但也娓娓道出了过渡时代的青年爱恋之凄艳。因世态万象、社会风气冗积缠杂，这种"乱世"文字的乱离之感中却带出了时代的驳杂之美、动量之美与郁顿之美——"因乱而美"的态势渐现。而对于"美感"的追求，使得民国文学、文化样态愈加呈现多样化的趋势，如在"旧诗词"中，作者并未渲染古国诗文的暮色余照，而是着意追索清末民初旧诗词中审美趣味的迁移与机变，从遗民心绪到革命诗篇，从旧诗词研究到新文人唱和，"旧诗词"不断扩充其审美内涵，且持续行进在多样化表达之途。再如在"梨园笔意"中，作者透过"旧戏改良"的视点，呈现出古中国语言艺术的"求新"一角，将齐如山、翁偶虹在戏曲上结合"民间诗意"与"现代表达"的努力成功显影，指出其成功之处在于鲜活的俗语与雅致的唱词相间，内化了西方戏剧长

---

① 孙郁：《民国文学十五讲》，山西人民出版社2015年版，第52页。

· 359 ·

处，结合了本国戏曲内在节奏，再造了优美写意的"东方精神"，并在新中国成立后的话剧艺术中获得了悠长的回响——"文学与古老的戏曲之间的联系，广矣深矣"①。对于"美感"的追求，使得一些原有的文学、文化样态积极吸收外来资源影响，激发自身生变出多样化的生产可能，"因美而乱"之感油然而生。在"乱"与"美"中，作者并未忽视其被遮蔽的历史暗角，而是掀开历史的夹层，钩沉出"谢无量"的文化地位。正是从"民国"的角度观照，谢无量的文化地位才得以凸显：作者认为其是以文史哲的层面进入文学史，"其文学概念是历史观念的另一种变异，能够从中国文化的特点出发来理解文学，有文章家的见识"②。故综上所述，作者并非执迷于"因旧讲旧"而故造文坛"乱象"，而是注重讲述在"旧"与"新"的过程中观念的碰撞、文学生产的实践及文化氛围的微妙浮动，乱中取美，美中见乱，共同勾勒出"民国文学"之所谓"民国"文学的艰难足迹。

而对现代文学中既有板块的重新讲述上，作者则努力还原民国的"历史情境"，尤其表现在一些作家论上，将作家的文学经历与民国情境、生命体验结合起来，使其不仅呈现为"作家中的个体"，也呈现为"民国中的个人"。无论以怎样的标准来看，"民国"都堪称乱世，但"江山不幸诗家幸"，颠沛流离的个人际遇反倒铸造了此一时期文学作品独特的审美品格。如作者在对萧红文学履历的追溯中，认为萧红作品具有"东西艺术里感性直观的美"，而这种"审美的惊讶"来源于其"敏感的神经不断被刺痛"——萧红作品中"痛"与"美"的关系被清晰地拎了出来，而这种"痛"正是乱世个人生活经历的锻淬结果。再如，作者认为老舍是没有灵魂与信仰的乱世中的歌哭者，其笔端直面现实，仿佛生活直录，但其正是在深味苦难之后从中挖掘出精神的暖意、生命中"爱"与"美"的温度。再如在张爱玲的乱世图景中，对照《倾城之恋》中的"香港的陷落成全了她"，也可说乱世的上海也成全、成就了张爱玲，但张爱玲也回馈给了上海一种绝望边

---

① 孙郁：《民国文学十五讲》，山西人民出版社 2015 年版，第 234 页。
② 孙郁：《民国文学十五讲》，山西人民出版社 2015 年版，第 214 页。

上的诗趣与日常性的审美体验。在这个层面上看，"乱世"之"乱"不仅为"文学"之"美"提供了滋养的土壤，而且"乱"还是另一种意义上的"美"。但"美"何尝不是另一种意义上的"乱"呢？如萧红作品中为人称道的是一种"不成熟的美"——这种"美"正是在纷乱心绪的反刍与沉淀中表达不充分的结果，似总有着余韵与后着，焕发出了一种活现的苦涩清新与奇异的丰厚韵致，有骨架有呼吸，是大时代里小人物的血肉文字。再如在沈从文的希腊小庙里，作者认为其别具一格、清新迷人的文字背后正是一个神异繁乱、原始气息浓重的心灵世界，其文字中的"美"正是纷繁的情绪在多重社会风景画中交叠而成。作者在具体描述民国作家时，以单个典型人物的具体境遇来烘托其背后整个文学环境与时代背景，从而让读者看到一个个更加立体生动的民国作家，更加深刻地理解民国文学中的"乱"与"美"："乱"与"美"彼此助推，成为"有生产性的乱"与"具多元性的美"。

二

孙郁先生的《民国文学十五讲》一书也可纳入所谓"民国热"的文化潮流中予以审视。探究"民国热"的根源，则在于"有距离的观照"。一方面，在当代文学创作中出现的"民国书写"，以日常生活中个体生命的生活方式、具体地域的民风民俗为视点，将"历史感"化为笔下必要的修辞手段，召唤出一种有关"民国"的生活想象。而在另一方面，大众在这种"民国想象"中走得更远，体现为"民国热"持续升温，有关民国的生活细节被不断放置到民众面前，如月历牌、《良友》画报等。其与现代消费主义一经结合，便呈现出对当代消费文化对"民国时代"政治化想象的一种反拨，重新挖开了历史的暗处，为其镶上花边，如现在的"民国范儿""民国热"等通过对民国少数精英群体，如才子佳人、侠客军旅等特殊群体的生活细节的描述，把知识文化修养、现代浪漫时尚与民族风骨气节有机组合起来，营造出精致讲究的、都市小资情调的消费氛围。

这种有关"民国"的生活想象并非空穴来风。新中国成立以来，随着整饬的政体重塑，文学生产部门成为政治机构中可被领导、可操控的一个有机体，如"文联""作协"的成立。大多数作家被纳入政治体制之中，受到统一的约束和管辖。这种制度化的建设的确在一定程度上保证和提高了作家的物质生活待遇，但同时也不可避免地使这些作家的创作受到了政治化的规约，使其文学创作体现出革命化、政治化和大众化的诉求。一些表现个人主义、自由主义创作倾向的文艺工作者的创作就遇到了很大的瓶颈，如剧作家曹禺、诗人冯至在新中国成立之后就很难再写出激荡人心、艺术感染力强的作品。至六七十年代，整个文坛都笼罩在政治化的阴影中无法自如发展，从而使得文学和文化样态呈现出一板一眼的、政治绝对正确的"僵硬的整饬"之感，如"样板戏"等。这种情形在80年代有所松动，但随即又遭遇了商品经济大潮的冲击。90年代以来，随着市场经济的不断发展、文化传播方式的多元化，文学开始艰难地在资本与市场间找寻自己的位置。

因此，自新中国成立以来的文学生产体制遭遇了政治与经济的双重压力，处在政治与经济的夹缝之中，鲜能获得自由发展下的文学自主性和文学特质。当下的文学和文化样态的"乱象"是在高度集中的管理体制下遭遇市场化、资本化运作的操控"失灵"，从而呈现出某种"失序"。而由此反观民国，"民国乱象"呈现出的则是各种不同流派、不同文学力量的共生与发展，是一种"乱"中的自由，"乱"中的秩序。不可忽视的是，此时对"民国"这一历史空间的想象却是文学化、浪漫化的，是以对政治、经济因素的抽离为前提的。"民国"构成了一个具有乌托邦性质的存在，成为一种寄寓自由的理想空间。如对民国上海的想象中，上海成为具有摩登迷人气息的"东方巴黎"，拥有现代性带来的一切物质象征：大马路与洋餐厅，狐步舞与女影星，巴黎香水与瑞士表……而远非左翼作品中所描绘的工人阶级抗争与牺牲的上海。再如对"民国范儿"式的才子佳人、侠客军旅的追寻中，自带逸闻式效果，多呈现为高蹈的精神之爱与民族气节遗风，而鲜有世俗生活气息。再如陈丹青手绘的"民国四大导师"，"大师不复存"之感油然而生，未免有厚"古"薄今之嫌。这种"民国想象"在直接的文化诉求中，呈现为一个个碎片化、扁平式的面影。

无论是政治体制之下的"僵硬整饬"态势，抑或是资本运营之下群魔乱舞般的"文坛乱象"，都无法满足大众和知识群体对于文学"美感"的想象与追求。于是他们便寄身于"民国"这一并不遥远的过去，来找寻"美"之幻象。民众在"民国文学"的"乱"与"美"中塑造出"乱世大师"与《良友》美人"，造就了"思想开放"与"多元文化"，但对"民国"这一复杂场域的内在蕴含却无从也无兴趣探究。从而，"民国"成为一种想象式的地域空间，一种具有文学性的理想空间。由此，"文学"不仅仅是我们观照的对象，更成为我们观照"民国"本身的一种方式——这即是"文学的"民国。

三

"民国"的文学原本欲以"民国"为视角，重新打开"民国"这一历史空间，使其更加立体地呈现出民国多样化、综合化的文学生态，来完成对当下文学生态的一种批判。但此观念在向大众的演进中，不期然地被置换成"文学的"民国——"文学性"成为"民国"的一种修饰、一个标签。而由此衍生出的"民国想象"由于对政治、经济等因素观照的匮乏，仅仅依靠单一的文学向度来观照"民国"，就将其原本的批判性消解殆尽。这种文学化、浪漫化的想象，恰恰嵌入了当下的消费逻辑，成为进一步消费民国的动力。此时，真正的"民国文学"研究要以对"民国范儿""民国热"等的批判为前提。从而，最重要的是，要把"民国热"中被文学遮蔽的政治、经济、军事、外交等现实因素予以还原，打破那种充满浪漫想象式的消费主义景观。

从根本上说，这种文学化、浪漫化的"民国想象"，是通过"差异化"的想象空间来构筑的。这种"差异化"的想象空间以"二元对立"式的思维取长攻短，因此不可避免地对"民国场域"及"民国文学"造成了新的遮蔽。

如"西南联大"在这种"民国范儿"式的讲述中，不仅具有远见卓识的"通才教育"和"教授治校"模式、傲然不群的学术研究和人才培养机制，更具有自由独立的文化选择与精神导向、刚正不阿的时局论衡与社会道义担当——"西南联大"背后的经济、权力运行机制则被完全遮蔽掉了。"西南联大"作为战乱时代的临时国立大学，是由政府经费支持，并由政府委派原北大、清华、南开三所大学的校长共同担任该校最高领导。在战火纷飞、物资紧缺之时，三位校长通力合作，百般斡旋，才基本维持了该校的正常运转。此间生计之艰难、与政府既谋求合作又保持独立的艰辛，可绝非单薄的文学化、浪漫化想象所能支撑起来。而在对个人命运的关注上，这种"民国想象"更是充满了"文艺腔"，如电影《黄金时代》，其饶费心力地采用多视角叙事，将现代作家萧红的人生境遇与文学创作尽可能全面、多样、立体化地呈现出来。可即便如此，也掩饰不住对萧红"文艺化"的企图，将其个人悲剧定义为时代悲剧的缩影。正是在这种看似客观的讲述中，其实却最大限度地遮蔽了对萧红本身个人性格的探寻——其个人悲剧未必不是性格悲剧。在这种"文艺腔""精英化"的讲述中，时代、历史乃至民国之"乱"的因素被无形中放大，这也成为"民国想象"产生偏差的一个重要因素。

"民国"时代自然是一个特殊时代，其间有"轻"亦有"重"。但需注意的是，不可对"重"片面夸大——强调"乱世"之"乱"，也不可对"轻"片面夸大——强调"文艺"之"美"。现代消费文化一方面无力兜售其间"辎重"，断章取义式取其一端——"轻"之高蹈空灵，贩卖"民国风范""民国做派"等来满足大众的文化消费心理；另一方面则无力掌控"轻"之层次，将"轻"之"美"的幻灭全部归咎于乱世环境之中，通过营造"民国遗事"的仪式感来加深这种"差异化"的"民国想象"。要从根本上破除这种片面化的"民国想象"，便要加深对当下社会与文学之间关系的认识，把文学从一个静态的呈现过程释放为动态的生产过程，从而更加理性地看待"民国"。这一认识过程将打通"民国"与"现代"之间的区隔，把"差异化"还原为时代标记，而非本质骤变。这对全面、正确地认识"民国场域"之下的"民国文学"将有重大意义：一方面，文学生产是在文化积累与历史反思中拔节而出，其不仅有轻盈高蹈的面向，更有与沉重现实对话的面向；另一方面，需要把文学放在社会整体中予以审视，探寻文学与政治、经济、军事等多方面因素的复杂关系，并在彼此的参照之中完成对民国历史样貌的还原。

（作者单位：四川大学文学与新闻学院）

原载《现代中国文化与文学》2016 年第 2 期

民国文学，文学史书写观念的回归

——2014—2015 年"民国文学"研究述评

周　文

　　经过十余年的争鸣，"民国文学"获得了越来越多学者的关注，
"已形成一定的规模、一定的突破，带来了学术研究的新思路、新境
界、新气象"[①]。当然，这并不意味着大家的意见已趋于一致，实际
上，随着各自研究的深入，细节上的分歧亦逐渐凸显。这些分歧虽非
根本的对立，但诸论驳杂，如不梳理，也容易影响大家的判断。因此，
通过对近年来相关讨论的归纳和梳理，不仅可以呈现"民国文学"研
究的整体面貌，亦能强化问题意识，有利于研究的深入和推进。

一

　　对于相关讨论话题，学者们有各自不同的命名，如"民国文学
史""民国机制""民国史视角""民国视野""民国性"等。思考角
度、表达方式、立足点、理论设想与学术目标不同，命名自然有所差
别。这些差别值得重视。众声喧哗是学术讨论得以推进的前提，但将
这些差别进而分为"彻底派"、"调和派"和"两栖派"[②]，则有放大
分歧之嫌。或因如此，有学者怀疑"处在争议之中的'民国文学'并

---

① 周海波：《"民国文学"研究提出的几个问题》，《社会科学辑刊》2014 年第 3 期。
② 汤溢泽：《对目前民国文学史话题的评析》，《湖南社会科学》2014 年第 4 期。

不能从根本上解决学科所面临的问题……因概念指向的模糊以及缺乏有效的理论根基，'民国文学'的理论设想出现阐释迥异、甚至互相矛盾的现象，而且'民国文学'极力主张的按朝代更替进行文学史分期和在'民国'语境中'还原'现代文学的理论经不起推敲和质疑"①。足见，表达方式和命名方式上的过分纠缠已影响到了学界对"民国文学"研究的认知和判断。故梳理"民国文学"命名问题，虽辩驳加详，有坐长繁芜之嫌，但欲明辨本义，这一讨论的起点却不可回避。

其实，表达和命名纷乱的背后，正是对"民国文学"本身的回避。换言之，消除学界对"民国"的疑虑，彰显"民国文学"对"现代文学"的研究优势仍是当前讨论的重点之一。一些研究者认为古代文学史用作断代分期的朝代已成为没有争议的历史，而"中华民国"则还有敏感的政治色彩，且台湾地区也没有"民国文学史"之类的概念②。对此，尽管有学者回应称"民国不是国民党的民国，而属于全体中国人民"③，但仍未彻底消除疑虑。

对于主张在民国社会历史情态下摆脱单一标准（政治或审美）的束缚回归"大文学"丰富生态中的"民国文学"研究来说，对"民国"的实体追问和意识形态考量无疑是对文学史建构的严峻考验。尽管"民国文学"的倡导者不断强调"民国文学"是现代中国"民国时期"所有文学现象的总称，包括国统区文学、解放区文学和敌占区文学等诸多"空间"的文学④，但将"民国文学"与"反民国的文学"、与"延安道路"对立的声音仍不绝于耳。究其原因，一方面是长久以来"新/旧""现代/非现代""国/共""左翼文学/民族主义文学"等文学史思维惯性使然，另一方面则源于对断代史命名的误解。

① 田文兵：《"民国文学"热的冷思考——论"民国文学"的理论限度与研究困境》，《人文杂志》2014年第1期。
② 田文兵、赵学勇：《"民国文学"视角的有效性及其反思》，《现代中国文化与文学》2014年第1辑。
③ 贾振勇：《在争鸣中推进和深化民国文学研究——回应赵学勇教授〈对"民国文学"研究视角的反思〉》，《东岳论丛》2015年第2期。
④ 李怡：《民国文学：阐释优先，史著缓行》，《学术月刊》2014年第3期。

在对立文学史思维下，"民国文学"似乎不可避免地要为国民党统治张目，而真正进步的文学并非国民党"三民主义、民族主义、党化教育"的文学，"民国时期的文学大半乃是民国的敌人的文学"，因此"民国文学"的空名无法代表"民国时期的文学"之所指①。基于同样的思维，台湾学者却持截然相反的观点，他们认为当前大陆的"民国文学"研究在"政治正确"的主导下与国民党"专制独裁"政权进行了"切割"，这"或自相抵牾，甚或与历史事实大相径庭"②。众所周知，上述分治与对立影响现代文学研究已久，"民国文学"的提出即在跳出这种既有文学史思维，尝试新的学术突破和创新。鲁迅先生曾说："我觉得有许多民国国民而是民国的敌人。我觉得有许多民国国民很像住在德法等国里的犹太人，他们的意中别有一个国度……"③因为是"忽然想到的"，再加之鲁迅先生一贯思辨的表达，为究竟谁是"民国的敌人"抑或谁才是"民国真正的敌人"留下了思考和想象的空间。但以鲁迅为代表的现代知识分子对"民国"理想的追求和捍卫却是鲜明的，鲁迅深切地"希望有人好好地做一部民国的建国史给少年看"，因为他"觉得民国的来源，实在已经失传了，虽然还只有十四年"！"民国"真正的敌人，是忠于清室的遗民和违背"民国"理想的独裁者。正是从这个意义上来说，"民国文学"的提出绝非为国民党统治进行辩护，亦无意与之进行"切割"，文学研究不是简单的意识形态褒贬，而是对社会文化现实的整体观照。"民国文学"的最大特点是对"民国"现实的批判和对"民国"理想的捍卫，明确了这一点才能跳出对立思维，扩大文学研究的视野。

另外，对"民国文学"的不满亦源自对断代史命名的误解。史无定体，书随事篇。其实，"民国文学"一如传统的史学断代命名，乃史家权宜之法，其内涵和外延，细论之，都有可推敲之处。比如，

---

① 郜元宝：《"民国文学"，还是"'民国的敌人'的文学"?》，《文艺争鸣》2015 年第 8 期。

② 王力坚：《"民国文学"抑或"现代文学"——评析当前两岸学界的观点交锋》，《二十一世纪》（香港）2015 年 8 月号，总第 150 期。

③ 《鲁迅全集》第 2 卷，人民文学出版社 2005 年版，第 16—17 页。

"魏晋南北朝"是一个统称，而所谓"北朝"也不过是"北魏、东魏、西魏、北齐、北周"五个王朝的总称，并不是一个单纯的政治实体。再如，"三国"是始于184年黄巾之乱，还是220年曹丕称帝，抑或是229年孙吴建国？严格说来，真正三国鼎立的那三十多年历史不足以支撑世人千百年来对"三国"的想象。众所周知，中国历史上诸如"南北朝""三国"这样比"民国"的租界林立、倭寇入侵和地方割据更加混乱的历史时期并不少见，但即便是再纷乱的历史，如果被史学家、文学家赋予一个创造性的命名，它便可能具有永恒的魅力。

受制于习惯思维经验，长久以来，人们多不肯承认命名的"创造性"，总以为有完美的客观对应物存在。事实上，人类的文化和文明都始于一种创造性的发现，"起初神创造天地……神说，要有光，就有了光。神看光是好的，就把光暗分开了。神称光为昼，称暗为夜。有晚上，有早晨，这是第一天"（《圣经·创世记》）。可是，"黎明"和"傍晚"究竟不同于"早晨"和"晚上"，横跨昼夜，在神的命名之外。正因如此，新的创造和发现才成为可能，文学史书写的不断更新，即是这种"创造性"的不断体现。文学史命名和书写的"创造性"往往在对历史真实的追求中被忽视，而实际上这种"创造性"与"历史真实"的矛盾对立不存在调和的可能和庸俗的辩证，如果对"历史真实"的追求导致了这种"创造性"的丧失，那么"历史本身"亦将晦暗不明。早在唐代，李翱（772—841，字习之）就曾注意到这一问题。他认为唐史不如"周汉之书"，原因在于唐"史官才薄，言词鄙浅"，又比较西汉、东汉诸帝王在世人心中的地位，认为"前汉事迹灼热传于人口者，以司马迁班固叙述高简之工。故学者悦而习焉……温习者事迹彰，而罕读者事迹晦。读之疏数，在词之高下"①。同理，如果再将《宋史》和《史记》作比较，亦可发现，作为二十四史中篇幅最庞大的一部官修史书，《宋史》在史料的丰富性和系统完备上要远超《史记》。然而，与世人对《史记》不绝的赞誉不同，历

---

① （唐）李翱：《答皇甫湜书》，《全唐文新编》（周绍良主编）第3部第3册卷六三五，吉林文史出版社2000年版，第7172页。

代史家对《宋史》的批评乃至增删、新编一直不断。

"史迹变动交互，必有变动交互之史体，乃能文如其事。"① "民国"的丰富性、复杂性和历史独特性即在于它仍处在嬗变之中，而所谓"中华民国"仍客观存在、共和国文学源远流长等问题，历史最终会给出答案。"民国"的提倡不仅不会动摇"共和国"的存在，相反，只有在民国的复杂场域之中，"实现共产主义""工农联盟""统一战线"才不会沦为教科书上的答案，而是复现为几代人的理想和信仰。"民国"所承载的历史文化信息似为"台独"所不容，岂闻国人先拒之？放眼于历史之大势所趋而不纠缠于狭隘的政体对立，站在社会历史文化的高度来看待"民国"，所谓政治色彩和意识形态问题便不复存在。

二

"无名，天地之始；有名，万物之母"（《老子》），以"无名"要求"有名"，乃是无视人文学科特殊性的一种苛求。对"中华民国"实体的责问，要求"民国机制"程式化、制度化和质疑在民国社会历史情态下文学真实还原的可能性都是以不可复制之"过去"要求"万物之母"的精神再现和创造。近年来，已有学者对将文学史实视为"历史中存在的事实的集合"的文学史观念进行反思，认为"既有的文学史观念是在20世纪早期的文学史书写中形成了稳定的范式，文学史实也是此时锻造出来的概念，它恰好不是真的事实，而是在范式形成过程中塑造出来的理论观念"②。这一新论提醒大家对文学史"建构"的重视，而不是将文学史视为自明的、无须验证的事实描述。

"民国文学"研究是一种符合历史文化逻辑的学术话语体系建构，而非一政体之下文学的拷贝和复制。因此，"民国文学"的命名虽是

① 刘咸炘：《推十书（增补全本）·史学述林》（丙辑第二册），上海科学技术文献出版社2009年版，第379页。

② 王峰：《文学史实的概念分析与文学史的范式反思》，《杭州师范大学学报》（社会科学版）2014年第1期。

以特定政治形态为基础的历史单位作为"文学"的定位之语，但却不是意在通过排除主观思想倾向来容纳一切，"新""现代"等意义概念作为历史负重仍是我们"理智"和"思想"判断的中心①。这体现为一般意义上的对文学自身规律的尊重，即在"民国文学"中，"新文学"与"现代文学"的文学历史价值不是被减弱了，而是得到一种更加鲜明而立体的说明。所以，有学者担心"民国文学"断代分期有些粗暴和简单，在其框架下文学自身的发展规律得不到体现的情况可能会发生。

此外，文学史固然需要不断强化"新文学"与"现代文学"在文学发展演变过程中的划时代意义，但根据历史经验可知，这种剧变并非第一次发生，自然也不会是最后一次发生，而事实证明，断代分期不会对文学自身发展的理解造成阻碍。比如明代文学，其前期被认为是"中古文学的最后阶段"，而嘉靖以后则"正式步入近古的新时代"②。尽管于宋元时期崛起的俗文学在明后期已与雅文学相抗衡，呈现出"一种前所未见的文坛格局"③，但古代文学史并未以嘉靖元年为界重新分期，开启雅俗文学历史叙事的新纪元，而是将文学自身的剧变蕴含于断代分期的历史叙事之中，不夸饰，不贬低，自然就不会有所谓意识形态问题。相反，如果以嘉靖元年为界撰写"俗文学史"或"非雅史稿"，那么，俗文学究竟始于何时？雅文学要不要、能不能入史？类似我们今天所面临的问题便都出现了。时间起止问题、入史标准问题之所以会被不断纠缠，根源在于时人对自身所处历史巨变至上至伟的幻觉。而今天学界重提断代史分期，提倡"民国文学史"，即在历史的长河中破解这种幻觉，以历史的胸襟平静、客观地面对史实，不至于自命文学盛世而为后世子孙笑。

当然，学术研究固然会受到非学术因素的制约，"民国文学"研

---

① 李怡：《从历史命名的辨正到文化机制的发掘——我们怎样讨论中国现代文学的"民国"意义》，《文艺争鸣》2011 年第 13 期。

② 袁行霈主编：《中国文学史》（第四卷），高等教育出版社 2003 年版，第 3 页。

③ 傅璇宗、蒋寅主编：《中国古代文学通论·明代卷》，辽宁人民出版社 2005 年版，第 1—2 页。

究自然也不例外。关于"民国文学"时间下限问题，在不少人看来就很敏感，认为"民国"的"政治主体虽在大陆已经消失，但并没有灭亡，而是溃退到台湾，在中国的这个特定区域仍然存在，仍然在发挥着重要的政治影响，决定着台海两岸的政治格局和关系走向"①。但台湾学者却认为，台湾地区有着突出的"强调台湾文学的本土性，将台湾文学与大陆文学相区别和抗衡"的"去民国化"趋势，台湾地区文学在"1980 年代以降嬗变为本土文学大潮，'去民国化'更渐行渐远成为不可逆转的趋势"②。显然，与大陆学者认为"民国文学"在台湾香火延续的理解不同，在"台湾文学"意识已根深蒂固的台湾，"民国文学"研究其实面临更大的窘境。然而，正是在这种情势之下，文学研究更应当直面非学术因素之制约，勇于进行知识与文化的承载与传承者的担当。正视"民国"，即是直面时代文化语境，扬弃四平八稳的"方板史体"，致力于生动活泼的大文学史创造。

当然，这一学术追求难免会为我们成长教育背景和现实环境的历史负重所限制，如李怡提出的"民国机制"因其理论建构和可操作性在大陆得到众多学者的支持和赞誉，但在台湾学者眼中却充满政治正确的定调和处处设防的防备心态③。事实亦是如此，当前绝大多数"民国文学"研究对政治意识形态始终保持疏离的姿态，对当前学科体制和现代文学研究学术积累亦充满敬意。但值得强调的是，"政治和文学的结缘是近代以来中国文学发展史的事实"，因此"民国文学"研究不可能与政治隔绝，而只是淡化、消解意识形态倾向，还以"宽容的文学史观，多元的教科书系统，个性的文学史写作"④。

史本兼书善恶，文学史亦然。但与"新文学""现代文学"价值评判体系中的二元对立思维和拒斥性价值标准不同，"民国文学"研

---

① 熊修雨：《论"民国文学"的概念属性及其意义》，《文艺争鸣》2013 年第 3 期。

② 王力坚：《"民国文学"抑或"现代文学"——评析当前两岸学界的观点交锋》，《二十一世纪》（香港）2015 年 8 月号，总第 150 期。

③ 王力坚：《"民国文学"抑或"现代文学"——评析当前两岸学界的观点交锋》，《二十一世纪》（香港）2015 年 8 月号，总第 150 期。

④ 张福贵、张航：《走出"教科书时代"——现当代文学学术前提的反思与重建》，《中国现代文学研究丛刊》2013 年第 9 期。

究的价值追求不是一种简单的优劣、是非的评判，而是以文学的独创
性为核心，并且"民国文学"研究坚守史学研究价值追求的底线：价
值判断在任何意义上绝不能转换为事实判断。所以在有的研究者看来，
尽管"1949 年后……两个文学空间对民国文学遗产的继承都在进行"，
但"民国文学"研究仍是"一个富有想象力的历史叙述计划，也是一
种学术思维和学术契机"①。但是，如果两岸继续沿用旧有文学史思
维，采用一种具有拒斥性的价值评判体系，那么前述分裂的情况将永
远不能得到改善，两岸文化与文学也只能背道而驰，相距更远，这显
然是每一位中国人所不愿看到的。虽然"民国文学"的提倡并不能解
答既有文学史思维遗留下的所有问题，但它的确可以淡化、消解这些
问题，避免理论纠缠而裹足不前。"民国文学"概念的提出有利于为
两岸现代文学与华文文学研究寻找到新的连接点，从而跳出政治定义
的窠臼，具有精神价值的担当，发掘"台湾文学"民族文化基因、为
两岸华人记录共同的历史命运，是我们相互观照、彼此对话的精神基
础②。因此，有学者就认为应直接命名为"民国文学"，这样更"干
脆、简明，边界分明，一目了然"③。显然，不纠结于命名与表达的纠
缠，致力于具体研究的拓展和理论方法的总结和建构理应成为当前研
究的共识。

三

对"民国文学"的提倡，当前最大的价值和意义乃是一种文学史
书写观念的回归。"现当代"的命名就其根本处说，是一种通史的表
达。通史与断代史，体各有宜，意各有在，详略各有侧重，本无优劣
之分。然而当下，以"古"之三千年、"现代"三十年、"当代"六十

① 傅元峰：《重提"民国文学"的文学史意义》，《中国现代文学研究丛刊》2015 年第 2 期。
② 李怡：《命运共同体的文学表述——两岸华文文学视野中的"民国文学"》，《社会科学研究》2013 年第 6 期。
③ 白草：《专题研究成为现代文学学术增长点》，《回顾与前瞻：2015 中国文学研究述评》，《中国社会科学报》2016 年 1 月 4 日。

余年而未止，已够令众人疑惑，再加之增饰、重言、溢美、偏私等文学史书写弊端日渐深重，"现代"抑或"现代性"能指所指、内涵外延丰富而驳杂，中文系学子初入大学即为此等概念所苦，多番追问和多年苦读之后，稍通其理，似有所获，仍犹觉歉然。老一辈学者亦曾反思，"在文学史研究上我们就出现了两种标准：对古代文学史，我们采取的是泛文学的标准，凡属文章，不论文学非文学，我们都收进去；对现代文学，我们采取的是较为狭义的文学的标准，只收文学作品。这样一来，从古代到现代，我们的文学史在逻辑上便衔接不起来"[1]。"现代"正因深陷于诸如革命史抑或思想史的宏大通史框架之中难以自由书写与呈现历史细节，对历史现象的阐释与解读也屡屡陷入语焉不详、自相抵牾的尴尬境地。

对此，有现代文学研究者直言，"中国现代文学"的命名体现了学术话语的政治化，导致了学科和课程"成为文学门类中政治色彩最强烈、政治功能也最强势的领导学科"，因此"现代"如今已成为学科发展的短板所在[2]。而"民国文学"不仅符合传统文学史的命名与书写逻辑，更重要的是，作为断代史，它在书写一代之史实上有更多余地和发挥空间。有学者在民国历史语境下重新考察1928年上海《中央日报》文艺副刊，认为"摩登这一语词远比现代更加符合历史的本来面目，更加传神，更加丰富和复杂"，正是"革命之魔和摩登之摩的契合"促成了革命文学的潮流[3]。这一研究不仅从史实细节上再现了革命与反革命、红与黑交织下的革命文学之丰富性和复杂性，还原了"民国"历史语境中"现代"的真实意涵，更提供了在西方现代性话语之外理解中国之"现代"的可能性。

近代史学家刘咸炘曾总结说，"近代治史，多以断代为精"[4]，对

① 罗宗强：《文学史编写问题随想》，《文学遗产》1999年第4期。
② 朱寿桐：《中国现代文学：作为学科的"短板"效应》，《现代中国文化与文学》第17辑，巴蜀书社2015年版。
③ 张武军：《"红与黑"交织中的"摩登"——1928年上海〈中央日报〉文艺副刊之考察》，《文学评论》2015年第1期。
④ 刘咸炘：《推十书（增补全本）·史学述林》（丙辑第二册），上海科学技术文献出版社2009年版，第521页。

文学史而言，更是如此。所谓"一代之兴必有一代之绝艺，足称于后世者"①，王国维亦言"凡一代有一代之文学，楚之骚，汉之赋，六代之骈语，唐之诗，宋之词，元之曲，皆所谓一代之文学，而后世莫能继焉者也"②。胡适更是在《历史的文学观念论》中将此观点发挥，由强调"一时代有一时代之文学"③ 进而提倡白话新文学的创造。正是从这个意义上说，文学史以断代命名即意在有足够的发挥空间来书写一个时代的特色文艺。"民国文学"的提倡正是基于此种文学史书写观念的回归，它"包含多种文学形态，诸如新文学与旧文学、雅文学与俗文学、作家文学与民间写作、文本文学与口传文学、创作文学与翻译文学、汉族文学与少数民族文学、都市文学与乡村文学、中心区域文学与边地文学、世俗文学与宗教文学，等等，洋洋大观，多元并存，且相互交织、交汇互动"④。在"民国文学"的框架之下，文学现象本身是非中心、非等级、非秩序、非逻辑的，"民国文学"对"从纷纭复杂的历史现象中提炼出一个'主流'现象来，然后将其突出（实际也是孤立），认为它就可以支配全体，解释全体"⑤ 的文学史书写方式保持警惕。"民国文学"断代史书写尝试突破以"现代"为中心的分科立学、知识生产和传播机制，突破"现代的牢笼"⑥ 而立意于一种跨学科的新型知识生产方式，进而使"民国文学"焕发出别样的光辉而彪炳史册。

我们有理由相信，在"三千年未有之大变局"、在 20 世纪的剧烈动荡之下，"民国文学"之绝艺是能够与"弘放汉风、魏晋风骨、盛唐气象、宋朝的理风雅趣"相比肩的。然而，受制于"现代"等既有文学史思维，现代文学研究在面对"传统向现代的问难，国学对西学的质疑"时，"与当下社会文化、文学现实的对话能力式微。曾经在

---

① （元）孔克齐：《至正直记·虞邵庵论》，上海古籍出版社 1987 年版，第 96 页。
② 王国维：《宋元戏曲考·序》，《王国维全集》第 3 卷，浙江教育出版社 2009 年版，第 3 页。
③ 胡适：《历史的文学观念论》，《胡适文集》第 2 卷，北京大学出版社 1988 年版，第 27 页。
④ 张中良：《回答关于民国文学的若干质疑》，《学术月刊》2014 年第 3 期。
⑤ 吴福辉：《"主流型"的文学史写作是否走到了尽头？》，《文艺争鸣》2008 年第 1 期。
⑥ 赵普光：《"现代"的牢笼与文学史的建构——关于"民国文学史"的若干思考》，《福建论坛》（人文社会科学版）2014 年第 9 期。

1980年代，引领人文社会科学研究思潮的现代文学研究，进入21世纪后，比起其他人文社会科学研究，明显让人觉得活力不足，创新不够"①。当然，"民国文学"研究并不是要重回话语中心，而恰恰相反，通过跳出以"现代"为中心的社会政治话语，"民国文学"摆脱阶级斗争史观和西方现代性话语的双重束缚后，是要在对民国以来历史的还原和追求中建立我们自己的概念、范式和研究的主体性，并用特殊的历史记忆来反观、反思我们的今天，推动我们的自我认识和自我批判②，从而实现对"民国"一时代之文学的历史书写。

那么，是否应有一部理想的"民国文学史"来证明"民国文学"研究框架的进步与创新呢？其实，这种以体大虑深的文学史来证明学术范式合理性的观念也是既有文学史思维的产物。"民国文学"研究作为一种新的文学史建构，其用意不在一味颠覆既有的文学史结论和价值判断，而着眼于研究方法的更新。作为文学研究方法的"民国"③，其研究对象是国家社会历史情态下的文艺现象本身，而非等级化、秩序化和逻辑化了的历史，所以"民国文学"的文学史框架不是先验的、自明的，而需要时间和研究者们的努力来构建。因此，"民国文学史"不仅短时间内不会大规模涌现，其整体框架或文学史大纲也不会在近期呈现，而这也正是"民国文学"在研究模式上的创新和突破之所在。所以，"阐释优先，史著缓行"④，不是对史著创作的回避和开脱，而是对"民国文学"的创新性在研究中得以实践的理论保障。因为当前，"民国文学"研究的重点不在理论的系统性和完整性，而仍需以丰硕的研究成果不断呈现其阐释的有效性。比如，如何理解与阐释"民国文学"与"延安道路"、"解放区文学"⑤之间的关系便

① 王泽龙、王海燕等：《对话：关于"民国文学机制"与现代文学研究》，《江汉学术》2013年第2期。

② 李怡：《为什么关注"民国文学"？——在台湾中国现代文学学会的演讲》，《江汉学术》2013年第2期。

③ 张中良等：《作为文学研究方法的"民国"（专题讨论）》，《学术月刊》2014年第3期。

④ 李怡：《民国文学：阐释优先，史著缓行》，《学术月刊》2014年第3期。

⑤ 韩琛：《"民国机制"与"延安道路"——中国现代文学史研究的范式冲突》，《文学评论》2013年第6期。

是不少学者颇为疑虑的一个问题。对此，有学者认为"运用民国的政治、经济文化等机制要素，才可以更好地阐释延安文学的发生、发展和观念的变迁，也可以更好地理解延安文学中民族主义表述的丰富性和复杂性"①。有研究者更特别指出"民国文学"的空间维度，强调不同文学区域、对象之间的丰富联系，并以此破解线性时间叙事对文学的简化②。这不仅是对上述疑虑的解答，也是对既有对立、区隔之文学史思维的一种突破。

"现代"不过是意识形态在现代文学史书写领域的置换物，现代文学史书写内在的叙事逻辑和思维方法一直未有根本的改变③。从某种意义上说，"现代文学"已被眩惑之"现代"抽空败坏，"民国文学"研究的崛起是学术界对当前创新困局的突破与尝试。综观近年之"民国文学"研究，研究者们对纷乱之臧否、赞同或否定，抑或具体命名之纠结都逐渐保持克制与警惕，而倾向于以务实态度致力于更加专业而具体的话题讨论和探索。比如，自"民国机制"作为一种新的"民国文学"阐释框架被提出以来，"西川论坛"以及相关学术讨论先后就"问题与方法""经济生活体验与文学书写""经济危机与创新转型""出版传媒、文化市场与文学生产""民国文化与生态""民国出版机制与法律""性别、文本与民国法律""民国法律与现代经典作家""多重内涵的革命话语""国民革命中的工商运动""国民革命经验与个人体验""革命中的知识分子""国民革命与性别书写"等众多具体话题展开探讨。

这些讨论，针对突破既有"以某种意识形态为经、以作家作品为纬"④的文学史研究困局，从而在思维方法与叙事逻辑上根本改变既有文学史书写模式，探索实践与操作的可能。比如，上述讨论的一个

① 张武军：《民国机制与延安文学》，《社会科学辑刊》2014年第3期。
② 周维东：《再谈"民国"的文学史意义——以延安时期文学研究为例》，《学术月刊》2014年第3期。
③ 贾振勇：《中西"会通"机制与现代文学的"半殖民性"》，《天津社会科学》2015年第3期。
④ 洪亮：《"民国视野"与现代文学的"研究范式"》，《中国现代文学研究丛刊》2014年第7期。

潜在话语焦点是：如何让文学史书写不留下绕开政治实体的遗憾，而沦为纯文学的阉割，绝缘于现实而抽象，或重归对政治结论进行廉价的复制与赞美。基于现代文学本身的特质，抑或说基于"民国文学"之绝艺，缺少政治视角的现代文学史是不完整的。那么，文学研究如何解决"政治"难题呢？"民国文学"研究为此提供了几种新的可能。如，不少研究者开始突破讨论单一政党与文学关系的局限，而从多角度还原文学与政治关系的复杂生态，比如通过考察"战时国民党'党团'制度及其组织运作"①来管窥国民党文艺政策的失败，或考察"二次革命"后国民党的分化与新文化势力的形成，指出"文学革命的发生……在政党政治失败之后，思想界将思考的重点放在社会改造和思想启蒙上。而文学革命发生的历史条件，就是在媒体与大学学术场域合作基础之上的新文化空间的形成"②。也有研究者以文学还原政治，通过对茅盾《动摇》的解读，还原民国初年激烈分化演变后的传统绅士阶层在国民革命洪流中不同的人生样态③。还有研究者通过考察南京时期作为国民党高级干部的聂绀弩与后来在党的领导下作为左翼文化人的聂绀弩的内在一致性，进而呈现文学青年对"国民革命"的时代想象与自我理解④。又如，有研究者就认为"现代性"歧义问题的背后是"空间"意识的缺乏，"民国空间"揭示了一种政权形式为文学提供的生存空间和"人的精神空间"，强调作为"空间"的民国，"实际改变了认识文学史的方式"⑤。同时，基于人文学科自身规律和学术追求，"民国文学"研究在不断强调其时间性和空间性的同时，并不否认其作为意义概念的属性，有学者就重申"民国文学"在研究和实践过程中，"依然在不断寻求新的意义，这是文学史自身特

---

① 王珂、何志明：《战时国民党"党团"制度及其组织运作》，《现代中国文化与文学》第16辑，巴蜀书社2015年版。

② 王永祥：《超轶政治的政治性——民初的政治困局与新文化的历史出场》，《文艺争鸣》2015年第9期。

③ 罗维斯：《"绅"的嬗变——〈动摇〉的一种解读》，《文学评论》2014年第2期。

④ 刘军：《分裂的"党国"与"无政府"的革命青年》，《现代中国文化与文学》第15辑，花城出版社2015年版。

⑤ 周维东：《民国文学：文学史的"空间"转向》，山东文艺出版社2015年版，第67—98页。

征所决定的"①。但这种知识生产和意义探求是建立在"自然"之上，而非通史框架下"应然"的主义或思想之追随。具体来说，"民国文学"研究的价值论断，在于指点关节，抑扬以尽其情势，而非简单的褒贬。比如，学界对"五四论争"的研究可谓汗牛充栋，但有研究者以"骂"为中心，考察新文学"批评话语"的建构，就超越了新、旧文学的对立和褒贬，将无聊的"骂战"还原为近现代中国文化演变、新旧文化交锋与消长的历史过程②。这一研究的意义不只是解答了"五四"论争的诸多历史疑问，更是"民国文学"研究作为一种研究方法、一种阐释技术，其有效性的实践例证。通过对文本生成、建构、扩张乃至变异的知识考古，"民国文学"研究不仅呈现了丰富而有趣的历史细节，而且对历史深处权利关系和中国文化隐秘结构进行了探寻。

可以说，上述研究已经展示了：在"民国文学"研究框架下，现代文学本身的政治品质得以重现或还原，它不只是为政治服务，还是深嵌于近现代中国社会文化发展的历史脉络之中，它包含着亘古不灭的士子理想与激情以及对现实处境的深刻体验与理解，而这一切都是与中国文化传统一脉相承的。因此，"民国文学"研究意在建立古今统一的文学史观，并非一种新的理论话语的简单置换，而是符合中国历史文化逻辑的文学史观的回归。

当然，致力于"民国文学"具体研究的成果还有很多，限于篇幅，在此不再一一呈现，但总体来说，这种研究尚处于起步阶段，实现"民国文学"研究突破和创新的学术构想，还有待相关研究成果的大量涌现。

（作者单位：四川大学文学与新闻学院）

原载《现代中国文化与文学》2016 年第 2 期

---

① 刘勇、张弛：《"民国文学史"理论与实践的有效性思考》，《现代中国文化与文学》第 14 辑，花城出版社 2014 年版。

② 李哲：《"骂"与〈新青年〉批评话语的建构》，山东文艺出版社 2015 年版，第 18、226 页。

回到民国文学的发生现场

——从两部文史对话的学术丛书谈起

张雨童

　　近百年来中国现代文学的"命名"随着学者们对时代和文学的反思，经历了几次变动和讨论。总体说来，被大家所熟知和共同使用的命名先后有"新文学""近代/现代/当代文学""二十世纪中国文学"三种。对中国现代文学"命名"的反思热潮反映了中国作家和学者一直致力于寻找更贴切地概括中国现代文学自身规律的文学史概念，这对于本学科的独立自省和深入认识有着十分积极的意义。但与此同时，这些"命名"不断被质疑和被取代也反映了它们在概括中国现代文学自身规律上某种程度的"捉襟见肘"。简单说来，"新文学"这一命名的感性本质和模糊无法辨析的"新""旧"界限逐渐暴露了它对中国现代文学本质概括的无力。随后出现的"近代/现代/当代文学"命名起先源于对西方学术概念的引入，在 1949 年以后又加入了来自苏联的意识形态历史分期内涵——"近代/现代/当代"分别对应中国的"旧民主主义革命/新民主主义革命/社会主义革命"，但无论是从"思想史"上还是从"革命史"上，我们都无法从这一命名中看到源自中国文学自身的"经验"。"二十世纪中国文学"的命名由此在"破除政治绑架，回到文学自身"的口号下、在新时期理所当然地被提出来，但这一以时间命名的文学史概念仍然无法实现对中国现代文学特征的有效概括，其在命名中所赋予的中国现代文学的"现代性""整体性"特征也在学者的论证中被不断质疑和推翻。究其所以，根本的问题出在：“这三种概念都不完全是对中国文学自身的时空存在的描绘，概括的并非近百年来中国具体的国家与社会环境。也就是说，我们文学真实、具体的生存基础并没有得到准确的描述。因此，它们的学术意义从来就伴随着连续不绝的争议，这些纷纭的意见有时甚至可能干扰到学科本身的稳定发展。”①

正是在这种困境下，“民国文学”的命名被提出并得到广大学者的积极关注和响应。在此我们需要简单回顾一下“民国文学”命名的含义，这一命名着眼于中国现代文学发生的时空场域，研究者认为“民国文学”所以区别于“共和国文学”的根本在于其发生的时空场域中的“民国文学机制”，“民国文学机制”意指在民国社会体制下运行的政治、经济、法律、教育等环境对民国文学和文人的综合作用影响。正是这些形成于“五四”运动，终结于1949年政权更迭的“机制”形成了“民国文学”现有的独一无二的形态特征。“民国文学”命名以此内涵真正概括了中国现代文学自身的规律，与此同时，这批有反思眼光的研究者还提出“民国文学”的研究应该“阐释优先，史著缓行”，正是因为“今天所倡导的‘民国文学’，并不仅仅是一个名称的改变（以‘民国’替代‘现在’），更重要的是一些研究视角和方法的调整”②。因此研究者认为当前的工作更应该着眼于以“民国视野”对“民国文学”中具体问题的阐释，这些“回到民国文学的发生现场”的研究，通过对民国文学历史细节的充分发掘和阐释，能够有效帮助我们建立更真实可靠的中国现代文学史观，也能为将来《民国文学史》的书写提供更详实的史料和史观支持。正是在这一理念支持下，李怡先生和张中良先生主编的《民国文学史论》丛书与《民国历史文化与中国现代文学研究》丛书集中向学界展示了一批自觉以“民国视野”对“民国文学”具体问题作深入研究的学者著述，编者试图以“从民国历史文化的角度考察中国现代文学”的历史文学研究为中国现代文学的研究打开新的空间：“还原民国历史文化的原生相，黑

---

① 李怡：《中国现代文学史的叙述范式》，《中国社会科学》2012年第2期。
② 李怡：《民国文学：阐释优先，史著缓行》，《学术月刊》2014年第3期。

即黑，白即白，何时何处姹紫嫣红，何时何处污泥浊水。生态环境明了了，在这一环境中发生发展的现代文学生态系统才能清晰地梳理出来，丰富多彩的样貌与错综复杂的矛盾才能真实地呈现出来。这样的研究与叙述才能既无愧于历史本身与优秀传统，也无愧于今人与后人。"①

一

"民国视野"下的"民国文学"研究首先带来的是对"民国文学空间"的发现。所谓"回到民国文学的发生现场""回到历史语境"也只有在"民国文学空间"的发现下才能真正实现，对民国文学"空间"本质的认知让我们得以时刻提醒自己自觉保持一种真正回归到民国历史语境的心态、视角和话语，这有助于我们的研究有可能摒弃任何时代先入为主的有色眼光，静下心来倾听"民国现场"的声音。也正是如此，我们才能发现"民国文学空间"的真正形态："文学理论家将文学理解为一种'关系'的存在，任何文学只是相对存在的，其实这也是文学作为'空间'存在的内涵。就中国现代文学来说，它也是一种关系的存在，在这个空间中文学与政治、经济、法律等事物，文学的流派与流派、思潮与思潮之间，都构成一种特殊的空间关系。对这种关系的研究，就是对文学和文学史的研究。就这个层面而言，用'民国'来结构文学史，就不仅仅是命名问题，而是基于文学史研究中的问题，形成的对于民国时期文学研究的新视野和新方法。"②

"空间"视野为民国文学带来的新课题在《民国历史文化与中国现代文学研究》丛书中结集为王永祥先生的专著《民初的政治文化生态与新文学的空间场域》。

王永祥先生在这本书中先后考察了"民初政治文化生态的演变与新文化势力的形成""现代国家观念的重建与政治文化空间的变革"

---

① 黄健：《民国文化与民国文论》，山东文艺出版社 2015 年版，第 9 页。
② 周维东：《民国文学：文学史的"空间"转向》，山东文艺出版社 2015 年版，第 192、193 页。

"政治变革中教育与报刊对文化生产空间的重塑"。该书有效地还原了在民国初年政治文化环境影响下新文学团体的形成，以及这些新文学人物如何用文学、语言的方式参与现代国家观念和政治文化空间的建立，并通过现代文化生产方式如教育、报刊等促成实际的文化空间形成。这不仅是一个"民国文学空间"研究的有效示范，它更重要的意义在于提醒了我们"民国文学空间"视野的另一层意义——不同于以往文学研究中的"空间"理论，"民国文学空间"更指向文学最重要的支撑和内涵——"人"。民国文学所面对的外部历史空间及其所塑造反映的历史/内心空间之间的桥梁正是作为文学活动者的"人"，在此"空间"不仅帮助我们发现了民国时期作为"破碎的国家"所造成的不同政权统治下的丰富的区域环境差异，以及由此带来的丰富多样的文学样态，更提醒我们相同外部空间内"人"的感受体验的丰富差异带来的"众声喧哗"的历史空间的文学描述。这也是《民国历史文化与中国现代文学研究》丛书中周维东先生的《抗战文学的分野与联动——新民主主义文化理论的形成与战时区域政治》《"残春"体验与〈女神〉时期的郭沫若》等研究的重要意义。前者将新民主主义文化理论置于国共意识形态互动的格局中进行考察，提醒我们对延安文艺的思考必须结合其与"域外语境"的互动来全面认识；后者追寻得出在家庭、社会困扰下独属于郭沫若个体的"残春"体验对《女神》时期郭沫若创作的深刻影响。这些细致而发人深省的研究示范再次提醒我们切勿预设先验的结论，必须回到民国文学的"空间"现场，去细致考察真实的民国空间和民国文学中不断变动的历史空间。

二

　　"空间"视野下的民国文学研究的一大发现就是对"民国文学机制"的提炼。"民国文学机制"是李怡先生在民国文学思考中所提出的一个概念，它意指："从清王朝覆灭开始在新的社会体制下逐步形成的推动社会文化与文学发展的诸种社会力量的综合。这里有社会政治的结构性因素，有民国经济方式的保障与限制，也有民国社会的文化环境的围合，甚至还包括于民国社会所形成的独特的精神导向。它们共同作用、彼此配合，决定了中国现代文学的特征，包括它的优长，也牵连着它的局限和问题。"① 正如前文所述，民国文学的"空间"视野让我们回到民国文学的发生现场，我们在这里发现任何先验的"预设"都变得不可靠，民国文学有其自在生长的环境和场域，这些对民国文人和文学形成"包围"和"互动"的同一空间内的政治、经济、法律、文化因素正是揭开民国文学自身规律的线索。"民国文学机制"的提炼正是我们在文学研究"历史化"指导下的重要成果。它和"民国文学空间"理论相呼应，提醒我们一方面注意文学发生的场域互动问题，一方面不能忽略文学的真正支撑——"人"，因此"民国文学机制"包含两方面的内容："一是对'民国'各种社会文化制度、生存方式之于文学的'结构性力量'的考察、分析，二是对现代作家之于种种社会格局的精神互动现象的挖掘。"②

　　"民国文学机制"视域下的研究成果在《民国历史文化与中国现代文学研究》丛书中包括罗执廷先生的专著《民国社会场域中的新文学选本活动》、黄健先生的《民国文化与民国文论》、谭桂林先生的《民国佛教文学史话》等。这些著述分别从经济、文化角度考察民国文学活动，其细致的梳理和"历史化"的研究有助于补益我们从前欠缺的知识结构。另外，《民国文学史论》丛书六卷分别分为《民国政治经济形态与文学》《民族国家概念与民国文学》《民国文学：概念解读与个案分析》《民国文学史料考论》《国民党文学思想研究》《中国共产党的文化战略与延安时期的文学生产》。仅从书名就可看出编者有意实践的"民国文学机制"视野，而这些著述的产生更解答了我们在"民国文学"研究中所困惑的问题，特别是姜飞先生的专著《国民党文学思想研究》和周维东先生的专著《中国共产党的文化战略与延安时期的文学生产》，这两本专著的并置本身就是对"民国文学空间"区域差异的有力反映。而他们的研究也进一步证明了"民国文学机

---

① 李怡：《民国机制：中国现代文学的一种阐释框架》，《广东社会科学》2010 年第 6 期。
② 李怡：《文学的"民国机制"答问》，《文艺争鸣》2012 年第 3 期。

制"在不同政权统治区域下的差异和共性，这其中的细枝末节再次提醒我们必须回到民国文学的发生现场去做考察，而不能凭想象把民国文学"割裂"或"整合"起来，毕竟"只有回到具体的文学现象当中，在分析解决具体的文学问题之时，'民国机制'才更能发挥'方法论'的作用，启发我们如何在'体制与人'的交互联系中发掘创造的秘密"①。

三

正如前两部分的分析所述，民国文学的"空间""机制"对文学的作用最终还是要通过进行文学活动的"人"来发生影响和互动。因此，我们反复强调"民国视野"的一大重要课题就是对民国时期作家与"种种社会格局的精神互动现象的挖掘"，对"民国文化圈"生态状况的考察，即对与民国文人生活、精神、创作息息相关的政治理念，文学生产运作经济，出版和言论之法律，传播现代精神的教育、传媒系统的互动作用的考察。正因为文学既是一个时代社会历史综合状况的反映，也是每一位作家独立的精神创造活动，只有把握了"人"这一媒介及其联系的"社会"与"文学"两端，我们才能从根本上把握和尊重民国文学的独特性和丰富性。正如李怡先生所说："在推动中国现代文化与文学健康稳定发展的过程之中，'民国机制'至少有三个方面的具体体现：作为知识分子的一种生存空间的基本保障，作为现代知识文化传播渠道的基本保障以及作为精神创造、精神对话的基本文化氛围。"②

正是在这一意义上，《民国文学史论》丛书和《民国历史文化与中国现代文学研究》丛书为我们提供了许多有启示意义的作家研究，如张堂锜先生的《民国文学中的边缘作家群体》一书，该书聚焦民国文人群体中的"南社与新南社"、"湖畔诗社"作家群、"白马湖作家

① 李怡：《文学的"民国机制"答问》，《文艺争鸣》2012年第3期。
② 李怡：《"五四"与现代文学"民国机制"的形成》，《郑州大学学报》2009年第4期。

群"、"立达文人群"、"开明派文人"和"东吴女作家群",为我们展现了"民国视野"下的文人群体结社、创作、出版的文学活动。另有张柠先生的《民国作家的观念与艺术——废名、张爱玲、施蛰存研究》和陈福康先生的《民国文学史料考论》,前者着眼于三位民国作家的观念世界与其小说创作的关系,为业已成熟的废名、张爱玲、施蛰存研究带来耳目一新的"精神空间"的新角度,后者对民国时期的文人交游、社团论争、文坛掌故有细致的考辨梳理,从独特的角度展现了民国文人的文化氛围和精神风貌。

"一部成熟的文学史著作应该有扎实的研究作基础,与其现在匆匆忙忙地'凑'一部民国文学史,毋宁脚踏实地地考察民国文学与民国政治、经济、法律、军事、外交、文化、教育、自然灾变诸多方面的关联,考察文学所表现的民国风貌,考察民国文化生态对民国文学风格的影响(或曰民国文学审美建构不同于前后时代的特色),然后再进行民国文学史的整合性的叙述与分析。"①

正是因为秉持"考察"真实的民国文学,并从中形成真正属于民国文学研究的"方法"的理念,《民国文学史论》丛书与《民国历史文化与中国现代文学研究》丛书才能在"民国文学空间"、"民国文学机制"和"民国作家精神研究"的视野下为中国现代文学的研究带来新的贡献和启示。

(作者单位:四川大学文学与新闻学院)

原载《现代中国文化与文学》2017年第1期

---

① 张中良:《序言:还原民国文学史》,《民族国家概念与民国文学》,花城出版社2014年版,第5页。

比较的方法与历史的视野

——论张中良教授的民国文学史研究

晏　洁

　　"文学史的权力"使某些作家和某些作品成为被"凸显或压抑的对象"，而这些选择性的操作"同当代意识形态彼此呼应、相互缠绕"，另一方面，文学史"通过教育，又成为普遍的共识和集体的记忆"①。因此，可以说文学史的编写是对曾经发生的文学历史现象的裁剪，以及对文学历史意象的型塑。自从历史的车轮进入当代以来，特别是在新时期之前，中国现代文学史的叙述在各个时期的多次重新书写中得到逐渐规范并不断强化，达到了虽然著者和版本不尽相同，但被选入各个现代文学史的作家、作品，乃至于评价都大体一致的效果。

　　从这个角度来说，中国现代文学史更多体现的是"史"的意义与功能，是"历史的文学"而非"文学的历史"，以符合主流意识形态的历史叙事框架对文学现象、作家作品进行筛选、过滤，势必造成有意的遮蔽或遗忘，以至于长期以来，多个版本的中国现代文学史呈现出脉络简单清晰和叙述统一性的整体特点。但事实上，中国现代历史的波澜壮阔、复杂多变使积极参与和表现社会历史变革的现代文学在发展过程中也异彩纷呈，多重文学现象同时在场，多种文学观念冲突交锋，因此中国现代文学史的丰富性、复调性应该是不言而喻的。能

----

① 　戴燕：《文学史的权力》，北京大学出版社 2002 年版，第 9—11 页。

够在学界早已习以为常、异口同声的中国现代文学史研究中，以实事求是的科学态度去重新发现那些被忽略的文学现象和文学创作，不仅需要开阔公正的历史视野，还需要具备客观独立的学术精神。而张中良教授的民国文学史研究正是这种历史视野与学术精神相结合的典范。自20世纪90年代初进入学界以来，张中良教授学术研究硕果累累，自成体系，而民国文学史研究只是其中的组成部分，但由于民国文学史的研究关系到整个中国现代文学史的结构性拓展，重塑现代文学的历史意象，因此也是近年来张中良教授相当重视并致力于推进的。而实际上，虽然张中良教授在2006年明确提出以"民国史视角"① 考察现代文学，但从其学术轨迹来看，"民国史视角"的提出并非偶然或突然，而是其学术研究长期积累的必然成果。因为张中良教授的现代文学研究一直与其开阔的历史视野紧密相连，其文学视野也就能及一般学者所不能及，其现代文学研究对象早已超越一般现代文学史所涉及的范围，将现代文学史从时间与空间维度加以拓展，应该说这是"民国史视角"理论形成之前的研究实践。随着"民国史视角"以及"民国文学史"概念的正式确立，张中良教授的文学研究成为一个具有丰富实践与理论建构的完整体系。以下试从三个方面对张中良教授的现代文学史研究体系进行论述：一是用比较的方法对五四新文学的再发掘；二是民国史视角下的现代文学研究；三是回到历史原场，重述全面抗战正面战场文学史。

一　比较视角下的五四新文学研究

五四新文学作为思想启蒙运动的重要组成部分，拉开了中国现代文学史的序幕。一直以来，绝大多数的中国现代文学史著作对于五四新文学的叙述基本集中在文学革命、白话文运动与少数几位重要作家作品上，当然这些确实也是五四新文学具有代表性的重要内容，但是各版本几乎雷同的叙述内容，使现代文学史的阅读者或学习者对五四

---

① 秦弓：《从民国史的视角看鲁迅》，《广东社会科学》2006年第4期。

新文学的了解局限在上述范围之内，无法对五四新文学进行全局的认知与把握。文学史长期处于这种"省略"状态甚至于使许多现当代文学研究者久而久之也形成了相应的较为狭窄的五四新文学意象，以至于五四新文学研究在不断地向纵深发展的同时，其外沿却在缩小，研究重点逐渐集中和减少，失去了五四新文学史的整体性与丰富性。因此研究者是否具有开阔的全局性视野将是拓宽五四新文学史的广度与重建五四新文学史意象的关键所在，而张中良教授正是这样一位研究者。张中良教授的五四新文学研究从一开始就采用了不同于一般文学史研究的方法与视角，曾经留学日本的学术背景，使其能够站在中国现当代文学史传统场域之外，对其进行整体性与全方位的考察和研究，主要体现在张中良教授用比较的方法对五四新文学中"人的文学"以及翻译文学的研究，从而拓宽了五四新文学史的研究外沿，同时也延伸了研究深度。

首先来看张中良教授对中日"人的文学"的比较研究。五四新文学除了提倡生动活泼的白话文学，提倡个性解放的"人的文学"也是其重要组成部分，但是一直以来，学界对于五四"人的文学"的研究起点基本都是周作人那篇著名的《人的文学》，而对于"人的文学"之所以形成一种思潮的前因后果却不甚了了。张中良教授在对日本现代文学进行充分研究的基础上，意识到"人的文学"在日本和中国两国相继兴起应该有着深层的文化内涵，因此他用比较的方法将中日"人的文学"进行并置研究，以"填补宏观研究专著方面的空白，为清理五四新文学的来龙去脉并建立儒教文化圈近代文学嬗变的研究框架做一点贡献"，同时张中良教授以更为宏大的视野提出梳理中日两国"人的文学"的发生、发展过程，是为了"向今人提醒：人的解放是一个跨世纪的伟业……归根结底，人类社会的目标在于人自身的自由而全面的发展"[①]。基于这个目的，张中良教授自然而然地将"人的文学"的关注重点从学界一般关注"人的文学"中的"文学"成就，

---

① 秦弓：《觉醒与挣扎：20 世纪初中日"人的文学"比较》，东方出版社 1995 年版，第1 页。

转移到了"人"这一主体上,"五四'人的文学'不是单枪匹马、突兀而至的,它伴随着中国近代以来'人'的觉醒而萌芽、生长以致成熟"①,从而将"人的文学"的讨论从1918年周作人《人的文学》上溯至1902年梁启超《论小说与群治之关系》的发表。张中良教授认为,"梁启超对于近代中国'人'的觉醒的重要贡献,在于他对个性问题予以高度重视,并在其可能的范围里做了较为系统的论述,给近代救亡图存开辟了一条新的思路,给后人留下了宝贵的思想资料,在通往五四'人的文学'高峰的坎坷道路上矗立了一座方向标和里程碑"②。正是由于"人的文学"萌芽期对于"人"这一理论问题的充分探讨,而要将这些理论探讨用一种更加容易被普通民众所接受的方式阐释,这就将"人"顺利引向了文学场域。周作人《人的文学》的发表将"人"与"文学"结合在一起,开宗明义地提出了新文学即是"人的文学",使"人"这一抽象概念从理论层面落实到了文学创作层面,张中良教授指出这正是"'人'的觉醒由思想界而文学界,虽然还处于萌芽状态,但毕竟预示了中国文学终于冲出封建之道的牢笼,走向一个崭新的'人的文学'的时代③。

通过张中良教授对中日"人的文学"的整个过程的考察比较,可以看到日本"人的文学"的先期发生与发展,使之成为五四"人的文学"的理论创作资源和重要的学习借鉴对象,因此中日"人的文学"之间既有难得的共性,即"从文学走向来说,像日本与中国近现代文学这样相似的,至少在19世纪以来的世界文学史上很难找到第二对"④。然而又由于两国社会文化发展和历史语境的差异性,使两者之间又有着各自不同的历程和特点,例如日本"人的文学"进程中丰富的译介作品、循序渐进的发展节奏和平淡深厚的美学风格,五四"人的文学"与其相比较,就显示出这一文学进程中较为贫乏的译介资

---

① 秦弓:《觉醒与挣扎:20世纪初中日"人的文学"比较》,东方出版社1995年版,第19页。

② 秦弓:《觉醒与挣扎:20世纪初中日"人的文学"比较》,东方出版社1995年版,第21页。

③ 秦弓:《觉醒与挣扎:20世纪初中日"人的文学"比较》,东方出版社1995年版,第23页。

④ 秦弓:《觉醒与挣扎:20世纪初中日"人的文学"比较》,东方出版社1995年版,第117页。

源、匆忙急促的发展节奏，以及粗犷雄浑的美学风格。正是由于有了日本"人的文学"的对比，从而摆脱了学界对五四"人的文学"的单一性研究视角，在这样的对比考察之下，五四"人的文学"整体呈现出更加开阔的视野，更加清晰的轮廓，以及更加理性的学术评价。张中良教授将五四"人的文学"置于比较的研究格局中，必然使其突破了一般文学史的叙述空间，更为重要的是，通过对五四"人的文学"的比较研究，张中良教授进一步注意到了外国文学的译介对五四新文学所起到的推动作用。在《"泰戈尔热"——五四时期翻译文学研究之一》和《易卜生热——五四时期翻译文学研究之二》两篇论文中，张中良教授从个案研究的角度分别考察了泰戈尔和易卜生的作品究竟为何能够被五四新文学所接受并广泛传播，成为文学和社会热点。就"泰戈尔热"现象而言，张中良教授认为除了因为泰戈尔在1913年获得诺贝尔文学奖，其文学成就得到西方世界以及学习西方的日本文坛的肯定之外，"更为深刻的原因还是在于五四前后中国有着自身的内在需求，即中国的社会文化现状同泰戈尔的契合"，五四新文学从泰戈尔的作品中吸取了关于个性解放、人性解放和人道主义等启蒙思想资源，另外泰戈尔的文学作品有着丰富的文体形式，也对新文学产生了影响，因此可以说"五四文坛对泰戈尔的热情译介，还有文体建设的动因"①。与"泰戈尔热"主要是在新文学创作方面产生影响有所区别，"易卜生热"更多的是五四启蒙精英利用对其话剧作品的译介与推广，阐释和宣传挣脱传统礼教束缚的个性解放思想，特别是其剧作《玩偶之家》中的娜拉，更是"成为女性解放与个性解放的一个共名，给现代文学乃至现代文明建设以深远影响"②。

张中良教授借由泰戈尔和易卜生的个案考察，进而将研究触角延伸至五四新文学时期及现代文学史中的翻译文学，使一直以来被各种现代文学史所忽略的翻译文学浮现出较为清晰的轮廓，并对其文学史

---

① 秦弓：《"泰戈尔热"——五四时期翻译文学研究之一》，《中国社会科学院研究生院学报》2002年第4期。

② 秦弓：《易卜生热——五四时期翻译文学研究之二》，《中国社会科学院研究生院学报》2003年第4期。

地位进行了重新评价。张中良教授认为翻译文学研究实际上是一个非常值得重视的领域，因为不仅在五四新文学时期，其身影还贯穿于整个中国现代文学史，在各个历史时期都有其独特的贡献，"翻译文学的巨大成就不仅仅在于翻译文学自身，更在于它以特殊身份参与了中国现代文学的建构，对文学乃至整个社会的现代化进程产生了难以估量的效应"[1]。另外，回到五四新文学发生的原场，也可以看到当时诸多启蒙知识分子，例如茅盾、郑振铎等注意到了翻译文学对于中国文学的有益价值，而他们也在翻译文学的理论提倡与译介方面做了大量工作，使"翻译在跨文化交流与现代启蒙中的确发挥了重要作用"[2]。虽然早在思想启蒙时期，"新文学前驱者们"就认为"翻译文学是中国新文学的一个组成部分"[3]，也就是说翻译文学理应进入中国现代文学史的叙述之中。但令人遗憾的是，自 20 世纪 50 年代以来翻译文学在中国现代文学史中一直处于模糊的缺席状态，张中良教授认为造成这种状况的深层原因在于："一是学科初创期，正值中华人民共和国刚刚诞生，政治上强调独立自主，反封锁的同时容易走向封闭保守……有意无意地回避外国文学的影响，忽略翻译文学的价值。初创时的认知模式一旦形成，便沿袭为学科惯性。二是翻译文学的属性问题一直是个悬案，外国文学界认为翻译文学已经不是原本意义上的外国文学，中国文学也从'血缘'上予以排斥，这样就把翻译文学推到边缘的位置。"[4] 基于对翻译文学的深入研究，张中良教授提出学界应该以理性的学术态度对翻译文学给予足够的重视，使其在中国现代文学史的书写中占有一席之地，"以恢复其应有的历史地位"[5]。

除了五四新文学中的翻译文学研究，张中良教授还将比较文学的方法运用于鲁迅研究。作为五四新文学里程碑式的作家，一直以来，鲁迅研究都是中国现代文学研究中经久不衰的热点，而学界大多数的

①　秦弓：《"五四"时期翻译文学的价值体认及其效应》，《天津社会科学》2005 年第 4 期。
②　秦弓：《论翻译文学在现代文学史上的地位》，《文学评论》2007 年第 2 期。
③　秦弓：《"五四"时期翻译文学的价值体认及其效应》，《天津社会科学》2005 年第 4 期。
④　秦弓：《论翻译文学在现代文学史上的地位》，《文学评论》2007 年第 2 期。
⑤　秦弓：《二十世纪中国翻译文学史：五四时期卷》，百花文艺出版社 2009 年版，第 42 页。

研究一般集中在鲁迅作品的文本解读、鲁迅本人的思想研究。张中良教授却另辟蹊径，从鲁迅与国外作家、作品的对话去理解鲁迅，这无疑是对已成范式的鲁迅研究方法的必要补充，也更加丰富了鲁迅研究成果。1995 年，张中良教授翻译出版了日本学者丸尾常喜的论著《"人"与"鬼"的纠葛——鲁迅小说论析》，这种他者文化语境中的鲁迅研究为国内鲁迅研究打开了一扇新的窗口，也为跨文化的鲁迅比较研究提供了可能性。张中良教授也注意到了日本作家作品与鲁迅创作之间的微妙互动，在鲁迅和日本作家有岛武郎的比较研究中，张中良教授指出两者之间在"人性观、个性观与文学观、作品意蕴与文体风格、精神历程与人格结构诸方面，他们有颇多相似之处以至于深深地契合"[1]。通过有岛武郎的作品及其思想反观鲁迅，就会发现前者对后者的文学创作产生了一定的影响，如《阿末的死》与《祝福》、《一个女人》与《伤逝》之间有着内在共通之处。在鲁迅与另一位日本著名作家芥川龙之介的比较研究中，张中良教授则指出，"鲁迅是中国最早翻译芥川龙之介的译者"，其"在人性审视、生存思考与历史趣味、冷峻幽默等方面与芥川龙之介的息息相通，在他的翻译与创作中留下了清晰的印痕"[2]。例如《孔乙己》和《毛利先生》，日本学者藤井省三所提出的"《孔乙己》是鲁迅第一篇成熟的作品，之所以成熟，与受到芥川龙之介的《毛利先生》的影响有关"[3]，而张中良教授则从鲁迅创作《孔乙己》时间的可能性、人物与情境的相似性方面对藤井省三的猜测作了进一步的论证。可以看到，张中良教授根据他对日本现代文学的深入了解，以比较文学的方法对鲁迅作品及其思想进行考察，得到了异于现当代文学常规研究的成果，不仅开阔了鲁迅研究的外沿，也为鲁迅研究提供了新的视野和研究途径，有助于学界更加清晰地理解鲁迅作品及其思想内涵。

综上所述，张中良教授以比较的方法对五四新文学进行重新考察，

---

① 秦弓：《鲁迅与有岛武郎——以"爱"为中心》，《鲁迅研究月刊》2004 年第 11 期。
② 张中良：《鲁迅与芥川龙之介在小说世界的遇合》，《西南民族大学学报》2014 年第 5 期。
③ 张中良：《鲁迅与芥川龙之介在小说世界的遇合》，《西南民族大学学报》2014 年第 5 期。

从中日"人的文学"的对比研究开始，逐渐扩大到翻译文学研究的广度与深度，同时还有鲁迅的比较文学研究。在张中良教授的这些研究成果中，我们可以看到，五四翻译文学的发生与发展与社会历史变革、文化思潮涌动有着紧密的联系，同时翻译文学也对新文学，其中包括对鲁迅思想和创作的影响，乃至于中国现代文学建构进程中的创作思想、题材和文体等方面产生了重要作用。毫无疑问，张中良教授将比较的方法应用于现代文学研究，特别是五四新文学研究，是对原有研究版图的有效拓宽，也提醒中国现代文学史研究应该以多元化的研究理论与方法，来打破既定的学科惯性和学科框架，只有这样才能不断地更新学科体系，使学术成果不断推陈出新，而这样的中国现代文学史研究也才能葆有持续的创新与生命力。

二　历史视野下的现代文学研究

文学史，顾名思义就是文学的历史，《辞海》对其有详细而完整的释义："文艺学研究范畴之一，以文学发展的过程和历史为研究对象。文学史总是在一定的文艺理论观点的指引下，阐述各个国家和民族的文学起源，某些文学类型、形式、思潮、流派、风格和语言传统产生、演变、发展、衰落并被其他文学类型、形式、思潮、流派、风格和语言传统所取代的历史，以及文学内容、原型、母题变化的历史，寻求它们前后承传和沿革的规律，揭示文学的发展演变的自身原因及其与时代社会发展之间的内在关系，对各个历史时期的重要作家和作品作出准确的评价，阐明他们在文学史上的地位和影响，描述文学作品作为一种审美的动态结构在不同时代的接受史，以及作品的渊源和相互的关系。根据所涉及的方面，一般分为通史、断代史和专题史几种。"[①] 从这个释义来看，文学史的内容应该是复杂与丰富的，承担着叙述文学发展历史规律的任务，最为重要的一点是文学史必须在"一定的文艺理论观点"所规定的框架之内书写，这就意味着能够进入文

---

① 夏征农、陈至立主编：《辞海（第六版彩图本）》，上海辞书出版社2009年版，第2384页。

学史的作家、作品和文学观点，肯定是经过筛选的。而这种"一定的文艺理论观点"具有时代性，同时也为某一特定时代的文学史书写者所接受和认同，并将此作为一种标准或尺度，体现在文学史叙述的每个角落。而张中良教授早在 20 世纪 90 年代初就意识到文学史的当代性这一特点，在一篇与其他两位学者共同署名发表的论文中明确"每一时代的历史著作都只能是该时代的产物，现代文学史亦然"[①]。文学史的当代性无疑是客观存在的，但是如果将当代已成固定模式的"历史公论"当作评价文学的唯一标准，容易对文学史的写作产生消极影响。例如"八十年代前后产生的一批中国现代文学史著作，几乎形成千部一腔的情况"，因此，张中良教授等强调现代文学史写作在已成范式的"公论""定论"之外，还应该具有"主观性"和"独创性"，"富于独创性的见解越丰富多样，则在相互撞击的基础上愈能形成较为科学的'定论'、'公论'"[②]。在此之外，张中良教授等还提倡由于现代文学史的多重面相仍待探寻，因此呼唤更多"子系统的文学史"，如"断代史""美学类型史""社团文学史""文学思潮史""地域文学史"[③] 等。而张中良教授近年来致力于民国文学史概念的倡导，正是基于其历史视野基础上对现代文学史"主观性"和"独创性"写作观点的推进和践行。

　　长期以来，中国现代文学史的写作偏重于对"史"的阐释，"因为这一学科建立的重要动机，就是为新民主主义革命的必然性与合理性提供佐证"，在这一基本原则指导之下，即使在新时期以后，"新民主主义史视角对文学史研究与叙述仍有很大影响"[④]。新民主主义史视角本身没有问题，它确实是研究 20 世纪中国史的一个学术视角，但这并不代表它就是唯一的视角。历史本身的复杂性不言而喻，如果仅从

---

① 张华、张中良、刘应争：《我们的意见——答"文学史观讨论"提纲》，《中国现代文学研究丛刊》1991 年第 4 期。

② 张华、张中良、刘应争：《我们的意见——答"文学史观讨论"提纲》，《中国现代文学研究丛刊》1991 年第 4 期。

③ 张华、张中良、刘应争：《我们的意见——答"文学史观讨论"提纲》，《中国现代文学研究丛刊》1991 年第 4 期。

④ 秦弓：《现代文学的历史还原与民国史视角》，《湖南社会科学》2010 年第 1 期。

一个视角来考察，那么无疑会使其单一化，从而使历史研究失去更多的可能性。中国现代史一般是指 1911 年辛亥革命至 1949 年新中国成立这段时间所发生的历史事件、历史现象的总和。而现代文学史是依附于现代史的，如果以新民主主义史视角来书写这一段历史，那么自然而然地就会过滤掉诸多与新民主主义视角不符的历史事件、历史现象，文学史也会如此，最终将一部众声喧哗的复调交响曲简化为一部单声部的乐曲。另一方面，在新民主主义视野中的中国现代史，民国只有政治性这一种性质，代表的是由国民党作为执政党的政府，可以说"民国"这一概念是与民国政府合二为一的。对民国政府持本质性否定的基本史观，导致对"民国"这一历史时期也相应地整体性否定。但事实上"民国"与其他所有时代一样，不仅是一个政治实体，还是由经济、文化等多个部分组成的复合体，我们批判其政治黑暗的同时，也并不妨碍我们对其他组成部分进行客观化与学术化的研究。同样的，就现代文学史而言，我们也可以尝试在新民主主义视角之外，寻求更为广阔的视野对其进行理性、完整的考察，接近历史原场，真正了解现代文学史发生、发展的整体面貌。

2006 年，张中良教授率先提出应该以"历史还原"的方法重构包括鲁迅研究、现代文学史研究在内的"民主主义革命史、新民主主义革命史、近现代史、思想史、文化史"等"民国史"，而具体到现代文学史，张中良教授则认为"民国作为一种历史形态，对中国现代文学的发生发展起到了十分重要的作用"[1]。随后，李怡教授在 2009 年对张中良教授等提出的将"民国"作为一种文学史断代的时间概念或研究框架的想法，作出了积极回应，系统提出了"民国文学史框架"[2]和"民国机制"[3]。前两者分别是源于中国古代对历史叙事进行断代书

---

[1] 秦弓：《从民国史的视角看鲁迅》，《广东社会科学》2006 年第 4 期。
[2] 李怡：《"民国文学史"框架与"大后方文学"》，《重庆师范大学学报》2009 年第 1 期。
[3] "五四遗产中被人们有意无意遗忘掉的而在如今最需要我们正视和总结的东西便是一种能够促进现代中国社会与文化健康稳定发展的坚实的力量，因为与民国之后若干的社会体制因素的密切结合，我们不妨将这种坚实地结合了社会体制的东西称做'民国机制'。"参见李怡《"五四"与现代文学"民国机制"的形成》，《郑州大学学报》2009 年第 4 期。

写的传统方法和着眼于现代文学赖以发生、发展的社会生态背景，后者则是出于尊重历史。同时李怡教授强调这种"'民国机制'并不属于民国政权的专制独裁者，而是根植于近代以来成长起来的现代知识分子群体"①，其后更进一步表明"将民国作为方法"② 对现代文学重新进行全方位、多角度的理性研究。随着张中良教授等学者对民国史视角或民国文学史的不断深入研究和推进，这一新的现代文学史研究方法得到了学界的逐渐认同，特别是张中良教授近年来对这个学术创新点进行了大量细致深入的研究，产生了丰富的学术成果，使现代文学史研究有了新的突破，主要体现在以下两个方面：一是民国史视角下的现代文学史研究；二是民国史视野中的鲁迅研究。

　　首先来看第一个方面，即民国史视角下的现代文学史研究。需要明确的是，如果要在这一视角下进行中国现代文学史的研究，必须面对的首要问题就是如何理解"民国"及其"民国史"。众所周知，新民主主义革命取得胜利的标志是在全国范围内彻底推翻以国民党为执政党的民国政府，因此正如张中良教授所言，无论是学界，还是社会普遍认知，都将民国简单等同于"一个败亡的政府"③。从这个否定性的认知起点出发，民国历史难以得到客观与理性的研究。张中良教授认为学术研究应该本着还原历史的基本学术精神，抛弃单一的意识形态价值判断，重回原场，以求真的学术态度重新去认识历史的民国和民国的历史。在历史视野的观照之下，民国不再是一个单向度的政治性的概念，而是一个真实存在的"国家实体"和"历史过程"，而民国文学就是在这个国家实体与历史过程中，即在"民国的背景下诞生、成长"，必然"打上了深刻的民国烙印"④。因此，从历史维度来看，民国史可以，并且完全能够成为研究现代文学史的一个学术视角。与早前已被学界接受的各种现代文学史概念相比，例如"20 世纪文学""百年中国文学"等笼统并消解不同时代特点的概念，民国史视

①　李怡：《民国机制：中国现代文学的一种阐释框架》，《广东社会科学》2010 年第 6 期。
②　李怡：《作为方法的民国》，《文学评论》2014 年第 1 期。
③　张中良：《民国文学史概念的合法性及其历史依据》，《西北师大学报》2014 年第 2 期。
④　张中良：《民国文学史概念的合法性及其历史依据》，《西北师大学报》2014 年第 2 期。

角下的现代文学史，或者直接称之为民国文学史的命名，显然更接近历史本真，在时间分期上也有确切的断代，也更具历史感。张中良教授指出："现代文学界提出民国文学概念，并非通常意义上的赶时髦，而是历史意识复苏的表征。"① 值得注意的是，虽然民国文学史与一般意义上的现代文学史有着时间分期上的重合，但是这并不意味着前者就会完全覆盖或替代后者，张中良教授强调民国史视角只是现代文学史研究多元视角中的其中一个，而民国文学史只是"一个蕴含生机的学术空间"，"将20世纪上半叶的文学史叙述仅由民国文学史来承担，那样既无必要，也不可能"②，因此，通过民国史视角对现代文学史的再叙述，与其他各种系统的文学史一起建构起多角度的、完整庞杂的、整体性的中国文学史。

通过民国史视角的考察，张中良教授发现民国本身及民国文学呈现出更加丰富与复杂的面相，使诸多被遮蔽或被刻意忽略的历史本真和文学角落被重新发现，从而使现代文学史有了重塑的可能性。例如，一般现代文学史对于反映辛亥革命的作品的挑选和评价都偏重于批判性，而忽视当时文坛对这一历史事件的真实反响。张中良教授对辛亥革命文学作品的研究不局限于小说这一单一文体，而是"从大历史打通近现代，以大文学观察新文学、传统诗词、通俗小说、民间曲艺、地方戏曲，甚至一些具有文学色彩的历史文本……就会发现大批表现辛亥革命的作品，像满天星斗一样闪烁着熠熠光辉"③，从郭沫若、郁达夫、胡适等新文学作家们的自传和回忆录到当时的歌词、剧作等各种文体的作品，其中既表现了辛亥革命志士舍身为国、视死如归的英雄大义，也有为武昌起义成功而热情讴歌的，还有的着力描写了辛亥革命前后社会的波谲云诡、动荡不安。正是在这些未能在现代文学史上留下痕迹的作品中，张中良教授发现"历史在这里，呈现出接近于原生相的丰富性，也就是说，没有为教科书式的揭示必然性而忽略偶

① 张中良：《民国文学历史化的必要与空间》，《文艺争鸣》2016年第6期。
② 张中良：《民国文学史概念的合法性及其历史依据》，《西北师大学报》2014年第2期。
③ 张中良：《民族国家概念与民国文学》，花城出版社2014年版，第36页。

然性的事件"①。民国文学史中的辛亥革命不再仅仅是为了说明某种政治理念的正确性而被简单否定的一段客观存在的历史或文学历程，其中既注意到了各位作家、各类文体的作品中展现和肯定的辛亥革命的开创性历史功绩，也保留了表现辛亥革命之后种种遗憾和教训的各类作品。

因此，对于现代文学史来说，应该不以功利性价值判断来取舍作品，而是尽量以回归历史原场的学术态度去"还原现代文学的真实面貌、历史脉络与丰富内涵"②。张中良教授从这一角度重新考察民国文学，发现其展现出异于原有文学意象的多重面相。从民国文学的生态环境来看，不可否认的是民国的建立确实开启了中国社会的现代化进程，文学在传统与现代的社会转型时期得到了长足的发展，文学社团、文学期刊、承载各种思想观点的文学作品层出不穷；得益于稿酬制度的保障，作家生活和创作时间得到了保障；民国教育的发展使女作家不断涌现，逐渐成为一个不可忽视的创作群体。从民国文学生态系统来看，除了一般文学史所强调和突出的左翼文学之外，还应该看到其他各类作品的多元并生，"矛盾冲突、相互依存、或有融通的文学形态"，"新与旧、雅与俗、激进与守成、市民文学与乡土文学、左翼与自由主义、民主主义、民族主义、文人文学与民间文学、左翼文学的正统与另类、延安文学的正统与另类、创作与翻译、大陆文学与海外华文文学等"③ 异彩纷呈的民国文学画卷。

其次来看第二个方面，即民国史视角下的鲁迅研究。除了用比较文学的方法拓宽了鲁迅研究的广度之外，张中良教授还以民国史视角为研究方法进一步挖掘了鲁迅研究的深度。一直以来，鲁迅在现代文学史中基本上都是以坚定的思想启蒙者、疾恶如仇的民国批判者形象被定义和固化，很难对其有更进一步的理解和认知，也使鲁迅研究难以突破。当张中良教授将鲁迅置于民国史视角的研究框

---

① 张中良：《民族国家概念与民国文学》，花城出版社 2014 年版，第 44 页。
② 张中良：《民族国家概念与民国文学》，花城出版社 2014 年版，第 55 页。
③ 张中良：《民族国家概念与民国文学》，花城出版社 2014 年版，第 62 页。

架中，回到鲁迅作品本身，就会发现鲁迅及其作品并非对传统或民国只有否定性批判这一种态度，而是有更加丰富和深刻的内涵。例如鲁迅对于传统文化的态度。从表面上看，在鲁迅的作品中确实非常容易得出他对传统的激烈批判的结论，如众所周知的《狂人日记》中，经由狂人之口所喊出的中国历史"满本都写着两个字'吃人'！"[①] 被当时知识界广泛接受与认同，成为新文化运动振聋发聩的第一声呐喊。但是我们并不能偏执地以点代面，将其看作鲁迅对传统文化的整体性评价，应本着客观全面的学术态度，看到鲁迅在其他作品中对传统文化也持有肯定和赞赏的一面。张中良教授指出鲁迅的成长背景实际早已决定了其"耳濡目染之中所受中国文化浸淫甚深，对中国文化的自豪与钟爱已经融入他的精神血脉"，因此鲁迅"既是负面传统的批判者、澄清者，又是珍贵遗产的眷恋者、发扬光大者"[②]。从鲁迅日记中所记载的每年均花费重金购入古书善本的习惯，还有其作品《社戏》《五猖会》《从百草园到三味书屋》《无常》，根据古代故事所创作的故事新编系列，乃至于在生命最后时刻所写的《女吊》，皆为例证。张中良教授在谈到《女吊》时，就认为鲁迅在作品中所表现出来的对女吊复仇精神的赞赏，显示出鲁迅思想中深厚的传统文化底蕴。

在思想启蒙者身份之外，鲁迅在杂文中更多地是以民国否定者、黑暗政治的反抗者形象被现代文学史所定格。这是因为"在以往的鲁迅研究中，中华民国等同于民国政府，鲁迅与中华民国的关系被视为绝对对立的关系"[③]，那么在民国史视角观照之下，生平横跨晚清与民国两个不同时代的鲁迅，对于后者究竟有着怎样的理性评价与人生体验呢？与早已失去生命力的晚清政府相比，新生的民国无疑是进步与充满活力的。虽然民国其后的种种现象表明并未如之前所愿的那样摆脱落后成为强国，但共和民国毕竟取代了在《〈呐喊〉自序》中被比

---

① 鲁迅：《狂人日记》，《鲁迅全集》，人民文学出版社 2005 年版，第 447 页。
② 张中良：《鲁迅笔下"中国"的歧义》，《华中师范大学学报》2014 年第 4 期。
③ 张中良：《鲁迅世界的多重民国影像》，《甘肃社会科学》2014 年第 4 期。

喻为"铁屋子"的旧时代，鲁迅"为这一革命的成果而欣喜，对民国的民主共和制予以肯定"①。张中良教授细致地注意到鲁迅在自己作品中选择纪年的方式，因为"中国自古有奉正朔的传统，使用一种纪年方式标志着对一种政权的认同与服从"，而鲁迅无论是以中华民国多少年来表示时间标记，或者刻意以民国纪年"强调自身的民国立场"，或者以"用于特殊文体，以示典雅、庄重"，还是私人书信往来，"都表明了鲁迅对民国的认同"②。如果说纪年方式的选择是鲁迅对民国认同的一种间接表示，那么在鲁迅作品中则从正反两方面表达了对民国的肯定态度。首先来看正面的肯定。张中良教授指出，在《药》中用"夏瑜"和"古（亭口）"隐喻秋瑾以及绍兴轩亭口以示纪念；在鲁迅所作的怀念师友约 20 篇文章中，纪念孙中山的就有 5 篇之多；鲁迅对革命先驱章太炎以高度评价，称其为"革命之志，终不屈挠者，并世无第二人：这才是先哲的精神，后生的楷范"③；鲁迅积极参与"民国初创时期的文化工作，如国徽、国歌的拟定"，"投入了许多热情与精力"，所有这一切都表现出鲁迅作为一个"亲历近代革命历程，领受过友人为革命牺牲之巨大悲怆"的文学家、思想家对"反清革命志士与民国创建者，始终怀有的感激与崇敬之心"④。再来看反面的批评。鲁迅在多篇杂文中对民国以来的种种乱象也予以相当激烈的批判，从表面上来看这很容易让读者误解鲁迅是在否定民国，但如果深入到鲁迅思想深处，就会发现正如张中良教授所指出的那样，鲁迅的这些批判性言论并非"否定中华民国的合法性与实存性，而是对专制遗绪犹存、国民性痼疾难愈、社会弊端丛生的民国现状表示愤懑，迫切地希望正本清源，建设无愧于烈士的真正民国"⑤，正是深知民国建立的来之不易，也正是出于对民国寄予希望，鲁迅才会不断地通过自己的杂文来针砭时弊，希图使这个满目疮痍的民国能够成为他内心"民主、

---

① 张中良：《鲁迅世界的多重民国影像》，《甘肃社会科学》2014 年第 4 期。
② 张中良：《鲁迅世界的多重民国影像》，《甘肃社会科学》2014 年第 4 期。
③ 鲁迅：《关于太炎先生二三事》，《鲁迅全集》，人民文学出版社 2005 年版，第 567 页。
④ 张中良：《鲁迅世界的多重民国影像》，《甘肃社会科学》2014 年第 4 期。
⑤ 张中良：《鲁迅世界的多重民国影像》，《甘肃社会科学》2014 年第 4 期。

自由、富强、文明"的理想民国。

再从鲁迅的人生经历来看其与民国的真实关系，而这一点往往是学界所忽视的。张中良教授以历史求真的态度，重新还原鲁迅的生活经历，指出鲁迅早在民国成立之初即应蔡元培之邀，进入政府教育部任职，时间长达 14 年，而这份任职也使鲁迅有了稳定的生活来源，为其文学创作提供了物质条件。任职期间，鲁迅与教育总长章士钊打官司胜诉，正是有赖于民国法律的实行。客观来说，尽管民国在经济、政治、文化等各方面的建设与发展乏善可陈，但不得不说民国确实也为鲁迅的文学创作、社会活动提供了发表空间与经济保障。

张中良教授从民国史角度所做的鲁迅研究，突破了现代文学史框架中对于鲁迅已成定论的研究与评价。大多数现代文学史往往架空了鲁迅的物质生存空间，在形而上的层面对鲁迅的作品及思想进行符合主流意识形态的解读和评价，使文学史中的鲁迅形象与作品意象越来越概念化，难以将鲁迅研究深入或延展下去。张中良教授提出的民国史视角无疑为已高度固化的鲁迅研究提供了一个新的可能性，更为重要的是这一视角能够让鲁迅研究重返当时历史语境之中，从而避免长期以来形成的以概念重复演绎鲁迅本人及作品的模式，"使鲁迅从各种主观色彩强烈的政治阐释中走出来回到鲁迅自身"①。张中良教授从民国史视角所做的鲁迅研究，呈现出一个生动、真实、平实、独特的鲁迅，不仅有着复杂跌宕的个体人生经历，也有丰富多义的思想构成；既是思想启蒙的参与者，也是文化传统理性的认同者；既是民国清醒的批判者，也是民国理想的赞同者。毫无疑问，民国史视角下的鲁迅研究显然有着更加深入和开阔的学术空间，能够使鲁迅研究焕发出新的活力。

综上所述，我们看到，张中良教授近年来所进行的包括民国史视角下鲁迅研究在内的民国文学史研究，对于现代文学史研究有着重要意义：一是研究视角的多元化，应该说民国史视角的提出对于现代文学史写作具有建设性的引导作用，因为这意味着现代文学史的考察角

---

① 张中良：《走近鲁迅：由崇拜到对话》，社会科学文献出版社 2017 年版，第 5 页。

度除了新民主主义革命视角之外，还可以有其他的可能性，而不同视角下的现代文学史可以构成众声喧哗的文学史对话格局，本身也符合现代文学复调多元的历史原貌；二是框架的拓展，由于原来单一视角的局限，使现代文学史的框架也长期固定不变，偶有点滴扩充，但效果并不明显。而张中良教授提出的民国史视角是研究视角的整体性的转换，从而使现代文学史框架相应地获得了重新建构。

三 民国文学史范畴内的抗战文学

在中国现代史中，如果从 1931 年"九一八"事变爆发开始计算，到 1945 年以中国取得全面抗战胜利而结束，抗日战争持续了 14 年之久，占民国时期（共 37 年）近一半时间，因此抗日战争是民国历史，也是 20 世纪中国历史不可或缺的组成部分，有着重要的历史地位与历史意义。然而由于抗日战争时期，中国处于多方力量相互博弈的状况之中，尽管在"七七"事变之后全民族抗战，但国共之间既有合作，也有对峙，抗日战场也分为民国政府主导的正面战场和中国共产党领导的敌后战场。客观而言，无论是正面战场还是敌后战场，都有着缺一不可的重要性，"抗日战争是在长达 5000 公里的正面战场与幅员 130 余万平方公里的敌后战场进行的。两个战场彼此需要，相互配合，协同作战，才最终赢得了抗日战争的伟大胜利"①。令人遗憾的是，由于存在将民国政府等同于民国的历史观，同时对民国政府持有的否定性历史定位，使正面战场长期以来未能得到应有的重视和理性评价，在关于抗日战争的历史著作中，书写者往往刻意忽略正面战场或者直接简化正面战场，这种缺失使抗战历史未能得到全面和完整的叙述，也就使其不能得到客观与公正的评价。与主流意识形态对抗战历史中正面战场的书写相适应，抗战文学，特别是诸多表现正面战场的文学作品未能浮出历史地表，在文学史中处于缺席的状态。

在张中良教授所提出的民国史视角观照之下，对民国政治、经济

---

① 张中良：《抗战文学与正面战场》，社会科学文献出版社 2014 年版，第 4—5 页。

与社会文化，乃至于整个历史进程产生了重大影响的抗战重新得到全面、深入的认识，而与此相应的是，在民国文学研究领域，以全面抗战为创作背景和题材的抗战文学在民国文学史中的地位也被清晰地凸显，而这种重要性的显现与现代文学史中对抗战文学的简单叙述形成了鲜明对照。张中良教授认为，应该以客观的学术态度与全面的学术视野，对抗战文学进行重新的研究与评价，主要体现在以下三个方面：一是对 20 世纪 30 年代民族主义文学①思潮的再厘清；二是对抗战文学中正面战场文学的挖掘和研究；三是对抗战文学的个案研究。

第一方面，即张中良教授以宏观历史性的全局视野对备受争议的民族主义文学思潮的重新评价。长期以来，由于左翼文学对中国新民主主义革命的巨大贡献，因此新民主主义革命视角下的现代文学史对于各种文学现象的臧否评价都主要是以左翼文学的标准为标准。在这种现代文学史批评架构之下，在 20 世纪 30 年代被左翼文学界抨击、带有民国政府官方色彩的"民族主义文艺运动"也就成为文学史中被批判的对象。张中良教授认为这种带有强烈主观意识形态色彩的评价对民族主义文学思潮并不客观，仍然需要重返历史原场，真正了解这一文学思潮的来龙去脉，才能对此进行摒弃偏见的理性评价。张中良教授指出，事实上，虽然"民族主义文艺运动"口号的提出有官方背景，但却有其历史必然。当时中国处于内外交困的情况之中，特别是日本对中国的侵略野心已经逐渐昭然，中华民族确实已经到了最危险的时候。此时官方提出"民族主义文艺运动"向文艺界、向全社会宣传救亡图存是必然的，也是应该的。并且冷静来看参与这一运动的成员并非全部都有官方色彩，其中"文化人比官方人物更多"，"更多的还要说是文艺青年"，从成员构成来看，"如果说少数人带有维护当局统治的明确意图的话，那么，多数人则更倾向于救亡图存的指归"②。

然而民族主义文学不仅没有得到全体文学界的承认，还受到了左

①　民族主义文学思潮的出现早于抗战文学的发生，由于中日关系的不断恶化及至"九一八"事变之后，抗日情绪高涨，民族主义文学兴起并发展，汇入抗战文学的洪流当中，故将张中良教授对民族主义文学的讨论放置在抗战文学研究中。

②　张中良：《论 1930 年代民族主义文学思潮》，《中国现代文学研究丛刊》2013 年第 9 期。

翼文学界的激烈批判，张中良教授指出双方冲突并非"意气之争"，而是"三民主义与共产主义的冲突""国家之间的冲突""中央与地方的冲突"① 这三个方面内在原因所致。尽管左翼文学与民族主义文学之间有如此复杂与难以弥合的分歧矛盾，但是当"九一八"事变发生之后，"民族主义文学并未消逝，反而因为民族危机迫在眉睫而扩大了影响"，在民族矛盾上升为中国社会的主要矛盾之际，曾对民族主义文学批判、抵制的左翼文学也将阶级话语融入民族话语之中，实现了从"个体的参与再到整体的行动"② 的巨大转变。同时，民族主义文学更成为当时大多数爱国作家的共同选择，除小说以外，还创作了话剧、诗作、歌曲等各种文体的民族主义文学作品。通过张中良教授在宏观历史框架之中对 20 世纪 30 年代民族主义文学论争的厘清，可以看到在左翼文学视角之外的民族主义文学有着值得肯定的一面，民族主义文学"寄托着国人对国家与民族命运的关注，体现出救亡图存的时代精神，前承中华民族历史悠久的爱国传统，后启波澜壮阔的抗战文学大潮"③，因此学界应该给民族主义文学足够的重视，现代文学史写作也应该给予民族主义文学应有的文学史地位，只有这样才能真正展现现代文学史的历史原貌。

第二方面，即张中良教授对于抗战文学中正面战场文学的挖掘与研究。长久以来的现代文学史由于历史观的局限，对正面战场文学的叙述几乎是缺失的，即使偶有提及，也基本是片面的，未有深入细致、公正理性的考察和研究。早在 2011 年，张中良教授就明确提出"应还原正面战场文学的历史面貌"。与敌后战场一样，正面战场也经历了残酷而惨烈的战争，也付出了巨大的牺牲，无论站在何种政治立场，都不应该忽视或者否认正面战场的抗日志士们为全面抗战胜利所作出的贡献，客观来说正面战场"是战线最长、时间最久、抵抗最为顽强、战绩最为辉煌的战场"④，因此有必要"尽力回到历史现场，还原

---

① 张中良：《论 1930 年代民族主义文学思潮》，《中国现代文学研究丛刊》2013 年第 9 期。
② 张中良：《论 1930 年代民族主义文学思潮》，《中国现代文学研究丛刊》2013 年第 9 期。
③ 张中良：《论 1930 年代民族主义文学思潮》，《中国现代文学研究丛刊》2013 年第 9 期。
④ 张中良：《抗战文学与正面战场》，社会科学文献出版社 2014 年版，第 81 页。

正面战场文学的历史真相"①。事实上，与正面战场的战况一样，其文学成果也是丰富的，通过张中良教授的梳理可以看到，在全面抗战期间，各种报纸杂志纷纷刊登表现正面战场的文学作品，而后结集出版，数量众多。其中能够真实描写战况、直接表现战争场面的报告文学的成就尤为突出，另外"旧体诗词、新诗、小说、曲艺、话剧、电影等体裁也都密切关注前线动态，从战火硝烟中汲取题材"②。这些正面战场文学作品对于反映全面抗战史实有着独特的价值，从文学的角度如实地表现出正面战场战斗的惨烈，同时也承载着作家对战争与人性的哲学思考，另外也对正面战场上出现的"军纪废弛""军阀作风""指挥失误""政略滞后"问题进行了揭露与批评。通过张中良教授对正面战场文学的深入挖掘，可以看到正面战场文学不仅是抗战文学，也是民国文学史不可或缺的重要组成部分，更是现代文学史亟须填补的空白。正面战场文学的整理与研究还有较大的学术空间，学界对正面战场文学的研究也需要更多的重视与更大的投入。正如张中良教授所评价的那样，在正面战场文学长期缺失、远离抗战的当下，正面战场文学仿佛使我们"进入了深邃的时空隧道，在重温历史场景的同时，也能够超越历史，领悟到关于战争与生命、历史与人性、社会与文化的哲学覃思"③。

第三方面，即抗战文学的个案研究。如果说张中良教授对敌后战场文学的再评价与正面战场的发掘是抗战文学宏观研究的话，那么对抗战文学作家及单个历史事件的研究则属于微观研究，从更加细致的角度深入到抗战文学内部。全国性的抗战影响着生活在这一历史阶段的每一个中国人，与普通人不同的是，许多爱国作家不仅是抗战的亲历者，更是战争的参与者和记录者，于他们个人来说，这段战争经历改变了他们的人生道路与思想，从创作来说，他们留下了亲历战争的抗战文学作品。但是在一般现代文学史中，这些作家的抗战经历与抗

① 张中良：《应还原正面战场文学的历史面貌》，《理论学刊》2011年第2期。
② 张中良：《抗战文学与正面战场》，社会科学文献出版社2014年版，第57页。
③ 张中良：《抗战文学与正面战场》，社会科学文献出版社2014年版，第80页。

战作品，特别是表现正面战场的作品却常被忽略，这不能不说是历史与文学史的裁剪。例如丘东平，大多数现代文学史并没有注意到这位作家，即使偶有提到，也是浅尝辄止，但是如果将其放置在抗战文学框架中，他就是应该特别予以关注的作家，因为"丘东平是为数不多的有过战地体验的战士作家，更是作家中屈指可数的在战场上英勇捐躯的烈士"①。这样的与众不同的抗战经历决定了丘东平的抗战文学作品的独特性，张中良教授对其作品进行了详细解读并给予高度评价，"丘东平以其战场壮举向世人昭示中国作家与民族、与祖国同呼吸共命运，在刻画民族崭新形象的同时，也把自己深深地嵌入其中"②。再例如著名诗人臧克家，与丘东平的默默无闻相比，前者是现代文学史上无法绕行的诗人，然而其正面抗战的经历与作品却未被现代文学史接纳，那些描写正面战场的作品"不仅没有再版的可能，而且被作者乃至文学史刻意回避；一些留有明显的正面战场痕迹的作品，不仅在选本中，像避开地雷一样小心翼翼地筛掉，而且在作者自述创作生涯时也不见踪影"③。张中良教授重新梳理了臧克家在正面战场中的经历与作品，并认为这些经历与作品是"一笔珍贵的历史遗产，深入研究与正确评价，不仅关乎对这位作家的全面把握，而且关系到填补中国现代文学史抗战文学叙述的空白，更是关系到民族记忆与民族良知的恢复与重建"④。

除了对作家正面战场经历及作品的个案研究外，张中良教授还创新性地对表现抗战正面战场历史大事件的文学作品进行了研究，从文学作品创作的原场抵达历史真实。例如，张中良教授对正面战场文学中的武汉会战、昆仑关战役、衡阳保卫战和滇缅公路进行了逐一的分析与论述，不仅关注到了当时描写这些大事件的各种文体的作品，同时还与历史文本相结合，从文学的角度重现了正面战场这些重要战役的战况。同为真实，与历史叙事不同的是，张中良教授从个体创作的

---

① 张中良：《抗战文学与正面战场》，社会科学文献出版社2014年版，第169页。
② 张中良：《抗战文学与正面战场》，社会科学文献出版社2014年版，第185页。
③ 张中良：《抗战文学与正面战场》，社会科学文献出版社2014年版，第192页。
④ 张中良：《抗战文学与正面战场》，社会科学文献出版社2014年版，第209页。

微观层面补充了历史的宏大叙事所未能顾及之处，还展现了这些历史大事件的参与者的真情实感，不仅是对历史细节的生动再现，更是对处于历史洪流中个体生命的真切关注，体现了张中良教授抗战文学研究的历史视野与人文关怀。

通过以上论述，可以发现张中良教授在民国文学史框架之下所做的抗战文学研究，特别是他对正面战场文学的重新梳理与研究，不仅是对民国文学史研究的突出贡献，也是对现代文学史的结构性补充，填补了长久以来对抗战文学叙述的空白。更为重要的是，张中良教授开拓了现代文学史的研究视野与研究框架，抗战文学研究成果的呈现，使学界看到了抗战文学及现代文学史研究多元视角并存的可行性。

结　语

中国现代文学史这一学科自建立到目前，其发展已经相当成熟完备，且已形成相对固定的模式与研究框架，不仅影响了学习者与阅读者对中国现代文学整体意象的形成，也深刻影响了中国现代文学史的研究者。既定的研究模式与叙述框架型塑了中国现代文学研究者的研究意识，使大多数研究者以中国现代文学史的叙述视角为研究视角，从而只能在中国现代文学史的范畴内寻找研究点，且始终徘徊其中，难以突破。张中良教授以还原历史为核心理念，以重返历史发生与文学创作原场的学术意识，超越现代文学史原有的单一视角，提出民国史视角下的现代文学史研究，采用兼容并包的研究方法，如比较的方法，考察五四新文学与外国文学、翻译文学之间的关系，使前者与世界文学进行对话，拓宽了五四新文学研究的外沿；以开阔的历史视野、实事求是的求真精神，将历史叙事与文学叙事相结合，为民国文学史的建构作出了独特贡献，同时也将现代文学史的研究推进到了一个新的高度与深度；在尊重文本、回归常识的基础上进行的民国史视角下的鲁迅研究，摒弃了现代文学史对鲁迅的概念化解读，真正回到鲁迅创作的历史语境，呈现出有着丰富矛盾的思想内涵的真实鲁迅；以整体性的文学视野，将小说、报告文学、报刊、诗歌、曲艺等各种文体纳入研究范围，深入挖掘了被历史尘埃所掩盖的文学遗迹，再现荡气回肠的抗战历史，同时也使抗战文学研究有了较为清晰的轮廓和充实的内容。张中良教授所做的民国文学史研究有着明确的历史与现实的意义，正如他自己所言，"小则是要呈现真实的民国文学史风貌及其复杂动因，丰富人们的历史认知，大则是要普及实事求是的历史主义精神，以期少走弯路，避开邪路，堵死回头路，朝着经济、政治、文化、社会、生态文明的目标稳步前进"[①]。

（作者单位：海南师范大学学报编辑部）

原载《晋阳学刊》2019 年第 4 期

[①]　张中良：《民国文学史概念的合法性及其历史依据》，《西北师大学报》2014 年第 2 期。

存 目

王雪桦：《民国"边缘报刊"的发掘、利用与研究——兼评刘涛〈现代作家佚文考信录〉》，载《出版广角》2013 年第 10 期。

李怡：《命运共同体的文学表述——两岸华文文学视野中的"民国文学"》，载《社会科学研究》2013 年第 6 期。

杨丹丹：《21 世纪"民国文学"研究述评》，载《华夏文化论坛》2013 年第 2 期。

刘军整理：《关于"民国文学"研究的问答》，载《宜宾学院学报》2014 年第 10 期。

范国富：《文学史讲述的可能性——评孙郁近著〈民国文学十五讲〉》，载《中国现代文学研究丛刊》2016 年第 1 期。

周维东：《民国文学的观念是什么？——读〈民国文学的观念——西南联大文学例论〉》，载《现代中国文化与文学》2016 年第 1 期。

丁晓妮：《学术的突破与历史的观念——评李怡〈作为方法的"民国"〉》，载《海南师范大学学报》（社会科学版）2016 年第 12 期。

张福贵、刘帅池、戚萌、包恩奇：《包容的思想与独到的创造——张福贵先生访谈录》，载《新文学评论》2017 年第 2 期。

吴光芬：《"空间史学"：文学史理论的一次探险——评周维东〈民国文学：文学史的"空间"转向〉》，载《现代中国文化与文学》2017 年第 2 期。

常琳：《中国现代文学的"运动者"——李怡"民国文学机制"学术运作与方法运思浅谈》，载《晋阳学刊》2018 年第 6 期。

王眉钧：《国家历史情态、民国历史视野与民国文学阐释——评李怡〈作为方法的"民国"〉》，载《励耘学刊》2019 年第 1 期。

彭冠龙：《历史与叙事的张力——论周维东的延安文学研究》，载《文艺论坛》2019 年第 4 期。

第　五　编

附录:"民国文学"研究专著

2020 年

朱自强、王志庚主编:《民国时期儿童期刊汇编》,国家图书馆出版社 2020 年版。

教鹤然:《民国文化与文学研究文丛 十三编 第 1 册 哈尔滨与中国现代文学》,花木兰文化出版社 2020 年版。

李俊杰:《民国文化与文学研究文丛 十三编 第 2 册 诗歌教育与中国现代新诗的发展》,花木兰文化出版社 2020 年版。

王玉春:《民国文化与文学研究文丛 十三编 第 3 册 自我阐释的向度与限度——中国现代作家创作序跋研究》,花木兰文化出版社 2020 年版。

赵静:《民国文化与文学研究文丛 十三编 第 4 册 "中心"与"边缘"之间——蔡元培与五四新文学运动》,花木兰文化出版社 2020 年版。

罗维斯:《民国文化与文学研究文丛 十三编 第 5 册 精英裂变的文学图景——绅士阶层与中国现代文学》,花木兰文化出版社 2020 年版。

陈迪强:《民国文化与文学研究文丛 十三编 第 6 册 清末至民国语言变革与汉语小说的"现代"生成》,花木兰文化出版社 2020 年版。

郭勇:《民国文化与文学研究文丛 十二编 第 1 册 中国文艺美学与文学教育的现代转型》,花木兰文化出版社 2020 年版。

黄开发:《民国文化与文学研究文丛 十二编 第 2 册 言志文学思潮论稿》,花木兰文化出版社 2020 年版。

张叹凤:《民国文化与文学研究文丛 十二编 第 3 册 "大变局"——新文学的世界体系(上)》,花木兰文化出版社 2020 年版。

张叹凤:《民国文化与文学研究文丛 十二编 第 4 册 "大变局"——新文学的世界体系(下)》,花木兰文化出版社 2020 年版。

袁庆丰:《民国文化与文学研究文丛 十二编 第 5 册 黑草鞋:

1937—1945 年现存中国抗战电影文本读解（上）》，花木兰文化出版社 2020 年版。

袁庆丰：《民国文化与文学研究文丛　十二编　第 6 册　黑草鞋：1937—1945 年现存中国抗战电影文本读解（下）》，花木兰文化出版社 2020 年版。

彭林祥：《民国文化与文学研究文丛　十二编　第 7 册　中国新文学序跋的整体研究》，花木兰文化出版社 2020 年版。

欧阳月姣：《民国文化与文学研究文丛　十二编　第 8 册　国语——汉字书写传统与东亚的语言国族主义（1895—1935）》，花木兰文化出版社 2020 年版。

王幼华：《民国文化与文学研究文丛　十二编　第 9 册　精神分析与创伤文本》，花木兰文化出版社 2020 年版。

曾阳晴：《民国文化与文学研究文丛　十二编　第 10 册　民国文学与基督教文化——从东京到上海的一个片断观察》，花木兰文化出版社 2020 年版。

庄园：《民国文化与文学研究文丛　十二编　第 11 册　许广平后半生年谱——兼及鲁迅的家人与友人等（1936—1968）（上）》，花木兰文化出版社 2020 年版。

庄园：《民国文化与文学研究文丛　十二编　第 12 册　许广平后半生年谱——兼及鲁迅的家人与友人等（1936—1968）（下）》，花木兰文化出版社 2020 年版。

李怡、周文编：《民国文化与文学研究文丛　十二编　第 13 册　艾芜与文化中国——纪念艾芜诞辰 115 周年第一届国际学术研讨会论文集（上）》，花木兰文化出版社 2020 年版。

李怡、周文编：《民国文化与文学研究文丛　十二编　第 14 册　艾芜与文化中国——纪念艾芜诞辰 115 周年第一届国际学术研讨会论文集（下）》，花木兰文化出版社 2020 年版。

韩伟：《批评在文学现场》，中国社会科学出版社 2020 年版。

2019 年

刘克敌:《民国学风》,九州出版社 2019 年版。

李怡、黎保荣编:《民国文化与文学研究文丛　十一编　第 1 册　民国广东与中国现代文学(上)》,花木兰文化出版社 2019 年版。

李怡、黎保荣编:《民国文化与文学研究文丛　十一编　第 2 册　民国广东与中国现代文学(中)》,花木兰文化出版社 2019 年版。

李怡、黎保荣编:《民国文化与文学研究文丛　十一编　第 3 册　民国广东与中国现代文学(下)》,花木兰文化出版社 2019 年版。

陈红旗:《民国文化与文学研究文丛　十一编　第 4 册　中国左翼文学研究(1923—1933)》,花木兰文化出版社 2019 年版。

孙强:《民国文化与文学研究文丛　十一编　第 5 册　晚清至五四的国民性问题研究》,花木兰文化出版社 2019 年版。

卢国华:《民国文化与文学研究文丛　十一编　第 6 册　五四新文学语境的一种解读——以〈晨报副刊〉为中心》,花木兰文化出版社 2019 年版。

李扬:《民国文化与文学研究文丛　十一编　第 7 册　延安鲁艺诗人及其创作研究(1938—1945)》,花木兰文化出版社 2019 年版。

郝明工:《民国文化与文学研究文丛　十一编　第 8 册　中国西方之光——陪都文化与文学源流考》,花木兰文化出版社 2019 年版。

谭梅:《民国文化与文学研究文丛　十一编　第 9 册　社会性别视角下现代男作家叙事中的女性形象研究》,花木兰文化出版社 2019 年版。

刘春勇:《民国文化与文学研究文丛　十一编　第 10 册　鲁迅入门二十三讲》,花木兰文化出版社 2019 年版。

葛涛:《民国文化与文学研究文丛　十一编　第 11 册　百年鲁迅传播史(1906—2006)(上)》,花木兰文化出版社 2019 年版。

葛涛:《民国文化与文学研究文丛　十一编　第 12 册　百年鲁迅传播史(1906—2006)(下)》,花木兰文化出版社 2019 年版。

汪兆骞：《大师们的中兴时代》，现代出版社 2019 年版。

汪兆骞：《大师们的"战国"时代》，现代出版社 2019 年版。

汪兆骞：《大师们的抗战时代》，现代出版社 2019 年版。

汪兆骞：《告别与新生》，现代出版社 2019 年版。

汪兆骞：《走出晚清》，现代出版社 2019 年版。

介子平：《格致文库 民国文事》，北岳文艺出版社 2019 年版。

傅瑛：《民国安徽文学史论》，中国社会科学出版社 2019 年版。

王泉根编著：《民国儿童文学研究》，希望出版社 2019 年版。

李怡：《文史对话与大文学史观》，花城出版社 2019 年版。

王家平：《民国语境中的鲁迅研究》，花城出版社 2019 年版。

罗维斯：《绅士阶层与中国现代文学》，花城出版社 2019 年版。

陈建华：《紫罗兰的魅影：周瘦鹃与上海文学文化，1911—1949》，上海文艺出版社 2019 年版。

2018 年

张武军：《〈中央日报〉》副刊与民国文学的历史进程》，花城出版社 2018 年版。

罗执廷：《民国时期中学生的新文学接受研究》，花城出版社 2018 年版。

黄菊：《"下江人"和抗战时期重庆文学》，花城出版社 2018 年版。

张堂锜：《民国作家的抒情意识与审美追求》，花城出版社 2018 年版。

李俊杰：《诗歌教育与中国现代新诗的发展》，花城出版社 2018 年版。

颜同林：《方言入诗的现代轨辙》，花城出版社 2018 年版。

赵伟：《〈文艺月刊〉（1930—1941）的民族话语》，花城出版社 2018 年版。

张洁宇：《民国时期新诗论稿》，花城出版社 2018 年版。

黄静：《晚清民国时期中国文学的欢场书写研究》，安徽师范大学出版社 2018 年版。

黄轶:《民国文化与文学研究文丛 十编 第 1 册 由苏曼殊看晚清民初文学转型》,花木兰文化出版社 2018 年版。

李淑英:《民国文化与文学研究文丛 十编 第 2 册 "左联"时期的左翼杂志与左翼文艺运动》,花木兰文化出版社 2018 年版。

宋欢迎:《民国文化与文学研究文丛 十编 第 3 册 三十年代论争语境中的鲁迅(上)》,花木兰文化出版社 2018 年版。

宋欢迎:《民国文化与文学研究文丛 十编 第 4 册 三十年代论争语境中的鲁迅(下)》,花木兰文化出版社 2018 年版。

管冠生:《民国文化与文学研究文丛 十编 第 5 册 1933 年的文学游戏研究》,花木兰文化出版社 2018 年版。

高阿蕊、张武军:《民国文化与文学研究文丛 十编 第 6 册 战国策派的美学思想初探》,花木兰文化出版社 2018 年版。

苟强诗:《民国文化与文学研究文丛 十编 第 7 册 民国时期上海的文学与法律(1927—1937)》,花木兰文化出版社 2018 年版。

郝明工:《民国文化与文学研究文丛 十编 第 8 册 陪都文化论》,花木兰文化出版社 2018 年版。

吴舒洁:《民国文化与文学研究文丛 十编 第 9 册 知识分子与大众化革命(1937—1949)——以丁玲、赵树理的写作为中心》,花木兰文化出版社 2018 年版。

闫海田:《民国文化与文学研究文丛 十编 第 10 册 徐訏新论》,花木兰文化出版社 2018 年版。

张玫:《民国文化与文学研究文丛 十编 第 11 册 在文士与斗士之间——王平陵研究(1917—1949)》,花木兰文化出版社 2018 年版。

张勇:《民国文化与文学研究文丛 十编 第 12 册 复调与对位——〈郭沫若全集〉集外文研究》,花木兰文化出版社 2018 年版。

郑怡:《民国文化与文学研究文丛 十编 第 13 册 从危机诗学到地域小说:中国现代文学中英论文集》,花木兰文化出版社 2018 年版。

朱姝:《民国文化与文学研究文丛 十编 第 14 册 "语言统一"与现代中国文学运动》,花木兰文化出版社 2018 年版。

眉睫：《文人感旧录》，文汇出版社 2018 年版。

张心科：《清末民国中学文学教育研究》，高等教育出版社 2018 年版。

李直飞：《中国现代文学转型的政治经济学维度——以〈小说月报〉上的广告为中心》，中国社会科学出版社 2018 年版。

2017 年

刘民钢、蔡迎春主编：《民国文献整理与研究发展报告（2017）》，国家图书馆出版社 2017 年版。

范伯群：《民国文化与文学研究文丛　九编　第 1 册　晚清民国通俗小说论稿（上）》，花木兰文化出版社 2017 年版。

范伯群：《民国文化与文学研究文丛　九编　第 2 册　晚清民国通俗小说论稿（下）》，花木兰文化出版社 2017 年版。

徐斯年：《民国文化与文学研究文丛　九编　第 3 册　从通俗文学到大众文化——旧文选编（上）》，花木兰文化出版社 2017 年版。

徐斯年：《民国文化与文学研究文丛　九编　第 4 册　从通俗文学到大众文化——旧文选编（下）》，花木兰文化出版社 2017 年版。

汤哲声：《民国文化与文学研究文丛　九编　第 5 册　中国现代通俗小说再思录》，花木兰文化出版社 2017 年版。

胡明宇：《民国文化与文学研究文丛　九编　第 6 册　预告、呈现、揭示——文学广告视角的现代文学传播研究（1915—1949）》，花木兰文化出版社 2017 年版。

张蕾：《民国文化与文学研究文丛　九编　第 7 册　出入于虚构和现实之间——现代通俗小说的社会情态》，花木兰文化出版社 2017 年版。

朱全定：《民国文化与文学研究文丛　九编　第 8 册　中国侦探小说的叙事视角与媒介传播》，花木兰文化出版社 2017 年版。

陈思广、刘安琪编：《民国文化与文学研究文丛　八编　第 1 册　"蒋夫人文学奖金"征文汇考（上）》，花木兰文化出版社 2017 年版。

陈思广、刘安琪编:《民国文化与文学研究文丛　八编　第2册　"蒋夫人文学奖金"征文汇考（下）》，花木兰文化出版社2017年版。

孙伟:《民国文化与文学研究文丛　八编　第3册　1920年代革命文学中的工人运动》，花木兰文化出版社2017年版。

门红丽:《民国文化与文学研究文丛　八编　第4册　有奖征文与中国现代文学》，花木兰文化出版社2017年版。

陶永莉:《民国文化与文学研究文丛　八编　第5册　校园文化与中国新诗的发生》，花木兰文化出版社2017年版。

李金凤:《民国文化与文学研究文丛　八编　第6册　战国策派考论》，花木兰文化出版社2017年版。

高博涵:《民国文化与文学研究文丛　八编　第7册　徐訏的"游离"体验与诗歌创作》，花木兰文化出版社2017年版。

王琳:《民国文化与文学研究文丛　八编　第8册　重审中国文学的现代起点——现代文化语境中的晚清文学史叙述研究》，花木兰文化出版社2017年版。

黄菊:《民国文化与文学研究文丛　八编　第9册　"下江人"和抗战时期重庆文学》，花木兰文化出版社2017年版。

李直飞:《民国文化与文学研究文丛　八编　第10册　民国文学机制与〈小说月报〉（1910—1931）研究框架述略》，花木兰文化出版社2017年版。

彭冠龙:《民国文化与文学研究文丛　八编　第11册　"托洛茨基"与中国现代革命文学思潮》，花木兰文化出版社2017年版。

陈夫龙:《民国文化与文学研究文丛　八编　第12册　民国时期新文学作家与侠文化研究》，花木兰文化出版社2017年版。

丁帆:《民国文化与文学研究文丛　七编　第1册　中华民国文学史论（1912—1949）》，花木兰文化出版社2017年版。

汤溢泽:《民国文化与文学研究文丛　七编　第2册　民国文学史简论》，花木兰文化出版社2017年版。

逄增玉:《民国文化与文学研究文丛　七编　第3册　现代中国文学的现代性面孔》，花木兰文化出版社2017年版。

李怡、赵步阳编：《民国文化与文学研究文丛　七编　第4册　民国南京与中国现代文学（上）》，花木兰文化出版社2017年版。

李怡、赵步阳编：《民国文化与文学研究文丛　七编　第5册　民国南京与中国现代文学（下）》，花木兰文化出版社2017年版。

伍小涛：《民国文化与文学研究文丛　七编　第6册　知识分子与近代社会变迁》，花木兰文化出版社2017年版。

晏洁：《民国文化与文学研究文丛　七编　第7册　民国文学：众说纷纭的乡土叙事（上）》，花木兰文化出版社2017年版。

晏洁：《民国文化与文学研究文丛　七编　第8册　民国文学：众说纷纭的乡土叙事（下）》，花木兰文化出版社2017年版。

梁建先：《民国文化与文学研究文丛　七编　第9册　民国文学：歧义重生的城市叙事（上）》，花木兰文化出版社2017年版。

梁建先：《民国文化与文学研究文丛　七编　第10册　民国文学：歧义重生的城市叙事（下）》，花木兰文化出版社2017年版。

姜涛：《民国文化与文学研究文丛　七编　第11册　重审中国新诗的发生——以〈新诗集〉的出版、接受与评价为线索》，花木兰文化出版社2017年版。

余蔷薇：《民国文化与文学研究文丛　七编　第12册　现代诗学探索之二脉——胡适、胡怀琛比较研究》，花木兰文化出版社2017年版。

吕洁宇：《民国文化与文学研究文丛　七编　第13册　〈真善美〉的法国文学译介研究》，花木兰文化出版社2017年版。

席建彬：《民国文化与文学研究文丛　七编　第14册　诗意的结构——现代抒情小说的叙事研究》，花木兰文化出版社2017年版。

陈千里：《民国文化与文学研究文丛　七编　第15册　因性而别——中国现代文学家庭书写新论》，花木兰文化出版社2017年版。

王鸣剑：《民国文化与文学研究文丛　七编　第16册　文学的战时抒写与传播——抗战时期陪都重庆作家的生存状态与创作心理研究（上）》，花木兰文化出版社2017年版。

王鸣剑：《民国文化与文学研究文丛　七编　第17册　文学的战

时抒写与传播——抗战时期陪都重庆作家的生存状态与创作心理研究（下）》，花木兰文化出版社 2017 年版。

易耕:《民国文化与文学研究文丛　七编　第 18 册　帝国的荣耀与没落——〈申报〉对晚清军事的构建及想象（上）》，花木兰文化出版社 2017 年版。

易耕:《民国文化与文学研究文丛　七编　第 19 册　帝国的荣耀与没落——〈申报〉对晚清军事的构建及想象（中）》，花木兰文化出版社 2017 年版。

易耕:《民国文化与文学研究文丛　七编　第 20 册　帝国的荣耀与没落——〈申报〉对晚清军事的构建及想象（下）》，花木兰文化出版社 2017 年版。

袁庆丰:《民国文化与文学研究文丛　七编　第 21 册　黑布鞋:1936—1937 年现存国防电影文本读解》，花木兰文化出版社 2017 年版。

胡伟希:《民国文化与文学研究文丛　七编　第 22 册　中心与边缘:民国时期的知识分子与社会思潮（上）》，花木兰文化出版社 2017 年版。

胡伟希:《民国文化与文学研究文丛　七编　第 23 册　中心与边缘:民国时期的知识分子与社会思潮（下）》，花木兰文化出版社 2017 年版。

李浴洋编:《民国文化与文学研究文丛　七编　第 24 册　时代重构与经典再造（晚清与民国卷·1872—1949）——国际青年学者专题学术论集》（第一册），花木兰文化出版社 2017 年版。

李浴洋编:《民国文化与文学研究文丛　七编　第 25 册　时代重构与经典再造（晚清与民国卷·1872—1949）——国际青年学者专题学术论集》（第二册），花木兰文化出版社 2017 年版。

李浴洋编:《民国文化与文学研究文丛　七编　第 26 册　时代重构与经典再造（晚清与民国卷·1872—1949）——国际青年学者专题学术论集》（第三册），花木兰文化出版社 2017 年版。

李浴洋编:《民国文化与文学研究文丛　七编　第 27 册　时代重构与经典再造（晚清与民国卷·1872—1949）——国际青年学者专题

学术论集》（第四册），花木兰文化出版社 2017 年版。

李浴洋编：《民国文化与文学研究文丛 七编 第 28 册 时代重构与经典再造（晚清与民国卷·1872—1949）——国际青年学者专题学术论集》（第五册），花木兰文化出版社 2017 年版。

高翔宇编：《民国文化与文学研究文丛 七编 第 29 册 跨学科视野下的近代中国教育、文学与社会——北京大学青年学者国际学术研讨会论文集 上册：政治文化视野下的教育史研究》，花木兰文化出版社 2017 年版。

高翔宇编：《民国文化与文学研究文丛 七编 第 30 册 跨学科视野下的近代中国教育、文学与社会——北京大学青年学者国际学术研讨会论文集 中册：政治文化视野下的教育史研究》，花木兰文化出版社 2017 年版。

高翔宇编：《民国文化与文学研究文丛 七编 第 31 册 跨学科视野下的近代中国教育、文学与社会——北京大学青年学者国际学术研讨会论文集 下册：政治文化视野下的教育史研究》，花木兰文化出版社 2017 年版。

郝庆军：《民国初年的文学思潮与文学运动》，北京时代华文书局 2017 年版。

黄霖主编：《民国旧体文论与文学研究》，江苏凤凰有限公司 2017 年版。

孙郁：《民国文学十五讲 港台原版》，香港中和出版有限公司 2017 年版。

张向东：《民国作家的别材与别趣》，生活·读书·新知三联书店 2017 年版。

倪斯霆：《旧报旧刊旧连载》，上海远东出版社 2017 年版。

尹奇岭：《民国时期新旧文学关系散论》，中国社会科学出版社 2017 年版。

陈广根：《张恨水小说"民国重庆"叙事研究》，吉林文史出版社 2017 年版。

李杨主编：《民国时期文学核心期刊汇编》（影印版），南开大学出版社 2017 年版。

2016 年

刘民钢、蔡迎春主编:《民国文献整理与研究发展报告 (2016)》,国家图书馆出版社 2016 年版。

陈爽:《民国文化与文学研究文丛六编 第 1 册 民国初年小说观念研究 (1912—1917)》,花木兰文化出版社 2016 年版。

[日] 岩佐昌暲、李怡、[日] 中里见敬编:《民国文化与文学研究文丛 六编 第 2 册 桌子的跳舞:"清末民初赴日中国留学生与中国现代文学"日中学术研讨会论文集 (上)》,花木兰文化出版社 2016 年版。

[日] 岩佐昌暲、李怡、[日] 中里见敬编:《民国文化与文学研究文丛 六编 第 3 册 桌子的跳舞:"清末民初赴日中国留学生与中国现代文学"日中学术研讨会论文集 (下)》,花木兰文化出版社 2016 年版。

乔以钢:《民国文化与文学研究文丛 六编 第 4 册 性别视阈中的现代文学》,花木兰文化出版社 2016 年版。

王彬彬:《民国文化与文学研究文丛 六编 第 5 册 瞻前顾后——民国文史论集》,花木兰文化出版社 2016 年版。

张鸿声、范丽萍:《民国文化与文学研究文丛 六编 第 6 册 民国文学中的城市人物》,花木兰文化出版社 2016 年版。

蒋登科:《民国文化与文学研究文丛 六编 第 7 册 现代新诗的域外因素检视》,花木兰文化出版社 2016 年版。

袁庆丰:《民国文化与文学研究文丛 六编 第 8 册 黑皮鞋:抗战爆发前的新市民电影——1933—1937 年现存中国电影文本读解 (上)》,花木兰文化出版社 2016 年版。

袁庆丰:《民国文化与文学研究文丛 六编 第 9 册 黑皮鞋:抗战爆发前的新市民电影——1933—1937 年现存中国电影文本读解 (下)》,花木兰文化出版社 2016 年版。

田建民：《民国文化与文学研究文丛　六编　第 10 册　文艺热点与经典作家论稿（上）》，花木兰文化出版社 2016 年版。

田建民：《民国文化与文学研究文丛　六编　第 11 册　文艺热点与经典作家论稿（下）》，花木兰文化出版社 2016 年版。

王西强：《民国文化与文学研究文丛　六编　第 12 册　曾朴、曾虚白父子与"真美善作家群"研究》，花木兰文化出版社 2016 年版。

郑家建：《民国文化与文学研究文丛　六编　第 13 册　被照亮的世界：〈故事新编〉诗学研究（上）》，花木兰文化出版社 2016 年版。

郑家建：《民国文化与文学研究文丛　六编　第 14 册　被照亮的世界：〈故事新编〉诗学研究（下）》，花木兰文化出版社 2016 年版。

张芬：《民国文化与文学研究文丛　六编　第 15 册　"未完成的探索"——鲁迅〈故事新编〉的创作及其语言世界》，花木兰文化出版社 2016 年版。

陈华积：《民国文化与文学研究文丛　六编　第 16 册　鲁迅的〈故事新编〉——〈鲁迅圈子〉的历史叙述与形象建构》，花木兰文化出版社 2016 年版。

武继平：《民国文化与文学研究文丛　六编　第 17 册　异文化夹缝中诞生的诗人——郭沫若留日与〈女神〉研究（上）》，花木兰文化出版社 2016 年版。

武继平：《民国文化与文学研究文丛　六编　第 18 册　异文化夹缝中诞生的诗人——郭沫若留日与〈女神〉研究（下）》，花木兰文化出版社 2016 年版。

刘奎：《民国文化与文学研究文丛　六编　第 19 册　诗人革命家：抗战时期的郭沫若（上）》，花木兰文化出版社 2016 年版。

刘奎：《民国文化与文学研究文丛　六编　第 20 册　诗人革命家：抗战时期的郭沫若（下）》，花木兰文化出版社 2016 年版。

周文：《民国文化与文学研究文丛　六编　第 21 册　以文入史：郭沫若的再选择——论 1920、30 年代文学青年的转向》，花木兰文化出版社 2016 年版。

石健：《民国文化与文学研究文丛　六编　第 22 册　阴郁与躁动

的灵魂——靳以论》，花木兰文化出版社 2016 年版。

袁昊：《民国文化与文学研究文丛 六编 第 23 册 文学成都——晚清民国时期成都文学与文化》，花木兰文化出版社 2016 年版。

王婉如：《民国文化与文学研究文丛 六编 第 24 册 论“轻型知识分子”——以张爱玲为中心》，花木兰文化出版社 2016 年版。

李怡：《问题与方法 民国文学研究》，文史哲出版社 2016 年版。

张堂锜：《民国文学中的旁缘作家群体》，文史哲出版社 2016 年版。

任冬梅、黄初镇编：《幻想文化与现代中国的文学形象》，羊城晚报出版社 2016 年版。

陈广根：《路翎小说与民国重庆》，东北师范大学出版社 2016 年版。

胡笛：《民国时期的国语教育和新文学（1920—1927）》，华东师范大学出版社 2016 年版。

孙萍主编：《民国戏剧文化丛谈》，中国人民大学出版社 2016 年版。

凌孟华：《故纸无言 民国文学文献脞谈录》，人民出版社 2016 年版。

张堂锜：《民国文学中的边缘作家群体》，山东文艺出版社 2016 年版。

2015 年

刘民钢、蔡迎春主编：《民国文献整理与研究发展报告（2015）》，国家图书馆出版社 2015 年版。

李怡、蒋德均编：《民国文化与文学研究文丛 五编 第 1 册 国民革命与中国现代文学（上）》，花木兰文化出版社 2015 年版。

李怡、蒋德均编：《民国文化与文学研究文丛 五编 第 2 册 国民革命与中国现代文学（中）》，花木兰文化出版社 2015 年版。

李怡、蒋德均编：《民国文化与文学研究文丛 五编 第 3 册 国民革命与中国现代文学（下）》，花木兰文化出版社 2015 年版。

彭林祥：《民国文化与文学研究文丛 五编 第 4 册 中国新文学广告图志（上）》，花木兰文化出版社 2015 年版。

彭林祥：《民国文化与文学研究文丛　五编　第5册　中国新文学广告图志（中）》，花木兰文化出版社 2015 年版。

彭林祥编：《民国文化与文学研究文丛　五编　第6册　中国新文学广告图志（下）》，花木兰文化出版社 2015 年版。

贾振勇：《民国文化与文学研究文丛　五编　第7册　民国左翼文学研究》，花木兰文化出版社 2015 年版。

洪亮：《民国文化与文学研究文丛　五编　第8册　三民主义文化/文学的宿命与救赎：以〈文化先锋〉〈文艺先锋〉为中心》，花木兰文化出版社 2015 年版。

李跃力：《民国文化与文学研究文丛　五编　第9册　中国现代文学中的革命话语研究——以 1930 年代为中心》，花木兰文化出版社 2015 年版。

白浩：《民国文化与文学研究文丛　五编　第10册　无政府主义精神与中国现代文学三家》，花木兰文化出版社 2015 年版。

张鸿声：《民国文化与文学研究文丛　五编　第11册　民国时期文学的城市叙述》，花木兰文化出版社 2015 年版。

方长安：《民国文化与文学研究文丛　五编　第12册　传播接受与新诗生成》，花木兰文化出版社 2015 年版。

童李君：《民国文化与文学研究文丛　五编　第13册　晚清民国弹词述略》，花木兰文化出版社 2015 年版。

石娟：《民国文化与文学研究文丛　五编　第14册　〈新闻报〉副刊研究（1928—1937）——以文学/文化的商业运作为中心》，花木兰文化出版社 2015 年版。

金宏宇：《民国文化与文学研究文丛　五编　第15册　朴学方法与民国文学研究》，花木兰文化出版社 2015 年版。

高旭东：《民国文化与文学研究文丛　五编　第16册　鲁迅：东方的文化恶魔》，花木兰文化出版社 2015 年版。

丁尔纲：《民国文化与文学研究文丛　五编　第17册　时代潮汐冲击下的文坛砥柱——茅盾（上）》，花木兰文化出版社 2015 年版。

丁尔纲：《民国文化与文学研究文丛　五编　第18册　时代潮汐

冲击下的文坛砥柱——茅盾（下）》，花木兰文化出版社 2015 年版。

李雅娟：《民国文化与文学研究文丛　五编　第 19 册　以"人"为目标的文学政治实践——周作人思想研究（1906—1946 年）》，花木兰文化出版社 2015 年版。

李国华：《民国文化与文学研究文丛　五编　第 20 册　农民说理的世界——赵树理小说的形式与政治》，花木兰文化出版社 2015 年版。

王泽龙、程继龙编：《民国文化与文学研究文丛　五编　第 21 册　追寻隐没的诗神——朱英诞诗歌研究文选（上）》，花木兰文化出版社 2015 年版。

王泽龙、程继龙编：《民国文化与文学研究文丛　五编　第 22 册　追寻隐没的诗神——朱英诞诗歌研究文选（下）》，花木兰文化出版社 2015 年版。

袁庆丰：《民国文化与文学研究文丛　五编　第 23 册　黑马甲：民国时代的左翼电影——1932—1937 年现存中国电影文本读解（上）》，花木兰文化出版社 2015 年版。

袁庆丰：《民国文化与文学研究文丛　五编　第 24 册　黑马甲：民国时代的左翼电影——1932—1937 年现存中国电影文本读解（下）》，花木兰文化出版社 2015 年版。

孙郁：《民国文学十五讲》，山西人民出版社 2015 年版。

赵献涛：《民国文学研究　翻译学、手稿学、鲁迅学》，中国广播电视出版社 2015 年版。

周维东：《民国文学：文学史的"空间"转向》，山东文艺出版社 2015 年版。

黄健：《民国历史文化与中国现代文学研究丛书　民国文化与民国文论》，山东文艺出版社 2015 年版。

罗执廷：《民国历史文化与中国现代文学研究丛书　民国社会场域中的新文学选本活动》，山东文艺出版社 2015 年版。

李怡：《民国历史文化与中国现代文学研究丛书　作为方法的"民国"》，山东文艺出版社 2015 年版。

马睿：《民国历史文化与中国现代文学研究丛书　文学理论的兴

起 晚清民初的一份知识档案》，山东文艺出版社 2015 年版。

张柠：《民国历史文化与中国现代文学研究丛书 民国作家的观念与艺术 废名、张爱玲、施蛰存研究》，山东文艺出版社 2015 年版。

王永祥：《民国历史文化与中国现代文学研究丛书 民初的政治文化生态与新文学的空间场域》，山东文艺出版社 2015 年版。

李哲：《民国历史文化与中国现代文学研究丛书 "骂"与〈新青年〉批评话语的建构》，山东文艺出版社 2015 年版。

任慧编：《民国时期中国文学史著作廿七种》（全 13 册），国家图书馆出版社 2015 年版。

张军：《现代中国文学整体化历史编撰研究》，中国社会科学出版社 2015 年版。

2014 年

沈卫威：《民国文化与文学研究文丛 四编 第 1 册 民国大学的文脉》，花木兰文化出版社 2014 年版。

沈卫威：《民国文化与文学研究文丛 四编 第 2 册 "学衡派"谱系——历史与叙事（上）》，花木兰文化出版社 2010 年版。

沈卫威：《民国文化与文学研究文丛 四编 第 3 册 "学衡派"谱系——历史与叙事（下）》，花木兰文化出版社 2014 年版。

陈捷：《民国文化与文学研究文丛 四编 第 4 册 〈京报副刊〉研究（上）》，花木兰文化出版社 2014 年版。

陈捷：《民国文化与文学研究文丛 四编 第 5 册 〈京报副刊〉研究（下）》，花木兰文化出版社 2014 年版。

张勇：《民国文化与文学研究文丛 四编 第 6 册 〈文学南京〉——论二十世纪二三十年代南京文学生态》，花木兰文化出版社 2014 年版。

史建国：《民国文化与文学研究文丛 四编 第 7 册 从新文化公共空间到党派"自己的园地"——〈民国日报·觉悟〉研究》，花木兰文化出版社 2014 年版。

赵林：《民国文化与文学研究文丛　四编　第8册　清末民初浙江新旧文化与文学》，花木兰文化出版社2014年版。

刘婉明：《民国文化与文学研究文丛　四编　第9册　日本留学与创造社作家的国家想象》，花木兰文化出版社2014年版。

李璐：《民国文化与文学研究文丛　四编　第10册　论废名的创作特征》，花木兰文化出版社2014年版。

程天舒：《民国文化与文学研究文丛　四编　第11册　北平沦陷时期散文研究》，花木兰文化出版社2014年版。

明飞龙：《民国文化与文学研究文丛　四编　第12册　抗战时期"文学昆明"研究》，花木兰文化出版社2014年版。

牟泽雄：《民国文化与文学研究文丛　三编　第1册　国民党南京时期（1927—1937）的文艺统治》，花木兰文化出版社2014年版。

余夏云：《民国文化与文学研究文丛　三编　第2册　雅俗之争：新文学与鸳鸯蝴蝶派的场域占位斗争考察（1896—1949）》，花木兰文化出版社2014年版。

李永东：《民国文化与文学研究文丛　三编　第3册　租界文化与1930年代中国文学》，花木兰文化出版社2014年版。

李怡、胡昌平编：《民国文化与文学研究文丛　三编　第4册　民国历史文化与中国现代经典作家（上）》，花木兰文化出版社2014年版。

李怡、胡昌平编：《民国文化与文学研究文丛　三编　第5册　民国历史文化与中国现代经典作家（中）》，花木兰文化出版社2014年版。

李怡、胡昌平编：《民国文化与文学研究文丛　三编　第6册　民国历史文化与中国现代经典作家（下）》，花木兰文化出版社2014年版。

李静：《民国文化与文学研究文丛　三编　第7册　国风激荡——中国近代音乐文化与社会转型》，花木兰文化出版社2014年版。

徐新建：《民国文化与文学研究文丛　三编　第8册　民歌与国学——民国早期"歌谣运动"的回顾与思考》，花木兰文化出版社2014年版。

袁少冲：《民国文化与文学研究文丛　三编　第9册　抗战时期"军绅"社会与大后方文学（上）》，花木兰文化出版社2014年版。

袁少冲：《民国文化与文学研究文丛　三编　第10册　抗战时期"军绅"社会与大后方文学（下）》，花木兰文化出版社2014年版。

袁庆丰：《民国文化与文学研究文丛　三编　第11册　黑棉袄：民国文化中的旧市民电影——1922—1931年现存中国电影文本读解（上）》，花木兰文化出版社2014年版。

袁庆丰：《民国文化与文学研究文丛　三编　第12册　黑棉袄：民国文化中的旧市民电影——1922—1931年现存中国电影文本读解（下）》，花木兰文化出版社2014年版。

张传敏：《民国文化与文学研究文丛　三编　第13册　民国大学新文学课程与"新""旧"话语》，花木兰文化出版社2014年版。

张曦：《民国文化与文学研究文丛　三编　第14册　沦陷时期的上海文学》，花木兰文化出版社2014年版。

陈国恩：《民国文化与文学研究文丛　三编　第15册　民国文学及浙江作家（上）》，花木兰文化出版社2014年版。

陈国恩：《民国文化与文学研究文丛　三编　第16册　民国文学及浙江作家（下）》，花木兰文化出版社2014年版。

邓经武：《民国文化与文学研究文丛　三编　第17册　民国文化建构中的地域文学辨思》，花木兰文化出版社2014年版。

鲍国华：《民国文化与文学研究文丛　三编　第18册　现代中国小说史学之建立——以鲁迅、胡适为中心》，花木兰文化出版社2014年版。

孙伟：《民国文化与文学研究文丛　三编　第19册　美术视野中的鲁迅文学创作》，花木兰文化出版社2014年版。

屠毅力：《民国文化与文学研究文丛　三编　第20册　文学者的政治——对30年代"京派"形成的考察》，花木兰文化出版社2014年版。

张中良：《民族国家概念与民国文学》，花城出版社2014年版。

张福贵：《民国文学：概念解读与个案分析》，花城出版社2014年版。

周维东：《中国共产党的文化战略与延安时期的文学生产》，花城出版社 2014 年版。

李怡等:《民国政治经济形态与文学》,花城出版社 2014 年版。

姜飞:《国民党文学思想研究》,花城出版社 2014 年版。

陈福康:《国民文学史料考论》,花城出版社 2014 年版。

丁帆:《文学史与知识分子价值观》,人民文学出版社 2014 年版。

李光荣:《民国文学观念 西南联大文学例论》,商务印书馆 2014 年版。

李怡、罗维斯、李俊杰编:《民国文学讨论集》,中国社会科学出版社 2014 年版。

黄健编:《民国文论精选》,西泠印社出版社 2014 年版。

2013 年

吴效刚:《民国时期查禁文学史论》,中国社会科学出版社 2013 年版。

钱振纲:《民国文化与文学研究文丛 二编 第 1 册 清末民国小说史论(修订版)》,花木兰文化出版社 2013 年版。

陈思广:《民国文化与文学研究文丛 二编 第 2 册 民国经典长篇小说接受研究》,花木兰文化出版社 2013 年版。

张福贵:《民国文化与文学研究文丛 二编 第 3 册 "民国文学"的概念与文学史观的反思》,花木兰文化出版社 2013 年版。

何锡章:《民国文化与文学研究文丛 二编 第 4 册 民国文学现象丛论》,花木兰文化出版社 2013 年版。

付清泉:《民国文化与文学研究文丛 二编 第 5 册 民国情色文学研究》,花木兰文化出版社 2013 年版。

李怡、谢君兰、黄菊编:《民国文化与文学研究文丛 二编 第 6 册 民国宪政、法制与现代文学(上)》,花木兰文化出版社 2013 年版。

李怡、谢君兰、黄菊编:《民国文化与文学研究文丛 二编 第 7 册 民国宪政、法制与现代文学(中)》,花木兰文化出版社 2013 年版。

李怡、谢君兰、黄菊编:《民国文化与文学研究文丛 二编 第 8

册　民国宪政、法制与现代文学（下）》，花木兰文化出版社2013年版。

黎保荣：《民国文化与文学研究文丛　二编　第9册　"启蒙"民国的"暴力"叫喊　"暴力叙事"与中国现代文学的审美特征（上）》，花木兰文化出版社2013年版。

黎保荣：《民国文化与文学研究文丛　二编　第10册　"启蒙"民国的"暴力"叫喊　"暴力叙事"与中国现代文学的审美特征（下）》，花木兰文化出版社2013年版。

李哲：《民国文化与文学研究文丛　二编　第11册　论普罗文学中的政治启蒙叙事》，花木兰文化出版社2013年版。

张健：《民国文化与文学研究文丛　二编　第12册　30年代民国喜剧论稿（上）》，花木兰文化出版社2013年版。

张健：《民国文化与文学研究文丛　二编　第13册　30年代民国喜剧论稿（下）》，花木兰文化出版社2013年版。

张桃洲：《民国文化与文学研究文丛　二编　第14册　精神与形式：诗性书写的民国资源》，花木兰文化出版社2013年版。

王家平：《民国文化与文学研究文丛　二编　第15册　民国视域中的鲁迅研究》，花木兰文化出版社2013年版。

蔡震：《民国文化与文学研究文丛　二编　第16册　郭沫若生平史料摭拾》，花木兰文化出版社2013年版。

黄开发：《民国文化与文学研究文丛　二编　第17册　民国苦魂——周作人的精神肖像》，花木兰文化出版社2013年版。

吴云凤：《民国文化与文学研究文丛　二编　第18册　丰子恺图文创作中的儿童世界研究》，花木兰文化出版社2013年版。

康鑫：《民国文化与文学研究文丛　二编　第19册　张恨水与民国文学的雅俗之辨》，花木兰文化出版社2013年版。

李光荣、宣淑：《民国文化与文学研究文丛　二编　第20册　民国校园文学高峰　西南联大文学社团及其创作初论》，花木兰文化出版社2013年版。

周红：《民国文化与文学研究文丛　二编　第21册　性别、政治与国族视野下女性解放的言说：〈妇女共鸣〉（1929—1944）研究》，花木兰文化出版社 2013 年版。

赵伟：《民国文化与文学研究文丛　二编　第 22 册　〈文艺月刊〉中的民族话语（1930—1941）》，花木兰文化出版社 2013 年版。

2012 年

陈国恩：《学科观念与文学史建构》，中国社会科学出版社 2012 年版。

张中良：《民国文化与文学研究文丛　初编　第 1 册　中国现代文学的"民族国家"问题》，花木兰文化出版社 2012 年版。

李怡、布小继主编：《民国文化与文学研究文丛　初编　第 2 册　民国经济与现代文学（上）》，花木兰文化出版社 2012 年版。

李怡、布小继主编：《民国文化与文学研究文丛　初编　第 3 册　民国经济与现代文学（下）》，花木兰文化出版社 2012 年版。

李今：《民国文化与文学研究文丛　初编　第 4 册　意义的生成：现代中国文学作品细读集（上）》，花木兰文化出版社 2012 年版。

李今：《民国文化与文学研究文丛　初编　第 5 册　意义的生成：现代中国文学作品细读集（下）》，花木兰文化出版社 2012 年版。

张洁宇：《民国文化与文学研究文丛　初编　第 6 册　"文化古城"与"京派"诗歌（上）》，花木兰文化出版社 2012 年版。

张洁宇：《民国文化与文学研究文丛　初编　第 7 册　"文化古城"与"京派"诗歌（下）》，花木兰文化出版社 2012 年版。

杨华丽：《民国文化与文学研究文丛　初编　第 9 册　"打倒孔家店"与"五四"：以新文化—新文学运动为中心（上）》，花木兰文化出版社 2012 年版。

杨华丽：《民国文化与文学研究文丛　初编　第 10 册　"打倒孔家店"与"五四"：以新文化—新文学运动为中心（下）》，花木兰文化出版社 2012 年版。

颜同林：《民国文化与文学研究文丛　初编　第 12 册　母语与现代诗（上）》，花木兰文化出版社 2012 年版。

颜同林：《民国文化与文学研究文丛　初编　第 13 册　母语与现代诗（下）》，花木兰文化出版社 2012 年版。

胡安定：《民国文化与文学研究文丛　初编　第 14 册　民国文学发生期的鸳鸯蝴蝶派研究》，花木兰文化出版社 2012 年版。

张武军：《民国文化与文学研究文丛　初编　第 15 册　民国语境与左翼民族话语考释》，花木兰文化出版社 2012 年版。

张武军：《民国文化与文学研究文丛　初编　第 16 册　1937—1945："抗战建国"与国统区戏剧运动》，花木兰文化出版社 2012 年版。

李斌：《民国文化与文学研究文丛　初编　第 17 册　中学国文教科书研究（1912—1949）》，花木兰文化出版社 2012 年版。

曹立新：《民国文化与文学研究文丛　初编　第 15 册　让纸弹飞——战时中国的新闻开放与管制研究（1937—1945）》，花木兰文化出版社 2012 年版。

颜浩：《民国元年：历史与文学中的日常生活》，陕西人民出版社 2012 年版。

2011 年

汤溢泽、廖广莉主编：《民国文学史研究》，吉林大学出版社 2011 年版。